溫洪隆
溫強　注譯

新譯樂府詩選

三民書局

國家圖書館出版品預行編目資料

新譯樂府詩選／溫洪隆,溫強注譯.——初版三刷.——臺北市：三民，2022
面；　公分.——(古籍今注新譯叢書)

ISBN 978-957-14-5403-0（平裝）

831.2　　99019131

古籍今注新譯叢書

新譯樂府詩選

注譯者　溫洪隆　溫　強
發行人　劉振強
出版者　三民書局股份有限公司
地　址　臺北市復興北路386號(復北門市)
　　　　臺北市重慶南路一段61號(重南門市)
電　話　(02)25006600
網　址　三民網路書店 https://www.sanmin.com.tw

出版日期　初版一刷 2010年10月
　　　　　初版三刷 2022年5月
書籍編號　S033100
ISBN　978-957-14-5403-0

三民書局

刊印古籍今注新譯叢書緣起

劉振強

人類歷史發展，每至偏執一端，往而不返的關頭，總有一股新興的反本運動繼起，要求回顧過往的源頭，從中汲取新生的創造力量。孔子所謂的述而不作，溫故知新，以及西方文藝復興所強調的再生精神，都體現了創造源頭這股日新不竭的力量。古典之所以重要，古籍之所以不可不讀，正在這層尋本與啟示的意義上。處於現代世界而倡言讀古書，並不是迷信傳統，更不是故步自封；而是當我們愈懂得聆聽來自根源的聲音，我們就愈懂得如何向歷史追問，也就愈能夠清醒正對當世的苦厄。要擴大心量，冥契古今心靈，會通宇宙精神，不能不由學會讀古書這一層根本的工夫做起。

基於這樣的想法，本局自草創以來，即懷著注譯傳統重要典籍的理想，由第一部的四書做起，希望藉由文字障礙的掃除，幫助有心的讀者，打開禁錮於古老話語中的豐沛寶藏。我們工作的原則是「兼取諸家，直注明解」。一方面熔鑄眾說，擇善而從；一方面也力求明白可喻，達到學術普及化的要求。叢書自陸續出刊以來，頗受各界的喜愛，使我們得到很大的鼓勵，也有信心繼續推廣這項工作。隨著海峽兩岸的交流，我們注譯的成員，也由臺灣各大學的教授，擴及大陸各有專長的學者。陣容的充實，使我們有更多的資源，整理更多樣化的古籍。兼採經、史、子、集四部的要典，重拾對通才器識的重視，將是我們進一步工作的目標。

古籍的注譯，固然是一件繁難的工作，但其實也只是整個工作的開端而已，最後的完成與意義的賦予，全賴讀者的閱讀與自得自證。我們期望這項工作能有助於為世界文化的未來匯流，注入一股源頭活水；也希望各界博雅君子不吝指正，讓我們的步伐能夠更堅穩地走下去。

新譯樂府詩選 目次

五、相和歌辭

六、清商曲辭

(一)吳聲歌曲

七、舞曲歌辭

八、琴曲歌辭

九、雜曲歌辭

十、近代曲辭

十一、雜歌謠辭

(一)歌辭

(二)謠辭

十二、新樂府辭

導讀

一、關於樂府和樂府詩

「樂」是音樂，「府」是官署，「樂府」就是管理音樂的官署，說得更通俗一點就是管理音樂的機構。

管理音樂的機構在商、周時期已經有了，但是不叫「樂府」。據舊有文獻記載，「樂府」一詞最早出現在漢初賈誼《新書・匈奴》：「若使者至也，……上使樂府幸假之倡樂❶。」是說如果匈奴的使者來到，希望漢文帝讓樂府用歌舞和音樂招待他們。其後，《史記》又記載：漢高祖劉邦過沛縣時自作自唱〈三侯之章〉（即〈大風歌〉），讓小兒跟著歌唱。「高祖崩，令沛得以四時歌儛（同『舞』）宗廟。孝惠、孝文、孝景無所增更，於樂府習常肄舊而已」❷。

❶「倡樂」一作「俳樂」或「伹樂」，此依清孫詒讓《札迻》說改為「倡樂」。

❷《史記・樂書》。

《漢書・禮樂志》也記載「孝惠二年，使樂府令夏侯寬備其簫管」。這就說明漢惠帝、文帝、景帝的時候已經有了「樂府」。可是班固在《漢書・禮樂志》中又說漢武帝「立樂府」：

至武帝定郊祀之禮，祠太一於甘泉，就乾位也；祭后土於汾陰，澤中方丘也。乃立樂府，采詩夜誦，有趙、代、秦、楚之謳。以李延年為協律都尉，多舉司馬相如等數十人造為詩賦，略論律呂，以合八音之調，作〈十九章之歌〉。

在《漢書・藝文志》中再說：

自孝武立樂府而采歌謠，於是有代、趙之謳，秦、楚之風，皆感於哀樂，緣事而發，亦可以觀風俗知薄厚云。

在〈兩都賦序〉中還說：

昔成康沒而頌聲寢，王澤竭而詩不作。大漢初定，日不暇給，至於武、宣（武帝、宣帝）之世，乃崇禮官，考文章，內設金馬石渠之署，外興樂府協律之事，以興廢繼絕，潤色鴻業。是以眾庶悅豫，福應尤盛。

於是便產生了「樂府」這一管理音樂的機構，究竟是在漢初就已經有了，還是到漢武帝時才設立的問題。對於樂府詩的研究來說是一個無法迴避的重要問題。此後的研究者，對這問題有多種不同的解釋：

第一種解釋肯定漢初就有了「樂府」，否認漢武帝「始立樂府」。首先提出這一主張的是宋朝的王應麟，他說：「〈禮樂志〉：孝惠二年，有樂府令夏侯寬，似非始於武帝。」❸元代吳萊也持同樣的看法：「孝惠二年，夏侯寬已為樂府令，則樂府之立，又未必始於武帝也。」❹明代陳懋仁依據《史記・樂書》記載了惠、文、景帝時在樂府歌舞〈三侯之章〉，說：「故知樂府之立，不起於武帝，武帝第（意為只是）作〈郊祀十九章〉而已。」❺清代吳景旭也依據《史記・樂書》和惠帝二年夏侯寬為樂府令，認為只根據《漢書》說「武帝立樂府」，「後人遂謂樂府起於武帝，非也」❻。

第二種解釋則相反，肯定漢武帝「始立樂府」，否認漢初有「樂府」。梁代劉勰說：「武帝崇禮，始立樂府。」❼唐代顏師古注《漢書・禮樂志》「乃立樂府」句說：「始置之也，樂府之名，蓋起於此。」❽他們只注意到《漢書》中「武帝立樂府」而沒有顧及其他記載，

❸《漢藝文志考證》卷八〈自孝武立樂府〉。

❹吳萊《淵穎集》卷七〈與黃明遠第三書論樂府雜說〉。

❺梁任昉撰，明陳懋仁《文章緣起・樂府古詩也》注。

❻吳景旭《歷代詩話》卷二七〈古樂府〉。

❼劉勰《文心雕龍・樂府》。

都沒有說明自己堅持此說的理由。到了清代，何焯同意漢武帝「始立樂府」之說，而且試圖解決《漢書・禮樂志》又記載漢惠帝時有「樂府令」的矛盾現象，說「武帝始立樂府，此『樂府令（指《漢書・禮樂志》「樂府令夏侯寬」中的「樂府令」）』疑作『太樂令』」❾。但他只是「疑作」，沒有舉證，而且《史記・樂書》還出現了漢惠、文、景帝時有「樂府」的記載，與漢武帝「始立樂府」仍存在矛盾的問題還沒有解決。

第三種解釋認為《史記・樂書》的「樂府」和《漢書・禮樂志》的「樂府令」不同於「武帝立樂府」的「樂府」。此說由今人王運熙先生在何焯疑「樂府令」作「太樂令」之說的基礎上提出，他舉證說明《史記・樂書》的「樂府」和《漢書・禮樂志》的「樂府令」，實際是指「太樂」和「太樂令」，隸屬於「奉常」，漢初早已設立；「武帝立樂府」的「樂府」，隸屬於「少府」，係武帝所創立❿。換言之，它們是兩個不同的管理音樂的機構，即〈樂書〉和惠帝二年的「樂府」是屬於「奉常」在漢初已設立的一個機構，漢武帝所立的樂府是另外

---

❽《漢書・禮樂志》注。

❾何焯撰《義門讀書記》卷一六〈前漢書〉。

❿王運熙〈漢武帝始立樂府說〉，分別載於古典文學出版社《樂府詩論叢》與上海古籍出版社《樂府詩述論》。王先生舉了四條證據說明《史記・樂書》的「樂府」，《漢書・禮樂志》的「樂府令」，實際即指「太樂」和「太樂令」，為節省篇幅，茲不列舉，請讀者參閱其原作。又王先生據《漢書・百官公卿表》：「奉常」的屬官有「太樂」，「少府」的屬官有「樂府」，而宋呂祖謙又說過「太樂令丞，所職雅樂也；樂府，所職鄭衛之樂也」（《大事記解題》卷一二），所以認定太樂和樂府是兩個不同的官署。

一個屬於「少府」的新立的機構，所以文獻上關於樂府兩種不同的記載並不矛盾。

第四種解釋為漢初已設立樂府，到漢武帝時才立為專署。今人蕭滌非先生以漢高祖劉邦命樂人學習〈巴渝舞〉為例，說明「高祖之時，固已有樂府之設」、「至漢惠帝二年，乃以名官」、「樂府之立為官署，則實始于武帝」⓫。換言之，「武帝立樂府」是說武帝時樂府才成為專門管理音樂的官署，但是樂府漢初已經設立。

第五種解釋認為樂府在秦時已經存在，漢武帝始立樂府之說沒有根據。此說今人張永鑫先生提出，他說：「一九七七年，考古工作者在秦始皇陵附近出土了一隻秦代錯金甬鐘，鐘柄上鐫有秦篆『樂府』二字」，「為秦代有樂府機構的存在提供了最有說服力的物證，從而推倒了相沿已久的『漢武帝始立樂府』的傳統說法，把樂府的建制時間與名稱的始見，往前推進了一百多年。」⓬

對於上述不同的解說，我們認為毋須急於論其是非，不妨先研究一下班固是不是知道漢初有樂府的問題。作為一代良史的班固應當讀過《新書・匈奴》和《史記・樂書》⓭，他明知漢初叔孫通制禮作樂，沿襲了秦朝的制度⓮，也知道「少府」本是秦官，它的屬官有「樂

⓫ 蕭滌非《漢魏六朝樂府文學史》第二章。

⓬ 張永鑫《漢樂府研究》第三章第二節。

⓭ 《漢書・禮樂志》記載了惠、文、景帝時歌〈三侯之章〉（即〈大風歌〉）事，當本之《史記・樂書》，班固讀過《史記・樂書》可以無疑。

⓮ 《漢書・禮樂志》：「叔孫通因秦樂人制宗廟樂」，漢宗廟樂「大氐（抵）皆因秦舊事焉」。

府」⑮，而且曉得漢惠帝二年是夏侯寬做「樂府令」，因此我們可以推斷：他肯定知道漢初甚至秦代已經有了「樂府」。既然如此，他為什麼還要一而再、再而三強調漢武帝「立樂府」呢？「立樂府」的含義究竟是什麼呢？我們認為在前面列舉他敘述漢武帝立樂府的三段文字中可以找到答案。其中〈兩都賦序〉說：「興樂府協律之事，以興廢繼絕。」說明漢武帝時立樂府是為了興復已經廢棄了的禮樂制度，即興復周朝建立起來的禮樂制度。因為東周以來，禮崩樂壞，「禮樂喪矣」⑯，采詩制度也遭到了破壞。漢朝初建，日不暇給，雖然樂家有制氏（魯人，善樂事），也只能「紀其鏗鎗鼓舞，而不能言其義」⑰。惠帝時，演唱劉邦的〈大風歌〉，也只有一百二十人，「令歌兒習吹以相和」⑱，文帝、景帝時規模也沒有擴大。武帝想郊祀天地，甚至無樂可用，他感慨說：「民間祭祀還有歌樂舞，現在我要祭祀天地卻無樂，能與之相稱嗎？」⑲漢武帝就是在禮樂制度遭到如此嚴重破壞的情況下，在元狩三年（西元前一二〇年）「立樂府」。很明顯，班固所說的「立樂府」就是興復周朝禮樂制度、建立漢朝

---

⑮《漢書・百官公卿表》：「少府，秦官，掌山海池澤之稅，以給共養，有六丞，屬官有……樂府……。」

⑯《漢書・禮樂志》。

⑰《漢書・禮樂志》。

⑱《漢書・禮樂志》。

⑲杜佑《通典》卷四二〈郊天〉：「李延年以好音見，帝（指漢武帝）善之，下公卿議曰：『人間祠尚有鼓舞樂，今郊祀無樂，豈稱乎？』公卿曰：『古者祠天地皆有樂，而神祇可得而禮。』乃立樂府，以延年為協律都尉。」

新的樂府機構的意思[20]，並不是說「樂府」在漢武帝時才建立。他只說過「興樂府」、「立樂府」，「始立樂府」的「始」字是劉勰、顏師古加上去的。

明白「立樂府」的背景和含義以後，就可知道漢武帝「立樂府」是為了郊祀的需要，為了「采詩入樂」[21]恢復周朝的采詩制度的需要，因此他才一再說「崇禮官」、「定郊祀之禮」、「興樂府協律之事」、「以李延年為協律都尉」、「略論律呂以合八音之調」、「立樂府而採歌謠」、「亦可以觀風俗，知薄厚」。「定郊祀之禮」是為了郊祀，「協律」是為了給詩歌配樂以便歌唱，「采詩」是為了採集歌謠，從中瞭解民情，觀風俗，知薄厚，也就是恢復古代的「采詩之官，王者所以觀風俗、知得失，自考正」的制度[22]。這便是「立樂府」的目的。為了實現這些目的，就必須建立一個新的比漢初「樂府」更大的樂府機構。在這個機構中，有管理者——樂府令丞、采詩與作詩的人員、製譜配樂的人員（協律都尉李延年就是他們的總管）、演奏人員，甚至還有稱為「游徼」的治安人員[23]……。

這個新的「樂府」建立以後，經過一百多年，達到了八百二十九人的規模[24]。建平元年（西元前六年）哀帝劉欣即位，由於他性不好音，加之當時的貴戚酷愛稱為「鄭衛之聲」的

---

[20] 漢惠帝二年夏侯寬為樂府令時的「樂府」，其規模當無法與武帝所立的樂府相比。

[21] 宋鄭樵《通志・正聲序論》：「樂府在漢初雖有其官，然采詩入樂，自漢武始。」

[22] 《漢書・藝文志》。

[23] 《漢書・張湯傳》附〈張放傳〉記載：「樂府」中有個名叫莽的游徼，是樂府中禁盜賊的官員。

[24] 《漢書・禮樂志》。

俗樂，淫侈過度，甚至「與人主爭女樂」，有傷風化，他便下令「罷樂府官，郊祭樂及古兵法式武樂，別屬他官」，罷去「鄭衛之聲」，裁掉樂府人員四百四十一人，剩下的三百八十八人歸太樂署管理[25]。不過積重難返，豪富吏民仍舊好俗樂，「湛沔自若」[26]。此後歷經東漢、魏晉南北朝、隋唐，樂府官署的沿革變化較為複雜[27]，但管理音樂的機構始終存在，而且採集歌謠的傳統大致也延續下來了。《晉書·樂志》說：「凡樂章古辭，今之存者，並漢世街陌謠謳。」[28]這些漢世謠謳有可能就是通過樂府採集保留下來的。東漢光武帝劉秀「廣求民瘼，觀納風謠」[29]，和帝劉肇「分遣使者，皆微服單行，各至州縣，觀採風謠」[30]，靈帝劉宏光和五年（西元一八二年）以「謠言」的好壞作為提拔或貶退刺史二千石的依據[31]，都說明東漢仍保留了採集歌謠的制度。魏晉南北朝採集歌謠的情況知之甚少，但《宋書·樂志》多處記載了漢代的古詞、古辭，《樂府詩集》也記載了不少的「魏晉樂所奏」、「魏樂所奏」、

---

[25]《漢書·禮樂志》。
[26]《漢書·禮樂志》。
[27]詳見王運熙〈漢魏兩晉南北朝樂府官署沿革考略〉，載上海古籍出版社《樂府詩述論》及古典文學出版社《樂府詩論叢》。
[28]《宋書·樂志》也有相同記載。
[29]《後漢書·循吏列傳》。
[30]《後漢書·李郃傳》。
[31]《後漢書·劉陶傳》。

「晉樂所奏」的古詞、古辭，這至少說明魏晉的音樂機構仍在保存與演奏漢代的歌謠。《南史・徐勉傳》記載了梁武帝自己選擇後宮〈吳聲〉、〈西曲〉女妓㉜，說明南朝民歌〈吳聲〉、〈西曲〉已由民間採入宮中。《樂府詩集》收集了〈吳聲〉中的〈子夜歌〉、〈子夜四時歌〉及〈上聲歌〉，分別標為「晉宋齊辭」、「晉宋梁辭」，也不能排除是當時的音樂機構採集的，不過這時採集歌謠的目的主要是為了統治者的享樂，與漢代採集歌謠的用意已大異其趣。北朝的〈鼓角橫吹曲〉，寫的是北方民族的生活，傳到南朝後，由樂府機關用漢語保存下來，陳代智匠作《古今樂錄》，因而題為〈梁鼓角橫吹曲〉㉝。

由上可知樂府本是官署，但後來又成了「樂府詩」的簡稱，指的是由樂府採集來的配樂演唱的詩歌。這種詩，漢時叫做「歌詩」㉞，齊、梁時才簡稱為「樂府」，如沈約《宋書・自序》將「樂府」與「詩、賦、贊」等並列，劉勰《文心雕龍》除有〈明詩〉外又作〈樂府〉一篇，蕭統編《文選》於「詩」、「賦」之外又立「樂府」一體，徐陵編《玉臺新詠》也在「古詩」之外別立「樂府」一目，於是「樂府」又成了一種詩歌體裁的名稱。曹魏時期，曹氏父子用樂府舊題改作新詞，寫時事、述懷抱的詩也叫「樂府」。唐代，元稹、白居易等將雖未

㉜《南史・徐勉傳》：「普通（梁武帝年號之一）末（西元五二七年），武帝自算擇後宮〈吳聲〉〈西曲〉女妓各一部。」

㉝蕭滌非《漢魏六朝樂府文學史》第六編〈北朝樂府〉。

㉞《漢書・藝文志》。

入樂又不用樂府舊題，但繼承了漢樂府「感於哀樂，緣事而發」精神的詩歌也叫「樂府」，指的都是樂府詩。後來宋朝的詞、元朝的散曲也叫樂府㉟，但與「樂府詩」的含義已經完全不同了。

二、樂府詩的分類及其主要內容

樂府分類早在東漢已經開始，蔡邕《禮樂志》說「漢樂四品」：一是大予樂，二是周雅頌樂，三是黃門鼓吹，四是短簫鐃歌㊱。唐代吳兢作《樂府古題要解》，分樂府為八類：一是相和歌，二是拂舞歌，三是白紵歌，四是鐃歌，五是橫吹曲，六是清商曲，七是雜曲，八是琴曲。宋鄭樵作《通志・樂略》，又分樂府為五十三類㊲，分類過細，顯得繁瑣。郭茂倩編《樂府詩集》，將上起陶唐（即堯帝，他先居陶丘，後徙居於唐）、下至五代的樂府歌辭收集起來，編成一部百卷總集，分為十二類，作有解題，徵引浩博，援據精審，每題以古辭居前，擬作居後，古辭多前列本辭，後列入樂所改，被《四庫全書提要》稱為「樂府中第一善

㉟ 如宋黃庭堅〈小山集序〉：「餘少時間作樂府。」的「樂府」指的是詞，元楊朝英撰《朝野新聲太平樂府》的「樂府」指的是曲。

㊱ 《東觀漢記》卷五〈樂志〉及宋徐天麟撰《東漢會要》卷八〈樂〉。

㊲ 詳見《通志・樂略・樂府總序》。

本」。其分類雖然不是盡善盡美，但多為後來研究者所採用。現將其分類及各類歌辭的主要內容介紹如下：

(一)郊廟歌辭

「郊」指郊外，「廟」指宗廟。「郊廟歌辭」就是古代帝王在郊外祭天地、在宗廟祭祖宗的歌辭。《樂府詩集》收集了漢魏六朝、隋唐五代郊廟歌辭十二卷。郊祀樂首推〈漢郊祀歌十九章〉，宗廟樂首推〈漢安世房中歌十七章〉。漢武帝定郊祀之禮，讓司馬相如等寫歌辭，李延年配樂，作〈十九章之歌〉，用來祭天地。這十九章第一章是迎神曲，最後一章是送神曲，中間十七章也不限於祭天地，還包括祭春、夏、秋、冬、日……等神，另外還歌頌了馬生渥洼水中、后土祠旁得寶鼎、甘泉宮內產靈芝、在雍獲白麟、在東海獲赤雁等祥瑞事件。雖然祭神就得對神說好話，不免歌功頌德，但也不是毫無價值，例如寫祭春神的〈青陽〉，就寫出了春神開始行動以後大地萬物復甦、生機勃勃的景象，大自然給人間此等恩澤，不也是值得歌頌嗎？漢朝的宗廟樂產生在郊祀樂之前，漢高祖劉邦的時候，叔孫通沿襲秦朝舊樂制定漢朝的宗廟樂，高祖的寵姬唐山夫人作的〈房中祠樂〉就是宗廟樂。漢惠帝二年，讓樂府令夏侯寬給〈房中祠樂〉配上管樂，改名為〈安世樂〉，也就是〈漢安世房中歌十七章〉，其中先說到祭祖迎神奏樂的盛況，希望神靈來宴嬉，聽聽這些樂歌聲。然後歌頌了帝王建立祖廟，表明尊親；以德化民，安撫四極；出師平亂，安定燕國；……使得四海歸一，天下太平，下民安樂，受福無疆，純粹是歌功頌德之辭。

(二)燕射歌辭

「燕」通宴，指宴飲；「射」是射箭。「燕射」是從周朝沿襲下來的一種禮儀，舉行這種禮儀演奏的歌辭就叫「燕射歌辭」。《周禮·大宗伯》說：「以飲食之禮親宗族兄弟，……以賓射之禮親故舊朋友，以饗燕之禮親四方之賓客。」古代帝王常通過這種禮儀用酒食、射箭來招待宗族兄弟、故舊朋友和四方賓客。《樂府詩集》收錄了西晉、南北朝、隋代燕射歌辭三卷，多為大臣、文人的奉命之作，其內容或歌功頌德，或敘宴會盛況，或為帝王祝壽……，沒有多大的社會價值，如晉代傅玄的〈正旦大會行禮歌〉、〈上壽酒歌〉就是例子。

(三)鼓吹曲辭

〈鼓吹曲〉是樂曲的名稱，給這種曲配的曲辭就叫「鼓吹曲辭」。「鼓」是擊鼓，「吹」指吹簫和笳，因為演奏這種樂曲時擊鼓、吹簫笳，所以叫〈鼓吹曲〉。另外演奏時還使用一種「如鈴而無舌」名叫「鐃」的樂器，所以又名〈短簫鐃歌〉或簡稱〈鐃歌〉。原是軍樂，用來揚德建威，鼓舞士氣，後來也用它賞賜有功的諸侯。《樂府詩集》收有漢魏至隋唐鼓吹曲辭五卷，最有名的當推〈漢鐃歌十八首〉。這十八首〈漢鐃歌〉，雖然表聲的字和表意的字混雜在一起，而且字多訛誤，很難讀懂，甚至如〈石留〉一首還不能斷句，但卻保存了〈戰城南〉、〈巫山高〉、〈有所思〉、〈上邪〉……等優秀漢代詩歌，或敘戰事，或言思鄉，或抒男女相思之情，或表女子一往情深之態，無不感人至深。後人用〈漢鐃歌〉舊題的擬作也不少，並且出現了像李白的〈戰城南・去年戰桑乾源〉和〈將進酒・君不見黃河之水天上來〉那樣的優秀之作。曹魏、孫吳、晉製作的鼓吹曲辭多敘帝王的軍功。

㈣橫吹曲辭

「橫吹」，樂器名，即橫笛，又名短簫。〈橫吹曲〉是北方少數民族演奏的一種樂曲，開始的時候稱〈鼓吹曲〉，後來分為兩部，一部配有簫和笳等樂器的仍叫〈鼓吹曲〉，用在朝廷節日大會、皇帝出行道路以及賞賜臣下等；另一部配有鼓角等樂器的叫做〈橫吹曲〉，在軍隊中使用，士兵騎在馬上演奏。《樂府詩集》中的〈橫吹曲〉，分為〈漢橫吹曲〉和〈梁鼓角橫吹曲〉兩部分，共五卷。〈漢橫吹曲〉相傳是張騫從西域傳回並由李延年仿造的，其曲辭除留下一首描寫漢軍出征壯觀的〈出塞・候騎出甘泉〉古辭外，其餘漢橫吹曲辭多是南北朝及唐代文人的擬作，出現了鮑照的〈梅花落〉、王昌齡的〈出塞〉、李白的〈關山月〉、杜甫的〈前後出塞〉……等名作。〈梁鼓角橫吹曲〉多敘五胡十六國慕容垂及姚泓時戰陣之事，是北方民族的歌曲，傳到南方以後由南朝的樂府機關用漢語記錄下來。其歌辭廣泛地反映了北方民族的生活，有健兒快馬「蹀跋黃塵下，然後別雄雌」的豪邁，也有出門懷憂「尸喪狹谷中，白骨無人收」的悲哀，更有「一去數千里，何當還故處」的思鄉之痛和「朝發欣城，慕宿隴頭」的行役之苦。特別涉及男女愛情婚姻問題更顯得豐富多彩，或「枕郎左臂，隨郎轉側」，恩愛無比；或「月明光光星欲墮，欲來不來早語我」，直抒怨思。而「老女不嫁，蹋地喚天」，「阿婆不嫁女，那得孫兒抱」，「童男娶寡婦，壯女笑殺人」，無不快人快語，令人捧腹。凡此種種，均顯示出北方民族粗獷豪爽的性格，與南朝民歌的婉約清麗形成鮮明的對比。特別應該提到的是北方民歌中還出現了震撼千古的〈木蘭詩〉，成功地塑造了一個急人所難、代父從軍的光輝的女英雄形象，在中國文學發展史上也有不可忽視的地位。

(五)相和歌辭

「相和」，取絲竹相和的意思。《晉書．樂志》、《宋書．樂志》說：「〈相和〉，漢舊歌也，絲竹更相和，執節者歌。」可見這種歌曲產生在漢朝，是用絃樂器和管樂器配合起來演奏，聲音協調和諧，由打拍子的人歌唱。據《古今樂錄》說演奏時所使用的樂器有笙、笛、節、琴、瑟、琵琶、箏七種。《晉書．樂志》、《宋書．樂志》又說：「凡樂章古辭，今之存者，並漢世街陌謠謳，〈江南可採蓮〉、〈烏生十五子〉、〈白頭吟〉之屬也。」所列舉的例歌都屬漢相和歌辭，因此可以推知漢相和歌辭也多是「漢世街陌謠謳」，即多出自漢代民間。《樂府詩集》收有漢相和歌辭及三國至唐文人用樂府舊題所擬作的相和歌辭共有十八卷，保存了樂府詩的大部分精華，內容最為豐富。那些被稱為古辭的漢相和歌辭，有的敘事，如〈平陵東〉敘說有人遭到強盜綁架勒索，〈陌上桑〉敘說使君調戲民間婦女遭到拒絕，〈婦病行〉敘說一病婦死後孩子在死亡線上掙扎，〈孤兒行〉敘說兄嫂虐待孤兒，〈東門行〉敘說一男子為生活所迫走上「為非」的反抗道路，〈相逢行〉敘說富貴人家的驕奢生活；有的說理，如〈善哉行〉、〈西門行〉說人當及時行樂、秉燭夜遊，〈長歌行〉說少壯不努力，老大徒傷悲，〈折楊柳行〉說君主糊裡糊塗做錯事，懲罰就會來到，〈君子行〉說要避開嫌疑，勤勞謙虛，不露鋒芒，才能成為君子；有的抒情，如〈公無渡河〉抒發丈夫被淹死的悲痛，〈江南〉抒發採蓮的歡樂，〈薤露〉、〈蒿里〉抒發送葬的悲哀，〈飲馬長城窟行〉抒發妻子對丈夫遠行不歸的思念。文人寫作的相和歌辭，最有名氣的當然要數曹氏父子，曹操以相王之尊，雅愛詩章，用樂府舊題寫時事，抒情懷，〈薤露·惟漢二十世〉、〈蒿里·關東有義士〉被譽為漢末實錄，〈短歌行〉、〈步出夏門行·龜雖壽〉抒發他憂世不治、求賢如渴、老驥伏櫪、壯心不已的情懷。曹丕一變乃父悲壯之習，所作〈燕歌行〉，融情景於一爐，用女子的口吻寫出了對客遊在外的丈夫的深情思念，成為七言抒情名作。曹植在立太子鬥爭中失敗以後，受到種種迫害，所作歌辭情多哀怨，〈吁嗟篇〉以轉蓬為喻，敘述自己輾轉流徙之苦及求通親而不可得之怨，〈野田黃雀行〉以「拔劍捎羅網」，救黃雀，反喻自己「利劍不在掌」無力救友的無奈，〈怨詩行·明月照高樓〉寓諷君於閨怨。還有諸葛亮自吟〈梁甫吟〉暗示願為輔弼、攘除奸凶、興復漢室之志，陳琳擬作〈飲馬長城窟行〉描述長城卒築城之苦及妻離子散之痛，石崇的〈王明君〉說昭君出塞故事，傅玄〈豫章行〉言男女不平等，鮑照的〈放歌行〉諷小人齷齪，高適的〈燕歌行〉敘塞外戰事，王昌齡的〈從軍行〉寫將士思鄉，李白的〈長門怨〉述陳皇后失寵，特別值得一提的是劉希夷的〈白頭吟〉，寫出了世事滄桑、紅顏易老、榮華無常的人生感悟，均是傳世名作。凡此種種，管中窺豹，相和歌辭的豐富內容，可見一斑。

(六)清商曲辭

「清」是清音，「商」是五音（宮、商、角、徵、羽）之一，「清商曲」因為聲音清越，所以稱「清商曲」，又稱「清商樂」，簡稱「清樂」。開始時就是相和三調（平調、清調、瑟調）以及漢魏以來的舊曲，它的曲辭都是古調及魏三祖（武帝曹操、文帝曹丕、明帝曹叡）所作。東晉南遷，其音分散在北方，宋武帝劉裕平定關中後才傳入南方，和江南的〈吳聲歌曲〉、荊楚的〈西曲歌〉一起，總稱為清商樂。《樂府詩集》收集晉宋至唐曲辭（包括文人擬作）共八卷。〈吳聲歌曲〉是南朝時期長江下游地區的歌曲，〈子夜歌〉、〈子夜四時歌〉、〈華山畿〉等最有名，多數寫男女私情，但也有歌詠「春林花多媚，春鳥意多哀」的江南景色以及「春風動春心，流目矚山林」的遊春之作㊳。文人的擬作，往往擴大了原曲辭的表現範圍，如李白的〈子夜四時歌〉，春詠羅敷採桑、夏詠西施採蓮、秋詠妻子擣衣思夫、冬詠思婦絮袍寄遠，已非一般男女私情；〈丁督護歌〉寫縴夫夏日拖船運物，鑿石開道，行程艱苦，亦與原辭送夫北征迥異。張若虛的〈春江花月夜〉突破了宮體詩寫貴族婦女生活的範圍，從描繪春江花月夜的動人景色著筆，覽物興懷，既有探索宇宙奧秘的哲理思考，也有無可奈何的

㊳ 見〈子夜四時歌〉。

人生感歎，被聞一多先生譽為「詩中的詩，頂峰上的頂峰」㊴。〈西曲歌〉是長江中游和漢水兩岸的歌曲，〈石城樂〉、〈烏夜啼〉、〈莫愁樂〉、〈襄陽樂〉、〈三洲歌〉、〈那呵灘〉等都是五言四句的小詩，多寫男女私情，有相見的歡樂，也有別離的相思和痛苦，而〈安東平〉卻是一組四言小詩，每四句換韻，寫買布製褲製巾，以贈相好，頗有情趣。〈採桑度〉寫女子採桑養蠶，雖然也說到在桑林下與情郎相會，但不是詩歌描寫的重點。

(七)舞曲歌辭

「舞曲歌辭」就是配合舞蹈演唱的歌辭，有「雅舞歌辭」和「雜舞歌辭」之分。「雅舞」用於郊廟祭祀和朝饗，「雜舞」用於宴會。《樂府詩集》收有雅舞歌辭一卷，全是歌功頌德之辭，多為文人所作；又收有雜舞歌辭四卷，內容龐雜，如有歌詠淮南王劉安的〈淮南王篇〉，有歌詠晉世功德的〈大晉篇〉，有歌頌明君忠臣、譴責闇君姦臣的〈明君篇〉，有歌詠為父報仇的〈獨漉篇〉，……還有歌詠白紵舞的〈晉白紵舞歌詩三首〉，寫舞態婉轉，清歌流響，歌舞結合，鐘磬齊鳴，妙絕諸家，是描寫古代歌舞的上佳之作。

(八)琴曲歌辭

用琴演奏的歌曲叫「琴曲」，它的歌辭就叫「琴曲歌辭」。起源很早，相傳虞舜就彈五絃

㊴ 聞一多《唐詩雜論・宮體詩的自贖》。

琴，歌〈南風歌〉之辭。《樂府詩集》收有上至虞舜、下迄隋唐的琴曲歌辭四卷，多數是南朝和隋唐文人的作品，其中上古時期的作品可能是後人的偽託。最有名的琴曲歌辭如〈南風歌〉表現了關懷百姓、無為而治的思想，〈渡易水〉抒發了壯士視死如歸的情懷，〈力拔山操〉歌詠了英雄末路的無可奈何，〈大風起〉詠唱了富貴返鄉、安不忘危，〈胡笳十八拍〉記述了蔡文姬在漢末大亂中沒入匈奴、被迫成婚以及後來胡漢交歡、喜得生返的坎坷遭遇，抒發了她亡家失身、在胡思鄉、回漢念子、生不如死的怨憤。

㈨雜曲歌辭

「雜曲」，因為數量眾多，內容複雜，兼收備載，故有此名。《樂府詩集》收有自漢至唐雜曲歌辭十八卷，很多是魏晉以後文人的擬作，和相和歌辭一樣是樂府詩的精華，內容豐富。如古辭〈驅車上東門行〉寫望墓興懷，觸景生悲，因而想及時行樂；〈傷歌行〉寫愁人月夜徘徊，見孤鳥而生感，望蒼天而舒憤；〈悲歌〉寫行人思念故鄉，欲歸不得；〈長干曲〉寫江南女子在揚子江上菱舟弄潮；〈枯魚過河泣〉寫罹禍者自悔不及，告誡後人出入要謹慎；〈焦仲卿妻〉寫漢末建安年間，廬江府小吏焦仲卿與其妻劉氏，在焦母與劉兄逼迫下造成的愛情悲劇，揭露了封建禮教和封建宗法制度的罪惡，讚揚了青年男女忠於愛情寧死不屈的抗爭精神，反映了人民大眾爭取婚姻自由的願望，是一首光照千古長篇敘事詩。文人的擬作，內容之豐富絲毫不遜於古辭，如辛延年的〈羽林郎〉借詠西漢霍家奴馮子都調笑胡姬的故事，抨擊東漢的外戚執金吾竇景等荒淫無恥；宋子侯的〈董嬌饒〉透過採桑女與桃李花的對話，說明人不如花，盛年不再，須及時行樂；曹植的〈名都篇〉借紈綺子弟鬥雞走馬、射獵飲宴的描寫，抒發其「閒居非吾志」的悲憤，〈美女篇〉借美女盛年不嫁以喻其懷才不遇、不得於君的哀怨；阮瑀的〈駕出北郭門行〉透過城外路遇孤兒的慘劇告誡後人不宜虐待孤兒；鮑照的〈出自薊北門行〉寫邊塞警急，將士不避艱險，出師征戰，身死為國殤的壯烈，〈行路難〉抒發他出身寒門，才秀人微，而又生性孤直以致罷官還家的悲憤；崔顥的〈長干曲〉透過長江舟中男女的水上問答，表現了他（她）們萍水相逢的歡樂；李白的〈行路難〉寫出了他面臨仕途艱難仍然心懷「長風破浪會有時」的自信；孟郊的〈遊子吟〉透過臨行前慈母縫衣情景的回憶，表現了母恩難報之情。

(十)近代曲辭

「近代」是指隋唐時代，離郭茂倩所處的宋代為近，故有此稱。近代曲也是雜曲，其內容或敘閨怨，或詠出征，或言送別，或描寫靜聽民間歌曲的感受，或抒發眼見大浪淘沙的觀感，甚至還有歌唱帝王賞名花對妃子的歡樂，或隱喻與家庭女妓的戀情……。薛道衡的〈昔昔鹽〉，王維的〈渭城曲〉，李白的〈清平調〉，劉禹錫、白居易的〈竹枝詞〉，白居易、施肩吾的〈楊柳枝〉，劉禹錫、白居易的〈浪淘沙〉，劉禹錫的〈瀟湘神〉等頗為有名。特別要指出的是這類曲辭與唐宋詞關係密切，唐宋詞有不少詞牌就是從這類曲辭中發展起來的。

(十二)雜歌謠辭

「雜歌謠辭」是沒有入樂的歌辭和謠辭,《樂府詩集》收有上古堯舜時期至唐的雜歌謠辭七卷,內容複雜,如歌辭中〈擊壤歌〉歌詠堯帝時自給自足、自得其樂的生活,〈越人歌〉歌詠划船女子對鄂君子皙的愛慕之情,〈淮南王歌〉譏諷漢文帝與淮南厲王骨肉相殘,〈秋風辭〉帝王自述樂極生悲,〈烏孫公主歌〉公主自言遠嫁異國的痛苦及對故國的思念,〈李陵歌〉自歎身世,〈蘇小小歌〉坦言約會,〈敕勒歌〉描述北方大草原的壯麗景色和游牧生活……。謠辭的內容也豐富多彩,如有抨擊吏治腐敗的〈後漢桓靈時謠〉,不滿正直人遭殃、邪曲封侯的〈後漢順帝末京都童謠〉,傾訴戰亂給人民造成痛苦的〈後漢桓帝初小麥童謠〉,反對遷都武昌的〈吳孫皓初童謠〉……,而〈唐永淳初童謠〉還具有讖語性質,預見到大災之年家破人亡的慘象。

(十三)新樂府辭

「新樂府」又叫「新題樂府」,它和漢魏六朝樂府的區別:一是它沒有入樂,二是它不用樂府舊題另創新題。本來樂府詩是一定要入樂的,但是到了唐代杜甫寫的〈悲陳陶〉、〈哀江頭〉、〈兵車行〉、〈麗人行〉等歌行體的詩,大都即事名篇,無復倚傍,雖沒有入樂,也不用樂府舊題,但卻繼承了漢樂府「感於哀樂、緣事而發」的優良傳統,雖未標「新樂府」之名，實際上開了唐代新樂府詩寫作先河。後來元稹、白居易、李紳等稱這類「因事立題」的詩為新樂府[40]或新題樂府[41]，他們都寫了不少的新樂府詩，元稹有〈和李校書新題樂府〉十二首，白居易有〈新樂府〉五十篇，其中〈上陽白髮人〉描寫被打入冷宮的宮女的悲慘遭遇，〈新豐折臂翁〉傾訴村民為逃避兵役而自殘，〈杜陵叟〉譴責地方官吏為了政績而不顧農民的死活，〈賣炭翁〉揭露宮中透過宮市搶奪人民的財物，……都是膾炙人口的名作。據元稹說李紳曾給他「樂府新題二十首，雅有所謂，不虛為文」[42]，可見李紳的新樂府也是內容充實，可惜沒有保存下來。

郭茂倩樂府詩分類，研究者或有不同意見，如近人陸侃如先生認為「琴曲歌辭」大半根據《琴操》等書來分類，而《琴操》是一部不可靠的書；「近代曲辭」的稱呼是宋代人的口吻，我們生居今日當然不必採用這個分別了；「雜歌謠辭」和「新樂府辭」沒有入樂，不符合樂府詩須入樂的條件，所以他認為這四類可以取消，將它們附入「雜曲」[43]。當然這是一家之言。

[40] 白居易〈與元九書〉：「又自武德訖元和，因事立題題為新樂府者，共一百五十首，謂之諷諭詩。」

[41] 元稹〈和李校書新題樂府十二首序〉：「予友李公垂，貺予樂府新題二十首，雅有所謂，不虛為文。予取其病時之尤急者，列而和之，蓋十二而已。」

[42] 元稹〈和李校書新題樂府十二首序〉。

[43] 詳見陸著《樂府古辭考・引言》，商務印書館發行。

三、樂府詩的藝術特色

樂府詩的範圍很廣，按照《樂府詩集》的收錄標準，先秦時除《詩經》外入過樂的歌謠、漢代以來入過樂的歌謠以及文人用樂府舊題寫作的詩歌、甚至沒有入樂的雜歌謠辭和唐代沒有入樂但符合樂府詩「感於哀樂，緣事而發」精神「因事立題」的文人詩歌，都可以稱為樂府詩。要在如此範圍廣泛、時間長久、內容龐雜、數量眾多的樂府詩中找出它們共同的藝術特徵是十分困難的事，這裡只能就其總的傾向做些論述。

班固說漢朝的樂府詩皆「感於哀樂，緣事而發」，即情動於中，心有所感，或哀或樂，因事而發，「事」是樂府詩的基本要素，敘事也就成了樂府詩最重要的藝術特色，所以明代進士徐禎卿說：「樂府往往敘事，故與詩殊。」[44]敘事也就是說故事或寫故事，所說所寫的故事有當時的，也有從前的。有的故事情節完整，如古辭〈焦仲卿妻〉說漢末建安年間廬江府小吏焦仲卿和劉蘭芝愛情悲劇故事，從他們婚後恩愛相處，到被焦母所迫蘭芝回到娘家，再到劉兄逼她改嫁，最後雙雙以死殉情合葬華山旁，故事跌宕起伏，有頭有尾，完整無缺。有的故事情節不完整，如〈十五從軍征〉說一個十五歲出征，八十歲歸來的軍人的故事，略去了他六十五年的戰鬥生涯，只說他返鄉時見到往日的家已經荒塚累累、兔入狗洞、雉飛樑

[44] 徐著《迪功集》附〈談藝錄〉。

上、穀葵叢生、舉目無親的慘象，只是這個軍人生活的片段。

故事是要說出來給人聽或者寫出來給人看，要人願意聽願意看，就得將故事說得寫得頭頭是道，津津有味，娓娓動聽。樂府詩故事的創作人為了達到這個目的，常將故事中的人物放到尖銳的矛盾衝突中去，通過他們的語言（主要是對話和獨白）和行動來推進故事情節的發展，表現人物的性格，如〈焦仲卿妻〉和〈陌上桑〉堪稱代表作。焦母、劉兄和仲卿、蘭芝處在遣歸與反遣歸、逼嫁與反逼嫁的矛盾衝突之中，通過他們的對話，不但故事情節在向前發展，而且焦母的專橫，劉兄的勢利，仲卿的軟弱與無奈，蘭芝的知書達禮、從容鎮定、臨急事而不亂等各自不同的個性，都鮮明地展現在聽眾和讀者的面前。〈陌上桑〉中的使君和羅敷處於調戲與反調戲的矛盾之中，通過使君「立踟躕」的動作、派遣小吏的三次問話和羅敷從容對答及「前置辭」的行動，使君的荒淫無恥，羅敷的聰明機智、不畏權勢的品性躍然紙上。〈駕出北郭門行〉中的後母和孤兒處在虐待與被虐待的矛盾之中，但不是通過當事人後母和孤兒的對話，而是通過孤兒與第三者的對話來表現，詩人一句「借問『啼者出，何為乃如斯』」的問話，引出了孤兒的答問，說出了親母去世以後，後母恨他、凍他、餓他、打他、囚禁他，他只得逃到親母的墳上哭泣，實際上是向第三者傾訴遭受後母虐待的痛苦。〈羽林郎〉中的馮子都和胡姬處於調笑與反調笑的矛盾之中，詩人捨棄了對話的形式而由胡姬獨白來推進故事情節的發展，馮子都求酒求肴，貽鏡結裾，步步進逼，而胡姬不惜紅羅裂，嚴辭拒絕，寸步不讓，於是馮子都的荒淫橫蠻，欺侮良民，胡姬的堅貞不屈，不惜以死來維護自己的人格尊嚴，給聽眾和讀者留下了深刻的印象。〈孤兒行〉通篇也是孤兒的獨白，控訴父母去世以後兄嫂對自己的虐待：讓他東奔西走去經商，冬天回來，又是做飯，又是看馬，還要赤著腳踏著霜雪去取水，春天採桑養蠶，夏天推車收瓜，生不如死。有矛盾就有戲，用這種方法說故事寫故事，能收到戲劇化的效果，調動聽者或讀者的情緒，引起他們的懸念，讓他們非聽下去看下去不可。

需要說明的是：樂府詩除敘事外也有抒情，無論是敘事詩還是抒情詩，往往事中有情，情中有事，敘事和抒情常常結合在一起，如〈十五從軍征〉是首敘事詩，在敘完這位老軍人回家所見的悲慘景象以後，說「出門東向看，淚落沾我衣」，便是抒情了。古辭〈飲馬長城窟行．青青河畔草〉是首抒情詩，抒發家中的妻子對在外的丈夫的思念，但又有夢中見夫、鯉魚傳書等情節，與事還是密切相關。這是因為敘事與抒情本來就密不可分，抒情要有具體的事，情方能有所寄託，敘事需要真實的感情，其事才可扣人心弦。

樂府詩的第二藝術特色是句式由參差不齊走向五言為主，語言生動形象，樸素自然，有很強的表現力。

中國的詩歌，先秦時期《詩經》以四言為主，句式整齊，《楚辭》以七言為主，句末或句中用「兮」字，句式較為自由。到了漢代，樂府詩沒有固定的章法句法，長短隨意，從一言到九言均見諸篇中：

一言：咄！行！吾去為遲！（〈東門行〉）

二言：上邪！我欲與君相知。（〈上邪〉）

三言：戰城南，死郭北，野死不葬烏可食。（〈戰城南〉）

四言：孤兒生，孤子遇生，命獨當苦！（〈孤兒行〉）

五言：有所思，乃在大海南。（〈有所思〉）

六言：悲歌可以當泣，遠望可以當歸。思念故鄉，鬱鬱累累。（〈悲歌〉）

七言：薤上露，何易晞！露晞明朝更復落，人死一去何時歸！（〈薤露〉）

八言：當言未及得言，不知淚下一何翩翩。（〈婦病行〉）

九言：白鹿乃在上林西苑中，射工尚復得白鹿脯。（〈烏生〉）

這都是參差不齊的雜言詩，大概為了便於歌唱，雜言詩向句式整齊的五言詩發展，〈陌上桑〉、〈相逢行〉、〈豔歌行〉、〈羽林郎〉、〈焦仲卿妻〉等都是完整的五言詩。後來曹氏父子用樂府舊題寫新辭，創作了不少五言樂府。南朝樂府幾乎全是五言四句的短詩，北朝樂府除了五言四句的短詩外，還產生了完整的五言詩〈十五從軍征〉和以五言為主篇幅較長的〈木蘭詩〉。這種五言新詩體的出現，對魏晉南北朝以五言體為主的詩歌的發展產生了不可忽視的影響。當然樂府詩除五言外，還有像曹操的〈觀滄海〉、〈龜雖壽〉、〈短歌行〉等優秀的四言詩，但是已經不能代表詩歌發展的主流。而曹丕完整的七言樂府〈燕歌行〉的出現，又預示另一種新體詩——七言詩的產生，對後來隋唐時期七言詩的發展和繁榮有著不可忽視的作用。

樂府詩由於來自民間，語言大都生動形象，樸素自然，能繪聲繪色地描述當時的情景，如〈婦病行〉的第一段寫病婦遺囑：

婦病連年累歲，傳呼丈人前一言。當言未及得言，不知淚下一何翩翩：「屬累君兩三孤子，莫我兒飢且寒，有過慎莫笪笞，行當折搖，思復念之！」

沒有絲毫雕琢，參差錯落，忽斷忽續，如泣如訴，口語畢肖，使人有親臨其境之感，取得了「情與境會，口語心計之狀，活現筆端，每讀一過，覺有悲風刺人毛骨」㊺的效果。〈青青河畔草〉是一首近似〈古詩十九首〉的五言樂府，可能經過文人潤色，具有加工後的自然。它寫思婦夢中見到丈夫，一覺醒來卻各在異地：「他鄉各異縣，展轉不相見。枯桑知天風，海水知天寒。入門各自媚，誰肯相為言！」枯桑可以感知寒風，可是無葉可落；海水知道天寒，但是無法結冰，它們的感知都無從表現。此時思婦的心情正是如此：向丈夫說心事，丈夫遠在天邊；向鄰居傾訴愁苦，鄰居又不肯同她對話，她有苦無處訴，就像枯桑和海水一樣，只能自苦自知。「枯桑」二句短短十個字表達了如此豐富的內容，真可稱得上精煉含蓄，委婉盡情。至於南北朝樂府，它們的語言同樣樸素自然，生動傳神，如北朝的「門前一株棗，歲歲不知老。阿婆不嫁女，那得孫兒抱。」㊻快人快語，情景畢現。而南朝的「春林花多媚，

㊺ 清人宋長白《柳亭詩話》。

㊻ 〈折楊柳枝歌〉。

春鳥意多哀。春風復多情，吹我羅裳開。」❹❼自然達意，委婉多情。

樂府詩的第三藝術特色是表現方法豐富多彩。

樂府詩的作者為了把故事說好寫好，讓人物活靈活現，將感情抒發得淋漓盡致，吸引聽眾和讀者，採用了多種多樣的表現手法，粗略統計，有比興、鋪排、烘托、比喻、對比、誇張、頂真、擬人化、託物抒情以及使用疊詞、象聲詞、諧音隱語……等十數種，可謂豐富多彩。樂府詩繼承了《詩經》的比興手法，如「青青河畔草，緜緜思遠道」，青綠無邊的芳草，既是寫景，又是起興，用草的綿綿興起思的綿綿，真乃「離恨恰如春草」❹❽，無須多費筆墨，自然便切入了主題。又如「孔雀東南飛，五里一徘徊」，用孔雀飛向東南徘徊不前起興，比喻夫婦離別，難分難捨，也和全詩寫焦仲卿與劉蘭芝的愛情悲劇密切相關。鋪排就是鋪陳和排比，這是樂府詩常用的表現手法之一，如〈焦仲卿妻〉用「十三能織素，十四學裁衣，十五彈箜篌，十六誦《詩》《書》」，突出蘭芝知書達禮，〈木蘭詩〉用「東市買駿馬，西市買鞍韉，南市買轡頭，北市買長鞭」，強調木蘭忙於準備出征，〈陌上桑〉用「十五府小史，二十朝大夫，三十侍中郎，四十專城居」，誇丈夫的顯貴以阻止使君進一步騷擾，用的都是鋪排的手法。烘托是從側面加以點染以突出所描繪的事物，〈陌上桑〉在鋪陳羅敷美麗裝飾以後，不正面寫羅敷之美，而是寫行人、少年、耕者、鋤者見到羅敷以後種種富有風趣的神態來烘

❹❼ 〈子夜四時歌・春歌〉。

❹❽ 李煜〈清平樂〉。

托羅敷的美，起到了烘雲托月的效果。比喻在樂府詩中可謂層出不窮，如「指如削葱根，口如含朱丹」（〈焦仲卿妻〉）、「陣如明月弦」（〈出塞〉）是明喻，「蓼蟲避葵董，習苦不言非」（鮑照〈放歌行〉）、「西上隴阪，羊腸九回」（〈隴頭流水歌辭〉）是隱喻，「山無陵，江水為竭，冬雷震震，夏雨雪，天地合，乃敢與君絕」（〈上邪〉），連用五件不可能發生的事作比，便是博喻了，各種性質不同的比喻都在詩中使用。對比是種互相比較的方法，如「父母在時，乘堅車，駕駟馬；父母已去，兄嫂令我行賈。南到九江，東到齊與魯。臘月來歸，不敢自言苦」（〈孤兒行〉），將父母在世與否兩種情況對比，「兒男當門戶，墮地自生神。雄心志四海，萬里望風塵。女育無欣愛，不為家所珍。長大逃深室，藏頭羞見人」（傅玄〈豫章行〉），將生男與生女兩種不同的情況對比，無須多言，道理自然明白，這就叫做不怕不識貨，就怕貨比貨。誇張是用誇大的詞語來形容事物，如「啼著曙，淚落枕將浮，身沉被流去」（〈華山畿·啼著曙〉）和「相送勞勞渚，長江不應滿，是儂淚成許」（〈華山畿·相送勞勞渚〉），淚再多也不可能浮起枕頭，沉流身軀，填滿長江，很明顯是誇大之詞，但用來表現相思離別之苦，卻是恰到好處。頂真是上句末的一個字或幾個字和下句開頭的一個字或幾個字相同，如「平陵東，松柏桐，不知何人劫義公。劫義公，在高堂下，交錢百萬兩走馬。兩走馬，亦誠難，顧見追吏心中惻。心中惻，血出漉，歸告我家賣黃犢。」（〈平陵東〉）「青青河畔草，綿綿思遠道。遠道不可思，宿昔夢見之。夢見在我傍，忽覺在他鄉。他鄉各異縣，展轉不相見。」（〈飲馬長城窟行〉）都是使用此法。〈西洲曲〉也多用此法，「風吹烏臼樹」與「樹下即門前」，

「出門採紅蓮」與「採蓮南塘秋」，「仰首望飛鴻」與「鴻飛滿西洲」，「望郎上青樓」與「樓高望不見」，都是頂真。這種手法可以加強上下句語意上、聲音上的聯繫，讀起來琅琅上口，悅耳動聽。將事物人格化叫擬人化，如「枯魚過河泣，何時悔復及？作書與魴鱮，相教慎出入。」（〈枯魚過河泣〉）是首寓言詩，這枯魚會哭泣，知後悔，能作書，而且還會總結失敗的經驗，告誡同伴出入需要謹慎，完全具有人的特性，在這裡詩人的想像力，實在驚人。班婕妤的〈怨歌行〉借團扇夏天「出入君懷袖」，秋天「棄捐篋笥中」，傾訴自己從受寵到被遺棄的痛苦。曹植的〈吁嗟篇〉借轉蓬隨風飄蕩抒發自己「十一年中而三徙都」的悲憤，便是託物抒情了。疊詞如青青、綿綿、勞勞、依依、鬖鬖、盈盈、冉冉、翩翩、渫渫、纍纍、煌煌、淒淒、團團、灼灼、花花、葉葉、歲歲、年年，象聲詞如唧唧、霍霍、嚾嚾、濺濺、啾啾、隱隱、甸甸、側側、力力、震震、轆轆，在狀物姿態、寫人情意上，都發揮了各自不同的作用。諧音隱語多見於南方樂府〈吳聲〉，有同聲同字的諧音，字同而意不同，如「自從別郎來，何日不咨嗟。黃蘗鬱成林，當奈苦心多！」（〈子夜歌〉）以苦樹黃蘗的苦心來諧女子思念情人的苦心，字面上說的是黃蘗樹的苦心，實際上指的是自己想念情郎的苦心。還有同聲異字的諧音，字不同而意也不同，如「我念歡的的，子行由豫情。霧露隱芙蓉，見蓮不分明。」（〈子夜歌〉）以「芙蓉」諧「夫容」，「蓮」諧「憐」，字面上是說露遮住了芙蓉花，蓮看不清楚，實際上指的是情郎態度不夠明朗，猶豫不決。再如劉禹錫學習巴渝民歌寫成的〈竹枝詞〉：「楊柳青青江水平，聞郎江上唱歌聲。東邊日出西邊雨，道是無晴還有晴。」

以「晴」諧「情」，字面上是說天空忽晴忽雨，實際上是指女子懷疑男子對自己似乎處於有情與無情之間。用這種方法來寫愛情，具有一種委婉含蓄的韻味。

以上所述，很難總括樂府詩的全部藝術特色，所舉例證涉及文人樂府也較少，掛一漏萬，在所難免。好在書中對所選的每首樂府詩都寫了研析，也許可以稍微彌補導讀論述的不足，請讀者參閱。

四、有關問題的說明

本書的體例，每類詩有一段文字解釋，每首詩分題解、作者、原文、章旨、注釋、語譯、研析七部分。「題解」是解釋篇名，有時也介紹本篇的主要內容，如有必要也對有關問題作些說明，如〈木蘭詩〉的作者近代還有人認為是韋元甫，我們在題解中說明了他們之所以犯此錯誤的原因，是誤將郭茂倩題解中的話「浙江西道觀察使兼御史中丞韋元甫續附入」當成了陳朝智匠《古今樂錄》的話造成的。「作者」主要介紹作者的生平和文學創作，有少數幾篇作品的作者有爭議，需要稍多的文字才能說清楚，我們便將它放到研析中作介紹。關於原文要說明的問題，一是選詩標準，二是校勘。入選的作品總的來說思想性藝術性要較高，但也要照顧其他方面的情況，如用於祭祀、宴會的郊廟、燕射的歌辭，內容多是歌功頌德，藝術上也難與其他樂府詩相比，我們為了讓讀者瞭解其真面目，也選了幾篇作為這類詩的例證，當然它們也不是毫無是處。有的詩雖然不是特別好甚至不太好，卻頗有名氣，如〈梁甫吟〉和〈玉樹後庭花〉也入選了，目的是想讓普通的讀者知道它們是什麼樣子。有的詩作者有爭議，卻是好詩，名氣也大，如〈胡笳十八拍〉，我們也沒有將它拒之門外。所選的詩以文淵閣四庫全書本《樂府詩集》為底本，一律從《集》中選出，排列次序不作變更，作者有爭議的也不隨意改動。因為四庫全書本《樂府詩集》也有錯字和缺漏，我們與他本進行了必要的校勘與補正，並在注釋中注明校勘依據。樂詩中表聲的字，加上〔 〕以示區別。普通的讀者可能覺得煩瑣，但那是不得已而為之，整理古籍是不能沒有校勘的，總不能將有錯字的原文提供給讀者而不作說明。「章旨」就是段落大意，較長的詩寫了章旨，短詩沒有這個必要。「注釋」一般力求簡明而言之有據，但對那些有歧義或容易引起誤解的字、詞、句的注釋，我們採用某說或提出自己的看法，就不得不引用有關資料，如〈孤兒行〉中「孤子遇生」的「遇生」，一般都注為「偶生」，但「偶生」與下句「命獨當苦」沒有聯繫，我們認為應解為「遇生忌辰」，即命不好，遇上不好的日子出生，便引證了《風俗通》「俗說五月五日生子，男害父，女害母也」等資料為證。又如鮑照的〈東武吟行〉中「出身蒙漢恩」的「出身」是「獻身」的意思，和現代指個人早期的經歷或由家庭經濟情況所決定的身分的「出身」意義不同，便引了《後漢書》中〈王常傳〉和〈岑彭傳〉的「誠思出身為用，輔成大功」和「今復遭遇，願出身自效」為據。意在說明事出有據，以免有故意標新立異、信口開河之嫌。另外樂府詩中的某些術語，如「解」意為章，就是詩歌的段落；「豔」（又稱「豔歌」）在曲之前，就是正曲之前的一段；「趨」與「亂」在曲之後，就是正曲之後的一段……我們在它們初次出現的時候便作了注釋或說明，以後出現便不再重複注釋或說明。「語譯」看似容易，譯起來卻難，要將詩的韻味譯出來更難，相信譯過古詩的人都有這種體會。樂府詩有不少通俗易懂，毋須翻譯也能明白，對於這類詩我們只將需要翻譯的字句翻譯，並且儘量用原韻，不是想省事，是不願由於翻譯損壞了原詩的韻味。最好的辦法還是希望讀者看原詩，不懂就看注釋，譯文只是作為參考。吃原汁原味東西總比吃別人咀嚼過的東西要好，這是我們的忠告。「研析」就是研究和賞析，賞析本是仁者見仁，智者見智，帶有很大的主觀性，我們寫的研析只是自己的粗淺體會和感受，僅供讀者參考。有的詩的作者、寫作時間及其主旨等問題歷來有爭議，相關情況我們在研析中也作了較為詳細的介紹，並且談了自己的看法，希望能和讀者共同商榷。

寫作這本書，我們自信是盡心盡力，不敢草率從事，可是由於學識有限，疏漏甚至錯誤的地方一定不少，懇請讀者和專家不吝指正為幸。

溫洪隆　溫強

於武昌桂子山

一、郊廟歌辭

郊是指郊外，廟是指宗廟，古代帝王在郊外設郊祭（也稱郊祀）祭天地，在宗廟設廟祭祭祖宗，郊廟歌辭就是郊祭、廟祭時用來歌頌天地、祖宗的歌辭。據《漢書‧禮樂志》記載，漢高祖時，叔孫通沿襲秦朝樂人舊制制定了漢朝的宗廟樂，漢武帝時定郊祀之禮，在甘泉祭祀太一神，在汾陰祭祀后土神。漢高祖和漢武帝時分別留下了宗廟樂〈漢安世房中歌〉和郊祀樂〈漢郊祀歌〉。以後的帝王也舉行郊祭和廟祭，《樂府詩集》搜集了漢魏六朝隋唐五代大量的郊廟歌辭，共有十二卷之多。

漢郊祀歌十九章（選二）

【題　解】郊祀，又稱郊祭，〈漢郊祀歌〉就是漢朝郊祭時用的樂歌。〈漢郊祀歌〉不是一人一時之作，第一章〈練時日〉是迎神曲，最末第十九章〈赤蛟〉是送神曲，中間十七章也不是只限於祭天地，還包括祭春、夏、秋、冬、日……等神，另外還歌頌了馬生渥注水中、后土祠旁得寶鼎、甘泉宮內產靈芝、在雍獲白麟、在東海獲赤雁等祥瑞事件，大概以為產生這些祥瑞事件是與神靈有關的緣故罷。據《漢書．禮樂志》記載，漢武帝時，「定郊祀之禮」（郊祀之禮，古已有之，不始於漢朝，這裡當是指定漢朝的郊祀之禮）在甘泉祭太一神、在汾陰祭后土神，於是建立樂府機關，採集詩歌，夜晚誦讀，採有趙、代、秦、楚等地的徒歌。用李延年做協律都尉（協調樂律的總管），選用司馬相如等幾十個人寫作詩賦，創作了〈郊祀歌〉十九章，下面選了其中的第三和第九章。

其三

青陽❶開動，根荄❷以遂❸。膏潤❹並愛❺，跂行❻畢逮❼。霆聲發榮❽，壛處頃聽❾。枯槁復產❿，迺成厥命⓫。眾庶熙熙⓬，施及夭胎⓭。群生啿啿⓮，惟春之祺⓯。

【注釋】❶青陽　春為青陽，這裡指春神。❷根荄　草根。草根叫做荄。❸遂　成長；生出。顏師古注：「言草皆生出也。」❹膏潤　指肥沃濕潤的土壤。❺並愛　兼愛；沒有區別地愛。❻跂行　爬行，這裡是指爬行的動物。❼畢逮　全都到達，指全受其惠。畢，全。逮，及；到。❽霆聲句　這句意為雷聲使得草木開花。榮，桐木，即梧桐，也說是指草開的花。❾壛處句　這句是說處在岩洞裡冬眠的動物也傾聽著雷聲。壛，同「岩」。

頃，同「傾」。❿枯槁句　這句是說經過冬天已凋零的樹木也再發出新芽。⓫迺成厥命　這句是說春神於是完成了它的使命。迺，同「乃」。厥，其；它的。⓬眾庶句　這句是說萬物和樂地生長。眾庶，當是指萬物。庶，眾。熙熙，和樂的樣子。⓭施及句　這句是說春神的恩德遍及少年和胎兒。施，延續；普及。夭，未成年。⓮群生句　這句意為眾生得到豐富的雨露滋潤。群生，眾生；一切生物。啿啿，豐厚的樣子，這裡是指雨露豐厚的樣子。啿，同「湛」。《詩經．小雅．湛露》：「湛湛露斯。」⓯惟春之祺　這句是說是春神賜給的幸福。惟，句首助詞。祺，福。

【語譯】春神開始行動，百草都在生長。肥沃潤濕的土壤普愛萬物，所有的爬行動物齊受其惠。聲聲春雷震得草木開花，岩洞裡冬眠的動物也在側耳傾聽。凋零的樹木再次發出新芽，春神於是完成了它的使命。萬物和樂地生長，連少年和胎兒也都受恩至深。眾生都受到雨露滋潤，賜給萬物幸福的是春神。

【研析】這是一首歌頌春神的詩歌，《漢書．禮樂志》標明是鄒子樂所作。它寫出了春天來到、生機勃勃、萬物生長、欣欣向榮的景象，給人以青陽開動、生意無邊的美好感受，以此來歌頌春神的恩德，可謂恰到好處，顯示出作者有較高的藝術素養。

其九

日出入安窮❶？時世不與人同❷。故春非我春❸，夏非我夏，秋非我秋，冬非我冬。泊如四海之池，徧觀是耶謂何❹？吾❺知所樂，獨樂六龍❻，六龍之調❼，使我心若❽。訾黃其何不徠下❾！

【注　釋】❶安窮　哪裡有窮盡，也就是沒有窮盡。❷時世句　這句是說日的時空世界和人世的時空世界不同。晉灼說：「日月無窮，而人壽有終，世長（就日月而言）而壽短（就人而言）。」❸故春非我春　這句是說所以（日的）春天不是我們（人世的）春天。我，我們人世。❹泊如四海二句　這兩句頗費解，晉灼說：「言人壽不能安固如四海，徧觀是，乃知命甚促。謂何，當如之何也。」這注解沒有完全解決問題，所以《漢書》卷二二〈考證〉進一步解釋說：「言人之壽命，較之於日，日如四海，人如池也。日行於天，出東入西，徧觀居此（指此人世）者，其謂之何？作問之辭，以起下文欲仙之意也。晉灼注未明。」結合上面兩種注釋，這兩句意為：太陽在天上出東入西，沒有盡頭，它遍觀人世，就像四海和池塘作比較一樣，那該怎麼辦呢？泊，水的樣子。徧，同「遍」。❺吾　我，漢武帝自稱。❻獨樂句　獨以六龍為樂，指漢武帝獨以乘六龍升天成仙為樂。應劭注：「《易》曰『時乘六龍以御天』。武帝願乘六龍，仙而升天，曰『吾所樂獨乘六龍然，御六龍得其調，使我心若』。」❼調　和；和諧；協調。❽若　順；順暢。❾訾黃句　這句是說訾黃為什麼招不下來。訾黃，也叫乘黃，是種動物的名稱，相傳牠有龍的翅膀馬的身軀，黃帝乘牠升天成仙。《山海經・海外西經》說白民之國「有乘黃，其狀如狐，其背上有角，乘之壽二千歲」。徠，到來；招來。

【語　譯】太陽出東入西哪裡有盡頭？它的時空世界和人的時空世界不同。所以它的春不是我們的春，它的夏不是我們的夏，它的秋不是我們的秋，它的冬不是我們的冬。它在天空遍觀這人世，就像四海和池塘作比較一樣，那我們該怎麼辦呢？我知道什麼是樂，我只樂意駕著六龍升天，六龍協調步調一致，就讓我心中順暢。那載黃帝升天的訾黃為什麼不下來！

【研　析】這是一首歌頌太陽神的詩歌，但它卻不像上面那首歌頌春神功德的詩一樣著意去歌頌太陽神的功德，而是從太陽的時空世界與人的時空世界不同入手，揭示出時空無窮而人壽有限這一富有哲理性的命題，從而引出漢武帝想乘龍升天以求成仙的荒唐故事。漢武帝壯志已酬以後，貴為天子，富有四海，金錢美女，山珍海味，權勢地位，什麼都不缺，唯一缺少的就是長生不老。於是他便千方百計想升天成仙，而當時那些方士便虛構種種離奇的故事去討好他，以騙取富貴。據《漢書・郊祀志》記載，齊國有個方士叫公孫卿，告訴漢武帝一個故事，說從前黃帝採集首山上的銅，在荊山下鑄鼎。鼎鑄成了，有條龍垂著鬍鬚從天而降來迎接黃帝，黃帝便騎在龍的背上，群臣和後宮共七十多人也一起騎了上去，然後龍就背著他們上天去。其餘的小臣上去不了，便抓住龍鬚不放。龍鬚被拔斷了，和黃帝的弓一起掉了下來。百姓望著黃帝上天去了，便抱著弓和龍鬚大聲號哭，所以後世稱這個地方叫「鼎湖」，稱黃帝那把弓叫「烏號」。漢武帝聽了以後說：「哎呀，假如我能像黃帝一樣升天成仙，我就把丟掉老婆孩子當成脫掉破鞋子一樣啊。」於是便封公孫卿做郎官。知道這個故事以後，我們也就可以理解詩的後半首為什麼要寫漢武帝樂於乘六龍升天，又為什麼要叫喊背黃帝上天的訾黃為何不下來了。由此可知，這首詩乃是漢武帝情懷的真實寫照。朱乾《樂府正義》說這首詩是「武帝惑于方士之言，入海求仙，希圖不死，一時文士，揣摩世主而為之辭」。詩的句式長短不拘，類似散文，語言較為生動通俗，構思也別具特色，的確不失為一首好詩。

漢安世房中歌十七章（選三）

【題 解】據《漢書・禮樂志》記載，周朝就有〈房中樂〉，到秦朝改名為〈壽人〉。漢高祖劉邦的寵姬唐山夫人作有〈房中祠樂〉，屬楚聲（因為「凡樂，樂其所生，禮不忘本」，所以生於楚地的漢高祖「樂楚聲」，唐山夫人所作的〈房中祠樂〉，當然是楚聲了）。漢惠帝二年（西元前一九三年），讓樂府令夏侯寬給〈房中祠樂〉配上管樂，改名為〈安世樂〉，《漢書・禮樂志》稱之為〈安世房中歌〉，《樂府詩集》稱之為〈漢安世房中歌〉。它的作者也有人認為是叔孫通（見宋陳暘撰《樂書》卷一六二〈房中歌〉）。我們考慮到詩中出現過「大孝備矣，休德昭清」、「乃立祖廟，敬明尊親。大矣孝熙，四極爰轃」等句子，《漢書・叔孫通傳》又有「益廣宗廟，大孝之本」的記載，此說當有參考價值。這首歌曾經被人認為和周朝的〈房中樂〉一樣是用來歌頌后妃之德的，但從內容上看，它主要是歌頌漢高祖的功德，詩中根本沒有后妃之德這方面的描述，它應是地道的歌頌祖宗的祭歌，齊召南說：「〈漢安世房中歌〉直是祀神之樂。」（《漢書》卷二二〈考證〉）是可信的。這首歌有不同的分章法，《漢書・禮樂志》和《樂府詩集》的分法就各不相同，下面選的三章，是按《樂府詩集》分章。

其 一

大孝備矣❶，休德昭清❷。高張四縣❸，樂充宮廷❹。芬樹羽林，雲景杳冥❺。金支秀華❻，庶旄翠旌❼。〈七始〉〈華始〉❽，肅倡和聲❾。神來宴娭❿，庶幾是聽⓫。

【注　釋】❶大孝句　這裡指的是帝王的「大孝」。據《史記・劉敬叔孫通列傳》記載，住在西邊未央宮的漢惠帝，要到東邊的長樂宮朝見呂太后，來往之中，因為要清除道上行人，感到麻煩，便在東西兩宮之間、高廟的旁邊修了一條複道（閣道），專供他使用。叔孫通知道了，上奏說：高廟是漢高祖的宗廟，怎麼在它旁邊修複道？漢惠帝聽了大為吃驚，說：趕快把複道毀掉。叔孫通說：不行！帝王是不能犯錯誤的。現在已經修了複道，老百姓都知道了，毀掉它，就是表示自己犯了錯誤。希望陛下在渭水北邊再建一個原廟，多建宗廟，是「大孝之本」啊。於是漢惠帝就命令官員在渭水北邊建了一個原廟，又稱高廟。大孝，最大的孝敬。古代不同的人有不同的「大孝」，司馬遷說：「夫孝始於事親，中於事君，終於立身，揚名於後世，以顯父母，此孝之大者。」《史記・太史公自序》）而帝王「修立郊禘宗祀之禮，以光大孝」（《漢書・王莽傳上》），把為帝王建立宗廟、祭祀祖宗也稱為「大孝」。備，具備。❷休德句　這是一句歌頌祖宗盛德的習慣用語，其他的祭歌中也有，是盛德清明的意思，如皇帝升上乾安宮時奏的樂曲就有「休德昭清，元氣回復」。休德，美德；盛德。昭，明。❸高張句　這句是描寫在宮廷四面高高地分開懸掛著樂器。顏師古注：「謂設宮縣（四面懸掛樂器叫宮縣，古代帝王才能設宮縣）而高張之。縣，古『懸』字。」四縣，猶「四懸」，謂四面懸掛樂器。❹樂充句　這句是說宮廷裡充滿了樂器和樂聲。❺芬樹二句　這兩句是形容所樹立的眾多羽葆的盛況，遠望去像雲日一樣高遠幽深。顏師古注：「言所樹羽葆，其盛若林，芬然眾多，仰視高遠，如雲日之杳冥也。」芬，眾多的樣子。樹，樹立。

羽，羽葆，用羽毛製成的裝飾。《禮記・雜記下・疏》：「羽葆者，以鳥羽注於柄頭，如蓋，謂之羽葆。葆，謂蓋也。」林，樹林。❻金支句　這一句是寫樂器上用黃金做的羽葆裝飾，頭上散開，像草木的花一樣。金支，指以黃金為支的裝飾，每個一百二十支。秀華，即是花。秀，古代稱草木的花為「秀」。華，花。❼庶旄句　這句是說鐘上眾多的旗子是用翠鳥羽毛製成的。庶旄，眾旄；很多的旄。張晏說：「旄，鐘之旄也。」旄，古代用旄牛尾裝飾的旗子。翠旌，用翠鳥羽毛製成的旗子。翠旌，文穎說：「析羽為旌，翠羽為之也。」❽七始句　古代的兩支樂曲名。❾肅倡句　意為肅敬地領唱伴隨著和諧的和聲。倡，領唱。❿神來句　這句是說要神靈宴飲嬉樂。宴娭，宴飲嬉樂。娭，同「嬉」。⓫庶幾句　希望神靈來聽樂歌。庶幾，表示希望的意思。是，句中助詞。

【語譯】大孝已經具備，盛德昭然清明。樂器四面高掛，樂聲充滿宮廷。眾多羽葆林立，像是雲日般幽深。羽葆上的金支散開似花，還有眾多的翠鳥羽製成的旄頭旗旌。奏罷〈七始〉奏〈華始〉，肅立領唱伴和聲。希望神靈來宴嬉，聽聽這些樂歌聲。

【研析】這是一首迎神曲。先是歌頌皇上大孝具備，盛德清明，接著鋪寫宮廷四面張掛樂器以及樂器上的種種華麗的裝飾，然後說到演奏音樂，詠唱歌詞的盛況，並表達希望神靈降臨，參加宴嬉，聽取樂歌，表現了祭祖迎神時的情景。文詞典雅莊重，與《詩經》中的〈雅〉、〈頌〉一脈相承，體現了雅樂的特色。

其五

海內❶有姦❷，紛亂東北❸。詔撫成師❹，武侯承德❺。行樂交逆❻，

〈簫〉〈勺〉群慝❼。肅為濟哉❽！蓋定燕國❾。

【注　釋】❶海內　四海之內。❷姦　奸賊，給國家造成重大危害的人，這裡指的是匈奴和韓王信。❸紛亂句　意為匈奴在東北製造動亂。顏師古說：「謂匈奴。」據《史記・高祖本紀》記載，漢高祖七年（西元前二〇〇年），匈奴進攻在太原的韓王信，韓王信謀反，投降匈奴。漢高祖親自帶兵去攻打韓王信，韓王信逃往匈奴。他的部將曼丘臣、王黃共推已故的趙王的後代趙利做王，搜集散兵，共同抵抗漢軍。漢高祖追趕匈奴，直至平城，很多士兵凍得掉了手指。又在平城被匈奴圍困七天。於是命令樊噲留守北方，平定代地。❹詔撫句　意為下令撫慰部隊。詔，下詔；下令。撫，撫慰。成師，典出《左傳・宣公十二年》：「且成師以出，聞敵強而退，非夫也。」意為整個部隊出征，見《左傳杜林合注》杜堯叟注：「六軍悉出，故曰成師。」❺武侯句　據《漢書・禮樂志》當作「武臣承德」，意為武臣奉命出征。承德，奉承王之德命。典出《尚書・周書・周官》：「六服群辟，罔不承德。」❻行樂句　顏師古注：「言製定新樂，教化流行，則逆亂之徒盡交歡也。」行樂，晉灼注：「言以樂征伐也。」❼簫勺句　意為群惡被音樂所感化。簫，相傳是舜帝時的樂曲。勺，相傳是周朝的樂曲。慝，惡，指匈奴。❽肅為濟哉　意為嚴肅地完成了（平亂任務）。濟，成。❾蓋定句　意為燕國大致就安定了。蓋，疑詞。大概；大致。顏師古注：「匈奴服從，則燕國安靜無寇難也。」

【語　譯】四海之內有奸賊，紛紛作亂在東北。詔令撫慰大部隊，武臣奉命去征伐。以樂出征逆亂平，奏〈簫〉奏〈勺〉群惡滅。嚴肅完成平亂事！大致安定在燕國。

【研　析】西元前二〇〇年，匈奴、韓王信在東北發動叛亂，此詩歌頌了漢高祖劉邦親自率領部隊平定這次叛亂、安定漢家天下的偉大功德。詩中寫到以樂征伐的情況，如果理解為部隊出征伴有軍樂，那可以講得通；如果理解為用音樂代替征伐，那就未免失實了。四面楚歌可以動搖項軍軍心，但是項羽最終還是因為被漢軍所敗才烏江自刎的。詩中的語言比較樸實，不像第一章那樣詞藻華麗。

其八

豐草❶葽❷，女羅❸施❹。善❺何如？誰能回❻！大莫大❼，成教德❽；長莫長，被❾無極❿。

【注　釋】❶豐草　長得茂盛的草。❷葽　草茂盛的樣子。❸女羅　又名菟絲，一種爬蔓在松柏上的植物。《詩經．小雅．頍弁》：「蔦與女蘿，施于松柏。」❹施　蔓延；依附。❺善　這裡是指帝王的善德。❻回　亂；擾亂。❼大莫大　相當於「大莫大於」。❽教德　教化之德。❾被　同「披」。❿無極　沒有極限；無盡。

【語　譯】豐草長得茂盛，菟絲四處蔓延。善德的威力如何？誰能將它擾亂！大，沒有什麼比完成教化之德更大；長，沒有什麼比善德更覆蓋無邊。

【研　析】這是一首歌頌祖宗善德的詩，先是採用《詩經》、《楚辭》的比興手法起興，然後設問，以感歎的語氣說明善德的威力誰也破壞不了，接著又用比較法從時空上說明善德威力無邊。全詩受《楚辭》的影響較大，如果在兩句之中加上一個「兮」字，將「大莫大，成教德；長莫長，被無極」變為「大莫大兮成教德，長莫長兮被無極」，和〈九歌〉的「悲莫悲兮生別離，樂莫樂兮心相知」的句法就如出一轍了。這也說明〈漢安世房中歌〉的確屬楚聲。

二、燕射歌辭

燕通宴，指宴飲；射是射箭。「燕射」是一種禮儀，《周禮·大宗伯》說：「以飲食之禮親宗族兄弟，……以賓射之禮親故舊朋友，以饗燕之禮親四方之賓客。」古代帝王常通過這種禮儀用酒食、射箭來招待宗族兄弟、故舊朋友和四方賓客。這是周朝傳下來的禮儀。燕射歌辭就是燕射禮上演奏的歌辭。《樂府詩集》保存了西晉至隋代燕射歌辭共三卷，下面選兩首以示例。

正旦大會行禮歌

傅　玄

【題　解】正旦就是農曆正月初一，也就是元旦，古代「正旦朝賀，百僚畢會」（《東觀漢記》），這次朝賀，百官都要到場，所以叫正旦大會。據《晉書·樂志》記載，晉武帝司馬炎泰始五年（西元二六九年）尚書奏請太僕傅玄、中書監荀勖、黃門侍郎張華寫作〈正旦行禮〉、〈王公上壽〉、〈酒食舉樂〉等歌詩，於是傅玄便寫下了〈正旦大會行禮歌·天鑒〉、〈上壽酒歌·於赫〉、〈食舉東西廂歌・天命〉。

【作者】傅玄（西元二一七——二七八年），字休弈，北地泥陽人。勤學，善屬文。州舉秀才，官至司隸校尉，被封為鶉觚男。性剛勁亮直，不能容人之短，敢於直諫，善於寫作樂府詩，是西晉有名的政治家和詩人。著有《傅子》一百二十卷、《傅鶉觚集》二十卷，《晉書》卷四七有傳。

天鑒有晉❶，世祚聖皇❷。時齊七政❸，朝此萬方❹。鐘鼓斯震❺，九賓備禮❻。正會❼在朝，穆穆濟濟❽。煌煌三辰❾，實麗於天❿。君后是象⓫，威儀孔虔⓬。率禮無愆⓭，莫非邁德⓮。儀刑聖皇⓯，萬邦惟則⓰。

【注釋】❶天鑒句　意為上天關照晉朝。鑒，鏡子，引申為觀照。《後漢書・張衡傳》：「天鑒孔（甚）明，雖疏不失。」有，名詞前的詞頭，無義，古代常有這種用法，如「有夏」、「有殷」、「有周」、「有苗」等。❷世祚句　世祚，世福；世世代代的福澤。皇，指晉武帝。❸時齊句　用舜接受堯的禪讓而為帝的故事，說明晉武帝司馬炎以接受魏元帝曹奐禪讓的名義，取代魏而為帝。據《尚書・舜典》記載，正月吉日，舜在堯的太廟裡接受了堯的禪讓而取得帝位，他觀察了北斗星，列出了七項政事，即所謂「在（察）璿璣玉衡，以齊七政」。齊，排列。七政，除解為七項政事之外，還解為日、月以及金、木、水、火、土五星。明代鮑雲龍《天原發微・篇目名義》：「天樞，北辰居中不動，旋斗柄於外，以建四時、齊七政，有人君之象也。」❹朝此句　意為萬方來到此地朝賀。萬，言其多。❺鐘鼓句　意為鐘鼓之聲震動四方。斯，句中助詞，無義。❻九賓句　是說具備九賓之禮。九賓，說法不一，有說是指王、侯、公、卿、二千石、六百石以及郎、吏、匈奴侍子九種地位不同的禮賓人員。❼正會　元旦大會。❽穆穆句　這句是寫皇上和眾臣的樣子。《詩經・周頌・雝》：「天子穆穆。」穆穆，儀態端莊肅穆的樣子。又《詩經・魯頌・泮水》：「濟濟多士。」濟濟，人才眾多的樣子。❾煌煌句　煌煌，明亮的樣子。《詩經・陳風・東門之楊》：「明星煌煌。」三辰，指日、月、星。❿麗於天　附著在天上。《周易・離卦・彖辭》：「日月麗乎天，百穀草木麗乎土。」日月附著在天上，能照天下。麗，附著。⓫君后句　這句意為像君主一樣。君后，君主。是，結構助詞，表示賓語提前。象，通「像」。⓬威儀句　是說莊嚴的容貌舉止顯得很威嚴。威儀，《左傳・襄公三十一年》：「有威而可畏謂之威，有儀而可象謂之儀。」虔，威嚴；威猛。⓭率禮句　循乎禮法沒有過錯。率，循；遵循。愆，過錯。《詩經・大雅・假樂》：「不愆不忘，率由舊章。」⓮邁德　行德；實踐道德。《尚書・大禹謨》：「皋陶邁種德，德乃降。」《晉書・武帝紀》記載，泰始元年（西元二六五年），晉武帝取代魏元帝，曾經昭告上帝，說堯舜禪讓，「邁德垂訓，多歷年載」。⓯儀刑句　是說聖皇的模範行為。儀刑，典型；模範。⓰萬邦句　意為是萬國的法則。邦，國。惟，是。則，法則。

【語　譯】上天照顧我們晉朝，世代祖宗福佑聖明的皇上。皇上接受禪讓做了帝王，到此朝會的人來自萬方。鐘鼓聲聲震天地，九賓大禮都已具備。元旦大會聚集朝廷，天子穆穆眾臣濟濟。日月星辰閃閃發光，附著在藍天之上。君主像是日月星辰，容貌舉止很是威嚴。遵循禮法沒有過錯，沒有什麼不是實踐道德。聖明皇上的模範行為，可以作為萬國的法則。

【研　析】這是一首農曆元旦朝會時的行禮歌，詩分四章，每章都換韻。第一章寫晉武帝稱帝，受到萬方朝賀，第二章寫君臣朝會、濟濟一堂的盛況，第三章寫晉武帝的威儀，第四章歌頌晉武帝遵循禮法、實踐道德，可為萬邦典範，是典型的歌功頌德之作。《文心雕龍・頌讚》說：「頌者，容也，所以美盛德而述形容（樣子）也。」又說：「頌惟典雅。」這首詩既讚美了晉武帝的盛德，又歌頌了朝會的盛況以及晉武帝的威儀，文辭又典雅，作為一首頌體詩，無論思想上、藝術上都是符合要求的。正因為如此，所以張溥說：「晉代郊祀宗廟樂歌，多推傅休弈。」《漢魏六朝百三家集題辭注》史稱傅玄「性剛勁亮直」，從這首詩看來，也只是忠於主上的前提下的「剛勁亮直」而已，和屈原的敢於傷君、怨君的耿直是不可同日而語的。不過除了寫作歌功頌德的詩歌以外，他那些描寫婦女問題的樂府詩還是真實動人的。

上壽酒歌

傅玄

【題解】「上壽」就是祝壽的意思，〈上壽酒歌〉就是給皇上祝壽敬酒的歌。

【作者】見頁一一。

於赫明明❶，聖德龍興❷。三朝獻酒❸，萬壽是膺❹。敷佑四方❺，如日之升。自天降祚❻，元吉有徵❼。

【注釋】❶於赫句　這句是讚美晉武帝的聖明。於赫，讚美之詞。《詩經・商頌・那》：「於赫湯孫，穆穆厥聲。」明明，明察的樣子。《詩經・大雅・江漢》：「明明天子，令聞不已。」❷聖德句　這句是說晉王以德興起。聖德，聖明的德行，對帝王德行的讚美之詞。龍興，比喻新王朝的興起。孔安國〈尚書序〉：「漢室龍興。」❸三朝句　這句是說正月初一獻酒祝壽。三朝，正月初一。因為正月初一是一年的歲、月、日的開始，故稱三朝。《漢書・孔光傳》：「歲之朝，曰三朝。」顏師古注：「歲之朝、月之朝、日之朝，故曰三朝。」❹萬壽句　這句是祝皇上萬壽無疆，說皇上應當活萬歲。是，句中助詞。膺，當。❺敷佑句　意為普佑四方。敷，普。語出《尚書・周書・金縢》：「乃命於帝庭，敷佑四方。」王國維另有別解，說：「《盂鼎》云：『匍有四方』，知『佑』為『有』之假借，非佑助之謂矣。」錄以備考。❻祚　福。❼元吉句　這句是說有了大吉的跡象。元吉，大吉。出自《周易・坤卦》：「黃裳元吉。」徵，徵兆；跡象。古代有所謂「吉凶有徵」的說法。

【語譯】讚美明智的皇上，依靠聖德興起為王。元旦獻酒祝壽，祝皇上萬壽無疆。保佑四方百姓，像太陽升起在東方。從天上降下洪福，大吉已有跡象。

【研析】這首詩和上一首詩一樣，也是歌功頌德之作，不同的是上一首寫元旦朝會，這一首寫元旦祝壽敬酒，所以一、二句寫完歌頌皇上因聖德而為帝之後，三、四句「三朝獻酒，萬壽是膺」便緊扣主題寫獻酒祝壽，接下去便歌頌皇上保佑百姓、天降吉祥。文辭雍容典雅，用的多是經書中的詞語，晦澀難懂，缺少生動的描述，這是由內容決定的。

二、鼓吹曲辭

〈鼓吹曲〉是樂曲的名稱，「鼓」指的是擊鼓，「吹」指的是吹奏，在這裡是指吹簫和吹笳，因為〈鼓吹曲〉所使用的樂器主要有鼓、簫及笳，「鼓吹」就是擊鼓和吹簫、笳的意思。據晉崔豹《古今注・音樂》、梁沈約《宋書・樂志一》、宋郭茂倩《樂府詩集・鼓吹曲辭》記載，〈鼓吹曲〉又名〈短簫鐃歌〉，原是軍樂，相傳是黃帝岐伯所作，用來揚德建威，鼓舞士氣，如周朝軍隊大捷便奏凱歌就是。漢朝的樂曲中有〈黃門鼓吹〉，天子用它來宴樂群臣。後世還用鼓吹賞賜有功的諸侯，晉朝的臨川太守謝摛很想得到鼓吹賞賜，做夢也常聽到鼓吹之聲，於是有人為他占卜說：「君不得生鼓吹，死當得鼓吹爾。」「鼓吹曲辭」就是〈鼓吹曲〉所配的曲辭。《樂府詩集》收有漢魏至隋唐鼓吹曲辭五卷，其中有〈漢鐃歌〉十八首。

漢鐃歌十八首（選四）

古辭

【題解】鐃是古代的一種樂器，《宋書・樂志一》說：「鐃，如鈴而無舌，有柄，執而鳴之。《周禮・地官・鼓人》：『以金鐃止鼓。』漢〈鼓吹曲〉曰〈鐃歌〉。」可見這種樂器是配合鼓來使用的。〈鐃歌〉就是漢朝的〈鼓吹曲〉。《宋書・樂志四》錄有〈漢鼓吹鐃歌十八曲〉：〈朱鷺〉、〈思悲翁〉、〈艾如張〉、〈上之回〉、〈擁離〉、〈戰城南〉、〈巫山高〉、〈上陵〉、〈將進酒〉、〈君馬黃〉、〈芳樹〉、〈有所思〉、〈雉子斑〉、〈聖人出〉、〈上邪〉、〈臨高臺〉、〈遠如期〉、〈石留〉。這十八首〈漢鐃歌〉，表聲的字和表意的字混雜在一起，而且字多訛誤，很難讀懂，甚至如〈石留〉還不能斷句，特別是它的內容如朱乾《樂府正義》卷三所說的那樣：「並不言軍旅之事，何緣得為軍樂？」因此後世對它的爭論頗多，有說它不可曉，有說它是後人模擬之作，甚至有人說它是雜曲。今人余冠英說：「大約〈鐃歌〉本來有聲無辭，後來陸續補進歌辭，所以時代不一，內容龐雜。其中有敘戰陣，有記祥瑞，有表武功，也有關涉男女私情的。有武帝時的詩，也有宣帝時的詩，有文人製作，也有民間歌謠。」（《樂府詩選・前言》）大抵是可信的。

《宋書・樂志四》首次收錄〈漢鼓吹鐃歌十八曲〉，沒有注明「古辭」二字，「古辭」二字可能是郭茂倩編《樂府詩集》時加進去的。《宋書・樂志一》說：「凡樂章古詞，今之存者，並漢世街陌謠謳。」至於十八曲是否全是民間歌謠，那是需要另作研究的問題。

戰城南

【題解】這首詩是用首句做篇名。戰城南，意思就是在城南作戰。

戰城南，死郭北❶，野死不葬烏可食❷。為我謂烏❸：「且為客豪❹，野死諒不葬❺，腐肉安能去子逃？」水深激激❻，蒲葦冥冥❼。梟騎❽戰鬥死，駑馬❾徘徊鳴。〔梁〕❿築室⓫，何以南？何以北⓬？禾黍不穫君何食⓭？願為忠臣安可得⓮！思子良臣⓯，良臣誠可思⓰！朝行出攻，暮不夜歸⓱。

【注釋】❶戰城南二句　這兩句是互文以見義，意為在城南也戰死，在郭北也戰死。一說是由城南轉戰到郭北，然後死在郭北，錄以備考。郭，外城。❷野死句　這句是說戰死在野外得不到安葬，烏鴉可以食屍體。按，烏鴉喜吃死屍，《莊子·列禦寇》記載莊子反對厚葬，他的學生說：「吾恐烏鳶之食夫子也。」❸為我句　替我告訴烏鴉。我，作歌者自稱。❹且為句　暫且替戰死者哭叫，即先替戰死者招魂。余冠英《樂府詩選》注：「古人對於新死者須行招魂的禮，招時且哭且說，就是號。詩人要求烏先為死者招魂，然後吃他。」客，指戰死者。豪，哭聲。❺諒不葬　想必不會埋葬，即沒有人埋葬。諒，信；想必。劉履《風雅翼·選詩補註·補遺》：「諒者，信其必然之詞。」❻激激　水清的樣子。❼蒲葦句　意為蒲草和蘆葦長得茂密，顯得幽暗。冥冥，幽暗的樣子。這句是寫環境陰森可怕。❽梟騎　即驍騎，良馬。良將騎良馬，良將良馬衝鋒在前，常常先戰死。騎，作名詞用。❾駑馬　劣馬。❿梁　疑是表聲的字，故加〔　〕以示區別，下同。一解「梁」為橋樑，說「梁築室」是在橋樑上建房子。在古代的橋樑上建房，令人難以想像，故不採其說。⓫築室　建築房子，在這裡似指服土木工程方面的勞役。⓬何以南二句　這兩句原作「何以南？梁何北？」此依劉履《風雅翼》、馮惟訥《古詩紀》、李攀龍《古今詩刪》、陸時雍《古詩鏡》校改，意為怎麼讓服勞役的人南征北調呢？何以，怎麼。⓭禾黍句　原作「禾黍而穫君何食」。依劉履《風雅翼》、馮惟訥《古詩紀》、李攀龍《古今詩刪》、梅鼎祚《古樂苑》、陸時雍《古詩鏡》校改。因為壯士都去當兵服勞役了，所以禾黍不能收穫；禾黍不能收穫，君主也就沒有吃的了。⓮願為句　意為願為忠臣怎麼可能，因為禾黍不穫，再不能供給君主糧食，想做忠臣也不可能了。安可得，怎麼可能。⓯思子句　意為思念您呀，良臣。良臣，善於輔助君主治國安邦的大臣。《尚書・商書・說命下》：「股肱惟人，良臣惟聖。」意思是有腳手才能成人，有良臣才能成聖帝，可見良臣何等重要。⓰良臣句　因為有了良臣，百姓就不致如此痛苦，死在野外，所以良臣的確值得思念。誠，的確。⓱朝行二句　暮，太陽下山。夜歸，摸黑回來。按，這兩句和上文「野死」、「戰鬥死」相照應，戰者死於外，所以朝出征，夜不得歸。

【語　譯】戰死在城南，也戰死在城北，死在野外沒有人埋葬，烏鴉可以飽一餐。替我告訴烏鴉：「暫且替戰死者哭叫招魂吧，死在野外想必沒有人埋葬，腐爛的死屍怎麼可以離開你逃走呢？」深水清澈，蒲葦幽暗。良馬戰死了倒在地上，劣馬還活著在徘徊哀鳴。建築房子的人們，為什麼也南征北調呢？禾黍沒有人收穫，君主吃什麼？人們想做忠臣又怎麼可能呢！想念您呀，好大臣，好大臣真是值得想念呀！你看那軍人早上出去打仗，晚上不能回來。

【研　析】這是一首詛咒戰爭及勞役的詩歌。首先展現在我們面前的是一場殘酷戰爭以後的淒慘畫面：屍橫遍野，烏鴉正在啄食死屍，戰死的良馬和猛將倒在地上，活下來的劣馬正在來往徘徊，聲聲哀鳴；再加上那「水深激激，蒲葦冥冥」的陰森可怕的環境，真是「傷心慘目，有如斯也」！詩人正是透過這血腥的畫面控訴了戰爭的罪惡。接著描寫了那些被迫服勞役的人們時南時北，奔走不息，以致使得禾黍不能收穫，想做個忠臣也不可能。詩人問道：這麼一來君主吃什麼？「願為忠臣安可得」一句更是意味深長，言外之意是做不了忠臣，那就只能做逆臣了，憤怒之情，溢於言表。末了，寫詩人對安邦治國的大臣的思念，「思子良臣」一句之後，又重複說「良臣誠可思」，還特意加上一個「誠」字，正表現思念之心切。詩人為什麼如此迫切思念良臣呢？這就牽涉到如何理解這兩句與下面兩句的關係了。為了使這首詩後四句能連起來講通，聞一多先生將「良臣」改為「良人」，「婦人稱夫曰良人」，認為是「婦人思夫之辭」（見《詩選與校箋》）；也有人認為末句應據《宋書．樂志》作「莫不夜歸」，解為沒有人晚上不回來，因為有了良臣，早上出去打仗，晚上還可以活著回來，所以思念良臣。由於聞一多先生沒有提供改「良臣」為「良人」的依據，而古代的「莫」字本意就是日在草中，和「暮」字是同一個字，所以我們不採用這兩種說法。我們認為「暮不夜歸」是照應前文「野死」、「戰鬥死」，如果有了良臣，就不致有此情況發生，所以良臣值得思念。

詩人李白繼承了這種反戰思想，也寫了一首〈戰城南〉，所寫慘象，更是目不忍睹：「烽火燃不息，征戰無已時。野戰格鬥死，敗馬號鳴向天悲。烏鳶啄人腸，銜飛上掛枯樹枝。」並嚴正提出：「乃知兵者是兇器，聖人不得已而用之。」這話是何等發人深思啊。那些能發動戰爭的人，好好讀讀這首詩吧，千萬不要亂動干戈，給人民造成無窮的災難，否則，人民被逼得做不了忠臣，那就只好選擇做逆臣了。

至於這首詩的時代背景，有人說與漢武帝出擊匈奴、徙民屯邊有關，由於沒有提出具體的證據，也只能是種猜測而已。

全詩句式參差不齊，三言、四言、五言、七言交錯運用，顯得生動活潑，是典型的雜言詩。詩人請求烏鴉先哀號後吃屍體，想像奇特，有寓言的韻味，給讀者留下了深刻的印象。

巫山高

【題　解】以首句名篇。巫山，在今四川境內，下臨長江。

巫山高，高以大❶；淮水深，難以逝❷。我欲東歸，害〔梁〕不為❸？我集無高曳❹，水何〔梁〕湯湯回回❺。臨水遠望，泣下霑衣。遠道之人心思歸，謂之何❻！

【注　釋】❶巫山高二句　這兩句是說巫山既高且大。以，且。❷淮水深二句　這兩句是說淮水深難以前往。逝，往。有人以為這兩句與前兩句是對仗，解「以」為「且」，「逝」為「速」，譯「難以逝」為「深且急」，錄以備考。❸害梁不為　意為為什麼不回去呢。害，曷；何。梁，表聲字。不為，不做；不行動。即不回去。❹我

集無高曳 意為我站在這裡不動，因為沒有竹篙和槳。集，本意為鳥站在樹上，這裡是站的意思。高曳，聞一多《詩選與校箋》：「高曳疑當為篙栧。《玉篇》：『栧同枻，楫也。』〈吳都賦〉：『篙工楫師。』」楫，槳。❺湯湯回回 湯湯，漲大水的樣子。回回，水彎曲的樣子，可能是指旋渦而言。❻謂之何 這怎麼說呢；這說什麼好呢。是種無可奈何的表示。

【語譯】巫山高，高且大；淮水深，難以往。我想回到東邊去，為何又不走呢？我站在江邊，因為沒有篙和槳，江水浩浩蕩蕩、旋轉迂迴何等大啊。面臨流水，眺望遠方，淚水漣漣沾滿衣。遠道的人心中想回去卻不能回去，這說什麼好呢！

【研析】這是一首遊子思鄉的詩。這首詩的主人思念故鄉時究竟身在何處，是解釋這首詩首要的難題。從詩中看，他彷彿是站在東邊淮水岸上，而巫山在西邊，於是現在就有人說他是對著淮水，遠望家鄉，想從東方回到西邊的家鄉去。可是詩中明明是說「我欲東歸」，「東歸」就是回到東邊，怎麼會是回到西邊呢？聞一多先生早就看出了這個問題，他在《詩選與校箋》中引《南部新書》：「濠州西有高塘館，附近淮水。」並懷疑這個高塘館所在的山也叫巫山，詩中所說的「巫山」不是四川的巫山，所以他說：「此詩巫山淮水並稱，即濠西之巫山也。」這麼一來，詩人就是站在淮水旁邊遠望濠西巫山了。至於這詩人是如何站在淮水旁望濠西巫山，方位是怎樣定的，他沒有進一步作交代。

《南部新書》見於《四庫全書・子部・小說家》，是宋代錢易所撰，書中的確有上述記載。書中還說有個御史叫閻敬，喜歡住在高塘館內。大概他想起了宋玉〈高唐賦〉中所講的楚襄王和巫山神女在四川巫山陽臺相會的浪漫故事，於是異想天開，希望有個神女來「薦枕席」，便題了一首詩：「借問襄王安在哉？山川此地勝陽臺。今朝寓宿高塘館，神女何曾入夢來！」可是有個名叫李和風的人，偏偏要給他開玩笑，也題了一首詩：「高唐不是這高塘，淮畔江南各一方。若向此中求薦枕，參差笑殺楚襄王。」既然這「高塘」不是那「高唐」，高塘館所在的山是不是叫巫山，也就值得懷疑了。

問題該如何解決呢？如果我們想到四川的巫山正面臨長江，詩中又說過「臨水遠望」，「我欲東歸」，就可知道詩人是在四川巫山，面對江水，遠望東邊淮水旁邊的故鄉了。詩人想回家而沒有舟楫，只能隔水遠望，其痛苦可想而知。樂府詩〈雜曲〉中還有一首〈悲歌〉，也是寫遊子思家：「悲歌可以當泣，遠望可以當歸。思念故鄉，鬱鬱纍纍。欲歸家無人，欲渡河無船。心思不能言，腸中車輪轉。」和這首詩有異曲同工之妙。

有所思

【題解】以首句名篇。所思，即所想的人。

有所思，乃在大海南。何用問遺君❶？雙珠瑇瑁簪❷，用玉紹繚之❸。

聞君有他心，拉雜摧燒之❹。摧燒之，當風揚其灰。從今以往❺，勿復相思❻！相思與君絕❼！雞鳴狗吠，兄嫂當知之❽。〔妃呼狶〕❾，秋風肅肅晨風颸❿，東方須臾高知之⓫。

【注　釋】❶何用句　這句意為用什麼贈給你。何用，即用何、用什麼。問遺，贈與。問，《詩經・鄭風・女曰雞鳴》：「雜佩以問之。」《毛傳》：「問，遺也。」漢時常將「問遺」連用，如《史記・酷吏列傳》稱郅都「問遺無所受」，就是別人贈送錢物給他，他不接受。君，你。這裡指所思念的人。❷雙珠句　這句是說送給你一支玳瑁簪，兩頭還掛著珠子。簪，是用來綰頭髮的一種首飾，古時也用它將帽子別在頭髮上。簪的兩端掛著珠玉等飾物。瑇瑁，海中一種似龜的爬行動物，甲殼可用來做裝飾品，也作「玳瑁」。❸用玉句　這句是說簪上纏繞著串起來的玉。紹繚，纏繞。❹拉雜句　拉雜，雜亂的樣子。古人常用此詞，如清人杜臻《閩粵巡視紀略》：「我迎者益眾，竟放鳥鎗，其聲拉雜。」有時也用來形容心情，如施閏章《學餘堂詩集・醉後答劉山蔚》：「我方倦筆墨，拉雜思燒焚。」是說他倦於寫作，心情亂，想燒掉自己的作品。這裡的「拉雜」當是形容主人公當時的心情。摧，折。之，指代簪。❺以往　以後。❻勿復相思　不再相思。❼相思句　即與君相思絕，同你一刀兩斷，不再相思。❽雞鳴狗吠二句　這兩句是寫思婦追思往日兩人偷情時驚動了雞犬，兄嫂當會知道。這一甜蜜的回憶，又使她覺得舊情難斷。❾妃呼狶　表聲的字，一說是歎聲。❿秋風句　這句是寫當時的環境，意為秋風蕭瑟，鷐風鳥悲鳴求偶。此情此景，更增加了思婦對情人的思念。肅肅，風聲。晨風，即鷐風，鳥名，聞一多說就是雉，「考《詩》每以雉鳴喻求偶」。颸，聞一多說：「當為『思』，涉上文風字而誤加風旁，……《方言》十：『凡言相憐哀，江濱謂之思。』」思，悲的意思。⓫東方句　這句是寫思婦當時的心情，意為一會兒天就亮了，天亮了就知道該怎麼辦。須臾，片刻；一會兒。高，即皓。《爾雅・釋天》：「皓，日出也。」

【語　譯】有一個我所想念的人，就在大海的南邊。用什麼來贈送給你呢？用一支飾有雙珠的玳瑁簪，再用玉串纏繞它。聽說你變了心，我的心亂極了，就把簪折斷燒了。折斷燒了它，還當著風揚棄它的灰。從今以後，不再想念你！與你的相思就此斷絕！（不過想起從前我們偷偷摸摸來往，）弄得雞啼狗叫，哥哥嫂嫂是應當知道的。秋風蕭瑟，鷂風鳥正在悲鳴求偶，（我該怎麼辦啊？）過一會，東方天亮了，就該知道怎麼辦了。

【研　析】這是一首愛情詩，通篇寫一個「思」字。寫一個思婦對情人由愛到怒、由怒到猶豫不決的思想感情的變化過程。首句「有所思」便點出「思」字，一在海南，一在地北，不能相愛在一起。由於「思」，她準備了一件極為珍貴的禮物——用玉纏繞的雙珠玳瑁簪送給他。禮物的貴重，正表明愛情的深厚。可是當她得知所愛的人「有他心」，便毫不猶豫地將簪毀掉，不但毀掉，還「當風揚其灰」，一點痕跡也不留下，表示從今以後不再想念他了，要一刀兩斷了，怨恨憤怒到了極點。可是這種怨恨憤怒乃是愛的折射，沈德潛評論說：「怨而怒矣！然怒之切，正望之深。」（《古詩源》卷三）如果她不「望之深」，怎麼會「怒之切」呢。接下來「雞鳴狗吠，兄嫂當知之」寫思婦情緒的又一轉折。有人說這兩句是寫實，當時她又是發怒，又是燒簪子，弄得雞飛狗叫，哥哥嫂嫂都知道了。我們不同意這種解釋，認為是寫思婦在憤怒之餘，回想起當日兩人偷情的情景，又舊情難捨，這有《詩經》中寫男女自由戀愛的詩可作旁證，〈召南・野有死麕〉：「無使尨（一種多毛狗）也吠。」〈鄭風・將仲子〉：「畏我諸兄。」不就是告訴情人偷情時不要弄得狗叫、不要讓兄弟知道嗎？思婦想到我們過去兩人的事驚動了兄嫂，今天如果真的和他斷絕來往，兄嫂就更有話可說了，何況兩人還曾經真心相愛呢。再加上那秋風聲中鷫風求偶的悲鳴，此情此景，使得她欲罷不能，終於猶豫不決了。這該怎麼好啊？思婦折騰了一夜也拿不定主意，只好等一會天亮了再說，其實那也只能不了了之。給讀者留下了無限的想像空間，真是餘味無窮啊！

全詩以五言為主，雜以雜言，顯得生動活潑，錯落有致。為了強調某種感情，採用鋪敘、重複的手法，深刻地表現了思婦感情的起伏變化，收到了很好的藝術效果。

上邪

【題解】以首句名篇。上邪，猶「天啊」。上，指天，蒼天在上。人們在痛苦或發誓時常常喊天。邪，同「耶」，語氣詞。

上邪！我欲與君相知❶，長命❷無絕衰。山無陵❸，江水為竭❹，冬雷震震❺，夏雨雪❻，天地合❼，乃敢與君絕！

【注釋】❶相知　相親；互相要好。《左傳・昭公四年》：「公孫明知叔孫于齊。」杜預注：「與叔孫相親知。」❷長命　長令；長使。莊述祖注：「命，令也。」❸山無陵　意為除非高山變為平地。陵，大的土山。沒有大的土山，也就是平地了。❹為竭　變為枯乾。❺震震　雷聲。❻雨雪　下雪。雨，作動詞用，落下的意思。❼合　指天地合在一起。

【語　譯】天呀！我想與你相親相愛，讓愛天長地久沒有衰竭。除非高山變為平地，江水枯竭，冬天響雷，夏天落雪，天地合在一起，到那時才敢與你斷絕！

【研　析】這首詩寫一個女子的一往情深，一開始她就對天發誓，要讓兩人的愛情天長地久。接著連用五件不可能發生的事作比，即指除非發生這五件不可能發生的事，才敢同他斷絕關係，實際就是表明自己永不變心，形象地抒發了那火一般強烈的感情。這種博喻的修辭手法，對後世產生了深遠的影響，如敦煌曲子詞〈菩薩蠻〉：「枕前發盡千般願：要休且待青山爛，水面上秤錘浮，直待黃河徹底枯。白日參辰現，北斗回南面。休即未能休，且待三更見日頭。」其表現手法是一脈相承的。甚至現在江西的民歌中還有：「韮菜開花一條心，從小想妹到如而今。黃鰍生鱗馬生角，鐵樹開花才斷情。」其影響由此也可見一斑了。

清人莊祖述認為：「〈上邪〉與〈有所思〉當為一篇」、「敘男女相謂之言。」（《漢短簫鐃歌曲句解》）錄以備考。

四、橫吹曲辭

橫吹，樂器名，即橫笛，又名短簫。據崔豹《古今注》和《樂府詩集·橫吹曲》記載，〈橫吹曲〉是胡樂，即是北方少數民族演奏的一種樂曲。開始的時候，這種北方少數民族的樂曲稱〈鼓吹曲〉，後來分為兩部，一部配有簫和笳等樂器的仍叫〈鼓吹曲〉，用在朝廷節日大會、皇帝出行道路以及賜給臣下等；另一部配有鼓角等樂器的叫做〈橫吹曲〉，在軍隊中使用，士兵騎在馬上演奏。相傳〈橫吹曲〉是張騫出使西域時傳到西京長安，而且只傳回〈摩訶兜勒〉一曲。李延年依照這種少數民族的樂曲仿造了新曲二十八解，即〈漢橫吹曲〉，用來做武樂，東漢時還用來賜給邊將。《樂府詩集》中的〈橫吹曲〉，分為〈漢橫吹曲〉和〈梁鼓角橫吹曲〉兩部分，共五卷。

(一)漢橫吹曲

如上所述，〈漢橫吹曲〉是李延年所造，共有二十八解。魏晉以後，這些新曲沒有全部保存，世上所用的只有〈黃鵠〉、〈隴頭〉、〈出關〉、〈入關〉、〈出塞〉、〈入塞〉、〈折楊柳〉、〈黃覃子〉、〈赤之揚〉、〈望行人〉等十曲，後來又有〈關山月〉、〈洛陽道〉、〈長安道〉、〈梅花落〉、〈紫騮馬〉、〈驄馬〉、〈雨雪〉、〈劉生〉等八曲，共十八曲。〈漢橫吹曲〉的歌辭，除了〈出塞〉曲以外，其餘的都散失了，今所存〈漢橫吹曲〉歌辭，幾乎全是南北朝和唐代文人的擬作。

出塞

【題解】〈出塞〉，曲名。《晉書·樂志》說是漢武帝時李延年所作，但是《西京雜記》卷一記載，漢高祖劉邦的戚夫人善「歌〈出塞〉、〈入塞〉、〈望歸〉之曲」，可見在漢初就有了〈出塞〉等曲。也或許是李延年依據漢初就有的〈出塞〉等舊曲，又配上了新曲。《樂府詩集》定為這首歌辭是無名氏之作，但是元左克明《古樂府》、明梅鼎祚《古樂苑》都標明是「古辭」，現按後種說法處理。

候騎出甘泉❶，奔命入居延❷。旗作浮雲影❸，陣如明月弦❹。

【注釋】❶候騎句　這句是說偵察騎兵從甘泉出發。候騎，巡邏偵察的騎兵。《漢書・匈奴傳》：「候騎至雍、甘泉。」這裡是指漢朝派出的巡邏偵察的騎兵。甘泉，宮名，即甘泉宮，在陝西淳化西北甘泉山上。❷奔命句　這句是說奉命奔走進入居延。奔命，奉命奔走。語出《左傳・成公七年》：「余必使爾罷於奔命以死。」居延，地名，在今甘肅張掖西北，是匈奴經常出沒的地方。一說「奔命」是古時一種軍隊的名稱，類似現在的預備役部隊。《漢書・昭帝紀》：「發犍為、蜀郡犇（奔）命擊益州，大破之。」應劭注：「舊時郡國，皆有材官、騎士，以赴急難。今夷反常，兵不足以討之，故權選取精勇，聞命奔走，故謂之奔命。」這句是說預備役部隊進入居延。二說皆可通。❸旗作句　這句是說出征騎兵的旗幟像浮雲的影子一樣。❹陣如句　這句是說出征騎兵的行陣像弦月一樣。

【語譯】偵察騎兵出甘泉，奉命奔走進居延。旗幟變作浮雲影，行陣就像是月弦。

【研析】這首詩寫偵察騎兵到塞外出征的景象，一、二句分別寫他們從何處出發和到何處去，三、四句用比喻手法描寫出征時的壯觀，使讀者聯想到那些騎兵出征時，一眼望去，旗幟就像是浮雲的影子、行陣就像是一彎弦月，消失在人們的視線之中，真是美極了。沒有在大漠上觀察部隊出征的親身體驗，是寫不出這樣美好的詩句的。

出塞二首（選一）

王昌齡

【題　解】〈出塞〉，樂府舊題，解釋見頁二九。

【作　者】王昌齡（西元六九八——七五七年），字少伯，長安（今陝西西安）人，一說江寧（今南京）人。開元十五年（西元七二七年）進士，補秘書省校書郎，後又中博學宏詞科，升任汜水縣尉。因為不顧小節，貶為龍標尉。世稱「王江寧」或「王龍標」。後因安史之亂，返回鄉里，被刺史閭丘曉所殺。善於寫詩，緒密而思清，無論是寫邊塞、閨怨、送別，均有佳作，他的七絕堪與李白比美，時稱「詩家夫子王江寧」。《舊唐書》、《新唐書》、《唐才子傳》均有傳，《全唐詩》錄有他的詩四卷。

其一

秦時明月漢時關，萬里長征人未還。但使龍城❶飛將❷在，不教❸胡❹馬度陰山❺。

【注　釋】❶龍城　王安石《唐百家詩選》作「盧城」。據《史記·李將軍列傳》：漢武帝任命李廣為右北平太守，匈奴稱之為飛將軍。唐代時，右北平為北平郡，又名平州，治盧龍縣。又《水經注·濡水》記載：「濡水又東南，逕盧龍故城，東漢建安十二年魏武征蹋頓所築也。」王昌齡所謂龍城，蓋即「盧龍城」。而「龍城」

乃匈奴聚會，「祭其先天地鬼神」之地（《漢書·匈奴傳》），有別於「盧龍城」，豈能冠於飛將軍李廣之上！（參見閻若璩《潛邱札記》卷二）❷飛將　是飛將軍的簡稱，指漢代名將李廣。《史記·李將軍列傳》：李廣任右北平太守，「匈奴聞之，號曰『漢之飛將軍』，避之數歲，不敢入右北平」。❸教　使；讓。❹胡　古代對中國北方民族匈奴的稱呼。❺陰山　指陰山山脈，起自河套西北，綿亙於內蒙古，與內興安嶺相接。

【語譯】秦時的明月漢時的邊關，長征萬里的軍人未能回還。只希望盧城的飛將軍還健在，不讓匈奴的騎兵度過陰山。

【研析】這是一首源於樂府的七言絕句，曾被稱為七絕的壓卷之作，據說明代李攀龍選唐七言絕句就取這首詩為第一。雖然是不是真的就是第一，人們還有不同的看法，但這是一首好詩，那是沒有疑問的。好在什麼地方呢？廖仲安先生認為好在「秦時明月漢時關」一句，妙在「明月」和「關」兩個詞之前增加了「秦」「漢」兩個時間性的限定詞。這樣從千年以前、萬里之外下筆，自然形成一種雄渾蒼茫的意境，使讀者把眼前明月下的邊關同秦代築關備胡，漢代在關內外與胡人發生的一系列戰爭的悠久歷史聯繫起來。這樣下句的「萬里長征人未還」，就不只是當時的人們，而是秦漢以來世世代代的人們共同的悲劇；希望邊境有「不教胡馬度陰山」的「龍城飛將」，也不只是漢代的人們，而是世世代代人們的共同願望。

好詩往往是能以少總多，字句很少，包含的意思卻很多。只有二十八個字的七絕，更應該如此。要做到這點，關鍵是看所寫出的詩句能否引起讀者聯想。如果能引起豐富有趣的聯想，讀者就像嚼橄欖一樣，越嚼越有味。這首詩用「秦時明月漢時關」七個字，引發了廖先生如此豐富的想像，不就是好詩的證明嗎？如果換一個讀者，也許他還會想到「秦時明月漢時關」一句是互文，說的就是秦漢時期的明月和邊關，進而想到不僅漢朝出了個飛將軍，使匈奴「避之數歲」，而且秦朝還有一個蒙恬，他「北築長城，卻匈奴七百餘里」，使得「胡人不敢南下而牧馬」。如果有這樣的良將，哪裡還會擔心「胡馬度陰山」呢！「邊兵屢動思良將，廷論蕭條憶諍臣」（蘇轍〈王仲儀尚書挽詞〉），思良將，不就是這首詩的主題嗎？明人王世懋說：絕句「貴有風人之致，其聲可歌，其趣在有意無意之間，使人莫可捉著」（《秇圃擷餘》）。這首詩「其聲可歌」是沒有問題的，如果可將「有意無意之間」、「莫可捉著」理解為在不同的人之中引起不同的聯想，那麼這首詩就符合好絕句的標準了。

梅花落

鮑　照

【題　解】〈梅花落〉，曲名，是李延年所作〈漢橫吹曲〉二十八曲之一。鮑照用漢樂府舊題，另寫新辭。

【作　者】鮑照（西元四一四？——四六六年），字明遠，東海（今江蘇漣水縣北）人。他出身寒門，家世貧賤，少年的時候就有文思，宋臨川王劉義慶愛惜他的文才，提拔他做國侍郎。後來還做過秣陵令、永嘉令、臨海王子頊參軍，後來臨海王因為作亂被賜死，鮑照也死在亂軍之中。後世稱他為鮑參軍。他的樂府詩寫得很好，是劉宋時期有名的詩人，受到杜甫的稱讚，存有《鮑參軍集》十卷。他才秀人微，《宋書》、《南史》都沒有為他專門立傳，他的事蹟附在《宋書》、《南史》〈宗室傳〉中的〈臨川烈武王道規傳〉裡。

中庭❶雜樹多，偏為梅咨嗟❷。問君❸何獨然？念其❹霜中能作花，露中❺能作實❻。搖蕩春風媚春日，念爾❼零落逐風飆❽，徒有霜華無霜質❾。

【注　釋】❶中庭　即庭中。❷咨嗟　讚歎聲。❸君　你，鮑照自指。❹其　指梅。❺露中　《古詩紀》作「霜中」。❻作實　結實；結果實。❼爾　你，指雜樹。比喻沒有節操的人。❽風飆　《鮑參軍集》、《古詩紀》、《古詩鏡》作「寒風」，但《古樂府》、《古樂苑》仍作「風飆」。飆，同「飈」，本為暴風，這裡當同「飄」，飄動。❾徒有句　這句承接上文「念其霜中能作花，露中能作實」，徐仁甫《古詩別解》：「上文曰『念其霜中能作花，露中能作實』。本作霜花霜實。此云『徒有霜花無霜質』，變為霜花霜質，上下文異詞同義。」華，花。

【語　譯】庭院中間雜樹多，偏替梅樹唱讚歌。問你為何獨如此？因為想到梅樹霜中能開花，露中能結實。春風搖盪時雜樹向春天獻媚，想到它們一遇上寒風便隨風飄零，徒有霜中花的姿態卻沒有霜中花的品質。

【研　析】這首詩一開始便切入正題，直說他偏愛梅花，接著設問：為什麼如此呢？然後用對比的手法分別說明原因：梅花霜中能開花，露中能結實，傲霜鬥雪，永不變質；可是雜樹卻不一樣，它在春風搖盪的時候，隨風搖擺，搔首弄姿，媚態百出，一遇上寒風，卻又隨風飄零，落葉紛紛，徒有霜中花的外表，而無霜中花的本質。作者通過象徵比喻的手法，讚美了堅持操守、堅貞不屈的高貴品質，批判了阿諛奉承、趨炎附勢的可恥行為。李白的「松柏本孤直，難為桃李顏」（〈古風五十九首〉）、杜甫的「顛狂柳絮隨風舞，輕薄桃花逐水流」（〈漫興九首〉）託物諷人，用的都是同一種手法。另外「霜中能作花，露中能作實」二句，「花」字與上半首押韻，「質」字與下半首押韻，張蔭嘉稱讚說：「花實疊句，而用韻卻收上領下，格法比漢樂府〈有所思〉篇更為奇橫。」

(二)梁鼓角橫吹曲

《古今樂錄》有〈梁鼓角橫吹曲〉，多敘五胡十六國慕容垂及姚泓時戰陣之事，其曲有〈企喻〉、〈琅琊王〉、〈鉅鹿公主〉、〈紫騮馬〉、〈黃淡思〉、〈地驅樂〉、〈雀勞利〉、〈慕容垂〉、〈隴頭流水〉等歌三十六曲。其中二十五曲有歌有聲，十一曲有歌。此時樂府胡吹舊曲有〈大白淨皇太子〉、〈小白淨皇太子〉、〈雍臺〉、〈搨臺〉、〈胡遵〉、〈利羊丘女〉、〈淳于王〉、〈捉搦〉、〈東平劉生〉、〈單迪歷〉、〈魯爽〉、〈半和企喻〉、〈北敦〉、〈胡度來〉十四曲。三曲有歌，十一曲亡。又有〈隔谷〉、〈地驅樂〉、〈紫騮馬〉、〈折楊柳〉、〈幽州馬客吟〉、〈慕容家自魯企由谷〉、〈隴頭〉、〈魏高陽王樂人〉等歌二十七曲，合前三曲，共三十曲，總計六十六曲。這些北方民族的歌曲，大概是傳到南方以後由南朝的樂府機關用漢語記錄下來的，廣泛地反映了北方民族的生活，除戰事外，還有游牧生活、家庭婚姻戀愛等方面的內容。風格粗獷豪放，與南朝民歌的婉約清麗有顯著的區別。

企喻歌辭四曲（選二）

【題解】〈企喻歌〉是〈梁鼓角橫吹曲〉的一種曲名，共有四曲，下面選的是第一曲和第四曲的歌辭。第四曲相傳是苻融所作。

其一

男兒欲作健❶，結伴不須多。鷂子❷經天飛❸，群雀兩向波❹。

【注釋】❶作健　做健兒。❷鷂子　鷹的一種，很兇猛，捕食小鳥。❸經天飛　從天上飛走。❹兩向波　像波浪一樣向兩邊分開。

【語譯】男兒要想當健兒，結伴出去不須多。驚得鷂子飛上天，嚇得群雀兩邊躲。

【研析】這首歌謠描寫了草原上一個健壯的小伙子的英姿，他毋須眾多的伙伴，一出去就驚得鷂子向天上飛走，一群一群的小雀也像水波分開一樣向兩邊躲開，這一形象的描繪，將健兒的英勇寫得活靈活現。

其四

男兒可憐蟲，出門懷死憂❶。尸喪狹谷中，白骨無人收。

【注釋】❶懷死憂　心中想到死而憂愁。

【語譯】男兒真是可憐蟲，出門擔心為死憂。屍體躺在狹谷裡，變成白骨無人收。

【研析】這首歌謠從同情男兒的命運入手，說他們一出去就懷著怕會死去的憂愁。結果真的不出所料死在狹谷，連白骨也無人收葬。

琅琊王歌辭八曲（選二）

【題解】〈琅琊王〉，〈梁鼓角橫吹曲〉中的一種曲名。歷史上被封為琅琊王的人很多，這裡不知道是指哪一個琅琊王。

其三

東山看西水，水流盤石❶間。公❷死姥❸更嫁，孤兒甚❹可憐。

【注釋】❶盤石　迂迴層疊的山石。❷公　父親。❸姥　母親。❹甚　很，程度副詞，解為「真」亦可。

【語譯】東邊山頭看西水，西水流在盤石間。父親死了母改嫁，丟下孤兒真可憐。

【研析】這首歌謠一、二句先用別的事開個頭，是比興手法。三、四句說孩子的父親死了，母親又改嫁，無人撫養，孤苦無依，實在可憐，以喚起讀者對孤兒的同情。沒媽的孩子像根草，這沒媽又沒爹的孩子想必就更慘了。

其七

客行❶依主人，願得主人彊❷；猛虎依深山，願得松柏長❸。

【注釋】❶客行　在外面作客。❷彊　同「強」。❸栢長　栢，同「柏」。長，長得很長、很高大。

【語譯】作客在外靠主人，希望主人勢力強；猛虎在野靠深山，希望松柏長得長。

【研析】這首歌謠是告訴人們出門在外，一定要投靠強主，後面兩句是用來比喻、陪襯，有深化主題的作用。

紫騮馬歌辭三曲

【題解】〈紫騮馬〉，是〈梁鼓角橫吹曲〉中的一種曲名。

其一

燒火❶燒野田❷，野鴨飛上天。童男娶寡婦，壯女笑殺人。

【注釋】❶燒火 點火；放火。❷野田 荒蕪的田畝。

【語譯】點起火把燒野田，驚得野鴨飛上天。一個男孩娶寡婦，壯女覺得笑死人。

【研析】這首歌謠的一、二句是起興，與三、四句寫男孩娶寡婦，使得成年的婦女感到驚奇可笑，有著內容上的聯繫。

其二

高高山頭樹，風吹葉落去。一去數千里，何當❶還故處❷！

【注釋】❶何當 張相《詩詞曲語辭匯釋》：「何當，猶云何日也。」如李商隱〈夜雨寄北〉：「何當共剪西窗燭，卻話巴山夜雨時。」蘇軾〈再過超然臺〉：「山中兒童拍手笑，問我西去何當還。」❷故處 舊處；故鄉。

【語譯】高高山上有棵樹，大風吹來葉落去。一別家鄉幾千里，何日回到故鄉去！

【研析】這首歌謠寫遊子離家思鄉，一、二句是起興，以風吹落葉飄然而去，引出自己遠別故鄉、不知何日還鄉之思，只不過語氣顯得十分沉痛。

其三

十五從軍征，八十始得歸❶。道逢鄉里人❷，「家中有阿誰❸？」「遙看是君家❹」：松柏冢纍纍❺。兔從狗竇❻入，雉❼從梁上飛。中庭❽生旅穀❾，井上生旅葵⓾。舂穀持⓫作飯，採葵持作羹⓬，羹飯一時熟，不知貽⓭阿誰？出門東向看⓮，淚落沾我衣。

【注　釋】❶八十句　古時確有七、八十歲還在服兵役的人，如曹植〈諫取諸國士息表〉：「植……所得兵百五十人，皆年在耳順（六十歲），或不踰己（七十歲）。」沈約《宋書·自序》：「伏見西府兵士，或年幾八十，而猶伏隸。」❷鄉里人　猶同鄉人。古時鄉和里都是百姓的居住單位。❸阿誰　就是誰。阿，詞頭，無義。❹遙看句　前一句為老兵向同鄉發問，此句是同鄉對老兵的回答，同鄉不忍說老兵家的慘象，所以這麼說。❺冢纍纍　猶言一堆一堆的墳。冢，同「塚」，墳墓。纍纍，一堆接一堆的樣子。❻狗竇　狗洞。❼雉　野雞。❽中庭　庭中。❾旅穀　野生的穀。⓾旅葵　野生的葵菜。⓫持　拿；拿去。⓬羹　煮成或蒸成的糊狀食品。⓭貽　當作「飴」，通「飤」。將食物給人吃。⓮看　明曹學佺《石倉歷代詩選》、明陸時雍《古詩鏡》作「望」。

【語　譯】十五從軍去出征，熬到八十才得歸。途中遇上同鄉人，問聲「家中還有誰？」「遠看就是你的家」：松柏中間墳成堆。兔子狗洞進，野雞樑上飛。庭中生野穀，井上生野葵。到家舂好野穀去做飯，採好野葵去做羹，羹飯一時就煮熟，不知送給誰來吃？走出家門向東望，淚珠滾滾沾我衣。

【研　析】在《樂府詩集》中，這首詩和上兩首詩〈燒火燒野田〉、〈高高山頭樹〉合在一起，題為〈紫騮馬歌辭〉，分成六曲。但《古今樂錄》說：「『十五從軍征』以下是古詩。」而且朱乾《樂府正義》還將它列入〈相和曲〉，因此現在的研究者一般都把〈十五從軍征〉作為一首漢樂府中的詩歌。

這首詩透過一個離家六十五年的老兵回到家中所遇見的淒慘景象的描寫，生動地反映了戰爭和兵役給人民帶來的苦難。詩一開始就意外地告訴讀者有人十五歲從軍出征，八十歲才回來。十五歲出征已經駭人聽聞，八十歲才回來更是不可思議，可是據古籍記載卻是確有其事。我們可以想像到當一個六十五年出征在外的老兵，接近家鄉時是多麼想知道家鄉的情況啊！於是他就向鄉親們打聽：我家中還有哪些人？鄉人不忍心告訴他家中的情況，只說你看看遠處就是你的家。他一看：家中已是松柏成林，墳墓成堆，兔子狗洞進，野雞樑上飛，庭中生野穀，井上生野葵。這景象已經是夠悲慘了，可是更使他痛心的事還在後面，到家以後，他將野葵野穀做成羹飯，卻不知道該送給誰吃，因為已經是無人可送了。此情此景，怎能不使他淚落沾襟呢。從「家中有阿誰」一句看來，這個老兵出征的時候分明有個家，有田宅，有親人，可而今卻野草叢生，兔走雉飛，家破人亡，妻離子散，舉目無親，戰爭給人民造成的災難是多麼深重。詩寫到這裡，便戛然而止，給讀者留下無限的想像餘地，真是言有盡而意無窮啊。有人問：這個老兵為什麼流淚時要「東向看」而不西向看？也許是因為他聽說親人已流亡到東邊，或者是他也像《詩經・豳風・東山》所描寫的那個老兵一樣是「我來自東」的緣故吧，誰又能確切知道呢？

杜甫的〈無家別〉顯然受了這首詩的影響，其中有云：「賤子因陣敗，歸來尋舊蹊。久行見空巷，日瘦氣慘悽。但對狐與狸，豎毛怒我啼。四鄰何所有？一二老寡妻。」所寫慘象，與這首詩極其相似。《唐宋詩醇》卷一〇評論說：「古詩〈十五從軍征〉一首，則〈無家別〉所自出也。」這話是有道理的。

地驅歌樂辭四曲（選二）

【題解】〈地驅歌樂〉，是〈梁鼓角橫吹曲〉中的一種曲名，收有四曲，每曲四句。

其二

驅羊入谷，自羊❶在前。老女不嫁，蹋地❷喚天。

【注釋】❶自羊　明馮惟訥《古詩紀》、明陸時雍《古詩鏡》作「白羊」。❷蹋地　以足頓地，是種痛苦的表示。蹋，同「踏」。

【語譯】趕羊進山谷，白羊走在前。老女嫁不了，踏地又喊天。

【研析】這首歌謠頭兩句像是寫老女趕羊進山谷的行動，後兩句直抒胸懷，將老女嫁不出去的痛苦與無可奈何，表現得活靈活現，顯示出北朝民歌直率粗獷的風格。

其三

側側力力❶，念君無極❷。枕郎左臂，隨郎轉側。

【注釋】❶側側力力　歎息的聲音。東晉明帝（司馬紹）大寧初年，有童謠：「側側力力，放馬山側。大馬死，小馬餓。高山隤，石自破。」❷無極　沒有止境；沒有盡頭。

【語譯】哭泣又哭泣，想你不停息。枕郎左臂上，隨郎來轉側。

【研析】這是一首情歌，先寫對郎君的無限思念，再寫相聚後的歡樂，直率大膽，毫無顧忌。

雀勞利歌辭

【題解】〈雀勞利〉，是〈梁鼓角橫吹曲〉中的一種曲名。

雨雪霏霏雀勞利❶，長觜❷飽滿短觜飢。

【注釋】❶勞利 形容鳥叫聲，與嘹亮、流離、流麗等同義。《通雅》卷六：「寂寥本有啾嵺、焦穾、……三轉旁通，則有寥落、寥歷、嘹戾、藰泣、嘹亮、勞利諸轉聲。」又《通雅》卷七：「流離轉為流麗、藰莅、飂戾，又轉飂戾、嘹唳，重其聲則為勞利。」❷觜 同「嘴」。

【語譯】雨雪霏霏，雀聲流麗，長嘴鳥兒肚飽滿，短嘴鳥兒腹中飢。

【研析】這是一首寓言詩，也是一首諷世詩。余冠英先生說：「長嘴比社會上有憑藉有手腕的人，短嘴比貧賤老實的人。」一個飽滿，一個飢餓，社會是何等不公啊！

隴頭流水歌辭三曲（選一）

【題解】〈隴頭流水〉，〈梁鼓角橫吹曲〉中的一種曲名。〈隴頭流水歌辭〉有三曲，因第一曲與〈隴頭歌辭〉重複（見後），第三曲只有兩句，所以這裡只選第二曲。

其二

西上隴阪❶，羊腸❷九回❸。山高谷深，不覺腳酸。

【注釋】❶隴阪 又稱隴山、隴坻，是六盤山南段的別稱，在今陝西隴縣至甘肅平涼一帶。❷羊腸 形如羊腸的小道。❸九回 多次的曲折迂迴。九，言其多。

【語譯】去上西邊隴阪山，小道九迴實難攀。山又高來谷又深，不知不覺腿腳酸。

【研析】這首歌謠寫攀登隴阪之難，山又高，谷又深，路又小，攀得腿酸腳軟，難極了。

地驅樂歌

【題解】〈地驅樂〉是〈梁鼓角橫吹曲〉中的一種曲名。

月明光光星欲墮❶，欲來不來早語我❷。

【注釋】❶星欲墮　原作「星墮」，據《古詩紀》、《古樂苑》、《古詩鏡》校改，意為星將落。❷語我　告訴我。

【語譯】明月光光星星下沉，想來又不來也該早點告訴我。

【研析】這首歌謠寫一個思婦想念情人，她似乎等了一個晚上，眼見月兒光光晨星下落還不見他來，她有點不耐煩了，生氣了，怪情人猶豫不決，想來又不來也不早點告訴她，將這種候人不至的心情細緻地表現出來了。

捉搦歌四曲（選一）

【題解】〈捉搦歌〉，〈梁鼓角橫吹曲〉中的一種曲名。捉搦，是戲弄的意思。〈捉搦歌〉有四首，都是男女互相開玩笑的嘲謔之詞。

其二

誰家女子能行步❶，反著裌禪後裙露❷。天生男女共一處，願得兩箇❸成翁嫗❹。

【注釋】❶行步　走路。❷反著句　反著，猶反穿。裌，夾衣。禪，單衣。❸兩箇　指男女。❹翁嫗　猶夫婦。

【語譯】哪家女子能走路，裌禪反穿後裙露。天生男女在一起，希望兩人成夫婦。

【研析】這是男女之間開玩笑的詩，由於我們對古代北方民族的穿戴習慣知之甚少，所以很難深切瞭解其中的嘲謔意味。

折楊柳歌辭五曲（選四）

【題解】〈折楊柳〉，〈梁鼓角橫吹曲〉中的一種曲名。

其一

上馬不捉鞭❶，反折楊柳枝❷。蹀坐❸吹長笛，愁殺❹行客兒❺。

【注釋】❶不捉鞭　不打馬前行。捉鞭，握鞭。❷反折句　是種惜別的表示。古人折柳送別，是留客的意思。這裡行者上馬以後不走，反而折柳，也是一種惜別的表示。❸蹀坐　就是趺坐，箕踞而坐。❹愁殺　猶愁死。❺行客兒　出行的客人。

【語譯】騎上馬兒不握鞭，反而折取楊柳枝。坐在地上吹長笛，愁死那個出行人。

【研析】這首詩是寫出行人離別的痛苦，出行人上馬以後，不但不揮鞭趕馬，反而折柳以示不忍離去。此時送行的人又坐在地上吹起長笛，這淒涼的笛聲使出行人更是愁上添愁。

其二

腹中愁不樂，願作郎馬鞭。出入擐❶郎臂，蹀坐郎膝邊。

【注釋】❶擐 繫。

【語譯】妹妹心中愁不樂，願隨情郎作馬鞭。進出挽著情郎臂，坐時總在郎膝邊。

【研析】這首詩寫女子時時刻刻離不開情人的哀愁，「願作郎馬鞭」以下三句，將這種誠摯而熱烈的感情表現得淋漓盡致。張衡〈同聲歌〉：「思為莞蒻席，在下蔽匡牀。願為羅衾幬，在上衛風霜。」陶淵明〈閑情賦〉：「願在衣而為領，承華首之餘芳。」現代新疆民歌：「我願做一隻小羊，跟在她身旁。」用的是同一種手法。

其四

遙看孟津河❶，楊柳鬱婆娑❷。我是虜家兒❸，不解❹漢兒❺歌。

【注釋】❶孟津河 指流經孟津的那段黃河。孟津，津名，即渡口名。相傳周武王伐紂，與八百諸侯會師孟津，故又稱盟津，在今河南孟縣南。❷鬱婆娑 形容柳樹長得茂盛而隨風起舞的樣子。鬱，茂盛的樣子。〈古詩十九首〉：「鬱鬱園中柳。」婆娑，盤旋舞蹈的樣子，在這裡是形容舞姿。❸虜家兒 在這裡是北方民族歌者的自稱。虜，是漢人對北方民族的貶稱。❹不解 猶不懂。❺漢兒 猶漢人。

【語譯】遠看孟津河，柳樹茂盛舞婆娑。我是虜家兒，不懂漢人歌。

【研析】這首詩表現了黃河岸邊北方民族和漢民族語言不通的情況，「我是虜家兒，不解漢兒歌」兩句，生動傳神，語氣活現，當是漢人翻譯過來的作品。

其五

健兒須❶快馬，快馬須健兒。䟆跋❷黃塵❸下，然後別雄雌。

【注釋】❶須　待；需要。❷䟆跋　馬蹄奔跑踏地的聲音。在這裡作動詞用，奔跑的意思。❸黃塵　風揚起的黃沙。

【語譯】健兒要快馬，快馬要健兒。奔跑黃塵下，然後分雄雌。

【研析】這首詩最能表現北方游牧民族的特色。健兒配上快馬，誰是英雄誰好漢？沙場上面比比看，快人快語，一氣呵成，充分顯示了北方民歌剛健的風格。

幽州馬客吟歌辭五曲（選二）

【題解】〈幽州馬客吟〉，〈梁鼓角橫吹曲〉中的一種曲名。

其一

懀馬❶常苦瘦❷，勁兒❸常苦貧。黃禾❹起羸馬❺，有錢始作人。

【注　釋】❶儈馬　一作「快馬」。儈，同「快」。❷苦瘦　苦於瘦；為瘦而苦。❸勁兒　強勁有力的人。《古今詩刪》、《古樂苑》、《古詩鏡》作「勦兒」，意為勞動的人。勦，勞。❹黃禾　就是黃了的稻穀，不是乾草。《全唐詩》卷七二九周曇〈再詠獻帝詩〉：「是時老幼饑號處，一斛黃禾五百千。」又《授時通考》卷二二〈穀種・稻〉：「建陽縣方產稻，……未立冬收黃禾。」❺贏馬　瘦馬，比喻體質不好而有錢的人，引出下句「有錢始作人」。

【語　譯】快馬常常苦於瘦，強漢常常苦於貧。黃色稻穀能使瘦馬站起來，有錢以後才能做個體面人。

【研　析】這首詩用形象的比喻說明有本事、有能力的人，並不一定能受到社會的尊重，反而消瘦貧苦；只有有錢有勢，方能起死回生，人模人樣。因而沉痛地喊出：「有錢始作人。」話中包含了窮人的幾多辛酸，幾多血淚。

其二

熒熒❶帳中燭，燭滅不久停❷。盛時❸不作樂，春花不重生❹。

【注　釋】❶熒熒　微光閃爍的樣子。❷燭滅句　這句是說燭火不久就要熄滅。❸盛時　指年富力強的時候。❹重生　再生。

【語　譯】帳中蠟燭發微光，須臾燭滅不久長。年富力強不作樂，春花謝後不重放。

【研　析】這是一首教人及時行樂的詩，一、二句以燭光難久說明人的生命有限，三、四句告訴人們如不及時行樂，就像春花不能重放一樣，便再也沒有機會了。這是一個古老的命題，〈古詩十九首〉有：「晝短苦夜長，何不秉燭遊？為樂當及時，何能待來茲。」李白〈將進酒〉也曾經高唱：「人生得意須盡歡，莫使金樽空對月。」明人胡奎〈蝴蝶舞〉更有：「東家西家蝴蝶飛，東家花落蝴蝶稀。西家明年花又放，蝴蝶還從花下歸。東家還向西家道，眼底青春為誰好？人生行樂須及時，莫遣花前蝴蝶少。」他們說出這些話，自有其深刻的社會原因，不能簡單否定，但是畢竟是一種消極對待人生的態度，如果能想到將有限的生命為人類社會作奉獻，就不會如此遊戲人生了。

折楊柳枝歌四曲（選三）

【題解】〈折楊柳枝〉，當是和〈折楊柳〉一樣，同是〈梁鼓角橫吹曲〉中的一種曲名。第一首和〈折楊柳歌辭〉第一首基本相同，這裡選的是二、三、四首。三、四兩首意思相連，現合成一首來注譯。

其二

門前一株棗，歲歲不知老。阿婆❶不嫁女，那❷得孫兒抱。

【注釋】❶阿婆　母親。❷那　同「哪」。

【語譯】門前一棵棗，年年不知老。阿媽不嫁女，哪得孫子抱。

【研　析】這是一首嘲笑母親不願將女兒嫁出去的詩，先用「門前一株棗，歲歲不知老」起興，由棗樹的「不知老」使人產生聯想，暗中嘲諷母親不知道女兒在不斷長大變老，硬是不願意將女兒嫁出去。後兩句告誡那位母親：不將女兒嫁出去，哪能有孫子抱呢！語氣詼諧，饒有興味。

其　三

敕敕何力力❶，女子臨窗❷織。不聞機杼聲❸，只聞女歎息。

其　四

問「女何所思？」問「女何所憶？」「阿婆許嫁女，今年無消息❹。」

【注　釋】❶敕敕句　象聲詞，歎聲，與「唧唧」同。何，表示程度很強的副詞。❷臨窗　對著窗戶。❸機杼聲　織布時機上梭子來回發出的聲音。❹阿婆二句　這兩句是女兒回答母親的問話。

【語　譯】哭泣哭泣又哭泣，女兒向著窗戶織。不聞機上梭子聲，只聞女兒在歎息。(其三)問聲「女兒何所思？」問聲「女兒何所憶？」「阿媽答應嫁女兒，到了今年沒消息。」(其四)

【研　析】這兩首詩形象地表現了女兒受到母親阻礙而不能出嫁的痛苦。她臨窗織布，卻聽不到織布的聲音，只一味地在那裡哭泣。經過母親發問，方才道出了自己的心聲，原來是因為母親早已經答應她出嫁，可是至今還沒有消息。地驅歌樂辭也有「老女不嫁，蹋地喚天」的詩句，看來當時北方的女兒愁出嫁還是一種比較普遍的現象，不過這個織布女比起那個喊天的老女來表現得較委婉罷了。詩寫得生動活潑，有對話，也有形象的描繪。〈木蘭詩〉開頭的文字和這首詩基本相同，不過木蘭並不是愁嫁，而是正在專心思考著替父從軍的大事。

慕容家自魯企由谷歌

【題解】〈慕容家自魯企由谷歌〉是〈梁鼓角橫吹曲〉中的一種曲名。這題頗為費解，現依明人李攀龍、清人沈季友寫的〈慕容家自魯企由谷歌〉作為解釋此題的參考資料來看。李詩說：「鳥中有鷂子，人中有慕容。慕容家此谷，少年多相從。」似乎「慕容」是慕容氏，即慕容垂（前燕時封吳王，投降苻堅，任冠軍將軍，後離秦獨立，為後燕主）；「家」是動詞，家居的意思；「自魯企由」是山谷名。沈詩說：「慕容家何在？谷深不可尋。少年抱綠綺，相見即知音。有谷慕容居，有桑慕容樹。蠶織製錦衣，從戎入句注。」似乎「家」是名詞，「慕容家」就是慕容的家，至於谷在什麼地方，「自魯企由」作何解釋，前人也不知道。

郎在十重❶樓，女在九重閣。郎非黃鷂子❷，那得雲中雀❸！

【注釋】❶十重　十層，與下面說的「九重」都是言其高。❷鷂子　鷂鷹，善於撲捉小鳥。❸雲中雀　在這裡是隱喻女子。

【語譯】郎哥住在十重樓，小女住在九重閣。郎哥不是黃鵠子，哪能捕得雲中雀！

【研析】這是一首用女子口氣寫的情歌，可能男子曾經向女子求愛，女子現在回他的話，究竟寫的是絕情還是戀情？可以作不同的理解。如果三、四句解為：哥哥又不是黃鵠子，哪能得到雲中雀！便是絕情，叫他不要癡心妄想。如果解為：除非哥哥是隻黃鵠子，否則哪能得到雲中雀！則是戀情，給了他另想辦法的機會。

隴頭歌辭三曲

【題解】〈隴頭歌〉是〈梁鼓角橫吹曲〉中的一種曲名。隴頭，隴山的山頂。隴山，又稱隴阪、隴坻，是六盤山南段的別稱，在今陝西西部隴縣至甘肅平涼一帶。酈道元《水經注・渭水上》稱：「小隴山，巖嶂高險，不通軌轍。」宋人樂史撰《太平寰宇記》卷三二引《辛氏三秦記》說：「隴謂西關也，其阪九迴，不知高幾許，欲上者七日乃得越。絕高處可容百餘家，下處容十萬戶。山頂有泉，清水四注。東望秦川，如四五里。人上隴者，想還故鄉，悲思而歌，有絕死者。」這首歌共有三曲，寫的是一件事，故放在一起來注譯。

隴頭流水，流離❶山下。念吾一身，飄然曠野。

朝發欣城❷，慕❸宿隴頭。寒不能語，舌卷入喉。

隴頭流水，鳴聲幽咽❹。遙望❺秦川❻，心肝斷絕。

【注釋】❶流離　山水淋漓四下的樣子，即《三秦記》所言：「上有清水，四注流下。」❷欣城　地名，未詳何處。❸慕　「暮」之誤。❹幽咽　形容聲音低沉微弱，噎在喉中。❺望　一作「看」。❻秦川　指關中，秦之故地，故稱秦川，在今陝西中部，是一片富饒之地。詩人的家鄉當在此。

【語譯】隴山頂上水下流，淋漓四溢落山下。念我一人別故鄉，身似飄鴻在曠野。

早上欣城出發去，晚上露宿隴山頭。寒風颼颼難言語，凍得舌頭捲入喉。

隴山頭上水下流，如泣如訴聲嗚咽。回頭遠望秦川地，心肝斷絕淚漣漣。

【研析】關於這三首詩的寫作背景，《太平寰宇記》卷三二引《秦州記》有如下記載：「登隴東望秦川，四五百里，極目泯然，墟宇桑梓，與雲霞一色。其上有湧溜（噴泉）吐於山中，匯為澄潭，名曰萬石潭，流溢散下，皆注於渭。山東人（按，當是指隴山以東的人）行役，升此而顧瞻者，莫不悲思，其歌曰：『隴頭之水，分離四下。念我行役，飄然曠野。登高遠望，涕零雙墮。』是此也。」可見這三首詩是寫身在秦川的人，西行服役，歷盡艱險，登上西關隴山，回望秦川，一片泯然，故鄉村落房舍，與雲霞一色，悲思欲絕，從而寫了這三首詩歌。第一首從隴頭流水的四散分流，聯想到自己離鄉別家，孑然一身，顯示出離散飄泊的淒涼。第二首寫獨宿山頭，寒不能語，有《詩經・豳風・東山》「敦彼獨宿」的韻味。第三首由流水嗚咽，如泣如訴，引出自己心如刀絞，肝腸欲斷的痛苦。全詩以景寫情，情由景生，情景交融，渾然一體，的確是難得的好詩。

後人模擬此詩而寫的詠隴山詩不少，可惜很少有能出其右者。

木蘭詩

古　辭

【題　解】當是因詩中寫木蘭事而得名。

郭茂倩《樂府詩集》收錄〈木蘭詩〉二首，標明「古辭」，在解題時又引用陳朝智匠《古今樂錄》的話說：「木蘭不知名。」接著他自己又說：「浙江西道觀察使兼御史中丞韋元甫續附入。」這明白告訴我們：〈木蘭詩〉前一首是古辭，後一首是唐人韋元甫的續作，也附在這裡。然而竟有人認為後一句也是《古今樂錄》中的話（現在出版的《樂府詩集》，有的就是如此標點：「《古今樂錄》曰：『木蘭不知名，浙江西道觀察使兼御史中丞韋元甫續附入。』」），於是近代還有人認為〈木蘭詩〉古辭也是韋元甫作的。據《玉海》卷一〇五引《中興書目》：「《古今樂錄》十三卷，陳光大二年（西元五六八年）僧智匠撰，起漢迄陳。」而據《舊唐書・韋元甫傳》，韋元甫死於唐代宗大曆六年（西元七七一年），比《古今樂錄》的寫作時間後一、二百年，智匠不可能預知後事，怎麼會知道以後會有韋元甫其人！「韋元甫續附入」一句可以肯定不是《古今樂錄》中的話，於是〈木蘭詩〉古辭作於韋元甫之說也就不攻自破了。

唧唧❶復唧唧，木蘭當戶❷織。不聞機杼聲❸，唯聞女歎息。問「女何所思？」問「女何所憶？」「女亦❹無所思，女亦無所憶。昨夜見軍帖❺，可汗❻大點兵❼。軍書❽十二❾卷，卷卷有爺名。阿爺❿無大兒，木蘭無長兄。願為市⓫鞍馬，從此替爺征。」

【章　旨】木蘭思量替父從軍。

【注　釋】❶唧唧　歎息聲，象聲詞。❷當戶　面向著窗戶。〈折楊柳枝歌〉作「臨窗」。❸機杼聲　織布時機上梭子來回發出的聲音。杼，梭子。❹亦　用以加強否定語氣的副詞。參見王鍈《詩詞曲語辭例釋》「亦」字條。❺軍帖　徵兵的文書。❻可汗　西北民族對君主的稱呼。《魏書・蠕蠕傳》：「可汗，猶魏言皇帝也。」❼點兵　徵兵。《江西通志》卷一二一：「點兵集餉，又復三日乃至。」❽軍書　即軍帖。❾十二　古代三、六、九、十二常常是泛稱多數，非實指。❿阿爺　父親。阿是名詞詞頭。⓫市　買。

【語　譯】唧唧唧唧又唧唧，木蘭對著窗戶織。不聞機上梭子聲，只聞女兒在歎息。問聲「女兒在想誰？」問聲「女兒在念誰？」「女兒不是在想誰，女兒不是在念誰。昨天晚上見軍書，可汗皇帝大徵兵。軍書連發十二封，封封軍書有爺名。阿爺沒有大兒子，木蘭沒有親長兄。願意為爺買鞍馬，從此替爺去出征。」

東市買駿馬❶，西市買鞍韉❷，南市買轡頭❸，北市買長鞭。旦辭爺孃❹去，暮宿黃河邊，不聞爺孃喚女聲，但聞黃河流水鳴濺濺❺。旦辭黃河去，暮至黑山❻頭，不聞爺孃喚女聲，但聞燕山❼胡騎❽鳴啾啾❾。

【章　旨】木蘭備好行裝，辭別爺娘，經黃河出征到黑山。

【注　釋】❶東市句　這裡連著四句當是互文，用排句鋪敘木蘭為出征準備行裝。❷鞍韉　馬鞍和馬鞍的墊子。❸轡頭　馬籠頭。❹孃　同「娘」。❺濺濺　水聲。沈約〈早發定山〉：「出浦水濺濺。」❻黑山　山名，其地說法不一，有說即殺虎山，在今內蒙古呼和浩特東南，有說即今北京市昌平境內的天壽山。因為對這次戰爭的具體背景知之甚少，只好存疑。又《唐詩品彙》「黑山」作「燕山」。❼燕山　山名，其地說法不一，有說即今內蒙古的杭愛山，有說即今屏障薊北至山海關的古燕山。❽胡騎　匈奴的馬。❾啾啾　馬鳴聲。

【語　譯】東邊市場買駿馬，西邊市場買鞍墊，南邊市場買籠頭，北邊市場買長鞭。早上辭別爺娘去，晚上住在黃河邊，聽不到爺娘喚女聲，只聽到黃河流水聲嗚咽。早上辭別黃河去，晚上到了黑山頭，聽不到爺娘喚女聲，只聽到燕山胡馬聲啾啾。

萬里赴戎機❶，關山度若飛。朔氣❷傳金柝❸，寒光照鐵衣❹。將軍百戰死，壯士十年歸。

【章　旨】概敘征戰的情況。

【注　釋】❶戎機　軍機。軍事行動。《宋書・孔覬傳》：「吳興太守張永，東南標秀，協贊戎機。」《池北偶談》卷二〇：「每有戎機，輒與參決。」❷朔氣　北方的寒氣。❸傳金柝　從金柝中傳出來。金柝，金屬製的器具，像鍋，三腳一柄，容量一豆，白天用來做飯，晚上用來打更，又稱刁斗。❹鐵衣　鎧甲。

【語　譯】奔走萬里作戰去，度越關山行若飛。刁斗聲中傳寒氣，寒冷月色照鐵衣。將軍出征百戰死，壯士行軍十年歸。

歸來見天子❶，天子坐明堂❷。策勳十二轉❸，賞賜百千彊❹。可汗問「所欲？」「木蘭不用尚書郎❺。願借明駝千里足❻，送兒❼還故鄉。」

【章　旨】木蘭凱旋歸來，表示不願受封，願返故鄉。

【注　釋】❶天子　在這裡意同上文的「可汗」。蕭滌非說：「北朝本胡人入主中原，故天子可汗，得以通稱。」《漢魏六朝樂府文學史》❷明堂　古代天子臨朝的殿堂，在這裡舉行朝會、慶賞、選士……等活動。❸策勳句　是說記功分為十二級，在這裡是指給木蘭記第十二級功，給予最高的獎賞。據《唐六典》卷二記載，唐朝「凡勳十有二等：十二轉為上柱國，比正二品；十一轉為柱國，比從二品；十轉為上護軍，比正三品；九轉為護軍，比從三品；八轉為上輕車都尉，比正四品；七轉為輕車都尉，比從四品；六轉為上騎都尉，比正五品；五轉為騎都尉，比從五品；四轉為驍騎尉，比正六品；三轉為飛騎尉，比從六品；二轉為雲騎尉，比正七品；

一轉為武騎尉，比從七品。」策勳，記功。轉，記功時每升一等為一轉。❹百千彊　是說賞賜很多。百千，表示很多，非實數。彊，有二解，一為同「強」，意為多餘、有餘；二為同「繈」，串錢的繩索，「百千繈」是說很多的錢。❺尚書郎　官名，東漢以後尚書機關的屬官初任時叫郎中，滿一年稱尚書郎。❻願借句　原作「願馳千里足」。據段成式《酉陽雜俎》校改。〈太真外傳〉：「明駝者，腹下有毛，夜能明，日馳三百里。」《酉陽雜俎》：「駝臥腹不貼地，屈足漏明，則行千里。」❼兒　木蘭自稱。木蘭這時尚未暴露自己的女子身分，所以自稱為「兒」。

【語　譯】木蘭回來見天子，天子坐在明堂上。功勞記為十二級，賜給百千的重賞。可汗問聲「還要啥？」「木蘭不做尚書郎，希望借給千里明駝足，送我回故鄉。」

爺孃聞女來，出郭❶相扶將❷；阿姊聞妹來，當戶理紅妝；小弟聞姊來，磨刀霍霍❸向豬羊。開我東閣❹門，坐我西間❺牀；脫我戰時袍，著❻我舊時裳。當窗理雲鬢❼，掛鏡❽帖花黃❾。出門看火伴❿，火伴皆驚忙：「同行十二年⓫，不知木蘭是女郎。」

【章　旨】木蘭回到家中，受到親人的熱情歡迎，換裝以後，同伴方才發現她是女子。

【注　釋】❶郭　外城。❷扶將　扶持。《漢書・外戚傳・孝景王皇后》：「扶將出拜。」❸霍霍　象聲詞。

此指磨刀聲。明陸容《菽園雜記》卷三：「但聞耳邊風聲霍霍。」❹閣　閨房。「開我」、「坐我」兩句是互文。❺間　《古文苑》、《文苑英華》、《唐詩品彙》、《古詩紀》、《古今詩刪》作「閣」。❻著　穿。❼雲鬢　柔美如雲的鬢髮。❽掛鏡　《古文苑》、《古詩紀》、《古詩鏡》、《石倉歷代詩選》作「對」。❾帖花黃　帖，同「貼」。花黃，古代婦女的一種面飾。《駢字類編．花木門》引《穀山筆麈》說：「古時婦人之飾，率用粉黛，粉以傅面，黛以填額。元魏（指北魏）時，禁民間婦人不得施粉黛，自非宮人，皆黃眉、黑妝，故〈木蘭詞〉中有『掛鏡貼花黃』之句，第不知黃眉、黑妝，若為點畫耳。」❿火伴　同「夥伴」。指一同出征的伴侶。⓫十二年　上文說「壯士十年歸」，這裡說「同行十二年」，可見「十」和「十二」都不一定是實數。

【語　譯】爺娘聽說女歸來，來到外城扶持忙；阿姐聽說妹歸來，向著窗戶理紅妝；小弟聽說姐歸來，磨刀霍霍宰豬羊。開啟我的東房門，坐上我的西房床；脫下我的戰時袍，穿上我的舊時裳。向著窗戶理鬢髮，對著鏡子貼花黃。出到門外看夥伴，個個夥伴都驚惶：「一同出征十二年，卻不知道木蘭是女郎。」

雄兔腳撲朔❶，雌兔眼迷離❷。雙兔傍地❸走，安能❹辨我是雄雌！

【章　旨】歌者的結束語。說兔的雄雌本來有區別，雄的腳抖動，雌的眼光模糊不清。可是當雄兔和雌兔挨著地面走的時候，怎能分辨出雄雌來！

【注　釋】❶撲朔　撲打；撲騰；抖動。如宋蘇軾〈遊徑山〉：「寒窻暖足來撲朔。」是說山上很冷，坐在寒窗下要暖腳只能讓腳抖動。又如元王惲《秋澗集．日蝕詩》：「撲朔知所懼，彌離黯光晶。」是說兔腳在抖動知道牠恐懼，兔的眼光模糊不清是因為光線暗淡。❷迷離　模糊不清。如宋胡寅《裴然集・登上封三絕》：「山中煙靄更迷離。」宋陳造《江湖長翁文集・題成倅小築》：「醉後與渠同起舞，一庭花影月迷離。」❸傍地　挨著地面。❹安能　怎能。

【語　譯】雄的兔子腳撲騰，雌的兔子眼睛眯成一條線。雄兔雌兔挨著地面走，怎能分辨哪是雄哪是雌！

【研　析】〈木蘭詩〉古辭產生的時間眾說紛紜，大致可分為產生於隋唐以後和產生於隋唐以前二說，主張前說的主要依據是：一、「詩中有『可汗大點兵』語，知其生世非隋即唐也」（宋程大昌《演繁露》卷一六）。二、詩中「『朔氣傳金柝，寒光照鐵衣』之類，已似太白，必非漢魏人詩也」（宋嚴羽《滄浪詩話》）。三、詩中有「策勳十二轉」的話，說的是唐朝的「凡十有二等，十二轉為上柱國，比二品；十一轉為柱國，從二品」（房玄齡等撰《唐六典》卷二）的官制。（參見劉大杰《中國文學發展史》所引）四、隋以前仿《周禮》行六官，既無尚書臺，更無尚書郎，至隋廢周官，始有尚書郎（參見許逸民等編《樂府詩名篇賞析》引）。主張後說的主要依據是：一、陳朝的智匠已將〈木蘭詩〉的題目記錄在《古今樂錄》上，說明它必定產生在陳朝以前。二、〈木蘭詩〉開頭的八句和北朝民歌〈折楊柳枝歌〉的「敕敕何力力」等八句基本相同，是出於北朝民間的重要依據，如果是後代文人之作，就不會如此抄襲。三、「余觀其（指〈木蘭詩〉）敘事布辭，蒼拙近古，決非唐手所及」（清吳景旭《歷代詩話》卷二三）。

我們基本上認同後說。詩中出現「策勳十二轉」的唐朝官制以及「朔氣傳金柝，寒光照鐵衣」

等語句，那可能是後代文人加工潤色的結果，而且詩中還有「軍書十二卷」、「同行十二年」，「十二」也可能是泛指一般的多數。自晉至南北朝的正史中，「可汗」一詞，多得難以枚舉，如《晉書・載記・乞伏國仁》有「乞伏可汗」，《晉書・四夷・西戎・樹洛干傳》有「戊寅可汗」，《魏書・蠕蠕傳》有「丘豆伐可汗」，……怎麼能因為〈木蘭詩〉中有「可汗大點兵」就「知其生世非隋即唐」，從而斷定它不可能產生在隋唐以前呢？至於「隋廢周官，始有尚書郎」之說，也根本不符合歷史事實。《漢書・王莽傳》中「尚書郎」與「侍御史、謁者」並列，《後漢書・獻帝紀》、《三國志・魏書・董卓傳》中有「尚書郎以下自出樵採，或饑死牆壁間」，《三國志・魏書・公孫度傳》有「除尚書郎，稍遷冀州刺史」，《晉書・元帝紀》有「尚書郎顧球卒」，《宋書・禮志》有「尚書郎魏衡」，《魏書・太祖紀》有「刺史、太守、尚書郎已下，悉用文人」，《北齊書・魏收傳》有「尚書郎高孝幹」……都出現過「尚書郎」，都在隋唐以前，怎麼能不顧史實而說「隋廢周官，始有尚書郎」，並以此斷定〈木蘭詩〉中出現了「尚書郎」就不能產生於隋唐以前呢？除了這些理由之外，我們考慮到木蘭畢竟是被「可汗」徵去當兵，〈木蘭詩〉又記載在北方樂曲〈橫吹曲〉中，所以我們同意〈木蘭詩〉是產生在北朝的民歌。

木蘭的姓氏、籍貫，在後代的筆記小品、詩話、地方志、劇本中也多異說，明人朱國楨《湧幢小品》說她是「姓魏氏，亳之譙人」，明徐渭《四聲猿・雌木蘭替父從軍》劇本說她「姓花，名木蘭」，清吳景旭《歷代詩話》說「解者謂木蘭朱氏女，今黃州黃陂縣北七十里即隋木蘭縣，有木蘭山、將軍塚、忠烈廟」，《河南通志》說她是「宋州人，姓魏氏」……數省多有此等傳說及紀念建築。木蘭是英雄，人民愛戴她，才有此現象。傳聞異詞，不可深究。

這是一首震撼古今的敘事詩。詩中成功地塑造了一個急人所難、替父從軍的光輝的女英雄形象。她不但對父親充滿了愛，而且對國家充滿了忠。當時國難臨頭，軍情緊急，而老父年邁，難於應征，她就毫不猶豫地挺身而出代父出征，跋山涉水，奮戰沙場，置生死於度外。可是當她凱旋歸來，不但不居功自傲，反而不慕富貴，視功名如敝屣，甘願返鄉為民。這種種高尚的行為，即使是男子所為，也使人敬仰不已，何況偏偏發生在一個弱女子的身上，產生於一個男尊女卑的社會中，怎能不使人震撼！無怪後人要讚歎：「木蘭千古奇人，此詩亦千古奇詩。」（張玉穀《古詩賞析》）木蘭的光輝行動，其實也是對重男輕女的封建思想的有力批判。宋人陳起編的《江湖小集》錄有林同〈木蘭〉詩一首：「謹勿悲生女，均之有至情。縈（緹縈）能贖父罪，蘭亦替爺征。」的確值得玩味。

全詩敘事完整，布局嚴謹，故事性強，富有戲劇性；語言質樸俚俗，多用鋪排的修辭手法，描寫生動傳神，使人如聞其聲，如見其人；音韻和諧，具有音樂性的美感。某些詞語，還經過文人加工，胡適先生說：「中間『朔氣傳金柝，寒光照鐵衣』便不像民間的作風，大概是文人改作的。也許原文的中間有描寫木蘭的戰功的一長段或幾長段，文人嫌他拖遝，刪去這一段，僅僅把『萬里赴戎機，關山度若飛』兩句總寫木蘭的跋涉；把『將軍百戰死，壯士十年歸』兩句總寫他的戰功。」（《白話文學史》）應該說這種加工，對於提高〈木蘭詩〉的藝術性，是有積極意義的。

五、相和歌辭

〈相和歌〉，漢代歌曲名，取絲竹相和的意思。《晉書．樂志》、《宋書．樂志》都說：「〈相和〉，漢舊歌也，絲竹更相和，執節者歌。」可見這種歌曲產生在漢朝，是用絃樂器和管樂器配合起來演奏，聲音和諧，由打拍子的人歌唱。（注：明朱載堉《樂律全書》：「所謂『節』者，猶今拍板是也。」）這些歌曲大都來自民間，郭茂倩在解釋相和歌辭時引用了《晉書．樂志》和《宋書．樂志》下列話：「凡樂章古辭，今之存者，並漢世街陌謠謳，〈江南可採蓮〉、〈烏生十五子〉、〈白頭吟〉之屬也。」然後說這些民間歌曲後來漸漸被配上絃樂、管樂，就是〈相和〉諸曲。據《古今樂錄》說：〈相和〉所使用的樂器有笙、笛、節歌（疑「歌」字是衍文）、琴、瑟、琵琶、箏七種。《樂府詩集》將相和歌辭分為〈相和引〉、〈相和曲〉、〈吟歎曲〉、〈四絃曲〉、〈平調曲〉、〈清調曲〉、〈瑟調曲〉、〈楚調曲〉、〈大曲〉九部類，收有漢相和歌辭及三國至唐人們用樂府舊題所擬作的相和歌辭共有十八卷，其中〈平調曲〉、〈清調曲〉、〈瑟調曲〉被稱為「清商三調」，曹魏開始發展起來，成為相和歌辭的主要部分，幾占十一卷之多。

公無渡河

【題　解】本詩以首句名篇，屬於〈相和引〉部類。公，這裡是女子對丈夫的稱呼，可以譯為「你」。據晉人崔豹《古今注・音樂》記載，朝鮮有個津卒（當是在渡口擺渡的人）名叫霍里子高，他的妻子名叫麗玉。霍里子高早上起來去撐船擺渡，看見一個白髮狂人，披頭散髮提著一把壺過河，狂人的妻子高聲呼叫制止他，可是已經來不及了，那個狂人掉入水中淹死了。狂人的妻子便彈起箜篌，作〈公無渡河〉歌曲，聲音很是悽愴。樂曲彈完，狂人的妻子也投河而死。霍里子高回來把狂人的妻子彈的淒慘的曲聲告訴麗玉，麗玉很悲傷，也拿起箜篌彈起來模寫那淒慘的曲聲，聽到的人沒有不掉淚哭泣的。麗玉把那曲子傳給麗容，取名叫做〈箜篌引〉。

「公無渡河❶」，公竟渡河！墮河❷而死，當奈公何！

【注　釋】❶公無渡河　這句是狂人妻子呼止丈夫不要過河的話。公，你。無，同「毋」。禁止之詞，意為不要。❷墮河　掉入河水中。

【語　譯】叫你「不要過河」，你竟然過河！以致掉入河中淹死，該把你怎麼辦啊！

【研析】這是一首哀悼死者的悲歌，充滿了無可奈何的悲痛，活現了妻子哭夫的慘狀。眼見自己的親人不聽勸告，落水而死，妻子悲痛萬分，可又無可奈何，只能長歌當哭而已。張玉穀評論這首詩說：「逐句停頓，一氣旋轉，尤妙在末四字，拖得言意不盡。」（《古詩賞析》）

江南　　古辭

【題解】〈江南〉，以首句名篇，屬於〈相和曲〉部類。《樂府解題》：「〈江南〉古辭，蓋美芳晨麗景，嬉遊得時。……唯歌遊戲也。」指這首詩大概是讚美良辰美景，及時戲遊，沒有別的意思。

江南可採蓮，蓮葉何田田❶！魚戲蓮葉間。魚戲蓮葉東，魚戲蓮葉西，魚戲蓮葉南，魚戲蓮葉北。

【注釋】❶蓮葉句　形容蓮葉長得何等茂盛。何，何等；多麼。田田，蓮葉長得茂盛的樣子。

【語譯】江南湖中可採蓮，蓮葉茂盛碧連天！魚兒遊戲蓮葉間。魚兒遊戲蓮葉東，魚兒遊戲蓮葉西，魚兒遊戲蓮葉南，魚兒遊戲蓮葉北。

【研析】這是一首產生在長江以南的採蓮歌，可能和《詩經・周南・芣苡》一樣是描寫勞動的歡樂。開始一、二句就使人聯想到彷彿在那風和日麗、「接天蓮葉無窮碧」的湖中，有一群採蓮人划著小船，一邊採蓮，一邊歌唱，互相唱和，歡樂至極。可是在這兩句之後，詩人並沒有描寫這些景象，反而從第三句開始出人意料地寫魚兒在蓮葉間往來戲游的景象。其實魚的游動是由採蓮人驚動牠引起的，也是透過採蓮人的眼睛看出來的，寫魚其實也在寫人，這種不落俗套的寫法，反而收到了更好的效果。有人說後面四句可能是和聲，果真如此，那這首詩便有唱有和，迴旋往復，再三詠歎，正顯示出民歌的特色。宋人吳曾說杜甫〈杜鵑〉詩開頭四句：「西川有杜鵑，東川無杜鵑，涪萬無杜鵑，雲安有杜鵑。」正是採用了這種格式（《能改齋漫錄·杜子美杜鵑詩用樂府江南古辭格》），可見這首詩對後世產生了不小的影響。

薤　露

古　辭❶

【題　解】〈薤露〉，曲名，以首句名篇，屬於〈相和曲〉部類。據崔豹《古今注·音樂》記載，〈薤露〉和〈蒿里〉都是喪歌，出自漢初田橫的門客。田橫自殺以後，門客悲傷，創作了悲歌悼念他，形容人的壽命就像草上的露水，容易乾燥。又說人死了，魂魄回歸到蒿里。這首悲歌共有兩章，一章是「薤上露，何易晞！露晞明朝更復落，人死一去何時歸！」另一章是「蒿里誰家地？聚斂魂魄無賢愚。鬼伯一何相催促，人命不得少踟躕。」到了漢武帝的時候，李延年將二章分為二曲，〈薤露〉用來給王公貴人送葬，〈蒿里〉用來給士大夫、庶人送葬，讓執紼拉喪車前行的人歌唱，也稱為挽歌（挽，拉，挽歌就是拉喪車的人唱的歌）。

薤❷上露，何易晞❸！露晞明朝更復落❹，人死一去何時歸！

【注釋】❶古辭　《宋書・樂志》中所說的「古辭」是漢代無名氏的民歌和晉樂所奏的漢民歌的統稱。❷薤　草本植物，葉細長，像韭菜，可以吃，俗名藠頭。❸晞　乾。❹落　降落。詩人認為露水是從天上降落到地上。

【語譯】藠頭上面的露水，多麼容易乾燥！露水乾燥了明天還會落下，人死走了幾時才能歸來！

【研析】這是送別死者的挽歌，用露水容易乾燥比喻人容易死亡，露水乾了，明天還會落下，人死了卻永遠不能回來。這是一個富有哲理性的命題。古人早就發現個人的生命有限，而世上的物質卻能永存，李陵曾經苦言：「人生如朝露，何久自苦如此！」（《漢書・蘇武傳》），曹操也曾高歌：「對酒當歌，人生幾何！譬如朝露，去日苦多。」（〈短歌行〉）陶淵明又曾低詠：「天地長不沒，山川無改時。草木得常理，霜露榮悴之。謂人最靈智，獨復不如茲。」（〈形影神〉）……，古今不知有多少人士，涉及這一命題，可是誰也沒有找出一個讓眾人認可的答案。唯其如此，還不如抓緊這有限的生命，為社會多作點貢獻，那生命不就可以變相延續嗎？

薤露・惟漢二十世

曹操

【題解】詩人雖然以〈薤露〉名篇，卻不是〈薤露〉古辭的模寫，與送葬毫無關係，他是借樂府舊題寫時事。〈惟漢二十世〉是後人用這首詩的第一句另起的篇名。本詩屬於〈相和曲〉部類。

【作　者】曹操（西元一五五—二二〇年），字孟德，小字阿瞞，沛國譙縣（今安徽亳縣）人。是著名的政治家、軍事家、文學家。年少時，機警、有權術，後來舉孝廉為郎，任洛陽北部尉，再升為頓丘縣令。曾參加鎮壓黃巾起義和討伐董卓的戰爭，又平定袁紹，統一北方，挾天子以令諸侯，官至大將軍、丞相，並封為魏王。死後，他的兒子魏文帝追封他為武帝。他外定武功，內興文學，以相王之尊雅愛詩章，「御軍三十餘年，手不捨書，晝則講武策，夜則思經傳。登高必賦，及造新詩，被之管絃，皆成樂章」（《三國志・武帝紀》注引《魏書》）。他首倡以樂府舊題寫時事，對於轉變當時的文風起了很好的作用。《漢魏六朝百三家集》中有《魏武帝集》，《三國志・武帝紀》記錄了曹操的事蹟。

惟漢二十世❶，所任❷誠不良。沐猴而冠帶❸，知小而謀彊❹。猶豫不敢斷❺，因狩執君王❻。白虹為貫日❼，己亦先受殃❽。賊臣持國柄❾，殺主滅宇京❿。蕩覆⓫帝基業，宗廟以燔喪⓬。播越西遷移⓭，號泣而且行⓮。瞻彼洛城郭，微子為哀傷⓯。

【注　釋】❶惟漢二十世　《宋書・樂志》、《樂府詩集》、《古樂苑》作「惟漢二十二世」。依《古詩紀》、《漢魏六朝百三家集》校改。按，這是一首五言詩，當作「惟漢二十世」為妥，舉其整數而言。或作「惟漢廿□世」亦可，徐仁甫《古詩別解》：「漢自高帝至獻帝，並不止二十世。二十當作廿，其下脫一數字。當作『惟漢廿

□世』。」惟，語助詞。世，代。❷所任　所任用的人，指何進、袁紹等人。中平六年（西元一八九年），靈帝死，由他十七歲的兒子劉辯做皇帝，何太后臨朝執政。劉辯是何太后所生，但是漢靈帝不喜歡他，死時授意宦官蹇碩立王貴人所生的劉協為帝，於是何姓外戚和宦官便有了矛盾，何太后的哥哥大將軍何進便想除掉宦官蹇碩，何太后以「漢家故事」為理由，不同意。中軍校尉袁紹勸說何進誅殺宦官，何進認為太后不會答應。於是袁紹便為何進策劃，召集四方猛將董卓等進軍洛陽脅迫太后。董卓還沒有到京，何進便被宦官中常侍張讓、段珪等所殺。於是袁術燒東西宮，向宦官進攻，袁紹也帶兵搜捕宦官，無論老少，全部殺死。張讓、段珪等便劫持少帝劉辯和陳留王劉協逃到小平津（在鞏縣西北）。張讓投河而死，少帝劉辯獨乘一匹馬南行，在北邙山下碰上了董卓，兩人話不投機。董卓進入京城洛陽以後，脅迫太后，廢少帝劉辯為弘農王，立陳留王劉協為帝，是為獻帝，後來何太后、弘農王劉辯都被他殺死。❸沐猴句　這句是說何進等人表面上像人，實際上是猴子。典故出自《史記・項羽本紀》：「人言楚人沐猴而冠耳，果然。」從前項羽攻入咸陽以後，焚燒秦朝的宮殿，搜集秦朝的貨寶婦女，準備東歸。有人勸說他留在關中建都，他卻說：「富貴不歸故鄉，如衣繡夜行，誰知之者！」所以人們有了這句評語。曹操是借用這句話評價何進等人。沐猴，獼猴。冠帶，帽子和衣帶，這裡作動詞用，是戴帽穿衣的意思。❹知小句　典故出自《周易・繫辭下》：「德薄而位尊，知小而謀大，力小而任重。」知，通「智」。曹操借此評價何進等人。謀，指何進和袁紹謀誅宦官一事，當時主簿陳琳就曾批評何進等不宜借用外兵，「授人以柄，功必不成，祇為亂階」。❺猶豫句　是說在誅宦官一事上何進猶豫不決。據《後漢書・何進傳》說：何進「外收大名而內不能斷」，袁紹和他商議誅宦官事，他總是猶豫再三。❻因狩句　這句是說張讓等劫持少帝劉辯逃走到小平津。狩，狩獵，這裡是指天子被劫持。《左傳・僖公二十八年》記載晉國的君主召見周天子，《春秋》中有「天王狩于河陽」一句，孔子解釋說：「以臣召君，不可以訓，故書曰『天王狩于河陽』。」所以天子受到臣子強迫、劫持，可以稱「狩」。執，持；劫持。君王，指少帝劉辯。❼白虹句　這句是說出現了凶兆。據《後漢書・獻帝紀》，初平元年（西元一九〇年）正月弘農王劉辯被董卓所殺，二月就出現白虹貫日現象。白虹貫日，典出《戰國策・魏策四》：「聶政之刺韓傀也，白虹貫日。」❽已亦句　指何進也被張讓等所殺。己，原作「已」為誤。❾賊臣句　這句是說董卓專權。據《後漢書・董卓傳》，董卓進入洛陽以後，脅迫何太后，廢少帝劉辯，立陳留王為帝，自為太尉、相國，入朝不趨，劍履上殿。誰敢對他不滿，便遭殺害。後來又被拜為太師，位在諸侯之上。❿殺主句　這句是說董卓殺死了少主劉辯（即弘農王），毀了京都。宇京，疑是「京宇」的倒裝，指京都，古書中「宇京」僅此一例，而「京宇」一詞常見，如晉張載〈敘行賦〉：「朝發軔於京宇兮。」晉成公綏〈柳賦〉：「宅京宇之西偏。」《梁書・武帝紀》：「掃定京宇，譬猶崩泰山而壓蟻壤。」等都是例子。之所以要將「京宇」倒裝為「宇京」，是為了押韻。京，與王、殃、喪……押韻，古書中這樣的例子很多，如《詩經・小雅・正月》：「正月繁霜，我心憂傷。民之訛言，亦孔之將。念我獨兮，憂心京京。哀我小心，癙憂以癢。」⓫蕩覆　猶顛覆。⓬宗廟句　董卓西遷離開洛陽時，將洛陽的宮廟、官府、居家全部燒毀，使得兩百里內不見一人。燔喪，燒掉。⓭播越句　是說董卓迫漢獻帝西遷長安。播越，遷徙跋涉，流離失所。詞出《左傳・昭公二十六年》：「不穀震盪播越，竄在荊蠻。」又《後漢書・袁術傳》：「天子播越。」李賢注：「播，遷也；越，逸也。言失其所居。」據《後漢書・董卓傳》，初平元年（西元一九〇年），山東諸侯結盟，起兵反對董卓，於是董卓便殺掉劉辯，迫漢獻帝西遷長安。⓮號泣句　這句是寫人們被迫遷往長安時的慘狀。且，與「徂」通，意為「往」。⓯瞻彼二句　這兩句是詩人借微子過殷墟而悲傷的典故以抒懷。微子是商紂王的哥哥，名啟（開），微是國名，子是爵號。據《尚書大傳》記載，紂王的臣子微子將要朝周，經過殷墟，見到殷墟上面長了麥苗，說：「這地方是父母之國，宗廟社稷就建在上面啊！」心中悲傷，想大哭又覺得哭著去朝周也不好，想低頭飲泣又覺得自己像個婦人，於是便寫下一首〈麥秀之歌〉。《史記・宋微子世家》說作歌的是箕子。

【語　譯】漢朝傳到二十代，所用臣子實不良。猴子戴帽還穿衣，智小謀大要逞強。猶豫不決不敢斷，宦官因而劫君王。天上白虹穿日過，自己也已先遭殃。亂臣賊子掌國政，殺了少主毀洛陽。

顛覆漢朝舊基業，宗祠廟堂全燒光。流離跋涉往西遷，哀號哭泣大路上。看看那座洛陽城，微子為此也哀傷。

【研　析】這首詩用樂府舊題寫時事，被沈德潛稱為「漢末實錄」。（《古詩源》卷五）前八句寫何進誤國，對何進這個人作出評價。認為他外表人模人樣，其實卻是一個智小謀大、優柔寡斷的人，以致錯失良機，不但沒有誅滅宦官，反而使得君主被劫持，自己也遭殺害，給國家造成災難。這說明詩人並不是反對何進誅滅宦官，而是認為何進不應借用外兵，引狼入室。按照陳琳當時的分析，身為大將軍的何進，兵權在握，誅滅宦官只不過是「鼓洪爐燎毛髮」，他卻不名正言順地行事，反而引兵入京，企圖脅迫太后同意他的行動，以致授人以柄，終成禍亂。如此失策，再加上行事又不果斷，失敗也就成為必然。難怪詩人要譏諷他沐猴冠帶，智小謀強了。後八句寫賊臣董卓把持朝政，殺主滅京，焚廟遷都的罪行，詩人對董卓進行了毫不留情的譴責。並引用微子過殷墟作〈麥秀之歌〉的故事來抒發自己的悲痛情懷，將敘事和抒情巧妙地結合起來。

沈德潛說：「借古樂府寫時事，始于曹公。」（《古詩源》卷五）這是詩人曹操在中國文學發展史上作出的貢獻。

蒿里　古辭

【題　解】蒿里，古人以為是死人居住的地方，也就是魂魄聚集的地方。其餘見〈薤露〉題解。

蒿里誰家地？聚斂①魂魄無賢愚。鬼伯②一何③相催促，人命不得少踟躕④。

【注釋】①聚斂　聚集。②鬼伯　古代迷信中所謂的鬼王，即閻王。③一何　表示程度很深的副詞，意為何等、多麼。一，沒有實際意義。④少踟躕　稍微停留一會。踟躕，徘徊停留。

【語譯】蒿里是誰家地？聚集魂魄不論賢和愚。閻王相催多麼急，人命不能稍微停一會。

【研析】這是一首悼念死者的挽歌，帶有迷信色彩。但其中說了一個道理：無論賢能或愚蠢的人，閻王都要催他去死，在「死」這個問題上，所有的人都是平等的。悼念者大概以此來安慰死者，要他和他的親人想得開，人都有一死，何必過於悲哀呢。

蒿里・關東有義士

曹　操

【題解】本詩原名〈蒿里〉，〈關東有義士〉是後人以首句名篇，其餘見〈薤露〉題解。

【作者】見頁七〇。

關東有義士，興兵討群凶①。初期會盟津②，乃心在咸陽③。軍合力不齊，躊躇而雁行④。勢利使人爭，嗣還自相戕⑤。淮南弟稱號⑥，刻璽於北方⑦。鎧甲生蟣蝨⑧，萬姓⑨以死亡。白骨露於野⑩，千里無雞鳴。生民百遺一，念之⑪斷人腸。

【注釋】①關東二句　言崤山函谷關以東的義士起兵反對董卓等人作亂。關東，指崤山函谷關以東。義士，指起兵討伐董卓的諸將領。興兵，起兵。群凶，指董卓及其同黨。據《後漢書・袁紹傳》，初平元年（西元一九〇年），渤海太守袁紹和他的堂弟後將軍袁術、冀州牧韓馥……等十數個州牧、太守以討董卓為名，同時起兵，眾各數萬，共推袁紹為盟主。②初期句　言起義將領在當初起義時，期望能像周武王伐紂在孟津與諸侯會師一樣同心協力，並不是說他們在孟津起義。盟津，即孟津，在今河南孟縣。③乃心句　是說起義將領的心願是像劉邦、項羽攻入咸陽一樣，直搗洛陽，光復漢室。沮授曾勸說袁紹「迎大駕於長安，復宗廟於洛邑」，袁紹聽後高興地說：「此吾心也。」（《後漢書・袁紹傳》）乃心，其心。《經傳釋詞》卷六：「乃，猶其也。」④軍合二句　言起義將領不能同心協力，猶豫不前。據《三國志・武帝紀》，初平元年（西元一九〇年）二月，董卓得知山東將領起義，便讓漢獻帝遷往長安，自己留屯洛陽，焚燒宮室。當時董卓兵強，袁紹等沒有誰敢先進兵，在義軍中任奮武將軍的曹操勸說他們前進：「舉義兵以誅暴亂，大眾已合，諸君何疑？」誰也不聽他。十幾萬部隊，天天置酒高會，不圖進取。曹操再次批評他們：「持疑而不進，失天下之望，竊為諸君恥之！」還是沒有人前進。躊躇，猶豫不前。雁行，雁飛的行列成一字形，比喻諸將排成一排，誰也不先進兵。行，行列。⑤勢利二句　言諸將領之間互爭勢利，自相殘殺。據《三國志・武帝紀》，起義當年劉岱殺死橋瑁，第二年袁紹奪取韓馥的冀州，第三年袁術聯合公孫瓚反對袁紹。嗣還，接著不久。嗣，繼；接著。還，隨即；不久。戕，殘殺。

❻淮南句　本句原作「淮南帝稱號」，此依《宋書・樂志》、《古詩紀》、《古樂苑》、《古今詩刪》、《漢魏六朝百三家集》校改，是說袁紹的堂弟袁術在淮南僭號稱帝。《資治通鑑・漢紀・孝獻皇帝》：建安二年（西元一九七年）「袁術稱帝於壽春，自稱『仲家』。以九江太守為淮南尹，置公卿百官，郊祀天地」。淮南是郡名，中有壽春邑，在今安徽壽縣。袁術在淮南壽春稱帝，故云「淮南弟稱號」。❼刻璽句　是說袁紹在北方私刻玉璽謀立劉虞為帝。據《三國志・武帝紀》，初平元年（西元一九〇年）袁紹與韓馥謀立幽州牧劉虞為帝，遭到曹操拒絕。又據〈武帝紀〉注引《獻帝起居注》，曹操在建安五年（西元二〇〇年）打敗袁紹後，上書漢獻帝，稱袁紹謀立劉虞為帝時，曾「刻作金璽」。當時袁紹屯軍河內，是在北方，故云「刻璽於北方」。璽，指秦以後皇帝的印章。❽鎧甲句　因戰亂很久，軍人久穿鎧甲，所以鎧甲上長滿了蟣蝨。鎧甲，鐵甲。蟣，蝨子的卵。《後漢書・朱浮傳》記載，漢末軍人「連年拒守，吏士疲勞，甲冑生蟣蝨，弓弩不得弛」。❾萬姓　萬民；人民。詞出《尚書・立政》：「奄甸萬姓。」❿白骨句　《後漢書・董卓傳》記載，董卓死後李傕、郭汜等攻入長安，「其子弟縱橫，侵暴百姓。是時穀一斛五十萬，豆麥二十萬。人相食啖，白骨委積，臭穢滿路」。⓫之　此。

【語　譯】函谷以東有義士，結盟起兵討群凶。當初想要會孟津，就像劉、項攻咸陽。諸軍聯合不協力，猶豫不決相觀望。勢利使得人相爭，接著不久自殺傷。袁術稱帝在淮南，袁紹刻印在北方。鐵甲久穿生蝨卵，百姓因此遭死亡。累累白骨露野外，千里不聞雞聲響。可憐百人剩一人，念及於此人斷腸。

【研　析】這首詩和〈惟漢二十世〉一樣是「漢末實錄」，堪稱是用詩寫成的歷史。董卓廢少帝劉辯，函谷關以東諸將領起兵反對董卓，當時曹操在起義首領袁紹部下擔任奮武將軍。對於這次起義，曹操持積極的肯定態度，他不但稱起義軍是「義士」，而且肯定被討伐的對象是「群凶」，同時還將起義軍和武王伐紂、項劉反對暴秦相提並論，言外之意是說起兵反對董卓完全是正義的行動。遺憾的是：起義軍聯合以後，卻不同心協力，而是互相觀望，誰也不率先採取軍事行動，進而爭權奪利，自相殘殺：袁術在淮南稱帝，袁紹在北方扶立劉虞，各自心懷鬼胎，都在為自己謀取私利。以致連年戰亂，萬姓死亡，出現了「白骨露於野，千里無雞鳴」的慘象。敘事到此，詩人再也不能控制自己的感情，於是沉痛地喊出：「生民百遺一，念之斷人腸。」充分表達了他同情人民苦難的情懷。

本詩的寫作特色，為用樂府舊題寫時事，直抒胸懷，具有詩史的特點。為了讓這一特點能給讀者留下深刻的印象，我們便不厭其煩地將詩中有關的史實注釋出來，讀者如能對照起來閱讀，也就可以知道什麼是「詩史」了。

平陵東

古辭

【題解】平陵，漢昭帝墓陵，在長安西北七十里。本詩是以首句名篇，屬於〈相和曲〉部類。晉崔豹《古今注》、唐吳兢《樂府古題要解》認為是西漢末年翟義的門人為哀悼翟義之死而作，不可信，詳見研析。

平陵東，松柏桐[1]，不知何人劫義公[2]。劫義公，在高堂[3]下，交錢

百萬兩走馬❹。兩走馬，亦誠難，顧見追吏心中惻❺。心中惻，血出漉❻，
歸告我家賣黃犢❼。

【注　釋】❶松栢桐　古人常在墓地旁栽種松柏和梧桐，如〈焦仲卿妻〉：「兩家求合葬，合葬華山傍。東西植松柏，左右種梧桐。」❷劫義公　綁架義公。陵墓處森林茂密，為非者常藏身其間。唐王建〈羽林行〉：「長安惡少出名字，樓下劫商樓上醉。天明下直明光宮，散入五陵松栢中。」說的就是有惡少在長安行劫後散入五陵。義公，指被劫的人。余冠英：「義是形容字，和〈孔雀東南飛〉裡的『義郎』之『義』用法相同。」聞一多則「疑『義』本作『我』」（《樂府詩箋》），說法亦通。❸高堂　高大的堂屋。可能是官府，也可能是平民的房舍。《漢書・趙廣漢傳》記載，長安有幾個少年，將富人蘇回劫持到一所「空舍」裡面，要他家中拿財物來贖人。趙廣漢派人到房舍去「叩堂戶」，要劫賊放人。兩個劫賊素聞趙廣漢大名，「即開戶出，下堂叩頭」，可見高堂不一定就是官府。❹走馬　作名詞用，意為善走的馬。《漢書・東方朔傳》記載，東方朔勸說漢武帝「卻走馬示不復用」，顏師古注：「走馬，善走之馬也。」❺惻　悲痛。❻漉　流盡。❼犢　小牛。

【語　譯】平陵東，長滿松柏和梧桐，不知誰人在此劫義公。劫義公，來到高堂下，逼迫交出百萬個銅錢和兩匹善跑的馬。要交那兩匹善跑的馬，也的確是難，回頭看見逼錢小吏心中痛得起寒顫。心中痛得起寒顫，身上的血液快流乾，回到我家叫把小黃牛賣。

【研　析】崔豹《古今注》說這首詩是翟義的門人所作，吳兢《樂府古題要解》進一步說，因為王莽篡漢，翟義起兵反對失敗，因此被害。他的門人便作了這首詩。翟義的事蹟見於《漢書・翟方進傳》附〈翟義傳〉，他反對王莽失敗以後，像奴隸一樣逃亡，後來在河南固始被捕，遭到殺害，

被分屍陳於市中示眾，根本不是在平陵東遭劫持。〈翟義傳〉中也沒有提到這首詩，如果這首詩真的是翟義的門人為翟義所作，傳中不可能不涉及此詩。聞一多將翟義事蹟和這首詩比照研究，說：「然玩詩意，全不類。詩但言盜劫人為質，令其家輸財物以贖，如今『綁票』者所為，疑崔、吳說妄也。」（《樂府詩箋》）大概是後人同情翟義的遭遇，詩中又出現了「義公」一詞，才有這種附會吧！就詩論詩，詩中寫的是一個並不富裕的人在平陵東遭強盜綁票，逼他要「交錢百萬兩走馬」才能放人。可是他實在交不出來，只好賣掉家中的小黃牛來作贖金。也許劫賊是和小吏勾結在一起做案，所以詩中出現了「顧見追吏心中惻」的描寫。

全詩分為四節，每節三句。上一節節末的三個字和下一節的頭三個字相同，上下節之間聲音上的重複，加強了語意上的連貫。在修辭學上叫做頂真格，是這首詩的明顯的寫作特點。

陌上桑三解

古辭

【題解】陌，田間小路，「河東以東西為阡，南北為陌」（《史記・秦本紀》裴駰《集解》）。陌上桑，意思是說羅敷在陌上採桑。《宋書・樂志》收錄了這首詩，題為〈豔歌羅敷行〉，《玉臺新詠》也收錄了這首詩，題為〈日出東南隅行〉。崔豹《古今注》說：邯鄲有個人名叫王仁，在趙王家裡做家令。他的妻子姓秦，名羅敷。羅敷出來在陌上採桑，被趙王看見了，趙王便設置酒席，想霸占她。她巧彈箏，作了這首〈陌上桑〉表示拒絕，趙王也就作罷。這種說法，與詩中所說丈夫的情況很不相符，現在的研究者多認為不可信。吳兢《樂府古題要解》說這首詩「言羅敷採桑，為使君所邀，盛誇其夫為侍中郎以拒之」，切合詩中所說的情況，多數人接受這種說法。《樂府詩集》將這首詩列入〈相和曲〉部類，但《古今樂錄》說：「〈陌上桑〉歌瑟調。」將它列入〈瑟調曲〉部類。

日出東南隅❶，照我秦氏樓。秦氏有好女，自名❷為羅敷❸。羅敷喜❹蠶桑❺，採桑城南隅。青絲❻為籠係❼，桂枝為籠鉤❽。頭上倭墮髻❾，耳中明月珠❿。緗綺⓫為下裙⓬，紫綺為上襦⓭。行者見羅敷，下擔捋髭鬚⓮；少年見羅敷，脫帽著帩頭⓯。耕者忘其犁⓰，鋤者忘其鋤。來歸相怒怨，但坐⓱觀羅敷。一解⓲

【章　旨】多角度描寫羅敷的美麗。

【注　釋】❶東南隅　東南角。東南，偏義複詞，實際是說東。❷自名　本名。❸羅敷　漢時美女的通稱，如〈焦仲卿妻〉：「東家有賢女，自名秦羅敷。」❹喜　《宋書・樂志》、《樂府詩集》、《古樂府》作「喜」，《古詩紀》、《古今詩刪》、《石倉歷代詩選》作「善」，都可解通。❺蠶桑　採桑養蠶，名詞用作動詞。❻青絲　青色的絲繩。❼籠係　繫籃子或筐子的繩子。籠，盛桑葉的籃子或筐子。❽桂枝句　是說將桂樹的枝條彎起來，兩端固定在籃子上，中間彎曲的部分可以提攜。鉤，即是桂枝做成的提柄。❾倭墮髻　是漢朝長安婦女的一種髮式，將頭髮盤起來，固定在頭部的一側，似墮非墮，又稱為墮馬髻。參見《古今注》、《中華古今注》、《風俗通》。❿明月珠　寶珠名。《淮南子》注：「夜光之珠，有似明月，故曰明月。」⓫緗綺　淺黃色有花紋的絲織品。⓬帬　同「裙」。⓭襦　短襖。⓮下擔句　放下擔子撫摩鬍鬚，是種欣賞美的表示。捋，用手握著輕輕移動、撫摩。髭，長在嘴唇上邊的鬍子。鬚，臉頰下邊的鬍子。⓯脫帽句　意為脫下帽子繫好頭巾。古人先將頭髮用絲巾繫好，再戴帽子。帩，是一種使頭髮不下垂的絲製頭巾。《宋書・五行志》：「太元中，人不復著帩頭。頭者，元首（就是頭，與現在所說的「元首」不同）。帩者，令髮不垂，助元首為儀飾者也。」著帩頭，是用一條絲巾從頸的後部向前引，在額上交叉，再向後將髮髻纏繞起來。《後漢書・向栩傳》說向栩「又似狂生，好被髮著絳綃頭」。李賢注：「《說文》：『綃，生絲也，從系，肖聲，音消。』案，此字當作『幧』，音此消反，其字從巾。古詩云：『少年見羅敷，脫巾著幧頭。』鄭玄注《儀禮》云：『如今著幓頭，自項中而前交額上卻繞髻也。』」⓰犁　名詞作動詞用，意為用犁耕地。下「鋤」字用法相同。⓱但坐　只因。⓲一解　第一章。解，章。

【語　譯】太陽升起東南方，照著我們秦家樓。秦家有個好女兒，原本名字叫羅敷。羅敷喜歡蠶桑事，來到城南角採桑。青色絲線作籃繩，桂樹枝條作籃鉤。頭上盤著倭墮髻，耳上戴著明月珠。下身穿著黃絲裙，上身穿著紫絲襦。行人看見秦羅敷，放下擔子捋髭鬚；少年看見秦羅敷，脫掉帽子戴帩頭。耕田農民忘耕田，鋤地農民忘鋤土。回到家中相怨怒，只是因為看羅敷。

使君❶從南來，五馬❷立踟躕❸。使君遣吏❹往，「問是誰家姝❺？」

「秦氏有好女，自名為羅敷。❻」「羅敷年幾何❼？」「二十尚不足，十

五頗有餘❽。」「使君謝❾羅敷：『寧可共載不❿？』」羅敷前⓫置辭⓬：「使君一何愚⓭！使君自有⓮婦，羅敷自有夫⓯。」二解

【章　旨】使君調戲羅敷，遭到羅敷的嚴詞拒絕。

【注　釋】❶使君　本是對使命在身的人的稱呼。《漢書・王訢傳》記載，漢武帝時，王訢稱追捕盜賊的繡衣御史暴勝之為「使君」：「使君顓殺生之柄。」顏師古注：「為使者，故謂之使君。」❷五馬　據《宋書・禮志》引《逸禮・王度記》：「天子駕六，諸侯駕五，卿駕四，大夫三，士二，庶人一。」可見古代諸侯才能用五匹馬駕車。漢代的一郡之長——太守和一州之長——刺史，相當於古代的諸侯，所以也能用五馬駕車。因此這個「使君」可能是太守。❸踟躕　徘徊不前。寫馬徘徊不前，實際是寫人起了歹心。❹吏　小吏，當是使君的隨從人員。❺問是誰家姝　這句寫使君打發小吏去問話。姝，美色，這裡是指美女。❻秦氏二句　是羅敷回答小吏的話。❼羅敷句　這句是使君問小吏的話。❽二十二句　這兩句是小吏回答使君的話。尚，還。頗，稍。❾謝　告訴。❿寧可句　是小吏向羅敷轉告使君的話。寧，不是反問，而是表示詢問，有「願不願」的意思。《說文》：「寧，願詞也。」共載，同乘一輛車。不，同「否」。⓫前　上前；來到使君面前。⓬置辭　回話。⓭一何愚　何等愚蠢。一，何，何等；多麼。一，起加強語氣的作用。⓮自有　本有。⓯羅敷句　這一句為下一段誇夫埋下伏筆。

【語　譯】使君忽從南邊來，五馬徘徊停道路。使君打發小吏去，「問問美女誰家婦？」「秦家有個好女兒，本名便是叫羅敷。」「羅敷今年多少歲？」「羅敷二十還不到，十五稍微還有餘。」「使君傳話給羅敷：『願不願意同車去？』」羅敷上前去回話：「使君真是多麼愚！使君本來有妻子，羅

敷本來有丈夫。」

「東方千餘騎❶，夫壻❷居上頭❸。何用識❹夫壻？白馬從驪駒❺。青絲繫❻馬尾，黃金絡馬頭❼。腰中鹿盧劍❽，可直❾千萬餘。十五府小史❿，二十朝大夫⓫，三十侍中郎⓬，四十專城居⓭。為人⓮潔白皙⓯，鬑鬑⓰頗有鬚。盈盈⓱公府步⓲，冉冉⓳府中趨⓴。坐中㉑數千人，皆言夫壻殊㉒。」 三解 前有豔歌，曲後有趨。

【章旨】羅敷急中生智，以誇夫的方式巧妙地拒絕了使君的無恥要求。

【注釋】❶騎 名詞，意為馬匹，這裡是指騎馬的人。❷夫壻 同「夫婿」。意為丈夫。❸居上頭 排在前列。❹何用識 怎麼識別。何用，何以；怎麼。❺白馬句 意為丈夫騎白馬，後面還跟隨著騎深黑色馬的隨從人員。驪，深黑色。駒，兩歲的馬。❻繫 綁結。❼絡馬頭 做馬的籠頭。❽鹿盧劍 古代長劍的劍柄用玉雕成轆轤形、用木雕成山形來做裝飾，這種劍就叫鹿盧劍。見《漢書・雋不疑傳》顏師古注引晉灼說。鹿盧，同「轆轤」。井上打水用的滑輪。❾直 通「值」。❿府小史 太守府中的小史。據《漢書・翟方進傳》，翟方進十二、三歲便在太守府中做小史。小史，周官名，掌邦國之〈志〉（類似後世的家譜）。⓫朝大夫 周官名。《周禮・秋官》：「朝大夫，掌都家之國治。」鄭玄注：「都家，王子弟、公卿及大夫之埰地也。主其國治者，平理其來文書於朝者。」⑫侍中郎　侍中和侍郎，都是侍奉皇帝的官名，秦漢時開始設置。《漢書・百官公卿表》注：「應劭曰：『入侍天子，故曰侍中。』」又《漢書・百官公卿表》說侍郎一類的官「掌守門戶，出充車騎」。⑬專城居　一城之主，即郡裡的太守，是郡裡最高的行政長官。李白〈古風〉三十四：「虎符合專城。」注：「專城，郡國守吏也。」⑭為人　人長得。⑮皙　形容人的肉色長得很白。《說文・白部》：「皙，人色白也。」原誤作「晳」。⑯鬑鬑　鬚長得疏薄的樣子。清梁國治等編《音韻述微》：「鬑鬑，微鬚貌。」⑰盈盈　行步緩慢的樣子。唐鄭遙〈明月照高樓賦〉：「步蓂葉而盈盈，顧桂華而忽忽。」也用「盈盈」形容步行。⑱公府步　官步。公府，官府。⑲冉冉　緩慢行走的樣子。〈離騷〉：「老冉冉其將至兮。」王逸注：「冉冉，行貌。」⑳府中趨　相當於「公府步」，參用聞一多說。㉑坐中　座中，指賓客而言。㉒殊　特殊；出眾。

【語　譯】「東方有馬千餘匹，我的丈夫排前頭。怎樣識別我丈夫？白馬後面跟黑駒。青絲繫在馬尾上，黃金製成馬籠頭。腰間佩上轆轤劍，可以值錢千萬餘。十五做上府小史，二十做上朝大夫，三十做成侍中郎，四十成了一城主。像貌潔淨肉色白，疏鬆稀薄稍有鬚。慢條斯理緩步走，官派十足踱方步。座上賓客數千人，眾口一詞誇我夫。」

【研　析】關於這首詩產生的時代，清人吳兆宜注《玉臺新詠》，說漢代的太守、刺史，或稱「君」，或稱「將」，或稱「明府」，稱太守、刺史為「使君」，始見於《後漢書・郭伋傳》「聞使君到」，而詩中出現了「使君從南來」，因而斷定它「為後漢（東漢）人作，無疑」。「使君」一詞，在西漢就已經出現，繡衣御史暴勝之以及王莽派出去迎接龔勝的使者，都曾被人稱為「使君」（見《漢書》〈王訢傳〉、〈兩龔傳〉）。到了東漢，除潁川太守郭伋外，張掖太守鄧訓、刺史耿鄙都被稱為「使君」（見《後漢書》〈鄧禹傳〉、〈傅燮傳〉）。但是「使君」並非是東漢太守、刺史的專稱，司隸校尉陳禪、挾天子以令諸侯的曹操、僭號稱帝的袁術、中郎將任尚、尚書鄧芝……都曾被稱為「使君」（分別見《後漢書》〈崔瑗傳〉、〈荀彧傳〉、〈袁術傳〉、〈東號子麻奴傳〉、《三國志・鄧芝傳》）。不過，詩中的「使君」是「五馬立踟躕」，太守或刺史才能用五馬拉車，所以詩中的「使君」當是指東漢的太守或刺史，這首詩產生於東漢之說是可信的。

東漢時期，豪門貴族常有搶奪美女的事例，如順帝時的宦官就「威侮良家，取女閉之」（《後漢書・周舉傳》）。大將軍梁冀更是「乘勢橫暴，妻略婦女」（《後漢書・梁冀傳》）。有了這樣的社會現實，產生〈陌上桑〉這樣的詩歌也就不足為怪了。詩中敘述了一個美麗的女子在城南採桑，遭到使君調戲，她嚴厲而又機智地拒絕了使君要求的故事，深刻地揭露了統治者的荒淫無恥，稱頌了人民大眾的反暴抗爭精神和機智勇敢的品質。而這種思想又是透過羅敷這一美好形象的塑造來表達。羅敷不但有美麗的外表讓人欲癡欲醉，更有美麗的靈魂令人肅然起敬。她不慕富貴，不畏權勢，面對使君的調戲，大義凜然，敢於嚴詞拒絕：「使君一何愚！使君自有婦，羅敷自有夫。」語正詞嚴，理直氣壯，罵得何等痛快。她更懂得在罵了以後如何防止使君惱羞成怒，耍起無賴來，於是急中生智，便「盛誇其夫婿為侍中郎以拒之」，先誇地位，再誇著裝，再誇官職，再誇儀表，再來一句總結：「坐中數千人，皆言夫壻殊。」言外之意是：我的丈夫無論在哪一方面，都比你強出百倍，你是個什麼東西，竟敢如此無禮！使得使君有所畏懼而不敢進一步逼迫她，充分顯示了她的聰明機智的品性。

本詩最主要的寫作特點是採用了烘托和鋪陳的表現手法。詩一開始，羅敷便出現在一個風和日麗、遍地柔桑的特定環境之中，給人以榮華耀朝日、綠水出芙蓉的美感。紅花全靠綠葉扶持，這美麗的環境的烘托，使羅敷顯得格外美麗。接著便鋪敘羅敷的工具美、穿戴美，但更重要的是鋪寫行人、少年、耕者、鋤者見到羅敷以後種種富有風趣的神態來烘托羅敷的美，這不但增加了生動活潑的戲劇效果，而且給讀者留下了無限的想像餘地，使人覺得意味無窮。誇夫一段，用的也是鋪陳手法，前面已經說過，這裡就不再重複了。

後代有不少文人模擬〈陌上桑〉，但是沒有一首可以和〈陌上桑〉古辭相比。例如傅玄的〈豔歌行〉，被明人王世貞譏為「汰去精英，竊其常語」的拙劣模擬之作，尤其令人討厭的是將「羅敷自有夫」一句改為「賤妾有鄙夫」，並在後面加上了「天地有正位，願君改其圖」兩句，狗尾續貂，「罰飲墨水一斗可也」(《弇州四部稿・說部・藝苑卮言》)。

王明君　　石　崇

【題　解】屬〈吟歎曲〉部類。王明(通「明」)君，名嬙，字昭君，本是漢元帝的宮女。當時匈奴單于入朝，求漢朝的美人做妻子，漢元帝便將昭君送給他。後來昭君向元帝告別，元帝見她光彩照人，美極了，後悔不已。據《西京雜記》卷二〈畫工棄市〉記載，之所以造成這次誤會，是由於宮女太多，元帝不能常見，便叫畫工畫出宮女圖像，按圖召女。宮女為了獲得召見的機會，便賄賂畫工，昭君卻自恃容貌出眾，不肯行賄，畫工便將她醜化，以致元帝將她賜給單于。事後，元帝將毛延壽等一批畫工棄市。漢人同情昭君遠嫁，便作了〈昭君〉曲。到了晉朝，石崇的歌妓綠珠善舞，石崇便用此曲教她，並且自製了新歌。

【作者】石崇（西元二四八——三〇〇年），字季倫，晉時渤海南皮人。曾任荊州刺史、太僕、尉衛等高官。與王愷鬥富，生活極端奢侈。有樂府詩及〈金谷詩序〉。《晉書》卷三三有傳。

我本良家子❶，將適❷單于❸庭。辭訣❹未及終，前驅❺已抗旌❻。僕御❼涕流離❽，轅馬❾悲且鳴。哀鬱❿傷五內⓫，泣淚沾珠纓⓬。行行⓭日已⓮遠，遂造⓯匈奴城。延⓰我於穹廬⓱，加我閼氏⓲名。殊類⓳非所安⓴，雖貴非所榮。父子見陵辱㉑，對之㉒慚㉓且驚。殺身良㉔不易，默默以苟生。苟生亦何聊㉕，積思常憤盈㉖。願假㉗飛鴻㉘翼，乘之以遐征㉙。飛鴻不我顧㉚，佇立㉛以屏營㉜。昔為匣中玉㉝，今為糞上英㉞。朝華不足歡㉟，甘與秋草並㊱。傳語後世人，遠嫁難為情㊲。

【注釋】❶良家子　清白善良人家的子女。《漢書．匈奴傳》：「元帝以後宮良家子王嬙，字昭君，賜單于。單于驩喜，上書願保塞上谷以西至敦煌，傳之無窮。」❷適　往。❸單于　匈奴君王的稱號。❹辭訣　辭別。訣，多指不能再相見的離別。❺前驅　先行的人。詞出《詩經．衛風．伯兮》：「伯也執殳，為王前驅。」❻抗旌　高舉旌旗。詞出《漢書．終軍傳》：「單于犇幕，票騎抗旌。」❼僕御　僕人和駕車的人。❽流離　流淚的樣子。❾轅馬　套上了車轅的馬。李陵〈與蘇武詩〉：「轅馬顧悲鳴，五步一彷徨。」❿哀鬱　哀痛憂鬱。

鬰，同「鬱」。⓫五內　指脾、肺、腎、肝、心等五臟。⓬珠纓　原作「朱纓」。依《文選》、《玉臺新詠》、《風雅翼》校改，意為以珠飾纓。參見《玉臺新詠考異》。⓭行行　行了又行。⓮日已　一天比一天。〈古詩十九首·行行重行行〉：「相去日已遠。」⓯造　到。⓰延　迎接。⓱穹廬　蒙古包。⓲閼氏　匈奴君王的妻子號閼氏，相當於漢族的皇后。《西河舊事》云：「失我焉支山，使我婦女無顏色。北方有焉支山，山多紅藍，北人采其花染緋，取其英鮮者作燕脂，故單于妻號曰閼氏。」（明方以智《通雅》卷四一〈植物〉引）昭君入塞後號「寧胡閼氏」。寧胡，是胡人從此安寧的意思。⓳殊類　異類；異族。⓴非所安　不是安身之地。㉑父子句　是說被單于父子所陵辱。據《漢書·匈奴傳下》記載，王昭君先是為呼韓邪單于的閼氏，呼韓邪死後，由呼韓邪的大閼氏所生長子雕陶莫皋繼位，立為復株絫若鞮單于。按照匈奴父死娶後母的風俗，復株絫單于又以王昭君為妻，生下兩個女兒。㉒對之　對此。之，代詞，代遭陵辱一事。㉓慙　同「慚」。㉔良　很；的確。㉕聊　依賴；寄託。㉖憤盈　悲憤滿懷。㉗假　借。㉘鴻　大型雁類的泛稱；天鵝。㉙乘之句　原作「棄之以遐征」。當據《文選》、《古樂府》、《風雅翼》、《古詩紀》、《古詩鏡》校改。遐征，遠行。㉚不我顧　不顧我；不理我。㉛佇立　久立。㉜屏營　徘徊。㉝匣中玉　比喻漢室的宮女。㉞糞上英　比喻單于的閼氏。英，花。㉟朝華句　原作「朝華不足嘉」。依《文選》、《玉臺新詠》、《風雅翼》、《古詩紀》、《古詩鏡》等校改。朝華，指木槿花。《說文》：「木槿，朝華暮落也。」不足歡，不值得高興。㊱甘與句　意為願與秋草同死。《文選》六臣注：「其憂思之心，見春朝之華不足與歡樂，甘以其身與秋草俱凋隕，不願生居匈奴之中。」㊲難為情　情感上受不了、過不去。李白〈三五七言〉：「相思相見知何日，此時此夜難為情。」

【語　譯】本來我是漢家女，將要前往匈奴庭。辭別儀式還未了，先行人馬已揚旌。僕夫御者在流淚，套轅駿馬正悲鳴。悲哀憂鬱傷五臟，哭泣流淚溼珠纓。越走離家已越遠，於是到了匈奴城。蒙古包裡迎接我，給我加上閼氏名。異族不是久留地，雖然尊貴不光榮。單于父子陵辱我，對此慚愧且心驚。殺身成仁真不易，默默苟且以偷生。苟且偷生也無奈，心積義憤已填膺。願意假借飛鴻翼，乘牠上天去遠行。可是飛鴻不理我，久立徘徊不肯行。往日像是匣中玉，今日花在糞上羞殺人。木槿花開不足歡，願與秋草同凋零。我為後人傳話語，出嫁遠方難為情。

【研　析】這首詩敘述了昭君出塞，在匈奴給兩世單于為妻的故事，和《漢書・匈奴傳》的記載基本相同，不過詩中側重描寫了昭君內心的痛苦，《漢書》中沒有這方面的記載。詩中寫她出塞時就已是「哀鬱傷五內，泣淚沾珠纓」，到了匈奴以後，雖然有了「閼氏」尊號，卻遭到單于父子的陵辱，心中充滿羞愧和驚恐，只能苟且偷生，滿懷悲憤，卻又欲歸不能。今昔對比，一是像匣中寶玉，深藏宮中，極為珍貴；一是像鮮花插在牛糞上，雖然身為閼氏，卻似一朵朝開夕落的木槿花一樣，毫不足惜。於是她表示甘願像秋草一樣凋謝，並且轉告後人不要遠嫁匈奴。這種種心理描寫，估計是作者的想當然，是否事實，也就無從考究了。後世文人對於昭君故事的描述，大抵也多屬此類。

其實，昭君出塞，漢族和匈奴族的聯姻，給中國北部帶來了六、七十年的和平和安寧，出現了「邊城晏（晚）閉，牛馬布野，三世無犬吠之警，菞（黎）庶亡（無）干戈之役」（《漢書・匈奴傳》）的可喜景象。昭君出塞，又何嘗不是各民族和諧相處的一段佳話呢！

長歌行

古辭

【題解】〈長歌行〉，歌曲名，屬〈平調曲〉部類。古代歌曲中有「歌」，又有「行」，有時又「歌行」並稱，如「長歌行」、「短歌行」。鄭樵說：「古有『長歌行』、『短歌行』者，謂其聲歌之短長耳。」（《通志》卷四九〈正聲序論〉）郭茂倩還舉出古詩中有「長歌正激烈」（相傳的〈蘇武詩〉）、曹丕有「短歌微吟不能長」（〈燕歌行〉）、傅玄有「咄來長歌續短歌」（〈豔歌行〉）等詩句，證明長歌、短歌是「歌聲有長短，非言壽命也」（《樂府詩集·長歌行》解題）。

青青園中葵❶，朝露待日晞❷。陽春❸布德澤❹，萬物生光輝❺。常恐秋節至，焜黃❻華葉❼衰。百川❽東到海，何時復西歸❾？少壯不努力，老大徒❿傷悲。

【注釋】❶葵　植物名，可能是指一種菜，也可能是指蜀葵、秋葵一類的植物。❷晞　乾。❸陽春　溫暖的春天。❹德澤　恩惠。❺光輝　光亮，比喻萬物長得欣欣向榮。❻焜黃　枯黃凋謝的樣子。❼華葉　花葉。❽百川　很多河流。百，言其多，非實指。《文選》李善注引《尚書大傳》：「百川赴東海。」❾西歸　回到西邊，比喻人回到年輕的時候。❿徒　徒然；白白地。

【語　譯】園中葵菜青又青，朝露待日曬乾去。陽春三月施恩澤，萬物生長真亮麗。時常害怕秋天到，顏色枯黃花葉衰。百川東流入大海，幾時方能再西歸？年少力壯不發憤，老了只能徒傷悲。

【研　析】關於這首詩的主旨，有幾種不同的解釋：一、認為是「言芳華不久，當努力為樂，無至老大乃傷悲也」（吳兢《樂府古題要解》）。這種說法與詩的內容不符，顯然不對。二、認為與壽命長短有關。這種說法，是由於後唐人馬縞誤會了崔豹在《古今注》中的一段話所引起的。崔豹本是說〈薤露〉、〈蒿里〉兩首挽歌「亦謂之長、短歌，言人壽命長短定分，不可妄求也」。可是馬縞在《中華古今注》中卻切斷了這幾句話同〈薤露〉、〈蒿里〉的關係，把「言人壽命長短定分，不可妄求也」作為對「長歌、短歌」的解釋，於是這首詩的主旨就與壽命的長短有關了。既然是出於誤會，這種說法也就不對了。三、認為是「當早崇樹事業，無貽後時之歎」（《文選》六臣注）。我們認為這種說法頗為中肯。

詩中前六句從春天由於雨露、陽光的滋潤，萬物欣欣向榮，秋天一到，花葉凋零，說明萬物盛衰有時，用的雖是起興手法，實際上是在比喻人也像萬物一樣，必然由壯到老。接著「百川東到海，何時復西歸」兩句，更用流水入海為喻，說明逝去的年華將一去不返。然後用「少壯不努力，老大徒傷悲」結束，這富有哲理意味的警句，道出了多少深刻的人生體驗，給後人以無窮的啟迪。流年似水，但卻不像流水一樣沒有盡頭，如何使這有限的年華成就一番事業，有益於社會，難道不是每一個人都值得深思的麼？曹丕說過：「少壯真當努力，年一過往，何可攀援！」（〈與吳質書〉）誠哉斯言！切勿老大無成，後悔莫及。

短歌行二首（選一）

本辭　曹操

【題解】〈短歌行〉，樂曲名，屬〈平調曲〉部類。餘見〈長歌行〉題解。《樂府詩集》錄曹操〈短歌行〉二首，一為晉樂所奏，一為本辭，這裡選的是本辭。

【作者】見頁七〇。

其一

對酒❶當歌，人生幾何❷！譬如朝露❸，去日苦多❹。慨當以慷❺，
憂思難忘。何以解憂？唯有杜康❻。青青子衿，悠悠我心❼。但為君故，
沉吟至今❽。呦呦鹿鳴，食野之蘋。我有嘉賓，鼓瑟吹笙❾。明明如月，
何時可掇❿？憂從中來，不可斷絕。越陌度阡，枉用相存⓫。契闊⓬談讌⓭，
心念舊恩⓮。月明星稀，烏鵲南飛。繞樹三匝，何枝可依⓯？山不厭高，
水不厭深⓰。周公吐哺⓱，天下歸心⓲。

【注釋】❶對酒　面對著酒。曹操另有〈對酒〉詩，寫他的太平盛世的理想。❷人生句　猶言人壽幾何。《左傳・襄公八年》：「周詩有之曰：『俟河之清，人壽幾何！』」❸譬如句　比喻時間很短。太陽出來，朝露就很快消失。《漢書・李陵傳》：「人生如朝露，何久自苦如此！」❹去日句　過去了的日子苦於太多。❺慨當句　就是「慷慨」，意為情緒激動，難以平靜。「慨當以慷」這種用法，古代已經出現過，如《詩經・王風・中谷有蓷》：「嘅其嘆矣，遇人之艱難矣。」就是將「嘅歎」分開來使用。❻杜康　相傳是古代造酒的人，在這裡是酒的代稱。《說文》帚字下注：「古者少康作箕帚、秫酒。少康，杜康也。」但《戰國策・魏策》說：「儀狄作酒而美，進之禹。」指造酒的是儀狄。陶淵明〈述酒〉舊注：「儀狄造，杜康潤色之。」是綜合二說，認為酒是儀狄製造，杜康進行了加工、改良。❼青青二句　子衿，你的衣領。周代學子的服裝，如果父母還在，便用青色。悠悠，長久的意思。《詩經・鄭風・子衿》：「青青子衿，悠悠我心。縱我不往，子寧不嗣音。」是寫對同學的思念，意為：「你的衣領青青，我的心中長久想你。即使我不去找你，你怎麼不給我一個音訊？」曹操借用它表示對賢才的思慕。❽但為君故二句　《樂府詩集》中無此二句，今據《文選》、《古樂府》、《古詩紀》、《古樂苑》等補上。君，你。沉吟，低吟。❾呦呦鹿鳴四句　用《詩經・小雅・鹿鳴》中的原文，前兩句是起興，後二句寫鼓瑟吹笙宴會賓客，以示禮遇賢才。《文選》李善注：「鹿得蓱草，呦呦然而鳴，相呼而食，以興喜樂賓客，相招以盛禮也。」呦呦，鹿鳴聲。野，野外。蘋，艾蒿。鼓瑟，奏瑟。瑟、笙都是樂器。❿明明二句　意為不知何時得到賢才。如，猶「然」，附在形容詞後面的詞綴。《孟子・滕文公下》：「孔子三月無君，則皇皇如也。」掇，原作「輟」，此依《宋書・樂志》、《文選》、《古樂府》、《古詩紀》校改，意為拾取。「掇月」即攬月，在這裡既是寫景，又是比喻得到賢才。⓫越陌二句　寫嘉賓度過田間小路，枉駕前來問候。枉，枉駕；屈駕。用，以。存，問候。《說文》：「存，恤問也。」⓬契闊　《毛傳》：「勤苦也。」這裡是指曾有同生同死相與勤苦之約。《詩經・邶風・擊鼓》：「死生契闊，與子成說。執子之手，與子偕老。」《鄭箋》：「從軍之士，與其伍約：死也生也，相與處勤苦之中，我與子成相說（悅）愛之恩，志在相存救也。」所以下句說「心念舊恩」。⑬談讌　交談飲宴。⑭舊恩　指往日一起征戰時的相互悅愛之恩。⑮月明四句　是寫實景，兼有比喻人才南流，去留未定，無所依託之意。所以下面四句接著引用「周公吐哺」典故，說明自己勤以待士，求賢建業的雄心。匝，周。⑯山不厭高二句　說明自己不厭人才之多。《管子・形勢》：「海不辭水，故能成其大；山不辭土石，故能成其高；明主不厭人，故能成其眾。」⑰周公句　說明周公勤以待士。周公，西周初年的大政治家。《韓詩外傳・卷三》記周公的話說：「吾，文王之子，武王之弟，成王之叔父也，又相天下，吾於天下亦不輕矣。然一沐三握髮，一飯三吐哺，猶恐失天下之士。」吐哺，就是一飯三吐哺，即吃一頓飯三次將食物吐出，停下來接待士人。⑱歸心　心歸向。

【語　譯】面對美酒應當歌，人生年歲有幾何！實在短促似朝露，已逝歲月苦於多。感時傷懷慨而慷，心中憂思實難忘。該用何物解憂愁？唯獨只有酒杜康。你的衣領青又青，思念悠悠在我心。心中只是為了你，低聲吟唱到如今。鹿兒歡樂呦呦鳴，召來同伴食野蘋。我有滿座好客賓，彈瑟吹笙示歡迎。明明朗朗空中月，不知何時方可摘？心間憂愁從中來，鬱鬱不樂難斷絕。越過小道行田間，枉駕屈就相問安。歷盡艱苦相談宴，心中長念舊時恩。月兒明亮星兒稀，可憐烏鵲將南飛。繞著樹林圈圈轉，何處枝頭可相依？高山再高不厭高，海水再深不厭深。周公停食待賢士，天下賢士盡歸心。

【研　析】這是一首宴會詩，但它卻不是一般的宴會詩，而是借宴會詩的形式，抒發了詩人渴望求得賢才以平定天下的雄心壯志。詩分八章，每一章或兩章換韻。開始一章，嗟歎人生有限，已經逝去的歲月太多，表面看來，彷彿他要飲酒唱歌，及時行樂，以致唐人吳兢《樂府古題要解》誤認為這首詩是「言當及時為樂」。其實不然，看他第二章接著說：「慨當以慷，憂思難忘。何以解憂？唯有杜康。」兩次提到一個「憂」字（按，下面還有「憂從中來」），胸中自有一股憂思難平的慷慨之氣，很難稱得上是消極思想的流露。要正確理解這首詩，就不能不問：這「憂思」的具體內容是什麼？詩人在〈秋胡行〉中說：「不戚年往，憂世不治。」這才是詩人「憂思難忘」的真正原因。可是要把這亂世治好，光靠一個人是不行的，看他說：「自古受命及中興之君，曷嘗不得賢人君子與之共治天下者乎！……今天下尚未定，此特求賢之急時也。」（《三國志・武帝紀・求賢令》）由於他對賢人重要性的理解和迫切的渴求，才有以下各章寫他對學子的思念，對嘉賓的禮遇，對人才難求的憂思，對舊友前來相會的感恩，以及對人才流失的憂慮。這一切的一切，都是這位亂世英雄情懷的真實流露啊！末了一章，借用管子「海不辭水，故能成其大；山不辭土石，故能成其高；明主不厭人，故能成其眾」和周公「一沐三握髮，一飯三吐哺，猶恐失天下之士」兩個典故，表達了賢士多多益善，願與他們一起平定天下的雄心。總之，這是一首「歎流光易逝，欲得賢才以早建王業之詩」（張玉穀《古詩賞析》）哪有絲毫消極的內容呢？

全詩音韻和諧，以抒情為主，又與敘事、寫景相結合，雅好慷慨，梗概多氣，是建安風骨的代表作。

短歌行

陸　機

【題　解】見頁九二。

【作者】陸機（西元二六一——三〇一年），字士衡，吳郡人。祖父陸遜，是吳國的丞相。父親陸抗，是吳國的大司馬。父死以後，陸機任牙門將。吳亡，陸機退居舊里，閉門勤學十年。晉太康末年，陸機和弟弟陸雲來到洛陽，張華說：「伐吳之役，利獲二俊。」後來太傅楊駿提拔陸機任祭酒、太子洗馬、著作郎。晉武帝司馬炎死後，發生「八王之亂」，陸機捲入其中。末了投靠成都王司馬穎，被薦為平原內史、後將軍、河北大都督，因兵敗遭讒，被司馬穎所殺。陸機是太康詩人的領袖，名重當時。他的詩作，注重詞藻雕琢與對偶，「采縟于正始，力柔于建安」（《文心雕龍·明詩》），文采超過正始詩人，卻缺少建安詩人的風力。所寫的樂府詩，多為模擬之作，「踵前人步伐，不能流露性情」（黃子雲《野鴻詩的》）。他的〈文賦〉是重要的文學理論之作。《漢魏六朝百三家集》中收有《陸平原集》，《晉書》卷五四有傳。

置酒❶高堂，悲歌臨觴❷。人生幾何❸？逝如朝霜❹。時無重至，華不再揚❺。蘋以春暉，蘭以秋芳❻。來日❼苦短，去日❽苦長。今我不樂，蟋蟀在房❾。樂以會興，悲以別章❿。豈曰無感，憂為子忘⓫。我酒既旨，我肴既臧⓬。短歌可詠，長夜⓭無荒⓮。

【注釋】❶置酒　設置酒席。❷臨觴　面臨酒宴。觴，酒杯。❸人生句　即人壽幾何。《左傳·襄公八年》：「周詩有之曰：『俟河之清，人壽幾何！』」❹逝如朝霜　言時間很短。逝，去；消失。朝霜，早上的霜，不一會太陽出來就消失了。曹植〈送應氏〉：「天地無終極，人命若朝霜。」❺華不再揚　花不再開之意。❻蘋以春暉二句　意為萍花因為春天來到生出光輝，秋蘭因為秋天來到發出清香。《文選》六臣注：「蘋生於春，蘭茂於秋，榮華有時，反覆相代。」蘋，大的萍花。《禮記・月令》：「季春之月（夏曆三月），……萍始生。」蘭，這裡是指秋蘭，秋天開花，發出清香。❼來日　未來的歲月。❽去日　已往的歲月。❾今我二句　意為現在我如不及時行樂，蟋蟀已經在我的房子裡，一年又將過去了。《詩經・唐風・蟋蟀》：「蟋蟀在堂，歲聿其莫（暮）。今我不樂，日月其除（去）。」《詩經・豳風・七月》也說「十月蟋蟀入我牀下。」❿樂以會興二句　意為快樂因為相會而起，悲傷因為分別而明顯。《文選》六臣注：「歡會則起其樂，別離則明其悲。」以，因。興，起。章，通「彰」。明顯。⓫豈曰無感二句　難道說是不感到年華將盡，而是因為和你相會便忘記了憂愁。子，你，指知心朋友。⓬我酒二句　《詩經・小雅・頍弁》：「爾酒既旨，爾殽既嘉。」這裡將「爾」改為「我」，將「嘉」改為「臧」。旨，甜美。肴，做好了的葷菜。嘉，美。臧，善；美。⓭長夜　是「長夜之飲」的縮寫。《史記・殷本紀》記載商紂王荒淫，「以酒為池，縣（懸）肉為林，使男女倮（裸）相逐其間，為長夜之飲」。⓮無荒　不要荒淫。典出《詩經・唐風・蟋蟀》：「好樂無荒。」

【語　譯】設置酒席在高堂，端起酒杯悲歌唱。人壽能有幾長久，逝去就像早上霜。歲月逝去不再來，花兒凋謝不重放。萍花由於春天美，蘭花因為秋天香。未來日子苦於短，已往歲月苦於長。我今再不及時樂，看那蟋蟀已入房。因為相會就歡樂，由於離別便悲傷。難道說是無憂感，只因為你把憂忘。我的旨酒既甜美，我的菜肴味也香。短歌微吟還可以，切勿長夜飲酒漿。

【研　析】這也是一首宴會詩。唐吳兢《樂府古題要解》：「言當及時為樂也。」這話是對的。詩一開始就說「置酒高堂，悲歌臨觴」，他為什麼面對酒宴要憂傷悲歌呢？詩人接著告訴我們：那是由於人壽有限，逝去的歲月不能重來，就像凋謝的花不能重放一樣，春天的萍花春天才美，秋天的蘭花秋天才香，時過境遷，也就不美不香了。想到來日苦短，去日苦長，所以要及時為樂，看那蟋蟀已經入房，一年又將過去，再不為樂，那就來不及了。詩寫到這裡，他憂傷悲歌的原因已經說清楚，要說的話基本上也就說完了。「樂以會興，悲以別章。豈曰無感，憂為子忘」話題稍轉，似乎由於和朋友相會，帶來了些許歡樂，但這只是暫時忘憂，其實還是憂思難忘的。最後四句說酒好菜好，微吟短歌還可以，但是不能作長夜之飲，將他的及時為樂與紂王的荒淫無度劃清界限，可算曲終奏雅了。

如果我們將這首〈短歌行〉和曹操的〈短歌行〉對照起來閱讀，就可看出：他們都為人壽有限而憂傷悲歌，但出發點不同，曹操是憂世不治，以天下為己任，悲歌慷慨，積極向上；陸機卻是為個人生愁，不以蒼生為念，短歌微吟，情緒低落。他們也都引用《詩經》中的詞句，曹操用得貼切自然，不見斧斫痕跡；陸機卻顯得生硬，有刻意雕琢之嫌。相比之下，差別明顯。對比，不失為識貨的一個好辦法。

君子行

古　辭

【題　解】〈君子行〉，樂曲名，屬〈平調曲〉部類。主旨是說如何做君子。此詩曾編入曹植詩集中，但《文選》、《樂府古題要解》、《樂府詩集》等均作古辭。

君子防未然❶，不處嫌疑間。瓜田不納履❷，李下不正冠❸。嫂叔不親授❹，長幼不比肩❺。勞謙得其柄❻，和光甚獨難❼。周公下白屋❽，吐哺不及餐❾。一沐三握髮❿，後世稱聖賢。

【注釋】❶未然　還沒有成為事實。《漢書．外戚傳下》：「事不當時固爭，防禍於未然，……此臣所深痛也。」❷瓜田句　納履，穿鞋，這裡指彎腰用手將鞋穿進去，江西方言叫趿鞋。彎腰穿鞋可能被人誤認為偷瓜，所以「瓜田不納履」。納，將腳納入鞋中。履，鞋。❸李下句　正冠，用手整理帽子。用手整理帽子易被人誤會是在偷李，所以「李下不正冠」。正，扶正；整理。❹嫂叔句　嫂和小叔子不相授受，怕人誤認為有不正當的男女關係。《禮記．坊記》：「君子遠色以為民紀，故男女授受不親（不能將物件親手交給另一方）。」❺長幼句　幼者與長者並排站在一起，是傲慢失禮，不符合「長幼有序」，所以「長幼不比肩」。❻勞謙句　勤勞和謙虛是美德，古人認為勤勞謙虛的君子會有好的結果，謙虛是道德的根本。《周易．謙卦．九三爻辭》：「勞謙，君子有終（好的結果）。」《周易．繫辭下》又說：「謙，德之柄（根本）也。」❼和光句　意為與世浮沉、隨波逐流特別難。和光，是「和光同塵」的縮寫。《老子》四和五十六章都說：「和其光，同其塵。」意思說雖然有獨知之明，也要和世俗混和，與塵世混同，不要表現出來。獨，特別。❽下白屋　即下白屋之士，也就是禮賢下士。《孔子家語》卷三〈賢君〉：「周公居冢宰之尊，制天下之政，而猶下白屋之士，日見百七十人。」白屋，草屋。❾吐哺句　《韓詩外傳．卷三》記周公的話說：「吾，文王之子，武王之弟，成王之叔父也，又相天下，吾於天下亦不輕矣。然一沐三握髮，一飯三吐哺，猶恐失天下之士。」吐哺，將食物吐出，停下來接待士人。不及餐，來不及吃飯。❿一沐句　沐，洗頭。握髮，握住頭髮，停止洗頭，接待賢士。

【語　譯】君子防禍於未然，不要處在嫌疑間。瓜田裡面不跤鞋，李樹下面不整冠。嫂子小叔不授受，長幼不能並肩站。勤勞謙虛是根本，與世浮沉特別難。周公禮賢待貧士，吐出食物不進餐。一次洗頭三握髮，贏得後世稱聖賢。

【研　析】《樂府古題要解》說：「古辭云：君子防未然，蓋言遠嫌疑也。」這話說對了一半，其實這首詩是全面談論如何做個謙謙君子。所謂「瓜田不納履，李下不正冠。嫂叔不親授，長幼不比肩」都屬於避嫌疑之類。大凡一個人有了小偷小摸、作風不正、傲慢失禮等嫌疑，已經在向小人靠近，也就甭想做什麼君子了，所以這樣的嫌疑是不得不避的。除此之外，要做個君子，還得勤勞謙虛，和光同塵，不露鋒芒，否則人家說你目中無人，好出風頭，也就做不成君子了。如果這些都做到了，還能像周公一樣禮賢下士，那就成為一個名副其實的君子了。這是一個用儒家和道家思想塑造出來的君子模型，自然有它合理的內核，但是所謂的男女授受不親，長幼不並肩……之類，今天自然已經行不通了。「世異則事異」，「事異則備變」，「欲以先王之政，治當世之民」，大概是不行了。

燕歌行

曹　丕

【題　解】「歌行」的解釋見前〈短歌行〉，前面加上「燕」字，表明這種歌聲的地方特色，如〈齊謳行〉、〈吳趨行〉、〈隴西行〉等都是。漢末魏初以來，燕地征戍不絕，所以〈燕歌行〉多寫離別，庾信〈哀江南賦・序〉說過：「燕歌遠別，悲不自勝。」《宋書・樂志》、《樂府詩集》將這首詩分為七解，前面六解，每解各二句，第七解為三句。今依文意，將第四解定為三句，以句號相區別，特此說明。

【作者】曹丕（西元一八七——二二六年），字子桓，曹操的兒子，生於譙。建安十六年為中郎將、副丞相。二十二年立為魏太子。曹操死後，繼位為丞相、魏王。建安二十五年，代漢為帝，在位七年。他在軍事、政治上沒有突出的成就，但「好文學，以著述為務」、「下筆成章」（《三國志・文帝紀》）。現存詩四十餘首，形式多樣，「一變乃父（曹操）悲壯之習」（沈德潛《古詩源》卷五），多是歎年華、敘相思、詠離別的抒情之作。所寫散文以《典論・論文》、〈與吳質書〉、〈又與吳質書〉最為有名。《三國志・魏書》有〈文帝紀〉，《漢魏六朝百三家集》有《魏文帝集》。

秋風蕭瑟天氣涼，草木搖落露為霜❶。一解　群燕辭歸雁南翔❷，念
君客遊思斷腸❸。二解　慊慊思歸戀故鄉❹，君何淹留寄他方❺？三解　賤
妾煢煢❻守空房，憂來思君不敢忘，不覺淚下霑衣裳❼。四解　援琴❽鳴
絃❾發清商❿，短歌微吟⓫不能長⓬。五解　明月皎皎⓭照我牀，星漢西流
夜未央⓮。六解　牽牛織女遙相望⓯，爾⓰獨何辜⓱限河梁⓲！七解

【注釋】❶秋風二句　從〈九辯〉「悲哉！秋之為氣也，蕭瑟兮，草木搖落而變衰」和《詩經・秦風・蒹葭》「白露為霜」化出。蕭瑟，寒涼之意，亦可解為風聲。搖落，因風吹搖動而凋謝。為霜，變為霜。❷群鷰句　雁，原作「鵠」，此依《文選》、《玉臺新詠》、《古樂府》、《古詩紀》校改。鷰，同「燕」。《禮記・月令》說仲秋之月（農曆八月）「鴻鴈來，玄鳥（燕子）歸」。❸念君句　原作「念吾客遊多思腸」，此依《文選》、《玉臺新詠》、《古詩紀》、《古詩鏡》等校改。君，指客遊在外的丈夫。❹慊慊句　是寫女子設想丈夫理應思歸。慊慊，不愜意；不舒心。《史記・樂毅列傳》：「先王以為慊於志。」司馬貞《索隱》將「慊」解為「常慊然而不愜其志也」。❺君何句　是寫由於丈夫實際未歸而發生疑問。淹留，久留。寄，寄居。❻煢煢　孤獨憂傷的樣子。❼淚下霑衣裳　用〈古詩十九首〉成句。❽援瑟　取琴。❾鳴絃　使絃鳴，即彈絃使發出音響。❿清商　古代一種音樂的名稱。相傳春秋時濮水之上有種新聲，原是種靡靡之樂、亡國之聲，師曠說這就是所謂的「清商」（詳見《韓非子・十過》）。漢魏時的「清商」當有新的變化。⓫微吟　低聲吟唱。吟與歌有別，元郝經撰《郝氏續後漢書》卷六六：「吟亦歌類也，歌者，發揚其聲，而詠其辭也；吟者，掩抑其聲，而味其言也。歌淺而吟深。」⓬長　疑是指長歌。《禮記・樂記》：「歌之為言也，長言之也。說之故言之，言之不足，故長言之。」⓭皎皎　明亮的樣子。這句是從〈古詩十九首〉：「明月何皎皎，照我羅床幃。」化出。⓮星漢句　這句是用銀河流向西邊說明已是深夜。星漢，銀河。夜未央，夜未盡，已是深夜而又還沒有天亮的時候。典出《詩經・小雅・庭燎》：「夜如何其？夜未央。」⓯牽牛句　牽牛織女，指牽牛星和織女星。據《荊楚歲時記》記載，銀河的東邊有個織女，是天帝的女兒，年年在織布機上辛勞，織成雲錦天衣，卻無暇整理自己的容貌。天帝可憐她孤身一人，容許她嫁給銀河西邊的牽牛郎。可她出嫁以後，就不織錦了。天帝於是發怒，責令她回到河東，讓她一年和牽牛郎會見一次。另明顧起元《說略》卷四：「《淮南子》曰：『烏鵲填河，而渡織女。』《風俗記》云：『織女七夕渡河，使鵲為橋。』」可見牛郎織女每年七夕相會一次，是靠烏鵲搭橋。按，牛郎織女的神話傳說，先秦時期就已流行，歷代傳聞異辭，都沒有《荊楚歲時記》所載完整。⓰爾　你們，指牛郎、織女。⓱何辜　何故。

辜，通「故」。⑱限河梁　為銀河上無橋所阻隔而不能相會。梁，橋。限，阻。

【語　譯】秋風颼颼天氣涼，草木落葉露成霜。　群燕辭歸雁南翔，念你在外想斷腸。　你當思歸戀家鄉，卻為何事留他方？　賤妾獨自守空房，憂來想你不敢忘，不覺淚下溼衣裳。　取琴撥絃彈清商，短歌低吟不能長。　明月朗朗照我床，銀河西落夜未央。　牛郎織女遠相望，為何阻在河兩旁！

【研　析】這是一首寫丈夫行役在外，妻子在家思念丈夫的詩，是言情的名作。詩一開頭就出現了一幅秋風蕭瑟、草木搖落、白露為霜、燕雁南歸的秋色圖。看似寫景，其實卻是以景托情。「自古逢秋悲寂寥」（劉夢得〈秋詞〉），秋天是最能使人動情生悲的，何況群燕辭歸，大雁南翔，物尚如此，人何能堪！睹物生感，怎能不引起她對丈夫的思念呢？所以下面接上一句「念君客遊思斷腸」，也就箭在弦上，不得不發了。自己想丈夫，也就會想到丈夫在外定會想自己，「慊慊思歸戀故鄉」一句，她就是這樣設想的。可是設想終歸是設想，事實上丈夫畢竟沒有歸來，她怎能不生怨呢？「君何淹留寄他方」一句，幾多關懷，幾多怨思在其中啊！「賤妾煢煢守空房，憂來思君不敢忘，不覺淚下霑衣裳」三句直接寫她的相思之苦，她由於憂思而流淚了，這不就是「蕩子行不歸，空牀難獨守」的真情流露，但卻不像〈古詩十九首〉表現得那樣露骨。她怨而不怒，還「憂來思君不敢忘」呢。思得無聊，她便援琴鳴絃，短歌微吟以解鬱悶，而不長歌當哭，多麼符合這位深夜思人的女子的身分。末了四句又是寫景，那是一幅淒涼的夜色圖：明月照床，床是空的，遙望天空，星漢西流，只見牽牛織女二星隔河脈脈相望而已。於是她慨然發問：你們為什麼要受河橋的阻隔而不能相會呢？這是景語，也是情語，「不知一切景語皆情語也」（王國維《人間詞話》卷上），她和她的丈夫又何嘗不是如此呢。

從以上的分析中可看出：這首詩的主要特點是融情景於一爐，巧妙地將寫景與抒情結合在一起。此外還善於吸收前人的藝術經驗，將《詩經》、《楚辭》和古詩的成語運用到寫作中去，有的是從中化出新的意境，有的乾脆直接運用，但都恰到好處地表達了真實的感情，天衣無縫，不露斧鑿痕跡，沒有高超的藝術修養是做不到的。再次這首詩每句用韻，而且都是平聲韻，這在古代詩歌中也是不多見的。這是中國最早的一首完整的七言詩，對於以後七言詩的發展和成熟有著不可忽視的作用。

燕歌行並序

高 適

【題 解】〈燕歌行〉本來多寫離別相思，到了唐代，高適擴大了它的表現範圍，用來寫邊境戰事。本篇寫的就是唐朝開元年間與北方的契丹族、奚族發生的一場戰事相關的征戍之事，詩人在序中作了簡單的交代。

【作 者】高適（西元七〇二—七六五年），字達夫，渤海蓨（今河北滄縣）人。前半生過布衣生活，入京後曾任封丘縣尉、諫議大夫、御史大夫、淮南節度使、蜀州刺史、刑部侍郎……直至散騎常侍，官運亨通。也是唐朝著名的詩人，邊塞詩尤為人稱道。《舊唐書．高適傳》：「有唐已來詩人之達者，唯適而已。」有《高常侍集》，《舊唐書》、《新唐書》均有傳。

開元二十六年❶，客有從元戎出塞而還者❷，作〈燕歌行〉以示。適感征戍之事，因而和焉。

【注　釋】❶開元句　《樂府詩集》未收此序，今據《河嶽英靈集》補上。開元，是唐玄宗在位時的一個年號，開元二十六年，相當於西元七三八年。❷客有句　這句《河嶽英靈集》作「客有從御史張公出塞而還者」。元戎，主帥；軍事首領。御史張公，指張守珪，曾任御史大夫。據《舊唐書・張守珪傳》，開元二十一年張守珪任幽州長史、河北節度副大使，因為契丹和奚連年犯邊，張守珪出兵反擊，每戰必捷。契丹首領屈刺和他的衙官可突于感到害怕，便派遣使者去詐降，並暗中勾結突厥，陰謀殺死張守珪派去的使者王悔。被張守珪識破，斬屈刺和可突于，盡誅其黨羽。次年春天，唐玄宗為此賦詩獎勵張守珪，封他為輔國大將軍、右羽林大將軍兼御史大夫，並立碑記功。開元二十六年，守珪的裨將趙堪、白真陀羅等，假借守珪的命令，逼迫平盧軍使烏知義去出擊奚人，結果打了敗仗。守珪卻謊報軍情，說是打了勝仗。不久實情稍露，唐玄宗派牛仙童去查辦，守珪又賄賂牛仙童，歸罪於白真陀羅，逼白真陀羅自殺。開元二十七年，終於真相大白，牛仙童伏法，守珪被貶為括州刺史，不久，因背上長毒瘡而死。

【語　譯】開元二十六年，有位跟隨主帥出征到塞外回來的客人，寫了一首〈燕歌行〉給我看，我為征戰守邊的事情所感動，因而也和了一首。

漢家❶煙塵❷在西北❸，漢將辭家破殘賊❹。男兒本自重橫行❺，天子非常賜顏色❻。摐金伐鼓下榆關❼，旌旗逶迤碣石間❽。校尉羽書飛瀚海❾，單于獵火照狼山❿。山川蕭條極邊土⓫，胡騎憑陵雜風雨⓬。戰士軍前半死生⓭，美人帳下猶歌舞⓮。大漠窮秋塞草衰⓯，孤城落日鬥兵稀⓰。身當恩遇常輕敵⓱，力盡關山未解圍⓲。鐵衣⓳遠戍辛勤久，玉筯⓴應啼別離後。少婦城南欲斷腸，征人薊北空迴首㉑。邊風飄飄那可度㉒，絕域蒼茫更何有㉓！殺氣三日作陣雲㉔，寒聲一夜傳刁斗㉕。相看白刃血紛紛㉖，死節從來豈顧勳㉗！君不見沙場㉘征戰苦，至今猶憶李將軍㉙。

【注　釋】❶漢家　實際上指的是唐家，下句「漢將」用法亦同。唐詩中有以「漢」代「唐」用法，如白居易〈長恨歌〉：「漢皇重色思傾國。」❷煙塵　戰事。戰爭中多有放火燒殺，以致煙塵張天。❸西北　《河嶽英靈集》、《文苑英華》作「東北」。❹殘賊　殘餘的敵人。指契丹。因張守珪已在開元二十一年（西元七三三年）大敗契丹。❺男兒句　這句是說男子漢本來就重視自己能橫行於匈奴中，所向無敵。典出《史記・季布欒布列傳》：「上將軍樊噲曰：『臣願得十萬眾，橫行匈奴中。』」❻天子句　這句是說受到天子非同一般的褒獎。指張守珪打敗契丹以後受到唐玄宗賦詩褒獎、加官進爵、建碑記功等。賜顏色，給面子。❼摐金句　這句是寫出師時的情況。摐金，撞擊鉦一類用銅製成的響器。伐鼓，敲鼓。榆關，山海關。❽旌旗句　這句是描寫軍隊舉著旌旗行進在碣石山上的樣子。逶迤，彎曲而綿長的樣子。碣石，山名，在河北昌黎北。❾校尉句　這句是說校尉從瀚海傳來緊急警報。校尉，武官名，僅次於將軍。羽書，即羽檄，一種緊急文書，用木簡為書，長一尺二寸，遇有緊急情況，便將羽毛插在檄上，故稱。飛瀚海，從瀚海飛來。瀚海，指蒙古大沙漠。⑩單于句　單于，古代匈奴的君王。狼山，即狼居胥山，在今內蒙古境內。從這句和上句說到瀚海、狼山，可知作者所寫的邊境征戍之事不限於張守珪等在東北與契丹、奚族之戰。⑪山川句　這句是說邊境山川一片蕭條。蕭條，凋零寂寥，在這裡似有荒無人煙之意。極，至。⑫胡騎句　這句是說匈奴的騎兵在風雨之中來欺陵。憑陵，仗勢欺陵。典出《左傳・襄公二十五年》：「今陳忘周之大德，蔑我大惠，棄我姻親，介恃楚眾，以憑陵我敝邑。」雜風雨，夾雜在風雨之中。今注本有以《新序・善謀》：匈奴「來若風雨」釋此句，言匈奴來勢兇猛，如暴風驟雨。因「若風雨」不同於「雜風雨」，且唐張翬〈遊棲霞寺〉有「潮來雜風雨」，宋劉應時〈讀放翁劍南集〉有「夜窗吟哦雜風雨」，元郭鈺〈贈周郎〉有「刁斗夜鳴雜風雨」，均將「雜」作夾雜用，故不採其說。⑬戰士句　這句是說戰士作戰死生各半。⑭美人句　這句是說將帥在帳下欣賞美人的歌舞。帳下，帳幕下面。⑮大漠句　這句是寫沙漠地帶的深秋景象。大漠，廣大的沙漠地帶。窮秋，深秋。衰，枯黃。⑯孤城句　這句是寫日落時戰鬥結束。鬥兵稀，說明戰鬥將要結束。⑰身當句　這句是寫受恩後傲慢輕敵。⑱力盡句　這句是寫雖然盡力戰鬥卻沒有將圍兵擊退。⑲鐵衣　盔甲。⑳玉筯　眼淚。㉑少婦二句　這兩句是寫在家的少婦和在外的征人的相思。薊北，指唐薊州，在今天津薊縣以北的地區。㉒邊風句　這句承接「少婦城南欲斷腸」，說少婦想去邊關也去不了。那可度，哪裡可度，即度不了。度，度過；越過。㉓絕域句　這句承接「征人薊北空迴首」，說征人回首望家人也是徒然，見到的只是絕域蒼茫，一無所有。絕域，極邊遠的地方。㉔殺氣句　這句是說將士白天只見到殺氣變作陣雲。陣雲，陣地上的雲。三日，《河嶽英靈集》、《唐文粹》作「三時」，謂早、中、晚三時，也就是整個白天。㉕寒聲句　這句是說將士晚上只聽到打更的聲音。刁斗，又稱金柝，金屬製的器具，像鍋，三腳一柄，容量一斗，白天用來做飯，晚上用來打更。㉖血紛紛　《唐詩品彙》、《古今詩刪》、《全唐詩錄》作「雪紛紛」。㉗死節句　這句是說戰士從來都是為國而死，哪裡是為了功名。死節，為氣節而死，即為國而死。

動，功勳。㉘沙場 戰場。㉙李將軍 指漢代名將李廣。據《史記・李將軍列傳》記載，李廣很愛護士兵，為人廉潔，得了獎，便分給他的部下。和士兵同飲食，到了缺水的地方，見到了水，只要士兵沒有全飲水，他便不接近水；士兵沒有全部吃上飯，他不曾吃過飯。所以士兵樂為他所用。他死了以後，天下知與不知，皆為盡哀。

【語 譯】唐朝在東北發生了戰事，唐將離家去消滅殘敵。男兒本來就重視能橫行天下，天子還不同尋常地給予獎勵。擊鉦敲鼓出了山海關，部隊舉著旌旗彎曲行進在碣石間。校尉從蒙古大沙漠送來緊急情報：匈奴君王的獵火照亮了狼居胥山。邊土的山川一片蕭條，風雨之中匈奴的騎兵前來侵擾。戰士在陣前死生各半，美人卻在帳幕下歌舞歡笑。大沙漠的深秋邊塞的枯草，夕陽照著孤城戰鬥的士兵稀少。將帥身受重恩常常輕敵，在關山盡力死戰還是解圍不了。穿上盔甲辛勤地久在遠方戍守，眼淚應當流在別離之後。這邊是少婦在城南將要斷腸，那邊是征人在薊北徒然回首。少婦因邊風飄飄哪可前往，征人為絕域蒼茫更是一無所有！白天殺氣變作陣前的雲氣，晚上淒涼的聲音來自刁斗。面對白刃鮮血四濺，為國而死哪裡是為了功名！你看不看見沙場上戰士作戰的辛苦，直到現在還在想念李將軍。

【研 析】這是一首唱和詩。如序言所說的那樣，有個隨從張守珪出征塞外的客人，回來寫了一首〈燕歌行〉給高適看，高適「感征戍之事」，因而寫了這首和詩。我們可以想像得到：那位客人寫的〈燕歌行〉，必定說到了他出塞的所見所聞。這些事感動了高適，他也想對邊境的「征戍之事」發表自己的看法。所以這首詩與張守珪及其部下同契丹、奚族的那場戰爭有關，但又不為這次戰爭所限，而是表達作者對整個邊境戰爭的看法。

那麼，作者是如何看待邊境戰爭呢？從詩中可以看出，作者認為當時抗擊外族的入侵是正義的，所以他稱敵人是「殘賊」，他們入侵是「憑陵」，戰士同他們浴血奮戰是「死節」。基於這種認識，他歌頌了男子漢橫行匈奴、所向無敵的英雄氣概，敘述了唐玄宗不同尋常的嘉獎，描寫了部隊出征的壯觀，並且特別讚揚了戰士「死節從來豈顧勳」的高尚情操。作者感到不滿的是將帥受獎以後驕傲輕敵，而且不能與士卒同甘共苦，甚至出現了「戰士軍前半死生，美人帳下猶歌舞」的嚴酷事實。這種強烈的對比，暗示出戰爭不能很快取得勝利的原因。這樣征人便久留在外，造成少婦與征人的離別相思之苦。最後，作者以「君不見沙場征戰苦，至今猶憶李將軍」作結，自是意味深長，他是多麼希望能有一個像李廣一樣體恤士卒、讓匈奴聞風喪膽的將軍啊！這樣，戰爭就能很快結束，相思離別之苦自然也就不存在了。詩中表現出來的情緒，有昂揚的鬥志，也有相思離別的悲哀，表面上是矛盾的，其實是統一的，愛國思想始終是它的基調。

詩中寫景與抒情和諧協調，塞外的荒涼景色，兩地的痛苦相思，巧妙地結合在一起，相得益彰。擴大了〈燕歌行〉的表現範圍，但又沒有脫離它寫相思的特色，還深入地揭示了造成相思之苦的社會原因，這是它與曹丕的〈燕歌行〉的不同之處。全詩的音韻隨著內容的變化每四句或八句一轉，音節美和富有詩意的畫面以及不同環境中的不同情感取得了和諧的統一。

從軍行

李頎

【題解】《樂府古題要解》：「〈從軍行〉，皆軍旅辛苦之辭。」屬〈平調曲〉部類。

【作者】李頎，生卒年不詳，東川（約在今四川雅安一帶）人。唐開元二十三年（西元七三五年）進士，及第後，任新鄉縣尉。性疏簡，厭薄世務，喜煉丹求仙，善於寫詩，「發調既清，修辭亦秀，雜歌咸善，玄理最長」（《唐才子傳》卷二）。所寫的邊塞詩雖然只有幾首，但很有名。《唐才子傳》中有〈李頎傳〉，《新唐書·藝文志》載《李頎詩》一卷，《全唐詩》中有他的詩三卷。

白日登山望烽火❶，昏黃❷飲馬❸傍交河❹。行人刁斗❺風砂暗❻，公主琵琶幽怨多❼。野雲❽萬里無城郭，雨雪紛紛連大漠❾。胡雁❿哀鳴夜夜飛，胡兒⓫眼淚雙雙落。聞道玉門猶被遮⓬，應將性命逐輕車⓭。年年戰骨埋荒外⓮，空見蒲桃入漢家⓯。

【注釋】❶烽火　古道邊境的報警信號，發現敵人，就燃起煙火相告。❷昏黃　《全唐詩》作「昏黃」，但注明「《集》作黃昏」，可知《李頎集》作「黃昏」。《石倉歷代詩選》、《古詩鏡》亦作「黃昏」。❸飲馬　使馬飲；讓馬喝水。❹交河　是兩條小河交叉環抱的一個小島，在今新疆吐魯番西邊，安西都護府的治所設在這裡。❺行人刁斗　意為出征的人敲著刁斗巡行打更。刁斗，金屬製的器具，像鍋，三腳一柄，容量一豆，白天用來做飯，晚上用來打更。❻風砂暗　風砂滾滾，暗無天日。唐詩中有此用法，如朱慶餘〈望蕭關〉：「漸見風沙暗。」❼公主句　意為琵琶裡傳出了公主幽咽的聲音。公主琵琶，在此泛指一般的琵琶。據石崇〈王明君詞·序〉及《古今樂錄》記載，漢武帝將江都王劉建的女兒劉細君，以公主的身分，嫁給烏孫王昆莫為妻。出嫁時用琵琶在馬上作樂，以安慰她途中對家鄉的思念。❽野雲　《全唐詩》作「野營」，但又注明：「《集》作『雲』。」《石倉歷代詩選》、《古詩鏡》亦作「野雲」。疑是指野外的雲，唐詩中常見此詞，如杜甫〈陪章留後侍御宴南樓得風字〉：「野雲低渡水。」戴叔倫〈李大夫見贈因之有呈〉：「山迴野雲秋。」李群玉〈湖寺清明夜遣懷〉：「野雲將雨渡微月，沙鳥帶聲飛遠天。」❾大漠　廣大的沙漠地帶。❿胡雁　匈奴地區的雁。⓫胡兒　匈奴人。⓬聞道句　這句是說聽說玉門關已被封，也就是已經斷絕了征人的歸路。據《史記．大宛列傳》記載，漢武帝太初元年（西元前一〇四年），派遣李廣利帶兵進攻大宛，去貳師城取善馬。出師不利，請求罷兵。漢武帝大怒，「使使遮玉門，曰：『軍有敢入者，輒斬之。』」遮，攔住。玉關，玉門關，在今甘肅敦煌西北。⓭輕車　輕車將軍或輕車都尉的簡稱。⓮荒外　八荒之外，指極邊遠的地區。⓯空見句　據《史記．大宛列傳》記載，大宛「有蒲陶（即葡萄）酒，多善馬」，酒用葡萄釀成，馬以苜蓿作飼料。漢朝的使者將葡萄和苜蓿的種子帶回來，漢朝才開始栽種葡萄、苜蓿。空，只；僅。參見王鍈《詩詞曲語辭例釋》。葡桃，也作「葡萄」。

【語　譯】白天登上高山遠望烽火，黃昏讓馬飲水傍著交河。征人巡夜的更聲從風砂彌漫中傳來，公主琵琶發出的幽怨該有幾多。野雲萬里不見城和郭，雨雪紛紛連著大沙漠。北方的大雁夜夜哀鳴，胡人的眼淚雙雙墜落。聽說玉門關還被攔遮，說應捨棄性命跟著將軍去拼殺。戰士的屍骨年年埋在塞外，見到的只是葡萄傳入漢家。

【研　析】這是一首描寫軍旅之苦的邊塞詩，共有十二句。前面十句寫盡軍人出征的種種痛苦，白日登山，黃昏還要飲馬，一天的忙碌辛勞，可想而知，這是肉體上的苦。夜聞淒涼幽怨的更聲和琵琶聲，這是精神上的痛苦。身處不見城郭、雨雪紛紛的荒野，肉體苦、精神苦，兼而有之。此情此景，還耳聞胡雁哀鳴，眼見胡兒淚落，生長在胡地的胡人、胡雁尚且如此，那身處異地的征人，就更是愁上加愁，苦上加苦了。受苦必然會想到回家，可是這條回家的路已被堵死，最高的統治者發出了「有誰敢進玉門關就殺頭」的命令，逼得征人只有跟隨將帥去送死。這是一種要命的苦，征人再也無法忍受了，因此才引出下面兩句「年年戰骨埋荒外，空見葡桃入漢家」水到渠成，畫龍點睛，成了一篇中的警句。戰士年復一年犧牲在荒遠的邊地，連屍骨都無法運回故鄉，換來的只是「葡桃入漢家」、「離宮別觀旁，盡種蒲陶」而已。滿腔憤怒，脫口而出，說得何等痛快淋漓。這是激憤的抗議，也是血淚的控訴。如高適〈燕歌行〉所說的那樣「死節從來豈顧勳」，戰士對於反抗外族入侵的正義戰爭是擁護的。可是漢武帝發動的這次戰爭，並非是因為外族入侵所引起，而是為了去大宛貳師城奪取汗血馬，遭到戰士的反對也就成為必然了。

全詩每隔四句就換韻，前四句用平聲韻，中間四句用仄聲韻，後四句又用平聲韻，顯得錯落有致。另外還使用對仗、疊字來增強表現效果。

從軍行四首（選二）

王昌齡

【題　解】見頁一〇九。

【作　者】見頁三二一。

其　二

烽火城❶西百尺樓，黃昏獨上❷海風❸秋。更吹橫笛❹〈關山月〉❺，誰解金閨萬里愁❻？

【注　釋】❶烽火城　邊境上設置了烽火臺的城牆。樓，戍樓。❷上　《河嶽英靈集》、《萬首唐人絕句》、《唐詩品彙》等作「坐」。❸海風　青海湖吹來的風。❹橫笛　《古今詩刪》、《萬首唐人絕句》、《唐詩品彙》、《古詩鏡》等作「羌笛」。羌笛，橫笛。❺關山月　古曲名。《樂府古題要解》：「〈關山月〉，傷離別也。」❻誰解句　誰解，誰能瞭解，意即無人瞭解。《河嶽英靈集》、《萬首唐人絕句》、《唐詩品彙》等作「無那金閨萬里愁」。無那，無奈；無可奈何。金閨，用金裝飾的閨房，這裡指代金閨中的妻子。

【語　譯】烽火城西邊有座百尺高的戍樓，黃昏獨上陣陣海風輕拂著深秋。羌笛中還吹出〈關山月〉的曲聲，誰能瞭解金閨中的萬里憂愁？

【研　析】這首小詩是寫守邊將士的離別相思之情。首句點明相思發生在百尺高的戍樓上。可以想見那高高的烽火臺上，四顧茫然，容易使人產生孤獨之感，觸發思鄉的情緒。次句「黃昏獨上海風秋」點出相思的時令，既是秋天，又是黃昏時刻，正是容易產生愁思的時候，所謂「愁因薄暮起，興是清秋發」（孟浩然〈秋登萬山寄張五〉）是也，何況還是「獨上」呢。「日之夕矣，羊牛下來」（《詩經・王風・君子于役》）動物到了傍晚的時候尚且知道回來，人到傍晚，不是更應該想家嗎？在家的親人這時候不也應當思念在外的親人嗎？在這樣的地點、這樣的時令，還「更吹橫笛〈關山月〉」，傳出那「傷離別」的曲聲，這就更進一步激發了他的思鄉之情，所以最後一句「誰解金閨萬里愁」也就箭在弦上，不得不發了。這句的妙處在於明明是我在想家中的妻子，卻偏要說家中的妻子在想萬里之外的我，而且無人瞭解。沈德潛在評論《詩經・衛風・陟岵》寫征人在外想父母卻說成是父母在想自己，說：「〈陟岵〉，孝子之思親也，三段中但言父母之思己，而不言己之思父母與兄，蓋一說出，情便淺也。情到極深，每說不出。」（《說詩晬語・二二》）正因為詩人使用了這種委婉的表情法，「誰解金閨萬里愁」這句詩才顯得深婉有致，餘味無窮。明代陸時雍評論說：「人解後二語，謂從軍者聞羌笛而起金閨之思，非也。蓋因邊城聞笛，而代為金閨之愁耳。言己之愁已不堪，而閨中之愁更將何奈，此昌齡詩法不與眾同也。」（《唐詩鏡》卷一二）

其三

琵琶❶起舞換新聲❷，總是❸〈關山〉❹舊別情❺。撩亂❻邊愁彈不盡❼，
高高秋月照長城。

【注釋】❶琵琶 原作「琵琶」，當是「琵琶」之誤，諸本均作「琵琶」。❷新聲 新的曲調。❸總是 全是。❹關山 是〈關山月〉的簡稱。《樂府古題要解》：「〈關山月〉，傷離別也。」❺舊別情 《萬首唐人絕句》、《唐詩品彙》、《古詩鏡》等作「離別情」。按，「舊」與上句「新」相對，作「舊」為好。❻撩亂 同「繚亂」。意為紛亂。❼彈不盡 《萬首唐人絕句》、《唐詩品彙》、《石倉歷代詩選》、《古詩鏡》等作「聽不盡」。

【語譯】隨著起舞的琵琶曲調又翻新，彈來彈去全是〈關山月〉裡的舊別情。紛亂的邊愁聽個沒

完沒了，仰望天空只見一輪秋月照著長城。

【研　析】這首詩是寫從軍將士離別相思之苦。詩一開頭，彷彿是一個熱鬧的場面，有人翩翩起舞，琵琶還彈出新的曲調，總該給從軍將士帶來一些新鮮愉快的感受吧。可是不然，接著一句是「總是〈關山〉舊別情」，彈來彈去，琵琶中彈出來的、將士感受到的全是〈關山月〉裡的「舊別情」。這哪裡有絲毫新鮮愉快的感受呢，有的只是舊時的離別痛苦啊！這不讓人想起出征時「兒別爺娘夫別妻」的慘象嗎？使人最難忍受的是：這種令人心煩意亂的「邊愁」還不斷從琵琶中彈出，沒有止境，真是「剪不斷，理還亂，是離愁」。於是詩人表面上索性丟開邊愁不說，接一句「高高秋月照長城」，轉而去寫秋夜的景色，以不盡盡之，這不正是「而今識盡愁滋味，欲說還休；欲說還休，卻道天涼好箇秋」（辛棄疾〈醜奴兒〉）嗎？如果我們真的以為詩人就此不再說邊愁了，甚至誤認為從軍戰士在欣賞祖國山川的美好風光，抒發立功邊塞的雄心壯志，恐怕未必是詩人的本意。想想看，「長城」不就是邊關，「高高秋月照長城」，寫的仍舊是關山月、別離情啊。況且李白在描繪了「明月出天山，蒼茫雲海間」的壯麗景色以後，抒發的是「戍客望邊色，思歸多苦顏」（〈關山月〉）；還有長孫佐輔的「淒淒還切切，戍客多離別。何處最傷心？關山見秋月」（〈關山月〉）呢。見月傷懷，正是從軍戰士此時此地的心情，他哪裡是真的忘記了邊愁，不過是變換了一種說法，讓你去想像、去體會而已。這正是「欲說還休」的高妙所在。

苦寒行

曹操

【題解】〈苦寒行〉，樂府曲名，屬〈清調曲〉部類。據王僧虔《技錄》，〈清調〉有六曲：一〈苦寒行〉，二〈豫章行〉，三〈董逃行〉，四〈相逢狹路間行〉，五〈塘上行〉，六〈秋胡行〉。曹操寫的〈苦寒行〉有兩首，一首是本辭，一首是晉樂所奏，這裡選的是本辭，是曹操征高幹時所作，言出征途中的冰雪溪谷之苦。

【作者】見頁七〇。

北上太行山[1]，艱哉何巍巍[2]！羊腸阪[3]詰屈[4]，車輪為之摧[5]。樹木何蕭瑟[6]，北風聲正悲。熊羆[7]對我蹲，虎豹夾路[8]啼。谿谷[9]少人民，雪落何霏霏[10]。延頸[11]長歎息，遠行多所懷[12]。我心何怫鬱[13]，思欲一[14]東歸[15]。水深橋梁絕，中路[16]正徘徊。迷惑失故路[17]，薄暮[18]無宿棲。行行日已[19]遠，人馬同時飢。擔囊行取薪，斧冰[20]持作糜[21]。悲彼〈東山〉詩[22]，悠悠[23]令我哀。

【注　釋】❶太行山　綿延山西、河南、河北三省的大山脈，曹操這次經過的太行山，當是在河南北部與山西相鄰的那部分。❷何巍巍　何等高峻。何，何等；多麼。下面三個「何」字的用法相同。巍巍，高的樣子。❸羊腸阪　指太行山上的羊腸阪。《史記・魏世家》張守節《正義》：「羊腸阪道，在太行山上。」又《戰國策・西周策》鮑彪注：「上黨壺關有羊腸阪，高（誘）注：趙險塞，山形屈折如羊腸。」❹詰屈　彎曲。❺摧　毀壞。❻蕭瑟　蕭條。❼羆　俗稱人熊，長頭高足，比熊大。❽夾路　路兩旁。❾谿谷　近溪水的山谷。❿霏霏　下雪的樣子。⓫延頸　伸長脖子。⓬所懷　所思念的人。⓭怫鬱　憂鬱不安。⓮一　副詞，有竟然的意思。⓯東歸　回到東邊去。曹操這次是西征，途中他曾想回到東邊去。⓰中路　中途。⓱故路　舊路；老路。⓲薄暮　迫近黃昏的時候。⓳日已　一天比一天。⓴斧冰　斫冰。㉑糜　稀粥。㉒東山詩　指《詩經・豳風》的〈東山〉詩，〈詩小序〉說是大夫讚美周公東征歸來慰勞將士的詩，作者是大夫。但朱熹《詩集傳》說：「周公東征已三年矣，既歸，因作詩以勞歸士。」認為〈東山〉詩是周公所作。㉓悠悠　憂思的樣子。《詩經・邶風・終風》：「悠悠我思。」

【語　譯】向北行軍上太行，險峻高山多崔巍！彎曲小道似羊腸，車輛因此也墜毀。樹木葉落真蕭條，北風陣陣聲正悲。熊羆蹲地向著我，路旁虎豹在嘯啼。山溝裡面少人住，雪花飄落正霏霏。伸長脖子長歎息，遠行在外多思親。我的心中多憂鬱，竟思親人想東歸。橋樑斷絕河水深，中途思歸正徘徊。山中迷路忘舊路，到了傍晚無處棲。走了又走路越遠，人也餓了馬也飢。挑著袋子去打柴，斫取冰塊煮粥糜。想起那首〈東山〉詩，思念悠悠使我悲。

【研　析】此詩是曹操「征高幹時作」（何焯《義門讀書記》卷四七）。據《三國志・武帝紀》，當初袁紹的外甥高幹擔任并州牧，曹操攻下鄴城（在今河北臨漳西），高幹投降，曹操讓他做并州刺史。建安十年（西元二〇五年），高幹聽說曹操攻打烏丸去了，便在并州叛亂，逮捕上黨太守，派兵守住壺關口，曹操派遣樂進、李典去攻擊高幹，高幹退守壺關城。建安十一年正月，曹操從鄴城出兵，進攻壺關城，三月攻下壺關城。高幹逃往荊州，被上洛都尉王琰捕殺。這首詩就是曹操寫他出征高幹經過太行山時的艱苦。從末句看來，詩當是戰爭結束以後所作。

詩中忠實地記錄了出征途中所遇到的種種艱難困苦，以及詩人的真實的思想活動，甚至痛苦思親，思想動搖，想半途而廢、退兵東歸等都毫無忌諱地記錄在案，充分顯示出想說什麼就說什麼的「通脫」特色。曹操寫這首詩的意圖是什麼？是一個值得探討的問題。有人說曹操在詩中表現了「與士卒同甘苦」的思想，有人又說是「志（誌）王業之艱難」，我們覺得從詩的最後兩句「悲彼〈東山〉詩，悠悠令我哀」看，他是在取得勝利以後，追憶出征時的艱難困苦，以此來慰勞歸士的。為什麼慰勞歸士要說出征時的艱苦呢？據〈詩小序〉說那是因為「君子之於人，序其情而閔其勞，所以說（悅）也。說（悅）以使民，民忘其死」的緣故。意思是說：君子要役使人民，就要說出他們想說的話，要同情他們的勞苦。人民勞苦，唯恐上面不知道，現在這樣做了，人民就高興。人民高興了，就會忘記死亡，士氣高漲，連死都不怕。這樣「雖置之重地，淹於歲月，人將奮發忠義，心力一殫，勇氣自倍，而親上死長以為當然。所謂『說（悅）以使民，民忘其死』者也」（《平宋錄》卷下〈撫勞戰士〉）。周公為了平定管叔、蔡叔等的叛亂而東征，回來後寫下〈東山〉詩敘說出征時的艱苦以及思念家鄉等來慰勞歸士，目的就在於此。曹操這次出征是為了平定高幹的叛亂，詩中也說了出征的艱苦和對親人的思念，以此來慰勞歸士。只要我們認真體會一下詩中最後兩句的意思，也就自然明白他寫作這首詩的意圖了。

吁嗟篇

曹　植

【題　解】〈吁嗟篇〉，以首句前二字做篇名，屬〈清調曲〉部類。《三國志・魏書・陳思王傳》裴松之《注》錄有此詩，稱「植常為〈瑟調歌辭〉」，將它歸入〈瑟調曲〉部類。《樂府古題要解》說：「曹植擬〈苦寒行〉為〈吁嗟〉。」

【作　者】曹植（西元一九二——二三二年），字子建，曹操的第三個兒子，曹丕的同母弟，是建安時期傑出的詩人。善屬文，下筆成章。因才能出眾，前期受到曹操的寵愛，被封為平原侯，後徙封為臨淄侯，幾乎被定為太子。後來因為在馳道上行車，開司馬門出，惹怒了曹操，寵愛日衰。魏文帝曹丕即位以後，曹植一再受到猜忌、迫害，多次被貶爵徙封，黨羽丁儀、丁廙也遭殺害。曹丕的兒子明帝曹叡即位以後，曹植上表請求試用，遭到拒絕。晚年雖被封為陳王，但仍不讓參與政事。總之，自曹丕稱帝以後，曹植「十一年中而三徙都，常汲汲無歡」，以致憂鬱而死，年僅四十一歲。死後諡為「思」，故史稱「陳思王」。他的詩骨氣奇高，詞采華茂，感情真摯動人，多為五言詩（其中有三、四十篇樂府詩），代表了建安文學的最高成就。《漢魏六朝百三家集》中有《陳思王集》，《三國志》有〈陳思王傳〉。

吁嗟❶此轉蓬❷，居世❸何獨然❹！長去本根逝❺，夙夜❻無休閒。東西經七陌❼，南北越九阡❽。卒❾遇回風❿起，吹我入雲間。自謂終天路⓫，忽然下沉淵⓬。驚飆⓭接我出，故歸彼中田⓮。當南而更北，謂東而反西⓯。宕宕⓰當何依⓱？忽亡而復存⓲。飄飄⓳周八澤⓴，連翩㉑歷五山㉒。流轉無恒處㉓，誰知吾苦艱！願為中林㉔草，秋隨野火燔㉕。糜滅㉖豈不痛？願與林葉連㉗。

【注釋】❶吁嗟　嘆詞。❷轉蓬　原作「轉篷」，依《曹子建集》、《古詩紀》、《石倉歷代詩選》、《古樂苑》校改。草名，一名飛蓬，秋天枯後根斷，隨風飛轉，故稱。晉司馬彪〈五言古詩〉：「秋蓬復何辜？飄飄隨風轉。」陸佃《埤雅》：「蓬，草之不理者，葉散生，遇風輒拔而旋。」❸居世　活在世上。❹獨然　獨獨如此。❺長去句　意為長久離開根而飛行。去，離開。本根，根。本，也是根。逝，往，這裡是指隨風飛行。❻夙夜　早晚；日夜。❼七陌　七條田間小路。古代稱田間小路為「阡陌」，南北走向的叫「阡」，東西走向的叫「陌」。❽阡　原作「千」。依《曹子建集》、《文選補遺》、《古詩紀》、《石倉歷代詩選》校改。❾卒　通「猝」。陡然；忽然。❿回風　從下而上的暴風。⓫終天路　晉葛洪《枕中書》引《真記》說：天上有玄都玉京七寶山，得道大聖上天後，可以被賜給宮第居宅，都是七寶宮闕。或在名山山嶽，群真所居，共有八十一萬處。「古今有言九九八十一，是終天路玉京山也」（見明陶宗儀《說郛》卷七下）。⓬沉淵　沉入深淵。⓭驚飆　飆，同「飈」，驟起的上行暴風。又曹植〈箜篌引〉：「驚風飄白日。」⓮中田　即「田中」。詞出《詩經・小雅・信南山》：「中田有廬。」⓯當南二句　意為當要飛向南卻轉向北，說是飛向東卻反而向西，行無定向。⓰宕宕　猶「蕩蕩」，動盪不定的樣子。⑰何依　依靠什麼。⑱忽亡句　忽然消失了卻又還存在。⑲飄颻　《曹子建集》、《文選補遺》、《古詩紀》、《石倉歷代詩選》、《古樂苑》、《古詩鏡》均作「飄颻」，意為飛翔不定。⑳周八澤　周遊八澤。八澤，又稱「八藪」。《漢書・嚴助傳》：「八藪為囿。」顏師古注：「八藪，謂魯有大野，晉有大陸，秦有楊汙，宋有孟諸，楚有雲夢，吳越之間有具區，齊有海隅，鄭有圃田。」㉑連翩　接連不斷地飛。㉒歷五山　經過五山。《史記・孝武本紀》：「天下名山八，而三在蠻夷，五在中國。中國華山、首山、太室、泰山、東萊，此五山，黃帝之所常遊，與神會。」㉓恒處　常居之處；固定的住處。㉔中林　林中。詞出《詩經・周南・兔罝》：「施于中林。」㉕燔　同「焚」。㉖糜滅　意為燒掉。糜，原作「靡」，依《曹子建集》、《文選補遺》、《古詩紀》校改。㉗林葉連　《曹子建集》、《文選補遺》作「株荄連」，《古詩紀》、《石倉歷代詩選》、《古樂苑》、《古詩鏡》作「根荄連」。荄，草根。

【語　譯】哎呀！可憐這轉蓬，世上為何只有它隨風轉！長久離根飄揚去，日日夜夜沒休閒。從東到西過七陌，由南到北越九阡。忽然遇上暴風起，將我吹入雲層間。自稱上了終天路，忽然掉下落深淵。驟起暴風迎出我，故又回歸那園田。本當向南卻向北，說是向東反向西。動盪不定當靠誰？忽然消失卻復存。飄颻不定遍八澤，不斷飛行過五山。流離轉移無定所，誰人知道我苦艱！願意成為林中草，秋天隨著野火焚。燒掉難道不痛苦？只是願與根相連。

【研　析】表面上看，這是一首描寫轉蓬的詠物詩，其實詩人的用意不在詠物，而是借物抒懷。詩一開頭，詩人就以歎息的語氣、同情的口吻質問：在世上為何唯有轉蓬如此飄泊不定？接著寫轉蓬離根以後，日夜飛轉，隨風而行，忽東忽西，忽南忽北，忽上忽下，周遊過八澤，經歷過五山，甚至「當南而更北，謂東而反西」，無依無靠，存亡難知。總之，是「流轉無恒處，誰知吾苦艱」。

敘述了轉蓬的艱苦以後，便表達轉蓬的願望：情願做林中的野草，秋天隨著野火一同燒毀，也不願同根分離。

轉蓬本是無情物，為什麼它的艱苦能引起詩人如此強烈的共鳴呢？這就不能不聯繫到詩人「十一年中而三徙都」的遭遇了。曹植同曹丕本是同胞兄弟，可是從少年開始兩人就不斷爭鬥。曹操多次想立曹植為太子，卻因為曹植任性而行，不顧小節，而曹丕卻「御之以術，矯情自飾」，宮人左右又幫他說話，結果曹丕被定為太子。曹丕即位以後，便對曹植進行無情的迫害，不但除掉了他的黨羽丁儀、丁廙，而且遷徙貶爵，接踵而至，甚至他想同白馬王曹彪一路同行東歸封國，也遭到監國使者的阻撓。明帝即位以後，情況也未見好轉。總之自曹丕為帝到曹植病死這十三年中，用曹植自己的話說就是：「余初封平原，轉出臨淄，中命鄄城，遂徙雍丘，改邑浚儀，而末將適于東阿。號則六易，居實三遷，連遇瘠土，衣食不繼。」（〈遷都賦序〉）其間雖然多次上表，或向文帝曹丕認罪，或向明帝曹叡請求試用和存問親戚，均遭拒絕。以致鬱鬱寡歡，痛苦至極，在〈求通親親表〉中自述他的心情說：「每四節之會，塊然獨處，左右唯僕隸，所對唯妻子，高談無所與陳，發義無所與展，未嘗不聞樂而拊心，臨觴而歎息也。」可是又有誰理會他！明白了這些歷史事實，我們就可以明白他為什麼要如此鋪寫轉蓬飄泊不定的艱苦，為什麼要說「流轉無恒處，誰知吾苦艱」，又為什麼要表示願意成為林中草，即使被野火燒掉，腐爛變為土壤，只要不與根分開，也心甘情願。總之，他是借物抒懷，寫轉蓬也就是寫自己啊。

據《世說新語．文學》記載，曹丕讓曹植七步中作詩，如果寫不出來，便要「行大法」。曹植應聲便寫了一首詩：「煮豆持作羹，漉枝以為汁。其在釜下燃，豆在釜中泣。本自同根生，相煎何太急！」「大法」就是所謂的「三綱」，「三綱」首條就是「君為臣綱」，「行大法」的處分，看來是不輕的。兄弟的情分已經到了這個地步，即使不與根分離，又有什麼用呢。真是「相煎何太急」！

豫章行・苦相篇

傅玄

【題解】〈豫章行〉，樂府曲名，屬〈清調曲〉部類。《樂府古題要解》說：「傅玄〈苦相篇〉云：『苦相身為女』，言盡力於人，終以華落見棄。亦題曰〈豫章行〉也。豫章，漢郡邑地名。」

【作者】見頁一一一。

苦相[1]身為女[2]，卑陋[3]難再陳[4]。兒男[5]當門戶[6]，墮地[7]自生神[8]。
雄心志四海[9]，萬里望風塵[10]。女育無欣愛，不為家所珍。長大逃深室[11]，藏頭[12]羞見人。垂[13]淚適[14]他鄉，忽如雨絕雲[15]。低頭和顏色[16]，素齒結朱脣[17]。跪拜無復數，婢妾如嚴賓[18]。情合同雲漢[19]，葵藿仰陽春[20]。心乖甚水火[21]，百惡集其身。玉顏隨年變，丈夫多好新[22]。昔為形與影，今為胡與秦[23]。胡秦時相見，一絕[24]踰參辰[25]。

【注 釋】❶苦相　命苦的相貌，即命薄、命苦。❷身為女　生身是個女孩。❸卑陋　地位低賤。❹陳　陳述。❺兒男　《藝文類聚》、《玉臺新詠考異》、《古詩紀》、《石倉歷代詩選》等作「男兒」。❻當門戶　當家；為一家之主。❼墮地　呱呱墜地；出生。❽生神　天生的神物。《周易・繫辭上》：「天生神物。」❾志四海　志在四海。曹植〈贈白馬王彪〉：「丈夫志四海，萬里猶比鄰。」❿望風塵　指守邊一類事而言。《漢書・終軍傳》：「邊境時有風塵之警。」《後漢書・班固傳》：「北虜稍彊，能為風塵。」李賢注：「相侵擾，則風塵起。」可見「風塵」是指北部邊境的戰事。⓫深室　類似於囚室的房子。《左傳・僖公二十八年》：「執衛侯，歸之於京師，寘諸深室。」杜預注：「深室，別為囚室。」⓬藏頭　將頭遮蓋起來。⓭垂　原作「無」。依《玉臺新詠考異》、《古樂府》、《古詩紀》、《石倉歷代詩選》、《古樂苑》等校改。⓮適　出嫁。⓯雨絕雲　比喻離家以後便不能再回家。王粲〈贈蔡子篤詩〉：「風流雲散，一別如雨。」吳景旭：「一居濟岱，一客江行，而此一別，如雨既下，不復還雲中也。顏延之〈和謝監詩〉：『朋好雨雲乖』，正用此意，謂雨離雲，不復合耳。」（《歷代詩話》卷二九）⓰和顏色　和顏悅色。⓱素齒句　白牙齒連接著紅的嘴脣，意即不敢開口說話。⓲婢妾句　這句是說對待丈夫家的婢妾如同對待嚴賓一樣。嚴賓，疑為令人敬畏的賓客。謝承《後漢書》：「侯瑾，字子瑜，傭作為資，暮爇柴讀書，獨處一室，如對嚴賓。」⓳情合句　余冠英注：這句是說丈夫和自己情投意合的時候便如牛郎織女會於銀河。雲漢，銀河。⓴葵藿句　這句是說自己像葵花向陽一樣真誠對待丈夫。曹植〈求通親親表〉：「若葵藿之傾葉太陽，（太陽）雖不為之回光，然向之者誠也。」葵藿，偏義複詞，偏在葵。仰，仰頭朝向。㉑心乖句　這句是說丈夫心中不順，夫妻之間便甚過水火，不能相容。乖，乖離；不順。㉒好新　喜新厭舊。㉓胡與秦　意為相隔甚遠。〈蘇武詩〉：「邈若胡與秦。」李善注：「《淮南子》曰：『肝膽胡越』，許慎曰：『胡在北方，越居南方』。然胡秦之義，猶胡越也。」㉔一絕　指自己一和丈夫分別。絕，本意為斷絲，引申為斷絕、分離。㉕參辰　二星名，參星在西，辰星（一名商星）在東，出沒不相見。

【語　譯】生來是個苦命女，地位低賤難說盡。男兒本是頂門戶，呱呱墜地自生神。雄心勃勃志四海，出征萬里守邊境。生女父母不喜愛，總被家中所看輕。長大躲進深室裡，蒙住腦袋羞見人。流著眼淚嫁他鄉，忽然就像雨離雲。和顏悅色低下頭，閉住脣齒不出聲。跪跪拜拜難計數，對待婢妾如嚴賓。感情好時如牛女，葵花向陽表我心。心情不好甚水火，千罪百惡集一身。玉貌隨著年齡變，世上男子多喜新。往日像是形和影，今朝卻成胡與秦。胡秦有時還相見，我們一別永絕情。

【研　析】張溥在《漢魏六朝百三家集・傅鶉觚集》的題辭中說傅玄「獨為詩篇，新溫婉麗，善言女兒」。這首說女人苦難的詩便是有力的證據。詩一開頭就說「苦相身為女，卑陋難再陳」，只因為自己命苦生下來是個女人身，所以便地位低賤，受盡種種痛苦，難以再次陳述。接著便透過從出生到長大，從長大到嫁人，從嫁人到婚後的生活，再到被遺棄的整個過程的敘述，說出女人的種種痛苦。

男人生下來就是神物，是頂立門戶的一家之主。女人卻不一樣，生下來就不討人喜愛，不受家人歡迎。長大以後又要躲進深室，蒙起頭來不能見人。出嫁本是人生一大喜事，可是自己不能作主，無疑是按「父母之命，媒妁之言」行事，所以也只能「垂淚適他鄉，忽如雨絕雲」，忍受與親人訣別的痛苦。婚後生活也痛苦不堪，只能低頭不語，強作歡顏，跪拜難於數計，甚至對待家中的婢妾也像對待令人敬畏的賓客一樣。至於夫妻關係的好壞，也以丈夫的喜怒為轉移，他情投意合時她可以葵花向陽一樣依靠丈夫；他心情不好時便甚過水火不能相容，千百種罪惡都歸到她身上。尤其讓人難於忍受的是：隨著年齡的增長，色衰愛弛，丈夫便喜新厭舊，將妻子拋棄，過去是形影不離，而今卻如同參商，見上一面都不可能。

這種種痛苦的起因，表面上看都是由於「苦相身為女」，全由性別的差異引起的。其實，性別的差異只是一種自然現象，男尊女卑、男女不平等的封建宗法制度才是造成這種社會現象的根本原因。

相逢行

古辭

【題解】〈相逢行〉，樂府曲名，屬〈清調曲〉部類。又名〈相逢狹路間行〉，或〈長安有狹斜行〉。

相逢狹路間，道隘❶不容車。不知何年少❷，夾轂❸問君家❹。君家誠易知，易知復難忘。黃金為君門，白玉為君堂。堂上置樽酒❺，作使❻邯鄲倡❼。中庭生桂樹，華燈❽何煌煌❾！兄弟兩三人，中子為侍郎❿。五日一來歸⓫，道上自生光。黃金絡馬頭，觀者盈道傍。入門時左顧⓬，但見雙鴛鴦⓭。鴛鴦七十二，羅列自成行。音聲何噰噰⓮，鶴鳴東西廂⓯。大婦⓰織綺羅⓱，中婦織流黃⓲，小婦無所為⓳，挾瑟⓴上高堂㉑。丈人㉒

且安坐，調絲方未央㉓。

【注　釋】❶隘　狹小。❷不知句　《玉臺新詠考異》作「如何兩少年」。❸夾轂　猶夾隔著車。轂，車輪中心有窟窿可以插軸的部分。❹君家　你家。指下文所言回家的三兄弟的家。《蕭氏續後漢書・李衡傳》：「江陵千樹橘，當封君家。」❺樽酒　酒杯裡盛著的酒。❻作使　猶役使。《玉臺新詠考異》作「使作」。❼邯鄲倡　趙國的女樂。邯鄲，趙國的都城。倡，女樂。楊惲〈報孫會宗書〉：「婦，趙女也，雅善鼓瑟。」❽華燈　雕飾華麗、光華燦爛的燈。❾何煌煌　何等明亮。煌煌，明亮的樣子。❿侍郎　官名。據《後漢書・百官志三》，東漢時尚書屬官有侍郎三十六人，秩（俸祿）四百石。又據蔡質《漢儀》，尚書屬官初任稱郎中，歲滿稱尚書郎，三年稱侍郎。⓫五日句　漢朝官員每隔五天有一次休息沐浴的例假制度，叫做「休沐」。《初學記》：「休假亦曰休沐，漢律：吏五日得一下沐，言休息以洗沐也。」⓬左顧　說左顧，實際也兼右盼。⓭雙鴛鴦　成雙成對的鴛鴦。古代富貴人家多養鴛鴦和鶴等珍禽。⓮噰噰　鳥鳴聲。⓯廂　廂房；正房前面兩邊的房屋。⓰大婦　大媳婦。前面說到君家有兄弟兩三人，所以這裡說有大婦、中婦、小婦。⓱綺羅　有花紋的輕軟而有稀孔的絲織品。⓲流黃　指一種流黃色的絲織品。又叫「留黃」。原為一種名叫莨的草，可以染留黃。《說文繫傳》：「其紫赤黃之間。」⓳無所為　沒有什麼事可做。⓴瑟　一種絃樂器。㉑高堂　高大的廳堂。㉒丈人　對老人的稱呼。㉓調絲句　《藝文類聚》、《玉臺新詠》作「調絲未遽央」。絲，指瑟上的絃。未央，指夜未央，即夜未盡。《詩經・小雅・庭燎》：「夜如何其？夜未央。」

【語　譯】相逢就在窄路間，道路狹小難容車。不知哪位青少年，兩車相隔問您家。您家的確易知曉，容易知曉還難忘。您家黃金做家門，還用白玉做廳堂。堂上擺著杯中酒，趙女奏樂把歌唱。庭中長著桂花樹，美麗華燈多明亮！您家兄弟兩三人，老二在朝做侍郎。每隔五天回次家，道路也自生榮光。黃金做的馬籠頭，觀眾擠滿道路旁。進到家門時左顧，只見鴛鴦排成雙。鴛鴦共有七十二，陳列家中自成行。陣陣叫聲多好聽，鶴鳴來自東西房。老大媳婦織綺羅，老二媳婦織流黃，小的媳婦無事做，挾著琴瑟上高堂。二老暫且安心坐，調絃演奏夜正長。

【研　析】這是一首描寫仕宦人家榮華富貴、奢侈享受的詩，極力鋪寫「君家」黃金為門，白玉為堂，堂上置酒作樂，門內鴛鴦成行，中庭生桂，華燈煌煌的場面，以此來突現其豪華、奢侈。「君家」為什麼能如此享盡豪華呢？詩中透露那是因為「兄弟兩三人，中子為侍郎」的緣故。可見當官就有特權，當官就能享盡富貴榮華，這是我們讀這首詩感受到的體會。也許詩人寫作這首詩的本意是在歌頌、恭維，以此來娛樂豪貴，但是客觀上卻給了我們如此的認識價值。

樂府古辭中類似的詩還有〈雞鳴〉、〈長安有狹斜行〉，今將〈長安有狹斜行〉附錄於後，以供讀者對照起來閱讀。

〈長安有狹斜行〉

長安有狹斜，狹斜不容車。適逢兩少年，挾轂問君家。君家新市傍，易知復難忘。大子二千石，中子孝廉郎，小子無官職，衣冠仕洛陽。三子俱入室，室中自生光。大婦織綺紵，中婦織流黃。小婦無所為，挾琴上高堂。丈夫且徐徐，調絃詎未央。

秋胡行七首（選一）

嵇　康

【題解】〈秋胡行〉，樂府曲名，屬〈清調曲〉部類。《西京雜記》卷六記載，魯國有個名叫秋胡的人，娶妻才三個月就出去做官，三年以後，休假回家。他的妻子在郊外採桑，秋胡來到郊外，卻沒有認出是他的妻子。見她以後，他心中高興，便送給她二十兩黃金。妻子說：「我有丈夫，在外做官沒有回來。我獨處深閨，到現在已經三年，還沒有受過今天這種汙辱呀。」說罷，她照舊採桑，不理會他。秋胡感到慚愧，便走了。回到家中，秋胡問：「妻子哪裡去了？」家中人說：「她到郊外採桑去了，還沒有回來。」不久，妻子回來了，他才發現就是他剛才所調戲的那個婦女。於是夫妻雙方都感到慚愧，妻子便投沂水自盡了。《列女傳》也有類似的記載，情節大同小異。《樂府古題要解》：「後人哀而賦之，為〈秋胡行〉。」曹操和曹丕都寫過〈秋胡行〉，所寫的內容與秋胡的故事沒有關係，嵇康所寫的也一樣。嵇康此詩亦題作〈重作四言詩七首〉。

【作者】嵇康（西元二二三—二六二年），字叔夜，譙國銍（今安徽宿縣西）人。少有奇才，而土木形骸，不自雕飾。長好老莊，尚奇任俠，寓居山陽，因家裡貧窮，靠打鐵謀生。後來同曹魏宗室的女兒結婚，做了中散大夫。與阮籍、山濤、向秀、劉伶、阮咸、王戎等人神交，世稱「竹林七賢」。有時遊山採藥，人們都說他是神。山濤將辭去選官時，舉薦嵇康接替自己的官職，嵇康給他回信，說自己不堪流俗，還「非湯武而薄周孔」，做不了官。司馬昭知道了，大為鬧火。景元三年（西元二六二年），鍾會去看嵇康，嵇康不理他，照樣打鐵。鍾會因此恨他，向司馬昭進讒言，司馬昭便將他和呂安一起殺掉。《文心雕龍・明詩》說正始詩人「何晏之徒，率多浮淺。唯嵇志清峻，阮旨遙深，故能標焉」。可見他和阮籍是正始詩人的代表人物。《晉書》卷四九有傳，《漢魏六朝百三家集》有《嵇中散集》。

其一

富貴尊榮，憂患諒❶獨多。富貴尊榮，憂患諒獨多。古人所懼，豐屋蔀家❷。人害其上，獸惡網羅❸。惟有貧賤，可以無它❹。歌以言之❺，富貴憂患多。

【注釋】❶諒　誠；的確。❷古人二句　意為古人所害怕的是大房子用草泥蓋頂。《周易・豐卦・上六爻辭》：「豐其屋，蔀其家，闚其戶，闃其無人，三歲不覿，凶。」意思說：一座大房子，用草泥蓋房頂，從門縫中向裡面看，靜悄悄沒有人，甚至三年不見人影，這是凶兆。因為這說明是富貴人家遭了災，或被滅門，或已全家逃亡，才有此現象。豐，大。蔀，用草泥蓋屋頂。古代富貴人家才有草泥蓋屋頂的大房子，簡陋的房子則是「茅茨不翦」，即用茅草蓋屋頂而不加修剪。❸人害二句　意為人民憎恨他的上官，禽獸憎恨羅網。害，憎恨。與《史記・屈原賈生列傳》「而心害其能」的「害」用法相同。《國語・周語》：「諺曰：『獸惡其網，民惡其上。』」韋昭注：「獸惡其網，為其害己；民惡其上，為其病己。」❹它　一作「他」，意為別的事故。❺歌以言之　即「歌以言志」。之，通「志」。《墨子・天志中》：「子墨子之有天之。」孫詒讓《墨子閒詁》引王念孫：「天之即天志。」《尚書・舜典》：「詩言志，歌永言。」曹操〈步出夏門行〉：「歌以詠志。」

【語譯】既富且貴又尊榮，遭遇憂患偏偏多。既富且貴又尊榮，遭遇憂患偏偏多。古人害怕是何事？草泥蓋頂空大屋。人民恨的是上官，禽獸恨的是網羅。只有貧窮低賤人，可以無事免災禍。

且用歌唱表心志，富貴人家憂患多。

【研 析】這首詩的中心就是「富貴憂患多」。詩一開頭便說「富貴尊榮，憂患諒獨多」，而且加以重複，這既是為了突出主題，同時也因為〈秋胡行〉這一樂曲的寫法一般開始兩句都重複，嵇康七首〈秋胡行〉首首如此，曹操寫的兩首〈秋胡行〉也是一樣。接著便引用《周易》中古代富貴人家遭災的事例和古代諺語「民惡其上」來證明自己的觀點。人民憎恨你，你還能不遭災嗎？怎樣方能免災呢？詩人說「惟有貧賤」。這話未必正確，所以陳祚明《采菽堂古詩選》對此略有微詞：「既稱達者之言，乃（竟）未知貧賤亦能致患。」嵇康之所以會有這種思想，大概因為他生活在一個血腥恐怖的年代，自己看到了太多的富貴人遭殃的事有關吧，所以山濤舉薦他去做官他還不去做呢。

這種思想對後世還產生了影響，北朝苻堅時秦州刺史竇滔徙往流沙，他的妻子寫了一首〈織錦迴文詩〉說：「歌不斷，可奈何！人生富貴憂患多。不如窮山饁田婦，白頭不識遷移苦。」（見元戴表元撰《剡源文集》卷二八）至於窮人的苦，他們那些富貴人就體會不到了。

善哉行六解

古 辭

【題 解】〈善哉行〉，樂府曲名，屬〈瑟調曲〉部類。郭茂倩解題說：「善哉者，蓋歎美之辭也。」

來日大難，口燥脣乾❶。今日相樂，皆當喜歡。一解　經歷名山，芝草飜飜❷。仙人王喬❸，奉藥一丸❹。二解　自惜袖短，內手知寒❺。慙無靈輒，以報趙宣❻。三解　月沒❼參橫❽，北斗闌干❾。親交❿在門，忘寢與餐⓫。四解　歡日尚少，戚日⓬苦多。以何忘憂？彈箏酒歌。五解　淮南八公⓭，要道⓮不煩。參駕六龍⓯，遊戲雲端。六解

【注釋】❶口燥句　病的症狀。明吳有性撰《瘟疫論》卷上說：人得瘟疫，會腹瀉，排泄出來的是純臭水，晝夜十幾次。「乃致口燥脣乾，舌裂如斷」。❷芝草句　指芝草葉翻轉的樣子。芝草，指草芝。宋羅願撰《爾雅翼》卷三二說芝是種瑞草，並引葛稚川說：「芝有石芝，有木芝，有草芝，有肉芝，有菌芝，各百許種。」《太平御覽》卷三八引《十州記》說：「北海外有鍾山，自生千芝及神草」，「仙家數十萬，耕田種芝草。」傳說食芝草可以長壽，晉成公綏〈遊仙詩〉：「盛年無幾時，奄忽行欲老。……西入華陰山，求得神芝草。……但願壽無窮，與君長相保。」飜飜，同「翻翻」。翻轉的樣子。❸王喬　即王子喬，傳說中著名的仙人。據劉向《列仙傳》卷上記載，王子喬是周靈王的太子，喜歡吹笙，學鳳凰叫，在伊水、洛水之間閒遊。被道士浮丘公接上嵩山，一住就三十多年。後來有人去嵩山找他，王子喬告訴柏良說：「告訴我家：『七月初七，在緱氏山頭等我。』」後來他果然乘著白鶴站在緱氏山頭，可望而不可即，舉手和時人告別，幾天以後才離去。❹奉藥句　意為獻給一顆藥丸。古代的神仙家相信吃了靈丹妙藥製成的藥丸就可以治病、長生，甚至可以升天成仙。❺自惜二句　意為自歎貧窮。梁任孝恭〈謝裙襦啟〉：「自憐袖短，雖內手而猶寒；每恨衣輕，徒斂襟而彌愴。」內，

通「納」。❻慙無二句　意為自慚不能像靈輒報答趙宣子一樣報答主人。慙，同「慚」。輙，同「輒」。趙宣，即趙宣子，也就是趙盾。據《左傳・宣公二年》記載，春秋時的晉靈公屢幹壞事，趙盾多次向他進諫，晉靈公便布置衛兵殺他。當初趙盾在首山打獵，住在翳桑，看見靈輒餓得厲害，問他有什麼病，靈輒說：三天沒吃東西了。趙盾便給他東西吃，他留下一半要給母親吃。趙盾叫他吃完，另外還準備了一筐飯和肉給他帶回去。後來靈輒做了晉靈公的衛兵，這次他倒過戟來抵禦其他要殺趙盾的衛兵，使趙盾免於禍難。趙盾問他為什麼要這樣做，他說：我就是翳桑那個餓人。❼月沒　猶月落。❽參橫　參星橫在天空。參宿共有星七顆。❾北斗句　形容深夜的景象。北斗星橫斜著呈現在天空。劉方平〈月夜〉：「更深月色半人家，北斗闌干南斗斜。」北斗，共有星七顆。闌干，橫斜的樣子。❿親交　親友。⓫忘寢句　原作「飢不及餐」。依《太平御覽》、《能改齋漫錄》、《困學紀聞》、《淵鑑類函》校改。⓬戚日　憂愁的日子。⓭淮南句　《太平御覽》卷四七五引《淮南子》：「淮南王安，養士數千人，其中高才八人：蘇非、李南、左吳、陳田、伍被、雷被、毛被、晉昌，號為八公。」⓮要道　重要的道理。孔子有「至德要道」之說（見《孝經》）。要道的具體內容，因事而異。⓯參駕句　疑當作「驂駕六龍」。曹操的遊仙詩〈氣出唱〉說：「仙人玉女下來遨遊，驂駕六龍飲玉漿。」駕六龍在天上巡行的記載，早見於《周易・乾卦・象辭》：「時乘六龍，以御天（巡行天上）也。」

【語　譯】未來日子有大難，口裡火燥嘴脣乾。今日親友一起樂，理所當然都喜歡。　曾經遊歷名仙山，風吹芝草葉轉翻。有個仙人王子喬，送我仙丹藥一丸。　自惜衣袖過於短，將手放入知道寒。愧我不能像靈輒，倒戟救主報趙宣。　月落參宿橫天上，北斗七星正斜橫。親朋相會在我家，讓我廢寢又忘餐。　歡樂日子還是少，憂愁日子苦於多。如何方能忘憂愁？彈箏喝酒又唱歌。淮南高才有八公，要言妙道也不煩。駕起六龍升天去，遊玩嬉戲在雲端。

【研　析】《樂府古題要解》：「言人命不可保，當見親友，且永（永，當作『求』），宋葉廷珪《海錄碎事》引作『求』）長年術，與王喬、八公遊焉。」這話大致是對的。詩中寫的是在一次宴會上主人和客人的贈答之言，頭八句（第一、二解）是主人致辭，先說大難將臨，希望今日大家都及時盡歡，再說自己遊歷名山，仙人王子喬送給他一顆藥丸，意思是吃了這靈丹妙藥便能避災長壽。接著四句（第三解）是客人的答辭，意思是自愧寒酸，不能像靈輒報主一樣報恩。下面四句（第四解）又是主人的言辭，他說現在已經是深夜，親友能在我這裡相聚，我高興得廢寢忘餐，言外之意是說高興都來不及，還說什麼報恩呢。最後八句（第五、六解）可能又是客人針對主人開始說的話的答辭，因為歡少苦多，為了解憂，還是彈箏、飲酒、唱歌，樂以忘憂，同時還可駕龍升天，和仙人一起在雲端遊戲，以求長生不老，這樣便什麼憂愁都沒有了。這可能是漢末大亂時期某些人真實思想的反映，總覺得末日即將來臨，人生無常，自己難以掌握自己的命運，於是就想及時行樂，服藥求仙，以期長生不老的緣故吧。曹丕的〈折楊柳行〉中也寫了服藥求仙，以求長壽，但他知道那是不可信的：「彭祖稱七百，悠悠安可原？老聃適西戎，於今竟不還！王喬假虛詞，赤松垂空言。達人識真偽，愚夫好妄傳。追念往古事，憒憒千萬端。」

善哉行六解　　曹　丕

【題　解】見頁一三一。

【作　者】見頁一〇一。

上山採薇❶，薄暮❷苦飢。溪谷多風，霜露沾衣。一解

野雉群雊❸，猿猴相追。還望故鄉，鬱何壘壘❹！二解

高山有崖，林木有枝❺。憂來無方❻，人莫之知。三解

人生如寄❼，多憂何為！今我不樂，歲月其馳❽。四解

湯湯❾川流，中有行舟。隨波轉薄❿，有似客遊。五解

策⓫我良馬，被⓬我輕裘。載馳載驅⓭，聊⓮以忘憂。六解

【注　釋】❶採薇　《詩經・召南・草蟲》：「陟彼南山，言采（通『採』）其薇。」薇，山菜，俗名小豌豆。陸璣《毛詩草木鳥獸蟲魚疏》卷上：「薇，山菜也，莖葉皆似小豆，蔓生，其味亦如小豆。藿可作羹，亦可生食。」❷薄暮　傍晚。薄，迫近。❸野雉句　這句是說野雞一群一群發出求偶的叫聲。《詩經・小雅・小弁》：「雉之朝雊，尚求其雌。」雊，野雞叫。❹鬱何句　意為多麼憂鬱。何，多麼；何等。壘壘，重疊的樣子。❺枝　與下面「人莫之知」的「知」音義相關，詩人以「林木有枝（知）」反襯「人莫知之」。❻憂來句　意為無端生憂之意。❼人生句　意為人生天地之間如寄宿一樣。曹植〈仙人篇〉：「人生如寄居。」❽歲月句　這句說歲月像跑馬一樣地消逝。其，句中助詞，無義。馳，跑馬。❾湯湯　漲大水的樣子。❿轉薄　轉泊；旋轉停泊。⓫策　鞭策。⓬被　同「披」。⓭載馳句　語出《詩經・鄘風・載馳》，意為又馳又驅。載，助詞，帶有「又」的意思。馳驅，快馬加鞭的意思。孔穎達疏：「走（跑）馬謂之馳，策（鞭策）馬謂之驅。」⓮聊　暫且。

【語　譯】上山採摘野豌豆，日暮痛苦腹中飢。山谷裡面多寒風，霜露沾溼我裳衣。　成群野雞叫不停，林中猿猴相追隨。回過頭來望故鄉，憂鬱何等竟壘壘！　高山再高終有崖，林木再大也有枝。憂鬱不知何方來，我有憂鬱人不知。　人生在世如寄宿，總多憂鬱為何事！今我何不及時樂，歲月逝去如飛馳。　浩浩蕩蕩江中水，急流之中有行舟。隨波轉移和停泊，好像有客水中遊。鞭策我的千里馬，披上我的輕衣裘。又馳又驅快加鞭，姑且以此忘我憂。

【研　析】這是一首寫旅途之憂以及忘憂之方的詩。開始六句寫旅途中的經歷，痛苦之情已在言外。七、八句直接寫途中回望故鄉的思鄉之痛。接著第三解「高山有崖，林木有枝。憂來無方，人莫之知」，用比興手法對思鄉之痛作進一步的描寫。山有崖，木有枝，詩人巧妙地借鑑了〈越人歌〉「山有木兮木有枝，心說（悅）君兮君不知」（《說苑・善說》）中「枝」與「知」音義雙關的表情法，反襯出思鄉之痛無人知曉。「憂來無方，人莫知之」二句，更是值得玩味，陳祚明評論：「『憂來無方』，言憂始深。意中有一事可憂，便能舉以示人，憂有域（邊界）也。惟不能示人之憂，戚戚自知，究乃並己亦不自知其何故。觸目接耳，無非感傷，是謂之無方。」（《采菽堂古詩選》）這種莫名其妙的無端憂愁，無法告訴別人，別人也無從知道，只能自苦自知，才真正使人難以忍受。

寫完懷鄉之憂以後，第四解以下共三解十二句寫忘憂的道理和消憂的辦法。人生世上，歲月匆匆，就像住旅館一樣，終有一天要走的，行樂還來不及，還憂愁什麼！再說不但天地乃萬物之逆旅，人生在世，也如過客，就像湯湯川流中的一葉扁舟，隨波轉泊，旅居在外，自在情理之中，又何苦為「客遊」而憂傷呢。於是詩人告訴人們：鞭策我的千里馬，披上我的輕衣裘，快馬加鞭，奔跑馳驅，暫時就用這種辦法來消憂吧。

步出夏門行四解（選二）

曹操

【題解】〈步出夏門行〉，樂府曲名，屬〈瑟調曲〉部類，又名〈隴西行〉。夏門，在洛陽城北，《洛陽伽藍記・自敘》：洛陽「北面有二門，西頭曰大夏門，漢曰夏門，魏晉曰大夏門。嘗造三層樓，去地二十丈。洛陽城門樓皆兩重，去地百尺，惟大夏門甍棟干雲」。《樂府詩集》收有〈步出夏門行・斜徑過空廬〉古辭一首，寫升天得道。又《文選》卷三〇〈和伏武昌登孫權故城〉李善注引古〈出夏北門行〉，僅存「市朝易人，千載墓平」二句，有世事滄桑之感。曹操是用樂府舊題寫時事，和古辭內容沒有關係。曹操寫的〈步出夏門行〉，前有豔，後有歌〈觀滄海〉、〈冬十月〉、〈土不同〉、〈龜雖壽〉四解，這裡選了一、四兩解。

【作者】見頁七〇。

其一

東臨碣石❶，以觀滄海❷。水何澹澹❸，山島竦峙❹。樹木叢生，百草豐茂。秋風蕭瑟❺，洪波❻湧❼起。日月之行，若出其中。星漢❽燦❾

爛，若出其裏。幸甚至哉！歌以詠志。一解

【注釋】❶碣石　古海旁山名，東漢後淪於海水。《水經注》卷一四：「〈地理志〉曰：大碣石山，在右北平驪成縣（今河北樂亭）西南，王莽改曰碣石也。」（一說此「碣石」是今河北昌黎北的碣石山，因昌黎北的碣石山在陸上，離海有數十里，和詩中所寫的景象不符，故不採此說。）據《三國志・武帝紀》記載，建安十二年（西元二〇七年），曹操北征烏丸，七月沿傍海道北上，因為大水，傍海道不通，由田疇做嚮導，改道盧龍塞（在今河北遷安西北）北上。可能就在這段時間內登上碣石，以觀滄海。❷滄海　在這裡是指渤海。❸澹澹　水波動盪的樣子。❹竦峙　聳立。❺蕭瑟　秋風聲。❻洪波　大波。❼湧　原作「踴」。依《宋書・樂志》、《魏武帝集》校改。❽星漢　銀河。❾燦　原作「粲」。據《宋書・樂志》、《魏武帝集》校改。

【語譯】向東來到碣石山，漫觀滄海泛碧瀾。水波蕩漾多遼闊，山島聳立水中間。島上樹木齊叢生，百草豐茂似江南。忽然秋風蕭瑟起，洪波湧動多壯觀。日月運行出其中，銀河燦爛出其間。慶幸慶幸最慶幸！歌詠一曲表心志。

【研析】這是曹操北征烏丸行軍途中寫下的一首觀海詩。他登上碣石山，觀望滄海，先見到的是海水蕩漾，山島聳立，島上樹木叢生，百草豐茂的天然美景，是一幅充滿生機而又相對靜止的畫面。接著由靜而動，「秋風蕭瑟，洪波湧起」，便是洪波湧動、有聲有色的壯觀了，使人彷彿看到了「潮來如銀山」（陸游〈航海〉）的景象。「日月之行，若出其中。星漢燦爛，若出其裏」四句，又由近而遠，寫出了大海雄偉壯闊的氣象，堪稱是一篇之警策，成了公認的描寫大海的名句。後人從中受益匪淺，在他們的詩中不斷出現類似的描寫，如唐獨孤及〈觀海〉有「廓然混茫際，望見天地根。白日自中吐，扶桑如可捫」，張九齡〈望月懷遠〉有「海上生明月，天涯共此時」，朱華〈賦得海上生明月〉有「皎皎秋中月，團團海上生」。

曹操這首觀海詩是一首比較早的寫景詩，甚至可以說是一首較早的山水詩，有開創意義。它透過雄偉壯闊「有吞吐宇宙氣象」（沈德潛《古詩源》卷五）的海上景色的描寫，借景抒情，表現了詩人「山不厭高，海不厭深。周公吐哺，天下歸心」的開闊胸懷。每章末尾「幸甚至哉！歌以詠志」兩句，雖然據說是入樂時加上去的，與正文無關，但正好也表達了詩人以詩言志的意思。

其四

神龜雖壽❶，猶有竟時❷；騰虵乘霧❸，終為土灰。老驥伏櫪❹，志在千里；烈士暮年❺，壯心不已❻。盈縮之期❼，不但❽在天。養怡之福❾，可得永年❿。幸甚至哉！歌以詠志。四解

【注　釋】❶神龜句　言神奇的烏龜即使長壽。《莊子・秋水》：「吾聞楚有神龜，死已三千歲矣。」❷竟時　終止的時候，即死的時候。神龜雖然能活三千歲，還有死的時候。❸騰虵句　明陸時雍《古詩鏡》作「螣蛇乘霧」。騰虵，相傳螣蛇屬龍類，能興雲霧而遊其中。虵，同「蛇」。《荀子・勸學》：「螣蛇無足而飛。」《韓非子・難勢》：「《慎子》曰：飛龍乘雲，騰（通「螣」）蛇遊霧。」《淮南子・主術》亦說：「螣蛇遊霧而動。」❹老驥句　原作「驥伏老櫪」，依《樂府詩集》卷五四、《古樂府》、《古詩紀》、《古今詩刪》等校改。伏櫪，伏

在馬槽裡。❺烈士暮年 即烈士暮年。莫，同「暮」。烈士，有志於建功立業的人。❻已 止。❼盈縮之期 長短之期，即命長或命短。盈，通「贏」。《淮南子・時則》：「孟春始贏，孟秋始縮。」高誘注：「贏，長也。縮，短也。」❽不但 不只；不僅。❾養怡句 心平氣和的修養（得到）的幸福。怡，和。❿永年 長年；長壽。

【語譯】神龜雖然三千歲，尚且還有死亡時；螣蛇駕霧天上飛，終究還是成土灰。老馬伏在馬槽裡，尚且志在行千里；烈士雖然到晚年，雄心壯志不停止。命長命短的期限，不僅完全在於天。保養平和可獲福，也可添壽享長年。慶幸慶幸最慶幸！歌詠一曲表心志。

【研析】詩一開始就以物為喻，說明無論你壽命多長，本事多大，總有一天要死的。神龜壽命長到三千歲，還是死了；螣蛇有駕霧升天的本事，終究還是成了土灰。人沒有神龜那麼長的壽命，也沒有螣蛇那樣的本事，終究有一死，就更不在話下了。詩人以無可辯駁的事實，揭示了人壽有限這一普遍存在的自然規律。面對這誰也無法逃避的自然規律，不同的人用不同的態度去對待：〈古詩十九首〉的作者認識到了「人生非金石，豈能長壽考」，便「不如飲美酒，被服紈與素」。「晝短苦夜長，何不秉燭遊？為樂當及時，何能待來茲（年）」將有限的生命用在享樂上。莊子同樣知道人總是要死的，而且懂得「死生亦大矣」（〈養生主〉）的道理，但他對死卻安之若素，「生而不悅，死而不禍」（〈秋水〉），還說「適來（指生），夫子時也；適去（指死），夫子順也。安時而處順，哀樂不能入也」（〈養生主〉）。認為：出生，是因為懷胎的時限到了；死亡，是順著自然的規律。用安之若素的態度對待生死，所以生也不高興，死也不悲哀，一切都聽其自然。曹操沒有採取以上兩種態度，認為既然人生有限，就應當抓住這有限的生命及時建功立業，讓生命釋放出燦爛的光輝。所以他用「老驥伏櫪，志在千里；烈士暮年，壯心不已」回答了這一富有哲理性的命題。而且「性不信天命之事」（〈自命本志令〉）的他，還認為人的壽命的長短，不只是由自然的天命來決定，人也可以有所作為，心平氣和，保養得好，還可以長壽呢。也許他所說的「養怡」，包含了養德和養身兩方面，「慎言語，養德之要也；節飲食，養身之要也」（清張英《易經衷論》卷上）。這就和當今所說的心平氣和，注重心理健康和生理健康可以長壽的說法，有相通之處了。

這種積極對待人生的態度是值得肯定的。可是由於他沒有說明「志在千里」的「志」、「壯心不已」的「心」的具體內容，東晉「欲專制朝廷，有問鼎之心」的王敦也十分欣賞它，每逢酒後便詠唱「老驥伏櫪，志在千里；烈士暮年，壯心不已」這四句詩，還用古代抓癢的器具——如意敲唾壺（痰盂）打拍子，甚至將唾壺的壺邊全都敲破了（見《世說新語・豪爽》、《晉書・王敦傳》）。

折楊柳行四解

古辭

【題解】〈折楊柳行〉，樂府曲名，屬〈瑟調曲〉部類。

默默施行違，厥罰隨事來❶。末喜殺龍逢，桀放於南條❷。一解

祖伊言不用，紂頭懸白旄❸。指鹿用為馬，胡亥以喪軀❹。二解

夫差臨命

絕，乃云負子胥❺。戎王納女樂，以亡其由余❻。璧馬禍及虢，二國俱為墟❼。三解　三夫成市虎❽，慈母投杼趨❾。卞和之刖足❿，接輿歸草盧⓫。四解

【注釋】❶默默二句　意為昏暗不明地做了違背道義的錯事，那給他的懲罰就跟著他所做的錯事到來。默默，通「墨墨」。意為昏暗不明。施行，實行。違，違背道義；犯錯誤。厥罰，其懲罰。事，指所施行的違背道義的事。❷末喜二句　意為夏桀寵愛末喜，殺了關龍逢，（結果被）流放到鳴條。末喜，即妹喜，又作妹嬉、末嬉，夏桀伐有施時得到的美女。夏桀得到她以後，拋棄了元妃，以她為妃。關龍逢，夏桀的臣子。鳴條，古地名，在今山西安邑。《史記・夏本紀》說：商湯「率兵以伐夏桀，桀走鳴條，遂放而死」。《莊子》、《史記》、《韓詩外傳》、《論衡》均有「桀殺關龍逢」的記載，而無「末喜殺龍逢」之說，此處「末喜殺龍逢」當是由於夏桀寵愛末喜，因而殺了關龍逢的意思。據《新序・節士》、《帝王世紀》、《博物志》、《通志》記載，夏桀為了討好末喜，給她設置了玉床、瑤臺、瓊室、肉山、脯林、酒池，酒池大到可以運船，一通鼓響，像牛飲水一樣飲酒的就有三千人。關龍逢因此向他進諫，他便殺掉關龍逢。後來終於亡國，遭到流放。❸祖伊二句　意為由於不聽祖伊的話，紂王的頭被懸掛在白旗上。祖伊，紂王的賢臣。紂，商紂王。白旄，白色的用旄牛尾做裝飾的旗子。據《尚書・西伯戡黎》、《史記・殷本紀》記載，西伯侯姬昌（周文王）打敗黎國之後，紂王的臣子祖伊感到形勢危急，便告訴紂王：天意將要滅商，不是先王不幫助我們後人，而是因為大王縱酒好色，天怒人怨，自取滅亡。你現在準備怎麼辦呢？紂王說：我由天決定。祖伊說：不可向紂王進諫了。後來周武王伐紂，在牧野大戰，紂王兵敗，登鹿臺，穿上寶玉衣，投火而死。武王割下紂王的頭，將它掛在白旗上。❹指鹿二句　意為秦二世信

任指鹿為馬的趙高，結果喪了命。胡亥，秦二世。喪軀，猶喪命。據《史記・秦始皇本紀》記載，二世胡亥用奸臣趙高為丞相，趙高想作亂，擔心群臣不聽從，便先做個試驗，給二世獻上一頭鹿，卻說這是一匹馬。二世聽後笑著說：「丞相錯了，你說鹿是馬。」趙高問當時左右的人，有的不作聲；有的說是馬，來討好趙高；有的說是鹿。趙高便暗中將說是鹿的人處死，群臣都怕趙高，不敢說話。趙高便派人去殺二世，左右都害怕，不敢反抗。二世問：你們為什麼不早告訴我？宦官回答說：我們不敢說，所以才活下來。如果我們說了，早就都被殺掉了。二世被迫，只好自殺。❺夫差二句　意為夫差到死的時候，才說對不起伍子胥。夫差，春秋時吳國的君主。負，辜負；對不起。子胥，伍子胥，即伍員，是夫差的臣子，子胥是別號。據《史記・吳太伯世家》記載，吳王夫差二年，大敗越王句踐，句踐退守會稽，派人請和，夫差將要允許，伍子胥進諫：「句踐這個人能吃苦，現在不消滅他，以後必然懊悔。」夫差不聽。七年，夫差要攻打齊國，伍子胥又進諫：「句踐不死，必定成為吳國的後患。越國是吳國的心腹之患，大王卻不先攻打越國而盡力去攻打齊國，不是大錯嗎！」夫差又不聽。十一年，句踐來朝見夫差，獻上厚禮，夫差高興。伍子胥又進諫：「越國是心腹之患，現在得到齊國，好像得到石田一樣，毫無用處。」夫差又不聽，還賜劍讓他自殺。伍子胥死前，說：「我死了以後，將我的眼睛挖出來放在吳國的東門上，讓我看到越國滅亡吳國。」二十三年，越國打敗吳國，句踐要流放夫差，夫差說：「我已經老了，不能侍奉君王了。我懊悔沒有聽伍子胥的話，讓自己到這個地步。」說完便自殺了。❻戎王二句　意為戎王收下了能歌善舞的女子，因而失掉了他的由余。戎王，西戎國王。納，入；收下。女樂，歌舞伎；能歌善舞的女人。亡，失。由余，人名，戎王的賢臣。據《史記・秦本紀》記載，戎王派遣由余出使秦國，秦繆公發現由余是賢臣，認為「鄰國有聖人，敵國之憂」，感到擔心，問內史廖該怎麼辦？內史廖說：「給戎王送去能歌善舞的美女，替由余請命留在秦國，不讓他按時回去。這樣戎王就會懷疑由余，他們君臣有了隔閡，我們就可利用。況且戎王喜愛女樂，必定會荒廢政事。」繆公便送去兩個能歌善舞的女人，戎王果然高興。這時繆公便讓由余回西戎。由余多次向戎王進諫，戎王不聽。繆公又多次派人去離間戎王和由余的關係，邀由余去秦國，由余於是離開西戎，向秦國投降，後來還為秦國謀劃攻打西戎。❼璧馬二句　意為璧和馬禍及虢國，後來虞、虢兩國（被晉國滅掉）都成為廢墟。虢，春秋時諸侯國名。據《穀梁傳・僖公二年》記載，晉獻公想攻打虢國，荀息建議用屈地所產的馬、垂棘所產的璧作為禮物向虞國借道去攻打虢國，獻公說：這是晉國的國寶，如果它收了我們的禮物卻不借道怎麼辦？荀息說：小國對大國不敢這樣。獻公又說：虞國有個宮之奇，一定不會讓他的國君答應借道。荀息說：宮之奇這個人說話簡單，性格懦弱，大不了國君多少歲，國君不會聽他的。再說得到璧和馬是眼前的利益，禍患卻在後面，虞國國君這樣中等智商以下的人是看不出來的。結果虞國國君答應借道，宮之奇進諫以後只簡單說了句「這就叫做脣亡齒寒啊！」就帶著老婆、孩子逃到曹國去了。晉獻公滅了虢國後五年，將虞國也滅掉了。荀息拿著璧牽著馬說：璧還像以前一樣，馬的牙齒卻長了。❽三夫句　意為三個人說街市上有虎，人們也就相信街上有虎。三夫，三人。據《戰國策・魏策》記載，一個人說街市上有虎，魏王不相信；兩個人說街市上有虎，魏王還是不相信；三個人說街市上有虎，魏王相信了。❾慈母句　意為慈愛的母親也丟下梭子趕快逃跑。慈母，指曾參的母親。杼，織布機上的梭子。趨，快步走。據《史記・樗里子甘茂列傳》記載，過去有個和曾參同名的人殺了人，有人告訴曾參的母親：「曾參殺人！」曾參的母親照常織布。不久，又有一個人告訴她：「曾參殺人！」她還是照常織布。不久，又有一個人告訴她：「曾參殺人！」她便丟下梭子，離開織布機，翻牆逃跑。❿卞和句　卞和，即和氏，春秋時楚國人。刖，古代將腳砍掉的一種酷刑。據《韓非子・和氏》記載，楚人和氏在山中得到一塊玉璞（包含在石中的玉），獻給楚厲王，厲王給玉匠看，玉匠說是石頭，厲王以為和氏說謊，砍掉了他的左腳。厲王死後，武王即位，和氏又將玉璞獻給武王，武王又給玉匠看，玉匠又說是石頭，厲王又以為和氏說謊，砍掉了他的右腳。武王死後，文王即位，和氏抱著玉璞在楚山下哭了三天三夜，眼淚流乾了接著流血。文王派人去對他說：天下砍掉腳的人多著，你為什麼哭得那麼厲害？和氏說：我不是哭砍掉了腳，而是哭寶玉被說成是石頭，忠貞的人被認為在說謊。文王使人琢磨那塊玉璞，發現果然是塊寶玉，便命名為和氏之璧。⓫接輿句　據《高士傳》，接輿是春秋時假裝狂人而不願出仕的隱士。歸草廬，回到草屋裡，即不願做官。接輿有官不做，目的是為了避免殺身之禍。《史記‧魯仲連鄒陽列傳》：「昔卞和獻寶，楚王刖之；李斯竭忠，胡亥極刑，是以箕子佯狂，接輿辟（避）世，恐遭此患也。」

【語　譯】 昏暗不明做錯事，懲罰就要隨事來。寵愛末喜殺龍逢，夏桀流放到鳴條。不聽忠臣祖伊言，紂王頭懸在白旄。指鹿為馬還不悟，二世胡亥喪身軀。夫差臨死方覺悟，才說辜負伍子胥。戎王收下歌舞女，因而失去了由余。收下璧馬虢遭災，虞虢二國成丘墟。三人都說市有虎，慈母下機快躲避。卞和獻玉被砍腳，接輿避患歸草廬。

【研　析】 這是一首說理詩，也可說是一首詠史詩，因為它所說的道理是從史中總結出來的。詩中所說的道理很簡單，就是昏庸糊塗做錯了事必定會受到懲罰。為了證明這個道理，共舉了夏桀殺關龍逢、商紂王拒絕祖伊進諫、胡亥錯用趙高、夫差不聽伍子胥的忠告、戎王接受秦國美女、虢君借道等六個都引出了可怕的後果的例子來做論據，以增強說服力。最後四句「三夫成市虎，慈母投杼趨。卞和之刖足，接輿歸草廬」，是用事例說明謊言重複三次也就有人相信它是事實，忠貞之士為了不像卞和那樣被砍腳，就只有向接輿學習，辭官不做歸草廬了。

我們選這首詩，並不是因為它文字有多美（其實詩中有的句子如「末喜殺龍逢」就詞不達意），而是由於它所說的事例能給人以啟迪。古今中外，「默默施行違，厥罰隨事來」，昏庸糊塗、禍國殃民的事還少嗎！《新序‧雜事》記載了一個故事，春秋時期晉平公問師曠：「你生下來就沒有眼珠子，也太『墨墨』（黑暗）了呀！」師曠回答說：「天下有五種『墨墨』，我一種都沒有。」平公說：「這怎麼說呢？」師曠說：「群臣行賄以求名譽，百姓含冤沒有地方告狀，而君主卻不知道，這是第一種『墨墨』。忠臣不用，用臣不忠，低能處高位，不像話的人卻在賢能之上，而君主卻不覺悟，這是第二種『墨墨』。姦臣欺詐，掏空國庫，用他那點小伎倆，掩蓋他的罪惡，賢人遭到放逐，姦邪得到重用，而君主卻不覺悟，這是第三種『墨墨』。國貧民疲，上下不和，卻斂財打仗，貪得無厭，吹牛拍馬的人從從容容在身邊，而君主卻不覺悟，這是第四種『墨墨』。道德淪喪，法令不行，吏民不走正道，百姓不得安生，而君主卻不覺悟，這是第五種『墨墨』。國家有這五種『墨墨』而不危險，是從來沒有過的事。我的『墨墨』，是小『墨墨』罷了，哪裡對國家有什麼危險呢！」這個故事對於理解這首詩的意義很有幫助，特作介紹，以供參考。

西門行

本辭❶

【題解】〈西門行〉，樂府曲名，當是因首句「出西門」而得名，屬〈瑟調曲〉部類。《樂府詩集》收有〈西門行〉二首，一為晉樂所奏，一為本辭，這裡選的是本辭。

出西門，步念之❷：今日不作樂，當待何時？逮❸為樂！逮為樂！

當及時。何能愁怫鬱❹，當復待來茲❺！釀美酒，炙❻肥牛，請呼心所歡❼，

可用❽解憂愁。人生不滿百，常懷千歲憂。晝短苦夜長，何不秉燭❾遊？

遊行⑩去去⑪如雲除⑫，弊車⑬羸馬⑭自為儲⑮。

【注　釋】❶本辭　指未經晉樂府加工過的漢代本來的歌辭，是貨真價實的「古辭」。❷步念之　即步步念之。念，常常想到。之，指代下文所說到的事。❸逮　及；及時。❹怫鬱　憂愁的樣子。❺來茲　來年。❻炙　燒烤。❼心所歡　心中所喜歡的人，可能是好友，也可能是美女。❽可用　可以。❾秉燭　執燭；拿著蠟燭。❿遊行　意同遨遊、遊樂。和現在所說的「上街遊行」的「遊行」不同。⓫去去　疊詞，離去的意思。古代有這種用法，如蔡琰〈悲憤詩〉：「去去割情戀。」⓬雲除　猶雲散，後世常用此詞，如溫子昇〈寒陵山寺碑序〉：「霧卷雲除。」李嶠〈大雲寺碑〉：「若乃雲除雨霽。」⓭弊車　破車。⓮羸馬　瘦馬。⓯儲　儲備。

【語　譯】出西門，步步思：今日不行樂，還要等何時？快行樂！快行樂！當及時。怎能愁容滿面不快樂，等待來年再如此！釀美酒，烤肥牛。呼請心中喜愛人，可以以此解憂愁。人生不能活百歲，常常懷著千歲憂。白天太短苦夜長，何不點著蠟燭去夜遊？遨遊離去如雲散，破車瘦馬且自備。

【研　析】〈西門行〉有本辭和晉樂所奏各一篇，和〈古詩十九首〉中的〈生年不滿百〉內容基本相同。這裡選的是本辭，為了作比較，不妨將晉樂所奏和〈古詩十九首〉中的〈生年不滿百〉都錄在這裡。晉樂所奏為：「出西門，步念之：今日不作樂，當待何時！夫為樂，為樂當及時。何能坐愁怫鬱，當復待來茲？飲醇酒，炙肥牛，請呼心所歡，可用解愁憂。人生不滿百，常懷千歲憂。晝短而夜長，何不秉燭遊？自非仙人王子喬，計會壽命難與齊。自非仙人王子喬，計會壽命難與期。人壽非金石，年命安可期？貪財愛惜費，但為後世嗤。」〈古詩十九首．生年不滿百〉為：「生年不滿百，常懷千歲憂。晝短苦夜長，何不秉燭遊？為樂當及時，何能待來茲？愚者愛惜費，但為後世嗤。仙人王子喬，難可與等期。」這三首詩內容基本相同，究竟誰先誰後呢？晉樂所奏的〈西門行〉毫無疑問產生於晉朝，而〈古詩十九首〉據現代學者研究產生於東漢，屬於漢舊歌的〈相和曲〉中的〈西門行〉本辭當然產生於漢朝，但它是首參差不齊的雜言詩，該早於完整的五言詩〈古詩十九首〉出現，所以這三詩的先後次序應為：本辭〈西門行〉——〈古詩十九首〉中的〈生年不滿百〉——晉樂所奏〈西門行〉；換句話說，先有〈西門行〉本辭，然後〈古詩十九首〉的作者選取了本辭中五言句子並添上新辭寫成了〈生年不滿百〉，晉人又在本辭和〈生年不滿百〉的基礎上加以增刪，寫成了晉樂所奏的〈西門行〉。

這首〈西門行〉本辭的中心就是人生要及時行樂。詩一開始就直抒胸臆，說今天不及時行樂，還等什麼時候？再不能等到明年了！怎麼行樂？無非是釀美酒，炙肥牛，吃喝而已。再就是叫來心中所喜歡的人，一起消愁。因為人生不到百年，「常懷千歲憂」，對遙遠的未來考慮得過多，又有什麼用處？如果白天時間太短，遊不盡興，而又覺得夜長難熬的話，何不點著蠟燭夜遊呢。說的還是及時行樂。末二句似乎為行樂增加了一種另外的方式，那就是外出遨遊。有說這裡的「遊行」是指「遊仙」，我們覺得不太像，哪有自己準備破車瘦馬去遊仙的呢，那和仙人王子喬、赤松子的乘雲遊霧也太異其趣了。晁錯曾說漢時的富商大賈「乘良策肥，千里遨遊」（荀悅《漢紀》卷七），這首詩的作者的生活水準肯定無法同他們相比，但是即使乘破車、策瘦馬也要去遊樂一番，可見其及時行樂的心情該是何等的迫切。這大概是中產階級遭受挫折以後，感到生命短促，死太可怕，才產生活一天享樂一天這種病態心理吧。人總該是有所作為的，活在世上就應當力所能及地做有益於社會的事，盡自己應盡的一分責任，如果來到世上只是為了享受，大家都這樣，那享受誰來提供呢？一個人活成這個樣子，還有什麼意義呢。

東門行

本辭

【題解】〈東門行〉，樂府曲名，當是因首句「出東門」而得名，屬〈瑟調曲〉部類。《樂府詩集》收有〈東門行〉二首，一為晉樂所奏，一為本辭，這裡選的是本辭。

出東門，不顧歸❶。來入門，悵❷欲悲。盎❸中無斗米儲❹，還視架❺上無懸衣。拔劍東門去，舍中❻兒母❼牽衣啼：「他家但願❽富貴，賤妾❾與君❿共餔糜⓫。上用⓬倉浪天⓭故⓮，下當用此黃口兒⓯，今非⓰！」

「咄⓱！行⓲！吾去為⓳遲！白髮時下難久居⓴。」

【注釋】❶不顧歸　意為不回頭看就歸去，表示回去的態度堅決。顧，回頭。宋朱勝非撰《紺珠集》卷八、明陶宗儀撰《說郛》卷一〇〇引作「不願歸」，意為不願回去，表示回去的態度猶豫不決。❷悵　失意；不痛快。❸盎　古代一種腹大口小的盆。❹斗米儲　一斗米的儲藏，言其量少。❺架　指衣架。❻舍中　家中。❼兒母　孩子媽。❽但願　只願。❾賤妾　孩子媽的自稱。❿君　你，這裡是對丈夫的稱呼。⓫餔糜　食粥。餔意為食。⓬用　因為。⓭倉浪天　青天。倉浪，形容青色。天曰倉浪，銅曰倉琅，水曰滄浪，竹曰蒼筤，音同而字異。

⑭故　緣故。⑮黃口兒　幼兒。明方以智《通雅・稱謂》:「小兒黃口,因雀借稱。」《孔子家語・六本》:「孔子見羅雀者所得皆黃口小雀,夫子問之曰:『大雀獨不得何也?』羅者曰:『大雀善驚而難得,黃口貪食而易得。』」⑯今非　意為現在的行為不對。「今非」二字,依余冠英《樂府詩選》斷句。黃節《漢魏樂府風箋》以「今非」二字屬下句,斷為「今非咄行」,解「咄行」為「咄嗟之間行」,即馬上就走。今未採此說,錄以備考。又晉樂所奏將「今非」二字擴充為「今時清廉,難犯教言,君復自愛莫為非。今時清廉,難犯教言,君復自愛莫為非」進行說教。⑰咄　吆喝;訓斥。指丈夫訓斥妻子。⑱行　走。指丈夫叫妻子走開,因為妻子正拉著他的衣服不讓他走,他才叫她走開。⑲為　是。⑳白髮句　意為白髮時時往下落難以長此久居。下,落。

【語　譯】出到東門地,頭也不回就歸去。回來進家門,愁悶不樂心中悲。盆中沒有一斗米,還見架上沒掛衣。拔劍出鞘東門去,家中妻子牽衣在哭啼:「別家只願求富貴,賤妾與你一起食粥糜。在上因為有蒼天,在下因為有幼兒,現在的行動是為非!」「呸!走開!我已經去遲了!白髮時時往下落,實在難以長久待下去。」

【研　析】這首詩寫一個像是城市貧民的男子因為生活所迫,顧不得妻子的勸阻,走上了「為非」的道路。開始兩句「出東門,不顧歸」,是說他到了東門,頭也不回就回去了。這可能是因為他想到這次行動後果可怕,便決然離去。不過這兩句詩有異文,有作「出東門,不顧歸」,便是說他到了東門,不願回家,因為回到家裡,衣食無著,回去又有什麼用!總之,無論作「不顧歸」,或者「不願歸」,都是在寫他行動之前激烈的思想矛盾。經過激烈的思想抗爭,他還是回去了。可是回到家裡,他心中又異常悲痛,因為衣食無著,他便下定決心「拔劍東門去」。雖然妻子苦苦勸阻,他卻聽不進去,還訓斥妻子,執意走上了「為非」的道路。

這種因為衣食無著走上「為非」道路，也就是所謂的「飢寒起盜心」的社會現象，在漢朝是很普遍的。漢景帝下過詔書說：「飢寒並至，而能亡（同無）為非者，寡矣！」（《漢書・景帝紀》）晁錯也曾經上疏漢文帝，說：「饑寒至身，不顧廉恥。人情一日不再食則饑，終歲不製衣則寒。夫腹饑不得食，膚寒不得衣，雖慈母不能保其子，君安能以有其民哉？」（《漢書・食貨志》）賈誼也曾說：「飢寒切於民之肌膚，欲其亡（同『無』，意為不）為姦邪，不可得也。」（《漢書・賈誼傳》）魏相也曾說：「饑寒在身，則亡（無）廉恥，寇賊姦宄所繇（由）生也。」（《漢書・魏相傳》）王符又說：「飢寒並至，則民安能無姦軌？」（《漢書・王符傳》）可見這種現象在漢朝不但很普遍，而且受到社會的高度重視。解決這一社會問題的方法，當時人們首先考慮的不是暴力鎮壓，也不是如晉樂所奏的〈東門行〉的那樣進行「今時清廉，難犯教言，君復自愛莫為非」的政治說教，而是先治本，重視農業，發展生產，賑災減賦，解決人民的衣食問題，然後才考慮其他輔助措施。為此漢景帝劉啟「親耕」、皇后「親桑」，以為表率。至今對於處理類似的社會問題仍有借鑑的價值，也是我們讀這首詩值得深思的問題。

這首敘事詩，有簡單的故事情節，人物性格鮮明，語言生動逼真，特別是通過語言、行為的描寫，展示了人物複雜的內心世界，反映了豐富、深刻的社會內容，有較高的藝術價值。

卻東西門行

曹　操

【題解】〈卻東西門行〉，樂府曲名，屬〈瑟調曲〉部類。黃節《漢魏樂府風箋》：「卻，回也。

曰「卻東西門」，有回車返駕之意。」余冠英《三曹詩選》另有別解，說：「曹操此題作〈卻東西門行〉，後來陸機又有〈順東西門行〉，「卻」和「順」有人以為是倒唱和順唱之別，這些都是樂調的變化。」錄以備考。

【作　者】見頁七〇。

鴻雁❶出塞北❷，乃在無人鄉。舉翅❸萬餘里，行止❹自成行❺。冬節❻食南稻，春日復北翔。田中有轉蓬❼，隨風遠飄揚。長與故根絕，萬歲不相當❽。奈何此征夫❾，安得去四方❿？戎馬⓫不解鞍，鎧甲⓬不離傍。冉冉老將至⓭，何時反⓮故鄉？神龍藏深泉⓯，猛虎步高岡⓰，狐死歸首丘⓱，故鄉安⓲可忘？

【注　釋】❶鴻雁　大雁，一種候鳥。❷出塞北　出自塞北。塞北，與江南相對，泛指中國北方地區。❸舉翅　展翅高飛。❹行止　或行或止。❺行　行列。❻冬節　泛指冬季。❼轉蓬　草名，一名飛蓬，秋天枯後根斷，隨風飛轉，又叫蓬。晉司馬彪〈五言古詩〉：「秋蓬復何辜？飄颻隨風轉。」陸佃《埤雅》：「蓬，草之不理者，葉散生，遇風輒拔而旋。」❽相當　原作「自當」。依《古樂府》、《古詩紀》、《古今詩刪》、《石倉歷代詩選》校改，意為相遇。❾征夫　征人；出征的將士。❿安得句　意為怎麼能離開四方（而歸故鄉）呢？安得，如果

「安得」後面接的是動詞，如「夜夜安得寐」（曹操〈秋胡行〉），或者形容詞加動詞，如「安得久留滯」（曹丕〈雜詩〉），解為怎麼能；如果接的是名詞，如「安得猛士」（劉邦〈大風歌〉）、「願飛安得翼」（曹丕〈雜詩〉），則兼有動詞作用。去四方，離開四方，即結束四方奔走之勞而歸故鄉。⑪戎馬　軍馬。⑫鎧甲　鐵甲。⑬冉冉句　用〈離騷〉「老冉冉其將至兮」意。冉冉，漸漸。⑭反　同「返」。⑮神龍句　賈誼〈吊屈原賦〉：「襲九淵之神龍兮，沕深潛以自珍。」此句以下，以神龍藏泉、猛虎步崗、狐死首丘，動物不忘故土，以興起下句「故鄉安可忘」。⑯猛虎句　司馬遷〈報任安書〉：「猛獸處深山。」步，行走。⑰狐死句　《楚辭・哀郢》：「鳥飛反故鄉兮，狐死必首丘。」首丘，原作「首邱」，依《古樂府》、《古詩紀》、《古今詩刪》、《古樂苑》、等校改，謂頭枕著山崗。⑱安　怎麼。

【語　譯】大雁來自北大荒，其地是在無人鄉。展翅高飛萬餘里，或行或止自成行。冬季南飛食稻穀，春季天暖回北方。田中長有飛蓬草，隨風飄蕩遠飛揚。從此與根永別離，千載難逢是故鄉。無可奈何此征人，怎麼才能離四方？軍馬不能解鞍子，盔甲不能離身旁。時光漸逝人將老，幾時方能返故鄉？神龍藏身在深泉，猛虎漫步在高崗，狐死頭顱枕山丘，故鄉怎麼可以忘？

【研　析】這是一首寫征人思鄉的詩。先從正面以鴻雁起興，牠生在塞北，冬到江南，春復北翔，暗示思鄉返鄉乃物之本性。接著又從反面以轉蓬同故根分離之後萬載難逢為喻，引出征人像飛蓬一樣四方奔走，馬不解鞍，甲不離身，年歲漸老卻不知道幾時方能返回故鄉的痛苦。最後四句連用神龍藏泉、猛虎步崗、狐死首丘三個不忘故鄉的事例作比喻，再次抒發不忘故鄉之情。總之，這首詩是通過比興手法的運用，寫征人懷鄉之情。

征人懷鄉的主題在古詩中是常見的，唐詩中就有不少這樣的詩句，如「隴阪高無極，征人一望鄉」(盧照鄰〈隴頭水〉),「不知何處吹蘆管,一夜征人盡望鄉」(李益〈夜上受降城聞笛〉),「隴水潺湲隴樹黃,征人隴上盡思鄉」(翁綬〈隴頭吟〉)……。曹操這首詩寫出了征人普遍共有的思鄉之情,所以感人至深。

飲馬長城窟行

古辭

【題解】〈飲馬長城窟行〉,又稱〈飲馬行〉,樂府曲名。秦始皇為了防備匈奴修築長城,城下有泉窟,可以飲馬。郭茂倩:「古辭云:『青青河畔草,綿綿思遠道。』言征戍之客,至於長城而飲其馬,婦人思念其勤勞,故作是曲也。」但這首古辭沒有涉及長城,所以《樂府解題》:「古詞,傷良人遊蕩不歸,……若魏陳琳辭云:『飲馬長城窟,水寒傷馬骨』,則言秦人苦長城之役也。」這首古辭《玉臺新詠》標為蔡邕作,《蔡中郎集》也收有此詩,後人多不信此說。

青青河畔❶草,綿綿❷思遠道❸。遠道不可思,宿昔❹夢見之❺。夢見在我傍,忽覺❻在他鄉。他鄉各異縣❼,展轉❽不相見。枯桑知天風,海水知天寒❾。入門❿各自媚⓫,誰肯相為言⓬!客從遠方來,遺⓭我雙鯉魚⓮。呼兒烹鯉魚⓯,中有尺素書⓰。長跪⓱讀素書,書中竟何如?上言⓲加飡飯⓳，下言⓴長相憶。

【注　釋】❶河畔　河邊。畔，《文選》、《玉臺新詠》作「邊」。❷緜緜　同「綿綿」。綿延不斷的意思，這裡用「草」的綿延不斷興起「思」的綿延不斷。❸遠道　指所思的遠道的人。❹宿昔　昨晚。昔，通「夕」。❺之　指代她所思的人。❻忽覺　忽然醒來。❼異縣　猶異地，在古籍中常與「別郡」、「他鄉」同用，如漢荀悅《申鑒》卷二〈時事〉：「從父從兄弟之讎，避諸異縣百里。」《魏書》卷七八：「別郡異縣之民。」❽展轉　同「輾轉」，臥不安席的樣子。詞出《詩經・周南・關雎》：「悠哉悠哉，輾轉反側。」❾枯桑二句　以枯桑雖知天風、水雖知天寒而無法表現為喻，說明內心的痛苦無由表達，只能自苦自知，別人也不理會。❿入門　猶回家。⓫自媚　自愛。⓬誰肯句　意為沒有誰肯互相問候一聲。《廣雅・釋詁二》：「言，問也。」⓭遺　意為贈給、送給。⓮雙鯉魚　藏書信的木函。聞一多《樂府詩箋》據傅振倫〈簡策說〉考證，說古代藏書的木函用兩塊木板做成，一塊做底，一塊做蓋，上面刻有三道線用來綁繩子，鑿有一個方孔用來填封泥，書信藏在兩塊木板中間。木板或刻成魚形，一底一蓋，所以說雙鯉魚，鑿的那個孔相當於魚目。但是清人吳景旭《歷代詩話》另有說法，認為漢朝時的書札有時用絹素結成雙鯉魚的形狀，不是像清朝時那樣用蠟製成。唐朝李冶〈結素魚貽友人〉：「尺素如殘雪，結為雙鯉魚。欲知心裏事，看取腹中書。」大概是漢朝的遺制。錄以備考。⓯烹鯉魚　打開藏書信的木函。聞一多：「解繩開函也。」⓰尺素書　一尺長的用白色的絹寫的書信。⓱長跪　伸直腰跪，在古代是恭敬的表示。古人席地而坐，坐時兩膝著地，臀部壓在腳後跟上。跪時臀部要離開腳後跟，腰要伸直，於是身子就顯得長，故稱。⓲上言　相當於前面說。⓳加飡飯　意為注意飲食，保重身體。飡，同「餐」。⓴下言　相當於後面說。

【語　譯】滿地青青河邊草，綿綿不斷思遠道。遠道的人不可思，昨晚夢中忽見之。夢見就在我身旁，忽然醒來在他鄉。他鄉各自在異縣，輾轉不寐難相見。枯桑無葉知天風，海水不冰也知寒。別人回家各自愛，誰肯互相問聲安！客人打從遠方來，給我送來雙鯉魚。叫來我兒開鯉魚，魚中有封尺素書。伸腰跪著看素書，書中究竟說什麼？前面是說重飲食，後面還說長相思。

【研析】《樂府解題》說這首古詞是「傷良人遊蕩不歸」，是在家的妻子思念遊蕩不歸的丈夫的詩，即是思婦思念蕩子的詩。這類詩文在古代是很多的，如「昔為倡家女，今為蕩子婦。蕩子行不歸，空牀難獨守。」(〈古詩十九首〉)「蕩子十年別，羅衣雙帶長。春樓怨難守，玉階悲自傷。」(梁元帝〈蕩婦秋思賦〉)「蕩子之別十年，倡婦之居自憐。登樓一望，唯見遠樹含煙。」(梁劉孝綽〈古意詩〉)「關山別蕩子，風月守空閨。」(隋薛道衡〈昔昔鹽〉)多是直抒胸臆，甚至連「蕩子行不歸，空牀難獨守」這樣毫無遮掩的話都赤裸裸的說了出來。這首古詞卻不相同，它把思婦的思念之情寫得曲折委婉，含而不露，跌宕起伏，深情有致。

詩一開頭，「青青河畔草，綿綿思遠道」二句，草綿綿，思也綿綿，「平原如此，不知道路幾千」？用草的綿綿興起思的綿綿，有景有情，直是「離恨恰如春草，更行更遠還生」(李煜〈清平樂〉)。既然主人公在「思遠道」，按理說接下去就該寫她如何思，可是卻來了兩句「遠道不可思，宿昔夢見之」。遠道為什麼不可思呢？也許是因為思也枉然，或者是因為越思就越苦的緣故吧。可是她未必真的就是不思，否則為什麼會「宿昔夢見之」呢？日有所思才夜有所夢，做夢都看見他，能說是不思嗎？這是進入了「不思量，自難忘」的境界。她做的該是一個美夢，「夢見在我傍」，日思夜想的人，突然來到了身邊，還有什麼比這更美好的事嗎？本來接下去她該說說這美夢的具體情況，她卻故意不說，留給讀者自己去想像、去體會，這就更加意味深長。不過好夢不長，「忽覺在他鄉」，一覺醒來，又突然發現他在他鄉異縣。「他鄉各異縣，展轉不相見」，好夢未能成真，她輾轉反側，夜不能寐，還是見不著他。我們可以想像這時失望的她該是何等的痛苦，可是她卻不直說，她是這樣來表達她此時的心情的：「枯桑知天風，海水知天寒。入門各自媚，誰肯相為言。」「枯桑」二句，唐人李善（見《文選》李善注）、李周翰（見《文選》六臣注），清人何焯（見《義門讀書記》）、吳景旭（見《歷代詩話》），近人黃節（見《漢魏樂府風箋》）、聞一多（見《樂府詩箋》）、余冠英（見《樂府詩選》）等學者作了不盡相同的解釋，限於篇幅，這裡只介紹吳景旭和聞一多的說法。吳景旭：「合下二句總看，乃云枯桑自知天風，海水自知天寒，以喻婦之自苦自知。而他家入門自愛，誰相為問訊乎？」（《歷代詩話》卷二四）聞一多：「見葉落而知木受風吹，見冰結而知水感天寒。枯桑無葉可落，海水經冬不冰，一似不知風寒者。非真不知之，人不見其知之跡象耳。以喻夫婦久別，口雖不言，而心自知苦。」（《樂府詩箋》）結合吳、聞二家的解釋，「枯桑」二句的意思是：枯桑知道風在吹，海水也知道寒冷，但是枯桑無葉可落，海水無法結冰，都不能將自己的感受表現出來，別人也就無法知道它們的感受，比喻詩中的主人公見不到丈夫的痛苦，無處訴說，別人無法知道，只能自苦自知。這樣就和下面兩句「入門各自媚，誰肯相為言」緊密連接在一起，別人各自回家享受天倫之樂，誰肯過問她一聲呢？她只能自苦自受了。有了他人「入門各自媚」作陪襯，思婦這時候的痛苦就顯得更加難以忍受。

她正陷入極度悲痛之中的時候，又突然喜從天降，由悲轉喜，「客從遠方來，遺我雙鯉魚」，遠方來客給她捎來了丈夫的來信。她喜不自勝，馬上叫兒子將信函打開，發現信函中有封「尺素書」。她如獲至寶，伸直腰跪著去讀那封信，信中究竟說了什麼呢？只是簡單的兩句話：「上言加飡飯，下言長相憶。」前面說希望她注意飲食，保重身體，後面說長久地思念她。一個「長」字，既表現了他對她的無限深情，更暗示出他回家無期。我們可以想像她當時最想知道的無非是丈夫的近況和他幾時能夠回來，可是信中並沒有告訴她這些，可見她該是多麼失望，多麼痛苦啊。詩寫到這裡，便戛然而止，不說一句她是如何痛苦，而她的痛苦讀者可以想見，真可稱得上言有盡而意無窮。

再者，這首詩使用了頂真格的修辭法，即用前一句的結尾來做後一句的起頭，使鄰接的句子頭尾蟬聯而有上遞下接的趣味，同時在聲音也增強上下句之間的聯繫，這是民歌中常用的一種手法。

至於這首古辭名為〈飲馬長城窟行〉，可是卻沒有說到長城，也可能是因為她丈夫外出的原因與到長城守邊有關，如庾信〈蕩子賦〉中所說的那樣：「蕩子辛苦逐征行，直守長城千里城。」只是沒有說出來罷了。

飲馬長城窟行

陳　琳

【題　解】見頁一五四。

【作　者】陳琳（西元？——二一七年），字孔璋，廣陵（今江蘇江都東北）人。漢少帝時，陳琳為主簿，曾直諫何進不要召四方猛將進京。後來棲身冀州，為袁紹掌書記，起草檄文，大罵曹操的祖父曹騰「饕餮放橫，傷化虐民」，父親曹嵩「乞匄攜養，因贓假位」，曹操本人「贅閹遺醜，本無懿德」。袁紹失敗後，陳琳歸向曹操，曹操對他說：「你過去替袁紹寫檄文，只列我的罪狀也就算了，為什麼還罵我的祖父和父親呢？」陳琳向曹操謝罪，曹操愛他的才能而不處罰他，還讓他管記室，掌管章表書記文檄，他又替曹操起草檄文。據說曹操頭痛睡在床上，看了他寫的檄文便坐起來說：「這能治好我的病。」陳琳的章表書記寫得很好，但是留下的詩歌卻是建安七子中最少的，現存詩四首，〈飲馬長城窟行〉最有名。《漢魏六朝百三家集》中有《陳記室集》，他的事蹟見《三國志．魏書．王粲傳》。

飲馬❶長城窟❷，水寒傷馬骨。往謂❸長城吏❹：「慎莫❺稽留❻太原卒❼。」「官作❽自有程❾，舉築諧汝聲❿！」「男兒寧當⓫格鬥死⓬，何能怫鬱⓭築長城！」長城何連連⓮，連連三千里。邊城多健少，內舍⓯多寡婦。作書⓰與⓱內舍：「便嫁莫留住！善事⓲新姑嫜⓳，時時念我故夫子⓴。」報書㉑往邊地：「君㉒今出語一何鄙㉓！」「身在禍難中，何為稽留他家子㉔！生男慎莫舉㉕，生女哺用脯㉖。君㉗獨不見長城下，死人骸骨相撐拄㉘！」「結髮㉙行事君㉚，慊慊㉛心意關㉜。明知㉝邊地苦，賤妾㉞

何能久自全！」

【注釋】❶飲馬　使馬飲；讓馬喝水。❷長城窟　長城下的泉窟。❸往謂　前往告訴。主語當是在長城窟飲馬的人。❹長城吏　負責修築長城的官吏。❺慎莫　千萬不要。❻稽留　留住；不讓回家。❼太原卒　從太原被徵來修長城的士卒。太原，郡名，約在今山西中部。❽官作　官府的工程。按，這裡以下兩句是長城吏對修築長城的士卒說的話。❾程　期限。❿舉築句　舉起擣土的杵，齊聲唱你們的打夯歌，意即叫他們齊心協力築長城。築，擣土的杵。諧，和諧；協調。汝，你們。聲，指打夯的歌聲。⓫寧當　應當。按，「男兒」二句是築長城的士卒的回話。⓬格鬥死　戰鬥死。⓭怫鬱　鬱悶不樂。詞出漢王逸〈七諫・沉江〉：「心怫鬱而內傷。」⓮何連連　意為長城綿延不斷多麼長。何，程度副詞，有「多麼」的意思。連連，綿延不斷連接在一起。⓯內舍　猶家中。⓰作書　寫信。⓱與　給。⓲善事　好好侍奉。⓳姑嫜　猶公婆。《玉篇》：「凡夫之父母曰姑嫜。」⓴故夫子　前夫的孩子。故夫，前夫。漢樂府「下山逢故夫」（〈上山采蘼蕪〉）的「故夫」即是前夫。子，孩子，可能是男孩，也可能是女孩。㉑報書　回信。㉒君　在這裡是妻子對丈夫的稱呼。㉓出語一何鄙　意為說出的話何等鄙陋賤薄。這是妻子對丈夫的回話。一何，程度副詞，多麼的意思。㉔身在二句　意為自身在禍難當中，為什麼要留住別人家的女子。從此以下共六句是丈夫對妻子的再次回話。稽留，遲留。㉕慎莫舉　千萬不要養起來。舉，撿起來撫養。《史記・孟嘗君列傳》：「初，田嬰有子四十餘人，其賤妾有子名文。文以五月五日生，嬰告其母曰：『勿舉也。』其母竊舉生之。」《索隱》：「上舉，謂初誕而舉之；下舉，謂浴而乳之。生，謂長養之也。」㉖哺用脯　餵給乾肉吃。哺，餵。脯，乾肉。㉗君　在這裡是丈夫對妻子的稱呼。㉘相撐拄　交互支撐在一起。按，以上四句是借用秦時民歌，楊泉《物理論》說：「秦築長城，死者相屬，民歌曰：『生男慎勿舉，生女哺用脯。不見長城下，屍骸相支拄。』」㉙結髮　指結為夫妻。《文選・蘇武詩》：「結髮為夫妻，恩愛兩不疑。」㉚行事君　就侍奉你。行，副詞，意為即、就。㉛慊慊　誠慊，即誠心誠意之謂。㉜心意關　即關心。關，牽連。㉝明知　《樂府詩集》無「明知」二字，此據《古詩紀》、《古樂苑》、《古詩鏡》、《漢魏六朝百三家集》補上。㉞賤妾　妻子對自己的謙稱。

【語　譯】使馬飲水長城窟，泉水寒冷傷馬骨。前去告訴長城吏：「千萬不要留住太原卒。」「官府工程有期限，你們只管舉杵齊唱打夯聲！」「男兒應當戰鬥死，怎能鬱悶不樂築長城！」長城綿延多麼長，綿延不斷三千里。邊城多是健少兒，家中卻是多寡婦。寫封書信給家中：「便去出嫁莫留住！好好侍奉新公婆，時時想念我這個前夫的孩子。」妻子回信給邊地：「你現在說出的話多粗鄙！」「自身處在禍難中，為啥要留住別家的女子！生男千萬別撫養，生女要讓她吃肉。你偏偏不見長城下，死人的骸骨相支拄！」「結髮便就侍奉你，一片誠意心相連。明明知道邊地苦，賤妾怎能長久自保全！」

【研　析】這是一首描寫修築長城的士卒的苦難的詩，具有詠史的性質。

　　秦始皇為了抗拒匈奴的侵擾，命令蒙恬將從前秦、趙、魏等國築的長城連接起來，加以修整，建成了長達五千餘里世界古代最偉大的工程——萬里長城，取得了「卻匈奴七百餘里，胡人不敢南下而牧馬」（賈誼〈過秦論〉）的顯著效果，對於保衛黃河流域人民的生活和生產，功不可沒。但是它又是一柄雙刃劍，給人民也造成了巨大痛苦。《史記．淮南衡山列傳》記載：「蒙恬築長城，東西數千里，暴兵露師，常數十萬。死者不可勝數，僵屍千里，流血頃畝。百姓力竭，欲為亂者十家而五。」《水經注》卷三也說：「始皇三十三年（西元前二一四年），起自臨洮，東暨遼海，西並陰山，築長城……晝警夜作，民勞怨苦，故楊泉《物理論》曰：秦始皇使蒙恬築長城，死者相屬，民歌曰：『生男愼勿舉，生女哺用脯。不見長城下，屍骸相支拄。』其冤痛如此矣。」這首詩就是這方面的真實寫照。

詩中主要採用對話的形式，前面「官作自有程，舉築諧汝聲」與「男兒寧當格鬥死，何能怫鬱築長城」是長城吏和太原卒的對話，反映了士卒為了趕工程被強迫從事繁重的無休止的築城勞動的痛苦。後面則以書信的形式透過「邊城少」與「內舍婦」的夫妻對話，表現了人民為了修築長城忍受著生離死別、妻離子散的痛苦。在信中，丈夫勸妻子去改嫁，妻子卻責備丈夫為什麼說出這樣粗鄙的話？其實這是丈夫對妻子的另一種真心的愛，因為他已被徵調去修長城，而長城下屍骨撐拄，死者不計其數，身處禍難之中，回家團聚已經無望，家中的妻子早已成為事實上的寡婦，又何苦將她留在家中孤獨地守活寡呢？而妻子也完全體會到了丈夫的一片深情，但只淡淡地回話說：「結髮行事君，慊慊心意關。明知邊地苦，賤妾何能久自全！」意謂結婚以後，我們就心意相連，怎能在你身處禍難之中而離開你去改嫁呢？明明知道你在受苦受難，命在旦夕，我還能長久保全自己嗎？言外之意是我也不久於人世了。張玉穀評論說：「答詞四句，表自己之亦當從死，而夫之死終不忍言，只以『苦』字代之，又得體。」（《古詩賞析》卷九）全詩透過體貼對方的痛苦來表達自己內心的痛苦，委婉盡情，入木三分。

這是一首文人的模擬之作，卻不失漢樂府古辭的韻味，沈德潛稱讚它雖然採用了對話體，卻「無問答之痕，而神理井然，可與漢樂府競爽（爭勝）矣。」（《古詩源》卷六）張玉穀也說：「此種樂府，古色奇趣，即在漢古辭中，亦推上乘。」（《古詩賞析》卷九）

婦病行

古辭

【題解】〈婦病行〉，屬〈瑟調曲〉部類，當是以首句前二字做篇名。行，古代詩歌的一種體裁。

婦病連年累歲❶，傳呼丈人❷前一言。當言未及得言，不知❸淚下一何❹翩翩❺：「屬累❻君❼兩三孤子，莫我兒❽飢且寒，有過慎莫❾笪笞❿，行當⓫折搖⓬，思復念之⓭。」

亂⓮曰：抱時無衣⓯，襦復無裏⓰。閉門塞牖⓱，舍孤兒到市⓲。道逢親交⓳，泣坐不能起。從乞求與孤買餌⓴，對交㉑啼泣，淚不可止：「我欲不傷悲不能已㉒。」探懷中錢持授交㉓。入門，見孤兒啼索其母抱㉔。徘徊空舍中：「行復爾耳，棄置勿復道㉕。」

【注釋】❶連年累歲　同義詞連用，「累歲」也就是「連年」的意思。❷丈人　在這裡是指病婦的丈夫。❸不知　即不知不覺之意。❹一何　表示程度很深的副詞。❺翩翩　不斷的意思。❻屬累　託付之意。《後漢書·

烏桓鮮卑列傳》：「言以屬累犬使護死者神靈歸赤山。」李賢注：「屬累，乃託付也。」❼君　在這裡是病婦對丈夫的稱呼。❽莫我兒　不讓我孩子。❾慎莫　千萬不要。❿笪笞　擊打。笪，也作「笪」。⓫行當　行將；將會。⓬折搖　猶折夭。黃節注：「婦自謂將死也。」⓭思復句　意謂要丈夫念著她的話。念，《說文》：「常思也。」之，代詞，在這裡代病婦前面說的那些話。⓮亂　樂曲的末章。⓯衣　長衣；袍子。⓰襦復句　短衣又沒有裡子。襦，短衣；短襖子。裏，衣裡。⓱閉門句　關閉門戶，塞好窗戶。按，丈夫為了外出給孩子買食物，將孩子留在家中，所以閉門塞牖，以防意外。⓲舍孤兒句　意為丈夫將孤兒放在家裡，自己到市場上去給孤兒買食物。舍，安置。按，黃節《漢魏樂府風箋》將「舍」字屬上讀，斷為「閉門塞牖舍，孤兒到市」，成了到市的不是丈夫而是孤兒，與下文「從乞求與孤買餌」、「入門，見孤兒啼」不合，故不採其說。⓳親交　親友。詞出《漢書・翟方進傳》：「親交賂遺，以求薦舉。」⓴從乞求句　意為丈夫就請求親友給孤兒買食物（自己則回家照顧孩子）。從，就。孤，指孤兒。餌，糕餅之類的食物。㉑交　親交的簡稱。㉒我欲句　這句是丈夫對親友邊哭邊說的話，意為：（這太慘了），我想不悲傷也不可能。已，止。㉓探懷中句　據上下文意看，這句的主語是丈夫，是丈夫摸出懷中帶來的錢交給親友，請他去替孤兒買食物，自己則回家照顧孩子。按，此句通行本一般均將「交」字屬下讀，斷為「探懷中錢持授。交入門」，因為前面說到丈夫已請求親友替他為孤兒買食物，這裡當是寫他將買食物的錢交給親友，自己便急著回家照顧孩子，所以沒有採用通行的斷句法。持授，拿給。㉔抱　余冠英《樂府詩選》屬下讀，今從黃節《漢魏樂府風箋》斷句。㉕行復二句　當是丈夫的自言自語，意為：孩子將又同他們的媽一樣死去，丟開不要再說。行復，將又。爾，如此；這樣。指同他們媽一樣。耳，語氣詞。棄置，丟開；放下。

【語　譯】妻子連年生病在家，傳呼丈夫前來說句話。將說而沒有來得及說，不知不覺眼淚紛紛落下：「託付你兩三個孤苦的孩子，不要讓我的孩子挨餓又受寒，有了過錯千萬不要鞭打，我也將要夭折，你要常常想起我的話。」

樂曲的末章說：抱時沒有長衣，襖子又沒有衣裡。關上門戶塞好窗，安置好孤兒丈夫到市場去。路上碰上親友，聲聲哭泣坐在地上不能起。就請求親友替孤兒買糕餅，對著親友哭哭啼啼，不斷流眼淚：「我想不傷悲不能已。」摸出懷中的錢交給親友。丈夫回去進家門，看見孤兒哭著找母親抱。丈夫在空舍中徘徊：「孩子將又同他們的媽一樣死去，丟開不再要說起。」

【研析】這是一首著名的描寫漢代人民的苦難生活的敘事詩。它透過病婦死前託孤、丈夫市中求親友買餌、孤兒空舍索母三個淒慘的畫面，真實地反映了漢代窮人在飢餓死亡線上掙扎的景象。一個患病多年的婦女，死前將丈夫叫到身邊交代後事，還沒有開口，就淚下如雨，囑咐丈夫：這兩三個孤兒就託付給你了，你不要讓我的孩子挨餓受凍，即使有了過錯也千萬不要打他們，我也快要死了，你記住我的話吧。字字句句充滿了對兒女深情的愛，流露出生離死別的痛苦。病婦死後，孩子「抱時無衣，襦復無裏」，丈夫遵照病婦的遺囑，為了不讓孩子挨餓，便「閉門塞牖」，將孩子放在家中，自己到市場上給孩子買吃的。可以想見他離家後心中一定牽掛著家中的孩子，生怕他們發生意外，所以當他在路上碰到親友，便啼泣不止，痛苦到了極點，將為孩子買食物的事交給了親友，自己便急急忙忙趕回家去照顧孩子。可是當他回到家中，見到的卻是孩子在空蕩蕩的房子裡找媽媽抱他們。此情此景，真可謂「傷心慘目，有如斯也」。面對這淒慘的景象，他不知所措，只能無意識地在空舍中來回走動，無可奈何地說：眼看孩子又將和他們的媽媽一樣地死去，還是丟開不要說它。這就像劉琨〈扶風歌〉中所說的那樣，「棄置勿重陳，重陳令人傷」，越說就越傷心啊！

全篇敘事，事中有情。篇中沒有華麗的詞藻，沒有雕琢的痕跡，參差錯落，長短不齊，保留了口語的面貌，如寫病婦託孤，如泣如訴，忽斷忽續，口語畢肖，使人有親臨其境之感。清人宋長白說：「〈病婦〉、〈孤兒行〉二首，雖參錯不齊，而情與境會，口語心計之狀，活現筆端，每讀一過，覺有悲風刺人毛骨。後賢遇此種題，雖竭力描摹，讀之正如嚼蠟，淚亦不能為之墮，心亦不能為之哀也。」（《柳亭詩話》）

孤兒行

古辭

【題解】〈孤兒行〉，樂府曲名，又名〈孤子生行〉，亦名〈放歌行〉，屬〈瑟調曲〉部類。

孤兒生，孤子遇生❶，命獨當苦！父母在時，乘堅車，駕駟馬❷；

父母已去❸，兄嫂令我行賈❹。南到九江❺，東到齊與魯❻。臘月❼來歸，

不敢自言苦。頭多蟣虱❽，面目多塵土❾。大兄言辦飯❿，大嫂言視馬⓫。

上高堂⓬，行取殿下堂⓭，孤兒淚下如雨。使我朝行汲⓮，暮得水來歸。

手為錯⑮，足下無菲⑯。愴愴⑰履霜⑱，中多蒺藜⑲。拔斷蒺藜腸肉⑳中，愴欲悲㉑。淚下渫渫㉒，清涕纍纍㉓。冬無複襦㉔，夏無單衣㉕。居生㉖不樂，不如早去㉗，下從地下黃泉㉘。

春氣動，草萌芽。三月蠶桑㉙，六月收瓜。將㉚是瓜車，來到還家。瓜車反覆㉛，助我者少，啗㉜瓜者多。「願還我蒂㉝，兄與嫂嚴，獨且㉞急歸，當與㉟校計㊱。」

亂㊲曰：里中一何譊譊㊳！願欲寄尺書㊴：「將與㊵地下父母，兄嫂難與久居。」

【注釋】❶遇生　在這裡是「遇生忌辰」之意，就是遇上不好的日子出生的意思，亦即所謂的八字不好、命不好，所以下句說「命獨當苦」。古人迷信，認為一個人出生的年、月、日、時構成的「八字」可以決定人一生的命運，明代萬民英的《星學大成》、《三命通會》就是講述此等迷信的書籍。按，此等迷信，古已有之，如《史記・孟嘗君列傳》就說五月生的孩子「將不利其父母」。《風俗通》也說：「俗說五月五日生子，男害父，女害母也。」❷駕駟馬　用四匹馬駕車。❸去　去世；死亡。❹行賈　行商；往來販賣。古人認為做行商是種低賤的事。《史記・貨殖列傳》：「行賈，丈夫（男子漢）賤行也。」❺九江　秦滅楚後建立九江郡，西漢時郡治在今安徽壽縣，東漢時郡治在今安徽定遠。❻齊與魯　西漢時的齊，治所在今山東臨淄。東漢改為中央下屬的齊國。漢時有魯縣，即今山東曲阜。孤兒做行賈，「南到九江，東到齊與魯」，可見他家的所在地可能在安徽南部。❼臘月　農曆十二月。❽蟣虱　蝨子的卵。❾土　《樂府詩集》等諸本均無「土」字，但從上下文看，此處應該用韻，今據近人劉兆吉〈關於孤兒行〉(載開明《國文月刊》十九期)補上。❿辦飯　準備飯食。⓫視馬　照看馬匹。《宋書・沈慶之傳》：「騎馬履行園田，政(僅)一人視馬而已。」⓬高堂　正屋的大廳。⓭行取句　又急急忙忙奔向下屋的大廳。行，又。取，通「趣」(趨)。意為快步走。殿，高大的房屋，即高堂。殿下堂，高堂下面另一處大廳。⓮行汲　出去到井裡打水。⓯錯　借為「皵」，皮膚皴裂。⓰菲　通「扉」，麻或草製成的鞋子。⓱愴愴　悲傷的樣子。⓲履霜　踩在霜上。⓳蒺藜　一種布地蔓生的植物，葉細，子有三角，刺人。⓴腸月　腓腸的肉。腸，腓腸，就是脛骨後的肉。月，原作「月」是月(肉)的誤字。㉑愴欲悲　痛苦得將要哭出來。白居易〈寄唐生〉：「悲甚則哭之。」㉒渫渫　水流的樣子。《集韻》：「渫，水貌。」㉓纍纍　不斷的樣子。㉔複襦　雙層的襖子，即裌襖。㉕單衣　單層的衣。㉖居生　活在世上。㉗早去　早死。㉘黃泉　地下。詞出《左傳・隱公元年》：「不及黃泉，毋相見也。」㉙蠶桑　作動詞用，意為養蠶採桑。㉚將　推。與《詩經・小雅・無將大車》的「將」用法相同。㉛反覆　同「翻覆」。指翻車。㉜啗　吃。㉝願還句　孤兒希望吃瓜的人歸還瓜蒂是為了好向兄嫂交代。㉞獨且　獨；將。且，語助詞。參用王引之說。㉟興　《古樂府》作「與」，意為同。㊱校計　猶計較，即找麻煩。㊲亂　樂曲的末章。㊳里中句　意為村子裡聒噪得多麼厲害。里，村里，居住的地方。一何，多麼。譊譊，高聲聒噪，這裡是指兄嫂的責罵聲。㊴尺書　書信，古代的書信用一尺長的木板或絹帛書寫，故稱。㊵將與　帶給、捎給之意。

【語　譯】孤兒出生，孤兒遇上了不好的生辰，命中注定應當獨自受苦！父母在世，乘著堅固的車，四匹馬拉車多幸福；父母已經去世，兄嫂叫我往來販賣當行賈。南邊到了九江，東邊到了齊和魯。

寒冬臘月歸來，自己不敢說聲苦。頭上多蝨子，臉上多塵土。大兄叫我去燒飯，大嫂叫我去當馬伕。一會上高堂，一會又急忙趕向殿下堂，孤兒淚珠滾滾如下雨。兄嫂叫我朝出去汲水，直到晚上才將水弄回。手凍得發裂，腳下沒有草鞋。痛苦地踩在霜上，霜中有很多長刺的蒺藜。蒺藜拔斷了留在肉裡，痛得就要流眼淚。淚下似流水，不斷流清涕。冬天沒有裌襖，夏天沒有單衣。活在世上受苦，不如早死，跟著地下的爹媽去！

春風吹，草發芽。三月養蠶採桑，六月收摘果瓜。推著這輛瓜車，來到路上快還家。瓜車路上翻覆，幫助我的人很少，搶瓜吃的人很多。「希望還給我瓜蒂，兄嫂很是嚴厲。將要急著回去，兄嫂要同我較計。」

末章說：村子裡多麼吵鬧！想寄一封信：「捎給地下父母，兄嫂難與長久同住。」

【研析】全詩寫一個「苦」字。詩一開始，「孤兒生，孤子遇生，命獨當苦」，給全詩定下了基調。為了給全詩寫孤兒苦作陪襯，先寫了父母在時，孤兒「乘堅車，駕駟馬」的幸福生活。可是父母一死，孤兒的遭遇便發生了巨大的變化，首先是兄嫂使他長年在外做行商，四處奔走，受盡風塵之勞。好不容易年終回到家中，卻並沒有苦盡甘來，又擔負起了繁重的家務勞動，準備飯食，照看馬匹，在堂上堂下奔走不息。冬天還要去井裡打水，赤著腳在霜地上行走，忍受蒺藜刺腳的痛苦。天氣轉暖了，孤兒依然生活在痛苦之中，三月要去採桑養蠶，六月要去收瓜，推著瓜車回家，翻了車，遭到路人哄搶，只能求他們歸還瓜蒂，以便回去向兄嫂有個交代。可是兄嫂並沒有原諒他，從村子裡傳出的高聲聒噪中，我們可以想見孤兒一定受到了兄嫂的嚴厲責罵甚至是鞭打。種種苦難的折磨，迫使孤兒產生了生不如死的想法，多次想到要到地下去跟父母在一起，實在難於和兄嫂共同生活。

這首詩反映的該是宗法制度的問題，而不是貧富問題，因為孤兒的家庭並不窮，父母在時，他有堅車駟馬，只是父母死後，才受到兄嫂的迫害。俗話說「長兄當父，長嫂當母」，可是在父母死後，兄嫂並沒有盡到「當父」、「當母」的責任，讓孤兒健康愉快地成長，反而利用這種特權加害於孤兒。朱乾：「放歌者，不平之歌也。孤兒父母在，乘堅駕駟，則富貴之家也。父母去而行賈，甚已（太過分了）！乃至汲水收瓜，衣服不完，兄嫂之惡薄，人人髮豎。詩人傷而歌之，所以為放歌也。」（《樂府正義》）這評論是切合實際的。

全詩參差錯落，長短不齊，口語畢肖，與〈婦病行〉有異曲同工之妙。沈德潛稱它：「極瑣碎，極古奧，斷續無端，起落無跡，淚痕血點，結掇而成。」（《古詩源》卷三）具有很強的感染力。明陸時雍評論說：「是孤兒語，讀之覺啼（涕）淚萬行。」（《古詩鏡》卷一）

放歌行

鮑 照

【題 解】〈放歌行〉，樂府曲名。朱乾《樂府正義》：「放歌者，不平之歌也。」屬〈瑟調曲〉部類。餘見〈孤兒行〉題解。

【作 者】見頁二二二。

蓼蟲避葵堇，習苦不言非❶。小人自齷齪❷，安知曠士懷❸？雞鳴洛城裏❹，禁門平旦開❺。冠蓋縱橫至❻，車騎❼四方來。素帶曳長飆❽，華纓結遠埃❾。日中安能止❿？鍾鳴猶未歸⓫。夷世不可逢⓬，賢君信愛才⓭。明慮自天斷⓮，不受外嫌猜⓯。一言分珪爵⓰，片善辭草萊⓱。豈伊白璧賜⓲，將起黃金臺⓳。今君有何疾⓴？臨路獨遲回㉑！

【注釋】❶蓼蟲二句　語本東方朔〈七諫・沉江〉：「蓼蟲不知徙乎葵菜。」蓼蟲，生活在蓼草上的蟲，用來比喻曠達人士。蓼是種草，其中有一種叫辣蓼，葉味辛辣。避，避開。葵堇，一名堇葵，是種甜菜。習苦，習慣於苦。不言非，不說不好。❷齷齪　氣量狹小，人品低劣。❸安知句　哪裡知道曠達人士的胸懷。❹雞鳴句　意為洛陽城裡雞聲叫。《史記・曆書》：「雞三號卒（一作平）明。」《索隱》：「三號，三鳴也，言夜至雞三鳴則天曉。」洛城，洛陽城，本是東漢的都城，這裡指代劉宋的都城建業，即今南京。❺禁門句　意為天子住地的門天亮時打開。禁門，天子住地叫禁中，門設禁衛，因此叫禁門。平旦，天正亮的時候。❻冠蓋句　意為達官貴人交相到來。冠蓋，冠冕和車蓋（車上的傘），一般用來指代達官貴人。縱橫，交錯的樣子。❼車騎　車馬。❽素帶句　意為白色的衣帶向後拖著在大風中飄動。素帶，白色衣帶，也就是紳。曳，拖。長飆，長風。飆，暴風。❾華纓句　意為華麗的帽纓結聚著遠處的塵埃。❿日中句　意為中午怎麼能停止。即到了中午還不斷有達官貴人來。⓫鍾鳴句　意為到了夜晚還沒有回去。鍾鳴，指入夜，不是深夜。鍾，通「鐘」。《文選》、《古樂府》、《古詩紀》作「鐘」。崔寔《正論》載漢安帝〈永寧詔〉：「鐘鳴漏盡（指夜漏盡），洛陽城中不得有行者。」蔡邕《獨斷》卷下：「鼓以動眾，鐘以止眾，夜漏盡，鼓鳴，則起；晝漏盡，鐘鳴，則息也。」⑫夷世句　夷世，太平盛世。逢，原作「逄」，據《鮑明遠集》、《文選》、《古樂府》、《風雅翼》等校改。從此開始以下十句模擬小人的口氣說話，說那些小人是如此看時政，完全不能理解曠士的胸懷。⑬信愛才　的確愛才。⑭明慮句　意為英明的思慮由君主自行判斷。天，比喻君主。⑮不受句　意為君主不會受到外嫌猜疑的影響。⑯一言句　意為只要有一句善言就會分到封地和爵位。珪，一種上圓（亦有劍頭形）下方的玉，古代封官守邑時所發的憑證。⑰片善句　意為只要有一件好事就可以辭別草野到朝廷來做官。⑱豈伊句　意為哪裡只是賜給白璧。伊，猶「惟」，只是。白璧賜，典出《史記・范雎蔡澤列傳》：虞卿「一見趙王，賜白璧一雙，黃金百鎰；再見，拜為上卿；三見，卒受相印，封萬戶侯」。⑲黃金臺　《上谷郡圖經》：「黃金臺，在易水東南十八里。燕昭王置千金于臺上，以延天下之士。」又《太平御覽》卷一七八：「燕昭王為郭隗築臺，今在幽州燕王故城中，土人呼為賢士臺，亦謂之招賢臺，又謂之黃金臺。」⑳疚　在這裡是指心病。㉑臨路句　是模擬小人詰問之詞，意為：面臨仕途為何猶豫不決，即面臨官路通暢為什麼不去做官。遲回，遲疑徘徊。

【語　譯】蓼蟲避開甜菫葵，習慣苦味不離開。小人本來就齷齪，怎知曠士的胸懷？洛陽城裡雞聲叫，禁門黎明就打開。達官貴人交相至，車騎馬匹四方來。白色衣帶隨風飄，華麗冠纓染塵埃。日頭正中怎能止？鐘響天黑不回來。實難逢上此盛世，賢能君主真愛才。英明君主自決斷，不受外嫌生疑猜。一句善言得封賞，一件好事進朝來。哪裡只是賜白璧，還將築起黃金臺。問你現在有何病？面臨仕途獨徘徊！

【研　析】這是一首諷刺時政的詩。開始四句「蓼蟲避葵菫，習苦不言非。小人自齷齪，安知曠士懷」統率全篇，先用東方朔「蓼蟲不知徙乎葵菜」（〈七諫・沉江〉）典故，以「蓼蟲」比喻「曠士」，暗示曠士不願做官，甘願受苦，可是不為齷齪的小人所理解。今人的解釋，多認為「蓼蟲」是比喻「小人」，說前二句是用蓼蟲不知甘味，比喻小人不知曠士的胸懷。我們沒有如此理解的原因有二：一是此說與王逸注相左，王逸〈七諫〉注說此句「言蓼蟲處辛烈、食苦惡，不能知徙於葵菜、食甘美，終以困苦而臞瘦也，以喻己修潔白，不能變志易行，以求祿位，亦將終身貧賤而困窮也」。是將蓼蟲比做不求祿位的高尚之士，而不是將它比做小人。作者用這個典故，該不會反其意而用之。二是本篇末句說「臨路獨遲回」，也是說曠士面臨仕途，遲疑不決，有官不做，正與我們的理解相符。這是在本篇中的內證。

接著的大篇幅的描述，只是「小人自齷齪，安知曠士懷」二句的詮釋。自「雞鳴洛城裏」至「鍾鳴猶未歸」八句，寫城中的達官貴人從早到晚在城裡宮中，來來往往，雖然熙熙攘攘，熱鬧非凡，其實只是貴人之間的來往奉迎，奔走鑽營，所謂「洛中何鬱鬱，冠帶自相索」（〈古詩十九首〉）而已。這正是世俗小人的齷齪生活的真實寫照。沈德潛說：「『素帶』二語，寫盡富貴人塵俗之狀。」（《古詩源》卷一一）真是一針見血的評論。「夷世不可逢」以下十句，是詩人模擬小人的口氣說話，反話正說，稱讚當今是難逢的太平盛世，君主是何等的英明，做官是多麼的容易，獎賞又是怎樣的豐厚，並責問曠士：你現在有什麼心病，為什麼面臨仕途，卻遲疑不決、有官不做呢？這是小人鄙卑齷齪的內心世界的真實寫照。因為對他們來說，有官做的時代就是太平盛世，給了他官做的君主就是英明的君主，他們哪裡能理解曠士的高尚胸懷，只能「以小人之心，度君子之腹」而已。其實作者生活的劉宋時代，政治腐敗，君主昏庸，並不是太平盛世。當時門閥制度盛行，「一言分珪爵，片善辭草萊」，那是根本不可能有的事。小人如此顛倒黑白，不是齷齪是什麼？

鮑照不是個不願做官的人，據〈臨川烈武王道規傳〉記載，當初有人勸他不要向臨川王劉義慶貢詩言志，他卻說：「千載上有英才異士沉沒而不聞者安可數哉？大丈夫豈可遂蘊智能，使蘭艾不辨，終日碌碌與燕雀相隨乎？」可見他是想通過入仕而有所作為的。但他卻不是一個有官就去做的人，在〈梅花落〉中他讚頌「霜中能作花，露中能作實」的梅花，鄙視「搖盪春風媚春日」、「徒有霜華無霜質」的雜樹，可見他還是一個有正義感的人。明乎此，也就有助於理解他為什麼要「臨路獨遲回」了。

野田黃雀行

曹植

【題　解】〈野田黃雀行〉，樂府曲名，屬〈瑟調曲〉部類。陳朝智匠《古今樂錄》說梁朝王僧虔《技錄》中「有〈野田黃雀行〉，今不歌」。《宋書・樂志》所收曹植〈野田黃雀行・置酒高殿上〉，《文選》已改題為〈箜篌行〉。本篇內容與題意相近。郭茂倩《樂府詩集》解題：「〈漢鼓吹鐃歌〉亦有〈黃雀行〉，不知與此同否？」

【作　者】見頁一一九。

高樹多悲風，海水揚其波[1]。利劍[2]不在掌，結友何須多！不見籬間雀？見鷂❸自投羅❹。羅家❺得雀喜，少年❻見雀悲。拔劍捎❼羅網，黃雀得飛飛❽。飛飛摩❾蒼天，來下謝少年。

【注　釋】❶高樹二句　利用起興手法將「高樹」與「海水」比喻權勢。樹高方能多風，水大才能揚波，壞人有了權勢能興風作浪，好人也要有了權勢才能有所作為，解救難友。悲風，強勁且帶有淒厲之聲的風。強勁的大風常發出淒厲悲涼之聲，故稱。曹丕〈燕歌行〉有「悲風清厲秋氣寒」之句。❷利劍　比喻權勢。❸鷂　鷂鷹，一種善於捕雀的猛禽。❹羅　羅網，用來捕鳥。❺羅家　設置羅網捕鳥的人家。❻少年　在這裡是指同情籬間雀不幸遭遇的少年兒童。❼捎　除去。《正字通・手部》：「捎，除也。」❽飛飛　飛了又飛；遠走高飛。❾摩　迫近。原作「磨」。依《曹子建集》、《古樂府》、《風雅翼》、《古詩紀》校改。

【語　譯】高樹上面多悲風，海水中間揚大波。利劍不在手掌中，結交朋友何須多！沒有看見籬間雀？見到鷂鷹自投羅。網家得雀心中喜，少年見雀心中悲。拔出利劍除羅網，黃雀得以遠飛去。飛呀飛呀上青天，忽然下來謝少年。

【研　析】這是一首政治寓言詩，所寓政治意義為何？有不同的理解。元劉履說：「建安之間，朝廷衰亂，而群雄競起。天下賢才，往往失身自陷，不獲遂其所志。思王（指曹植，他被封為陳思王）於此時欲收納以為己輔，惜乎有所扼腕而權力不足以拯拔之，故作此以自見。」（《風雅翼》卷一〇）意思是說：當時曹植想收納賢才作為自己的輔佐，可是因為沒有權力辦不到，所以寫了這首詩來表達自己的意志。這種解釋與詩的內容不符。到了清代，朱乾在《樂府正義》中提出了新的看法，稱這首詩是「自悲友朋在難，無力援救而作」。近代黃節先生進一步以曹植的黨羽楊修、丁儀、丁廙被殺，坐實了朱乾的說法（見《漢魏樂府風箋》卷一二）。據《三國志》〈曹植傳〉、〈楊俊傳〉記載，曹植在同曹丕爭做太子的時候，楊修、丁儀、丁廙是他的同黨好友，還有楊俊也贊成立曹植做太子，因此這些人便與曹丕有了仇。由於曹植任性而行，不自彫勵，飲酒不節，而曹丕御之以術，矯情自飾，宮人左右又幫他說話，曹操便決定立曹丕做太子。做出這個決定以後，曹操就把楊修殺了。建安二十五年（黃初元年，西元二二〇年），曹丕做了魏王，又把丁儀、丁廙殺了，再過兩年又逼死了楊俊。這樣曹植的同黨好友，幾乎都成了冤死鬼。可以想見，曹植對此一定滿懷悲憤而又無計可施，所以寫下了這首寓言詩，抒發他迫於權勢無法解救難友的憤懣情緒。詩分為兩部分，前四句是第一部分，先以高樹、海水起興，說明有權勢才能興風作浪，否則手中無權，結交的朋友再多也沒有用。以下八句是第二部分，運用少年拔劍捎網救雀而得到感謝的故事，表面上是說明有權方能救人的道理，實際上是從反面表達自己無權不能救友的悲憤。

曹植在抒發悲憤，卻採用了寓言詩的形式，有話沒有明說。劉勰說：「陳思之『黃雀』，公幹之『青松』（指劉楨〈贈從弟〉中所寫的松樹），格剛才勁，而並長於諷諭。」（《文心雕龍・隱秀》）指的就是這種隱蔽含蓄的諷諭作用。雖然明代的徐禎卿批評這首詩「如錐出囊中，大索露矣」（《迪功集》附〈談藝錄〉）。但它畢竟是寓言，曹丕也不好給他治罪，就好像他在〈七步詩〉中說過豆萁煮豆子，「相煎何太急」，也沒有獲罪一樣。

艷歌何嘗行四解

古辭

【題解】〈艷歌何嘗行〉，一名〈飛鵠行〉，樂府曲名，屬〈瑟調曲〉部類。本辭已亡，此為晉樂所奏。〈何嘗〉是曲名，據《宋書．樂志》記載，〈何嘗〉是十五大曲之一，十五大曲中的〈羅敷〉、〈何嘗〉、〈夏門〉三曲，前有豔，後有趨。《樂府解題》：「古辭云：『何嘗快，獨無憂。』」曹丕〈豔歌何嘗行〉，開頭亦為「何嘗快，獨無憂」，可見〈豔歌何嘗行〉是用首句名篇。《宋書．樂志三》收錄了這首樂府詩，題為〈豔歌何嘗〉，並注明：「『念與』下為『趨』，曲前有『豔』。」此詩前半部當是豔歌。

飛來雙白鵠❶，乃❷從西北來。十十五五，羅列成行❸。一解

妻卒被病，行不能相隨❹。五里一反顧❺，六里一徘徊。二解

「吾❻欲銜汝❼去，口噤❽不能開；吾欲負❾汝去，毛羽何摧頹❿！三解

樂哉新相知，憂來生別離⓫。躇躊顧群侶⓬，淚下不自知。」四解

「念與君⓭離別，氣結⓮不能言。各各重自愛，遠道歸還難。妾⓯當

守空房，閉門下重關⑯。若生當相見，亡者⑰會黃泉⑱。」今日樂相樂，
延年萬歲期⑲。「念與」下為「趨⑳」。

【注釋】❶白鵠 白天鵝。❷乃 一作「又」。❸十十二句 《玉臺新詠．雙白鵠》作「十十將五五，羅列行不齊」。❹妻卒二句 《玉臺新詠．雙白鵠》作「忽然卒疲病，不能飛相隨」。妻卒被病，意為妻子突然得了病。妻，作者想像天鵝成雙成對，好像是夫妻，故稱得病的天鵝為妻。卒，通「猝」。意為突然。被病，遭病；得了病。❺反顧 回顧。❻吾 指向病天鵝告別的雄天鵝，作者將牠想像為夫。按，此以下八句，是雄天鵝向得病的雌天鵝的告別詞。❼汝 你，指得了病的天鵝。❽噤 閉口。❾負 背，動詞。❿何摧穨 意為損壞得多麼厲害。何，何等。摧穨，羽毛脫落。穨，俗字作「頹」。⓫樂哉二句 從《楚辭．九歌．少司命》「悲莫悲兮生別離，樂莫樂兮新相知」化出，重點是說明離別的痛苦，「樂哉新相知」只是起陪襯的作用，並非事實。來，語氣詞，相當於「啦」，與〈歸去來辭〉「歸去來兮」的「來」、《西遊記》第五回「我和你耍風月兒去來」的「來」用法相同。⓬躇躕句 意為雄天鵝回頭望著同伴而猶豫不前。躇躕，猶豫不前。也作「躕躇」。⓭君 你，指雄天鵝。按，此以下八句，是雌天鵝對雄天鵝的答詞。⓮氣結 閉氣；上氣不接下氣。⓯妾 在這裡是雌天鵝對自己的謙稱。⓰下重關 設下雙重門閂。關，關住門的橫木，即門閂。⓱者 語氣詞，表停頓。⓲黃泉 地下。⓳今日二句 同上文文意不相連，也不押韻，當是樂工加上去的套話（參見《四庫全書總目》卷一一三），樂府古辭〈白頭吟〉也有類似的套話：「今日相對樂，延年萬歲期。」延年萬歲期，就是萬壽無疆、長命百歲的意思。延年，長年；長壽。⑳趨 正曲之後加上去的樂曲。

【語譯】飛來一雙白天鵝，是從西北飛過來。十十又五五，排列自成行。 雌鵝突然得了病，不

能跟著向前飛。雄鵠飛個五里一回頭，飛個六里一來回：「我想銜你往前去，口腔緊閉不能開；我想背你向前去，羽毛脫落太厲害！　快樂最是交新友，憂愁總是生別離。遲疑不前看夥伴，不覺淚下不自知。」

「想到與你要離別，氣塞喉嚨話難說。人人各自多保重，道路遙遠回來難。賤妾應當守空房，閉門設下雙重關。倘若活著當相見，死了也要會黃泉。」趁著今日喜相樂，萬壽無疆期長年。

【研　析】這是首寓言詩，寫一對白天鵝從西北飛來，雌天鵝突然得了病，不能跟隨雄天鵝向前飛。雄天鵝對雌天鵝說：因為嘴巴張不開，不能銜你走；羽毛脫落，也不能背你去，生離別真是痛苦。雌天鵝回答說：別後各自保重，我在家會好好保護自己。如果能活下來，就應當再相見；死了，就在地下相會。自唐代以來，說者都認為這首詩寓意於夫婦離別的痛苦和悲傷，如唐吳兢《樂府古題要解》卷上：「古辭云：『飛來雙白鵠，乃從西北來』，言雌病雄不能負之而去。『五里一反顧，六里一徘徊』，雖遇新相知，終傷生別離也。」後來說者又認為詩中有諷刺世俗拋棄病妻的意思，如宋代何谿汶《竹莊詩話》卷二引用《樂府解題》：「『飛來雙白鵠』，刺世俗薄偽，失夫婦之道也。流離困苦，要與之終始，中道棄去，從新知之樂，豈義也哉！然而作是詩者怨思雖深，而詞不迫切，蓋盡所以為婦之理云。」

平心而論，分析這首詩內容，指出它暗中寓意夫婦離別的痛苦和悲傷也就夠了。詩中「樂哉新相知，憂來生別離」二句，是從寫〈少司命〉悲歡離合之情的「悲莫悲兮生別離，樂莫樂兮新相知」化出，重點是在「生別離」的悲痛，「新相知」的歡樂只是用來作陪襯，很難由此就斷定它是諷刺丈夫喜新厭舊，拋棄病妻，另求新歡。再說雄天鵝說牠「躇躊顧群侶，淚下不自知」，牠是一邊猶豫不前地回看著群鳥，一邊又不禁落淚對著病妻，結果是不是真的別妻而去還不知道呢！

全詩採用了寓言的形式，對話生動，通過擬人化的鳥語，表達了雙方的真摯感情，很有感染力。明陸時雍評論說：「徘徊悽惻，孤兒嫠婦，放臣索友，殆難為讀。」（《古詩鏡》卷一）有些句子寫得很好，如用「五里一反顧，六里一徘徊」寫雙鵠戀戀不捨，可謂恰到好處。漢末的「孔雀東南飛，五里一徘徊」，即脫胎於此。

豔歌行

古　辭

【題　解】〈豔歌行〉，也稱〈豔歌〉，樂府曲名，屬〈瑟調曲〉部類。〈豔歌羅敷行〉、〈豔歌何嘗行〉、〈豔歌雙鴻行〉、〈豔歌福鍾行〉等都是「豔歌」。徐陵編《玉臺新詠》，在序中說：「撰錄豔歌，凡為十卷。」將他所編錄的詩都稱為豔歌。

翩翩堂前燕，冬藏夏來見❶。兄弟兩三人，流宕❷在他縣。故衣誰當補？新衣誰當綻❸？賴得賢主人❹，覽取❺為吾組❻。夫婿❼從門來，斜柯西北眄❽。語卿❾且勿眄，水清石自見❿。石見何纍纍⓫，遠行不如歸。

【注　釋】❶翩翩二句　是起興手法，用燕子冬藏夏見，以引起下兩句寫兄弟兩三人冬天在家，夏天出來流宕。翩翩，鳥飛的樣子。❷流宕　在外飄泊。❸故衣二句　意為舊衣該誰來補，新衣該誰來縫。故，舊。誰當，當誰；該誰。補，打補釘；補窟窿。綻，將裂縫縫聯起來。綻新衣，可以理解為縫製新衣，也可理解為將新衣裂開的縫縫起來。做工不精的新衣，剛穿就裂縫是常有的事。❹賴得句　賴得，靠得；得虧。賢主人，賢慧的女主人。❺覽取　攬取。覽，通「攬」。❻組　同「綻」。縫補。❼夫婿　女主人的丈夫。❽斜柯句　斜柯，《玉臺新詠考異》卷一：「斜柯原是古語，當為欹側之意。」即身子歪向一邊。眄，斜視。❾語卿　告訴您。❿水清句　比喻被誤會，但事情終究可以弄明白。見，同「現」。⓫何纍纍　何等多之意。樂府詩中的「纍纍」有「多」的意思，如〈善慶舞〉：「歌纍纍，容皇皇。」〈十五從軍征〉：「松栢冢纍纍。」「纍纍」都是指一個接一個，很多的意思。在這裡是比喻被誤會而得到澄清的事何其多。

【語　譯】堂前燕子舞翩翩，冬天藏著夏天見。哥哥弟弟兩三人，飄泊行旅在他縣。舊衣有洞誰來補？新衣有縫誰來聯？得虧有位賢主人，拿去替我來縫聯。她的丈夫從門來，斜看西北歪一邊。請您暫勿望一邊，濁水清了石自現。水清石現何其多，遠行不如歸家園。

【研　析】這首詩寫兄弟兩三人，飄泊在外，衣服破了，無人縫補，幸虧遇上了一位賢慧的女主人為他們縫補。可是卻被她的丈夫看見了，引起了他的懷疑，他歪著身子注視他們的行為，使他們有口難辯。俗話說：「在家千日好，出門半朝難。」詩正說明了這個道理。詩的表現力很強，如「夫婿從門來，斜柯西北眄」兩句，稱得上惟妙惟肖，恰到好處，他的猜疑、責難、怨恨、甚至憤怒之情都從這一「眄」字中流露出來了。而「語卿且勿眄，水清石自見」，言簡意賅，「水清石自見」一句富有哲理性的辯白，勝過千言萬語。宋代詩人黃庭堅〈和張文潛贈晁無咎〉云：「難以口舌爭，水清石自見。」〈次韻文潛〉云：「水清石見君所知，此是吾家秘密藏。」他反覆用這話勸說朋友，而且把它當成家中的「秘密藏」。明李夢陽〈塘上行〉云：「讒言使交流，水清石自見。」可見這句詩對後世的影響是很深的。

白頭吟二首（選一）

古　辭

【題解】〈白頭吟〉，樂府曲名，當由詩中「白頭不相離」句而得名，屬〈楚調曲〉部類。《樂府詩集》收有〈白頭吟〉二首，一首是晉樂所奏，一首是本辭，這裡選的是本辭。

其二

皚如山上雪，皎若雲間月❶。聞君有兩意❷，故來相決絕❸。今日斗酒會，明日溝水頭❹。躞蹀❺御溝上❻，溝水東西流❼。淒淒復淒淒❽，嫁娶不須啼❾。願得一心人❿，白頭⓫不相離。竹竿何嫋嫋，魚尾何簁簁⓬！男兒重意氣⓭，何用錢刀為⓮？

【注釋】❶皚如二句　當是比喻純潔的愛情。皚，霜雪之白。皎，月色之白。❷聞君句　意為聽說你心中還有別人。君，指司馬相如。兩意，二心，即指司馬相如又想納茂陵女為妾。❸決絕　永遠斷絕關係。❹今日二句　意為今日備斗酒相會，明天就在溝水頭分手。斗，盛酒的器具。斗酒，一斗酒。詞出楊惲〈報孫會宗書〉：「烹羊炰羔，斗酒自勞。」溝，即下句的「御溝」。❺躞蹀　小步往來的樣子。❻御溝上　御溝邊上。御溝，環繞宮牆的溝渠。❼溝水句　溝水往東西流，比喻人分手往不同的方向走。❽淒淒　悲傷痛苦的樣子。❾嫁娶句　意為女嫁男娶，用不著哭哭啼啼。❿一心人　一心一意愛我的人，即愛情專一的人。「一心」和前面的「兩意」相對。⓫白頭　指老年。⓬竹竿二句　意為釣竿多麼柔長，魚尾擺動得多麼自然。這是用釣魚比喻向女子求愛。當初司馬相如曾用琴聲向卓文君求愛，現在他想聘茂陵女為妾，又向茂陵女求愛。元劉履說：「嫋嫋、簁簁，並搖動貌，以比相如之心不定，又將它圖也。」（《風雅翼》卷一〇）清吳景旭亦用此說，見《歷代詩話》卷二四。竹竿，即釣竿。漢代有〈釣竿〉古辭，今已亡失。曹丕有〈釣竿行〉：「東越河濟水，遙望大海涯。釣竿何珊珊，魚尾何簁簁！行路之好者，芳餌欲何為？」何，何等；多麼。嫋嫋，柔長且擺動的樣子。簁簁，魚尾擺動的樣子。⓭意氣　情意。與司馬遷〈報任安書〉「意氣勤勤懇懇」的「意氣」意思相同。⓮何用句　意為要錢幣做什麼。暗示司馬相如重視女方家中資產。司馬相如本來投靠梁孝王，梁孝王死後，他回到成都，無以為生，便通過好友臨邛縣令王吉結識了臨邛大富翁卓王孫。他知道卓王孫有個女兒卓文君，丈夫剛死不久，又喜歡音樂，便用琴聲挑逗她，於是卓文君真心愛上了他。他又派人給卓文君的侍從人員送厚禮，使得卓文君同他私奔。後來又從卓王孫那裡得到了一筆財產，回到成都，夫妻成了富人。可能這時他又向別人求愛，想納茂陵富家女為妾，所以劉履《風雅翼》卷一〇說他「又將它圖」。明陸時雍《古詩鏡》卷二也說：「『男兒重意氣，何用錢刀為』，似誚長卿富易妻也。」何用（以）……為，這種將「何」和「為」拆開來用的句式，在古書中常常出現，如「匈奴未滅，何以家為？」（霍去病語）意思就是「匈奴沒有消滅，要家做什麼？」（參見呂叔湘《文言虛字》）錢刀，錢幣，漢代的錢幣有鑄成刀形的，有所謂「契刀」、「錯刀」等，故稱。在此就女家資裝而言，茂陵人多富，故云。（《風雅翼》卷一〇）

【語　譯】白得像是山上雪，潔得像是雲中月。聽說你已有二心，故來同你永相別。今日斗酒相聚會，明朝分手溝水頭。小步行在御溝旁，眼看溝水東西流。淒淒慘慘又淒淒，女嫁男婚不須啼。願意嫁個有情郎，白頭到老不分離。釣竿擺動多柔長，魚兒搖尾多自由！男兒應當重情義，要那錢幣做什麼？

【研　析】關於這首詩的寫作背景，《西京雜記》卷三云：「相如將聘茂陵人女為妾，卓文君作〈白頭吟〉以自絕，相如乃止。」沈約《宋書・樂志》云：「凡樂章『古詞』，今之存者，並漢世街陌謠謳，〈江南可採蓮〉、〈烏生十五子〉、〈白頭吟〉之屬是也。」認為它是「漢世街陌謠謳」之類的「古詞」。今人多認為前說牽強附會，並用後說否定前說。其實梁代沈約所說的「古詞」，是與後人的模擬之作相對而言，只是說「古詞」產生在模擬作之前；「街陌謠謳」也只是說這些作品產生或流傳在街頭巷尾路途中，並沒有說它們不能有具體的作者。再說，卓文君是個忠於愛情、敢作敢為、富有個性的女子，聽說丈夫有二心，寫出〈白頭吟〉這樣的自絕詩是完全可能的。再次，李白〈白頭吟〉：「相如作賦得黃金，丈夫好新多異心。一朝將聘茂陵女，文君因贈〈白頭吟〉。」他也是相信《西京雜記》之說。基於以上的原因，在沒有獲得確鑿的證據之前，還是不要輕易否定《西京雜記》之說。

全詩十六句，每四句為一節，記敘了卓文君和司馬相如的愛情故事。第一節先用山上雪、雲間月起興，說明真正的愛情應當是純潔的，當她知道司馬相如有了二心，她就決心同他分手。第二節具體寫準備分手的情景，今天相會以後，明天便在溝水頭各自東西了。第三節是對婚姻大事發表議論，認為男婚女嫁，理所當然，用不著哭哭啼啼，只是要嫁個愛情專一的人，一起白頭到老，不要遭到遺棄才好。這其實是在照應前文，進一步說明要同司馬相如分手的原因。最後一節是在譏諷司馬相如。「竹竿何嫋嫋，魚尾何簁簁」二句，是用釣魚比喻男女求愛，這是中國古代詩歌的傳統表現手法。《詩經・衛風・竹竿》：「籊籊竹竿，以釣於淇。」《毛傳》解釋：「釣以得魚，如婦人待禮以成為室家。」在這裡，寫釣魚，既是隱喻當日司馬相如用琴聲向卓文君求愛，同時也是隱晦地說明他今日又在故技重演向茂陵女示好，不過話說得相當含蓄罷了。最後兩句表面上是說男子漢應當重視情義，要錢幣做什麼？其實是在譏諷司馬相如也太輕視情義、重視錢財了。

據《西京雜記》說，卓文君寫了這首詩以後，「相如乃止」，納妾終於沒有成為事實，從這裡也可以看出這首詩的藝術效果了。

白頭吟

劉希夷

【題　解】見頁一八二。《唐詩品彙》、《古今詩刪》、《石倉歷代詩選》、《唐詩鏡》、《全唐詩》均題作《代悲白頭翁》。《全唐詩》卷五一誤將此詩收入宋之問詩，題為〈有所思〉。

【作　者】劉希夷，生卒年不詳，名挺（一作庭）芝，汝州人。美姿容，好談笑，善彈琵琶，飲酒至數斗不醉。擅長寫作從軍、閨情方面的詩，是初唐有名的詩人。他的詩詞調哀苦，起初不被人重視，後來孫翌撰《正聲集》，將他的詩列為集中之最，因此為時人所稱賞。《舊唐書・文苑傳》說他「志行不修，為姦人所殺」。《唐才子傳》、《唐語林》又說是被舅父宋之問使人用土囊壓死。

死時還不到三十歲。《全唐詩》卷八二有詩一卷。

洛陽城東桃李花，飛來飛去落誰家？洛陽女兒惜顏色❶，行逢落花長歎息。今年花落顏色改❷，明年花開復誰在❸？已見松柏摧為薪❹，更聞桑田變成海❺。古人無復❻洛城東，今人還對落花風❼。年年歲歲花相似，歲歲年年人不同。寄言全盛紅顏子❽，須憐半死白頭翁。此翁白頭真可憐，伊昔紅顏美少年❾。公子王孫芳樹下❿，清歌⓫妙舞落花前。光祿池臺文錦繡⓬，將軍樓閣畫神仙⓭。一朝臥病無人識⓮，三春行樂在誰邊⓯？宛轉蛾眉⓰能幾時？須臾⓱白髮亂如絲。但看⓲舊來歌舞地，唯有黃昏鳥雀悲。

【注釋】❶惜顏色　愛惜容貌。❷顏色改　顏色發生了變化，已經不像從前那樣貌美。❸復誰在　誰還活在世上。❹已見句　意為已見墓前的松柏被摧毀當柴燒。典出〈古詩十九首・去者日以疏〉：「古墓犁為田，松柏摧為薪。」❺更聞句　典出晉葛洪《神仙傳・王遠傳》：「麻姑自說接待以來，已見東海三為桑田。」❻無復　不再。❼落花風　原作「洛花風」。依《文苑英華》、《唐詩品彙》、《古今詩刪》、《石倉歷代詩選》、《唐詩鏡》、

《全唐詩》校改。意為吹落花瓣的風。❽寄言句　意為傳話給年富力強青春貌美的年輕人。❾伊昔句　意為白頭翁過去也是紅顏美少年。伊，他，指白頭翁。❿公子句　意為同公子王孫一起在百花盛開、香氣襲人的樹下遊玩。芳，香。⓫清歌　不用樂器伴奏的歌唱。⓬光祿句　意為白頭翁過去做過光祿卿之類的高官，他的臺榭用錦繡做裝飾，顯赫一時。光祿，官名，有光祿勳、光祿卿、光祿大夫等不同稱呼，屬文官。池臺，這裡指池旁建的臺榭。土高叫臺，臺有室叫榭。古代的臺榭建在深宮裡城之內，有的臺榭用錦繡做裝飾，「彫鏤圖畫，被以綺繡，飾以丹青」（《魏書》卷九五、《北史》卷九三）。文，意為裝飾。⓭將軍句　意為白頭翁過去做過將軍，他的圖像畫在樓閣上，功蓋當世。將軍，武官名。樓閣，指麒麟閣之類的臺閣。西漢宣帝將霍光等十一功臣的圖像畫在麒麟閣上，東漢顯宗將中興二十八將鄧禹等的圖像畫在雲臺上，唐太宗將開國功臣房玄齡等二十四人的圖像畫在淩煙閣上，以表彰他們的功績。神仙，神像，指那些功臣的圖像。⓮無人識　無人知曉、無人過問之意。⓯三春句　意為三春行樂的時候白頭翁在哪裡？意即哪裡都不在，卻在病床上。⓰宛轉蛾眉　指年輕貌美。宛轉，當是彎曲的樣子。蛾眉，蠶蛾的觸鬚，彎曲而細長，故用以形容女子的眉毛。⓱須臾　不久。⓲但看　只看。

【語　譯】洛陽城東桃李花，飛來飛去落誰家？洛陽女兒惜美貌，行逢落花長歎息。今年花落美貌改，明年花開誰還在？已見松柏毀為薪，更聞桑田變成海。古人不在洛城東，今人還對落花風。年年歲歲花相似，歲歲年年人不同。寄言旺盛青壯年，須憐半死白頭翁。此翁白頭真可憐，過去他是美少年。公子王孫芳樹下，清歌妙舞落花前。光祿池臺飾錦繡，將軍樓閣畫神仙。一朝臥病無人知，三春行樂在誰邊？年輕貌美能幾時？片刻白髮亂如絲。只看舊來歌舞地，唯有黃昏鳥雀悲。

【研　析】這是一首模擬樂府古題的詩歌，主題是歎息紅顏易老，榮華無常，情調悲傷。全詩二十六句，前十二句寫紅顏易老，開始「洛陽城東桃李花，飛來飛去落誰家」二句是起興，由於人們常用花來形容女子的容顏，自然引出了「洛陽女兒惜顏色」的描寫，於是「行逢落花長歎息」便正式切入了主題。她為什麼要逢落花而歎息呢？因為「今年花落顏色改，明年花開復誰在」？紅顏易老，生死難卜啊！再說，「已見松栢摧為薪，更聞桑田變成海」，世事多變，時移事異，後果讓人慘不忍睹。這一切能不令人歎息麼！敘事至此，詩人感慨萬千，頓發議論：洛城東的古人已經不能再見了，可是今人還須面對古人經歷過的現實，仍然要照著古人走過的道路走下去，重複那「年年歲歲花相似，歲歲年年人不同」的變化規律。人人都會老，白頭翁的今天就是青壯的明天，今日的青壯年，不也應該對半死的白頭翁產生憐憫之心嗎？「寄言全盛紅顏子，須憐半死白頭翁」二句，除了起議論作用外，還一句承前，一句啟後，起著點題和過渡的作用。接著後半部十二句便轉到對白頭翁的描寫，說明榮華無常的意思。今日的白頭翁，往日同樣是紅顏的美少年，不但貌美，還在樹下花前，同公子王孫一起清歌妙舞呢。有的身為光祿高官，用錦繡裝飾臺榭，名顯一時，何等氣派；有的貴為將軍，在樓閣上畫有圖像，功蓋當世，多麼威風。可是到了今天，他們老了病了，就沒有人過問他們了，陽春三月也沒有人同他們行樂了，真是榮華無常！敘事至此，詩人又頓發議論：宛轉蛾眉，紅顏年少，又能有多久呢？轉眼之間不就成了白頭翁嗎？不但如此，那古來的歌舞場，黃昏的時候也只有鳥雀的悲鳴啊！

世事滄桑，紅顏易老，榮華無常，這是作者深刻的人生感悟，具有普遍的社會意義。正因為如此，所以千百年來這首詩強烈地震撼人心，讀者感同身受，像說出了自己的心裡話一樣。讀這首詩，在感傷之餘，似乎也可以引起我們的深思：既然紅顏的今天就是白頭的昨天，白頭的今天又是紅顏的明天，紅顏自應奮進自勵，白頭亦可怡然自安，生老病死，盛衰興亡，誰能違背這些變化規律呢！無論是紅顏還是白頭，倘若有生之年，的確為社會作出過有益的貢獻，也就沒有枉度一生，還有什麼可歎息的呢。在物欲橫流的年代，這首詩有警世和醒世作用。

這首詩在藝術上是極其成功的。它的語言明白如話，音韻和諧，婉轉流暢，可是含義卻異常深刻。正因為這樣，我們的譯文只是在少數字句上作了一點變動而已，不忍心由於翻譯破壞了原詩的語言美。作者運用了敘事與議論相結合以及對比、對偶、比興等手法，來增強詩歌的表現力。在用韻上，作者掌握了歌行體換韻的特點，隨著內容的變化，不斷換韻，第一聯起興用一韻，第二聯寫女兒惜顏色換韻，三、四聯寫惜顏色的原因換韻，五、六、七聯發議論換韻，八、九、十、十一聯專寫白頭翁事換韻，十二、十三聯又發議論換韻，韻隨意變，顯得生動活潑，體現歌行體的特點。詩中「年年歲歲花相似，歲歲年年人不同」二句，成了千古傳頌的名句。據《唐才子傳》卷一及《唐語林》卷五記載，詩人的舅父宋之問，知道詩人寫出了這兩句好詩，還沒有傳出去，便向詩人要這兩句詩。詩人先是答應了，後來又不給他。宋之問惱怒他欺騙了自己，便派人用土囊將他壓死。這是不是事實，難以定論，但卻證明了這兩句確是好詩，否則就不會有這樣的故事流傳。

如果我們將這首詩與《紅樓夢》的〈葬花詞〉對照起來閱讀，就可知道它對後世的影響有多深遠。

梁甫吟

諸葛亮

【題　解】〈梁甫吟〉，樂府曲名，郭茂倩說：「梁甫，山名，在泰山下。〈梁甫吟〉，蓋言人死葬此山，亦葬歌也。」應是齊國的土風，但是《樂府詩集》將它列入相和歌辭〈楚調曲〉部類。相傳這首〈梁甫吟〉是諸葛亮所作，但有異議。

【作　者】諸葛亮（西元一八一——二三四年），琅玡陽都（今山東沂水縣）人，是三國時期著名的政治家、軍事家。年幼喪父，由叔父豫章（治所在今江西南昌）太守諸葛玄撫養。諸葛玄失官後投靠荊州牧劉表，諸葛亮也隨往荊州，隱居隆中（在今湖北襄陽城西），躬耕隴畝，自比於管仲、樂毅，與崔州平、徐元直為友。建安十二年（西元二〇七年），曹操南征，劉表去世，子劉琮降操。劉備屯兵新野，由徐元直舉薦，三顧茅廬，請諸葛亮出來協助興復漢室，他分析當前形勢，建議劉備先奪取荊州、益州，「西和諸戎，南撫夷越，外結好孫權，內修政理」，與曹操抗衡，等待天下形勢發生變化，再出兵攻打曹魏，興復漢室。建安十三年他奉命出使東吳，聯吳伐曹，大敗曹操於赤壁。章武元年（西元二二一年）劉備稱帝，諸葛亮為丞相，三年劉備病死，受託輔佐後主劉禪，加封為武鄉侯，大小政事均由諸葛亮決定。建興三年（西元二二五年），諸葛亮南征獲勝，五年出兵伐魏，因馬謖舉動失宜，敗於街亭。以後又多次出兵伐魏，建興十二年八月，病死於渭水邊五丈原軍中，葬於漢中定軍山，諡為忠武侯。明代楊時偉編有《諸葛忠武書》，卷九收有〈梁父（與「甫」通）吟〉。《三國志・蜀書》有〈諸葛亮傳〉。

步出齊城門，遙望蕩陰里❶。里中有三墓，累累❷正相似。問是誰家墓？田彊、古冶子❸。力能排❹南山❺，文❻能絕地紀❼。一朝被❽讒言，二桃殺三士❾。誰能為此謀？國相❿齊晏子⓫。

【注　釋】❶蕩陰里　一名陰陽里、陽里，地名，在山東臨淄東。《水經注・淄水》：「淄水又東北，逕蕩陰里西。水東有冢，一基三墳，東西八十步，是列士公孫接、田開疆、古冶子之墳也。晏子惡其勇而無禮，投桃以斃之。死葬陽里，即此也。」《寰宇記》引〈郡國志〉：「臨淄縣東，有陰陽里是也。」❷累累　一個接一個。❸田彊句　齊景公的三個勇士中的兩個勇士。❹排　推倒。❺南山　齊國境內的牛山。❻文　《漢魏六朝百三家集》、《漢諸葛亮集》作「又」。❼絕地紀　砍斷維繫大地的大繩子。典出《莊子・說劍》：「上決浮雲，下絕地紀。」地紀，地維；維繫大地的大繩子。古代神話說天是圓的，地是方的，天有九根柱子撐著，使天不下塌；地的四方有四根大繩子維繫，使地有定位。共工和顓頊爭帝，撞倒了不周山，使得「天柱折，地維絕」（《淮南子・天文》）。❽被　遭。❾二桃殺三士　據《晏子春秋・內篇・諫下》記載，春秋時的齊景公有三個勇士名叫公孫接、田開疆、古冶子，勇而無禮，無君臣之義。晏子為齊景公出謀劃策，用「二桃殺三士」的辦法除掉三士。指將二桃賜給三勇士，讓他們計功食桃。公孫接說他打死過乳虎，功勞大，無人可比，便起身抓起了一個桃子。田開疆說他曾經兩次拿著兵器擊退三軍，功勞無人可比，也可以吃桃子，起身又抓起了一個桃子。古冶子說他同齊景公過黃河，有隻大黿銜住了左邊的驂馬，是他潛行逆流一百步，順流行了九里，將黿殺死，功勞也無人可比，可以吃桃子。你們兩人為什麼不把桃子還給我？說完便拔劍而起。公孫接、田開疆兩人說：「我們的勇氣和功勞都比不上古冶子，卻取桃不讓，這是貪；這樣還不去死，這是無勇。」都歸還了桃子，自殺而死。古治子說：「他們兩人都死了，我一個人活著，這是不仁；用言語去羞辱別人，誇獎自己，這是不義；對自己的行為感到悔恨，卻不去死，這是無勇。」也歸還了桃子，自殺而死。⑩國相　即相國，相當於丞相。⑪晏子　即晏嬰，齊國的賢相。司馬遷對他評價很高，《史記・管晏列傳》云：「假令晏子而在，余雖為之執鞭，所忻慕焉。」

【語　譯】漫步走出齊城門，遠遠望見蕩陰里。里中建有三座墓，累累相連正相似。問聲那是誰家墓？勇士田開疆、古冶子。力氣能夠推南山，又能砍斷繫住大地的大繩子。有朝一日遭讒言，兩個桃子殺三士。誰人能夠出此謀？齊國丞相叫晏子。

【研　析】這首詩的作者究竟是誰？諸葛亮「好為〈梁甫吟〉」要表達的意思是什麼？一直是爭論不休的問題。

先談作者問題。〈梁甫吟〉本是齊地送葬的樂曲，在諸葛亮以前就有了。但是〈梁甫吟〉和諸葛亮發生關係，當始於西晉初年陳壽《三國志・諸葛亮傳》：「亮躬耕隴畝，好為〈梁父（與「甫」通，下同）吟〉。身長八尺，每自比於管仲、樂毅。」可是正如北宋詩人黃庭堅所指出的那樣：「陳壽敘武侯『躬耕隴畝，好為〈梁甫吟〉』，語勢既不盡其意，又失載此詩。」犯了「好簡之過」（〈跋梁甫吟〉），並沒有坐實〈梁甫吟〉的具體內容。劉宋謝莊《琴論》：「諸葛亮作〈梁甫吟〉。」可惜他也沒有坐實這首詩的具體內容。直到唐初歐陽詢等奉命編修《藝文類聚》，才將這首寫齊國三勇士死葬蕩陰里的〈梁父吟〉收入《藝文類聚・人部・吟門》，並在詩前標明「〈蜀志〉諸葛亮〈梁父吟〉曰」肯定這首詩是諸葛亮所作。南宋時姚寬《西溪叢語》卷上既記載了《藝文類聚》中收錄了諸葛亮的這首詩，同時又說：「唐褚亮〈梁甫吟〉曰：『步出齊城門，遙望蕩陰里。里內有三墳，纍纍皆相似。借問誰家塚？田疆古冶子。』」他雖然也沒有否定這首詩是諸葛亮所作，但卻告訴我們：唐褚亮也是這首詩的作者，於是這首詩究竟是誰寫的也就成疑問了。等到明神宗萬曆年間，楊時偉編《諸葛忠武書》，就徹底否定這首詩是諸葛亮所作了。他雖然沒刪去這首詩，但在〈梁父吟〉後按語中認定：「〈梁父吟〉義淺詞庸，決非孔明自作。」清人何焯、梁章鉅附和其說（分別見《義門讀書記》、《三國志旁證》），卻沒有補充任何證據。

由於《西溪叢語》有〈梁甫吟〉是唐褚亮所作一說，且諸葛亮，字孔明，褚亮，字希明，兩人的名字相近相似，因此，到了清乾隆時期紀昀等主編《四庫全書》，在〈諸葛忠武書提要〉中就直說「〈梁父吟〉乃褚亮之作」。

對於上述不同看法，今之學者，或否定，或肯定，意見不一。余冠英說：「這篇是齊地土風，或題諸葛亮作，是誤會。」（《樂府詩選》）逯欽立說：「〈梁甫吟〉不始于孔明，而此辭亦與孔明無關。」（《先秦漢魏晉南北朝詩．漢詩卷八》）而蕭滌非卻看法不同：「此篇《藝文類聚》題諸葛亮作，後人頗多懷疑，然以詩而論，殆非武侯一流人物不辨。」（《漢魏六朝樂府文學史》第二編〈兩漢樂府〉）

如上所述，否定這首〈梁甫吟〉是諸葛亮所作的理由不外有三：一是義淺詞庸；二是唐褚亮之作；三是〈梁甫吟〉是齊地土風，不始於孔明。我們認為這三條理由，都不足於得出否定這首詩是諸葛亮所作的結論。平心而論，這首詩雖說不是上佳之作，但也不能說它已經低到「平庸」的地步。退一步說，即使意義淺顯，詞語平庸，也不能成為否定它是諸葛亮所作的理由。諸葛亮畢竟是政治家、軍事家，而不是詩人，我們怎麼能用優秀詩人的標準去苛求他呢？至於褚亮所作之說，同樣難以成立，《四庫全書》所收的《全唐詩》卷三二有褚亮詩一卷，其中就沒有〈梁甫吟〉這首詩。如果《四庫全書》的編者真的認為這首詩是褚亮寫的，他們為什麼不在褚亮詩中補上這一篇或加以說明呢？如此自相矛盾，我們能相信他們嗎？〈梁甫吟〉的確是齊地的葬歌，不始於諸葛亮。但是用樂府舊題寫新詩，是漢魏時出現的一種新現象，曹氏父子就用樂府舊題寫過不少新樂府，我們能因為這些舊題不始於曹氏父子就否定他們寫過這些新詩嗎？曹氏父子可以用樂府舊題寫新詩，為什麼和他們同時的諸葛亮就不能用舊題寫新詩呢？這一說法，實在難以服人。再說「好為〈梁父吟〉」的「為」字，也可以解為「作」字，《周禮・春官・典同》鄭玄注：「為，作也。」和王逸「因為作〈九歌〉之曲」（《楚辭章句・九歌序》）的「為作」意思相同，是寫作的意思。也可解為吟唱，和杜甫的「日暮聊為〈梁甫吟〉」（〈登樓〉）「為」字的用法相同，諸葛亮是有可能自作自吟的。

由於上述否定諸葛亮是這首〈梁甫吟〉的作者的理由難以成立，再加上自唐以來，《藝文類聚》、《太平御覽》、《古文苑》、《樂府詩集》、《文選補遺》、《古樂府》、《古詩紀》、《石倉歷代詩選》、《古樂苑》、《漢魏六朝百三家集・諸葛亮集》等書，均認定此詩為諸葛亮所作。據現有的資料，實在無法作出此詩非諸葛亮所作的結論。

至於諸葛亮為什麼要吟唱這首詩？他吟唱這首詩要表達什麼意思？也眾說紛紜，現將其主要論點介紹於後：一、意在表明興復漢室的情志。劉宋裴松之《三國志注》中說：「夫其（指諸葛亮）高吟俟時，情見乎言，志氣所存，……以興微繼絕克復為己任故也。」二、北宋詩人黃庭堅

〈跋梁甫吟〉：「余觀武侯此詩，乃以曹公專國，殺楊修、孔融、荀彧耳。」三、意在表明願輔佐君王而為小人所阻。由於張衡〈四愁詩〉有「我所思兮在泰山，欲往從之梁父艱」。梁父是泰山下面的一座小山，唐李善注又說：「言王者有德，功成則東封泰山，故思之。泰山以喻時君，梁父以喻小人也。」南宋姚寬由此產生聯想，認為此詩是說：「願輔佐君王，致于有德，而為小人讒邪之所阻。」「諸葛好為〈梁父吟〉，恐取此意。」（《西溪叢語》卷上）四、意在嘯歌自適，明哲保身。吳宓說：「陳君寅恪嘗謂：『昔賢如諸葛武侯，負經濟匡世之才，而其初隱居隆中，嘯歌自適，決無用世之志，苟全性命於亂世，不求聞達于諸侯。及遇先主，為報知己，乃願出山，鞠躬盡瘁。』宓按，武侯〈梁父吟〉之詞意，原繫明哲保身。」（吳宓《雨僧日記》一九一九年九月八日記）

以上四說，多數難以成立。黃庭堅之說顯然與史實不符，據〈諸葛亮傳〉記載，「亮躬耕隴畝，好為〈梁甫吟〉」，是在劉備三顧茅廬之前，而三顧茅廬在建安十二年（西元二〇七年）劉備屯兵新野的時候。楊修死於建安二十二年，孔融死於建安十三年，荀彧死於建安十七年，三人都死在三顧茅廬之後。諸葛亮在三顧茅廬之前「好為〈梁父吟〉」，那時他怎麼能知道以後曹操會將楊修等三人殺掉？姚寬以張衡詩「我所思兮在泰山，欲往從之梁父艱」來解釋「好為〈梁父吟〉」的用意，有望文生義、牽強附會之嫌。〈梁父吟〉是曲名，梁父是山名，〈梁父吟〉不等於「梁父」。再說，〈梁父吟〉這首詩是寫三勇士死葬蕩陰里而不是寫登泰山遇到了困難，和張衡所說的「我所思兮在泰山，欲往從之梁父艱」不是一回事，要以此來說明諸葛亮「好為〈梁父吟〉」是為了表達「願輔佐君王，致于有德，而為小人讒邪之所阻」，也難以使人信服，再說諸葛亮也沒有仕進被小人所阻的事實可作旁證。陳寅恪、吳宓說「好為〈梁甫吟〉」是「嘯歌自適」，「明哲保身」，他們的主要依據是諸葛亮〈出師表〉：「臣本布衣，躬耕於南陽，苟全性命於亂世，不求聞達于諸侯。」其實這只是臣下對主上的自謙之詞，我們怎能因此就相信他躬耕隴畝時真的是胸無大志，只想明哲保身？在〈隆中對〉中，他分析天下形勢，瞭若指掌，所提應對策略，切中肯綮，這說明他平時一直關心天下大事，胸懷大志，深思熟慮，成竹在胸，方能作出如此深刻透徹的分析。由此可見他躬耕隴畝時也絕不是一個「無用世之志」的人。再說據《魏略》記載，當時諸葛亮和崔州平等三個友人在一起，每晨夜從容，常抱膝長嘯，對三人說：「你們三人官可做到刺史、郡守。」三人問他可以做到什麼官，他「笑而不言」，暗示自己有更大的抱負，只是不願說出來罷了。

裴松之說諸葛亮「好為〈梁父吟〉」，意在表明興復漢室的情志，我們認為此說很有參考價值。傳中先說他「好為〈梁父吟〉」，接著便說「身長八尺，每自比于管仲、樂毅」，將自己比作具有將相之才的大臣，「好為〈梁父吟〉」正是他這種內心世界的真實流露。問題是我們如何依據這首詩的具體內容作出合情合理的解釋。詩中寫了齊國三勇士被相國晏子用「二桃殺三士」的辦法殺掉了，詩人對晏子這一行為是譴責還是贊成？對三士被殺是否同情？成了理解這首詩的關鍵。由於詩中有「一朝被讒言」之句，用了「讒言」這個貶義詞，人們一般都認為詩人是譴責晏子、同情三士。可是明代張溥卻持不同的看法：「諸葛〈梁甫吟〉，古今諷誦，然遙望蕩陰，懷齊三士，此不過好勇輕死者流，何關管、樂神明，悲吟不止？……諸葛王佐才，……躬耕隴畝，歌謠托志，田疆之倫，豈所慕哉？」（《漢諸葛亮集・題詞》）他不仰慕三士這類好勇輕死者，就有可能仰慕齊相晏子，詩中末了說「誰能為此謀？國相齊晏子」，正表達了這一意思。「賦詩斷章，余取所求」，諸葛亮自作自吟〈梁父吟〉，意思不在悼念三勇士，而是著意「誰能為此謀？國相齊晏子」，欣賞齊景公的賢相晏子出奇謀，將這三個「上無君臣之義，下無長率之倫，內不以禁暴，外不可威敵」（《晏子春秋》）的危國之士去掉，藉此表示自己胸懷大志，也想做晏嬰那樣的賢相，為國分憂，「攘除奸凶，興復漢室，還於舊都」，和傳中「每自比于管仲、樂毅」互相照應。管仲相齊，九合諸侯，一匡天下；樂毅輔佐燕昭王，下齊七十餘城，雖無相國之名，而有相國之實。諸葛亮躬耕時「好為〈梁父吟〉」，就是表示他要效法晏嬰、管仲、樂毅一類偉人，成就一番大業。而他接受劉備邀請，屢出奇策，輔佐劉備建立了蜀國，位至丞相，也初步實現了自己的願望。

泰山梁甫行

曹植

【題解】〈泰山梁甫行〉，樂府曲名。據〈陳武別傳〉記載，陳武常騎驢牧羊，同他一起的牧童有十多人，其中有的知道唱歌謠，陳武便向他學唱〈泰山梁甫吟〉，可見〈泰山梁甫吟〉本是歌謠。郭茂倩說：〈泰山梁甫行〉和〈梁甫吟〉同類，即也是葬歌。它本是齊地歌謠，《樂府詩集》將它列入〈楚調曲〉部類。

【作者】見頁一一九。

八方❶各異氣❷，千里殊風雨❸。劇哉❹邊海民❺，寄身於草野❻。妻子象⑦禽獸，行止依林阻⑧。柴門⑨何蕭條，狐兔翔我宇⑩。

【注釋】❶八方　東、南、西、北四方再加東北、東南、西北、西南四角。❷異氣　氣候不同。❸千里句　相隔千里風雨也就不同。殊，不同。❹劇哉　艱難啊。❺邊海民　即海邊民。❻草墅　野外用草蓋的簡陋房子。《漢魏六朝百三家集》「墅」作「野」。❼象　像。❽行止句　意為行動在林間危險的地方。依，依傍。阻，《說文》：「險也。」這裡是指高低不平的林間險地。❾柴門　用薪柴做成的簡陋的門戶。❿狐兔句　意為狐狸、兔子在我的屋邊遊走。翔，在這裡作「遊」解。宇，屋邊下。

【語　譯】八方氣候各不同，千里之外風雨殊。海邊人民艱難啊，寄身野外住草屋。老婆孩子像禽獸，林間險地來行留。柴薪作門多淒涼，狐狸兔子屋邊走。

【研　析】〈泰山梁甫行〉本是齊地葬歌，但是正如《樂府解題》所說：「曹植改〈泰山梁甫〉為『八方』。」將舊題用來寫時事，把它寫成一首反映海邊人民苦難生活的詩。先寫他們所處環境的惡劣，再寫住房的簡陋，形象的難堪，行動的危險，以及生活的淒涼，字裡行間充滿了對海邊人民苦難的同情。曹植說他是「生乎亂，長乎軍」，曾經跟隨父親曹操「南極赤岸，東臨滄海，西望玉門，北出玄塞」(《三國志・曹植傳》)。這種不同尋常的經歷，使他有機會親身接觸到人民的苦難，才有可能寫出這樣的詩。

東武吟行

鮑照

【題解】〈東武吟行〉，樂府曲名，本是齊地土風（民歌）。漢代有東武郡，在今山東高密、諸城一帶。一說東武是泰山下小山名。《樂府詩集》將它列入〈相和曲〉中的〈楚調曲〉部類。

【作者】見頁二二二。

主人且勿諠❶，賤子❷歌一言：僕❸本寒鄉士❹，出身蒙漢恩❺。始隨張校尉❻，召募❼到河源❽；後逐❾李輕車❿，追虜⓫出塞垣⓬。密途⓭亙⓮萬里，寧歲⓯猶七奔⓰。肌力盡鞍甲⓱，心思歷涼溫⓲。將軍⓳既下世⓴，部曲㉑亦罕存㉒。時事一朝異㉓，孤績誰復論㉔！少壯辭家去，窮老還入門。腰鎌㉕刈㉖葵藿㉗，倚杖㉘牧雞豚㉙。昔如韝上鷹㉚，今似檻中猿㉛。徒結千載恨㉜，空負百年怨㉝。棄席思君幄㉞，疲馬戀君軒㉟。願垂晉主㊱惠，不愧田子魂㊲。

【注釋】❶諠 同「喧」。喧譁；吵鬧。❷賤子 猶賤人，詩中主人對自己的謙稱。❸僕 也是詩中主人對自己的謙稱。❹寒鄉士 北方苦寒之鄉的士人。❺出身句 意為因蒙受漢朝的恩德而獻身事主。出身，獻身，與現代所說的「出身」含義不同。《後漢書・王常傳》：「誠思出身為用，輔成大功。」《後漢書・岑彭傳》：「今復遭遇，願出身自效。」其中「出身」都是「獻身」的意思。❻張校尉 指漢朝的張騫。《漢書・張騫傳》：「騫以校尉從大將軍擊匈奴，知水草處，軍得以不乏。」❼召募 在這裡是投募、應召的意思。一作「占募」。❽河源 黃河的源頭處。《史記・大宛列傳》載：張騫出使，「窮河源」，即到了黃河的源頭。❾逐 追隨。❿李輕車 指漢輕車將軍李蔡。據《史記・李將軍列傳》記載，李廣的堂弟李蔡，在漢武帝時被封為輕車將軍，從大將軍擊匈奴右賢王，有功，封為樂安侯。⓫虜 在這裡是對匈奴的貶稱。⓬塞垣 邊塞的垣牆，即是長城。⓭密途 近路。⓮亙 李善注引《方言》：「亙，竟也。」即竟然之意。所說甚是，「亙」與下句「猶」字相對，同是虛字。此句極言出征路途遙遠，近路竟然萬里，遠途就更不消說了。⓯寧歲 太平的年頭。詞出《國語・晉語四》：「自子之行，晉無寧歲。」⓰七奔 一年中七次奔命。詞出《左傳・成公七年》：「吳始伐楚、伐巢、伐徐，子重奔命。馬陵之會，吳入州來，子重自鄭奔命。子重、子反於是乎一歲七奔命。」⓱肌力句 意為體力已在鞍甲上消耗完了。⓲心思句 意為心中經歷了寒暑的煎熬。心思，猶心中。詞出《孟子・離婁上》：「既竭心思焉。」古人以為心之官則思，故稱。涼溫，寒暑。⓳將軍 指張騫、李蔡等人。⓴下世 去世。㉑部曲 漢代軍隊的編制有營，營下有部，部下有曲，這裡是用部曲指代部隊中的士兵。㉒罕存 很少存活下來。㉓一朝異 有朝一日發生變化。㉔孤績句 意為獨有的功勞誰還再提起。論，論說；提及。㉕腰鐮 掛在腰間的鐮刀。㉖刈 收割。㉗葵藿 葵，一種甜菜。藿，豆葉。㉘倚杖 扶著手杖。㉙豚 小豬。㉚韝上鷹 臂衣上的老鷹，比喻勇猛。韝，古代打獵時戴在手臂上的皮套子，又稱臂衣，讓獵鷹站在上面。㉛檻中猿 檻中的猿猴，比喻失勢後的慘象。檻，圈獸類的柵欄。㉜徒結句 意為徒然結下千載的遺憾。恨，遺憾。㉝空負句 意為徒然背上百年的怨恨。㉞棄席句 意為被拋棄的蓆子思念君主的木帳棚。席，通「蓆」。據《韓非子・外儲說左上》記載，晉文公在外流亡二十年回國，到了黃河，下令：「將籩豆和蓆子丟掉，手足起繭、面目黃黑的人走在後面。」他的舅父咎犯聽說後便哭了起來。晉文公問他：「為什麼哭？」他說：「籩豆是用來盛食物的，蓆子是用來睡覺的，你卻要把它們丟掉；手足起繭、面目黃黑的人是勞而有功的，你卻讓他們走在後面。這使我心中難過，所以哭了。」於是晉文公便收回了那道命令。幄，木帛製的帳棚。《釋名．釋床帳》：「幄，屋也，以帛依板施之，形如屋也。」㉟疲馬句　意為疲憊的馬眷戀著君主的車子。軒，古代一種有圍棚的車。據《韓詩外傳》卷八記載，戰國時魏國的田子方有次出去，在路上看見一匹老馬，心中感慨，問駕車的說：「這是誰的馬？」駕車的說：「這是魏國公室養的馬，老了沒有用了，所以將牠出放到外面。」田子方說：「『少盡其力而老去（《淮南子．人間》作「棄」）其身』，仁者是不能幹這種事的。」於是便用帛將這匹老馬贖回來。那些窮困的士人聽說了這件事，也就知道要歸心於誰了。㊱晉主　指晉文公。㊲田子魂　田子方的精神。元方回撰《文選顏鮑謝詩評》卷三：「能垂晉主之惠，則能不愧於田子之神矣。」一說「魂」通「云」。胡紹煐說：「魂，云也，謂不愧田子所云也。古『云』『魂』通。」

【語　譯】主人暫且不鬧騰，請聽賤人歌一言：僕人本是北方士，獻身只因受漢恩。開始跟著張校尉，應召到了黃河源；後來追隨李將軍，追敵越過長城垣。近路竟然一萬里，太平年歲也七奔。體力耗盡鞍甲上，心歷寒暑受熬煎。將軍已經離人世，士兵也少能活存。有朝一日時事變，特殊功勞誰再言！年少體壯離家去，窮困年老返家門。手持腰鐮收葵藿，扶著手杖牧雞豚。往日像是臂上鷹，今朝卻似圈中猿。徒然結下千載恨，枉自背負百年怨。被棄蓆子念君屋，疲馬也將君車戀。只願賜下晉主恩，不要愧對田子魂。

【研　析】這首詩在鮑照的集子中題為〈代東武吟〉，因為〈東武吟〉本是樂府舊題，作者用舊題再模寫一首，所以叫做〈代東武吟〉，「代」就是「擬」的意思。古人寫這類詩往往在舊題前加上一個「代」字或「擬」字。詩中寫一個為國獻身的戰士年輕時追隨張騫和李蔡轉戰西北，歷盡千辛萬苦，筋疲力盡。可是隨著時代的變化，張騫等將軍不在世了，戰功也沒有人再提起了，年老體衰，只能回到老家收割豆子、甜菜，放牧雞豚了。回想起過去的威武，聯想到今日的落寞，他心懷怨恨，感慨萬千，為什麼竟然會落到遭受遺棄這步田地呢？世道也真是太不公平了！可是怨恨歸怨恨，自己雖然已經像是被晉文公拋棄的「席子」和魏國公室丟掉的「疲馬」，仍然還在思念、留戀著君主啊。但願君主也能像晉文公那樣收回成命，像田子方那樣贖回我這匹疲馬。元劉履說以〈東武吟〉為題的詩都是「傷悼時移事變之詞」，鮑照這首詩大概是「有所為而擬作」的，詩中「歷敘征役遠塞之勞，窮老還家之苦，至篇末復懷戀主之情，而猶有望於垂惠，然不知其為誰而發也」（《風雅翼．選詩補註》）這話是對的。古往今來，「少盡其力而老棄其身」的事，屢見不鮮，這大概就是這首詩之所以能震撼今古的原因。田子方已經認識到仁者不能幹這種事，我們今天就更應該善待那些真正有功於國的將士了。

在寫作上，這首詩開始就說：「主人且勿諠，賤子歌一言。」採用了自己做主持人自己演出的方式，好像不是代言身世，而是自述身世，增強了詩歌的真實感。這種方式起源於古詩〈香爐詩〉：「四座且勿喧，願聽歌一言。」後來又為杜甫〈奉贈韋左丞丈二十二韻〉：「丈人試靜聽，賤子請具陳。甫昔少年日，早充觀國賓。」所繼承。另外，這首詩筆力雄健，元代方回評論說：「詩有筆力，如轉石下千仞山，袞袞轟轟，不可禦。」（《文選顏鮑謝詩評》卷三）所謂「俊逸鮑參軍」（杜甫〈春日憶李白〉），大概就是指鮑照這類詩說的。

怨詩行二首（選一）

本辭　曹植

【題解】〈怨詩行〉，樂府曲名，屬〈楚調曲〉部類，今存古辭〈天德悠且長〉、〈為君既不易〉兩首。曹植〈怨詩行〉二首，一為晉樂所奏，一為曹植所作的本辭，這裡選的是本辭，《曹子建集》、《文選》題為〈七哀〉。晉樂所奏曹植〈怨詩行〉，在本辭的基礎上添加了一些詞句。

【作　者】見頁一一九。

其二

明月照高樓，流光正徘徊❶。上有愁思婦，悲歎有餘哀❷。借問❸歎者誰？言是客子❹妻。「君❺行踰❻十年，孤妾❼常獨棲。君若清路塵，妾若濁水泥❽。浮沉各異勢❾，會合何時諧❿？願為西南風⓫，長逝⓬入君懷。君懷時⓭不開，妾心當何依⓮？」

【注　釋】❶流光句　意為月光正在那裡晃動。流光，指月光在晃動，看上去像是在流動一樣，故稱。徘徊，形容月光來回晃動。❷悲歎句　從〈古詩十九首・西北有高樓〉中「一彈再三歎，慷慨有餘哀」中化出。餘哀，不盡的哀愁。❸借問　請問。❹客子　在外客遊的人。《曹子建集》、《風雅翼》、《古樂苑》、《古詩鏡》作「宕子」，《古樂府》、《古詩紀》、《古今詩刪》、《石倉歷代詩選》作「蕩子」。❺君　思婦對客遊在外的丈夫的稱呼。❻踰超過。❼妾　思婦對自己的謙稱。❽君若二句　比喻你我本是一體，現你像是成了清路上的灰塵，我像是成了濁水中的泥土，地位完全不同。❾異勢　勢位不同。❿諧　和諧；和好。⓫西南風　元劉履《風雅翼》：「此篇亦知在雍丘所作，故有願為西南風之語。按，雍丘，即今汴梁之陳留縣，當魏都西南云。」⓬長逝　長往。⓭時　時時；常常。《石倉歷代詩選》作「常」。又《曹子建集》、《文選》、《風雅翼》、《古詩紀》、《古今詩刪》、《漢魏六朝百三家集》作「良」，意為信、的確。⓮何依　依靠誰。

【語　譯】明月照在高樓上，月光流動正徘徊。樓上有位愁思婦，聲聲悲歎無盡哀。請問歎者是誰人？自言她是遊子妻。「丈夫外出已十年，賤妾一人常獨居。丈夫像是清路塵，賤妾像是濁水泥。一浮一沉勢位異，幾時相會共和諧？願意成為西南風，長驅直往入夫懷。夫懷常常不敞開，妾心當要依靠誰？」

【研　析】這是一首閨怨詩，也是一首諷喻詩，寓諷君於閨怨，是這首詩的主要特色。元代劉履：「子建（曹植）與文帝（曹丕）同母骨肉，今乃浮沉異勢，不相親與，故特以孤妾自喻，而切切哀慮之也。」（《風雅翼．選詩補註》）詩的前六句寫月夜有一位愁思婦，在樓上發出無盡的哀歎，自言是遊子的妻子。接著六句用思婦的語氣自述身世，說明丈夫外出已經超過十年，她孤苦獨居，夫妻之間地位已經發生顯著變化，誰知道幾時能相會呢？從而交代了愁思的原因。後面四句還是用思婦的語氣表明自己願意成為西南風，來到丈夫的身邊，可是丈夫卻不敞開胸懷接納她，她將要去依靠誰呢？話中隱含著無窮的哀怨。這僅僅是閨怨嗎？非也。詩中是這樣描寫夫妻離別後的情景：「君若清路塵，妾若濁水泥。浮沉各異勢，會合何時諧？」這不是愛情語言，而是政治語言。造成他們夫妻離別後難以相會的原因不是路途遙遠，而是由於勢位的不同。我們只要參照詩人在〈九愁賦〉中還說過：「民生期於必死，何自苦以終身？寧作清水之沉泥，不為濁路之飛塵。」就可以知道詩人是在說政事了，只不過礙於臣下的地位，將話說成「君若濁路塵，妾若清水泥」罷了。而在〈九歎賦〉中他是借寫屈原身世以抒懷，就可以毫無顧忌地說「寧作清水之沉泥，不為濁路之飛塵」了。黃節先生說：「『清路塵』與『濁水泥』是一物，浮為塵，沉為泥，故下云浮沉異勢，指塵、泥也。亦喻兄弟骨肉一體，而榮枯不同也。」（《漢魏樂府風箋》卷一三）聯繫到曹丕稱帝以後對弟弟曹植的種種迫害，而曹植又說過「本是同根生，相煎何太急」，這種分析，我們認為黃先生的話是相當中肯的。

其次，這首詩的語言樸素自然，音韻和諧，韻味無窮。如起句「明月照高樓，流光正徘徊」，本自蘇李詩「明月照高樓，想見餘光輝」，寫出了月照高樓、浮光流動的深夜景象，以此起興，正烘托出思婦輾轉反側、徹夜難眠的愁緒。表面是詠月，實際上卻是「言婦人清夜獨居愁思之切」（《歲寒堂詩話》），而這又是詩人遭到曹丕迫害，徙封在外，常汲汲無歡、形影相弔的真實寫照。呂本中稱這兩句詩「思深遠而有餘意，言有盡而意無窮」（宋魏慶之《詩人玉屑》卷一三引《呂氏童蒙訓》）。鍾嶸在〈詩品序〉中稱讚「『明月照高樓』，為韻之首」，是從音韻、聲韻上肯定它取得的成就。而宋人張戒在《歲寒堂詩話》中說：「韻有不可及者，曹子建是也；味有不可及者，淵明是也……『明月照高樓』……鏗鏘音節，抑揚態度，溫潤清和，金聲而玉振之，辭不迫切，而意已獨至，與《三百五篇》異世同律，此所謂韻不可及也。」就不但從音韻、聲韻上而且從韻味上肯定了它的貢獻。末四句用願為西南風以入君懷而不可得為喻，既寫出了思婦的哀怨，更寄託了詩人思君怨君、疑慮重重的情懷，怨而不怒，同樣耐人尋味。

怨歌行

班婕妤

【題解】〈怨歌行〉，樂府曲名。

【作者】班婕妤，西漢班況的女兒，班彪的姑母，成帝的婕妤（漢武帝開始設置的宮中女官，一作「倢伃」）。據《漢書·外戚傳》記載，班婕妤入宮後，受到成帝的寵愛，住在增成舍。後來趙飛燕入宮，班婕妤失寵，很少有機會進見成帝。趙飛燕又進讒言，誣告她祝詛後宮。由於趙飛燕的驕橫妒忌，班婕妤害怕時間久了有危險，請求離開後宮到長信宮去供養皇太后。班婕妤退居東宮，作賦以自傷悼。成帝駕崩，班婕妤被安排去守園陵，死後葬在園中。

新裂❶齊紈素❷，鮮潔❸如霜雪。裁❹為合歡扇❺，團團❻似明月。出入君懷袖❼，動搖微風發。常恐秋節❽至，涼飇❾奪炎熱。棄捐❿篋笥⓫中，恩情中道⓬絕。

【注釋】❶新裂　剛裁下或撕下。❷齊紈素　齊國產的精細的白色的絲織品。❸鮮潔　《文選》、《藝文類聚》、

《古今詩刪》、《古詩鏡》作「皎絜（同潔）」。❹裁　裁剪縫製。❺合歡扇　合歡，共歡，含有成雙的意思，如繡有雙鴛鴦的被子叫「合歡被」，繡帶結成的雙結叫「合歡結」。❻團團　圓圓。❼出入句　意為經常在你身邊。君，你。出入懷袖，出則在懷，入則在袖，扇子用時就拿在胸前搖動，暫時不用就放在袖子裡。懷，胸前。❽秋節　秋季。❾涼飈　同「涼飆」。即涼風。飆，暴風。❿棄捐　拋棄。⓫篋笥　竹製的箱子。⓬中道　半路。

【語譯】剛剛裁下齊國絹，鮮明潔白像霜雪。將它縫成合歡扇，形狀圓圓似明月。袖子胸前緊相伴，輕輕搖動微風發。常常擔心秋天到，涼風奪走這炎熱。將扇丟在竹箱裡，從此恩情半路絕。

【研析】自《文選》、《玉臺新詠》開始，所見古代選本都認為〈怨歌行〉的作者是班婕妤，《玉臺新詠．班婕妤怨詩序》說是班婕妤失寵後在長信所作。但劉勰在《文心雕龍．明詩》中對這首詩的作者提出懷疑，他說：西漢至成帝時「朝章國采，亦云周備，而辭人遺翰，莫見五言，所以李陵、班婕妤見疑於後代」。近代更有人以《歌錄》說它是「古辭」以及《漢書．外戚傳》未記載班婕妤寫過詩為由，認為這首詩應是樂府古辭而不是班婕妤所作。按，《漢書．五行志》記載成帝時就有五言歌謠：「邪徑敗良田，讒口亂善人。桂樹華不實，黃爵巢其顛。故為人所羨，今為人所憐。」劉勰以漢至成帝時未見五言詩為由否定這首詩為班婕妤所作是沒有說服力的。又，《文選》李善注：「《歌錄》曰：『〈怨歌行〉，古辭。』然言古者有此曲，而班婕妤擬之。」分明是說還有一首〈怨歌行〉古辭（當已失傳），而這首〈怨歌行〉是班婕妤的模擬之作，並沒有說不是她的作品。至於《漢書》沒有記載班婕妤寫過詩，並不等於班婕妤就沒有寫過詩，還存在她寫過詩只是沒有記載的可能。況且除古代選本以外，還有不少的人肯定這首詩是班婕妤所作，如晉陸機〈班婕妤〉詩說：「婕妤去辭寵，淹留終不見。寄情在玉階，託意唯團扇。」梁江淹〈班婕妤詠扇〉詩說：「紈扇如團月，出自機中素。」鍾嶸《詩品》也肯定這首詩是班婕妤所作，並評論說：「〈團扇〉短章，詞旨清捷，怨深文綺，得匹婦之致。」我們認為在沒有確鑿的證據之前，不宜否認這首是班婕妤所作。

以詠扇寫宮怨是這首詩的主要特色。詩一開頭，極寫扇的材質之美，這精細的白絹，是齊國的名產，像霜雪一樣鮮麗潔白。製成團扇以後，更像明月似的熠熠生輝。這是詠扇之美，更是自己美麗純潔品質的真實寫照，使人不禁想到班婕妤品質高潔、光彩照人的形象。「出入君懷袖，動搖微風發」二句，寫團扇有了主人，成了他心中的愛物，給他送來陣陣涼風，多令人稱心愜意，其間一種可以意會而難以言傳的韻味，這不就是班婕妤受到成帝寵愛，恩恩愛愛、形影不離的情景嗎？末四句寫擔心秋天一到，天氣轉涼，炎熱消失，扇子就要被棄置在箱子裡，再也不能在主人的身邊了。其間傳達出班婕妤雖然得寵，可是無法左右自己的命運，時刻擔心成帝喜新厭舊，拋棄自己，蘊涵著深深的幽怨與焦慮。這「秋節」與「涼飈」不就是趙飛燕一類人的影子嗎？這「炎熱」不就是成帝對班婕妤曾經有過的恩愛嗎？否則詩怎麼會說「涼飈奪炎熱」、「恩情中道絕」呢？言在此而意在彼，「寄情在玉階，託意唯團扇」，真是耐人尋味啊。

長門怨二首（選一）

李　白

【題　解】〈長門怨〉是為漢武帝的陳皇后而作。陳皇后是長公主的女兒，字阿嬌，婚後十多年不能生子。衛子夫得幸，陳皇后退居長門宮，愁悶悲思，用黃金百斤，請司馬相如寫解愁之辭，司馬相如於是寫了〈長門賦〉。這賦感動了漢武帝，陳皇后又再得親幸。後人因〈長門賦〉又寫了〈長門怨〉。《樂府詩集》收有〈長門怨〉二十多首，第一首是梁代柳惲所作。

【作者】李白（西元七〇一——七六二年），字太白，祖籍隴西成紀（今甘肅天水附近），先世在隋朝末年因罪流放到西域，李白誕生在中亞碎葉。五歲，隨父遷居四川彰明縣（今四川江油）清廉鄉（《成都古今記》作青蓮鄉），家庭可能是富商。二十多歲，李白「仗劍去國，辭親遠遊，南窮蒼梧，東涉溟海」（〈上安州裴長史書〉），寓居安陸十年。又北遊河南，東至齊、魯，南遊江、浙。天寶元年（西元七四二年），因吳筠推薦，被召進京都長安，賀知章稱他為「謫仙人」，受到唐玄宗禮遇，召為翰林供奉。三年後因遭讒被賜金放還，離開長安，又重新漫遊，在洛陽遇見杜甫。安史之亂以後，被永王李璘強邀參加了幕府。後李璘不聽肅宗要他回蜀的召喚遭到誅伐，李白因而受牽連，繫獄潯陽，後又被判流放夜郎（今貴州桐梓一帶），行至巫山，因赦得釋。寶應元年（西元七六二年），死於他的族叔當塗縣令李陽冰家，時年六十二歲。李白具有儒家、道家以及俠客的思想，在他的作品中都有反映。李白以詩文取勝時人，他的詩歌中有一百四十多首樂府詩，元稹說：「予觀其壯浪縱恣，擺去拘束，模寫物象，及樂府歌詩，誠亦差肩於子美（杜甫）矣。」（〈唐故工部員外郎杜君墓並序〉）有《李太白集》，《舊唐書》、《新唐書》均有傳。

其二

桂殿❶長愁不記春，黃金四屋❷起秋塵❸。夜懸明鏡❹青天上，獨照長門宮裏人。

【注　釋】❶桂殿　用桂樹做柱子的宮殿，在這裡是指長信宮。《三輔黃圖》：「昆明池中有靈波殿，皆以桂為殿柱。」❷黃金四屋　黃金屋內的四周。據《漢武故事》記載，漢武帝年幼的時候，長公主將他抱在膝上，指著左右一百多個女子問他：「你想娶媳婦嗎？」他都回答說：「不用。」後來又指著她自己的女兒問他：「阿嬌好嗎？」他笑著回答說：「好。如果能娶得阿嬌做媳婦，當建金屋將她藏起來。」在長公主苦求下，漢景帝便准許他們成婚。四屋，屋的四周。張景陽〈雜詩〉：「青苔依空牆，蜘蛛網四屋。」❸秋塵　秋天的灰塵。鮑照〈代陳思王京洛篇〉：「但懼秋塵起，盛愛逐衰蓬。」❹明鏡　比喻月亮。

【語　譯】長愁在桂殿記不起春，黃金屋的四周布滿了秋天的灰塵。夜晚的青天懸著一輪明月，獨獨照著長門宮裡人。

【研　析】這首詩寫景入神，《唐宋詩醇》卷八評論這首詩說：「寫出淒涼奇況，所謂善於言愁。」用出奇的淒涼景色烘托出宮裡人陳皇后的愁緒是這首詩的特色。首句就點出一個「愁」字，不是一般的愁，是「長愁」，愁到「不記春」的程度了。春天百花齊放，本來是令人喜悅的，所謂「獻歲發春，悅豫之情暢」（《文心雕龍・物色》），這位宮裡人陳皇后卻偏偏對春天失去了興趣，感覺不到春天的到來，甚至連春天都忘記了。看，這愁悶該有多深。第二句「黃金四屋起秋塵」，因為無人打掃，屋的四周布滿了灰塵，是借寫宮殿的淒清來說明宮裡人陳皇后「長愁」的原因。「起秋塵」這典故出自鮑照詩句的「但懼秋塵起，盛愛逐衰蓬」，「秋塵起」、「盛愛」便隨衰蓬消失了，這不就是失寵。由於失寵，她才有如此淒涼如此「長愁」啊。三、四句依然用淒清的景色來寫宮裡人陳皇后愁苦，夜來天上的一輪明月，偏偏只照著宮裡人，這該是一幅何等淒涼的畫圖。「獨照」二字耐人尋味，月亮的清輝本來是普照大地、撒滿人間的，為什麼說它「獨照」呢？因為這長愁的宮裡人陳皇后以情觀物，想到自己的失寵，衛子夫的得幸，天道也真太不公平了，她才發出這淒清的月色為什麼只照我的身上的感歎，怨情自在其中。唐裴交泰有〈長門怨〉詩：「自閉長門經幾秋，羅衣濕盡淚還流。一種蛾眉明月夜，南宮歌管北宮愁。」可與這首詩對照起來閱讀。愁者自愁，樂者自樂，「幾處笙歌幾處愁」（唐韋孝標〈八月詩〉），世道如此，人可奈何！

六、清商曲辭

〈清商曲〉，樂府歌曲名。清是清音，商是五音之一，〈清商曲〉聲音清越，故有此名。《後漢書・仲長統傳》：「發清商之妙曲。」注引《三禮圖》說：「琴本五絃，曰宮、商、角、徵、羽，文王增二，曰少宮、少商，絃最清也（杜甫〈秋笛詩〉：『清商欲盡奏』，《杜少陵集詳注》引作『商絃最清而獨悲』）。」〈清商曲〉，又叫〈清商樂〉，亦稱〈清樂〉。「清商」之名，先秦時已出現，《韓非子・十過》有「師曠曰：此所謂清商也」的記載，西漢枚乘〈七啟〉也有「動朱脣，發清商」的詞句。郭茂倩說：〈清商曲〉開始時就是相和三調（平調、清調、瑟調）以及漢魏以來的舊曲，它的曲辭都是古調及魏三祖（武帝曹操、文帝曹丕、明帝曹叡）所作。東晉南遷，其音分散，苻堅得到它，傳給前後二秦，宋武帝平定關中才傳入南方，和江南〈吳聲歌曲〉、荊楚〈西曲歌〉一起，總稱為〈清商樂〉。《樂府詩集》將〈清商曲〉分為〈吳聲歌曲〉、〈西曲歌〉……等部類，共收晉宋至唐曲辭（包括文人擬作）八卷。

(一)吳聲歌曲

〈吳聲歌曲〉是南朝時期長江下游地區的歌曲，發源於建業（今南京），因為這些地區是吳地，所以叫〈吳聲歌曲〉。《晉書・樂志下》說：「〈吳歌雜曲〉，並出江南，東晉以來，稍有增廣。」《文獻通考》卷一四二上述引語後還有「凡此諸曲，始皆徒歌，既而被之絃管」等語。《樂府詩集》解題進一步解釋說：「蓋自永嘉渡江之後，下及梁、陳，咸都建業，〈吳聲歌曲〉起於此也。」這些歌曲，形式五言四句，內容多歌詠男女愛情，有不少運用了諧音雙關隱語，如以「蓮」諧「憐」，以「絲」諧「思」，以「藕」諧「偶」，以「碑」諧「悲」，以「梧」諧「吾」，以「箭」諧「見」，以「籬」諧「離」，以「芙蓉」諧「夫容」……之類。

子夜歌四十二首（選十二首）

晉宋齊辭

【題　解】〈子夜歌〉是晉朝一個名叫子夜的女子創作的曲名，《舊唐書・音樂志》說：「〈子夜〉，晉曲也。晉有女子子夜，造此聲，聲過哀苦。」據《宋書・樂志》記載，晉孝武帝太元年間（西元三七六——三九六年）就有「鬼歌〈子夜〉」的記載，可見子夜是太元年間以前的人。標為晉宋齊辭，可見非一人一時之作。

其一

落日出前門，瞻矚❶見子度❷。冶容❸多姿鬢，芳香已盈路。

【注釋】❶瞻矚 注目前望。瞻，向前或向上看。矚，矚目；注目。❷見子度 見您過來。❸冶容 妖豔的打扮。詞出《周易．繫辭上》：「冶容誨淫。」

【語譯】（男）日落黃昏出前門，抬頭看見您過來。容貌妖豔鬢多姿，芳香已經滿道路。

其二

芳是香❶所為，冶容不敢當。天不奪人願，故使儂❷見郎❸。

【注釋】❶香 香物，如檀香、沉香、香囊之類。❷儂 南朝女子的自稱。❸郎 女子對情人的稱呼。

【語譯】（女）芳氣本是香造成，容貌妖豔不敢當。上天不肯奪人願，故使儂家來見郎。

【研析】這是兩首以問答形式出現的情人詩，男的先稱讚女的來相會，容貌妖豔，香氣襲人；女的回答：芳氣是香物所造成，自己容貌算不上妖豔，只是順從天意來和郎相會。語似平淡，而歡幸之情，溢於言表。從詩中使用了《周易》中的詞語「冶容」看，那對情人當不是一般的勞動者，而是具有一定文化素養的人。

其九

今夕已歡別❶，合會在何時？明燈照空局❷，悠然❸未有期❹。

【注釋】❶已歡別 疑當作「與歡別」。歡，女子對情人的稱呼。❷空局 空的棋盤。❸悠然 憂愁的樣子。❹期 相會的時候。

【語譯】今晚同郎離別後，不知相會在幾時？明燈照著空棋盤，愁思沒有相會期。

【研析】這是一首以女子的口吻寫同情人告別的詩，擔心分別以後不知幾時才能相會。末二句寫情郎走了以後，人去房空，只有明亮的燈光照著空的棋盤，她悠然愁思，擔心他們別後相會遙遙無期。

其十

自從別郎來，何日不咨嗟❶？黃蘗❷鬱❸成林，當奈❹苦心多！

【注釋】❶咨嗟 歎息。❷黃蘗 植物名，可入藥。沈括《夢溪筆談》：「黃蘗也，其味極苦，故謂之大苦。」❸鬱 茂盛的樣子。❹奈 奈何。

【語譯】自從同郎分別後，哪天不是在歎息？黃蘗茂密已成林，該多苦心可奈何！

【研析】這首詩寫女子同情郎分別後的痛苦，末二句以苦樹黃蘗的苦心來諧女子思念情人的苦心，用的是同音同字的雙關隱語。

其十六

年少當及時，蹉跎❶日就❷老。若不信儂語，但看霜下草。

【注釋】❶蹉跎　虛度光陰；白白浪費時間。❷就　接近；趨向。

【語譯】年少力強當及時，虛度年華人漸老。倘若不信儂家話，只看秋天霜下草。

【研析】這首詩是叫少年要及時努力。及時努力做什麼？是及時行樂，還是建功立業？卻沒有說明白。詩用「霜下草」作比，生動地說明了錯過時機的嚴重後果，發人深思。晉王惲妻鍾氏〈遐思賦〉云：「惟仲秋之慘悽，百草萎悴而變衰。」霜降百草衰，人生到了這個時候，也就後悔莫及了。

其十九

歡愁儂亦慘，郎笑我便喜❶。不見連理樹❷，異根同條起。

【注釋】❶歡愁二句　六朝時女子每自稱為「儂」，稱情人為「歡」或「郎」。❷連理樹　異根而枝幹連生的樹。

【語譯】哥哥憂愁我也慘，情郎歡笑我便喜。不見哪棵連理樹，根不相同枝一起。

【研析】這是一首寫你愁我慘、郎笑我喜的情歌。末二句巧妙地以連理樹為喻說明兩人身雖不同而心卻相連。

其二十一

別後涕流連❶，相思情悲滿❷。憶子❸腹糜爛，肝腸尺寸斷。

【注釋】❶流連　流淚的樣子。❷情悲滿　悲情滿懷。❸憶子　想您。

【語譯】與您別後淚漣漣，相思痛苦悲情滿。想您想得肚子爛，肝腸一尺一寸斷。

【研析】這首詩寫別後相思的痛苦。末二句使用了大膽誇張的手法，用腹糜爛、肝腸斷形容相思之苦到了極點。陳後主（叔寶）〈寄碧玉詩〉：「離別腸應斷，相思骨合銷。」也是此等意境。

其二十八

夜長不得眠，轉側❶聽更鼓。無故❷歡相逢❸，使儂肝腸苦。

【注釋】❶轉側　輾轉反側，夜不成眠。❷無故　猶無緣。❸歡相逢　與歡相逢。歡，女子對情郎的稱呼。

【語譯】漫漫長夜不成眠，輾轉反側聽更鼓。無緣與郎來相會，使我肝腸真痛苦。

【研　析】這首詩寫女子相思之苦。孤身一人，夜是那樣的長，她輾轉反側，無法入睡，只好靜靜地聽著使人腸斷的更鼓聲，可是卻無法同情人相會。此情此景，真有「蕩子久不歸，空牀難獨守」的意味呢。

其三十三

夜長不得眠，明月何灼灼❶！想聞散喚聲❷，虛應空中諾❸。

【注　釋】❶灼灼　明亮的樣子。❷散喚聲　斷斷續續的呼喚聲。胡適《白話文學史》引作「歡喚聲」，不知所據何本。❸諾　答應的聲音。

【語　譯】漫漫長夜不成眠，皎皎月色多明淨！似聞情哥在呼喚，虛向空中應一聲。

【研　析】這首詩和上一首一樣也是寫月夜女子相思之苦，但表現方法卻不相同。上一首用輾轉反側，耳聽更鼓來表現女子相思之苦，這首是通過女子望見明月時產生的幻想委婉地表達女子的愁緒。「明月何灼灼」一句看似寫景，其實「仰頭看明月，寄情千里光」（〈子夜四時歌〉），望明月也就是想情人啊。她邊望邊想，邊想邊望，望得發呆，想得出神，竟然出現了一種幻覺，彷彿聽見了情人的呼喚聲，於是她也情不自禁地向著空中答應了一聲，感情是多麼的真摯、熱烈！但這一切，是「想聞」，是「虛應」，是幻覺，是幻想，當這一切虛幻消失以後，依然是孤身一人，她的痛苦也就可想而知了。

其三十五

我念歡的的❶，子行由豫❷情。霧露隱芙蓉❸，見蓮❹不分明。

【注釋】❶的的　的的確確；實實在在。《正字通》：「的，實也。」❷由豫　猶「猶豫」。❸芙蓉　荷的別名，諧「夫容」。❹蓮　荷的實叫蓮，俗稱蓮蓬。蓮，諧「憐」，愛也。

【語譯】我想你來是實心，你愛我呀猶豫情。好比露霧遮芙蓉，見那蓮蓬不分明。

【研析】這是一個女子向情人唱的一首情歌，她怪情人態度不夠明朗，好像露霧遮蓮一樣，讓人看不清楚。「芙蓉」諧「夫容」，表面上是說「芙蓉」和「蓮」被露霧遮住看不清，實際是說情人的態度不明確，想愛我又猶豫不決。用的是同音異字的雙關隱語。這種雙關隱語，和同音同字的雙關隱語一樣，可使詩意含蓄，具有一種委婉動人的韻味。

其三十六

儂作北辰星❶，千年無轉移；歡行白日❷心，朝東暮還西。

【注釋】❶北辰星　北極星。❷白日　太陽。

【語譯】我像那顆北極星，千年萬年無轉移；郎是那顆太陽心，朝出東方暮還西。

【研析】在男女不平等的社會裡，「癡心女子負心漢」，那是常見的社會現象，這首詩正反映了這樣的社會現實。這位女子愛情專一，永無轉移；可是那位情郎卻朝東暮西，喜新厭舊。詩人用對比的手法傾訴了她的不滿情緒。

其三十七

憐歡好情懷，移居作鄉里。桐樹生門前，出入見梧子❶。

【注釋】❶梧子　本是指梧桐的果實，在這裡「梧子」諧「吾子」。「吾子」一詞，在先秦時已出現，如《左傳·僖公三十三年》：「為吾子之將行也。」是對對方的尊稱。

【語譯】憐愛情郎好情意，遷移搬家作鄰居。桐樹長在門前地，出出進進見到您。

【研析】這是首情歌，寫一位女子愛上了一位情郎，就搬家和他作鄰居，為了進進出出能經常見到他。但是後面兩句話不直說，用了同聲異字的隱語，說進出能見到梧桐子，實際是說能見到您。

子夜四時歌七十五首

晉宋齊辭

【題解】〈子夜四時歌〉是四季行樂之詞，由〈子夜歌〉變化而來。《樂府解題》說：「後人更為四時行樂之詞，謂之〈子夜四時歌〉。又有〈大子夜歌〉、〈子夜警歌〉、〈子夜變歌〉，皆曲之變也。」

春歌二十首（選三）

其一

春風動春心，流目❶矚❷山林。山林多奇采，陽鳥❸吐清音。

【注釋】❶流目 遊目；隨意觀望。❷矚 矚目；注目。❸陽鳥 春鳥。張載〈七哀〉：「陽鳥收和響。」李善注：「陽鳥，春鳥也。」又江淹〈青苔賦〉：「春塘秀色，陽鳥好音。」

【語譯】春風吹動我春心，隨意觀望看山林。山林旖旎多奇采，春鳥和鳴吐清音。

【研析】這是一首遊春詩。「獻歲發春，豫悅之情暢」、「物色之動，心亦搖焉」（《文心雕龍・物色》），春天來到，春景媚人，春心也就動了。於是觀山賞景，享受大自然給人類的恩賜。三、四句寫觀景時的所見所聞，有山林的奇采，有春鳥的清音，真可稱得上有聲有色了。

其十

春林花多媚❶，春鳥意多哀❷。春風復多情，吹我羅裳❸開。

【注釋】❶媚 嫵媚；嬌豔。❷哀 動人；動情。❸羅裳 用羅製成的下衣，即羅裙。

【語　譯】春天林木花多豔，春天鳥鳴多動人。春風更是多情意，有意吹開我羅裙。

【研　析】這是一寫景詩，更是一首抒情詩。春林、春花、春鳥、春風，無處不是春。詩人移情於景，借景寓情，給每一春景賦予濃厚的感情色彩，春花嫵媚，春鳥動人，春風更是多情，還有意吹開她的羅裙呢。其實春風本是無情物，談不上有情或無情，李白不見眼中人的時候說：「春風復無情，吹我夢魂散。」（〈大堤曲〉）還怪春風絕情攪了他的美夢呢。這裡的詩人說：「春風復多情，吹我羅裳開。」「多情」的怕是她自己吧。如果聯繫〈秋歌‧四〉「開窗秋月光，滅燭解羅裳。含笑帷幌裏，舉體蘭蕙香」來理解這兩句詩，也就知道它所傳達的信息是什麼了。元代張宏範〈燭淚〉詩說：「惜別終宵話不休，煌煌燈燭照離愁。蠟花本是無情物，特向人前也淚流。」有了話別時的離愁，便覺得眼前的燭花也在流淚；這位女主人春心已動，也就覺得春風在為她開羅裳了。王國維說境有「有我之境」和「無我之境」的分別，「有我之境，以我觀物，故物皆著我之色彩」（《人間詞話》）。這首詩所寫的就是這種意境。另外，這首詩連用三個「春」字、三個「多」字，不但加強了上下詩句的聯繫，而且將女主人那熾熱的情感表現得更加淋漓盡致。

其二十

自從別歡❶後，歎音不絕響。黃蘗❷向春生，苦心隨日長。

【注　釋】❶歡　女子對情郎的稱呼。❷黃蘗　植物名，可入藥。沈括《夢溪筆談》：「黃蘗也，其味極苦，故謂之大苦。」

【語　譯】自從同郎分別後，聲聲歎息不絕響。黃蘗春來不斷生，苦心隨著時間長。

【研　析】這首是寫女子同情郎分別後的痛苦，用黃蘗的「苦心」來諧女子思念情人的「苦心」，用的是同音同字的雙關隱語。

夏歌二十首（選二）

其一

高堂不作壁，招取四面風。吹歡羅裳❶開，動儂含笑容。

【注　釋】❶羅裳　羅製的裳衣，即羅製的裙子。古代男子也穿裙子。

【語　譯】高大堂屋不砌牆，招來四面八方風。吹得情郎開羅裙，撩動儂家含笑容。

【研　析】這是一首情詩，寫風吹開了情郎的羅裙，挑動了她情思，她笑對情郎。

其七

田蠶事❶已畢，思婦❷猶苦身。當暑理❸絺服❹，持寄與行人。

【注　釋】❶田蠶事　種田養蠶的事。❷思婦　想念丈夫而有憂思的女人。❸理　料理；製作。❹絺服　細葛布製成的夏衣。

【語　譯】種田養蠶事已完，愁婦還將自苦身。當著暑天製夏服，拿去寄給遠行人。

【研　析】這首詩反映了當時農婦的艱苦生活，丈夫出門在外，她不但肩負起了全家的農活，還要為丈夫操心，冒著盛暑為丈夫趕製好夏服給他寄去，一片真情，令人感動。應該說這不能算是「四時行樂之詞」。

其十

鬱蒸❶仲暑月❷，長嘯出湖邊。芙蓉始結葉，花艷未成蓮❸。

【注　釋】❶鬱蒸　熱氣蒸騰，天氣悶熱。《爾雅・釋言》：「鬱，氣也。」《疏》：「謂鬱蒸之氣也。」❷仲暑月　猶仲夏月，即農曆五月。❸蓮　蓮子，即蓮蓬。蓮，諧「憐」，愛也。

【語　譯】五月天氣真悶熱，長吹口哨去湖邊。荷花剛剛才長葉，花色豔麗未成蓮。

【研　析】乍一看來，這首詩是寫悶熱的五月天，有人為了乘涼，吹著口哨來到湖邊，看見荷花剛長好葉，花色豔麗，還沒有結蓮子。其實詩中用了諧音雙關語，「芙蓉」諧「夫容」，「蓮」諧「憐」，是說看見一位剛發育成人的男子，容貌豔麗，還沒有被人憐愛，初戀尚未開始。如果這首詩的作者是位女士，可以想見，她對他定是一見鍾情的。

秋歌十八首（選二）

其二

清露凝如玉，涼風中夜❶發。情人不還臥，冶遊❷步明月。

【注釋】❶中夜　半夜。詞出《尚書・冏命》：「中夜以興。」❷冶遊　野遊。〈春歌〉：「冶遊步春露，豔覓同心郎。」

【語譯】清露凝結似美玉，涼風半夜陣陣吹。不見情人回來睡，踏著明月野遊去。

【研析】深秋的半夜，景色是那樣的清涼，孤身一人的他或她，不見情人回來，委實寂寞難耐，於是踏著夜色野遊去了。是去尋找情人呢？還是消愁散心呢？只有他或她才知道。

其十七

秋風❶入窗裏，羅帳起飄颺。仰頭看明月，寄情千里光❷。

【注釋】❶秋風　指秋風吹動羅帳。風，原作「夜」。依《玉臺新詠》、《古詩紀》、《古今詩刪》、《古詩鏡》校改。❷千里光　指月光，月亮光照千里。

【語　譯】陣陣秋風吹入窗，吹起羅帳在飄揚。抬起頭來看明月，千里傳情託月光。

【研　析】這是一首懷人詩，一、二句是敘事，三、四句託明月傳情。月照千里，詩人望著明月，想著情人，於是便託明月將相思之情寄給千里之外的情人。在古詩文中，明月起著一種特殊的傳情作用，人們常常用異地同見的明月來寄託相思之情，如謝莊的「美人邁兮音塵絕，隔千里兮共明月」（〈月賦〉），李白的「舉頭望明月，低頭思故鄉」（〈靜夜思〉），白居易的「共看明月應垂淚，一夜鄉心五處同」（〈自河南經亂……〉），蘇軾的「但願人長久，千里共嬋娟」（〈水調歌頭〉）……等。

冬歌十七首（選三）

其一

塗澀❶無人行，冒寒往相覓。若不信儂時，但看雪上跡。

【注　釋】❶塗澀　途澀；道路難行。

【語　譯】道路難走無人行，冒寒去把情郎覓。倘若你不相信我，只看雪上的腳跡。

【研　析】這首詩寫一個女子在途中艱難行走，冒著嚴寒去尋找她的情郎。她對情郎表白，如果你不相信我，只要看看雪上的腳跡就知道了。

其三

寒鳥依高樹，枯林鳴悲風。為歡❶顦顇❷盡，那得好顏容！

【注釋】❶歡　女子對情郎的稱呼。❷顦顇　同「憔悴」。

【語譯】寒鳥築窩高樹上，枯死林木響悲風。為想情郎臉憔悴，哪能有副好顏容！

【研析】這首詩一、二句用蕭條淒涼的冬景起興，以引起下句對女子臉容憔悴的描寫。而臉容憔悴是思念情郎所致，由此我們就可知道她的相思之苦有多深了。

其十一

朔風❶灑霰雨❷，綠池蓮水結。願歡攘皓腕❸，共弄初落雪。

【注釋】❶朔風　北風。❷霰雨　伴著米粒雪下的雨。❸攘皓腕　捋起袖子，露出白色的手腕。

【語譯】北風颼颼下雪雨，綠水池塘水冰結。願郎露出白手腕，一起玩弄初落雪。

【研析】北風勁吹，雨夾著米粒雪往下落，池塘也已經結了冰。有個女子希望她的情郎，捲起袖子同她一起去玩雪。

子夜四時歌四首

李白

【題解】這是李白擬作的〈子夜四時歌〉。

【作者】見頁二〇九。

春歌

秦地羅敷女❶，採桑綠水邊。素手❷青條上，紅妝白日鮮❸。「蠶飢妾❹欲去，五馬❺莫留連。」

【注釋】❶秦地句　〈陌上桑〉：「秦氏有好女，自名為羅敷。」秦，本為姓氏。《古今注》：「〈陌上桑〉者，出秦氏女子。秦氏，邯鄲人，有女名羅敷，為邑人千乘王仁妻。」李白將「秦氏」改為「秦地」。邯鄲是趙地，不屬秦。❷素手　潔白的手。❸紅妝句　是說羅敷身著的紅妝在白日下顯得分外鮮豔奪目。❹妾　是女子對自己的謙稱。❺五馬　指代調戲羅敷的使君，當時使君乘用五匹馬拉的車。〈陌上桑〉：「使君從南來，五馬立踟躕。」

【語譯】秦地有女名羅敷，採桑來到綠水邊。潔白玉手青枝上，紅妝白日分外鮮。「家中蠶飢我要走，五馬使君莫留連。」

【研　析】這是李白擬作的一首樂府詩，其內容是樂府詩〈陌上桑〉的縮寫。刪去了原詩豐富的形象描寫，雖然文字顯得簡潔，卻缺少生動活潑的情趣。這大概是因為受〈子夜四時歌〉每首四句的限制，雖然增加了兩句，也不得不如此了。「蠶飢妾欲去，五馬莫留連」二句，當是從梁武帝〈春歌〉「君住馬已疲，妾去蠶欲飢」變化而來。

夏　歌

鏡湖三百里❶，菡萏❷發荷花。五月西施❸採，人看隘若耶❹。迴舟不待月，歸去越王❺家。

【注　釋】❶鏡湖句　東漢順帝永和五年（西元一四〇年），馬臻任會稽太守，創立鏡湖，在會稽、山陰兩縣交界的地方，築塘蓄水，水高田一丈多，田又高海一丈多。如果水少就洩湖灌田，如果水多就閉湖，洩田中水入海，所以無凶年。其堤塘周圍三百一十里，溉田九千餘頃。❷菡萏　沒有開的荷花。也作「菡萏」。已開的荷花叫芙蓉。❸西施　春秋時越國的美女。越王句踐被吳王夫差大敗以後，在國中苧羅山求得賣柴的女子西施。三年以後，將她獻給吳王，吳王許和。❹隘若耶　若耶溪變窄了。因為看西施的人多的緣故。隘，狹窄，在這作動詞用。若耶，溪名，在會稽縣東南，北流二十五里，與鏡湖匯合。相傳是西施採蓮、歐冶鑄劍的地方。❺越王　指越王句踐。

【語　譯】鏡湖水闊三百里，湖蓮含苞開荷花。五月西施採蓮去，人看美女若耶窄。掉轉船頭不待月，回到越王句踐家。

【研析】這是一首歌詠美女西施的詩，一、二句是寫景，展現出「接天蓮葉無窮碧，映日荷花別樣紅」（蘇軾〈西湖絕句〉）的美麗畫面，為西施出場布置了一個美麗的場景。西施出場了，詩人不正面寫西施的美麗，卻用「人看隘若耶」一句極力描寫人們為了爭看美女的熱鬧場面，西施的美麗也就可想而知了。末二句寫西施不待月出就悄然離去，明陸時雍編《唐詩鏡》評為「餘情餘韻無窮」。

秋歌

長安一片月，萬戶擣衣聲❶。秋風吹不盡，總是玉關情❷。何日平胡虜❸？良人❹罷遠征。

【注釋】❶擣衣聲　明陶宗儀《說郛》：「擣衣（聲）者，秋深治衣之聲也。」擣衣的時候，有杵有砧，先將衣或衣料弄濕後疊放在砧上，然後用杵舂或敲打。明楊慎《丹鉛餘錄・總錄》：「《字林》云：『直舂曰搗。』古人搗衣，兩女子對立，執一杵，如舂米然。今易作臥杵（將杵平放），對坐搗之，取其便也。」擣衣是為親人趕製寒衣。❷玉關情　指遠戍玉門關外的丈夫對思婦的思念之情。❸胡虜　古時對經常騷擾內地的北方少數民族的貶稱。❹良人　妻子對丈夫的稱呼。詞出《詩經・唐風・綢繆》：「見此良人。」

【語譯】長安天空一片月，千家萬戶擣衣聲。蕭瑟秋風吹不盡，吹來總是玉關情。幾時方能平匈奴？丈夫從此不遠征。

【研析】這是一首思念丈夫的閨怨詩，「長安一片月」，見月懷人，自然會引起思婦的思念之情，但詩人卻不直說，只寫「萬戶擣衣聲」，透過眾多思婦為征人趕製寒衣的行動去表現思婦的思念之情。「秋風吹不盡，總是玉關情」二句，一般都解釋為秋風吹不盡思婦的愁思，她心中總是在想念玉門關外的丈夫。我們覺得也可理解為：秋風不斷吹來，總是帶來遠戍玉門關外的丈夫對自己的思念之情。秋風是從西邊吹來，而玉門關也在長安的西邊，想像到它捎來了西邊戍守的丈夫的思念之情，自在情理之中。再說，不直言思婦在思念丈夫，而曲說秋風不斷送來丈夫的思念，就像《詩經・魏風・陟岵》不直說征人登山望鄉，思念親人，而曲說在家的父母兄長如何思他、念他一樣，更加耐人尋味。最後兩句「何日平胡虜？良人罷遠征」，把思婦的思念之情提到一個更高的層次，已經不是一般的閨怨之思，而是想消滅戰亂，表達永遠過和平生活的願望了。

王國維《人間詞話》云：「昔人論詩詞，有景語、情語之別。不知一切景語，皆情語也。」這首詩正具有融情於景的特點。

冬歌

明朝驛使❶發，一夜絮征袍❷。素手抽針冷，那堪❸把翦刀！裁縫寄遠道，幾日到臨洮❹？

【注釋】❶驛使　古代驛站傳送文書的人，相當於現代的郵差。❷絮征袍　給征袍填上棉絮。絮，作動詞用。

❸那堪 哪裡受得了。❹臨洮 在今甘肅境內，秦始皇築長城，西起臨洮。

【語 譯】明早郵差要出發，整夜用絮填戰袍。白手抽針覺天寒，哪能忍受握剪刀！裁了又縫寄遠方，幾時才能到臨洮？

【研 析】這首詩透過思婦趕製戰袍的事例表現她思念征夫的真情。驛使明天早上就要出發，留給她的時間只有今夜，於是她整夜填充棉絮，趕製戰袍，以便明早好交給驛使。時值隆冬，氣候是那樣的冷，空手抽針都覺得手冷，握剪更是凍得難以忍受。也許她從自身的冷，聯想到了遠在邊關的征夫會更冷，於是就冒著寒冷，忍著痛苦，還是用剪刀裁，用針線縫，搶時間連夜製好戰袍，交給驛使。可是征袍交出以後她卻覺得時間過得太慢，這戰袍幾時才能到達臨洮，讓征夫穿上呢？思婦對時間感覺的前後反差，蘊涵著多少的深情啊！唐王駕（一說其妻陳玉蘭所作）〈古意〉：「夫戍蕭關妾在吳，西風吹妾妾憂夫。一行書信千行淚，寒到君邊衣到無？」可和此詩對照起來閱讀。

大子夜歌二首（選一）

【題 解】〈大子夜歌〉是〈子夜歌〉的變曲。鄭振鐸《中國俗文學史》稱它「大約是當時文士們寫來頌讚〈子夜〉諸歌的」。

其 一

歌謠數百種，〈子夜〉最可憐❶。慷慨吐清音❷，明轉❸出天然。

【注釋】❶可憐　猶可愛。❷清音　〈大子夜歌〉屬〈清商曲〉，而「商絃最清而獨悲」。❸明轉　是說〈子夜歌〉的音調明亮而婉轉。

【語譯】民間歌謠幾百種，〈子夜〉最是可愛憐。悲歌慷慨吐清音，明亮婉轉出天然。

【研析】這首詩雖是〈子夜歌〉的變曲，卻沒有〈子夜歌〉的脂粉氣，它不是寫愛情，而是讚頌〈子夜歌〉的。詩中認為在幾百種歌謠中，〈子夜歌〉是最可愛的。為什麼可愛呢？就在於它「慷慨吐清音，明轉出天然」，聲情並茂，發自肺腑，出自天然，毫無雕飾，就像〈大子夜歌〉第二首所說的那樣：妙在「聲勢出口心」。這是一種很值得重視的音樂理論，在東晉就出現了。桓溫曾經問陶淵明的外祖父孟嘉：聽樂，為什麼絃樂比不上管樂，管樂比不上口唱？孟嘉回答：因為「漸近自然」（〈孟府君傳〉）。後來白居易在寫給江陵歌伎楊瓊的〈問楊瓊〉一詩中曾說：「古人唱歌兼唱情，今人唱歌惟唱聲。」和〈大子夜歌〉中的主張是一致的。

上聲歌八首（選一）

晉宋梁辭

【題解】〈上聲歌〉，是一種樂曲的名稱，《古今樂錄》云：「因上聲促柱得名。」屬哀思之音。

其二

郎作〈上聲曲〉，柱促❶使弦哀❷。譬如秋風急，觸遇傷儂懷。

【注釋】❶柱促 將架絃的木柱移近使音變高。柱，箏瑟之類的樂器上面架絲絃的木柱。促，近。❷使弦哀 使絃發出哀思之音。弦，通「絃」。

【語譯】情郎演奏〈上聲曲〉，移近木柱絃音哀。好比秋風吹得急，遇上此聲傷我懷。

【研析】這首詩寫一個女子聽到她的情郎演奏〈上聲曲〉，發出哀思之音，使她傷懷。詩中將曲聲比作秋風，將遇上秋風時的感受來說明聽到〈上聲曲〉的感受，倍感淒涼，可說是別出心裁。

丁督護歌五首（選二）

宋武帝

【題解】《宋書・樂志一》記載，劉宋高祖（即宋武帝劉裕）的女婿彭城內史徐逵之被魯軌所殺，高祖派府內直督護丁旿去料理喪事。事後，高祖的長女、徐逵之的妻子將丁旿叫到閣下，親自詢問喪葬情況，每發問便哀歎一聲「丁督護！」聲音淒切，後人依聲製曲，因而得名。《宋書・樂志》並沒有說〈丁督護歌〉是宋武帝所作，南朝陳徐陵《玉臺新詠》方題為「宋孝武詩」，《舊唐書・音樂志》又說「今歌是宋孝武帝所製」。從歌的內容上看，當是出於女子之口，未必是宋武帝所作。

下面介紹宋武帝只是給讀者提供一點分析資料，不代表注譯者同意此歌是宋武帝所作。

【作　者】宋武帝，即劉裕（西元三六三——四二二年），字德輿，小字寄奴，彭城（治所在今江蘇徐州）人，漢高祖劉邦的弟弟楚元王劉交的後裔。幼時家世已經沒落，家庭貧窮，以賣草鞋為生，但是胸有大志。後來參加晉軍，受到重用，先後打敗孫恩、盧循，平定桓玄叛亂，收復巴蜀，統一江南，兩次北伐，滅了南燕和後秦，屢建奇功。晉恭帝元熙二年（西元四二〇年），廢晉帝自立，建立劉宋王朝。永初三年（西元四二二年）病死，年六十。諡為武皇帝。《宋書》有〈武帝紀〉。

其　四

督護❶初征時，儂亦惡聞❷許❸。願作石尤風❹，四面斷行旅。

【注　釋】❶督護　官名，與「都護」相通。在這裡不能確指是誰，如果是指丁旿，詩中的他又不是出去料理喪事，而是去出征。❷惡聞　不願聽。在古籍中，「惡聞」常與「諱聽」、「羞稱」、「諱言」等詞同時使用。詞出《戰國策・楚策》：「其似惡聞君王之臭也。」惡，意為厭惡。❸許　如此；這般，在這裡是指出征的消息。❹石尤風　《江湖紀聞》：「石尤風者，傳聞石氏女嫁為尤郎婦，情好甚篤。尤為商遠行，妻阻之，不從。尤出不歸，妻憶之，病，臨亡，長歎曰：『吾恨不能阻其行，以至於此！今凡有商旅遠行，吾當作大風，為天下婦人阻之。』自後商旅發船，值打頭逆風，則曰：『此石尤風日。』遂止不行。」（見《淵鑑類函》卷六）

【語　譯】督護當初出征時，我也不願聽此語。願意變做大暴風，四面八方斷行旅。

【研　析】這首詩追憶督護當初出征的時候，女子不願聽到這消息，恨不得自己變成大暴風，終止一切行旅，將督護留下來，表現了對督護強烈的愛戀之情。

其五

聞歡❶去北征，相送直瀆浦❷。只有淚可出，無復情可吐❸。

【注釋】❶歡　女子對情郎的稱呼。❷直瀆浦　地名，在今江蘇南京幕府山的東北方（見宋張敦頤撰《六朝事蹟編類》引《寰宇記》）。浦，水邊。❸無復句　意為言情的話再也說不出來。

【語譯】聽說情郎去北征，送你送到直瀆浦。只有淚水可以出，胸有深情難再訴。

【研析】一個女子，在直瀆浦送別她的情郎去北征，痛苦到了極點，只有流淚，連話都說不出來。歐陽修〈虞美人影〉：「碧草、綠楊、岐路，況是長亭暮。少年作客情難訴，對東風無語。」柳永〈雨霖鈴·秋別〉：「方留戀處，蘭舟催發。執手相看淚眼，竟無語凝噎。」可與此情此景媲美。

丁督護歌

李　白

【題解】見頁二三四。

【作者】見頁二〇九。

雲陽❶上征❷去，兩岸饒商賈❸。吳牛喘月時❹，拖船一何❺苦！水濁不可飲，壺漿半成土。一唱〈都護歌〉，心摧❻淚如雨。萬人鑿盤石❼，無由❽達江滸❾。君看石芒碭❿，掩淚⓫悲千古⓬！

【注　釋】❶雲陽　今江蘇丹陽，在長江南面，有運河可通長江。❷上征　上行。從丹陽通過運河由北上行，可達長江。❸兩岸句　意為運河的兩岸有很多行商坐賈。商，古代稱來往流通貨物的行商。賈，居地買賣的坐賈。饒，多。❹吳牛句　指熱天。《世說新語・言語》記載滿奮的話說：「臣猶吳牛，見月而喘。」劉孝標注：「今之水牛，唯生江淮間，故謂之吳牛也。南土多暑，而此牛畏熱，見月疑是日，所以見月則喘。」❺一何　何等；多麼。一，表示決定語氣的語詞。❻心摧　猶心碎。❼鑿盤石　指鑿開運河裡的大石，以便行船。盤，通「磐」，大石。❽無由　原作「無田」，據《李太白文集》、《全唐詩》校改，意為無從；無法。❾江滸　長江邊。❿芒碭　一般注解均引《史記・高祖本紀》：「隱於芒碭山澤巖石之間。」解為縣名或山名，但此處不是說「芒碭石」，而是說「石芒碭」，無法講通。中國社科院文研所《唐詩選》注：「芒碭，疊韻連詞，即茫蕩，這裡形容磐石廣大。」⓫掩淚　拭淚。詞出〈離騷〉：「長太息以掩涕兮。」⓬悲千古　千古含悲。宋楊齊賢注：「千古之人，視盤石芒碭然，豈不悲哉？」

【語　譯】雲陽出發上行去，運河兩岸多商賈。水牛見月喘氣時，縴夫拖船多辛苦！河水混濁不能飲，壺中水漿半成土。一聲唱出〈都護歌〉，心中痛苦淚如雨。萬人鑿開大磐石，無法到達長江浦。你看磐石有多大，掩面拭淚悲千古！

【研　析】這是一首寫縴夫之苦的詩。李白之所以採用此樂府舊題，可能是因為舊題寫督護「北征」，此題寫縴夫「上征」，雖然一是出去打仗，一是出去運貨，可都是向北出行。再說，〈督護歌〉本來就如泣如訴，其聲哀切，也適合表現縴夫的痛苦生活，何況詩中的縴夫還「一唱〈都護歌〉」呢。詩中的縴夫是在「兩岸饒商賈」的背景下出現的，時值盛夏，沿河拖船，痛苦可想而知。可是連一口清水都喝不上，河裡的水已成了泥漿了，這苦就更使人難以忍受。於是一聲〈都護歌〉，心也碎了，淚水就像下雨一樣地流著。天旱水淺，水落石出，船被河中的大石所阻，只好「萬人鑿盤石」，希望開出一條水道，看看能否將船中的貨運出去？不過從「無由達江滸」一句看，只怕很難運到長江去了。於是詩人一聲感歎：「君看石芒碭，掩淚悲千古！」石頭竟是那麼大，開鑿也難，能不令人千古含悲嗎！詩人對縴夫之苦的同情也就躍然紙上。

分析者一般認為縴夫運的是芒碭山上的文石，或是太湖石，我們認為縴夫是在「兩岸饒商賈」的背景下出現，與其說是運石，不如說是為商人運貨顯得更合情理。

長樂佳

【題　解】〈長樂佳〉，〈吳聲歌曲〉名。

紅羅❶複斗帳❷，四角垂朱璫❸。玉枕龍鬚席❹，郎眠❺何處牀？

【注釋】❶羅　輕軟而有細孔的絲綢。❷複斗帳　雙層的帳子。這種帳子似斗形，下大頂小，所以叫斗帳。❸朱璫　紅色的璫子。❹龍鬚席　龍鬚草做的蓆子。席，通「蓆」。❺眠　原誤作「眼」，據《古詩紀》、《古樂苑》、《古詩鏡》校改。

【語譯】紅羅雙層斗形帳，四角掛著紅色璫。玉製枕頭龍鬚蓆，情郎願睡哪處床？

【研析】這是一首調情詩，先鋪敘床上的帳子、璫子、枕頭、蓆子的華麗，然後問情郎願睡何處床？答案不問自知，很有挑逗性。

歡好曲三首（選一）

【題解】〈歡好曲〉，〈吳聲歌曲〉名。

其一

淑女❶總角時❷，喚作小姑子。容豔初春花，人見誰不見❸！

【注釋】❶淑女　美女。詞出《詩經・周南・關雎》：「窈窕淑女。」❷總角時　指童年時。總角，束髮。男女未成年，將頭髮中分，梳成兩個髮髻，好似兩個角，故名。詞出《詩經・衛風・氓》：「總角之宴。」❸見　在這裡不押韻，《古詩紀》缺此字，中華書局本《樂府詩集》作「愛」，亦不押韻。按，疑作「思」字，能押韻，未知當否？譯文暫時如此處理。

【語譯】美女年幼孩童時，人們喚作小姑子。貌豔好似初春花，人人見了誰不思！

【研析】這是一首誇美女的詩，不誇她的現在，而誇她的年幼時，還用初春花作比，總之，人見了，都想她、愛她。她現在的美麗，詩人故意不說，留給讀者自己去想像。

懊儂歌十四首（選一）

【題解】據《古今樂錄》記載，〈懊儂歌〉是晉朝石崇的愛妓綠珠所作，但是只留下〈絲布澀難縫〉一曲，「後皆隆安（東晉安帝年號，西元三九七——四〇一年）初民間訛謠之曲」。

其三

江陵❶去揚州❷，三千三百里。已行一千三，所有二千在❸。

【注釋】❶江陵　在今湖北江陵。❷揚州　是六朝時長江下游的繁華都市，當時治所在建業（今南京）。❸所有句　意為還有二千里在那裡。

【語譯】江陵到揚州，三千三百里。已行一千三百里，還有兩千里。

【研析】清朝的王士禎，官做到刑部尚書。七十歲退休後，在家養老，雖然耳聾眼花，「猶不廢書」，有見有感，便隨時記錄下來，寫成了《分甘餘話》一書，想與子孫輩分享。在第三卷中記下了他「對雪讀古樂府」的情景，當他讀到這首詩的時候，覺得詩「愈俚愈妙，讀之未有不失笑者」。因而回想起他當初出使西蜀，北歸時，晚上住在閘諸，大概是因為歸心似箭，儘管六千里路程剛走四十里，就脫口而出：「今日歸家，所餘道路無幾矣，當酌酒相賀也。」一人問他：「所餘幾何？」他回答：「已行四十里，所餘不過五千九百六十里耳。」這情景同這首詩所寫的太相似了，他於是「不覺失笑」，認為自己所說的話「雖謔，乃得樂府之意」。王士禎所說的「愈俚愈妙」的「樂府之意」，正道出了樂府詩樸素、自然、真實的特點。不過詩並不是「愈俚愈妙」，藝術加工還是需要的，不過加工不能喪失其真實、自然的特性，能做到加工後的自然，方是上品。

華山畿二十五首（選五）

【題解】〈華山畿〉，〈吳聲歌曲〉名，是〈懊惱曲〉的變曲。《古今樂錄》記載了〈華山畿〉產生的故事：「(宋）少帝時，南徐（州名，治所在江蘇京口，即今鎮江）一士子，從華山畿（在江蘇鎮江東）往雲陽（今江蘇丹陽），見客舍有女子年十八九，悅之無因，遂感心疾。母問其故，具（同俱，全部）以啟母。母為至華山尋訪，見女具（俱）說。（女）聞，感之，因脫蔽膝（護膝的圍裙），令母『密置其席下臥之，當已（止病）』。少日（不久），果差（通瘥，病除）。忽舉席，見蔽膝而抱持，遂吞食而死。氣欲絕，謂母曰：『葬時車載，從華山度。』母從其意。比（等到）至女門，牛不肯前，打拍不動。女曰：『且待須臾。』妝點沐浴，既而出，歌曰：『華山畿，……棺木為儂開。』棺應聲開，女透（遂之誤）入棺，家人叩打，無如之何，乃合葬，呼曰『神仙（一作女）冢』。」今傳〈華山畿〉二十五首，除第一首為華山畿女子所作外，其餘與此故事似無關係。

其一

華山畿❶，君既為儂死，獨生為誰施❷？歡❸若見憐時，棺木為儂開。

【注釋】❶華山畿　在江蘇鎮江府東，與陝西華山無關。《江南通志》卷一三：鎮江府「東六十三里有華山，舊志云：即樂府所謂華山畿者」。❷獨生句　獨生，《古詩紀》、《古樂苑》作「獨活」。為誰施，即為誰所用，亦即為了誰之意。施，用。❸歡　指情人。《通典》：「江南以情人為歡。」

【語譯】華山畿遇見的人，你已經為我死去，我獨自活著為了誰啊？情郎如果憐愛我，棺木就為我打開。

【研析】詩寫華山畿女子從容以身殉情，表示願與死者同棺而葬，和流傳在江浙一帶的梁山伯與祝英臺的故事有異曲同工之妙，反映了古代青年男女追求真摯愛情的強烈願望。後世有不少詠華山畿的詩，今舉兩首，以饗讀者，如明高啟〈華山畿〉：「華山畿，牛車止。不同生，可同死。棺開棺開，與郎去來。」明劉基〈華山畿〉：「華山畿，勞勞渚，割棄父母恩，相隨黃泉去。男婚女嫁當及時，摽梅不見〈周南〉詩……。」

其七

啼著曙❶，淚落枕將浮，身沉被流去。

【注釋】❶曙　天亮。

【語譯】哭著到天亮，淚水落下枕浮起，身體下沉被子流去。

【研析】這首詩大概是寫女子的相思之苦，她從夜晚哭到天亮，不知流了多少淚，以致枕頭浮起，身體下沉被子被沖走。詩人的誇張和想像能力，實在驚人。

其八

將懊惱❶，石闕❷晝夜題❸，碑淚❹常不燥。

【注釋】❶懊惱　煩惱。❷石闕　猶石碑。❸題　諧「啼」。❹碑淚　諧「悲淚」。

【語譯】將煩惱，石碑上面日夜把詩題，碑上淚水常不燥。

【研析】這是一首寫失戀痛苦的詩，表面是說心中煩惱，日夜在石碑上題詩，碑上的淚水常常乾不了。實際上，詩人用了諧音雙關語，是說他（或她）心中煩惱，在石碑前日夜哭啼，悲傷的淚水乾不了。

其十九

相送勞勞渚❶，長江不應滿，是儂淚成許❷。

【注　釋】❶勞勞渚　其地不詳，疑指送別的小沙洲。〈焦仲卿妻〉：「舉手長勞勞，二情同依依。」又勞勞亭是古送別之所。李白〈勞勞亭〉：「天下傷心處，勞勞送客亭。」❷許　如此；這般。

【語　譯】勞勞渚上送情郎，長江不該水滿江，是我淚水成這樣。

【研　析】這首詩寫送別的痛苦。「長江不應滿」指長江本來不該滿而滿了。為什麼會滿呢？是因為我的淚水使得它如此。這奇特的構思，豐富的想像和誇張，將她內心的痛苦表現得淋漓盡致。唐杜甫〈得舍弟消息〉：「猶有淚成河，經天復東注。」李群玉〈感興〉：「天邊無書來，相思淚成海。」也許是受到了此詩的影響。

其二十三

夜相思，風吹窗簾動，言是所歡❶來。

【注　釋】❶所歡　所愛的情人。

【語　譯】夜晚相思，風吹動了窗簾，說是所愛的情人來了。

【研析】這是一首思念情人的詩。夜晚相思，想得出神，看見風吹動了窗簾，就說是情人來了。這是想念到了極點才出現的一種幻覺。唐代李益〈竹窗聞風寄苗發司空曙〉：「開門風動竹，疑是故人來。」崔鶯鶯〈賦明月三五夜〉：「待月西廂下，迎風戶半開。隔牆花影動，疑是玉人來。」可能都受到了這首詩的影響。

讀曲歌八十九首（選五）

【題解】《宋書・樂志》云：〈讀曲歌〉是民間為彭城王劉義康（劉第四）被劉領軍（劉湛）所殺而作，所謂「死罪劉領軍，誤殺劉第四」便是。《古今樂錄》卻有不同說法：〈讀曲歌〉是因為劉宋文帝元嘉十七年（西元四四〇年）袁后駕崩，百官不敢出聲唱歌，有時因為酒宴，「止竊聲讀曲，細吟而已，以此為名」。按，今傳〈讀曲歌〉與劉義康被殺沒有關係，多是愛情歌曲，與〈子夜歌〉相似，甚至有的還幾乎相同，如〈執手與歡別〉就和〈子夜歌・今夕已歡別〉基本相同。它的表現方法也用諧音雙關隱語。

其四

千葉紅芙蓉，照灼❶綠水邊。餘花任郎摘，慎莫❷罷❸儂蓮❹。

【注釋】❶照灼　猶照耀。❷慎莫　千萬不要。❸罷　意為作罷、放棄。《古詩紀》、《古詩鏡》作「擺」，諧「罷」。❹蓮　蓮蓬，諧「憐」，意為「愛」。

【語譯】千葉紅芙蓉，照耀綠水邊。剩下花兒隨郎採，切莫擺動我的蓮。

【研析】一、二句寫景起興，以紅芙蓉自比，三、四句表面是說剩下的花隨你採，只是千萬不要擺動我的蓮蓬，其實是用諧音雙語，說我是一朵耀眼的紅芙蓉，剩下的花郎可任意挑選，可切莫不愛我。

其十五

柳樹得春風，一低復一昂。誰能空相憶❶，獨眠度三陽❷？

【注釋】❶相憶　相思。❷三陽　古代以陰曆正月為三陽，這裡泛指春天。

【語譯】春風吹柳樹，一低又一昂。誰能空相思，獨眠度春光？

【研析】這首詩寫春天對人們引起的騷動，一、二句寫景起興，春風吹柳，一低一昂，以引起三、四句寫春心已動，空床難守。與〈古詩十九首〉「蕩子行不歸，空牀難獨守」同一意境。

其二十八

憐歡敢喚名，念歡不呼字。連喚歡復歡，兩誓不相棄。

【語譯】愛郎敢喚名，想郎不呼字。連喚郎又郎，兩兩相誓不分離。

【研析】中國古代的習慣，人始生取個名，到了二十歲已經成人，行冠禮，取個字，合稱「名字」。一般自稱名，不稱字。稱呼別人，除尊長稱呼小輩外，為了表示禮敬，不得直呼其名，而要稱字。這首詩中，已經不顧這些禮俗，「敢喚名」，「不呼字」，連聲改喚「歡復歡」，而且發誓「不相棄」，可見相愛熱烈到了什麼程度！

其三十三

桃花落已盡，愁思猶未央❶。春風難期信，託情明月光。

【注釋】❶未央　沒有完。

【語譯】桃花已落盡，愁思還沒完。春風難相信，寄情明月光。

【研析】這是首抒發相思情的詩。桃花已經落盡，他（或她）愁思未了，看來這個春風難以相託，只有託明月寄情了。與〈子夜四時歌・秋歌〉「仰頭看明月，寄情千里光」同一意境。

其五十五

打殺❶長鳴雞，彈去❷烏臼鳥❸。願得連冥❹不復曙，一年都❺一曉。

【注釋】❶打殺 打死。❷彈去 用彈弓趕走。❸烏臼鳥 原誤作「烏白鳥」，又名鵯鵊、批鵊、祝鳩、鴉鶪、鴐鵕，江東稱之為烏臼，比烏鴉小，五更就叫，叫聲「架架格格」，「至曙乃止，故滇人呼為榨油郎」（清陳元龍《格致鏡原》卷八一引李時珍《本草》）。❹連冥 猶連夜。冥，昏暗。❺都 總共。

【語譯】打死那長鳴雞，彈走那烏臼鳥。希望連夜天空不再亮，一年總共只一曉。

【研析】殺雞彈鳥，希望一年就像一天一樣只天亮一次，是因為「啼時驚妾夢，不得到遼西」，恨牠們驚醒她思念情人的美夢，還是因為雞鳴則起，難以留住枕邊情人共度良宵？讀者可以有不同的解讀。詩中感情的強烈，想像的大膽，實屬罕見。

春江花月夜

張若虛

【題解】〈春江花月夜〉，樂府〈吳聲歌曲〉名。《舊唐書・音樂志二》記載：〈春江花月夜〉、〈玉樹後庭花〉、〈堂堂〉都是陳後主（叔寶）所作，「叔寶常與宮中女學士及朝臣相和為詩，太樂令何胥又善於文詠，採其尤豔麗者，以為此曲」。原詞已失傳，這是張若虛的擬作。此前隋煬帝亦有擬作。

【作　者】張若虛（生卒年不詳），揚州（今江蘇揚州）人。曾任兗州兵曹。與賀知章、張旭、包融齊名，當時號稱「吳中四士」。存詩二首（〈春江花月夜〉、〈代荅閨夢還〉）。事蹟略見《舊唐書・賀知章傳》、《新唐書・劉晏傳》。

春江潮水連海平，海上明月共潮生。灩灩❶隨波千萬里，何處春江無月明！江流宛轉❷遶芳甸❸，月照花林皆似霰❹。空裏流霜不覺飛，汀上白沙看不見❺。江天一色無纖塵❻，皎皎空中孤月輪❼。江畔何人初見月？江月何年初照人？人生代代無窮已❽，江月年年望相似。不知江月待何人？但見長江送流水。白雲一片去悠悠❾，青楓浦上不勝愁❿。誰家今夜扁舟子⓫？何處相思明月樓⓬？可憐樓上月徘徊，應照離人⓭妝鏡臺⓮。玉戶⓯簾中卷不去，擣衣砧⓰上拂還來。此時相望⓱不相聞，願逐月華⓲流照君⓳。鴻雁長飛光不度⓴，魚龍潛躍水成文㉑。昨夜閒潭夢落花㉒，可憐春半㉓不還家。江水流春去欲盡，江潭落月復西斜㉔。斜月沉沉㉕藏海霧，碣石瀟湘㉖無限路㉗。不知乘月幾人歸？落月搖情㉘滿江樹。

【注釋】❶灩灩　水波閃動的樣子。何遜〈望星月示同羈〉：「的的與沙靜，灩灩逐波輕。」❷宛轉　彎曲的樣子。❸芳甸　布滿芳草的郊野。❹霰　小雪珠，俗稱米粒雪。❺空裏二句　意為空中的月色像霜一樣在流動而不覺得它在飛，而汀洲上的白沙卻像蒙上了霜一樣看不見。流霜，形容月色。梁簡文帝〈望月詩〉有「流輝入畫堂」、「影類九秋霜」之句。古人以為霜是從天上飛下，所以有「飛霜」之稱，而月色像是流霜一樣在流動，所以說「不覺飛」。汀上的白沙在月色下卻像是蒙上了一層霜一樣，所以說「看不見」。汀，小沙洲。❻纖塵　細塵。沈約〈詠月詩〉有「月華臨靜夜，夜靜滅氛埃」之句。❼孤月輪　一輪明月。❽已　止。❾白雲句　此句象徵人的離別。悠悠，詞出《詩經·王風·黍離》：「悠悠蒼天。」《毛傳》：「悠悠，遠意。」❿青楓句　此句用《楚辭·招魂》「湛湛江水兮上有楓，目極千里兮傷春心」意，象徵人別離後的憂愁。青楓浦，湖南瀏陽有青楓浦，此處是泛指，非實指其地。浦，水口；水邊。不勝，不盡。⓫誰家句　寫孤舟客在外飄流。扁舟子，猶孤舟客。扁舟，詞出《史記·貨殖列傳》：「范蠡乘扁舟浮於江湖。」⓬何處句　寫思婦在家思念。曹植〈七哀〉：「明月照高樓，流光正徘徊。上有愁思婦，悲歎有餘哀。」此用其意。⓭離人　離家在外的人，如扁舟子之類。⓮妝鏡臺　疑是梳妝檯之類。此詞唐以後常用，如唐玄宗曾對楊貴妃言「妝鏡臺前飲一紫金盞」等語（見《淵鑑類函》卷四〇五引《異人錄》）。⓯玉戶　用玉做裝飾的窗戶。《三輔黃圖》卷二「金鋪玉戶」注：「玉戶，以玉飾戶也。」《全唐詩》一作「遮戶」。⓰擣衣砧　擣衣用的砧。詳見李白〈子夜四時歌·秋歌〉注一。⓱相望　指思婦和離人彼此相望明月。⓲月華　月的光華，即月光。⓳君　彼此相稱。⓴光不度　飛不出月光的範圍。照應「何處春江無月明」。㉑文　同「紋」。㉒夢落花　夢見落花，表示春將逝去。夢落花的人當是「離人」。㉓春半　陰曆二月。唐崔灝〈盧女曲〉：「二月春來半，宮中日漸長。」㉔西斜　偏向西邊。㉕沉沉深沉的樣子。㉖碣石瀟湘　四字代表地北天南。碣石，碣石山，在渤海邊上。瀟湘，湖南水名，瀟水、湘水在零陵合流後，故合稱。㉗無限路　路程無法計算。㉘搖情　動情。

【語　譯】春天的江潮和海水相連，海上的明月和江潮同生。閃耀的月光隨著海波進來無邊無際，春江哪處不是月色的光明！江流彎曲遶著芳草甸，月光照著花林彷彿都是霰。感覺不到空中流動的月色在飛，汀洲上的白沙卻像蒙了霜一樣看不見。江水和天空一色沒有半點灰塵，皎潔的空中只有孤月一輪。江邊是誰初次見到月亮？江月又是哪年初照人間？人生一代一代沒有窮盡，看上去江邊的月色年年相似。不知江月在等待誰人？只見滔滔的長江送走流水。白雲一片一片地悠悠遠去，青楓浦上有著不盡的憂愁。今夜是誰家的孤舟客飄流在外？又是何處的愁思婦相思在明月樓？可憐樓上的月色徘徊不去，它也應該照著離人的梳妝檯。玉門簾中的月色捲不去，擣衣砧上的月色拂去還回來。這時候只能共望明月不能相見，願意隨著月色流到你的身邊。大雁高飛飛不出月色，魚龍在深處騰躍也只能形成水紋。昨夜孤舟客在閒潭夢見落花，可憐到了二月還不能回家。春天隨著流水將要逝去，江潭的落月又在西斜。斜月深深地藏進了海霧，地北天南回家的路程難以計數。不知幾人能乘著明月回到家中？動情的月色灑滿了江樹。

【研　析】這首詩突破了宮體詩寫貴族婦女生活的範圍，從明月「宵從海上來」開始，「曉向雲間沒」結束，描繪了春江花月夜的動人景色，以及由此引發的探尋宇宙奧秘、感慨人生的哲理思考，同時抒發了思婦和離人的離別相思之情。

詩可分為兩大部分，開始至「但見長江送流水」為前半篇，「白雲一片去悠悠」至結束為下半篇。前半篇從月出寫起，先展示出江海相連、月潮同生、灩波萬里、清輝滿江的浩瀚蒼茫的壯麗景色。接著從不同的角度對春江月色進行細緻的描繪，或江遶芳甸，或月照花林，或空裡流霜，或白沙不見，或江天無塵，或孤月皎潔，有靜有動，亦真亦幻，處處給人以恬靜美、虛幻美。面對如此良夜，詩人由景入情，不禁發出了「江畔何人初見月？江月何年初照人」的疑問。這種對宇宙奧秘的探索，先秦時就已經開始，屈原就問過：太陽和月亮是怎樣掛在天上？還問：月亮有什麼德性？為什麼缺了還能再圓？對它有什麼好處，要把兔子養在腹間？（見〈天問〉）這種發問雖無答案，但那種探索精神卻令人敬佩。除探索外還有感歎，人生代代相傳沒有窮盡，江月年年照耀亦復相似，「自其不變者觀之，則物與我皆無盡」（蘇軾〈前赤壁賦〉），人生和江月代代無窮年年相似，宇宙和人類總不至於消滅；「自其變者而觀之，則天地曾不能以一瞬」（蘇軾〈前赤壁賦〉），今年的人生、江月已不是往年的人生、江月，轉眼之間又發生了變化，代代年年又不同。「不知江月待何人？但見長江送流水」，無論明月等到的是誰，他們也都將隨著江水逝去，這就是李白所詠唱的：「今人不見古時月，今月曾經照古人。古人今人若流水，共看明月皆如此。」（〈把酒問月〉）多麼富有哲理意味啊！

見月懷人，寫完春江花月夜的景色以後，便轉入下半篇寫思婦和離人的相思之情。詩人先以「白雲一片去悠悠」起興，這既是寫月夜的景色，又兼有比義，用白雲的悠悠遠去，比喻離人遠走，所以下句便接著寫留在送別地青楓浦上的無限憂愁。於是離人和思婦出現了：「誰家今夜扁舟子？何處相思明月樓？」一是離家的孤舟客，一是樓上的思婦，天南地北，不知離人身在何處。有離別便有相思，樓上的思婦想到照著自己的明月也應該照著離人，這不是相思是什麼！「玉戶簾中卷不去，擣衣砧上拂還來」，只要月色不去，那相思也就沒有盡頭。相思不能相見，就只有相望明月、借月傳情，或託鴻雁寄信、鯉魚傳書，「尺素在魚腸，寸心憑鴈足」（梁王僧孺〈詠擣衣詩〉），這或許就是「鴻雁長飛光不度，魚龍潛躍水成文」二句的含義。寫完思婦對離人的思念，「昨夜閒潭夢落花」四句轉入寫離人對家的思念。「夢落花」表示他已經意識到春將逝去，可他卻還不能回家。春隨流水去，江月又西斜，「歸心海外見明月，別思天邊夢落花」（李昂〈從軍行〉），此情此景，他內心的痛苦也就可想而知了。末四句以月落作結，還是突出一個情字，地北天南，路途遙遠，幾人能回家相見啊！落月動情，還為思婦離人留下滿樹的清輝呢。

情景交融是這首詩最大的藝術特色。前半篇偏重寫景，但詩人觸景生情，有探索宇宙奧秘的哲理思考，也有無可奈何的人生感歎。下半篇偏重抒情，但情從景出，借景抒情，一切景語皆是情語，達到了水乳交融的地步。再者，這首詩的語言清新優美，華麗而又不失自然的本色，韻隨情變，悠揚婉轉，悅耳動聽。

王闓運《論唐詩諸家源流》稱此詩「孤篇橫絕，竟為大家」。聞一多《唐詩雜論・宮體詩的自贖》更稱它「是詩中的詩，頂峰上的頂峰」，雖然情之所至，不無溢美，但它確實是首好詩。

玉樹後庭花

陳後主

【題解】〈玉樹後庭花〉，〈吳聲歌曲〉名，陳後主（陳叔寶）所作，《隋書・五行志上》：「禎明（陳後主年號之一，西元五八七——五八九年）初，後主作新歌，詞甚哀怨，令後宮美人習而歌之，其詞曰：『玉樹後庭花，花開不復久。』時人以歌讖，此其不久兆也。」《隋書・音樂志上》載：陳後主「又於清樂中造〈黃鸝留〉及〈玉樹後庭花〉、〈金釵兩臂垂〉等曲，與幸臣等製其歌詞，綺豔相高，極於輕薄，男女唱和，其音甚哀」。它的歌詞不止一首，《南史・張貴妃傳》還錄有「璧月夜夜滿，瓊樹朝朝新」二句。陳叔寶所作〈玉樹後庭花〉完整的就只留下「麗宇芳林對高閣」這一首了。

【作者】陳後主（西元五五三——六〇四年）姓陳，名叔寶，字元秀，是陳朝極其昏庸荒淫的亡國君主。太建十四年（西元五八二年）即帝位，禎明三年（西元五八九年），隋軍攻入建康（今南京），俘獲陳後主，押送長安，陳朝滅亡。隋仁壽四年（西元六〇四年），陳後主死於洛陽，時年五十二歲。《陳書》卷六有〈後主本紀〉。

麗宇❶芳林對高閣❷，新妝豔質本傾城❸。映戶凝嬌❹乍❺不進，出帷含態笑相迎。妖姬❻臉似花含露，玉樹❼流光照後庭。

【注釋】❶麗宇　華麗的屋簷。「麗宇」一詞，古書中少見，此後明代徐一夔曾用此詞：「左右皆華榱麗宇，若聯貝錦。」（〈王自牧墓誌銘〉）❷高閣　陳後主曾建臨春、結綺、望仙三閣，讓張貴妃等美人居其上。❸傾城　用來形容美女。詞出《漢書・外戚傳》：「一顧傾人城。」❹映戶凝嬌　在戶中露出嬌態。❺乍　忽然。❻妖姬　美女。❼玉樹　傳說中的仙樹。《南史・張貴妃傳》說陳後主所建閣樓下「植以奇樹，雜以花藥」。

【語　譯】華麗的屋簷和花林對著高閣，新妝豔體本是傾城的容貌。有時戶裡露出嬌態忽然又不前進，有時又含著笑態從帷帳迎出來。美女的臉龐像花朵含著露水，玉樹的光輝在後庭流照。

【研　析】這是一首讚美張貴妃等美人的詩。據《南史・張貴妃傳》記載，張貴妃，名麗華，是陳後主寵愛的美女之一。至德二年（西元五八四年），陳後主建起臨春、結綺、望仙三閣，高數十丈，用檀香木做材料，用金玉珠翠做裝飾。房間掛有珠簾，裡面設有寶床、寶帳。「每微風暫至，香聞數里；朝日初照，光映後庭」。閣下面「積石為山，引水為池，植以奇樹，雜以花藥」。陳後主和眾美女分別住在三個閣中，通過複道交相往來。每有遊宴，便讓諸美人及女學士同狎客共賦新詩，互相贈答。選擇其中最豔麗的做曲調，配上新曲，選出千百個漂亮的宮女歌唱這些歌曲，以相娛樂。那些歌曲有〈玉樹後庭花〉、〈臨春樂〉等，大致都是讚美張貴妃、孔貴嬪的容色的。張貴妃髮黑，特聰慧，有神彩，「容色端麗，每瞻視眄睞，光彩溢目，照映左右。嘗於閣上靚粧臨於軒檻，宮中遙望，飄若神仙」。後主怠於政事，有事便「置張貴妃於膝上，共決之」。賄賂公行，賞罰無常，終於滅亡。瞭解這些史實，就可看出這首詩首末二句是寫陳後主所建的樓閣，中間四句是讚美張貴妃的容貌和嬌態，是陳後主腐朽生活的自我寫照，無論是思想性或藝術性都不值得稱道。我們選它，只不過想讓讀者瞭解〈玉樹後庭花〉的原貌罷了。唐杜牧〈泊秦淮〉：「煙籠寒水月籠沙，夜泊秦淮近酒家。商女不知亡國恨，隔江猶唱〈後庭花〉。」他所說的〈後庭花〉，指的就是這首詩。

(二)西曲歌

〈西曲歌〉是長江中游和漢水兩岸的歌曲，因為地處西邊，所以叫〈西曲〉。《樂府詩集》解題說：「〈西曲歌〉出於荊（湖北荊州）、郢（湖北宜昌）、樊（湖北襄樊）、鄧（河南鄧縣）之間，而其聲節送和，與〈吳歌〉亦異，故〔因〕其方俗而謂之〈西曲〉云。」它的內容多描寫商人水上行旅生活和男女送別相思之情，形式多為五言四句，語言清新自然，也用諧音雙關隱語。

石城樂五曲（選二）

【題解】〈石城樂〉，〈西曲歌〉名。據《舊唐書・音樂志二》記載，〈石城樂〉是劉宋臧質所作。石城，晉杜預築，在竟陵（今湖北鍾祥）。臧質曾經任職竟陵郡，在城上看見一群少年歌謠通暢，因作〈石城曲〉，歌詞云：「生長石城下，開門對城樓。城中美年少，出入見依投。」按，《樂府詩集》中〈石城樂〉題下錄有歌詞五首，未署作者姓名。《舊唐書》只說第一首是臧質所作。蕭滌非說其餘四首「殆當時衍質（質，指臧質）曲之聲而作者」（《漢魏六朝樂府文學史》）。臧質，字含文，東莞莒人。曾任竟陵江夏內史，巴東、建平二郡太守。《宋書》卷七四有傳。

其三

布帆百餘幅，環環❶在江津❷。執手雙淚落，何時見歡還？

【注釋】❶環環　此詞在樂府詩中出現三次，除此以外還有〈女兒子〉：「我欲上蜀蜀水難，蹋蹀珂頭腰環環。」〈襄陽樂〉：「上水郎擔篙，下水搖雙櫓。四角龍子幡，環環當江柱。」後世韓愈〈題炭谷湫祠堂〉：「石盂仰環環。」五百家注：「環環，圓貌。」此處「環環」疑是形容帆船環環相圍的樣子。❷江津　江邊渡口。

【語譯】船上布帆百餘幅，環環相圍在江邊。握著郎手雙淚落，幾時才能見郎返？

【研析】這是一首寫男女在江邊送別，一、二句敘事，三、四句寫送別，二手相握，雙雙淚落，女子擔心情郎幾時才能回來，用擔心來表示思念。

其五

聞歡遠行去，相送方山亭❶。風吹黃蘗藩❷，惡❸聞苦離聲。

【注釋】❶方山亭　其地不詳。《江南通志》卷一一：「方山，在六合縣（在今江蘇南京北）東四十里，四面平正，故曰方山。宇文周置方州，梁建寺其上，曰興雲。古樂府云：『聞歡遠行去，相送方山亭』，即此地也。」按，此方山亭在長江下游，而〈西曲歌〉產於長江中游、漢水流域，所屬地區不符，疑非是。❷黃蘗藩　即黃蘗籬，是用苦木黃蘗做成的藩籬。❸惡　討厭；厭惡。

【語譯】聽說情郎要遠行，送郎送到方山亭。風吹苦木黃蘗籬，討厭聽到苦離聲。

【研析】這是一首寫離別之痛的詩，不直說痛苦，而用諧音雙關隱語「風吹黃蘗藩」來表達。黃蘗藩，黃蘗籬也，黃蘗是苦木，「籬」諧音「離」，「風吹黃蘗藩」即風吹苦離也。風吹有聲，所以下句接「惡聞苦離聲」。如此曲說離別之苦，饒有趣味。

烏夜啼八曲（選一）

【題解】《舊唐書・音樂志一》記載，〈烏夜啼〉是劉宋臨川王劉義慶所作。元嘉十七年（西元四四〇年），宋文帝將彭城王劉義康貶謫到豫章（今江西南昌），劉義慶當時在江洲（今江西九江），兩人相見後哭起來。文帝聽說後感到奇怪，召劉義慶回朝。劉義慶回到家中，很害怕。伎妾晚上聽到烏鴉叫聲，敲齋閤說：「明日應有赦。」果然當年劉義慶改任南兗州刺史，因此寫下了〈烏夜啼〉。但是「今所傳歌辭，似非義慶本旨（一作音）」。

其四

可憐烏臼鳥❶，強言知天曙。無故三更啼，歡子❷冒闇去。

【注釋】❶烏臼鳥　又名鵯鶋、批鵊、祝鳩、鴉鶋、鴽犂，江東稱之為烏臼，比烏鴉小，五更就叫，叫聲「架架格格」，「至曙乃止，故滇人呼為榨油郎」（清陳元龍《格致鏡原》卷八一引李時珍《本草》）。❷歡子　猶情郎。

【語　譯】可憐那隻烏臼鳥，強說自己知天曉。無緣無故三更啼，情郎摸黑離開了。

【研　析】這首詩責怪本來應該在五更叫的烏臼鳥卻在三更就叫起來，攪了她（他）們偷情的美夢。是首情詩，和劉義慶的事沒有關係。

莫愁樂二曲

【題　解】《莫愁樂》，《西曲歌》名，《舊唐書・音樂志一》說：「《莫愁樂》者，出於《石城樂》。石城有女子名莫愁，善歌謠，《石城樂》和中復有莫（一作忘）愁聲，因有此歌。」

其一

莫愁❶在何處？莫愁石城❷西。艇子❸打兩槳，催送莫愁來。

【注　釋】❶莫愁　女子名，劉宋時石城西人，善歌謠。另外，洛陽也有女子名莫愁，古歌有「莫愁洛陽女」，梁武帝〈河中之水歌〉：「河中之水向東流，洛陽女兒名莫愁。」南京又有莫愁，《大清一統志》卷五〇〈江寧府〉記載，莫愁湖在江寧縣（今屬江蘇南京）三山門外，相傳是莫愁舊居，因有此名。明人張萱說：「或後代倡女慕莫愁名，好事者因其人以名湖，而竟陵之與金陵，石城之與石頭城，又易訛也。」（《疑耀》卷四）❷石城　在竟陵（即今湖北鍾祥），明代顧起元說是「晉羊祜所建」（《莫愁湖考》），與南京的石頭城不是一個地方。

❸艇子　搖槳的船夫。溫庭筠〈西州〉：「艇子搖兩槳，催過石頭城。」

【語譯】莫愁在哪裡？莫愁住在石城西。船夫搖雙槳，催送莫愁來這裡。

【研析】一、二句自問自答，說明莫愁的住處。三、四句寫船夫送莫愁來相會。

其二

聞歡下揚州，相送楚山頭。探手抱腰❶看，江水斷不流。

【注釋】❶抱腰　抱著對方的腰。

【語譯】聽說情郎下揚州，相送來到楚山頭。伸手抱腰看江水，要讓江水斷不流。

【研析】這是一首送郎遠行的詩。先說聽說情郎要去揚州，她來楚山頭送別。再說她抱著情郎的腰，望著江水，不讓他離去，希望「江水斷不流」，便無法行船，情郎也就不會離開她了。

襄陽樂九曲（選二）

【題解】〈襄陽樂〉，〈西曲歌〉名，《宋書・樂志》：「隨王誕（劉誕）在襄陽造〈襄陽樂〉。」《古今樂錄》：「〈襄陽樂〉者，宋隨王誕之所作也。誕始為襄陽郡，元嘉二十六年（西元四四九年）仍為雍州刺史，夜聞諸女歌謠，因而作之。」又，《宋書》卷六五〈劉道產傳〉說襄陽太守劉道產，政績尤著，百姓樂業，民戶豐贍，因此有〈襄陽樂〉歌。按，今存〈襄陽樂〉九首，寫男女愛情，沒有歌頌政績，後說疑非是。

其一

朝發襄陽城，莫❶至大堤宿。大堤諸兒女❷，花豔❸驚郎目。

【注　釋】❶莫　同「暮」。❷兒女　青年男女，這裡偏指女子。《玉臺新詠》、《古樂府》、《古詩紀》、《古樂苑》作「女兒」。❸花豔　花一樣豔麗。

【語　譯】早上從襄陽城出發，晚上到大堤上住下。大堤上的眾多女子，花貌豔麗使郎目驚詫。

【研　析】這首詩寫旅人見堤上女子花一樣豔麗，目為之一新。

其六

黃鵠參天❶飛，中道鬱❷徘徊。腹中車輪轉❸，歡今定憐誰？

【注　釋】❶參天　直入雲天。王引之《經義述聞》：「家大人曰：參字可訓為直。」❷鬱　鬱悶。❸車輪轉　形容苦悶。樂府古辭〈悲歌〉：「心思（悲）不能言，腸中車輪轉。」

【語　譯】黃色天鵝飛上天，中途鬱悶正徘徊。胸中好似車輪轉，情郎定是愛上誰？

【研　析】這首詩寫女子面臨失戀的痛苦。一、二句用黃鵠上天比喻男子離她而去，意猶未定。三、四句用車輪轉動比喻自己心中的痛苦，她猜想情郎定是愛上了誰？

三洲歌三曲（選二）

【題　解】〈三洲歌〉，〈西曲歌〉名，《新唐書・禮樂志》：「〈三洲〉，商人歌也。」

其一

送歡板橋彎❶，相待三山頭❷。遙見千幅帆，知是逐風流。

其二

風流不暫停，三山隱行舟❸。願作比目魚❹，隨歡千里遊。

【注　釋】❶板橋彎　《古樂府》、《古詩紀》、《古今詩刪》、《古樂苑》均作「板橋灣」。余冠英《樂府詩選》注：「或即《水經・江水》的板橋浦，離三山很近。」按，《湖廣通志》卷二〇〈水利志・鍾祥縣〉有「自石城而下由蔡家橋，板橋灣……以達於南河，紆迴三百餘里，土人總名之曰紅廟隄」的記載，此詩是〈西曲〉，是否與此板橋灣有關，待考。現從余先生之說。❷三山頭　在今南京西南。宋王琪〈秋日白鷺亭向夕風晦有作〉：「月上三山頭，鳥沒橫塘外。」橫塘在今南京西南。❸三山句　是說行舟藏到三山後面看不見了。❹比目魚

《爾雅・釋地》：「東方有比目魚焉，不比（並排）不行。」

【語譯】走時送郎板橋浦，返時待郎三山頭。遠望看見千幅帆，知道此去追風流。（其一）

風流不曾暫時停，三山後面藏行舟。願意化作比目魚，隨著情郎千里遊。（其二）

【研析】《古今樂錄》：「〈三洲歌〉者，商客數遊巴陵（今湖南岳陽）三江口，往還，因共作此歌。」〈烏夜啼〉云：「巴陵三江口，蘆荻齊如麻。」可見「巴陵三江口」是一地名，中間不應斷開。此地是客商出遊的目的地，當在今湖南岳陽附近。

這兩首詩雖然是客商所作，寫時卻模仿女子送別的語氣。第一首一、二句「送歡板橋彎，相待三山頭」有點費解，怎麼在板橋浦送別，又在三山頭等他呢？其實第一句是說走時候，第二句是說等他回來的時候。走時在板橋浦送別，回時在三山頭等他。因為走時要送他上船，只能在水邊話別；回時在家的人望情人回來心切，就登上山頭望他歸來。這樣，話就通順了。三、四句寫送別時遠望，只見千帆順著風隨著流水而去，可以想見這時她一定很難過。

第二首是說風和流水不暫停，船隨著風和流水行到三山後面看不見了。接著表達女子的心願，不是希望被送的情人早日回來，而是願意今天就化作比目魚雙雙隨情人去出遊，這樣短暫的離別之苦也沒有了。

採桑度七曲（選二）

【題解】〈採桑度〉，又叫〈採桑〉，〈西曲歌〉名。《舊唐書・音樂志二》：「〈三州〉商人歌也，商人數行巴陵三江之間，因作此歌。〈採桑〉，因〈三州曲〉而生此聲也。」可見它是〈三洲歌〉的變曲。現存詩七首，寫採桑女的姿色和採桑的情況。

其一

蠶生春三月，春桑正含綠。女兒採春桑，歌吹❶當初曲❷。

【注釋】❶歌吹　歌唱與吹奏。演唱時有歌有吹。❷初曲　《古樂府》、《古詩紀》、《古樂苑》、《古詩鏡》作「春曲」。

【語譯】春蠶出生在三月，春桑那時正含綠。採桑女子採春桑，又歌又吹當初曲。

【研析】此詩寫出了女子採桑養蠶的歡樂景象。

其五

春月採桑時，林下與歡俱。養蠶不滿百❶，那❷得羅繡襦❸？

【注釋】❶百　未知是蠶的隻數或是箔數。趙宋時「十口之家，養蠶十箔。每箔得繭一十二斤，每一斤取絲一兩三分，每五兩絲織小絹一疋，每一疋絹易米一石四㪷」（宋陳旉《農書》卷下）。以此推算，指箔數的可能性很小。❷那　同「哪」。❸羅繡襦　用羅製的繡花短襖。

【語譯】春天正是採桑時，林下與郎同嬉笑。如果養蠶不滿百，哪能穿上羅繡襖？

【研析】春天男女一起在林下採桑，免不了嬉笑打鬧，女子提醒男子：不要影響了採桑，如果桑葉採不夠，養蠶不滿百，哪能穿上繡花襖子呢？詩中情景畢現，富有生活氣息。

安東平五曲（選三）

【題解】〈安東平〉，〈西曲歌〉名。《古今樂錄》：「〈安東平〉，舊舞十六人，梁八人。」可見它產生在梁代以前。共五曲，選中間意義相連的三曲。

其二

吳中細布，闊幅長度。我有一端❶，與郎作袴❷。

其三

微物❸雖輕，拙手所作❹。餘有三丈，為郎別厝❺。

其四

制為輕巾❻，以奉❼故人❽。不持作好，與郎拭塵。

【注釋】❶端　古代布帛的長度單位，絹稱匹，布稱端。古代絹四丈為一匹，布六丈為一端。❷袴　同「褲」。❸微物　小物，指褲而言。❹作　做。❺別厝　安排做別的。厝，安置；安排。❻輕巾　用來拂塵的巾。王褒〈彈棊〉：「何如鏡奩上，自有拂輕巾。」❼奉　獻。❽故人　老朋友。

【語譯】吳地的細布，寬長的幅度。我有布一匹，給郎做條褲。（其二）

東西雖然小，是我拙手做。剩下布三丈，給郎做別物。（其三）

做成小輕巾，拿來獻故人。不是做得好，給郎拭灰塵。（其四）

【研析】這三首小詩，每首都換韻，詩意環環相扣，緊密相連，透過為情郎製褲、製巾，表達彼此深厚的愛情。四言詩自《詩經》盛極一時以來，中間雖有曹操的四言詩於《三百篇》外，自開奇響，到了南朝早已成為強弩之末，〈西曲歌〉卻出現了這樣別致的可愛的小詩，當是中國文學發展史中值得注意的現象。

女兒子二曲（選一）

【題　解】〈女兒子〉，〈西曲歌〉名，《古今樂錄》：「〈女兒子〉，倚歌也。」又說：「凡倚歌悉用鈴鼓，無絃有吹。」是說演奏倚歌時都用鈴和鼓，沒有絃樂器，有吹奏樂器。

其一

巴東三峽❶猿鳴悲，夜鳴三聲淚沾衣。

【注　釋】❶巴東三峽　即長江三峽，在今湖北西部、四川東部。

【語　譯】巴東三峽猿叫聲悲愴淒厲，夜叫三聲就讓人衣襟上沾滿了眼淚。

【研　析】這首詩與《水經注》所記歌詞一起，又選入《樂府詩集》卷八六〈巴東三峽歌〉。北魏酈道元《水經注》卷三四〈江水〉記載：「每至晴初霜旦，林寒澗肅，常有高猿長嘯，屬引淒異，空谷傳響，哀轉久絕，故漁者歌曰：『巴東三峽巫峽長，猿鳴三聲淚沾裳。』」可見這是一首漁民之歌，寫出了三峽之夜的淒異景況，反映了漁民的艱苦生活。

那呵灘六曲（選二）

【題　解】〈那呵灘〉，〈西曲歌〉名，《古今樂錄》：「〈那呵灘〉……多敘江陵及揚州事。那呵，蓋灘名也。」

其四

聞歡下揚州❶，相送江津彎❷。願得篙櫓折，交❸郎到頭❹還。

其五

篙折當更覓，櫓折當更安❺。各自是官人❻，那得❼到頭還？

【注釋】❶揚州　治所在建業（今南京）。❷江津彎　《古今詩刪》、《古樂苑》作「江津灣」。此詩「多敘江陵及揚州事」，出發地在江陵，故江津灣當在今湖北江陵長江邊上。❸交　同「教」。使；令。❹到頭　倒頭，即掉頭。❺安　安裝。❻官人　官吏或官差在身的人。❼那得　哪得；哪能。

【語譯】聽說情郎下揚州，送你送到江津灣。希望半途篙櫓折，能讓情郎掉頭還。（其四）
篙子折了當再找，櫓槳斷了當再安。各自都是當官差，哪能半途掉頭還？（其五）

【研析】這兩首詩男女唱和，第一首先是女方送別，希望半途篙折櫓斷，船走不了，掉頭回來，戀戀不捨之情，自在其中。第二首是男方的答辭，說篙子折了要再找，櫓槳斷了要再安裝，各自都是當官差的人，哪能半途回來？無可奈何的痛苦之情，亦躍然紙上。

作蠶絲四曲（選一）

【題解】〈作蠶絲〉，〈西曲歌〉名，《古今樂錄》：「〈作蠶絲〉，倚歌也。」

其二

春蠶不應老，晝夜常懷絲❶。何惜微軀盡，纏綿❷自有時。

【注釋】❶懷絲　懷裡藏絲，這裡當是懷裡吐絲之意。絲，諧「思」，是同音異字不同意的雙關隱語。❷纏綿　用絲做成絲綿，諧情意深厚未能釋懷的纏綿，是同音同字不同意的雙關隱語。

【語譯】春蠶不該有老死，日日夜夜常吐絲。哪敢憐惜小身軀，纏繞成綿會有時。

【研析】這首詩《玉臺新詠》卷一〇題作〈蠶絲歌〉。按照明人徐禎卿的理解，作蠶絲就是製作蠶絲的意思，他在〈江南樂八首代內作〉中說：「人言江南樂，江南信自樂。采桑作蠶絲，羅綺任儂著。」《迪功集》卷一〈樂府〉就是將「作」理解為「製作」。

詩表面上是說春蠶不應死，要永遠不停地吐絲，積少成多，終有一天能製成絲綿。實際是用諧音雙關隱語，暗示要像春蠶吐絲一樣永遠懷念情人，情意纏綿，一直到老，正是李商隱〈無題〉所說的「春蠶到死絲（思）方盡」。由此可見唐代詩人從樂府詩中學習了不少東西。

江南弄七首（選一）

梁武帝

【題解】《古今樂錄》：「梁天監十一年（西元五一二年）冬，武帝改〈西曲〉，製〈江南上雲樂〉十四曲，〈江南弄〉七曲：一曰〈江南弄〉，二曰〈龍笛曲〉，三曰〈採蓮曲〉，四曰〈鳳笛曲〉，五曰〈採菱曲〉，六曰〈遊女曲〉，七曰〈朝雲曲〉。」可見〈江南弄〉是梁武帝根據〈西曲〉改製的。

【作者】梁武帝（西元四六四—五四九年），姓蕭，名衍，字叔達，南蘭陵中都里人，漢相國蕭何的後代。西元五〇二年即帝位，在位四十餘年。西元五四八年，侯景叛梁，次年，梁武帝餓死在臺城。史稱梁武帝「有文武才幹」，年輕時便與沈約、謝朓、王融、蕭琛、范雲、任昉、陸倕等交遊，號稱「八友」。稱帝後「雖萬機多務，猶卷不輟手」。著述頗豐，《漢魏六朝百三家集》中有《梁武帝集》，其中有樂府詩五十多首，寫盧家少婦莫愁的〈河中之水歌〉頗為流傳。《梁書》、《南史》有〈梁武帝紀〉。

其三

遊戲五湖❶採蓮歸，發花田葉❷芳襲衣❸。為君儂歌❹世所希❺。世所希，有如玉。〈江南弄〉，〈採蓮曲〉。

【注　釋】❶五湖　太湖。❷田葉　蓮葉，一稱「田田葉」。樂府古辭〈江南〉：「江南可採蓮，蓮葉何田田！」❸芳襲衣　香氣侵及衣裳。❹儂歌　《古詩紀》、《古樂苑》、《古詩鏡》、《漢魏六朝百三家集》作「豔歌」，樂府曲名。❺希　同「稀」。

【語　譯】遊戲太湖採蓮回，荷花蓮葉香襲衣。為你豔歌一曲世所稀。世所稀，像是玉。那是〈江南弄〉裡的〈採蓮曲〉。

【研　析】這首詩歌詠採蓮的樂趣。〈西曲〉多是五言四句，梁武帝改〈西曲〉製〈江南弄〉，改變了這種原有的形式，成了七言三言兼用共七句的形式，而且三、四句用疊句，末四句換韻，顯得生動活潑，有變化。

七、舞曲歌辭

舞曲歌辭，就是配合舞蹈演唱的歌辭。漢朝以後，舞有「雅舞」、「雜舞」之分，「雅舞用之郊廟、朝饗，雜舞用之宴會」（《樂府詩集》解題），所以舞曲歌辭也有雅舞歌辭、雜舞歌辭之別。前者性質與郊廟、鼓吹曲辭相仿，後者性質與相和歌辭接近。《樂府詩集》收有雅舞歌辭一卷，雜舞歌辭四卷。這裡選的是雜舞歌辭。

晉拂舞歌詩五首（選一）

【題解】《晉書・樂志》：「拂舞，出自江左，舊云吳舞也。」以拂子做舞器，故名拂舞。李白〈夷則格上白鳩拂舞辭〉王琦注：「拂舞者，樂人執拂而舞，以為容節也。」

其三

【題解】〈獨漉篇〉，《晉書・樂志下》、《宋書・樂志四》均作〈獨祿篇〉，《南齊書・樂志》作〈獨祿辭〉。「獨漉」解釋，眾說紛紜，有說是風（宋李昉《太平御覽》卷八七六〈暴風〉：「獨祿風者，回轉風也。」）有說是猛獸獨鹿（明徐維起《徐氏筆精》卷三），有說是獨自濾酒（明僧妙聲《漉酒圖》），有說是網（見清王士禎《居易錄》卷一二），在具體語言環境中均難講通。注中採劉履說，解為地名。

獨漉獨漉❶，水深泥濁。泥濁尚可，水深殺我。雍雍❷雙雁，游戲田畔。我欲射雁，念子孤散。翩翩❸浮萍，得風搖輕❹。我心何合？與之同并❺。空牀低帷，誰知無人！夜衣❻錦繡，誰別偽真！刀鳴削❼中，倚牀無施❽。父冤不報，欲活何為❾！猛虎班班❿，游戲山間。虎欲齧⓫人，不避豪賢。

【注　釋】❶獨漉　疑是地名。見元劉履編《風雅翼．選詩補註．補遺》。❷雍雍　同「雝雝」。雁鳴聲。詞出《詩經．邶風．匏有苦葉》：「雝雝鳴鴈。」❸翩翩　輕快漂動的樣子。❹搖輕　輕輕搖動。❺我心二句　言我之心情同浮萍一樣。之，指代浮萍。❻衣　作動詞用，意為「穿」。❼削　同「鞘」。《別雅》：「削，亦鞘也。」❽無施　無計可施。❾活何為　活著幹什麼。❿班班　同「斑斑」。斑點很多的樣子。⓫齧　咬。

【語　譯】獨漉呀獨漉，水深泥巴濁。泥濁還可活，水深淹死我。雙雁聲聲叫，遊戲在田邊。我想射殺雁，念你會孤散。浮萍水上漂，風吹搖輕輕。我心怎相似？一同像浮萍。空床低帷帳，誰知卻無人！夜晚穿錦繡，誰能分假真！刀在鞘中鳴，倚床沒辦法。父仇不能報，想活幹什麼！猛虎點斑斑，遊戲在山間。猛虎想咬人，不避豪和賢。

【研析】這是一首歌詠為父報仇的詩，每四句換韻，共換韻六次。上半部寫前往報仇途中的所見所思，下半部寫潛入仇人家中後的所見所思。前往途中，他經過獨漉，看見水深泥濁，擔心會被水淹。還看見雁戲田畔，想射殺牠們，又擔心會造成牠們孤散的痛苦。再見浮萍隨風輕搖，自己的心情也和浮萍一樣。這一切表明他去行刺的時候，思想活動是異常複雜的。等到來到仇家，只見空床低帷，竟然不見仇人，大失所望。可是這就像「衣繡夜行」，是真是假？誰能分別。於是他倚在仇人床邊，無計可施，想到父仇不報，活在世上還有什麼意義？劉履說末四句是「其心不遑處，常若猛虎之欲噬人」（《風雅翼．選詩補註．補遺》）。我們認為：詩中說「虎欲齧人，不避豪賢」，似乎「猛虎」不應是比喻報仇者，他是個想射雁又怕造成雙雁「孤散」、有同情心的人，怎麼會不分青紅皂白，亂殺一氣，連豪傑賢人都殺掉呢？它應該是比喻仇人。仇人未除，讓他活在世上，就如猛虎遊戲山間，所有的人都將成為受害者，這或許是作者所要表達的意思。

這是一首好詩，特別是對報仇者心理活動的描寫相當細緻真實。劉履稱讚它「詞氣激壯，兼得比興之義，且有漢魏風格，在晉樂府中尤不易得也」（《風雅翼．選詩補註．補遺》）。明王世貞也說：「〈獨漉〉得孟德（曹操）父子遺韻。」（《藝苑卮言》卷三）的確不是虛語。

晉白紵舞歌詩三首

【題解】〈白紵舞歌〉，吳地歌名，《宋書・樂志》曰：「〈白紵舞〉，按舞辭有『巾袍』之言，紵本吳地所出，宜是吳舞也。」白紵是用苧麻織成的白布，舞用這種布製舞衣，所謂「越姬白紵鮮如霜，揭來裁作舞衣裳」（馮裕〈晉白紵舞歌〉），故有〈白紵舞〉之稱。

輕軀徐起何洋洋❶，高舉兩手白鵠❷翔。宛若龍轉乍低昂❸，凝停❹善睞❺容儀光❻。如推若引留且行，隨世無❼變誠無方❽。舞以盡神❾安可忘！晉世方昌❿樂未央⓫。質如輕雲色如銀，愛之遺⓬誰贈佳人。制以為袍餘作巾⓭，袍以光軀⓮巾拂塵。麗服在御⓯會佳賓，醪醴⓰盈樽美且淳，清歌徐舞降祇神⓱，四座歡樂胡可陳⓲！右一篇

雙袂⓳齊舉鸞鳳翔，羅裙飄颻昭儀光⓴。趨步㉑生姿進流芳㉒，鳴弦清歌㉓及三陽㉔。人生世間如電過，樂時每少苦日多。幸及良辰耀春華㉕，

齊倡獻舞趙女歌㉖。羲和馳景㉗逝不停，春露未晞㉘嚴霜零㉙。百草凋索㉚花落英，蟋蟀吟牖寒蟬鳴。百年之命忽若傾㉛，蚤㉜知迅速秉燭行㉝。東造㉞扶桑㉟游紫庭㊱，西至崑崙戲曾城㊲。右一曲

陽春白日風花香，趨步明玉㊳舞瑤璫㊴。聲發金石㊵媚笙簧㊶，羅袿㊷徐轉紅袖揚。清歌流響繞鳳梁㊸，如驚若思㊹凝且翔㊺。轉盼流精㊻豔輝光㊼，將流將引雁雙行㊽。歡來何晚意何長，明君㊾御世㊿永歌昌。右一曲

【注釋】❶洋洋　舒緩的樣子。❷白鵠　白天鵝。❸乍低昂　忽低忽昂；忽落忽起。❹凝停　凝神停步。❺善睞　善於旁視傳情。睞，瞳人不正，向旁邊看以傳情。❻容儀光　即容光，容貌儀態顯出光采。❼無　是「而」之誤，諸本均作「而」。❽無方　沒有定規。❾盡神　盡現神奇。詞出《周易·繫辭上》：「鼓之舞之以盡神。」❿方昌　正昌盛。⓫未央　未盡。⓬遺　贈送。⓭制以句　意為將白苧布製成長衣，剩下的製成巾。⓮光軀　為身軀增光彩。⓯在御　在用，指穿著麗服。詞出《詩經·鄭風·女曰雞鳴》：「琴瑟在御。」⓰醪醴　美酒。⓱降祇神　讓地神來到人間。祇神，地神。⓲胡可陳　怎麼可以陳述，即難以陳述。⓳雙袂　雙袖。⓴昭儀光　昭示儀態的光彩。漢朱公叔〈鬱金賦〉：「曜靜女之儀光。」㉑趨步　快步。㉒進流芳　意為舞女前進時流出香氣。㉓清歌　清亮的歌唱。㉔及三陽　趕上春天；趁青春年華。三陽，指春天，古人認為陰曆十一月冬至節過後，陽氣漸生，日漸長，故稱十一月為一陽生，十二月為二陽生，正月為三陽開泰，是春天的開始。㉕春華

青春年華。㉖齊倡句　意為齊國的舞女跳舞，趙國的歌女唱歌。齊倡，齊國的歌舞女。趙女，趙國的歌舞女。張衡〈南都賦〉：「齊僮唱兮列趙女，坐南歌兮起鄭舞。」又梁蕭統〈陶潛集序〉：「齊謳趙女之娛。」㉗羲和馳景　太陽的影子跑得快，即時間過得快。羲和，日神，神話中為太陽駕車的人，此指太陽。景，同「影」。㉘晞　乾。㉙零　落；下降。㉚凋索　凋謝。㉛若傾　像倒下一樣快。㉜蚤　同「早」。㉝秉燭行　秉燭夜遊。㉞造　至。㉟扶桑　神樹名。《淮南子・天文》：「日出於暘谷，浴于咸池，拂於扶桑。」這裡當是指扶桑生長的地方。㊱紫庭　仙人居所。嵇康〈秋胡行〉：「受道王母，遂升紫庭。逍遙天衢，千載長生。」㊲曾城　即增城，崑崙山上的神山。《楚辭・天問》：「增城九重，其高幾里？」《淮南鴻烈解・墬形訓》：「崑崙虛以下地中有增城九重，其高萬一千里百一十四步二尺六寸。」成公綏〈正旦大會行禮歌〉：「登崑崙，上曾城，乘飛龍，升泰清。」㊳明玉　當是舞女身上的裝飾物。㊴舞瑤璫　舞動耳珠。㊵金石　鐘磬一類的樂器。㊶媚笙黃　當是說金石之音與笙簧之聲融合在一起，似相愛一樣。媚，愛。與〈飲馬長城窟行〉的「入門各自媚」的「媚」用法相同。笙，一種用口吹奏管樂器，用長短不同的簧管製成，大的十九簧，小的十三簧，所以叫笙簧。㊷羅袿　用羅製的婦女的上衣。㊸鳳梁　雕有鳳的圖案的屋樑。㊹如驚若思　寫舞女的表情。《宋書・樂志》、《古樂府》、《古詩紀》、《古詩鏡》、《漢魏六朝百三家集》均作「如矜若思」。矜，矜持。㊺凝且翔　時而停步，時而飛舞。㊻流精　流動精神。《史記・樂書》：「音樂者，所以動盪血脈，通流精神，而和正心也。」按，《宋書・樂志》、《古樂苑》、《古樂府》、《古詩紀》、《古詩鏡》、《漢魏六朝百三家集》均作「遺精」，文淵閣本《四庫全書・樂府詩集》卷五五、《南齊書・樂志》作「流精」。㊼豔輝光　顯出豔麗的光輝。㊽將流句　疑是言舞女列隊將要遊動將要牽手像是雁的行列。㊾明君　英明的君主。㊿御世　統治人世。

【語　譯】輕盈的身軀慢慢起舞舒洋洋，高舉雙手像是白天鵝在飛翔。又像是龍在轉身忽低忽昂，凝神停步妙送秋波容貌生光。似推似拉欲留卻又前行，隨世變化的確沒有一定的模樣。舞盡神奇怎能將它忘！晉朝正當盛世歡樂永久長。紵布質如輕雲色如銀，愛它贈誰當然贈美人。將它製成袍衣剩下的製成巾，袍衣給軀體添彩巾用來拂塵。穿上美麗的服裝會見嘉賓，美酒滿杯質好又甘淳，清歌慢舞請來了地神，四座歡樂的盛況難以述陳！

雙手齊舉像是鸞鳳在飛翔，羅裙飄飄顯示出儀態的亮光。快步生姿流出花的清香，彈琴清歌趕上這春天的好時光。人生在世像是電光閃過，歡樂的時間少苦難的日子多。趁這美好的時辰讓青春的年華閃耀，看看那齊女獻舞聽聽那趙女唱歌。日神飛馳光陰不暫留停，春露未乾大霜就要降臨。百草凋謝百花落盡，蟋蟀在窗戶上呻吟寒蟬在哀鳴。百年之命忽然像是倒下，早知如此就趕快點著燭光遊春。東到扶桑還要上天遊紫庭，西到崑崙遊戲在增城。

陽春白日風吹百花香，快步起舞佩著明玉和耳璫。鐘磬發出的聲音和笙簧一起交響，羅製的上衣慢慢轉動紅袖上揚。清歌流響縈繞在鳳樑，像是矜持像是神思停步又飛翔。轉動目光流動精神豔麗輝光，將要遊動將要牽手似是兩列雁行。歡樂來得多麼晚情意又是多麼長，英明的君主在位永遠歌盛昌。

【研　析】這三首詩（明胡應麟認為第一首應分為兩首，「質如輕雲色如銀」以下另為一首）是描寫白紵舞的，舞和曲都發源於吳，但詩中說到「晉世方昌」，可見歌辭是晉人所作。它是繼曹丕〈燕歌行〉之後完整的七言詩，也是描寫古代舞蹈的上佳之作，是研究中國舞蹈史、音樂史的可貴資料。

白紵舞屬於雜舞，這首雜舞歌辭寫的是在宮廷的宴會中表演，有樂隊伴奏。歌辭寫舞女身穿「質如輕雲色如銀」的白紵舞衣，雙手高舉像天鵝飛翔似的慢慢起舞，時而旋轉，時而停步，忽低忽昂，如推若引，羅裙飄飄，顧盼生姿，光彩照人，雖然隨世變化，沒有死板的定規，卻極盡神妙之能事，令人難以忘懷。同時歌舞結合，清歌流響，笙簧同奏，鐘磬齊鳴，令觀者賞心悅目，無論在視覺和聽覺上都是極好的享受。詩中有靜有動，有聲有色，動靜結合，聲情並茂。雖然早在《詩經》中就已經開始了歌舞的描寫，但是寫得如此成功卻是前無古人，為後人寫作詠舞詩起了示範的作用。從歌辭用詞造句看，它的作者當是一位有相當文學修養的人，不是一般的民歌寫作者能寫出來的。明人胡應麟《詩藪・內編》卷三稱：「〈白紵辭〉，綺豔之極，而古意猶存。」「晉人形容舞態婉轉，妙絕諸家。」王世貞《藝苑卮言》卷三稱：「〈白紵舞歌〉已開齊梁妙境，有子桓〈燕歌〉之風。」這些評論是恰如其分的。

另外詩中還表現了及時行樂的思想，這同經過東漢末年大動亂之後，儒學衰微、蔑視禮教、人性回歸的時代潮流有關。至於對晉代盛世明君的歌頌，不過是順時而為，滿足統治者的需要罷了，並不是這三首詩的主流。

八、琴曲歌辭

用琴演奏的歌曲叫琴曲，它的歌辭就叫琴曲歌辭。琴曲起源很早，相傳琴是神農氏或伏羲氏所造，虞舜就彈過五絃琴，唱過〈南風歌〉。此後，瓠巴、師文、師襄、成連、伯牙、方子春、鍾子期等都是善鼓琴的琴師。琴曲有暢、有操、有引、有弄。《樂府詩集》收有上至虞舜、下迄隋唐的琴曲歌辭四卷，大多數是南朝和隋唐文人的作品，其中有的（如上古時期的作品……）當是後人的偽託。

南風歌二首（選一）

虞舜

【題解】〈南風歌〉，琴曲名，相傳是舜所作。《禮記・樂記》：「昔者舜作五弦之琴，以歌〈南風〉。」按，由於《禮記・樂記》沒有記載〈南風歌〉歌辭，所以鄭玄注〈樂記〉說「其辭未聞」。「南風之薰兮」這四句歌辭首先見於《尸子》及《孔子家語》，而《尸子》被認為是雜說，《孔子家語》又被指為王肅所增，有人懷疑現存的〈南風歌〉不是舜帝所作，但尚無定論，見清乾隆帝弘曆《乙卯重題朱載堉琴譜並命入四庫全書以示闡識事》及《再題樂律全書》。

【作者】虞舜，古代帝王，姓姚，名重華。是堯帝的臣子，以孝聞名。堯將二女許配舜為妻，對舜進行考察，後來讓舜代行天子之政，還將帝位讓給他。舜帝南巡時死在蒼梧之野，葬在九疑。

其二

南風之薰❶兮，可以解吾民之慍❷兮。南風之時❸兮，可以阜❹吾民之財兮。

【注釋】❶薰 香草名，引申為花草的香氣。❷慍 怨怒。❸時 及時。❹阜 土山，這裡作動詞用，意為增加。

【語譯】芳香的南風啊，可以化解我的百姓的怨怒啊。及時的南風啊，可以增加我的百姓的財富啊。

【研析】《孔子家語》卷八〈辯樂解〉記載舜作了這首詩，《韓非子・外儲說左上》、《韓詩外傳》卷四、《淮南子・詮言》、《越絕書》卷一三〈外傳枕中〉、《史記・樂書》等，雖然沒有記載這首詩的具體內容，但都說到舜鼓五絃之琴，歌〈南風〉之詩而天下治。特別是陸賈《新語・無為篇》更明白說：「道莫大於無為，行莫大於謹敬，何以言之？昔虞舜治天下，彈五弦之琴，歌〈南風〉之詩，寂若無治國之意，漠若無憂民之心，然天下治。」說明這首歌表現了無為而治的思想，帝王只要有關懷百姓的情懷，就可治好天下。在寫作上，這首詩緊緊抓住了南風養人養物的特點，說它帶來的芳香能解除百姓的怨怒，及時來到可以增加百姓的財富，話雖不多，卻恰到好處。

渡易水

荊軻

【題解】〈渡易水〉，琴曲名，又叫〈荊軻歌〉、〈易水曲〉，是刺客荊軻接受燕太子丹的委託，前去刺殺秦王，出發時過易水時所作。

【作者】荊軻，戰國末年著名的刺客，祖先是齊國人，後來遷居到衛國，成了衛國人。荊軻由衛國到了燕國，與高漸離為友。後受燕太子丹之託去刺殺秦王（即後來的秦始皇），未成功，被秦王及其左右所殺。《戰國策．燕策三．燕太子丹質于秦亡歸》、《史記．刺客列傳》有關於他的事蹟的詳細記載。

風蕭蕭❶兮易水❷寒，壯士❸一去兮不復還❹！

【注釋】❶蕭蕭　風聲。❷易水　水名，在今河北境內。❸壯士　荊軻自謂。❹不復還　《文選》李善注：「自言為事成敗俱不還也。」

【語譯】風蕭蕭啊易水寒，壯士一去啊不再返！

【研　析】《戰國策・燕策三・燕太子丹質于秦亡歸》、《史記・刺客列傳》詳細記載了這首詩的創作背景：刺客荊軻答應為燕太子丹報仇去刺殺秦王，當時荊軻因為等另一個得力的助手而沒有動身，太子丹懷疑他不想去了，催他和秦舞陽一起上路，氣得荊軻發火說：「今天去了回不來，是你這小子造成的啊。」於是就出發。太子丹和賓客中知道這件事的人，都穿上白衣，戴上白帽去送別荊軻。到了易水邊上，祭過了路神，就上路。高漸離擊筑，荊軻和著筑音唱歌，唱出了悲涼的聲調，士人都低頭流淚。荊軻又上前唱了這首歌，唱出慷慨的聲調，士人都睜大了眼睛，頭髮都將帽子衝起來了。於是荊軻頭也不回就乘車走了。

這首詩就是在這樣的悲壯的場面中產生的，「語既不多，又無新巧，然而此二語遂能寫出天地愁慘之狀，極壯士赴死如歸之情」（宋張戒《歲寒堂詩話》卷上）。朱熹因為「其詞之悲壯激烈」，不是楚人卻寫出了這樣的楚調，將它選入《楚辭後語》。

力拔山操

項　籍

【題　解】〈力拔山操〉，琴曲名。操是琴曲的名稱，劉向《別錄》：「其道閉塞悲愁，而作者名其曲曰操，言遇災害不失其操也。」這裡的曲名當是後人所定。又名〈垓下歌〉、〈垓下帳中之歌〉。

【作　者】項籍（西元前二三二——前二〇二年），字羽，下相（在今江蘇宿遷西）人。年少時有大志，力能扛鼎，才氣過人。秦二世元年（西元前二〇九年），陳勝、吳廣起義，項籍與叔父項梁在吳中起兵反秦。項梁死後，項籍率領其軍鉅鹿救趙，大敗秦軍，進軍關中，焚燒秦宮室，自立為西楚霸王，封劉邦為漢王。經過數年楚漢之爭，項籍在垓下被漢軍所圍，突圍後在烏江自刎而死。《史記》有〈項羽本紀〉，《漢書》有〈項籍傳〉。

力拔山兮氣蓋世，時不利兮騅❶不逝。騅不逝兮可❷奈何，虞❸兮虞兮奈若何❹！

【注釋】❶騅　駿馬名。色青白。❷可　當。❸虞　虞姬，項籍的美女名。❹奈若何　把你怎麼辦。若，顏師古注：「汝也。」即「你」。

【語譯】力拔山啊氣蓋世，時運不好啊騅馬不走。騅馬不走啊當奈何，虞姬啊虞姬啊奈你何！

【研析】據《史記‧項羽本紀》記載，當時項籍的軍隊在垓下，兵少食盡，被漢軍和諸侯軍重重包圍。晚上聽到漢軍四面都唱著楚歌，項籍大驚說：「漢軍已經得到了楚國嗎？為什麼楚人這麼多啊！」項籍便半夜起來，在軍營裡飲酒。有個名叫虞的美人，常常跟著他；有匹駿馬叫騅，他常騎著。於是項籍就悲歌慷慨，自作自唱了這首詩。歌唱了幾遍，美人也跟著唱。項籍泣下數行，左右都哭泣，沒有人敢抬起頭來看他。後來突圍，陷在大澤裡。項籍說：「吾起兵至今八歲矣，身七十餘戰，所當者破，所擊者服，未嘗敗北，遂霸有天下。然今卒困於此，此天之亡我，非戰之罪也。」於是斬了漢軍一個將軍，嚇退了赤泉侯，又斬了一個都尉，還殺了數十百人，突圍出去。到了烏江，有船不渡，無臉見江東父老，自刎而死。

有了這些背景資料，就可知道項籍確是個力能拔山、氣可蓋世的英豪，詩中抒發了他的面臨末路時尚存的英雄豪氣以及無可奈何之情，宋蕭森評論說：「悲歌慷慨，猶有喑嗚叱吒之氣。」（《希通錄》）所言確非虛語。朱熹因為「其詞忼慨激烈，有千載不平之餘憤」，將它選入《楚辭後語》。明陸時雍將它和劉邦的〈大風歌〉加以比較，指出「〈大風〉雄壯，〈垓下〉悲憤」的特點，並肯定它們都「氣魄宛然如覩」（《古詩鏡》卷三一）。

項羽將自己失敗的原因歸之於時運不利，天之亡我，是大錯特錯。他不懂得戰爭的勝負，除了拼軍事實力，還得拼政治，拼智謀，拼人心向背……。可他卻背棄「先入定關中者王之」的盟約，自號西楚霸王，又放逐義帝，以致招來諸侯的怨叛。還居功自傲，有一智士范增卻不能信用，逞其私智而不借鑑歷史經驗，想專用武力經營天下，以致五年亡國。「身死東城，尚不覺寤而不自責，過矣。乃引『天亡我，非用兵之罪也』，豈不謬哉」（《史記・項羽本紀・太史公曰》）！

大風起

漢高帝

【題　解】〈大風起〉，琴曲名，又叫〈大風歌〉，因為詩中有三個「兮」字，「兮」、「侯」古韻通，所以又叫〈三侯之章〉，是漢高祖劉邦做了皇帝後返鄉時所作。

【作　者】漢高帝（西元前二五六——前一九五年），即劉邦，字季，沛縣豐邑人。初為泗上亭長，秦末陳勝、吳廣起義，劉邦也在沛縣起兵反秦，號沛公。懷王令項羽從黃河以北救趙攻秦，劉邦從黃河以南西行攻秦，誰先進入關中誰就做王。後來劉邦先入關，約法三章，去秦苛法，秦人唯恐劉邦不做秦王。項羽入關，違背懷王之約，自稱西楚霸王，封劉邦為漢王。經過數年的楚漢之爭，劉邦在垓下打敗項羽，即帝位，國號漢，在位十二年。《史記》、《漢書》都有他的本紀。

大風起兮雲飛揚，威加海內❶兮歸故鄉，安得猛士兮守四方？

【注釋】❶威加海內　猶威鎮海內。海內，四海之內。

【語譯】大風起啊雲飛揚，威鎮海內啊歸故鄉，怎能得到猛士啊守四方？

【研析】據《史記・高祖本紀》記載，漢高祖十二年（西元前一九五年）十月，劉邦打敗了謀反的淮南王黥布，回到故鄉沛縣。在沛宮設宴招待故人父老子弟，開懷飲酒，教沛中一百二十名兒童唱歌。飲得正歡暢的時候，劉邦擊筑（一種樂器），自作自唱了這首詩，還讓兒童跟著唱。劉邦親自起舞，高歌慷慨，心中悲傷，泣數行下，對沛中父老兄弟說：「遊子悲故鄉，我雖然在關中建都，死後我的魂魄還樂意思念沛縣。」數月以後劉邦便去世了。

這首詩的第一句用風起雲湧比喻秦末漢初群雄競逐，天下大亂，第二句用威加四海敘述自己平定大亂，做了皇帝，榮歸故里，第三句直說安不忘危，想得到猛士守住天下。沒有華麗的詞藻，完全直抒胸臆，雖然只有三句，卻「感激悲壯，語短而意益長」（明李東陽《懷麓堂詩話》），帝王氣概，盡現歌中。朱熹《楚辭後語》評論這首詩說：「自千載以來，人主之詞，亦未有若是其壯麗而奇偉者也。嗚呼，雄哉！」之所以能取得如此的效果，並非是劉邦有多好的文學修養，而是帝王心情的自然流露，正如蘇轍在〈詩病五事〉所言：「高帝豈以文字高世者哉？帝王之度固然，發於其中而不自知也。」

胡笳十八拍

蔡　琰

【題　解】〈胡笳十八拍〉，琴曲名。胡笳是北方少數民族的一種吹奏樂器，有說是「胡人捲蘆葉吹之以作樂」（《說文》），有說是「笛類」（《文選》注），也有說是「似觱篥（古代一種管樂器，出自龜茲）而無孔」（《樂書》）。十八拍相當於十八樂章。

【作　者】蔡琰（西元一七七──？年），字文姬，陳留人，是蔡邕的女兒。博學有才辯，妙於音律。先嫁衛仲道，夫亡無子，回到娘家居住。漢末天下大亂，被匈奴的騎兵所擄，流入南匈奴十二年，做了左賢王的妻子，生了兩個孩子。曹操念蔡邕沒有子嗣，派遣使者用金璧將她贖回，再嫁給董祀為妻。她感傷亂離，寫了兩首〈悲憤詩〉，一首五言，一首騷體。另外，這首〈胡笳十八拍〉是否為她所作有不同意見。

第一拍

我生之初尚無為❶，我生之後漢祚❷衰。天不仁兮降亂離，地不仁兮使我逢此時。干戈日尋❸兮道路危，民卒流亡兮共哀悲。煙塵蔽野兮胡虜❹盛，志意乖❺兮節義虧❻。對殊俗兮非我宜，遭惡辱❼兮當告誰？

笳一會兮琴一拍❽，心潰死❾兮無人知。

【章　旨】言自己生不逢辰，流入匈奴，遭受汙辱，有苦無人可訴。

【注　釋】❶我生之初句　語本《詩經・邶風・兔爰》：「我生之初尚無為，我生之後逢此百罹。」《鄭箋》：「尚，庶幾也。言我幼稚之時，庶幾於無所為謂軍役之事也。我長大之後，乃遇此軍役之多憂。」朱熹《集傳》：「方我生之初，天下尚無事；及我生之後，而逢時之多難。」❷漢祚　漢朝的皇位，即漢朝的政權。詞出班固〈東都賦〉：「往者王莽作逆，漢祚中缺。」❸干戈日尋　即日尋干戈，謂戰亂。《左傳・昭公元年》：「日尋干戈，以相征討。」杜預注：「尋，用也。」❹胡虜　對匈奴的貶稱。❺志意乖　違背意志。❻節義虧　節義受損。❼惡辱　汙辱。惡，汙。❽笳一會句　有說當是指胡笳吹到一個段落響起合奏聲時，正好是琴曲的一個樂章。❾潰死　《楚辭後語》、《文選補遺》、《古詩紀》、《古詩鏡》作「憤怨」。

【語　譯】我初生的時候天下還無事，我出生以後漢朝走向衰微。上天不仁愛啊降下亂離，地神不仁愛啊讓我出生在這樣的時代裡。戰亂不斷啊道路險危，人民流亡啊共同哀悲。煙塵蔽野啊胡虜勢盛，違背意志啊節義損失。面對不同的風俗啊我不能適應，遭受汙辱啊我當告訴誰？胡笳吹了一段啊是琴的一拍，心中怨憤啊無人理會。

第二拍

戎羯❶逼我兮為室家❷，將❸我行兮向天涯。雲山萬重兮歸路遐，疾風❹千里兮揚塵沙。人多暴猛兮如蟲虵❺，控弦被❻甲兮為驕奢。兩拍張懸❼兮弦欲絕❽，志摧心折兮自悲嗟。

【章旨】言匈奴逼婚，迫使自己走向天涯，傷心自歎。

【注釋】❶戎羯　此稱匈奴。《四庫全書》本《後漢書・吳蓋陳臧列傳》：「戎羯喪其精膽。」李賢注：「羯本匈奴別部，分散居其上黨、武鄉羯室，因號羯胡。」❷為室家　做妻子。《禮記・曲禮上》：「三十曰壯，有室。」《疏》：「壯有妻，妻居室中，故呼妻為室。」❸將　推。與《詩經・小雅・無將大車》的「將」用法相同。❹疾風　急風；暴風。❺虵　同「蛇」。❻被　同「披」。❼張懸　《文選補遺》、《古詩紀》、《古詩鏡》作「張弦（絃）」。言是將絃繃緊。❽絕　斷。

【語譯】匈奴逼我啊為妻成家，推著我走啊向天涯。雲山萬重啊歸路遠，暴風千里啊揚塵沙。人多暴猛啊像蟲蛇，開弓披甲啊為驕奢。兩拍張絃啊絃將斷，灰心喪氣啊自悲嗟。

第三拍

越漢國兮入胡城，亡家失身兮不如無生❶。氈裘❷為裳兮骨肉震驚，羯羶❸為味兮枉遏我情❹。鞞鼓❺喧兮從夜達明，風浩浩兮暗塞營❻。傷今感昔兮三拍成，銜悲畜❼恨兮何時平？

【章　旨】言亡家失身以後生不如死，傷今感昔，悲恨難平。

【注　釋】❶不如無生　語出《詩經・小雅・苕之華》：「知我如此，不如無生。」《鄭箋》：「我，我王也。知王之為政如此，則已之生不如不生也。自傷逢今世之難，憂悶之甚。」❷氈裘　毛氈，用獸毛碾壓成的片狀物。❸羯羶　有羊臭的公羊肉。羯，閹過的公羊。羶，難聞的羊氣味。❹枉遏我情　枉阻我情，使我的心情受到傷害。枉，使受屈。遏，阻止；阻斷。「枉遏」的用法，古代很少見到，後世僅查得一例，明人龔斆《鵝湖集》卷六〈檄風伯文〉：「矧值蒙恒，枉遏我程。」❺鞞鼓　軍中用的一種鼓。❻暗塞營　原作「暗塞昏營」，依《楚辭後語》、《文選補遺》、《古詩紀》、《古樂苑》、《古詩鏡》校改。塞營，塞外的軍營。❼畜　通「蓄」。

【語　譯】越過了國境啊進入匈奴城，無家失身啊不如不出生。毛氈做衣裳啊親人震驚，羶羊肉做食品啊傷害我的心情。軍鼓喧天啊從黑夜到天明，大風呼呼啊塞外的軍營陰沉沉。傷今感昔啊三拍已經完成，含悲蓄恨啊幾時才能氣和心平？

第四拍

無日無夜兮不思我鄉土，稟氣含生❶兮莫過我最苦。天災國亂兮人無主，唯我薄命兮沒戎虜❷。俗殊心異兮身難處，嗜欲不同兮誰可與語？

尋思涉歷❸兮何❹艱阻，四拍成兮益悽楚。

【章旨】言自己在匈奴痛苦思鄉。

【注釋】❶稟氣含生　意為人受氣而有生命。古代以為人是受氣於天地或陰陽才有生命。稟，受。❷戎虜　對西方少數民族的貶稱。按，詩中對劫持蔡琰的軍隊時稱胡虜，時稱戎虜。❸涉歷　經歷。❹何　何等；多麼。

【語譯】沒日沒夜啊不想我鄉土，受氣而生的人啊只有我最苦。天災國亂啊人無主，只有我命薄啊陷入匈奴。風俗不同、人心怪異啊難於相處，嗜好不同啊有話誰可告訴？想起這段經歷啊何等艱苦，四拍奏完啊更加悽楚。

第五拍

雁南征兮欲寄邊心，雁北歸兮為得漢音。雁飛高兮邈❶難尋，空腸斷兮思愔愔❷。攢眉向月兮撫雅琴❸，五拍泠泠❹兮意彌深。

【章旨】言音訊斷絕的痛苦。

【注釋】❶邈　遠。❷愔愔　安靜無聲，默默無言。❸雅琴　應劭《風俗通義》卷六〈琴〉：「雅琴者，樂之統也，君子所常御（常用），不離於身」，「琴之為言禁，雅之為言正也，言君子守正以自禁也。」❹泠泠　形容聲音清越。

【語　譯】雁南飛啊想寄去邊人的一片心，雁北歸啊想得到漢朝的音訊。雁遠走高飛啊難以找尋，徒然斷腸啊心中愁思默默無聲。皺著眉頭向著月亮啊撫著雅琴，五拍清越啊意更深。

第六拍

冰霜凜凜❶兮身苦寒，飢對肉酪兮不能飡❷。夜聞隴水❸兮聲嗚咽，朝見長城兮路杳漫❹。追思往日兮行李❺難，六拍悲來兮欲罷彈。

【章　旨】言日夜寢食不安之苦。

【注　釋】❶凜凜　寒冷。❷飡　同「餐」。❸隴水　即隴頭水，在今陝西西部隴縣至甘肅平涼一帶。詳見〈隴頭歌辭〉題解。❹杳漫　昏暗而又遙遠的樣子。❺行李　詞出《左傳・僖公三十年》：「行李之往來。」行李，指使者。疑此處與行旅、行路同義。

【語　譯】冰雪凜凜啊身子苦寒，飢對肉食乳酪啊不能進餐。晚上聽著隴水啊聲音嗚咽，早上見到長城啊歸路漫漫。回想往日啊行路艱難，六拍奏完悲傷啊不想再彈。

第七拍

日暮風悲兮邊聲四起❶，不知愁心兮說向誰是❷？原野蕭條兮烽戍萬里❸，俗賤❹老弱兮少壯為美。逐有水草❺兮安家葺壘❻，牛羊滿地兮聚如蜂蟻。草盡水竭兮羊馬皆徙，七拍流恨兮惡居於此❼！

【章旨】言有苦無處訴，還遭遷徙。

【注釋】❶邊聲四起　李陵〈答蘇武書〉：「胡笳互動，牧馬悲鳴，吟嘯成群，邊聲四起。」六臣注「邊聲四起」：「笳曲、馬鳴、鼓吹之屬。」❷說向誰是　向誰訴說才對，換言之即無處可訴。曹植〈浮萍篇〉：「愁心將何愬？」❸烽戍萬里　萬里都是烽火臺。❹賤　作動詞用，意為賤視。❺逐有水草　《周禮．冬官．考工記》：「匈奴無屋宅，畋獵畜牧，逐水草而居。」逐，隨。❻葺壘　茅草蓋頂用土石壘起的房子。❼惡居於此　憎惡住在此地。惡居，詞出《論語．子張》：「君子惡居下流。」

【語譯】日落風悲啊邊聲四處響起，不知道我的愁心啊該向誰說去？原野寂寞冷落啊烽臺萬里，匈奴習俗輕視老弱啊少壯才算美。隨著有水草的地方啊安家築壘，牛羊滿地啊聚在一起像蜂蟻。草盡水竭啊羊馬都遷徙，奏完七拍流露出怨恨啊討厭住在此地！

第八拍

為❶天有眼兮何不見我獨漂流？為神有靈兮何事處我天南海北頭？我不負天兮天何配我殊匹❷？我不負神兮神何殛❸我越荒州？製茲

八拍兮擬❹排憂，何知曲成兮轉悲愁。

【章旨】呼天搶地，以洩憂憤。

【注釋】❶為 通「謂」。❷殊匹 特殊的配偶，指被迫與匈奴左賢王成親。❸殛 懲罰。❹擬 打算。

【語譯】說是天有眼啊為什麼看不見我一人在漂流？說是神有靈啊因為何事處罰我到天南海北頭？我沒有違背天意啊天為何配給我特殊配偶？我沒有違背神的旨意啊神為何處罰我穿越荒州？作這八拍啊原想排憂，哪知曲成啊反而更悲愁。

第九拍

天無涯兮地無邊，我心愁兮亦復然❶。人生倏忽❷兮如白駒之過隙❸，然不得歡樂兮當我之盛年❹。怨兮欲問天，天蒼蒼兮上無緣❺。舉頭仰望兮空雲煙，九拍懷情兮誰為傳？

【章旨】年華易逝，心愁無邊，問天也枉然。

【注釋】❶然 如此。❷倏忽 即「倏忽」，忽然；瞬間即逝。❸白駒之過隙 《莊子・達生》：「人生天地之間，若白駒之過郤（隙），忽然而已。」❹盛年 年富力強的時候。❺無緣 沒有緣由。

【語　譯】天無邊啊地無邊，我心憂愁啊也無邊。人生一瞬啊像白駒過縫隙，然而得不到歡樂啊當我在壯年。怨恨啊我想問天，天蒼蒼啊上天沒有由緣。抬頭仰望啊空見雲煙，九拍懷情啊有誰傳？

第十拍

城頭烽火不曾滅❶，疆場征戰何時歇？殺氣朝朝衝塞門❷，胡風❸夜夜吹邊月。故鄉隔兮音塵❹絕，哭無聲兮氣將咽❺。一生辛苦兮緣別離❻，十拍悲深兮淚代血❼。

【章　旨】戰火不熄，思鄉之苦無止境。

【注　釋】❶城頭句　從此以下四句極似唐詩。明王世貞《藝苑卮言》卷三：「『殺氣朝朝衝塞門，胡風夜夜吹邊月』，全是唐律。」❷塞門　邊關。❸胡風　北風。❹音塵　信息。❺咽　哽咽。氣出不來，說不出話。❻別離　《古詩紀》、《古樂苑》、《古詩鏡》作「離別」。❼代血　《楚辭後語》、《文選補遺》、《古詩紀》、《古詩鏡》作「成血」。

【語　譯】城頭烽火不曾滅，疆場征戰幾時歇？殺氣朝朝衝邊關，北風夜夜吹邊月。故鄉隔離啊音信絕，哭泣無聲啊氣將咽。一生辛苦啊因離別，十拍悲深啊淚成血。

第十一拍

我非貪生而惡❶死，不能捐身❷兮心有以❸。生仍冀得❹兮歸桑梓❺，死當埋骨兮長已矣❻。日居月諸❼兮在戎壘❽，胡人寵我兮有二子。鞠之育之❾不羞恥，愍之念之❿兮生長邊鄙⓫。十有一拍兮因茲起，哀響纏綿兮徹心髓⓬。

【章旨】說明自己沒有死的原因是想歸故鄉和可憐孩子。

【注釋】❶惡　意為憎惡。❷捐身　捨身。❸以　原因。❹生仍冀得　原作「生乃既得」，據《楚辭後語》、《文選補遺》、《古詩紀》、《古樂苑》、《古詩鏡》校改。❺桑梓　故鄉。❻長已矣　永遠完了。長，長久；永遠。已，止；罷了。按，杜甫〈石壕吏〉：「存者且偷生，死者長已矣。」說明杜甫見過〈胡笳十八拍〉。❼日居月諸　太陽啊月亮啊，引申意為「歲月」或「日夜」。語出《詩經・邶風・日月》：「日居月諸，照臨下土。」「居」「諸」是語助詞。❽戎壘　原作「我壘」，據《楚辭後語》、《文選補遺》、《古詩紀》、《古樂苑》、《古詩鏡》校改。壘，即七拍「葺壘」之「壘」。❾鞠之育之　意為養育他們。鞠，養育。之，代詞，代二子。《詩經・小雅・蓼莪》：「父兮生我，母兮鞠我。拊我畜我，長我育我。」又，《楚辭後語》、《文選補遺》、《古詩紀》、《古樂苑》、《古詩鏡》「鞠之育之」後有「兮」字。❿愍之念之　憐憫他們想念他們。⓫邊鄙　邊邑。⓬哀響句　原無「纏綿」二字，據《楚辭後語》、《文選補遺》、《古詩紀》、《古樂苑》、《古詩鏡》增補。徹，通；透。

【語　譯】我不是貪生而怕死，不能去死啊心中有原因。活著仍然希望啊能回到故里，死了就將埋骨塞外永遠回不去。日日夜夜啊住在戎人的土屋裡，匈奴人寵愛我啊生有兩個孩子。養育他們啊我不知羞恥，可憐他們念著他們啊生長在邊地。十一拍啊因此起，哀響纏綿啊透心髓。

第十二拍

東風應律❶兮暖氣多，漢家天子兮布陽和❷。羌胡踏舞❸兮共謳歌，兩國交歡兮罷兵戈。忽逢漢使兮稱近詔❹，遣千金兮贖妾❺身。喜得生還兮逢聖君，嗟別二子兮會無因。十有二拍兮哀樂均，去住兩情兮誰具陳。

【章　旨】漢胡議和，蔡琰得以生還，去留兩難，悲喜交集。

【注　釋】❶應律　《楚辭・九歌・東君》：「應律兮合節。」本謂歌聲與音律相應，此指東風應時而至。❷布陽和　是指向匈奴宣布實行議和政策。❸踏舞　踏地而舞。❹稱近詔　指向匈奴宣布近來漢皇的詔令。❺妾　蔡琰對自己的賤稱。

【語　譯】東風應時而來啊暖氣多，漢朝天子啊對匈奴宣布議和。羌人匈奴人踏地起舞啊一起謳歌，漢胡兩國交歡啊罷干戈。忽逢漢使啊宣布近來的詔令，派他來用千金啊贖回我身。高興的是能夠生還啊碰上了聖君，歎息的是要離開二子啊會面無因。十二拍啊哀樂均平，是去是住啊兩種感情難說清。

第十三拍

不謂殘生❶兮卻得旋歸，撫抱胡兒❷兮泣下霑衣。漢使迎我兮四牡騑騑❸，號失聲❹兮誰得知！與我生死兮逢此時，愁為子兮日無光輝。焉得羽翼兮將❺汝歸！一步一遠兮足難移。魂消影絕兮恩愛遺，十有三拍兮弦急調悲，肝腸攪刺❻兮人莫我知❼。

【章　旨】還鄉別子，難捨難分，心中痛苦，無人知曉。

【注　釋】❶殘生　僥倖保住的生命。❷胡兒　指蔡琰同匈奴左賢王所生的兒子。❸四牡騑騑　四匹公馬疲勞的樣子。牡，公馬。騑騑，疲勞。語出《詩經・小雅・四牡》。❹號失聲　原作「胡兒號」，據《楚辭後語》、《文選補遺》、《古詩紀》、《古樂苑》、《古詩鏡》校正。❺將　攜將；攜帶。《後漢書・蔡邕傳》：「遂攜將家屬，逃入深山。」❻攪刺　攪動針刺。❼莫我知　「莫知我」的倒裝。

【語　譯】不料那殘命啊卻能回歸，撫抱孩兒啊淚下沾衣。漢朝使者迎接我啊四匹公馬跑得累，哭不出聲音啊誰人能知！與我生死啊逢上此時，為兒愁啊太陽也沒有光輝。怎能長上翅膀啊攜你們歸去！走一步遠一步啊腳步難移。魂消影斷啊恩愛失去，十三拍啊絃急調悲，肝腸攪刺啊我無人知。

第十四拍

身歸國兮兒莫知隨❶，心懸懸❷兮長如飢。四時萬物兮有盛衰，唯有愁苦兮不暫移。山高地闊兮見汝無期，更深夜闌❸兮夢汝來斯。夢中執手兮一喜一悲，覺後痛吾心兮無休歇時。十有四拍兮涕淚❹交垂，河水東流兮心是思。

【章　旨】別子回漢，無時無刻不在思念兒子，甚至夢中見到兒子。

【注　釋】❶莫知隨　《古詩紀》、《古詩鏡》作「莫之隨」。❷懸懸　懸念；思念。❸夜闌　夜盡；深夜。❹涕淚　鼻涕和眼淚。

【語　譯】自己回國啊兒子沒有跟隨，心中長久思念啊如渴似飢。四季萬物啊有盛有衰，只有我的愁苦啊不暫轉移。山高地闊啊會見你們無期，更深夜盡啊夢見你們來到這裡。夢中握手啊又喜又悲，醒後我痛心啊沒有止息。十四拍啊涕淚交垂，河水東流啊心思似水。

第十五拍

十五拍兮節調促，氣填胸兮誰識曲？處穹廬❶兮偶殊俗❷，願歸來兮天從欲❸。再還漢國兮歡心，心有憶兮愁轉深。日月無私兮曾❹不照臨，子母分離兮意難任❺。同天隔越兮如商參❻，生死不相知兮何處尋？

【章旨】回漢以後，與子別離，喜憂交集。

【注釋】❶穹廬 氈帳，俗稱蒙古包。❷偶殊俗 （漢胡）兩種不同的風俗。偶，成雙叫偶。❸天從欲 天隨人願。❹曾 竟。❺難任 難以承受。王粲〈登樓賦〉：「情眷眷而懷歸兮，孰憂思之可任！」五臣注：「誰堪此憂思也。」❻商參 二星名，參在西，商在東，此出彼沒，無法相見。

【語譯】十五拍啊節拍快音調促，氣憤填胸啊誰識此曲？住在蒙古包裡啊兩種不同的風俗，願意歸來啊天從人欲。回到漢國啊我真歡心，心中有事啊愁苦轉深。日月沒有偏私啊竟不照臨，子母分離啊情意難以擔承。同一個天空分隔兩地啊好似商參二星，是生是死互不知曉啊何處找尋？

第十六拍

十六拍兮思茫茫❶，我與兒兮各一方。日東月西兮徒相望，不得相隨兮空斷腸。對萱草❷兮徒想憂忘❸，彈鳴琴❹兮情何傷！今別子兮歸故鄉，舊怨平兮新怨長。泣血仰頭兮訴蒼蒼，生我兮獨罹此殃❺？

【章　旨】別兒歸漢，思念兒子十分悲傷，舊怨已平，新怨又長。

【注　釋】❶茫茫　沒有邊際的樣子。❷萱草　忘憂草。《詩經・衛風・伯兮》：「焉得諼（萱）草，言樹之背（北）。」《毛傳》：「諼草令人忘憂。」《說文》：「藼，令人忘憂草也。又作『蕿』及『萱』。」❸徒想憂忘　《楚辭後語》、《文選補遺》、《古詩紀》、《古詩鏡》作「憂不忘」。❹鳴琴　先秦時，「鳴琴」一詞已出現，《呂氏春秋・開春論・察賢》：「宓子賤治單父，彈鳴琴，身不下堂而單父治。」鳴琴即是琴，為何以「鳴」名之，不詳。❺生我句　《楚辭後語》、《文選補遺》、《古樂苑》作「胡為生我兮獨罹此殃」。

【語　譯】十六拍啊思茫茫，我與兒子啊天各一方。日東月西啊徒然相望，不能相隨啊空自斷腸。面對忘憂草啊憂愁不能忘，彈奏鳴琴啊情意何等悲傷！而今別兒啊歸故鄉，舊怨已平啊新怨又長。泣血抬頭啊告訴上蒼，為什麼生了我啊卻讓我獨遭此殃？

第十七拍

十七拍兮心鼻酸，關山阻脩❶兮行路難。去時懷土兮心無緒，來時別兒兮思漫漫。塞上黃蒿兮枝枯葉乾，沙場白骨兮刀痕箭瘢❷。風霜凜凜兮春夏寒，人馬飢虺❸兮骨肉單❹。豈知重得兮入長安，歎息欲絕兮淚闌干❺。

【章旨】回漢途中眼見黃蒿枯乾，白骨蔽野，人飢馬疲，並念及親人孤單地留在匈奴的景況。

【注釋】❶脩 同「修」。長。❷去時四句 《樂府詩集》原作二句「去時懷土兮枝枯葉乾，沙場白首兮刀痕箭瘢」，今據《楚辭後語》、《文選補遺》、《古詩紀》、《古樂苑》、《古詩鏡》增改。漫漫，漫長；沒有止境。塞上，邊塞上。❸虺 虺隤；疲病。《詩經・周南・卷耳》：「我馬虺隤。」《毛傳》：「虺隤，病也。」❹骨肉單 指兒子離開親人，顯得孤單。❺闌干 縱橫流淌。

【語譯】十七拍啊心痛鼻酸，關山險阻路途遙遠啊行路艱難。去時思念鄉土啊心中亂，回時離開兒子啊想個沒完。邊塞上的黃蒿啊枝枯葉乾，沙場裡白骨啊刀痕箭瘢。風霜冰冷啊春夏寒，人飢馬疲啊親人孤單。哪知重得機會啊進入長安，歎息得氣將斷啊淚水流淌。

第十八拍

胡笳本自出胡中，緣❶琴翻❷出音律同。十八拍兮曲雖終，響有餘兮思未窮。是知絲竹微妙兮均造化❸之功，哀樂各隨人心兮有變則通❹。胡與漢兮異域殊風，天與地隔兮子西母東。苦我怨氣兮浩❺於長空，六合雖廣❻兮受之應不容。

【章　旨】曲雖終了，思念無窮，怨氣比宇宙還大。

【注　釋】❶緣　原誤作「綠」。依《楚辭後語》、《文選補遺》、《古詩紀》、《古樂苑》、《古詩鏡》校改。❷翻　在這裡是指原由胡笳演奏的樂曲再用琴演奏。❸造化　大自然。❹變則通　語出《周易・繫辭下》：「窮則變，變則通，通則久。」❺浩　廣大。❻六合雖廣　原作「六合離」，據《楚辭後語》、《文選補遺》、《古詩紀》、《古樂苑》、《古詩鏡》校補。六合，指天、地以及東、南、西、北四方，有「宇宙」之意。

【語　譯】胡笳本來出自匈奴之中，由琴奏出音律相同。十八拍啊曲調雖終，餘音不絕啊思念無窮。由此可知樂器微妙啊都是大自然神功，是哀是樂各隨人心啊有變就通。匈奴和漢朝啊地域各異風俗不同，天和地相隔啊兒子在西母親在東。我的怨氣啊大過長空，宇宙雖廣啊該不能將它容納在其中。

【研　析】〈胡笳十八拍〉，相傳是東漢蔡琰所作，不過一直有爭論。蔡琰的事蹟，早見於《後漢書・列女傳・董祀妻傳》，但傳中只說到她「感傷亂離，追懷悲憤，作詩二章」，一首是五言詩，一首是騷體詩，沒有提到〈胡笳十八拍〉。說〈十八拍〉是蔡琰作，當始於唐或唐以前的〈蔡琰別傳〉，傳中說蔡琰在匈奴時，「春月登胡殿，感笳之音，作〈十八拍〉」（引自《太平御覽》卷五八一）。開元、天寶年間，詩人李頎相信蔡琰寫了〈胡笳十八拍〉：「蔡女昔造胡笳聲，一彈一十有八拍。」（〈聽董大彈胡笳聲兼語弄寄房給事〉）中晚唐時劉商作〈胡笳曲序〉，說蔡琰善於彈琴，能演奏〈離鸞別鶴之操〉。回漢後，胡人思念她，「捲蘆葉為吹笳，奏哀怨之音。後董生以琴寫胡笳聲為〈十八拍〉，今之〈胡笳弄〉是也」。只是說在蔡琰回漢後，董祀作了〈胡笳曲〉十八拍，沒有說蔡琰寫了〈胡笳十八拍〉歌辭。

北宋時，王安石作集句詩〈胡笳十八拍〉，只說「中郎（蔡邕）有女能傳業，顏色如花命如葉」，對〈胡笳十八拍〉的真偽問題沒有直接發表意見。不過他既然寫了〈胡笳十八拍〉，又提到蔡邕女，可能他也是相信蔡琰作了〈胡笳十八拍〉的。首先說《後漢書》中所載的兩首〈悲憤詩〉是偽作的人是蘇軾，他的依據有兩條：一是建安時期詩歌的風格是「含養圭角，不盡發見」，而〈悲憤詩〉二首其詞「明白感慨，頗類世所傳〈木蘭花詩〉」，因而斷定「東京（指東漢）無此格也」。二是蔡琰慘遭流離之苦是在董卓死了之後，而五言詩中卻說她是在「卓眾來東下」時被董卓軍所驅虜入胡中，因此「尤知其非真也」，並指出這是由於「擬作者疏略」所致（《東坡志林》卷一）。但蘇軾沒有提到〈胡笳十八拍〉，也沒有對它的真偽問題發表意見，他說的只是兩首〈悲憤詩〉。另外，據說到了晚年，蘇軾又書手帖：「史載文姬兩詩，特為俊偉，非獨為婦人之奇，乃伯喈所不逮。」（見宋何薳《春渚紀聞》卷六〈東坡事實‧論古文俚語二說〉）實際上又否定自己從前的看法。

到了南宋，朱熹既提到兩首〈悲憤詩〉「蘇公已辯其妄」，同時又肯定〈胡笳十八拍〉是蔡琰所作，並且將它選入《楚辭後語》。真正首先否認〈胡笳十八拍〉是蔡琰所作的人當是南宋初年的王觀國，他說：「今世所傳〈胡笳十八拍〉，亦或用文姬詩中語，蓋非文姬所撰，乃後人撰以詠文姬也。」（《學林》卷八）他只指出〈胡笳十八拍〉用了〈悲憤詩〉中的詞語，沒有進行更多的論證。在他之後的姜夔認為蔡琰被曹操贖回到洛陽以後，「見胡雛而念其子，作〈胡笳十八拍〉，琴家傳之」（《絳帖平》卷一）。可見他沒有接受王觀國的論點。南宋末年車若水認為「〈胡笳十八拍〉，乃隋唐衰世之人為之，其文辭甚可見」（《腳氣集》）。又否定了〈胡笳十八拍〉是蔡琰所作，至於如何從文辭中作出這一結論，他沒有具體論證。

明代王世貞將〈胡笳十八拍〉和〈木蘭詩〉看作同類作品，認為都是梁陳及唐人所作：「〈木蘭〉不必用『可汗』為疑，『朔氣』『寒光』致貶，要其本色，自是梁陳及唐人手段。〈胡笳十八拍〉軟語似出閨襜，而中雜唐調，非文姬筆也，與〈木蘭〉頗類。」（《藝苑卮言》卷二）他所說的「中雜唐調」是指〈胡笳十八拍〉中的「殺氣朝朝衝塞門，胡風夜夜吹邊月」等詩句來說的。但是可否因為有這兩句詩就斷定〈胡笳十八拍〉是唐人所作，恐怕沒有如此簡單。這有沒有可能是後人潤色加工的結果，就像〈木蘭詩〉中有「朔氣傳金柝，寒光照鐵衣」等唐調卻仍是北朝民歌一樣，這種可能性也不能完全排除。

上世紀五十年代末期，就〈胡笳十八拍〉的真偽問題展開了一次大論爭，郭沫若、高亨等認為〈胡笳十八拍〉是蔡琰所作，劉大杰、譚其驤等持相反的意見。

由上可知，〈胡笳十八拍〉的真偽問題，自宋代以來爭論了近千年，至今未有定論。但它確是一首感情熾烈而逼真的動人的好詩，所以我們還是選了它。

這首詩和五言〈悲憤詩〉不同，不重在敘事，而重在抒情——抒發她沒入胡中後思鄉、回漢後念子的痛苦之情。詩可分為兩大部分，一至十拍為上半部，重在思鄉；十二至十八拍為下半部，重在念子。十一拍夾在中間，既思桑梓，又念二子，起著承上啟下的過渡作用。

上半部先從生不逢時說起，在戰亂中她沒入匈奴，被迫成婚，亡家失身，生不如死，含悲蓄恨，過著「俗殊心異兮身難處，嗜慾不同兮誰可與語」的異域生活，日日夜夜都在思念家鄉，「雁南征兮欲寄邊心，雁北歸兮為得漢音」，可是雁也遠走高飛，杳無音信，她只能「空斷腸」而已。有話無處說，有苦無處訴，「不知愁心兮說向誰是」？下半部寫胡漢交歡，她喜得生還，這本來是一件令人高興的事，可是還鄉就必須別子，使她又陷入去留兩難的困境。她終於歸漢了，兒子留在胡地，於是子西母東，天各一方，舊怨已平，新怨又長，只能「日東月西兮徒相望，不得相隨兮空斷腸」。

這首詩的寫作特點是善於抒情，將思鄉、念子之情淋漓盡致地表現出來了。無論前半部寫思鄉，還是後半部寫念子，都是「哀怨發中，不能自已之言」（朱熹《楚辭後語》）。所抒之情真切動人，具有極強的感染力。詩人時而哀怨，如泣如訴；時而憤懣，悲痛至極。說到傷心處，呼天搶地，毫無顧忌，甚至責問上蒼：「為天有眼兮何不見我獨漂流？為神有靈兮何事處我天南海北頭？我不負天兮天何配我殊匹？我不負神兮神何殛我越荒州？」那心中的悲憤，像火山爆發，似怒濤奔流，一衝而出，一瀉千里，與《竇娥冤》中的「地也，你不分好歹何為地？天也，你錯勘賢良枉做天」有異曲同工之妙。

九、雜曲歌辭

雜曲，當是指內容複雜而言，郭茂倩說：「雜曲者，歷代有之，或心志之所存，或情思之所感，或宴遊歡樂之所發，或憂愁憤怨之所興，或敘離別悲傷之懷，或言征戰行役之苦，或緣於佛老，或出自夷虜，兼收備載，故總謂之雜曲。」《樂府詩集》收雜曲歌辭十八卷。

驅車上東門行

古辭

【題解】〈驅車上東門行〉，雜曲名。驅車，駕車。上東門，在洛陽舊城東面，洛陽城有十二門，東面三門，北頭第一門叫上東門。行，歌曲的體裁之一。

驅車上東門，遙望北郭❶墓。白楊何蕭蕭❷，松柏❸夾廣路。下有陳死人❹，杳杳❺即長暮❻。潛寐❼黃泉❽下，千載永不寤❾。浩浩陰陽移❿，年命如朝露。人生忽⓫如寄⓬，壽無金石固。萬歲更相送，賢聖莫能度⓭。
服食求神仙⓮，多為藥所誤。不如飲美酒，被服紈與素⓯。

【注　釋】❶北郭　《文選》、《古樂府》、《風雅翼》、《古詩紀》、《古今詩刪》、《石倉歷代詩選》、《古樂苑》、《古詩鏡》均作「郭北」，意為外城的北邊，上有邙山，多墳墓。❷蕭蕭　悲淒之聲。❸松柏　古代在墓旁多栽松柏梧桐。❹陳死人　陳舊的死人，即死去很久的人。❺杳杳　幽暗。❻即長暮　走向長夜。人死以後在墓中長眠等於走向長夜。❼潛寐　深睡。❽黃泉　地下。詞出《左傳．隱公元年》：「不及黃泉，毋相見也。」❾寤　睡醒。❿浩浩句　意為四季如水流一樣運行不息。浩浩，水流的樣子。陰陽，謂四季，《神農本草》稱春夏為陽，秋冬為陰。移，移動；變化。⓫忽　倏忽；瞬間。⓬寄　寄居；住旅舍。⓭萬歲二句　意為永遠是一代人送走一代人，就是聖賢也不能超越。萬歲，言長久、永遠。更，更換；更遞。度，超越。⓮服食句　意為吃藥或求神仙以求延年益壽或長生不老。服食，食，如吃藥可說服藥。古人相信服食藥物可以成仙或長生不老，如《漢書．郊祀志》：「世有僊人，服食不終之藥。」《論衡．道虛篇》：「道家或以服食藥物，輕身益氣，延年度世。」《史通．雜述》：「若論神仙之道，則服食鍊氣，可以益壽延年。」⓯紈與素　指細絹和白絹製的衣服。

【語　譯】駕車來到上東門，遠望外城北邊墓。白楊蕭蕭多淒涼，兩旁松柏夾大路。下面埋著久死人，幽暗長夜是居處。深深睡在黃泉下，千年萬載不醒悟。四季變化似流水，壽命就像是朝露。人生瞬間如過客，年壽沒有金石固。永遠一代送一代，即使聖賢難說不。服用藥物求神仙，結果多被藥所誤。不如趕快飲美酒，穿上細絹和絲素。

【研　析】這是一首睹物生感、觸景生悲的詩。詩人驅車來到上東門，看見城外的墓地，因而想到墓中永遠不會醒來的死者。再由死者想到人生如寄，人壽有限，即使服藥求神仙也於事無補，於是便想在吃穿上盡情享受，用消極的態度對待人生。元劉履分析說：「此驅車郭門，因所見而感悟，謂死者不可復作（再起來），生者豈能長存，人壽有限，雖往古聖賢，亦莫能過越於此者。與其逆理以求生，不若奉身以自養。」（見《風雅翼・選詩補註・一》）「逆理以求生」當然違背了自然發展的規律，「奉身以自養」也是某類人的一種活法，如能用積極的態度對待人生，將有限的壽命多為社會作奉獻，不也是一種更有意義的活法嗎？

駕出北郭門行

阮瑀

【題解】〈駕出北郭門行〉，樂府雜曲名。北郭門，北邊外城的城門。

【作者】阮瑀（西元？——二一二年），字元瑜，陳留人。是「建安七子」之一，少有雋才，受學於蔡邕，後為曹操司空軍謀祭酒，管記室，起草軍國書檄，據說曹操想改他寫的書檄都改不了。曹丕稱讚他和陳琳的「章表書記，今之雋也」（《典論・論文》）。有集五卷。

駕出北郭門，馬樊❶不肯馳。下車步踟躕❷，仰折枯楊枝。顧聞丘林中，噭噭❸有悲啼。借問❹「啼者出❺，何為乃❻如斯？」「親母❼舍❽

我沒❾，後母憎孤兒。饑寒無衣食，舉動鞭捶施❿。骨消肌肉盡，體若枯樹皮。藏我空室中，父還不能知。上冢察故處⓫，存亡永別離。親母何可見？淚下聲正嘶。棄我於此間，窮厄⓬豈有貲⓭！」傳告後代人，以此為明規⓮。

【注　釋】❶樊　止步不前。❷踟躕　徘徊不前。❸噭噭　哭聲。❹借問　請問，在這裡是問一聲、叫一聲的意思。❺啼者出　意為駕車者叫啼者出來。又余冠英注：「言正當借問的時候，哭者走出來。一本『出』作『云』，或作『誰』，似是後人以意改。」(見《樂府詩選》) 錄以備考。❻乃　竟。❼親母　生母。❽舍　通「捨」。❾沒　通「歿」。❿鞭捶施　用鞭子敲打。捶，敲打。⓫上冢句　意為孤兒走上墓地察看過去埋葬母親的地方。⓬窮厄　窮困。⓭貲　通「資」。財產；財富。《玉篇・貝部》：「貲，財也，貨也。」⓮明規　明白不誤的規誡。

【語　譯】駕車出了北城門，馬停不肯向前馳。下車漫步來回走，向上攀折枯楊枝。回頭聽見丘林裡，哭聲陣陣有悲啼。叫聲「啼者快出來，為何竟然是如此？」「親母捨我已去世，後母憎恨小孤兒。餓了冷了無衣食，動手就是用鞭子。骨頭消瘦肌肉盡，身體好像枯樹皮。將我關在空房裡，父親回來也不知。來到墳墓尋生母，一存一亡永別離。生母哪裡可見著？眼淚直淌聲啞嘶。將我拋棄在這裡，窮困哪裡有財資！」傳話告訴後代人，明白規誡是此事。

【研　析】這是一首寫孤兒遭到後母虐待的敘事詩。詩先交代事件產生的背景：詩中的主人駕車出了北城門，馬止步不前，他於是下車徘徊，仰手折取枯樹枝。這是一個淒涼的場面，因為古時的墓地常在郭北，事件發生在墓地；而主人折取的是枯楊枝，時令當是寒冬。寒冬加上墓地，當然令人感到淒涼。接著傳來了陣陣的哭聲，場景中籠罩著悲劇的氛圍。這時詩中的主人和孤兒的對話開始了，主人一句「何為乃如斯」的問話，引出了孤兒的血淚哭訴：因為生母去世，遭到後母的虐待，無衣無食，動則鞭打，以致骨消肉盡，體若樹皮，還將他藏在空室，不讓他父親知道。孤兒被逼得走投無路，只好來到墓地尋找生母，可是生死永隔，哪能見到生母？只有悲啼而已。從而說明了孤兒哭啼的原因，回答了「何為乃如斯」的提問。「棄我於此間，窮厄豈有貲」二句是說我被拋棄在這裡，貧窮困厄哪裡有財產呢？這話既可理解為親母將我捨棄在世間受窮受困，沒有留下財產供我度日，同時也可以理解為孤兒懷疑問話者要向他劫財，所以說：我被拋棄在這裡，受窮受困，走投無路，哪裡有錢財呢？古樂府有云：「平陵東，松栢桐，不知何人劫義公」，可見墓地也是打劫的場所，孤兒產生這樣的懷疑是事出有因的。最後兩句告誡後人不要虐待孤兒，意在說明寫作這首詩的目的。

孤兒遭到後母的虐待，古已有之，周朝的尹吉甫的兒子伯奇因被後母所讒，被放逐山林；孔子的學生閔子騫遭到後母的虐待，後母用蘆花給他做棉衣，用綿絮給自己生的孩子做棉衣；漢朝的薛苞被後母趕出家門，日夜號泣，住在門外；馮衍的兒子馮豹的後母虐待他，想趁他睡著時害死他，只是他跑得快，才幸免於難。這一切都說明後母虐待孤兒的確有其普遍性，這首詩反映了這一社會問題，告誡後人「以此為明規」，自有其深刻的社會意義。但是我們也應該看到並不是所有的後母都虐待前妻的孩子，善待孤兒的後母也不乏其人，如漢朝的翟方進為了求學離家來到京師長安，他的後母可憐他年小，也隨他來到長安，自己做鞋子賣供他上學。劉向《列女傳》卷一〈魏芒慈母〉還記載了戰國時期魏國芒卯的後妻愛護前妻兒女的動人故事，芒卯的前妻生有五個孩子，後妻生有三個孩子，後妻很愛前妻的孩子，可是前妻的孩子無論如何都不愛後母。後來前妻的第三個孩子犯了魏王的禁令，要被處死。後母痛苦至極，以致腰帶都減小了一尺，想方設法想救他。有人覺得奇怪，問她為什麼要這樣？她說：「孩子的爸爸因為他們是孤兒，才讓我做他們的繼母。繼母就如親生母，為人母不愛自己的孩子，可以說是慈嗎？愛自己生的孩子卻不愛前妻生的孩子，可以說是義嗎？不慈而又無義，怎能活在世上呢？他們雖然不愛我，我怎麼能夠忘掉義呢？」魏安釐王知道了，便赦免了那個犯禁的孩子。從此以後，前妻的五個兒子親附慈母，八個孩子就像同一個母親生的一樣，在慈母感召下，都懂禮義，全都成了魏國的大夫和卿士。如果我們能像魏芒慈母懂禮義，少點私心，多點愛心，該有多好。這不就是我們讀這首詩應該得到的啟示麼？

出自薊北門行

鮑　照

【題　解】《鮑參軍集》卷三作〈代出自薊北門行〉，可見古樂府中有〈出自薊北門行〉，此為舊題，鮑照這首詩是擬作。《樂府古題要解》：「原樂府〈出自薊北門行〉，其辭與〈從軍行〉同，而兼言燕薊風物及突騎悍勇之狀，與〈呉趨行〉同也。」薊，古燕國。

【作　者】見頁三三二。

羽檄❶起邊亭❷，烽火入咸陽❸。徵師❹屯廣武❺，分兵❻救朔方❼。嚴秋❽筋竿勁❾，虜陣❿精且彊⓫。天子按劍怒，使者遙相望⓬。雁行⓭緣石徑⓮，魚貫⓯度飛梁⓰。簫鼓⓱流漢思⓲，旌甲⓳被胡霜⓴。疾風㉑衝塞㉒起，沙礫㉓自飄揚。馬毛縮如蝟㉔，角弓㉕不可張。時危見臣節，世亂識忠良。投軀㉖報明主㉗，身死為國殤㉘。

【注　釋】❶羽檄　即羽書，古代的緊急軍事文書，上插鳥羽，以示急速若飛鳥。❷邊亭　邊境上的哨亭。❸烽火句　意為警報信號傳到了京城。烽火，古代發出警報的信號。咸陽，秦首都，在今陝西咸陽東。這裡泛指京城。❹徵師　調遣部隊。❺屯廣武　駐軍在廣武。廣武，在今山西代縣西。❻分兵　分出兵力。❼朔方　郡名，在今內蒙古自治區境內。❽嚴秋　深秋。❾筋竿勁　弓箭強勁。筋，一作「筋」，弓筋。竿，箭桿。❿虜陣　匈奴的陣容。⓫精且彊　兵精將強。彊，原誤作「疆」，同「強」。⓬相望　指相望於道，連接不斷。⓭雁行　形容有秩序。梁丘遲〈與陳伯之書〉：「鴈行有序。」⓮緣石徑　沿著石徑前進。⓯魚貫　如魚前後相貫，接連而進。《三國志．鄧艾傳》：「將士皆攀木緣崖，魚貫而進。」⓰飛梁　飛跨深險的橋樑。⓱簫鼓　指代軍樂。⓲流漢思　流露出漢族的情思。⓳旌甲　旌旗和鎧甲。⓴被胡霜　蓋上一層北地的霜雪。㉑疾風　急風；暴風。㉒塞　邊塞。㉓礫　小石；碎石。㉔馬毛句　典出《西京雜記》卷二：「元封二年，大寒，雪深五尺，野鳥獸皆死，牛馬皆踡跼如蝟。」蝟，刺蝟。㉕角弓　朱熹《詩經集傳》卷五〈角弓〉：「角弓，以角飾弓也。」㉖投軀　捐軀；捨身。㉗明主　英明的君主。㉘國殤　為國戰亡。典出《楚辭・國殤》：「身既死兮神以靈，子魂魄兮為鬼雄。」

【語　譯】緊急文書邊關來，烽火警報進咸陽。調遣部隊駐廣武，分出兵力救朔方。深秋季節弓箭勁，匈奴兵精將又強。天子按劍怒氣盛，使者不絕遠相望。部隊有序沿石路，前後相連度飛樑。簫鼓聲中傳漢思，旌旗鎧甲披胡霜。暴風衝向邊塞起，沙石隨風自飄揚。馬毛蜷縮像刺蝟，角飾弓弩不能張。時勢危難見臣節，世界動亂識忠良。捨身殺敵報明主，身死為國把命喪。

【研　析】按照唐代吳兢《樂府古題要解》的解釋，〈出自薊北門行〉是樂府舊題，和「述軍旅苦辛之詞」的〈從軍行〉相同。王粲、陸機、顏延之等人所作的〈從軍行〉，的確「皆述軍旅苦辛」。鮑照這首詩是擬作，與專述從軍之苦的詩有所不同，詩中充滿了為國犧牲的雄心壯志。元劉履評論說：「此言漢時邊塞警急，出師征戰，正當嚴秋弓矢堅勁、敵陣精強之時，而其冒犯風霜，不避辛苦如此，大抵危亂之際，方見臣子之懷忠殉節，能棄其身而不顧也。豈亦因時多難，有所激勸而言之歟？」（《風雅翼・選詩補註・七》）詩前八句寫出征的背景，交代出征的緣由；次八句寫出征的景況，說明出征的艱苦；末四句讚頌出征將士臨危不懼，不避艱險的愛國情懷。詩中寫的似是秦漢間抗擊匈奴的事，也可能與鮑照所處的時代的戰事有關，所以劉履才有「豈亦因時多難，有所激勸而言之歟」的評論。

中華民族歷來就具有臨危不懼、越是危難越經得起考驗的優良傳統，孔子早就說過：「歲寒然後知松栢之後彫。」（《論語・子罕》）唐太宗〈賜蕭瑀詩〉也說：「疾風知勁草，板蕩（〈板〉與〈蕩〉是《詩經・大雅》中的詩名，在這裡用來代表動亂、危亡）識忠臣。」至於民族英雄文天祥在〈正氣歌〉中高呼「時窮節乃見」，臨刑前面不改色，在衣帶上留下贊語：「孔曰成仁，孟曰取義，惟其義盡，所以仁至。讀聖賢書，所學何事？而今而後，庶幾無愧！」（《宋史・文天祥傳》）就更是感人肺腑了。

傷歌行　古辭

【題解】〈傷歌行〉，樂府雜曲名，屬〈側調曲〉。《文選》、《樂府詩集》均作樂府古辭，《玉臺新詠》卷二及《藝文類聚》卷四二作魏明帝（曹叡）樂府詩。

昭昭❶素明月❷，輝光燭❸我牀。憂人不能寐❹，耿耿❺夜何長！微風吹閨闥❻，羅帷❼自飄揚。攬衣曳長帶❽，屣履❾下高堂。東西安所之❿？徘徊以彷徨⓫。春鳥翻南飛⓬，翩翩獨翱翔。悲聲命儔匹⓭，哀鳴傷我腸。感物懷所思，泣涕忽霑裳。佇立吐高吟，舒憤訴穹蒼⓮！

【注 釋】❶昭昭 明亮的樣子。❷素明月 潔白的明月。《藝文類聚》作「清明月」，《古樂府》作「素月明」。❸燭 照。❹寐 睡著。❺耿耿 心不安，睡不著。典出《詩經．邶風．柏舟》：「耿耿不寐，如有隱憂。」❻閨闥 閨房的門。闥，內門。❼羅帷 用輕軟有細孔的絲做成的帷帳。❽攬衣句 攬衣，持衣。陸機〈擬行重行行〉：「攬衣有餘帶，循形不盈衿。」攬衣當是寫不整衣之狀，陸機〈門有車馬客行〉：「投袂赴門塗，攬衣不及裳。」六臣注：「謂出見於客也。投袂，奮袖也。不及裳，言不暇整衣服也。」古代服裝上曰衣下曰裳。曳長帶，拖著長的衣帶。❾屣履 穿鞋而不提起鞋後跟，只套上腳尖。❿安所之 何所往；到哪裡去。之，往。⓫徘徊句 徘徊與彷徨同義，意為來回地走，不知該向何方。⓬飜南飛 《玉臺新詠》、《古樂府》作「向南飛」。飜，同「翻」。⓭命儔匹 呼喚伴侶。儔匹，伴侶。《後漢書．謝該傳》：「求之遠近，少有儔匹。」⓮佇立二句 《玉臺新詠》無此二句。佇立，久立。吐高吟，謂吟唱此詩。穹蒼，上蒼；蒼天。《爾雅》：「穹蒼，蒼天也。」注：「仰視天形，穹隆而高，其色蒼蒼，故曰穹蒼。」

【語 譯】月色皎潔多明亮，它的光輝照我床。有個愁人睡不著，心中不安夜真長！微風輕輕吹房門，帷帳自個在飄揚。披衣不整拖長帶，趿著鞋子下高堂。向東向西往何處？來回走動心彷徨。一隻春鳥向南飛，翩翩似舞獨翱翔。叫聲悲涼呼伴侶，聲聲哀鳴傷我腸。睹物生感念所思，泣涕漣漣濕衣裳。長久站立高聲唱，抒發憤懣告上蒼！

【研 析】《樂府詩集》解題：「〈傷歌行〉，〈側調曲〉也。古辭傷日月代謝，年命遒盡，絕離知友，傷而作歌也。」如果解題中說的古辭是指這首古辭的話，那它對這首古辭意義的概括未必恰當。通觀這首古辭，很難找到如宋玉〈九辯〉說的「歲忽忽而遒盡兮，恐余壽之忽將」那種感傷歲月流逝、年壽將盡的內容，而是寫一個愁人在明月夜不能入睡，披衣下堂，徘徊庭前，無所適從。這時他（或她）忽見一隻春鳥孤獨地飛向南方，聲聲哀鳴，似乎在呼喚著伴侶，令人腸斷。他（或她）於是睹物生感，懷念所思念的人，不禁淚下沾衣，佇立詠詩，向蒼天抒憤。很明顯這是一首怨詩，明梅鼎祚《古樂苑・衍錄》卷一將它列入〈怨思二十五曲〉之首，是很有見地的。至於他（或她）為什麼抒怨？也許是因為他（她）言而無信甚至拋棄了他（她）的緣故吧，作者沒有明說，我們也只能如此假想了。

借景抒情，情景交融是這首詩的主要藝術特點。

悲歌　　古辭

【題解】「悲歌」一詞，漢時已常用，《史記・項羽本紀》就有項羽「悲歌忼慨自為詩」的記載，這裡當是作樂府曲名用。

悲歌可以當❶泣，遠望可以當歸。思念故鄉，鬱鬱纍纍❷。欲歸家無人，欲渡河無船，心思❸不能言，腸中車輪轉。

【注釋】❶當　意為當作、替代，與《戰國策・齊策四・齊宣王見顏斶》：「晚食以當肉，安步以當車，無罪以當貴。」的「當」用法相同。❷鬱鬱纍纍　當是鬱結不解、愁上加愁的意思。❸思　憂傷。《詩經・小雅・

雨無正》：「鼠思泣血。」朱熹注：「鼠思，猶言癙憂也。」

【語　譯】悲歌可以當作泣，遠望可以當作歸。思念故鄉，心中鬱結。想要回家家無人，想要渡河河無船，心中憂傷不能言，臟內好似車輪轉。

【研　析】這首詩是寫行人思鄉不得歸的痛苦。起句「悲歌可以當泣，遠望可以當歸」不同凡響。即使「悲歌可以當泣」，但「遠望」卻是當不了「歸」的，作者偏要如此說，無非是表明回家已經絕望，只好用遠望代替回家了，語氣極為沉痛。明人陸時雍評論說：「二語實奇而奧。」（《古詩鏡》卷一）王世貞也稱：「二語妙絕。」（《藝苑卮言》卷三）原因大概就在此吧。有此二句作鋪墊，下面寫他心中鬱結，愁上加愁就水到渠成了。「欲歸家無人」是說已經無家可歸，「欲渡河無船」是說即使想回家也沒辦法，於是下面接著便直抒胸臆：心中悲傷得連話也說不出來，臟內就像車輪在轉動一樣，用比喻形象地表現了他思家的痛苦。

羽林郎

辛延年

【題　解】〈羽林郎〉，樂府曲名。羽林，本是皇宮的警衛部隊，漢武帝太初元年（西元前一〇四年）建立，初名建章營騎，後改名羽林騎，言其「如羽之疾（快），如林之多」。一說「羽所以為王者羽翼也」（《漢書・百官公卿表》及顏師古注）。郎，官名。

【作　者】辛延年，東漢人，事蹟不詳。

昔有霍家奴❶，姓馮名子都❷。依倚將軍❸勢，調笑酒家胡❹。胡姬❺年十五，春日獨當壚❻。長裾連理帶❼，廣袖合歡襦❽。頭上藍田玉❾，耳後大秦珠❿。兩鬟⓫何窈窕⓬，一世良⓭所無：一鬟五百萬，兩鬟千萬餘。「不意⓮金吾子⓯，娉婷⓰過我廬⓱。銀鞍何⓲煜爚⓳，翠蓋⓴空踟躕㉑。就我㉒求清酒，絲繩提玉壺；就我求珍肴㉓，金盤膾鯉魚㉔。貽㉕我青銅鏡，結我紅羅裾㉖。不惜紅羅裂，何論輕賤軀㉗！男兒愛後婦，女子重前夫。人生有新故，貴賤不相踰㉘。多謝㉙金吾子：私愛徒區區㉚。」

【注釋】❶霍家奴　指西漢霍光家的奴才。霍光，西漢時人，字子孟，是霍去病的弟弟。漢武帝死前，以霍光為大司馬大將軍，和上官桀、桑弘羊等受詔扶立漢昭帝，後來上官桀謀反，被霍光所殺。昭帝死，昌邑王劉賀繼承帝位，荒淫無道，霍光廢昌邑王劉賀，立劉詢為漢宣帝。史稱霍光「持國權柄，殺生在手中」（《漢書・霍光傳》）。❷姓馮名子都　名殷，是霍光家奴的頭子，霍光很寵愛他，「常與計事」，史稱「百官以下，但事馮子都、王子方等，視丞相亡（無）如也」（《漢書・霍光傳》），曾多次犯法。❸將軍　指大司馬大將軍霍光。❹酒家胡　酒家的胡姬。漢時稱北方少數民族為胡人。❺姬　古代對女子的美稱。❻當壚　坐在壚邊賣酒。當，值。壚，用土做成用來擱酒罈的臺子，四邊隆起，一邊較高，形如鍛爐。❼長裾句　裾，衣服的前襟。連理帶，原作「連理枝」，據《玉臺新詠》、《古樂府》、《古詩紀》、《古今詩刪》等校改，意為衣襟上兩根相連的衣帶。連理，即異本的植物枝或幹連在一起。《瑞應圖》：「異根同體，謂之連理。」❽合歡襦　繡有合歡圖案的短襖子。合歡，植物名，其葉羽狀，夜間成對相合，夏季開花，色淡紅，俗稱夜合花、馬纓花。❾藍田玉　藍田產的寶玉。藍田，山名，在今陝西藍田東，相傳其山產美玉，又名玉山。❿耳後句　聞一多《樂府詩箋》說：「珠在耳後，則是簪兩端之垂珠，非耳璫也。」大秦，西域國名，產明月珠。⓫鬟　原作「霍」，依《玉臺新詠考異》、《古樂府》、《古詩紀》、《石倉歷代詩選》、《古樂苑》校改。「同環，婦人首飾，琢玉為之」（見黃節《漢魏樂府風箋》）。⓬何窈窕　原作「何窕窕」，據《玉臺新詠考異》、《古樂府》、《古詩紀》、《古今詩刪》、《石倉歷代詩選》等校改，意為多麼美好。⓭良　的確。⓮不意　不料。⓯金吾子　官名，即執金吾，巡防京都的武官，秦時叫中尉，漢武帝太初元年（西元前一〇四年）改稱執金吾。金吾，本是棒，崔豹《古今注》卷上：「金吾，亦棒也，以銅為之，黃金塗兩末，謂為金吾。」又清陳大章《詩傳名物集覽》卷六：「金吾，形似美人，首尾似魚，有兩翼，故用以巡警。」在這裡金吾子是指馮子都。⓰娉婷　姿態美好的樣子。⓱廬　房舍。⓲何　何等；多麼。⓳煜爚　光輝耀目。⓴翠蓋　用翠鳥羽毛裝飾的車蓋。㉑空踟躕　無緣無故地徘徊不前。㉒就我　走近我。㉓珍肴　佳肴。肴，做熟了的魚肉。㉔鱠鯉魚　細切鯉魚肉。㉕貽　贈與。㉖結我句　結，繫結，指將青銅鏡繫在紅羅裾上，青銅鏡背後正中有個小孔可穿繩子，用來繫結。實指藉此調戲胡姬。按，又俞平伯說：「所謂結者並非拉拉扯扯，只是要討好那女人。結，讀如要結之結，結綢繆同心之結。」（見其〈說漢樂府詩〈羽林郎〉〉）因其解與詩言「調笑酒家胡」之意相左，故不採用。㉗不惜二句　意為馮子都結裾調戲我，我不惜裂羅相拒；若要進一步侮辱我，我就要豁出命來拼了，還談什麼捨不捨得身體呢。㉘人生二句　胡姬說明拒絕馮子都的理由：一是忠於舊情，不求新歡；二是甘守貧賤，不嫁權貴。踰，踰越；超越貴賤的界限。㉙多謝　鄭重告訴。謝，告。㉚私愛句　私愛，指馮子都私自愛胡姬，胡姬卻不愛他。徒，徒然；白白地。區區，可作「心意」解，《後漢書・皇甫規傳》：「是以越職，盡其區區。」的「區區」即是心意。徒區區，就是枉費心思，余冠英解為「白白地殷勤」（《漢魏六朝詩選》）。

【語　譯】過去有個霍家奴，姓馮名字叫子都。依仗將軍霍光勢，調笑胡人酒家姑。胡人美女年十五，春日賣酒在店鋪。襟前兩條連理帶，寬袖襖子合歡圖。頭上戴著藍田玉，耳後垂著大秦珠。兩個鬟飾多美好，走遍天下實在無：一個鬟飾五百萬，兩個鬟飾千萬餘。「不料有個金吾子，容貌美好過店鋪。銀飾馬鞍放光彩，翠羽車蓋空停步。前來求我買好酒，要我絲繩提玉壺；前來求我買佳肴，要我金盤盛魚肉。送我一面青銅鏡，向我紅羅襟上繫。不惜紅羅被撕裂，還談什麼輕賤軀！男人喜歡娶後婦，女人卻是重前夫。人生本來有新舊，一貴一賤各走路。鄭重告訴金吾子：私自相愛白囉嗦。」

【研　析】這是一首記述西漢霍光的家奴馮子都調笑酒家女胡姬，遭到嚴厲拒絕的敘事詩。

詩分三節，前四句為一節，先概括介紹全詩的內容。「胡姬年十五」至「兩鬟千萬餘」為第二節，除了簡單介紹胡姬春天獨自一人在壚邊賣酒以外，主要是沿用了〈陌上桑〉描寫羅敷之美的鋪陳手法，著重透過胡姬服飾之美的描寫，烘托出胡姬容貌之美，寫服飾是為了寫人，所以沈德潛說：「『一鬟五百萬』二句，須知不是論鬟。」（《古詩源》卷三）飾鬟是那麼珍貴，人的美可想而知，就不必多費言辭了。從此以下到結尾為第三節，改用第一人稱敘述馮子都調笑胡姬，遭到胡姬的嚴詞拒絕。先說馮子都驕奢橫蠻、停車不行的醜態，再說他以要求美酒佳肴為藉口接近自己，進一步又以送鏡結裾為由，拉拉扯扯，動手動腳，調戲自己。詩中女主人於是怒不可遏，嚴詞警告對方：你再拉扯，我就要不惜珍貴的紅羅被撕裂，捨棄賤軀和你拼命了。接著再說明自己之所以拒絕調戲的理由：你們男人「愛後婦」，喜新厭舊；我們女子卻是「重前夫」，不棄前盟。

「人生有新故」，豈能棄故夫、就新人、貪富貴、忘貧賤呢？這不但顯示出胡姬對愛情的堅貞，同時也表現了她「富貴不能淫」的高尚品德。末了，鄭重告訴對方別枉費心機，再示絕意，說明她意志實在堅定。由於改用了第一人稱，讓受侮人自己站出來說話，增強了詩歌的真實性和感染力。至於有人懷疑十五歲的胡姬便有了「前夫」不合情理，其實古代女子十五歲是可以出嫁的，《儀禮・士昏禮》及《禮記》〈曲禮〉、〈內則〉鄭玄注「婦人十五許嫁，笄而禮之，因著纓」，我們怎能用現在的婚齡規定去要求古人呢？再說這裡的「女子重前夫」一句意在說明自己的貞操，我們分析詩歌，明其意即可，又何必如此深究呢？

還有一點要說明的是：這首詩是借西漢霍家奴的故事來抨擊東漢的外戚執金吾竇景等荒淫無恥的行徑。清人朱乾《樂府正義》說：「後漢和帝（劉肇）永元元年（西元八九年），以竇憲為大將軍。竇氏兄弟驕縱，而執金吾景（竇景）尤甚，奴客緹騎，強奪財貨，篡取罪人，妻略婦女，商賈閉塞，如避寇仇。此詩疑為竇景而作，蓋託往事以諷今也。」這話我們認為是可信的，因為竇家此等劣跡，《後漢書・竇憲傳》確有記載，而竇景「執金吾」的身分又與詩中所言「金吾子」相符，生活在東漢的辛延年大概懾於竇家權勢，才不得已運用曲筆，以往說今，指桑罵槐吧。

名都篇　曹植

【題解】據《歌錄》記載，曹植的〈名都篇〉、〈美女篇〉、〈白馬篇〉均屬於樂府詩〈齊瑟行〉一類，都是取第一句頭兩個字做篇名。因為這個緣故，元左克明《古樂府》將這首詩題作〈齊瑟行・

名都篇〉，《通志》甚至說「〈名都篇〉亦曰〈齊瑟行〉」。名都，有名的都城，如趙國的邯鄲、齊國的臨淄之類。篇，據元郝經撰《續後漢書》卷六六說，古代編竹簡為書，寫完一章就叫篇，只是文籍次第之名，「樂府以來，始以名題，如〈美女篇〉、〈白馬篇〉、〈名都篇〉等是也」。

【作　者】見頁一一九。

名都多妖女❶，京洛❷出少年。寶劍直千金❸，被服❹光❺且鮮。鬥
雞❻東郊道，走馬❼長楸❽間。馳驅❾未能半，雙兔過我前。攬弓捷鳴鏑❿，
長驅上⓫南山⓬。左挽⓭因右發⓮，一縱⓯兩禽⓰連。餘巧⓱未及展⓲，仰
手接飛鳶⓳。觀者咸稱善，眾工歸我妍⓴。歸來宴平樂㉑，美酒斗十千㉒。
膾鯉㉓臇胎鰕㉔，寒鱉㉕炙熊蹯㉖。鳴儔嘯匹侶㉗，列坐㉘竟長筵㉙。連翩㉚
擊鞠壤㉛，巧捷惟㉜萬端㉝。白日㉞西南馳，光景㉟不可攀㊱。雲散㊲還城
邑㊳，清晨㊴復來還㊵。

【注　釋】❶妖女　美女。宋葉廷珪《海錄碎事》卷七上：「『名都多妖女』，妖，美也。」❷京洛　京都洛陽。
❸寶劍句　《論衡・率性篇》：「世稱利劍有千金之價。」直，同「值」。❹被服　即披服，意為穿戴。《漢書・

成帝紀》：「多畜奴婢，被服綺縠。」又〈王莽傳〉：「被服天子衣冠。」被服均為穿戴之意。❺光　《曹子建集》、《風雅翼》、《古詩紀》、《古詩鏡》作「麗」。❻鬥雞　是種遊戲，使兩雞相鬥，觀其勝負，以為娛樂。《史記・魯周公世家》記載春秋時「季氏與郈氏鬥雞」。漢魏時亦然。《鄴都故事》：「明帝太和中，築鬥雞臺。」❼走馬　跑馬。❽長楸　高大的梓樹。《楚辭・九章・哀郢》：「望長楸而太息兮。」王逸注：「長楸，大梓。」古代常將楸樹種在路旁（參見吳景旭《歷代詩話》卷二七〈長楸〉）。❾馳驅　驅馬急行。一作「馳騁」。走馬謂之馳，策馬謂之驅。❿捷鳴鏑　插上響箭。捷，插。鏑，箭頭，此指箭。鳴鏑，漢時匈奴冒頓所作。⓫上　原作「山」。依《曹子建集》、《文選》校改。⓬南山　指洛陽郊外的南山。⓭左挽　左手拉弓。⓮右發　右手發射。⓯縱　將箭發射出去。⓰兩禽　指雙禽。禽，走獸總名。⓱餘巧　沒有使完的射技。⓲展　展示。⓳接飛鳶　迎射飛鳶。鳶，老鷹之類。⓴眾工句　眾多的善射者均稱讚我射技好。劉履注：「眾工，善射之徒。歸，許與也。」（《風雅翼》卷二）妍，麗；漂亮。㉑宴平樂　在平樂觀舉行宴會。平樂，指平樂觀，漢明帝所建，在洛陽西。㉒斗十千　言一斗酒值萬金。王觀國說：「『美酒斗十千』，此誇大之言也。」（《學林》卷八）斗，古代的量具。㉓膾鯉　細切的鯉魚肉。㉔臇胎鰕　意為將有子的魵魚做成少汁的肉羹。臇，少汁的肉羹，此處作動詞用。或疑「胎」是「鮐」之誤。《說文》：「鮐，海魚名。」段玉裁注：「鮐，亦名侯鮐，即今之河豚也。」鰕，魵魚，又叫斑文魚。㉕寒鱉　原作「炮鼈」。依李善注《文選》校改，意為醬漬甲魚。曹植〈七啟〉：「寒芳苓之巢龜，膾西海之飛鱗，臛江東之潛鼉，臇漢南之鳴鶉。」（見《文選》卷三四）㉖炙熊蹯　烤熊掌。㉗鳴儔句　意為呼朋喚友。「鳴」與「嘯」在此均為呼喚之意。儔，伴侶。匹侶，意亦為伴侶。侶，原作「旅」。依《曹子建集》、《文選》等諸本校改。㉘列坐　排列成行坐。㉙長筵　排坐很長的筵席，也就是高朋滿座的意思。㉚連翩　元劉履《風雅翼・選詩補註》：「更續輕捷之貌。」㉛擊鞠壤　擊鞠與擊壤。鞠，古代的毛皮毬，玩時用腳踢。擊壤，古代的一種遊戲，壤用木頭製成，前廣後尖，形如鞋子，長一尺四寸，寬三寸。玩時先將一壤放在前方地上，再從遠處壤去擊打它，擊中的為贏。㉜惟　語助詞。㉝萬端　變化多端。㉞白日　太陽。㉟光

景　同「光陰」。光影，指時光。景，同「影」。㊱攀　挽留。㊲雲散　指晚霞散去。㊳還城邑　回到城市裡去。按，他們是在郊區玩樂。㊴清晨　指第二天清晨。㊵復來還　再回來。

【語　譯】名都城裡多美女，京都洛陽出少年。身佩寶劍值千金，穿戴亮麗又鮮豔。鬥雞就在東郊道，跑馬就在大梓間。策馬飛跑未及半，忽見雙兔過我前。手取長弓扣上箭，往前直追上南山。左手拉弓右手射，一箭射去兩兔連。剩餘射技沒表演，抬手又去射飛鳶。觀者都說射技好，眾多射工齊稱讚。回到平樂擺宴席，美酒一斗價十千。細切鯉肉魵魚羹，冷漬甲魚烤熊蹯。又呼親朋又喚友，列坐成行滿長筵。踢毬擊壤接著玩，又巧又快又多變。太陽向著西南落，時光不能久留攀。晚霞散時回城去，明早清晨再來玩。

【研　析】這是一首描寫紈絝子弟鬥雞走馬、射獵飲宴的詩歌。開始兩句雖然美女與少年並提，美女只是用來作陪襯，沈德潛說：「起句以妖女陪少年，乃客意也。」（《古詩源》卷五）所說甚是。接著「寶劍直千金，被服光且鮮」二句寫少年的佩帶和著裝，顯示出所寫不是一般的少年，而是富貴人家的紈絝子弟。有了這樣的定位以後，便轉入正題，寫紈絝子弟是如何鬥雞走馬、射獵飲宴以追求玩樂的。鬥雞只是略寫，寫走馬又是為了引出射獵，篇中所寫重點僅射獵、飲宴而已。作者是透過具體的描述來說明少年射技之高的，他在跑馬中發現了雙兔，追逐中一箭射去，竟中雙兔，接著又仰射飛鳶，因而得到眾人的稱讚：「觀者咸稱善，眾工歸我妍。」詩中突然改用第一人稱，連用兩個「我」字，將少年的自負心情，表現得淋漓盡致，幾乎到了非我莫屬的地步。經過一番馳騁追逐，人也許飢腸轆轆，於是便轉入寫飲宴，突出了美酒之貴，菜肴之珍，宴席之盛，讓讀者想像到那班紈綺子弟飲宴時呼朋喚友、酒酣耳熱、欣喜若狂的盛況。宴後的擊鞠、擊壤，雖說也是玩樂，詩人並沒有重點描寫，只是作為他們酒醉飯飽之後的娛樂消食而已。結尾四句，表面上是寫紈綺子弟玩樂無有休止，其實卻是詩人在發感慨，正如清人陳祚明《采菽堂古詩選》所言：「今祇曰『雲散還城邑，清晨復來還』，萬端感慨，皆在言外。」

關於這首詩的主旨，基本上有兩說：一說是諷刺時人沒有愛國之心，如唐人張銑說是「刺時人騎射之妙，遊騁之樂，而忘憂國之心」（《文選》六臣注）。其後，宋人郭茂倩、元人劉履等都沿用此說。二說是曹植自抒有志不獲騁的悲憤，如明人唐汝諤說：「子建自負其才，思樹勳業，而為文帝所忌，抑鬱不得伸，故感慨賦此。」清人吳淇《古詩賞析》進一步加以發揮：「尋常人作名都詩，必搜求名都一切事物，雜錯以炫博。而子建只推出一少年，以例其餘。于少年中，只推出兩事，一曰馳騁，一曰飲宴，卻說得中間一事不了又一事，一日不了又一日，只是牢騷抑鬱，藉以消遣歲月。一片雄心，無有泄處，其自效之處，可謂深切著明矣。」其實這兩種說法並不矛盾，我們只要想一想：他為什麼要對紈綺子弟的玩樂行為進行諷刺？不正是因為他有愛國之心嗎？否則他怎麼會去諷刺他們呢？曹植是個很有抱負的人，一心想「戮力上國，流惠下民，建永世之業，留金石之功」（〈與楊德祖書〉），自言「閒居非吾志，甘心赴國憂」，「烈士多悲心，小人偷自閒」（〈雜詩〉），因而他見到那些身懷絕技的貴族子弟，不能為國分憂，日復一日，吃喝玩樂，無所事事，便萬分感慨，賦詩以諷，這正是他不願成為偷閒小人的另一種表達方式。他是透過諷刺來發洩心中的悲憤的。

美女篇

曹植

【題解】〈美女篇〉，曹植所作樂府詩名，以首句前二字名篇，詳見〈名都篇〉題解。

【作者】見頁一一九。

美女妖❶且閑❷，采桑歧路❸間。柔條紛冉冉❹，葉落何翩翩❺。攘袖❻見素手❼，皓腕約❽金環。頭上金爵釵❾，腰佩翠琅玕❿。明珠交⓫玉體⓬，珊瑚⓭間木難⓮。羅衣⓯何⓰飄飄，輕裾⓱隨風還。顧盼⓲遺光采，長嘯⓳氣若蘭。行徒⓴用㉑息駕㉒，休者以㉓忘餐。

借問「女何居？」「乃在城南端。青樓㉔臨大路，高門結重關㉕。」「容華耀朝日㉖，誰不希㉗令顏㉘！媒氏何所營㉙？玉帛㉚不時安㉛！」「佳人㉜慕高義㉝，求賢良㉞獨難。眾人徒嗷嗷㉟，安知彼所觀㊱！」盛年㊲處房室，中夜起長歎。

【注　釋】❶妖　美。❷閑　原作「閒」，依《曹子建集》、《文選》、《玉臺新詠》、《古樂府》、《風雅翼》、《古今詩刪》、《漢魏六朝百三家集》校改，通「嫻」，意為閑雅、嫻靜、幽嫻。❸歧路　岔路。❹紛冉冉　紛紛擺動。❺翩翩　飄飛的樣子。❻攘袖　捋起袖子。❼見素手　現出白的手腕。❽約　束；纏繞。這裡有戴上、箍著等意思。❾金爵釵　原作「三爵釵」，依《曹子建集》、《文選》、《玉臺新詠》、《風雅翼》、《古詩紀》、《古今詩刪》、《石倉歷代詩選》、《古樂苑》、《古詩鏡》、《漢魏六朝百三家集》校改，是種釵頭上製成雀形的金釵。爵，同「雀」。❿琅玕　像珠子的美石。⓫交　交錯。⓬玉體　潔白的身體。⓭珊瑚　珊瑚蟲所分泌的石灰質的東西，形狀像樹枝，有紅、白各色，可做裝飾品，生在南國海底磐石上。⓮間木難　隔著木難。間，隔。木難，金翅鳥沫所成碧色珠。⓯羅衣　一種輕軟有稀孔的絲織品製成的衣服。⓰何　程度副詞，意為何等、多麼。⓱裾　前襟。⓲顧盼　原作「顧眄」，據《曹子建集》、《古樂府》、《風雅翼》、《古詩紀》、《古今詩刪》、《古樂苑》等校改，意為左顧右盼。⓳嘯　吹口哨；吐氣。宋玉〈神女賦〉：「吐芬芳其若蘭。」⓴行徒　過路的人。㉑用　因。㉒息駕　止車不前。㉓以　因。㉔青樓　豪族之家塗飾青漆的樓房。㉕結重關　上了兩道門閂。結，閉，指閉上門放上門閂。㉖容華句　意為花樣的容貌像早上的太陽一樣耀眼。容華，花樣的容貌。華，同「花」。〈神女賦〉：「其始來也，曜乎若白日初出照屋樑。」㉗希　仰慕；企求。㉘令顏　美貌。㉙何所營　意為做什麼去了。營，營求；謀劃。㉚玉帛　古時用作訂婚的聘禮。㉛時安　及時送上訂婚的聘禮。安，定。㉜佳人　美女。㉝高義　高尚的義士。㉞良　的確。㉟嗷嗷　愁歎聲。一說喧雜之聲。㊱彼所觀　她所看中的人。《玉臺新詠》「觀」作「歡」，譯文從之。㊲盛年　年輕貌美的時候。

【語　譯】美女貌美又靜嫻，採桑來到岔路間。柔嫩枝條紛紛動，採下桑葉落翩翩。捲起袖子露白腕，潔白手腕箍金環。頭上插著金雀釵，腰間佩戴綠琅玕。身上交錯戴明珠，珊瑚飾品隔木難。綾羅衣裳飄飄動，輕軟前襟隨風轉。左顧右盼放光彩，長嘯香氣像似蘭。過路行人停下步，路旁息者忘進餐。

請問「美女何處住？」「美女住在城南端。青色樓閣近大路，高高門第雙重關。」「容貌似花耀朝日，誰見誰愛美容顏！說媒人氏哪去了？何不及時去訂婚！」「美人仰慕高義士，找個賢夫的確難。眾人徒然空發愁，哪裡知道她所歡！」年輕貌美守空房，半夜起來總長歎。

【研　析】顧題思義，這是一首寫美女的詩。詩分兩大部分，前十六句為第一部分，主要寫美女外表氣質之美。詩人先以「妖」「閑」二字給美女作抽象的描寫，然後讓她以採桑女的身分出現在岔路上。「柔條紛冉冉，葉落何翩翩」二句，透過寫景來寫美女採桑的動作。枝條的擺動，桑葉的飄落，乍看起來，似乎是風吹引起的，其實不然，春天落葉翩翩，這不正是美女採桑造成的嗎？接著詩人借鑑民歌〈陌上桑〉用鋪陳烘托來寫美女的手法，寫美女手上的金環，頭上的金釵，腰間的琅玕，身上的明珠、珊瑚、木難，還有飄起的羅衣、隨風轉的輕裾等服飾之美來襯托出美女形態之美。而「顧盼遺光采，長嘯氣若蘭」二句更是從動態上寫出了美女顧盼生姿、楚楚動人、吐芙蓉之芳氣、發幽蘭之清香的氣質。「行徒用息駕，休者以忘餐」二句，又從觀者見美女後的反常行為來烘托美女之美，雖然不及〈陌上桑〉中的「行者見羅敷，下擔捋髭鬚；少年見羅敷，脫帽著帩頭。耕者忘其犁，鋤者忘其鋤」生動活潑，使人欲醉欲癡，但也起到了感人的效果。

以下轉入第二段，仍然借鑑了〈陌上桑〉的對話形式，不過不是寫美女遭人調戲，而是交代美女未能及時成婚的原因。先是借回答美女住在何處，說明美女出身名門；再承接前段對美女的描寫，問：她如此花容美貌，誰見誰愛，媒人幹什麼去了，為什麼不及時替她說媒訂婚？回答是美女仰慕高義，所以要求得賢夫特別困難，世俗替她乾著急，哪裡知道她所要的理想對象呢？說明她不是嫁不出去，而是沒有理想的人可嫁。因此也就只能「盛年處房室，中夜起長歎」了。

不過以上只是這首詩的表面意思，其實它真正的含義是借美女盛年不嫁比喻才德兼備的志士，未遇明主，無法施展其才能，以抒發其心中的怨憤之情。此說始於唐人的《文選》五臣注：「(張)銑曰：以美女喻君子，言君子既有美行，上願明君而事之，若不得其人，雖見徵求，終不能屈。」其後宋人郭茂倩《樂府詩集》、元人左克明《古樂府》、元人劉履《風雅翼》、明人梅鼎祚《古樂苑》等都沿用此說，其中以劉履分析最為仔細，特錄於後，以供參考：「子建志在輔君匡濟，策功垂名，乃不克遂，雖授爵封，而其心猶為不仕，故託處女以寓怨慕之情焉。其言妖閑皓素，以喻才質之美；服飾珍麗，以比己德之盛；至於文采外著，芳譽日流，而為眾所希慕如此，況謂居青樓高門，近城南而臨大路，則非疏遠而難知者，何為見棄，不以時而幣聘之乎？其實為君所忌，不得親用，今但歸咎於媒薦之人，蓋不敢斥言也。且古之賢者，必擇有道之邦，然後入仕，猶佳人之擇配而慕夫高義者焉。惟子建以魏室至親，義當與國，同其休戚，雖欲它求，其可得乎？此所以為求賢獨難，而其所見，亦豈眾人所能知哉？夫盛年不嫁，將恐失時，故惟中夜長歎而已。孟子所謂『不得於君則熱中（熱中，躁急心熱也。見《孟子．萬章上》）』，其子建之謂歟？」（《風雅翼．選詩補註．二》）

這首詩在用詞造句上頗顯功力，與民歌〈陌上桑〉的樸實無華有明顯的不同，如「皓腕約金環」的「約」字，「明珠交玉體」的「交」字，「珊瑚間木難」的「間」字，「容華耀朝日」的「耀」字……都顯示出曹植詩歌「骨氣奇高，詞彩華茂，情兼雅怨，體被文質」（鍾嶸《詩品》卷一）的特點。

朗月行

李白

【題解】〈朗月行〉，樂府曲名，《李太白集》作〈古朗月行〉。在李白以前，鮑照有〈朗月行〉，寫美女月下絃歌。

【作者】見頁二〇九。

小時不識月，呼作白玉盤。又疑瑤臺❶鏡，飛在青雲端。仙人垂兩足，桂樹何團團❷？白兔擣藥成❸，問言與誰餐❹？蟾蜍蝕圓影❺，大明❻夜已殘❼。羿昔落九烏❽，天人❾清且安。陰精此淪惑❿，去去不足觀⓫。憂來其如何，惻愴⓬摧心肝⓭！

【注釋】❶瑤臺　〈離騷〉有「望瑤臺之偃蹇兮，見有娀之佚女」。佚女，即美女，後世稱美女所居之地曰瑤臺。❷仙人二句　《初學記》載虞喜〈安天論〉說：俗傳月中有仙人桂樹，「今視其初生（指月初出東山），見仙人之足漸已成形，桂樹後生」。何團團，原作「作團團」。依《全唐詩》卷一六三校改，意為（桂樹）為何是圓的。譯文從之。❸白兔句　傅玄〈擬天問〉：「月中何有？白兔擣藥。」❹與誰餐　給誰吃。餐，作動詞用。❺蟾蜍句　《淮南子・說林》：「月照天下，蝕於詹諸。」高誘注：「詹諸，月中蝦蟇（蝦蟆），食月，故曰『食於詹諸』。」又《史記》漢褚先生補〈龜策列傳〉：「月為刑而相佐，見食於蝦蟇。」圓影，即「圓景」，謂月亮。圜，通「圓」。《論衡・談天篇》：「日月之體，皆至圓。」又曹植〈贈徐幹〉：「圓景（影）光未滿。」李善注：「圓景，月也。」蝕，日月虧缺，即月蝕。❻大明　原作「天明」。依《李太白集》、《唐詩品彙》、《唐宋詩醇》校改。晉木華〈海賦〉：「大明攡轡於金樞之穴。」李善注：「大明，月也。」❼殘　所剩不多。❽羿昔句　羿，后羿，古代善射者。九烏，九個太陽。典出〈天問〉：「羿焉彃日，烏焉解羽？」王逸注引《淮南子・本經》：「堯時，十日並出，草木焦枯。堯令羿仰射十日，中其九日。日中九烏皆死，墮其羽翼。」❾天人　指天上和人間。❿陰精句　意為月亮從此下沉模糊不清。陰精，月亮。張衡〈靈憲〉：「月者，陰精之宗。」淪惑，沉淪迷惑。⓫去去句　意為走吧走吧，月亮不值得看了。⓬悽愴　淒愴。⓭摧心肝　傷心肝。

【語　譯】小時不知月何物，天真稱它白玉盤。又疑它是瑤臺鏡，高飛附在青雲端。看似仙人垂兩足，桂樹為何成圓團？白兔將藥已擣好，請問給誰當美餐？天上蝦蟆吃月亮，長夜月色已將殘。往日后羿射九日，天上清明人間安。月亮從此失光彩，走吧走吧不須看。心中憂愁如何了，悲痛淒慘傷心肝！

【研　析】這是一首寫月亮的詩，前八句寫小時候對月亮天真幼稚的認識，後八句寫現在見月蝕引起的感慨。

小時對月亮談不上有什麼正確的認識，竟稱它是白玉盤，又懷疑它是瑤臺上的鏡子飛上了天空，該是何等的天真！也許小時候就聽說過有關月亮的神話故事，月亮升起的時候，彷彿月中出現了仙人，雙腳下垂，又長出了桂樹，還出現了白兔擣藥的形狀，他天真地發問：那桂樹為什麼是圓的呢？那藥擣好以後又給誰吃呢？問得雖然天真稚氣，但卻顯示出李白幼小時就具有驚人的豐富的想像力。

後半部寫月蝕，是他現在所見到的景象。詩人借助於蝦蟆食月神話故事寫月蝕，月亮在夜中已經殘缺不全所剩不多，於是他聯想到羿射九日、天上人間得以太平的神話故事，希望有種力量能除掉天上的蝦蟆，讓月蝕不再發生。然而希望並不是現實，月亮還是在月蝕後模糊不清，不值得觀賞了。詩人於是心中淒慘，悲痛至極。

詩人因月蝕而生感，前人或以為意有所指，元代肖士贇說：「『陰精此淪惑，去去不足觀』者，謂貴妃以淫亂召禍，言之恥也，固不足觀矣。然天下由此而亂，乃白之所深憂，而心肝為之摧也。其忠憤之意，溢於辭外，亦哀而不傷者歟！」（《李太白集分類補註》卷四）這種說法雖然因為詩中景物與所比的事難以一一坐實，不免有人懷疑，但是我們認為還是有可供參考的價值。詩中的「陰精此淪惑」雖是寫景，但與鮑照的〈白頭吟〉一詩有關，鮑詩說：「申黜褒女進，班去趙姬昇。周王日淪惑，漢帝益嗟稱。心賞猶難恃，貌恭豈易憑？古來共如此，非君獨撫膺。」李白見月蝕而想到唐玄宗因寵愛楊貴妃而引起安史之亂，再聯想到鮑詩中提到的周幽王愛褒姒而廢申后、漢成帝愛趙飛燕而班婕妤失寵的故事，而褒姒、趙飛燕都沒有好結果和楊貴妃縊死在馬嵬坡又有其相似之處，於是也就淒慘傷心而抒發其憂憤了。

遊子吟

孟　郊

【題解】蓋以詩意名篇。漢〈蘇武詩〉有「請為遊子吟，泠泠一何悲」之句。

【作者】孟郊（西元七五一—八一四年），字東野，湖州武康（今浙江武康）人。年少時，隱於嵩山，稱處士。性情耿介，難與人諧合，而韓愈一見，卻以為忘形之交，常唱和於文酒之間。年近五十才中進士，為溧陽尉。後被鄭餘慶奏為水陸轉運判官，又奏為從事，赴任途中暴卒，年六十四。有《孟東野集》，新舊《唐書》均有傳。

慈母手中線，遊子身上衣。臨行密密縫，意恐遲遲歸。誰言❶寸草心❷，報得三春暉❸！

【注釋】❶誰言　《全唐詩》言：一作「難將」。按，作「誰言」意更佳。❷寸草心　以小草心比人幼小的心。❸三春暉　春天的陽光。三春，古代稱正月為孟春，二月為仲春，三月為季春，故春季三月為三春。暉，陽光。

【語譯】慈母手中線，遊子身上衣。臨行針線密密縫，意恐兒子遲遲歸。誰說小草幼小心，報得春陽普天輝！

【研　析】這是一首寫母愛的感恩詩。《全唐詩》載作者自注：「迎母溧上作」。孟郊早年屢試不第，近五十歲時才中進士，做上溧陽尉。大概就在這時，他將母親接到溧陽，回想起昔日離家時的情景，為母愛所感動，寫下了這首詩。詩第一句寫線（實際還包括針），第二句寫衣，三、四句寫母親縫衣動作體現出深情的母愛。兒子臨行的時候，母親替兒子準備行裝，將兒子要帶去的衣服細密縫製，是希望衣服能穿得久些，流露出害怕兒子不能很快回來的擔心，這細微的動作中包含著無限的深情。最後兩句以寸草、陽光為喻寫母恩難報，詩人用反問的口氣說：誰說小草幼小的心報得了三春的光輝呢！換言之，三春的恩惠小草報答不了，偉大的母愛兒子是永遠難以報答的，表現自己強烈的報恩心情，與《詩經・小雅・蓼莪》：「父兮生我，母兮鞠（養也）我，拊我畜我，長我育我，顧我復我，出入腹（懷抱也）我。欲報之德，昊天罔極。」有異曲同工之妙。而語言樸素自然，通俗易懂，在極其平常的事件中拾得妙意，言簡意賅，更具感染力。

明人王原采評論此詩說：「人子之中，莫孝於曾參，曾參且以為不足報其親之恩，況其不如曾參者乎！昔唐之孟郊，有知乎此，故郊自念不能報其親，而作為〈遊子吟〉之詩，有曰『難將寸草心，報得三春暉』，其意蓋以天地之恩喻父母之恩，而歎其難報，此非知孝於親者，其能發此乎？」（《靜學文集・草心堂詩序》）特附於此，以供參考。

浩歌行

白居易

【題　解】浩歌，大聲歌唱。屈原〈九歌・少司命〉：「望美人兮未來，臨風怳兮浩歌。」宋鄭樵

《通志・樂略・歌舞二十曲》有〈浩歌行〉。

【作　者】白居易（西元七七二—八四六年），字樂天，號香山居士，下邽（今陝西渭南）人。幼年即聰慧絕人，始生七月，識「之無」二字。二十歲，觀光上國，謁見顧況，顧況取笑他：「長安百物皆貴，居大不易。」及見「離離原上草」等句，改口說：「有句如此，居天下不難，老夫前言戲之耳。」貞元十六年（西元八〇〇年，二十九歲），中進士，任校書郎。元和元年（西元八〇六年，三十五歲），任盩厔尉、翰林學士，遷左拾遺。其後在朝廷爭安危，「有闕必規，有違必諫」，多有建言。元和十年，李師道、王承宗派人刺殺宰相武元衡，居易上書請求追捕兇手，得罪權貴，被貶為江州司馬，又徙忠州刺史。後被召為主客郎中，出任杭州、蘇州刺史，又被召回任刑部侍郎、太子賓客、太子少傅。會昌初年（西元八四一年，七十歲），以刑部尚書退休。會昌六年卒，年七十五。

白居易是中唐著名的詩人，言「文章合為時而著，歌詩合為事而作」（〈與元九書〉），與元稹等詩人倡導新樂府，說自己寫作的樂府詩，「篇篇無空文，句句必盡規」，「惟歌生民病，願得天子知」（〈寄唐生〉）。存詩近三千首，分諷諭、閒適、感傷、雜律四類，其中有〈新樂府〉五十首，與〈秦中吟〉等屬諷諭類。著名的〈長恨歌〉、〈琵琶行〉屬感傷類。白詩通俗平易，明白易懂，當時就廣為人們傳誦。

有《白氏長慶集》，新舊《唐書》、《唐才子傳》均有傳。

天長地久無終畢，昨夜今朝又明日。鬢髮蒼浪[1]牙齒疎，不覺身年四十七。前去五十有幾年，把鏡照面心茫然。既無長繩繫白日❷，又無大藥駐朱顏❸。朱顏日漸不如故，青史功名在何處？欲留年少待富貴，富貴不來年少去。去復去兮如長河，東流赴海無迴波。賢愚貴賤同歸盡，北邙❹冢墓高嵯峨❺。古來如此非獨我，未死有酒且酣歌。顏回短命❻伯夷餓❼，我今所得亦已多。功名富貴須待命，命若不來知❽奈何？

【注釋】❶蒼浪　即倉浪，本指青色，天曰倉浪，銅曰倉琅，水曰滄浪，竹曰蒼筤，音同而字異。此處「蒼浪」，當是黑白相間之意，與〈賣炭翁〉「兩鬢蒼蒼」之「蒼蒼」同義。白居易四十歲時頭髮已白，所謂「纔年四十鬢如霜」（〈聞龜兒詠詩〉），「行年四十五，兩鬢半蒼蒼」（〈四十五〉）。❷長繩繫白日　意為將時間留住。晉傅玄〈九曲歌〉：「安得長繩繫白日？」李白〈惜餘春賦〉：「恨不得掛長繩於青天，繫此西飛之白日。」❸大藥駐朱顏　據魏崔彥鸞《十六國春秋》記載：湘陰人彭幼謙，「得大藥一丸，餌之，歷年百有四十餘歲」。朱顏，紅顏。駐朱顏，指保持年輕時的容貌。❹北邙　山名，在今河南洛陽東北，漢魏以來，王公貴族多葬於此。❺嵯峨　高聳的樣子。❻顏回短命　顏回，孔子學生，二十九歲，頭髮全白，短命而死。魯哀公問孔子：你的弟子，誰好學？孔子回答說：顏回好學，「不幸短命死矣，今也則亡（無）」（〈仲尼弟子列傳〉）。❼伯夷餓　伯夷，商朝末年人，反對周武王伐紂，姜子牙稱他為「義士」。武王滅商，伯夷以為恥，義不食周粟，隱於首陽山，採薇而食，後來餓死在首陽山。❽知　《白香山詩集》作「爭」，《詩詞曲語辭匯釋》：「爭，猶怎也。」

【語譯】天長地久無終極，昨夜今朝又明日。鬢髮花白牙齒疏，不覺身年四十七。前去五十有幾年，持鏡照臉心茫然。既無長繩繫白日，又無妙藥保紅顏。紅顏漸老不如故，青史功名在何處？欲留年少待富貴，富貴不來年少去。去又去啊似長河，東流到海無回波。賢愚貴賤都得死，北邙墳墓高嵯峨。自古如此非獨我，未死有酒且酣歌。顏回短命伯夷餓，我今所得亦已多。功名富貴須待命，命若不來怎奈何？

【研　析】這是一首用樂府舊題寫作的述懷詩，和他倡導的「新樂府詩」不同，不是諷喻詩，而是感傷詩，寫於元和十三年（西元八一八年），時年四十七歲。

詩一開始就說天長地久，時間無限，而人的生命卻是有限，自己已是髮白齒疏，不知不覺四十七歲，離五十差不了幾年。對鏡自視，心中茫然，既不能用青繩繫日，將時間留住，更不能以大藥延年，讓青春永駐，真是莫可奈何、無所適從啊。最讓他傷心的是：青春已逝，功名安在？「欲留年少待富貴」，結果卻是「富貴不來年少去」，青春像流水入海般逝去，連一點回波也沒有，有誰能不傷心！可是轉念一想：世上無論賢愚貴賤，哪個不都是同歸於盡，北邙山上高聳著的墳墓就是見證，豈獨是我！於是也就胸懷坦然，飲酒酣歌了。再說，顏回二十九歲便短命而死，我而今已到四十七；伯夷餓死在首陽山，我而今還有酒可喝，「雖謫佐遠郡，而官品至第五，月俸四五萬，寒有衣，饑有食，給身之外，施及家人」（〈與元九書〉），與古代聖賢相比，所得已多，也應該心滿意足。何況子夏說：「死生有命，富貴在天。」（《論語．顏淵》）也只有聽天由命了。不過從末句「命若不來知奈何」看，詩人雖然在自寬自解，但對功名富貴還是未能完全忘懷的。

白居易一生信奉孟子倡導的「窮則獨善其身，達則兼善（白引作「兼濟」）天下」（《孟子．盡心上》)。他在遭貶以前，志在兼濟；遭貶以後，行在獨善。這首詩就真實地記錄了他由「兼濟」到「獨善」痛苦的心路歷程。本來他是胸懷大志，為天下爭安危，可是遭貶以後他不得不獨善其身了。他茫然，他無奈，他自寬自解，樂天知命，史書稱他這時「既失志，能順適所遇，託浮屠生死說，若忘形骸者」(《新唐書・白居易傳》)。這大概就是他自己所說的「老來尤委命，安處即為鄉」(〈四十五〉)吧。

行路難十九首（選二）

鮑照

【題解】《樂府解題》云：「〈行路難〉，備言世路艱難及離別悲傷之意，多以『君不見』為首。」據〈陳武別傳〉記載，蘇武牧羊時，曾經向牧童學唱〈行路難〉，可見它原是民謠，由來已久。《晉書・袁瓌傳》記載：晉人袁山松曾對它進行加工，文其辭句，婉其節制，酣醉縱歌之，聽者莫不流淚。後又多有擬作，此詩《鮑參軍集》題作〈擬行路難〉。

【作者】見頁三三二。

其四

瀉水❶置平地，各自東西南北流。人生亦有命，安能行歎復坐愁？

酌酒❷以自寬，舉杯斷絕❸歌〈路難〉。心非木石豈無感❹，吞聲躑躅❺不敢言。

【注釋】❶瀉水　倒水。瀉，傾倒。❷酌酒　斟上一杯酒。❸斷絕　疑承前「愁」字，指斷絕其難言之愁。❹感　感動。❺躑躅　徘徊不前。

【語譯】將水倒在平地上，自然各自向著東西南北流。人生在世也有命，怎能行著歎息坐著愁？斟上杯酒以自寬，舉杯消愁歌唱〈行路難〉。人非木石哪能心不動，只能吞聲忍氣徘徊不前不敢言。

【研析】這是一首抒憤詩，起句不凡，如沈德潛說：「起手無端而下，如黃河落天走東海。」（《古詩源》卷一一）這兩句顯然是起興，用水潑在地上自然流向東西南北，興起下句「人生亦有命」。正如有人說，人的出生就像樹上的花，隨風而落，有的落在草蓆上，有的落在糞坑裡。隨意飄落，一切都由命運決定。既然如此，也就用不著行著歎息坐著發愁了。不如斟上一杯酒，自寬自解，舉杯消愁，唱上一曲〈行路難〉以抒其憤。可是人心不是木石，誰能無動於衷，表面上吞聲忍氣，欲言又止，其實怨憤之情，自在不言之中。沈德潛說：「妙在不曾說破，讀之自然生愁。」（《古詩源》卷一一）所評可謂恰到好處。

鮑照之所以有此種怨憤，大概與他出身寒門，才秀人微，受到壓抑有關。

其　六

對案❶不能食，拔劍擊柱長歎息。丈夫生世能幾時？安能疊燮❷垂羽翼❸！棄置❹罷官去，還家自休息。朝出與親辭，莫❺還在親側。弄兒牀前戲，看婦機中織。自古聖賢盡貧賤，何況我輩孤且直。

【注　釋】❶案　古代進食的几案，形如有腳的托盤。❷疊燮　同「蹀躞」。小步走路的樣子。❸垂羽翼　垂下翅膀，比喻縮手縮足。❹棄置　意為丟開、放下。置，原作「檄」。依《鮑參軍集》、《古詩紀》、《古樂苑》、《古詩鏡》、《漢魏六朝百三家集》校改。❺莫　同「暮」。

【語　譯】對著几案不能食，拔劍擊柱長歎息。男子漢活在世上能多久？怎能小心翼翼縮手縮足受人欺！丟下官兒我不做，回到家中自休息。早上出門與親辭，晚上歸來在親側。逗著孩子床前玩，看著妻子機上織。從古至今所有聖賢都貧賤，何況我輩孤高又耿直！

【研　析】這首詩起得突兀：「對案不能食，拔劍擊柱長歎息。」面對著美酒佳肴，為什麼臨杯不能飲，對案不能食？還「拔劍擊柱長歎息」，情緒如此激烈，原來是因為「丈夫生世能幾時？安能疊燮垂羽翼」！短短十七個字道出詩人的幾多憤懣，幾多積怨，幾多孤高與耿直！和陶淵明的「吾不能為五斗米折腰拳拳事鄉里小人」、即日解綬去職，何等相似！這樣，他也就先交代了他下面辭官歸家的原因。還家以後，他朝與親辭，暮還親側，床前弄兒，機旁看婦，其樂融融，如沈德潛所言：「家庭之樂，豈宦遊可比！」（《古詩源》卷一一）最後兩句，詩人在自寬自解，「自古聖賢盡貧賤」，譬如顏回吧，孔子稱讚他說：「賢哉，回也！一簞食，一瓢飲，在陋巷，人不堪其憂，回也不改其樂。」（《論語・雍也》）我為什麼一定要通過做官去追求富貴？再說「何況我輩孤且直」，自己本來出身寒門，而且性情孤高、耿直，不會阿意奉承、趨炎附勢，以致招來貧賤，又有什麼奇怪呢。但我卻守住了志士的氣節，不也是值得慶幸嗎？

行路難三首（選一）

李　白

【題解】這是李白的擬作，餘見鮑照〈行路難〉題解。

【作者】見頁二〇九。

其一

金罇清酒斗十千，玉盤珍羞❶直❷萬錢。停杯投筯❸不能食，拔劍四顧心茫然。欲渡黃河冰塞川，將登太行雪滿山❹。閒來垂鈎坐溪上❺，忽復乘舟夢日邊❻。行路難，行路難，多歧路，今安在❼？長風破浪會有時❽，直挂❾雲帆濟滄海。

【注釋】❶珍羞　美食。❷直　同「值」。❸投筯　放下筷子。筯，同「箸」。❹雪滿山　原作「雪暗天」，據《李太白集》、《唐詩品彙》、《全唐詩》卷一六二、《唐宋詩醇》校改。❺閒來句　典出呂尚（姜子牙）垂釣渭濱遇周文王故事。《史記・齊太公世家》記載，呂尚窮困年老，想透過在渭水（有說其地名茲泉，又稱磻磎）釣魚去見西伯侯姬昌（即後之周文王）。姬昌出來打獵，遇見了他，便將他載歸，拜他為師，共商滅紂。《李太白集》、《唐詩品彙》、《全唐詩》卷一六二、《唐宋詩醇》「坐溪」作「碧溪」。❻忽復句　典出《宋書・符瑞志上》：「伊摯（伊尹名摯，故稱）將應湯命（指將應商湯邀請，出來幫助商湯），夢乘船過日月之傍。」❼今安在　《河嶽英靈集》、《文苑英華》作「道安在」。❽長風句　比喻自信前程遠大。典出《宋書・宗慤傳》：「慤年少時，炳（慤之叔父）問其志，慤曰：『願乘長風破萬里浪』。」❾挂　同「掛」。

【語　譯】一斗金樽清酒價十千，玉盤美食值萬錢。停下杯筷難進食，拔劍四顧心茫然。想渡黃河冰塞川，將登太行雪滿山。閒來釣魚碧溪上，忽夢乘船過日邊。行路難，行路難，多岔路，路何在？乘風破浪總有時，直掛雲帆渡滄海。

【研　析】行路難，《樂府解題》解為「世路艱難」。這首模擬舊題的樂府詩寫的是人生道路的艱難，說得更具體一點是仕途艱難。這首詩當寫於李白被召入長安到賜金返山之前這段時間內。開始四句是從鮑照「對案不能食，拔劍擊柱長歎息」二句演化出來的，但增加了對美酒佳肴的具體描述，讓讀者產生更大的懸念：為什麼面對如此珍貴的美酒佳肴卻不飲食呢？其中必有緣故。鮑照是因為生性耿直，受不了「疊燮垂羽翼」的窩囊氣，才「對案不能食，拔劍擊柱長歎息」，有官也不做。李白面對美酒佳肴停杯投箸，「拔劍四顧心茫然」原因何在？「欲渡黃河冰塞川，將登太行雪滿山」二句給出了答案。這兩句絕對不是寫他真的想渡黃河、登太行山，而是透過渡河登山遇到了險阻比喻仕途艱難。他這時雖在唐玄宗身邊，卻得不到重用，於是「拔劍四顧心茫然」。但他還心存幻想，想起了古代兩位未遇聖君時的名臣，一位是在磻磎釣魚的呂尚，另一位是還沒有見到商湯的伊尹，他們後來都得到了重用，成就了一番偉業，心想說不定自己也有這樣的機會。這種想法，他沒有直說，而用「閒來垂釣坐溪上，忽復乘舟夢日邊」兩句詩來表達。乍看起來，還以為他在碧溪釣魚，又在乘船做夢呢，這就是詩歌的妙處。詠到此處，他連呼：行路難！行路難！岔路太多了，今後將發生什麼事情，誰能逆料，真正的道路究竟在哪裡？自己也不知道，與「拔劍四顧心茫然」，有前呼後應之妙。自稱「我輩豈是蓬蒿人」的李白，是相當自信的，彷徨之後，喊出了「長風破浪會有時，直挂雲帆濟滄海」，相信自己總有一天會像宗慤說的那樣「乘長風破萬里浪」，渡過滄海，實現自己的理想。

不過他也未必真的就能那樣自信，他在其餘兩首〈行路難〉中還說過：「大道如青天，我獨不得出」，「昭王白骨縈蔓草，誰人更掃黃金臺？行路難，歸去來！」表明他對唐玄宗已經絕望，準備像陶淵明一樣「歸去來」，「且樂生前一杯酒，何須身後千載名」。因為理想能否實現，並不是全由自己主觀上自信與否來決定。白居易說：「行路難，不在水，不在山，只在人情反覆間。」《新樂府．太行路》唐玄宗雖然曾經親手替李白調羹，可是歷史上朝承恩、暮賜死的例子多得難以數計，明天將發生什麼事，誰又能知道呢。

西洲曲

古　辭

【題　解】〈西洲曲〉，樂府曲名，當因詩中提到「西洲」而得名。西洲，地名，唐溫庭筠〈西洲曲〉：「西洲風色好，遙見武昌樓。」可見西洲離武昌不遠。此武昌在今湖北鄂城，與蘇軾〈赤壁賦〉：「西望夏口，東望武昌。」之「武昌」相同，非今日武漢之武昌。

【作者】〈西洲曲〉之作者，多有異說，有無名氏古辭及江淹、梁武帝蕭衍所作各說。江淹所作之說見於今本《玉臺新詠》，此說明馮惟訥《古詩紀》、梅鼎祚《古樂苑》已指出是「《樂府》作古辭，《玉臺》新本作江淹，非也」。所謂「《玉臺》新本」是指明代新刻的《玉臺新詠》，《四庫全書·玉臺新詠提要》已指出「明代刻本，妄有增益」，難以為據。清人吳兆宜注《玉臺新詠》，亦在題下注明〈西洲曲〉是「雜曲歌辭，《樂府》作古辭，非江淹詩」，故此說基本上已被否定。蕭衍所作之說見於明陸時雍《古詩鏡》、清陳祚明《采菽堂古詩選》、沈德潛《古詩源》，陸時雍所持理由是此詩「老秀，清如冰壺，豔如紅玉，非梁武不能辦此」(《古詩鏡》卷一七)，只是因為蕭衍是豔詩名家，就作出此種猜測，恐難以成立。今人多用唐郭茂倩《樂府詩集》、明馮惟訥《古詩紀》、明李攀龍《古今詩刪》、明曹學佺《石倉歷代詩選》、明梅鼎祚《古樂苑》等之說，認為此詩作者是無名氏，原是民歌，但經過了文人加工。

憶梅下西洲❶，折梅寄江北❷。單衫杏子紅，雙鬢鴉雛❸色。西洲在何處？兩槳橋頭渡❹。日暮伯勞❺飛，風吹烏臼樹❻。樹下即門前，門中露翠鈿❼。開門郎不至，出門採紅蓮❽。採蓮南塘秋，蓮花過人頭。低頭弄蓮子❾，蓮子青如水❿。置蓮懷袖中，蓮心⓫徹底紅⓬。憶郎⓭郎不至，仰首望飛鴻⑭。鴻飛滿西洲，望郎上青樓⑮。樓高望不見，盡日⑯欄干頭⑰。欄干十二曲⑱，垂手明如玉⑲。卷簾天自高，海水搖空綠⑳。海水夢悠悠㉑，君愁我亦愁。南風知我意，吹夢到西洲。

【注釋】❶憶梅句　此句寫採蓮女今日回憶自己往日與情郎相會的情事。梅，非指實物，諧音「媒」，指媒人。下西洲，下到西洲。下，意為下到，與〈西曲歌・那呵灘〉「聞歡下揚州」、李白〈黃鶴樓送孟浩然之廣陵〉「煙花三月下揚州」、溫庭筠〈西洲曲〉「昨日下西洲」的「下」用法相同，非是落下之意。余冠英釋「下」為「落」，「梅下」為梅落，言「落梅時節是本詩中男女共同紀念的時節」（《漢魏六朝詩選》），值得商榷。❷折梅句　用陸凱寄梅贈詩給范曄的典故表達對情郎的相思。據《荊州記》記載，陸凱與范曄是好朋友，從江南寄了一枝梅花給在長安的范曄，還附去一首詩：「折梅逢驛使，寄與隴頭人。江南無所有，聊贈一枝春。」❸鴉鶵　即鴉鶵，小烏鴉。❹兩槳句　疑是指橋頭船邊渡口處。兩槳，划船的雙槳，指代船。〈莫愁樂〉：「莫愁在何處？莫愁石城西。艇子打兩槳，催送莫愁來。」❺伯勞　鳥名。〈東飛伯勞歌〉有「東飛伯勞西飛燕」之句，後世用「勞燕分飛」以言離別。❻烏臼樹　樹高大，葉似梨杏，花黃白，其實黑色如胡麻子，可榨油，油可製燭及皂。烏喜食其實，因而得名。❼翠鈿　翠玉製成的首飾。鈿，金花。❽紅蓮　《佩文齋廣群芳譜》：「紅蓮，粒大，芒紅，皮赤。」❾蓮子　諧「憐子」。典出〈子夜四時歌・夏歌〉：「乘月採芙蓉（諧夫容），夜夜得蓮子（諧憐子）。」❿青如水　諧「清如水」。⓫蓮心　諧「憐心」，愛憐之心。典出〈吳聲歌曲・讀曲歌〉：「罷去四五年，相見論故情。殺荷不斷藕，蓮心（諧憐心）已復生。」⓬徹底紅　紅透。⓭憶郎　思念情郎。此「憶」字作思念解。《廣韻》：「憶，念也。」《集韻》：「憶，思也。」⓮望飛鴻　古有鴻雁傳書之說，望飛鴻即望來信。典出《漢書・蘇武傳》：「天子射上林中，得鴈，足有係帛書。」⑮青樓　塗飾青漆的樓房。⑯盡日　終日；整天。⑰欄干頭　即欄杆邊。⑱十二曲　十二彎。十二，言其多。與〈木蘭詩〉「軍書十二卷」之「十二」用法同。⑲明如玉　白如玉石。〈東飛伯勞歌〉：「窈窕無雙美如玉。」⑳海水句　海水，即江水，李白〈遠別離〉：「古有皇英之二女，乃在洞庭之南，瀟湘之浦，海水直下萬里深。」可證。搖空，在空中晃蕩，這裡指海水泛起的綠光在空中晃蕩。後來唐宋詩人多有此用法，如李白〈遊泰山〉有「海水落眼前，天光搖空碧」，白居易〈西湖晚歸回望孤山寺贈客〉有「煙波淡蕩搖空碧」，蘇軾〈宿望湖樓再和〉有「新月如佳人，……瀲瀲搖空碧」。㉑悠悠　無窮盡之意。

【語　譯】想起媒人到西洲，折枝梅花寄江北。身上單衫杏子紅，頭上雙鬟雛鴉色。若問西洲在何處？就在船旁橋頭渡。太陽下山伯勞飛，江風吹拂烏臼樹。樹下就是我門前，門裡露出金花鈿。開門等郎郎不來，出門前去採紅蓮。秋天採蓮在南塘，蓮花長得過人頭。低下頭去弄蓮子，蓮子青綠像清水。蓮子放在懷袖裡，蓮心顯得透底紅。思念情郎郎不來，抬起頭來望飛鴻。鴻鳥低飛滿西洲，想望情郎上西樓。樓高望郎不見郎，整天留在欄杆頭。曲折欄杆十二彎，雙手下垂白如玉。捲起簾子天自高，江水晃空泛青綠。江水悠悠夢悠悠，想著你愁我也愁。南風若知我情意，吹郎夢中到西洲。

【研　析】這是一首很難解釋的詩，眾說紛紜，莫衷一是，這裡談的只是個人讀這首詩的體會，僅供讀者參考。

詩寫一個長江南面的女子思念長江北面的情郎。詩中說「折梅寄江北」，可見女子在長江南面，情郎在長江北面，隔江而思，「寄梅」是為了表達相思之情。讀它之前，要先知道它的特點：一、它是首抒情詩，是以情繫事，託事抒情，是以情為線索來組織事的，因此那些事是經不起純科學的分析的，如果你一定要用科學的態度去追問：她早春折梅為什麼身穿「單衫」？蓮子成熟蓮花早已凋謝，她採蓮子為什麼還能見到「蓮花過人頭」？詩說「日暮伯勞飛」，為什麼下面卻是寫她白天出去採蓮？如果一直這樣問下去，甚至還想從詩中找出她思念情郎的時間順序來，就會越理越亂。二、它是一首民歌，具有民歌的特點，特別是諧音表意以及使用頂真格和字的重複等修辭手法以加強上下文的聯繫等，千萬不能忽視。

詩開頭四句是序曲，「憶梅下西洲，折梅寄江北」，可能她見到梅花觸動了情思，想起了過去同媒人、情郎相會那段往事，但又不便直接說出來，便以「梅」代「媒」，說回憶起媒人下到西洲，我便折了枝梅花寄給江北的情郎。這兩個「梅」字，第一個諧音表意，第二個用它的本意。折梅既是她現在的動作，又巧妙地使用了陸凱折梅寄詩的典故含蓄地表達了自己的相思之情。憶媒折梅的主人是誰？一、二句並沒有交代，於是三、四句作了補充：那是穿著杏紅色單衫、雙鬢烏黑的女子。接下來承接前的「憶梅下西洲」交代西洲的所在地和回憶往日相見後的別離：「西洲在何處？兩槳橋頭渡。日暮伯勞飛，風吹烏臼樹。」說明西洲就在橋頭停著雙槳小船的渡口旁。這西洲可能就是她從前和情郎相會的地點，她的家也可能在那裡。那次見面以後，她和情郎很快就離別了，「日暮伯勞飛」一句便是寫他們當日的離別，用了「東飛伯勞西飛燕」典故，表明他們相見以後傍晚時便勞燕分飛了，而且分別時風吹烏臼，景色顯得有點淒涼。「樹下即門前」以下從對往事的回憶又回到現實的相思，用頂真格修辭法和重字法加強上下文聯繫，如「樹下即門前」四句，「樹」字與上句「風吹烏臼樹」緊密相連，而且每句中都重複「門」字，一氣呵成。這四句寫她在家戴上美麗的金花首飾等候情郎的來到，開門迎郎郎卻不到，她只好出門採蓮以排解相思之愁。以下乍看起來是寫她在南塘採蓮的情景，其實是藉此表達她進一步的相思，「低頭弄蓮子，蓮子青如水。置蓮懷袖中，蓮心徹底紅」四句，「蓮子」諧音「憐子」，意即「愛您」，「青如水」諧音「清如水」，「蓮」諧音「憐」，「蓮心」諧音「憐心」，說白了，這四句意思就是：我低著頭思念您，愛憐您，我愛您之心如清水一樣純潔，我將愛心藏在懷裡，愛心是那樣的赤誠。她的感情該是多麼熱烈，而一用上諧音法卻顯得那樣的含蓄，真可謂不著一字，盡得風流，詩歌的妙處也就在此。儘管她如此一片真心愛著情郎、想著情郎，可情郎還是沒有來到，她於是仰首望飛鴻，希望鴻雁傳書能帶來情郎的音信。可是鴻飛遍洲，卻音信全無。她又登上青樓，看看能不能憑藉高樓望見情郎。不過青樓雖高，還是情郎不見，即使終日憑欄凝望，也依舊不見情郎。這時她的情緒由熱烈轉向失望，不禁玉手下垂，無可奈何。捲簾一望，又天自高遠，只見水天相接，河水泛起的綠光在空中晃蕩。此情此景，使她發出更深沉的幽思：「海水夢悠悠，君愁我亦愁。南風知我意，吹夢到西洲。」水悠悠，夢也悠悠，水沒有盡頭，夢也沒有盡頭，當然思也就更沒有盡頭。由於自己思念對方而想到對方在思念自己，《詩》、〈騷〉中早有先例，由我思念你而發愁想到你也在思念我而發愁，這就叫做「君愁我亦愁」，用韓愈的話說便是：「以吾心之思足下，知足下懸懸於吾也。」（〈與孟東野書〉）以心度心，心心相印，思到了這程度，也就稱得上深入骨髓了。這時她突發奇想，無可奈何而託之於夢，希望「南風知我意，吹夢到西洲」。吹夢，一般是說將自己的夢吹到對方那邊去，如李白的「西憶故人不可見，東風吹夢到長安」（〈江夏贈韋南陵冰〉）便是。但是這裡的「吹夢」，不妨理解為將對方的夢吹到自己這邊來，因為詩中的她在西洲，是不會說將自己的夢吹到西洲的。詩中既然說「海水夢悠悠，君愁我亦愁」，就說明也有「君夢我亦夢」的可能，她是說希望南風能瞭解她的心意，夢借風吹，將在做夢的情郎吹到西洲來和她相會，這是她幾近絕望後的惟一希望了。她就是如此一往情深的。

清人陳祚明稱此詩是「言情之絕唱」、「六朝樂府之最豔者」、「尋其命意之由，蓋緣情溢於中，不能自已，隨目所接，隨境所遇，無地無物非其感傷之懷！故語語相承，段段相綰，應心而出，觸緒而歌，並極纏綿，俱成哀怨」（《采菽堂古詩選》）。而「語語相承，段段相綰」主要是透過頂真格和重字來實現，幾乎通篇如此，如「烏臼樹」與「樹下」，「採紅蓮」與「採蓮」，「望飛鴻」與「鴻飛」，「上青樓」與「樓高」均是頂真，「門」「蓮」「郎」「欄干」「海水」均是重字。「續續相生，連跗（花萼的基部，又稱花足）接萼，搖曳無窮，情味愈出」（《古詩源》卷一二）。除此之外，這首詩還善於用典，如「折梅」「伯勞飛」「望飛鴻」等，用了典就像沒有用典一樣，達到〈古詩十九首〉那種巧於用典的境界，具有加工後的自然。

長干曲　古　辭

【題　解】〈長干曲〉，樂府曲名。長干，地名，在古建鄴（今江蘇南京）南小山崗上，地平曠，吏民居之，故號為干，有大長干、小長干連在一起。

逆浪❶故❷相邀，菱舟❸不怕搖。妾家揚子❹住，便弄廣陵潮❺。

【注　釋】❶逆浪　逆向而來的風浪。❷故　故意；特意。❸菱舟　採菱的小船。《西京雜記》：「太液池有……採菱舟。」❹揚子　江名，長江從鎮江（李白〈橫江詞〉注說自漢口）到揚州一段叫揚子江。揚子江邊有渡口叫揚子津，《江南通志》：「揚子津，在揚州府城南十五里，一名揚子渡。」是往來橫渡處。詩中女子的家可能在此。揚，本作「陽」。依《古樂府》、《古今詩刪》、《古樂苑》、《古詩鏡》校改。❺廣陵潮　揚子江潮水。廣陵，在今江蘇揚州東北，古代或稱揚州，或稱江都。

【語　譯】逆向風浪特相邀，採菱小船不怕搖。小女揚子江邊住，就去廣陵弄江潮。

【研　析】這是一首寫江邊船家女子迎浪弄潮的民歌。起句不凡，「逆浪故相邀」，那迎面而來的風浪不但不可怕，而且人情味十足，彷彿特意來邀請那位船家女子去弄潮。而那女子也毫不示弱，「菱舟不怕搖」一句顯示出她巾幗英雄的本色。菱舟就是採菱舟，說菱舟不怕搖，其實是說女子不怕搖，你風浪再大，我才不怕。也許有人會問：菱舟是在湖上採菱的小舟，怎麼會到大江裡去呢？我們說這種可能性不能排除，唐李郢有詩說：「雲陰故國山川暮，潮落空江網罟收。還有吳娃舊歌曲，棹聲遙散采菱舟。」（〈晚泊松江驛〉）他不是在松江旁也聽到了採菱舟的槳聲嗎？松江就是吳淞江，可是一條大江啊。再說駕小小菱舟去大江弄潮，就更顯船家女子本色。後面兩句說明她敢於弄潮的原因，她家就住在揚子津，生在水邊，長在水裡，近江知水，從小練就了戰浪鬥水的本領，所以她也就敢「便弄廣陵潮」了。

這首詩與江南民歌「春林花多媚，春鳥意多哀」的風格不同，在南朝民歌中獨樹一幟，而且平仄也與後世的絕句相符，是一首值得注意的好詩。

長干曲四首（選二）

崔　顥

【題　解】見頁三五〇。

【作　者】崔顥（西元？—七五四年），汴州（今河南開封）人。開元十一年（西元七二三年）進士，天寶中，為尚書司勳員外郎。史稱其少年時所寫詩歌，意浮豔，多陷輕薄，晚節忽變常體，風骨凜然。所作〈黃鶴樓〉詩，李白歎服。存詩一卷，新舊《唐書》及《唐才子傳》均有傳。

其一

君❶家何處住❷？妾❸住在橫塘❹。停舟暫借問，或恐是同鄉？

【注　釋】❶君　稱同她對話的男子。❷何處住　原作「定何處」。依《文苑英華》、《萬首唐人絕句》、《唐音》、《唐詩品彙》、《古今詩刪》、《石倉歷代詩選》、〈崔顥詩〉校改，文意更順。❸妾　女子自稱。❹橫塘　在今江蘇南京西南。

【語　譯】你家住在哪地方？我家住地在橫塘。停船暫且問一聲，或許只怕是同鄉？

其二

家臨❶九江水❷，去來九江側。同是長干❸人，生小❹不相識。

【注釋】❶臨　臨近；靠近。❷九江水　長江水。舊說長江在潯陽有九條江匯入，故稱潯陽以下的長江為九江。❸長干　地名，在今江蘇南京南。詳見〈長干曲〉題解。❹生小　《全唐詩》卷一三〇〈崔顥詩〉作「自小」。

【語譯】我家靠近長江水，去去來來長江側。我們同是長干人，從小以來不相識。

【研析】這兩首詩是水上男女問答之詞，前一首是女問，後一首是男答，聯繫緊密，所以放在一起來分析。

這兩詩寫本是同鄉卻互不相識的一男一女在水上萍水相逢，沈德潛說：「不必作桑濮看。」（《唐詩別裁》卷一九）換言之，不一定將它們看成愛情詩。第一首寫一女子開口就向男子發問：你家住在哪裡？不等對方回答，她又自報家門：我家住在橫塘。心情急切，溢於言表。她為什麼如此急不可待？定是不經意中聽到了對方的鄉音，聞到故鄉音，這是多麼令人動情的事啊。飄泊水上，孤單一人，最怕的是「萍水相逢，盡是他鄉之客」（王勃〈滕王閣序〉），「傷心江上客，不是故鄉人」（唐盧僎〈南樓望〉），現在突然聞到了鄉音，就等於遇到了知己，她怎能不喜悅激動呢。於是便停船借問：或許只怕你我是同鄉吧？

第二首是男子對上述問話的回答。「家臨九江水，去來九江側」二句，回答了「君家何處住」

的提問，同時說明自己也像女子一樣在長江上飄泊，有著相同的命運。「同是長干人」一句，坐實了女子「或恐是同鄉」的猜測。而「生小不相識」一句，是說我們雖然是同鄉，可是從小到大都離別家鄉，在水上飄泊，以致互不相識。如果我們聯想到白居易的「同是天涯淪落人，相逢何必曾相識」，就覺得這句詩還有更深的意味，她（他）們可是：同是天涯飄泊人，相逢何必曾相識啊！同病相憐，不也是應有之義嗎？至於以後她（他）們兩人的故事會怎樣發展，詩人沒有再寫下去，故意留給讀者去想像，更是意味深長。

短短的幾句對話，表現了如此豐富的內容，詩人構思、選材的奇妙，於此可見一斑。《唐才子傳》說：「顥生平苦吟詠，當病起清虛，友人戲之曰：『非子病如此，乃苦吟詩瘦耳。』」這兩首詩不可能是隨手拈來，必定是經過一番苦詠的。

董嬌饒

宋子侯

【題　解】董嬌饒，女子名，也是樂府曲名，宋鄭樵《通志・樂略・佳麗四十七曲》中有〈董嬌饒〉一曲。

【作　者】宋子侯，官爵名，漢初和北朝均出現過這一官爵，《史記・高祖功臣侯者年表》記載漢初有一宋子國（後為縣，屬鉅鹿郡），漢高祖八年（西元前一九九年），許瘛被封為宋子侯。《魏書・高宗紀》也有「宋子侯周忸進爵樂陵王」的記載，可見「宋子侯」是官爵名無疑。自陳至明，詩集編者均認為〈董嬌饒〉一詩的作者是宋子侯，至於宋子侯是何時人？卻有三種不同的看法：一是只說他是「宋子侯」，不說他是何時人，有《玉臺新詠》、《樂府詩集》、《古詩紀》、《古今詩刪》、《石倉歷代詩選》五家；二是說「後漢宋子侯」，有《藝文類聚》、《古樂府》兩家；三是說「漢宋子侯」，有《古樂苑》一家。所有各家，均未指出「宋子侯」是官爵名，也沒有查出有誰任過「宋子侯」這一官爵。不過我們認為許瘐作此詩的可能性不大，因為漢初還沒有產生如此完整的五言詩的條件，而且詩中流露出來的及時行樂的思想也與漢初的現實不符。周恆可否寫作這首詩？因缺少更多的資料，也難以定論。

洛陽城東路，桃李生路傍。花花自相對，葉葉自相當❶。春風東北起，花葉正低昂。不知誰家子❷，提籠❸行採桑。纖手折其枝，花落何飄颺❹。請謝❺彼姝子❻：「何為見❼損傷？」「高秋八九月，白露變為霜。終年❽會飄墮，安得久馨香？」「秋時自零落，春月復芬芳。何如盛年去❾，歡愛永相忘！」吾欲竟❿此曲，此曲愁人腸。歸來酌美酒，挾⓫瑟上高堂。

【注釋】❶自相當　各自相稱；各自成雙。❷子　女子。❸籠　盛桑葉的籃子或筐子。❹飄颺　飛揚。颺，同「飄」。❺請謝　猶請問。❻姝子　美女。❼見　有代「我」的作用。參見呂叔湘《文言虛字》。❽終年　猶年終。❾何如句　如，原作「時」。當從《藝文類聚》校改。紀容舒說：「此四句本言花落仍可重開，不如人之盛年一去即遭捐棄，而從前之歡愛俱忘，乃一篇立言寄慨之本旨，如作『時』字，則此句竟不可解，全篇文義俱閡矣。」(《玉臺新詠考異》卷一) 盛年，年輕貌美時。❿竟　終；結束。⓫挾　夾在胳膊底下。

【語　譯】洛陽城裡東邊路，桃李長在路兩旁。朵朵鮮花自成對，片片綠葉自成雙。春風來自東北角，吹得花葉正低昂。不知誰家美女子，提著竹籃去採桑。纖纖細手折其枝，花落紛紛在飛揚。請問美麗採桑女：「為何偏要把我傷？」「秋高氣爽八九月，夜涼白露變成霜。花到年終會飄落，怎能長久發馨香？」「秋天花兒自凋落，春天來了又芬芳。哪像一朝紅顏老，往日歡愛永相忘！」我欲此時終此曲，此曲詠來愁人腸。歸來美酒斟一杯，夾著琴瑟上高堂。

【研　析】這首詩被胡應麟《詩藪》稱為「妙絕千古」，妙就妙在構思奇特。開頭六句繪出了一幅洛陽城東桃李花開、春意盎然的圖畫，一雙雙一對對的鮮花綠葉隨風起舞，忽低忽昂，這是多麼誘人的景色啊。可是它並不是單純寫景，透過寫景自有其象徵的意義，因為「花花自相對，葉葉自相當」二句，特別強調了花葉的成雙成對，和後面的「歡愛永相忘」有著下連上承的關係，不正是象徵男女的歡愛嗎？

以下十四句，詩人想像奇特，將花擬人化，構思出一個採桑女和桃李花對話的故事。寫有位美女去採桑，隨意折枝，以致花落飄揚。桃李花於是向採桑女發問：「你為什麼要損傷我？」採桑女辯解說：「反正秋後天涼，花會飄落，哪能長久發出馨香？」言外之意是：即使我不損傷你，你也會自落，你何必怪我呢？桃李花回答說：「秋天到了我是會自落，可是春暖花開我又會發出芳香，哪裡像你：一旦老了，色衰愛弛，年輕時的歡愛便永遠結束了。」這是一種人生感悟，就像劉希夷所說的：「年年歲歲花相似，歲歲年年人不同。」花謝了明年還會再開，人卻是不一樣，過一年便是另一個模樣，何況「今年花落顏色改，明年花開復誰在」（〈白頭吟〉），人還可能一命嗚呼，不僅「歡愛永相忘」，還要陰陽相隔呢。

詩人吟到此處，再也不能吟下去：「吾欲竟此曲，此曲愁人腸。歸來酌美酒，挾瑟上高堂。」物是人非的人生感悟，使他愁腸難解，只好借酒澆愁，及時行樂，這是一種無可奈何的哀歎。倘若他能想到既然生命有限，何不及時盡力做點有益社會的事；或者想到人類中不只是自己天天在變老，還有別人不斷在出生、在成長，如莊子〈養生主〉所說的那樣：「指窮於為薪，火傳也，不知其盡也。」也就可以泰然處之了。

焦仲卿妻

古辭

【題解】〈焦仲卿妻〉，梁代徐陵編《玉臺新詠》題作〈古詩為焦仲卿妻作〉，標明作者為「無名人」，當是因詩中所寫內容為焦仲卿妻的愛情悲劇而得名。詩前有〈序〉，與《樂府詩集》的〈序〉文字上大同小異。後人亦以此詩首句作篇名，稱之為〈孔雀東南飛〉。

〈焦仲卿妻〉，不知誰氏之所作也。其〈序〉曰：「漢末建安❶中，廬江❷府小吏焦仲卿妻劉氏，為❸仲卿母所遣❹，自誓不嫁。其家逼之，乃沒水❺而死。仲卿聞之，亦自縊於庭樹。時人傷之，而為此辭也。」

【注釋】❶建安　東漢獻帝劉協在位時的一個年號，相當於西元一九六——二二〇年。❷廬江　漢代郡名，原來治所設在今安徽廬江縣西一百二十里，漢末治所遷到今安徽潛山縣（採用聞一多說）。❸為　被。❹遣　驅逐。❺沒水　投水。

【語譯】〈焦仲卿妻〉這首詩，不知道是誰所寫的。它的序言說：「漢朝末年建安時期，廬江府小吏焦仲卿的妻子劉氏，被仲卿的母親驅逐，自己發誓不願改嫁。她的家裡逼迫她改嫁，她於是投水自殺而死。仲卿聽說了，也自己縊死在庭前的樹上。當時的人同情他們，便寫了這首詩。」

孔雀東南飛，五里一徘徊❶。「十三能織素❷，十四學裁衣，十五彈箜篌❸，十六誦《詩》《書》❹。十七為君婦，心中常苦悲。君既為府吏❺，守節情不移❻。雞鳴入機織，夜夜不得息。三日斷五匹❼，大人❽故❾嫌遲。非為織作遲，君家婦難為。妾不堪❿驅使，徒留無所施⓫。便可白⓬公姥⓭，及時相遣歸⓮。」

府吏得聞之[15]，堂上[16]啟[17]阿母：「兒已薄祿相[18]，幸復得此婦。結髮[19]同枕席，黃泉共為友[20]。共事[21]二三年，始爾[22]未為久[23]。女行[24]無偏斜，何意[25]致不厚[26]？」阿母謂府吏：「何乃[27]太區區[28]！此婦無禮節，舉動自專由[29]。吾意久懷忿[30]，汝豈得自由！東家[31]有賢女，自名秦羅敷[32]。可憐[33]體[34]無比，阿母為汝求[35]。便可速遣之[36]，遣去慎莫[37]留！」府吏長跪[38]告，伏惟[39]啟[40]阿母：「今若遣此婦，終老[41]不復取[42]。」阿母得聞之，搥牀[43]便大怒：「小子[44]無所畏，何敢助婦語！吾已失恩義[45]，會[46]不相從許[47]。」

【章旨】劉氏不堪受虐，不得已自請回家，焦仲卿向母親論理，要求不要驅逐劉氏，母親堅絕不允許。

【注釋】❶孔雀二句　用孔雀起飛徘徊不前起興，兼有比義，比夫婦離別，難分難捨。〈豔歌何嘗行〉：「飛來雙白鵠，乃從西北來。」「五里一反顧，六里一徘徊。」寫夫妻離別的痛苦，也用鳥飛起興。❷素　白色的絲織品。❸箜篌　古代一種有二十三根絃的樂器。❹詩書　本指《詩經》、《書經》，這裡是泛指經書。❺府吏　太守府中的小吏。❻守節句　主語是劉氏，說焦仲卿去做府吏了，劉氏在家守節，情感不變化。一說主語是仲卿，張玉穀說：「言守當官之節，不為夫婦之情所移也。」❼斷五匹　織完五匹。斷，截斷，把布匹織好後從布機上將它截下來。匹，等於四丈。❽大人　指焦仲卿的母親。❾故　故意。❿不堪　受不了。⓫施　用。⓬白　稟告。⓭公姥　丈夫的父母。⓮相遣歸　相當於「遣相歸」。遣，打發；驅逐。相，在這裡有代「我」的作用（參見呂叔湘《文言虛字》），代劉氏。⓯之　代詞，代劉氏所說的話。⓰堂上　應該是「上堂」，下文「上堂謝阿母」、「上堂拜阿母」可作旁證（採用聞一多說）。⓱啟　稟告。⓲薄祿相　命相不好，缺少福氣。薄，不厚，也就是不好的意思，例如「薄命」就是命不好。祿，指所得的物質享受。祿相是說從相貌中可以看出一個人應得的物質享受，這是迷信說法。⓳結髮　束髮；將頭髮紮起來。古代男子二十歲，女子十五歲就將頭髮紮起來，表示已經成年了。這句是說我們倆從成年結婚就共同生活在一起。⓴黃泉句　這句是說夫妻兩人決心同生同死。黃泉，地下。㉑共事　共同生活。㉒始爾　開始過這種生活。爾，語助詞。㉓未為久　不算長。㉔行　行為。㉕何意　哪裡料想到。㉖不厚　就是薄，也就是不喜愛的意思。㉗乃　此。㉘區區　愚蠢，固執。聞一多《樂府詩箋》：「區區，猶愨愨，愚也。」㉙自專由　自專；自由。專，自作主張。㉚忿　生氣；怨恨。㉛東家　東鄰，可能是泛指。㉜秦羅敷　泛稱漂亮的女子。〈陌上桑〉：「秦氏有好女，自名為羅敷。」㉝可憐　可愛。㉞體　體貌；身材。㉟為汝求　替你求婚。㊱之　代劉氏。㊲慎莫　千萬不要。㊳長跪　伸直腰跪著。㊴伏惟　是古代向地位比自己高的人表示尊敬或祈求、祝頌的發語詞。伏，趴在地上。惟，想。㊵啟　稟告。㊶終老　終身到老。㊷不復取　不再娶妻。取，通「娶」。㊸牀　古代坐臥的器具。漢劉熙《釋名・釋牀帳》：「人所坐臥曰牀。」㊹小子　表示貶斥之義的稱呼。如《後漢書・班超傳》：「小子安知壯士志哉？」並非六朝時才通用的口語。㊺失恩義　失去恩義，指和劉氏已經情義斷絕，無法和好。㊻會　當。㊼相從許　就是「從許相」，意思是允許你。從許，聽從允許。相，有代「我」的作用，代焦仲卿。

【語　譯】孔雀飛向東南方，飛過五里一徘徊。「蘭芝十三會織絹，十四學會裁縫衣，十五就能彈箜篌，十六會誦《詩》與《書》。十七做了你媳婦，從此心中常苦悲。你已府中做小吏，我守婦節情不移。雞叫上機去織布，日日夜夜不休息。三天織完五匹布，婆婆故意還嫌遲。不是織布動作慢，而是你家婦難為。你家驅使我難受，空留你家無用處。便可告訴公與婆，及時打發我回去。」

府中小吏聽此言，便上堂去稟阿母：「兒子已是命不好，幸虧娶得此媳婦。自從成婚同枕席，誓同生死共為友。共同生活兩三年，恩愛開始不算久。女子行為沒偏斜，怎料使母不寬厚？」阿母告訴府小吏：「為何這樣太愚固！這個媳婦沒禮節，自作主張太自由。我心生氣已很久，你怎能夠得自由！東邊人家有好女，本名叫做秦羅敷。體貌可愛無人比，阿母替你把婚求。便可儘快趕走她，千萬不要把她留！」府吏直腰來稟告，求情告訴我阿母：「而今倘若休此婦，終身到老不再娶。」阿母聽了這番話，搥床發火便大怒：「小子膽大無所畏，怎敢說話助媳婦！我已同她恩義絕，當然不會被允許。」

府吏默無聲，再拜還入戶。舉言[1]謂新婦，哽咽[2]不能語：「我自不驅卿[3]，逼迫有阿母。卿但暫還家，吾今且報府[4]。不久當歸還，還必相迎取[5]。以此[6]下心意[7]，慎勿違吾語[8]。」新婦謂府吏：「勿復重紛紜[9]。往昔初陽[10]歲，謝家[11]來貴門[12]。奉事[13]循[14]公姥，進止[15]敢[16]自專[17]？晝夜勤作息[18]，伶俜縈苦辛[19]。謂言[20]無罪過，供養卒大恩[21]。仍更被驅遣，何言復來還？妾有繡腰襦[22]，葳蕤[23]自生光。紅羅[24]複斗帳[25]，四角垂香囊[26]。箱簾[27]六七十，綠碧青絲繩[28]。物物各自異，種種在其中。人賤物亦鄙[29]，不足[30]迎後人[31]。留待作遣施[32]，於今無會因[33]。時時為安慰，久久莫相忘。」

雞鳴外欲曙[34]，新婦起嚴妝[35]。著我繡裌裙[36]，事事[37]四五通[38]。足下躡[39]絲履[40]，頭上玳瑁[41]光。腰著流紈素[42]，耳著明月璫[43]。指如削葱根[44]，口如含朱丹[45]。纖纖[46]作細步，精妙世無雙。上堂謝阿母，母聽[47]去不止[48]。「昔作女兒時，生小出野里[49]。本自[50]無教訓，兼愧貴家子[51]。受母錢帛[52]多，不堪母驅使。今日還家去，念母勞家裏。」卻[53]與小姑[54]別，淚落連珠子[55]：「新婦初來時，小姑始扶床。今日被驅遣[56]，小姑如我長。勤心養公姥，好自相扶將[57]。初七[58]及下九[59]，嬉戲莫相忘。」出門登車去，涕落百餘行。

府吏馬在前，新婦車在後。隱隱何甸甸(60)，俱會大道口。下馬入車中，低頭共耳語：「誓不相隔卿(61)，且暫還家去。吾今且赴府，不久當還歸，誓天(62)不相負。」新婦謂府吏：「感君區區(63)懷(64)。君既若見錄(65)，不久望君來。君當作磐石(66)，妾當作蒲葦(67)。蒲葦紉(68)如絲，磐石無轉移。我有親父兄(69)，性行暴如雷。恐不任(70)我意，逆以煎我懷(71)。」舉手長勞勞(72)，二情同依依(73)。

【章　旨】仲卿向母親求情歸來，向劉氏說明是母親逼他將她驅逐，要她暫時回娘家，以後再將她接回。劉氏於是先辭婆婆，再別小姑，再與仲卿分手，兩人誓不相負。但分手時提及娘家有個性行暴躁的哥哥，暗示以後事態難以逆料。

【注　釋】❶舉言　開口說話。❷哽咽　悲痛得聲音阻塞說不出話。❸卿　你，古代夫妻間親暱的稱呼。❹報府　赴府；前往太守府。報，赴；奔往。❺相迎取　就是「迎取相」，意思是說接你回來。❻以此　因此。❼下心意　安下心意，也就是暫時再容忍一下。❽違吾語　不聽我的話。❾重紛紜　這裡是再囉嗦的意思。❿初陽　古有「冬至初陽」（《易通卦驗》）之說，冬至以後，陽氣初動，「初陽」當是指冬至以後的一段時間。⓫謝家　辭別娘家。⓬貴門　猶府上，指仲卿家。⓭奉事　行事。⓮循　順從。⓯進止　進退舉止，泛指一切行動。⓰敢　哪裡敢。⓱自專　自作主張。⓲作息　操作，偏義複詞，這裡只用「作」的意思。⓳伶俜句　意為孤單一人被辛苦纏繞。伶俜，孤單。縈，纏繞。⑳謂言　說是；自以為。㉑供養句　是說供養父母終於要得到他們的恩惠的（採用聞人倓說）。卒，終。㉒繡腰襦　繡花的短襖子。腰襦，齊腰長的短襖子。㉓葳蕤　草木茂盛的樣子。這裡是用來形容短襖上繡的花紋。㉔羅　輕軟而有細孔的絲織品。㉕複斗帳　雙層的帳子。因為這種帳子像斗形，下大頂小，所以叫「斗帳」。㉖香囊　香荷包。㉗簾　當作「奩」，婦女用的梳頭箱子等一類的小器具。㉘絲繩　用絲編的捆紮箱子用的繩子。㉙鄙　粗惡。㉚不足　夠不上；不配。㉛後人　指焦仲卿以後再娶的妻子。㉜遺施　《玉臺新詠》、《古樂府》、《古詩紀》、《古樂苑》等均作「遺施」，即施贈、施捨之意。㉝無會因　會面沒有機會。㉞欲曙　將要天亮。㉟嚴妝　盛妝；濃妝。㊱著我句　穿上繡花的雙層裙子。㊲事事　每一件梳妝打扮的事。㊳通　遍；次。㊴躡　踩，這裡是穿的意思。㊵絲履　絲織品製成的鞋子。㊶玳瑁　一種似龜的動物，甲殼可以做裝飾品。這裡是指簪一類的裝飾品。㊷流紈素　是說腰間的紈素輕柔像流水一樣。一說是形容紈素的光彩像流水一樣。紈與素都是白色的絲織品。㊸明月璫　明月珠製成的耳璫。明月，寶珠名，產自大秦國。㊹削葱根　剝了皮的蔥白，形容手指的潔白細嫩。葱，同「蔥」。㊺朱丹　一種紅色寶石。㊻纖纖　細小的樣子，這裡是用來形容細步。㊼聽　聽任。㊽不止　不挽留。㊾野里　荒僻的鄉里。指出身於小戶人家。㊿本自　本來。自，助詞，沒有明顯的意義。本篇除「本自」外，還有「好自」、「我自」等。(51)兼愧句　是說加上做了貴家子弟的媳婦就更感到慚愧。兼，加上。貴家子，指焦仲卿。(52)錢帛　舊時聘親的財禮。(53)卻　回頭。(54)小姑　丈夫的妹妹。(55)連珠子　形容眼淚像一連串的珠子一樣不住的往下掉。(56)小姑始二句　原無。依《玉臺新詠考異》、《古詩紀》、《古樂苑》添此二句，馮舒《詩紀匡謬》說：「宋本《玉臺》無『小姑始扶牀。今日被驅逐』十字，《樂府詩集》、左克明《樂府》亦然，其增之者，蘭雪堂活字《玉臺》始也。初看此詩，似覺少此十字不得，再四尋之，知竟是後人妄添。」其主要論據是：「此詩前云『共事二三年，始爾未為久』，則何得三年未周，長成遽如許耶？」錄以備考。(57)相扶將　就是「扶將相」，意思是扶持他們。扶將，扶持。相，代詞，代「公姥」。(58)初七　指陰曆七月初七。相傳這天晚上，牛郎星和織女星相會，古代婦女常在院子裡陳設瓜果，作「乞巧」遊戲。梁宗懍《荊楚歲時記》：「七月七日，為牽牛織女聚會之夜，是夕，人家婦女，結綵縷，穿七孔針，或以金銀鍮石為針，陳几筵酒脯瓜菓於庭中以乞巧，有蟢子網於瓜上，則以為符應。」59下九　古代以陰曆每月十九日為下九，婦女在這天晚上作「藏鉤」等遊戲。元陶宗儀《說郛》卷三一下：「九為陽數，古人以二十九日為上九，初九日為中九，十九日為下九。每月下九，置酒為婦女之歡，名曰陽會。蓋女子陰也，待陽以成，故女子于是夜為藏鉤諸戲，以待月明，至有忘寐而達曙者。」60隱隱句　隱隱、甸甸，象聲詞，都是車聲。何，語助詞。61卿　原作「鄉」，依《古詩紀》、《古樂苑》校改。62誓天　對天發誓。63區區　誠懇忠愛的意思。64懷　心意。65君既句　意為你倘若記得我。見錄，記得我。見，有代「我」字的作用。（見呂叔湘《文言虛字》）。錄，記。66磐石　大石頭，比喻堅定。67蒲葦　水草，比喻堅韌。68紉　同「韌」。柔軟而堅固。69親父兄　指娘家的親哥哥。70任　聽任。71逆以句　逆，事先預料。煎我懷，使我心中像煎熬一樣難過。72勞勞　一邊揮手，一邊憂傷難過的樣子。一解為互相慰勉的樣子。古有「勞勞渚」「勞勞亭」都是送別的地方，〈華山畿〉：「相送勞勞渚，長江不應滿，是儂淚成許。」73依依　難捨難分的樣子。

【語譯】府吏默默不作聲，再拜回來進門戶。開口想對新婦說，喉嚨哽塞不能語：「我本不想趕走你，逼我趕你有阿母。你只暫時回娘家，我今暫且去回府。不久自當回家來，回來一定去接你。因此只好吞聲氣，千萬不要違我語。」新婦告訴府小吏：「願你不要再囉嗦。往日那年冬至後，辭別娘家來貴門。做事順著公婆意，行動哪裡敢自專？日日夜夜勤操作，孤單一人苦纏身。自己認為無罪過，供養終將受大恩。可是仍然被驅逐，還說什麼再來還？我有繡花齊腰襖，色彩鮮豔自發光。紅羅雙層斗形帳，四個帳角垂香囊。梳妝鏡匣六七十，繫著綠碧青絲繩。件件物品不一樣，一種一種在其中。人賤物品也粗惡，不配用來迎新人。留下等待作施捨，從今再會無機會。

睹物時時得安慰，願你久久不相忘。」

雞叫屋外天將亮，媳婦起床來梳妝。穿上繡花雙層裙，梳妝事事四五遍。足下穿上絲鞋子，頭上玳瑁閃亮光。腰間紈素似流水，耳中戴著寶珠璫。手指好像蔥白嫩，口中好似含朱丹。細細移動走小步，姿態精妙世無雙。上到廳堂辭阿母，母任婦去不留止。「往日還是女孩時，從小生長在鄉里。本來沒有好教養，加上愧配貴家子。接受阿母錢帛多，難以忍受母驅使。今日還回娘家去，念母操勞在家裡。」回頭還同小姑別，淚落漣漣像珠子：「往日新婦初來時，小姑像我一般長。望你勤心養公婆，好好照顧爹和娘。到了七巧藏鉤時，嬉戲不要把我忘。」出門上車回家去，涕落漣漣千百行。

府吏騎馬前面走，新婦坐車在他後。車聲隱隱不停響，一起相會大道口。府吏下馬進車裡，低頭湊著耳朵語：「發誓不會離開你，暫且回到娘家去，我今暫且趕回府。不久自當回家來，對天發誓不相負。」新婦告訴府小吏：「感謝你的好心意。倘若你還記得我，不久就望你回來。你的堅定像磐石，我的堅韌像蒲葦。蒲葦堅韌如絲繩，磐石堅定無轉移。我有一個親哥哥，性格暴躁像是雷。恐怕不能隨我意，想來心中真苦悲。」舉手示意長相別，兩情難捨同依依。

入門上家堂，進退無顏儀❶。阿母❷大拊掌❸：「不圖❹子❺自歸！

十三教汝織，十四能裁衣，十五彈箜篌，十六知禮儀，十七遣汝嫁❻，謂言無誓違❼。汝今無罪過，不迎而自歸❽？」「蘭芝慚阿母❾，兒實無罪過。」阿母大悲摧❿。

還家十餘日，縣令⓫遣媒來。云「有第三郎，窈窕⓬世無雙。年始十八九，便言⓭多令才⓮。」阿母謂阿女：「汝可去應之⓯。」阿女銜淚答：「蘭芝初還時，府吏見丁寧⓰，結誓不別離。今日違情義，恐此事非奇⓱。自可斷來信⓲，徐徐更謂之⓳。」阿母白媒人：「貧賤有此女，始適⓴還家門。不堪㉑吏人㉒婦，豈合㉓令郎君㉔！幸㉕可廣問訊㉖，不得便相許。」

媒人去數日，尋遣丞請還㉗，說「有蘭家女，承籍有宦官。」㉘云㉙「有第五郎㉚，嬌逸㉛未有婚。」遣丞為媒人，主簿通語言㉜。直說㉝「太守家，有此令郎君㉞。既欲結大義㉟，故遣來貴門㊱。」阿母謝媒人：「女子先有誓㊲，老姥豈敢言！」阿兄㊳得聞之，悵然㊴心中煩。舉言謂阿妹㊵：「作計㊶何不量㊷？先嫁得府吏，後嫁得郎君㊸，否泰如天地㊹，足以榮汝身[45]。不嫁義郎[46]體[47]，其往[48]欲何云[49]？」蘭芝仰頭答：「理實如兄言。謝家[50]事[51]夫壻，中道還兄門。處分適[52]兄意，那得自任專[53]？雖與府吏要[54]，渠[55]會永無緣。登即[56]相許和[57]，便可作婚姻。」

媒人下牀去，諾諾復爾爾[58]。還部[59]白[60]府君[61]：「下官[62]奉使命，言談[63]大有緣[64]。」府君得聞之，心中大歡喜。視曆復開書[65]，便利此月內，六合[66]正相應[67]。「良吉[68]三十日，今已二十七，卿[69]可去成婚[70]。」交語速裝束[71]，絡繹如浮雲[72]。青雀白鵠舫[73]，四角[74]龍子幡[75]，婀娜[76]隨風轉。金車玉作輪，躑躅[77]青驄馬[78]，流蘇[79]金鏤鞍[80]。齎錢[81]三百萬，皆用青絲穿。雜綵[82]三百匹，交廣市鮭珍[83]。從人四五百，鬱鬱[84]登郡門[85]。

阿母謂阿女：「適得府君書，明日來迎汝。何不作衣裳？莫令事不舉[86]。」阿女默無聲，手巾掩口啼，淚落便如瀉[87]。移我瑠璃榻[88]，出置前窗下。左手持刀尺，右手執綾羅[89]。朝成繡裌裙，晚成單羅衫。晻晻[90]日欲暝[91]，愁思出門啼。

【章　旨】劉氏回到娘家，先是縣令派人來求婚，被劉氏拒絕；接著太守又派人來求婚，由於阿兄逼嫁，劉氏只得允許。於是太守家熱熱鬧鬧準備迎親，劉氏哭哭啼啼備妝待嫁，形成鮮明的對比。

【注　釋】❶無顏儀　沒臉面。❷阿母　指自己的親生娘，和前面的「阿母」所指的對象不同。❸拊掌　拍掌，表示驚訝。❹不圖　沒有料到。❺子　你。❻遣汝嫁　打發你出嫁。❼謂言句　大意是說你出嫁以後能不犯過錯。諐違，過失的意思。聞一多《樂府詩箋》：「『諐』本作『晢』。紀容舒曰：『晢違二字，義不可通，疑是諐違之訛。諐，古愆字。』案，紀說是也，今據正。」❽不迎句　古代女子出嫁後，自己不能隨便回娘家。❾慙阿母　在媽媽面前感到慚愧。慙，同「慚」。❿悲摧　悲傷。⓫縣令　漢代萬戶以上的縣的行政長官。⓬窈窕　體態美好的樣子。⓭便言　有口才，能說會道。⓮令才　好的才能。⓯應之　答應這門親事。⓰丁寧　即叮嚀，囑咐的意思。⓱非奇　不妙。⓲斷來信　謝絕媒人。斷，絕。信，使者，這裡指媒人。⓳徐徐句　慢慢再說吧。徐，慢。更，再。謂，說。⓴始適　才出嫁。適，出嫁。㉑不堪　做不了。㉒吏人　指太守府中的小吏焦仲卿。㉓豈合　哪裡配得上。㉔令郎君　指縣令的兒子。㉕幸　希望。㉖廣問訊　廣泛打聽，意思是叫媒人另找別家說親。問訊，打聽；詢問。㉗尋遣句　這句話的主語是縣令，省略了。大意是說不久縣令派遣縣丞向太守請示後，縣丞回來了。尋，不久。丞，縣丞，官名，是縣令或縣長的助手，掌管文書、倉庫、刑獄等方面的事。請，請示，這裡是指向郡裡的太守請示。㉘說有二句　這兩句的主語是縣丞，但解說紛紜；第一種說法認為是縣丞本人向縣令建議有個蘭家的女子，祖先都是做官的，可以另外向她求婚。蘭家女，蘭家的女子，不是指劉氏。第二種說法認為是縣丞轉述太守的話說，有個劉家的女子，祖先都是做官的，我（太守）想為自己的兒子向她求婚。蘭，是「劉」字的錯寫，「蘭家女」就是「劉家女」，也就是劉氏。除了這兩種說法外，還有人認為這兩句錯了簡，應當將它移到下面「阿母謝媒人」一句的後面（參見聞一多《樂府詩箋》）。說，原誤作「誰」。依《玉臺新詠》、《古詩紀》、《古樂苑》校改。承籍，繼承祖先的仕籍。籍，仕籍。宦官，做官的。宦，官。㉙云　說，指縣丞向縣令轉述太守的話。㉚第五郎　太守的第五個兒子。㉛嬌逸　美貌出眾。嬌，美。逸，俊秀；人才出眾。㉜主簿句　這句大意是說上面這些話，不是太守親自對我說的，是由主簿傳達給我的。主簿，官名，掌管文書檔案，郡和縣都設有這種官，這裡是指郡裡的主簿。通語言，傳話。㉝直說　直接說。這句話的主語是媒人，這個媒人有可能是縣丞。㉞令郎君　這裡指太守的兒子。㉟結大義　結親。㊱貴門　相當於「府上」，指劉氏的家。㊲先有誓　指劉氏曾和焦仲卿「誓不相別離」。㊳阿兄　就是前面提到的「親父兄」。㊴悵然　失望而又怨恨的樣子。㊵阿妹　指蘭芝。㊶作計　定主意；作決定。㊷不量　不仔細思量。㊸郎君　這裡指太守的兒子。㊹否泰句　《周易》中兩個卦名。否，閉塞不通，在這裡有壞的意思，是指「先嫁得府吏」。泰，通暢，在這裡有好的意思，是指「後嫁得郎君」。這句的意思是說你先嫁給一個小吏，現在能嫁給一個太守的兒子，好壞真有天壤之別。㊺榮汝身　使你自己榮華。身，自己。㊻義郎　原誤作「義即」，據《玉臺新詠》、《古樂府》、《古詩紀》等校改。這裡是指太守的兒子，是種美稱。㊼體　即上文「可憐體無比」的「體」，作體貌解，這裡是指體貌出眾的人，上文說到太守的第五郎「嬌逸」，即體貌出眾。㊽其往　原誤作「其住」，據《玉臺新詠》、《古樂府》、《古詩紀》等校改，意為從此以後。㊾欲何云　將怎麼說，也就是將怎麼辦的意思。㊿謝家　離開娘家。(51)事　侍奉。(52)適　從；聽憑。(53)自任專　自己任性作主。(54)要　約。這裡作動詞用，立下誓約的意思。(55)渠　他，這裡是指焦仲卿。(56)登即　立即，也就是馬上。(57)許和　答應。(58)諾諾句　相當於「好，好，是這樣，是這樣」。諾諾，應聲，相當於「好，好！」「是，是！」爾爾，就這樣，就這樣。(59)部　官署；衙門，這裡是指郡府。一說「部」是「郡」的錯字。(60)白　稟告。(61)府君　郡府的長官，這裡指太守。(62)下官　古代下級官員對上級的自稱。西漢時已有先例，如《漢書．賈誼傳》即有「下官不職」之說。(63)言談　指說媒。(64)大有緣　大有機緣，指婚事說成了。(65)視曆句　查閱曆書，選擇成婚的吉日。曆，原誤作「歷」。曆與書，指選擇婚嫁吉日的書。《通志》卷六八〈婚嫁〉載有〈六合婚嫁曆〉一卷，《六合婚嫁書》及圖二卷。(66)六合　指「月建」（根據黃昏時北斗星斗柄指向子、丑、寅、卯、辰、巳、午、未、申、酉、戌、亥等十二個不同方位來記月的一種方法）和「日辰」（日月交會的十二個方位）相合。當日月在「子」的方位交會時，北斗星的斗柄指向「丑」的方位，日月在「丑」的方位交會時北斗星的斗柄指向「子」的方位，所以「子」和「丑」相合。根據同樣的道理還可合成寅亥相合、卯戌相合、辰酉相合、巳申相合、午未相合，共稱「六合」（參見《南齊書・禮志上》及《玉臺新詠》吳兆宜注引《蠡海集》）。合的日子便是吉日。67相應　相合。68良吉　良辰吉日，也就是好日子。69卿　你，這裡是太守對媒人的稱呼。70去成婚　去辦成這件婚事。71交語句　張玉穀說：「言太守遣人交相傳語，急速裝束行聘諸事也。」72絡繹句　言為婚事不斷奔忙的人很多。73青雀句　船頭畫有青雀或白鵠的船。74四角　指船艙的四個角。75龍子幡　上面繡有龍的幡旗。幡，直著掛的長條形旗子。76婀娜　柔美的樣子。這裡形容旗子隨風飄動的樣子。77躑躅　同「踟躕」。徘徊不前的樣子。78青驄馬　青白雜色的馬。79流蘇　用五色羽毛做成的下垂的裝飾品。80金鏤鞍　用鏤金裝飾的馬鞍。鏤，雕刻。81齎錢　付錢，指太守給劉家的聘禮。82雜綵　各種顏色的綢緞。83交廣句　多有異說：一說交廣是指交州及廣州，句意為到交州、廣州採購山珍海味。然因辦婚事的地點在廬江郡（在安徽），距離交州、廣州甚遠，再加上婚期是三十，現在已是二十七，三天之內，依據當時的交通條件，是無法將物品採購回來，故此說有人存疑。二說「交廣」應依元左克明《古樂府》作「交用」，然而「交用市鮭珍」如何解通，卻無下文，故此說亦令人生疑。三說是「交」同「教」，句意為教派人廣泛購買鮭珍（見余冠英《樂府詩選》）。譯文從余說。市鮭珍，購買山珍海味。市，購買。鮭，魚菜的總稱。84鬱鬱　眾多的樣子。85登郡門　疑是「發郡門」之誤。紀容舒《玉臺新詠考異》：「登字疑當作發。」發，出發。86事不舉　婚事辦不成。87瀉　傾。88瑠璃榻　上嵌有琉璃的坐具。榻，長狹而矮的坐具。瑠璃，同「琉璃」。《古詩紀》作「琉璃」。89綾羅　一種很薄且有孔的絲織品。90晻晻　日落時昏暗的樣子。91欲暝　將日落、天黑。

【語　譯】進門步上娘家堂，進退失態沒臉皮。親娘驚異大拍掌：「不料你竟自返回！十三教你學織布，十四你能裁縫衣，十五你會彈箜篌，十六你已知禮儀，十七打發你出嫁，說來你應無過失。而今你若無罪過，為何不迎而自歸？」「蘭芝愧對親生母，女兒確實無罪過。」親娘為此大傷悲。

回到家中十多天，縣令派遣媒人來。說「他有個三兒子，體態美好世無雙。年紀方才十八九，能說會道又多才。」親娘告訴蘭芝女：「你可前去答應他。」女兒含淚答親娘：「蘭芝當初返家時，府吏曾經囑咐過，發誓不會再別離。今日再嫁違情義，恐怕如此事不美。自可謝絕此媒人，以後慢慢再商議。」親娘告訴此媒人：「我家貧賤有此女，才嫁不久被趕回。小吏媳婦做不了，哪能配上美郎君！希望可以多問詢，現在不能答應你。」

媒人離開幾天後，即派縣丞請示返。太守說「有蘭家女，祖先世代都做官。（縣令自可去求婚。）」又說「他家有個兒子是老五，美貌出眾未成婚。」派遣縣丞做媒人，（要向劉家去求婚。）此話透過主簿傳。縣丞直說「太守家，有此一位美郎君。既想同你結成親，故派我來上貴門。」親娘告訴媒人說：「小女已經先有誓，老媽怎敢再亂言！」阿兄聽說此事後，怨恨失望心中煩。開口就對妹妹說：「決計何不細思量！從前嫁得府小吏，後來嫁得美郎君，一壞一好如天地，足以使你夠光榮。現在不嫁美男子，以後將要怎麼辦？」蘭芝抬頭答兄長：「論理確實如兄言。離別娘家去出嫁，半途被趕返兄門。如何處置隨兄意，哪得自任又自專？雖同府吏有約誓，同他相會永無緣。馬上就去答應他，便可擇日成婚姻。」

媒人隨即下床去，諾諾連聲是是是。回到郡裡稟太守：「下官奉命去說媒，婚事談得有機緣。」太守聽說此消息，心中自然大歡喜。看了婚曆看婚書，吉利就在此月內，月建日辰正相合。「良辰吉日月三十，今天已是二十七。你可去把婚事辦。」眾人傳話快裝束，絡繹不絕像浮雲。青雀舫呀白鵠舫，船艙四角掛龍幡，輕輕飄動隨風轉。金子作車玉作輪，往來徘徊青白馬，流蘇裝飾鏤金鞍。送去聘禮三百萬，都用青色絲繩穿。各色綢緞三百匹，多買海味和山珍。迎親人士四五百，熱熱鬧鬧離郡門。

親娘告訴女兒說：「剛才收到太守信，明天就來迎接你。為何不去做衣裳？莫讓婚事辦不成。」女兒默然不作聲，手巾捂口在哭泣，淚落就像在傾瀉。移動我的琉璃坐，放在前面窗戶下。左手拿著剪刀尺，右手拿著薄綾羅。早上製成繡裌裙，晚上製成單羅衫。日色昏暗天將晚，心中愁苦出門啼。

府吏聞此變，因求假暫歸。未至二三里，摧藏❶馬悲哀。新婦識馬聲，躡履❷相逢迎。悵然遙相望，知是故人來。舉手拍馬鞍，嗟嘆使心傷。「自君別我後，人事不可量❸。果不如先願，又非君所詳。我有親父母❹，逼迫兼弟兄。以我應❺他人，君還何所望？」府吏謂新婦：「賀卿得高遷。磐石方可❻厚，可以卒千年❼；蒲葦一時紉，便作旦夕間❽。卿當日勝貴❾，吾獨向黃泉。」新婦謂府吏：「何意出此言？同是被逼迫，君爾[10]妾亦然。黃泉下[11]相見，勿違今日言。」執手分道去，各各還家門。生人作死別，恨恨那可論。念與世間辭，千萬不復全。

府吏還家去，上堂拜阿母：「今日大風寒，寒風摧[12]樹木，嚴霜[13]結庭蘭[14]。兒今日冥冥[15]，令母在後單[16]。故作不良計[17]，勿復怨鬼神。命如南山石，四體康且直[18]。」阿母得聞之，零淚[19]應聲[20]落：「汝是大家子[21]，仕宦於臺閣[22]。慎勿[23]為婦死，貴賤情何薄[24]！東家有賢女，窈窕豔城郭[25]。阿母為汝求，便復在旦夕[26]。」府吏再拜還，長嘆空房中，作計乃爾立[27]。轉頭向戶裏，漸見愁煎迫。

其日[28]牛馬嘶，新婦入青廬[29]。菴菴[30]黃昏後，寂寂人定初[31]。「我命絕今日，魂去尸長留。」攬裙脫絲履，舉身[32]赴清池。府吏聞此事，心知長別離。徘徊庭樹下，自掛東南枝。

【章旨】仲卿得知劉氏將改嫁太守之子，便趕來見劉氏，先是責怪劉氏失信，經劉氏解釋後，誤會消除，相約以死殉情。仲卿回到家中，告別生母，決計自殺。劉氏在迎婚前夜，投水自盡。仲卿得此消息，亦自縊於庭樹。

【注　釋】❶摧藏　「悽愴」的假借字，悲傷的樣子（採用聞一多說）。❷躡履　穿上鞋子。躡，踩，這裡是指穿在腳上的意思。❸不可量　估計不到。量，估計。❹親父母　親生的父母。「父母」與下句「弟兄」似是偏義複詞，詩中沒有說到劉蘭芝的父親和弟弟。❺應　允應；許配。❻可　當作「且」。紀容舒《玉臺新詠考異》：「宋刻作『可』，誤。」❼卒千年　終千年；一千年也不變。❽旦夕間　早晚之間。指時間短。❾日勝貴　一天比一天好。❿爾　如此。⓫下　原作「不」，據《玉臺新詠》、《古詩紀》、《古樂苑》校改。⓬摧　折。⓭嚴霜　濃霜。⓮庭蘭　院子裡的蘭草。⓯日冥冥　太陽落山，比喻自己像日落西山似的快要死了。冥冥，昏暗。⓰單　孤單。⓱不良計　不好的打算，指要去死。⓲命如二句　有幾種不同的解釋：第一種認為是焦仲卿死前對母親的祝願，意思是說希望母親的壽命像南山石一樣堅固長久，四肢康強而且硬朗。命，壽命。南山，比喻高壽。石，比喻康健。四體，四肢。康，康強。直，硬朗。第二種認為是焦仲卿說自己，意思是說死後像南山上的石頭一樣，僵直地躺在那裡。按，第一種解釋比較好。⓳零淚　形容眼淚像小雨一樣往下掉。零，大雨過後的小雨。⓴應聲　隨著話音。㉑大家子　出身高貴人家的子弟。㉒仕宦句　是說你將來還要到尚書臺去做官。一說是指焦仲卿的祖先曾經在尚書臺做官。仕宦，做官。臺閣，尚書臺（本來叫尚書署，漢成帝以後改稱尚書臺），是宮中掌管機要文書的機關。㉓慎勿　千萬不要。㉔貴賤句　有二種不同的解釋：第一種認為是說你對貴賤的認識，該是何等的淺薄！貴，指焦仲卿出身「大家」，將來還要做大官。賤，指為一個「出野里」的女人而死。情，情理，指對事物的認識通達情理。何，何等；多麼。薄，淺薄。第二種認為是說你出身高貴，而她是一個微賤的女子，拋棄她，從情理上看，怎麼能說是薄情呢？貴，指焦仲卿出身高貴。賤，指劉氏出身微賤。何，怎麼。㉕豔城郭　全城中最美的人。豔，很美。郭，外城。㉖便復句　是說在很短的時間之內便再給你娶一個妻子。便復，就再。在旦夕，在很短的時間之內。㉗作計句 是說自殺的主意就這樣打定了。作計，打定主意。乃爾，就這樣。立，確立；決定。㉘其日 指太守迎親的那一天。㉙青廬 古代北方迎親時，用青布做成布屋，叫青廬，在此交拜迎婦。夫家領百餘人或十數人用車來迎接新婦，挾車齊呼「新婦子」，以催新婦出來，至新婦登車，方才停止呼喊。婦家親賓婦女，則以竹杖打婿為戲（見唐段成式《酉陽雜俎．聘北道記》）。㉚菴菴 就是「晻晻」，日落昏暗的樣子。㉛人定初 夜晚人開始安定下來的時候。人定，東漢時晚上記時的用語，如《後漢書．來歙傳》：「臣夜人定後，為何人所賊傷？中臣要害。」〈耿弇傳〉：「人定時，步（指張步）果引去。」㉜舉身 縱身。

【語譯】府吏得知此變故，於是請假暫返歸。上門還差兩三里，心中悽愴馬悲哀。媳婦識得馬叫聲，穿鞋出來相逢迎。悵然失意遠相望，知是故夫上門來。舉起手來拍馬鞍，連連歎息把心傷。「自你同我分別後，人事變化難估量。果真不像先所願，實情又非你所詳。我有生父與生母，加上逼嫁有親兄。將我許嫁給別人，你還有何可指望？」府吏告訴媳婦說：「賀你而今得高遷。大石方正且厚實，可以經歷上千年；可是蒲葦一時韌，變化只在旦夕間。你將一天好一天，我將獨自向黃泉。」媳婦告訴府吏說：「怎料你竟出此言？兩人同是被逼迫，彼此相同苦命運。死後黃泉下相見，切勿違背今日言。」握手以後分道去，各走各路返家門。活人生生作死別，重重怨恨哪可論。常思願與人世辭，千萬不求再保全。

府吏回到家中去，上到高堂拜老母：「今日忽然大風寒，寒風將樹也吹斷，大霜凍結在庭蘭。小兒而今日西落，讓媽在後好孤單。是兒故意尋短見，不要再去怨鬼神。母親壽如南山石，四肢康強且硬朗。」母親聽得此話語，眼淚應聲往下落：「你是高貴大家子，理應做官在臺閣。千萬不要為婦死，一貴一賤情何薄！東家有位好姑娘，豔麗賽過全城郭。母親替你去求婚，早晚之間把親說。」府吏再拜退下堂，聲聲長歎空房中，主意就此已下定。回頭望母向戶內，漸見愁苦在煎迫。

那天牛馬在嘶叫，媳婦進入青布屋。日色無光黃昏後，長夜寂寂人靜初。「我命今日就將絕，魂魄去後屍長留。」提起裌裙脫絲鞋，縱身投向清水池。府吏聽說此事後，心知兩人永別離。來回走在庭樹下，自縊庭樹東南枝。

兩家求合葬，合葬華山❶傍。東西植松柏，左右種梧桐。枝枝相覆蓋，葉葉相交通❷。中有雙飛鳥，自名為鴛鴦❸。仰頭相向鳴，夜夜達五更。行人駐足❹聽，寡婦起傍徨❺。多謝❻後世人，戒之❼慎勿忘。

【章　旨】透過焦劉合葬，墓前枝枝相蓋、葉葉相交、鴛鴦對鳴等富有神話色彩景象描寫，表達了人們對此事件的同情，並告誡後人千萬不要讓此類悲劇重演。

【注　釋】❶華山　聞一多說：「華山，蓋廬江郡小山名，今不可考。」❷交通　指交錯在一起。❸鴛鴦　水鳥名，常雌雄生活在一起，舊時常用來比喻夫婦和好。❹駐足　停步。❺寡婦句　傍徨，同「徬徨」，心神不定，不知道往哪裡走的樣子。❻多謝　再三囑告。❼戒之　把這件事作為鑑戒。之，指劉氏和焦仲卿的愛情悲劇。

【語　譯】焦劉兩家求合葬，合葬葬在華山旁。東邊西邊植松柏，左邊右邊種梧桐。根根枝條相覆蓋，片片樹葉相交通。中間有對雙飛鳥，本來名稱叫鴛鴦。抬起頭來對著叫，夜夜不停到五更。過路行人停步聽，寡婦聽後起徬徨。再三囑告後來人，以此為戒萬勿忘。

【研　析】詩中序言說這一愛情悲劇產生在漢末建安時期，詩也是當時人所作。至於這位作詩人是誰，已無從考證。到了宋朝，劉克莊對這首詩的寫作時間提出了不同看法，他說：「〈焦仲卿妻詩〉，六朝人所作也。」（《後村詩話》卷一）近代梁啟超先是相信此說（見其《印度與中國文化之親屬關係》），後來又自我否定：「我從前也覺得此說（指劉克莊之說）新奇，頗表同意。但仔細研究，六朝人總不會有此樸拙筆墨」，「我們還是不翻舊案的好。」（見《中國之美文及其歷史》）由於《酉陽雜俎・禮異》在記載青廬迎親習俗時又說是「北朝婚禮」，因而後來還有人以此為據，懷疑此詩不是「漢末建安中」之作，而是六朝之作。這種懷疑難以成立，因為《世說新語・假譎》記載：「魏武少時，嘗與袁紹好為遊俠，觀人新婚，因潛入主人園中夜叫，呼云：『有偷兒賊！』青廬中人皆出觀，魏武乃入，抽刃劫新婦。」魏武帝曹操生於漢桓帝永壽元年（西元一五五年），他「少時」正當漢桓帝末年、漢靈帝初年，正是「漢末」。既然此時新婚典禮即有青廬，可見在青廬交拜迎婦，漢末已經存在，絕不止是六朝才有的禮俗。

這首長篇敘事詩記述了漢末建安年間（西元一九六——二二〇年）廬江府小吏焦仲卿和他的妻子劉蘭芝婚姻悲劇的動人故事。從小受到很好教養的劉蘭芝，十七歲嫁到焦家，儘管辛勤勞作，行無偏斜，夫妻關係也很好，焦母卻以「織作遲」、「無禮節」、「自專由」為由，強迫仲卿休棄她，將她趕回娘家。仲卿不得已只好叫蘭芝先暫時回娘家去，不久便將她接回來。蘭芝回到娘家，先是縣令遣媒來求婚，遭到蘭芝拒絕；不久太守又遣媒來求婚，蘭芝的親兄逼嫁，走投無路，蘭芝只好假裝應允。媒人回去以後，太守家便選定吉日，備辦財禮，準備迎親。仲卿得知消息，去見蘭芝，雙方決定以死殉情，相約「黃泉下相見」。於是「生人作死別」，在太守迎親那天，蘭芝「攬裙脫絲履，舉身赴清池」，投水而死；仲卿也「徘徊庭樹下，自掛東南枝」，自縊身亡。死後雙方合葬華山旁，「東西植松柏，左右種梧桐」，松柏梧桐，枝枝相蓋，葉葉交通，上面出現一對鴛鴦，相向而鳴，夜夜直至五更。

這個悲劇故事，揭露了封建禮教和封建宗法制度的罪惡，讚揚了青年男女忠於愛情寧死不屈的抗爭精神，反映了人民大眾爭取婚姻自由的願望。詩中塑造了蘭芝、仲卿、焦母、劉兄等四個主要人物形象，表現了反封建的主題。焦母是封建禮教制度的化身，性格專橫，蠻不講理，不允許青年男女有任何「自由」。蘭芝分明知書達禮、辛勤勞作、「三日斷五匹」、「奉事循公姥」，她卻欲加之罪，何患無辭，硬說蘭芝「無禮節」、「織作遲」、「舉動自專由」，非要仲卿休棄她不可。仲卿替蘭芝辯解：「女行無偏斜，何意致不厚？」她便嚴辭斥責：「吾意久懷忿，汝豈得自由！」無論是兒子還是兒媳，只要想「自由」，她便認定是彌天大罪。是什麼養成她這種專橫的性格？賦予她如此特權？是封建禮教。《禮記．內則》：「子甚宜其妻，父母不說（同悅），出。」《大戴禮記．本命》：「婦有七去：不順父母，去。……」無論兒子兒媳感情何等好，只要父母不喜歡，認為兒媳不順從他們，就要遭到休棄。禮教如此，焦母也就有恃無恐了。劉兄性情粗暴，對於妹妹被棄返家，毫無同情之心。妹妹不願再嫁給太守的兒子，他橫加訓斥：「作計何不量？先嫁得府吏，後嫁得郎君？否泰如天地，足以榮汝身。不嫁義郎體，其往欲何云？」從中可看出他不知愛情為何物，全是一副勢利小人的嘴臉。尤其是「不嫁義郎體，其往欲何云」二語，等於告訴妹妹：你今天不嫁給太守的兒子，後半輩子依靠誰？將妹妹逼向絕境，使得她在婆家成了棄婦，在娘家又被當作包袱，走投無路，只得假裝允婚，不得不走向決心自殺的道路。蘭芝勤勞美麗，知書達禮，忠於愛情，對冷酷的現實有著清醒的認識，被遣時，仲卿要她暫時回去，不久再將她接回來，她說：我嫁到你家以後，「奉事循公姥」，卻「仍更被驅遣，何言復來還」？同時想到娘家有個「性行暴如雷」的「親父兄」，將要發生什麼事情，也早已在她的預料之中。她不是逆來順受的弱女子，而是性格倔強的反抗者，敢於以死殉情，和封建禮教作抗爭。她不求富貴，無論是在被棄或決定自殺後的關鍵時刻，都從容不迫，鎮定自若。但她又那麼富有人情味，無論是謝阿母、辭小姑，還是別仲卿，句句話都情真意切，感人至深。仲卿既是忠於愛情的賢夫，又是順從父母的孝子，因此焦母要他休棄蘭芝，他先是反問：「女行無偏斜，何意致不厚？」可是焦母為此訓斥他，他便「長跪告」；焦母再「搥牀」，他更「默無聲」。表面上似乎顯得軟弱，但他忠於愛情，發誓也不再娶，甚至為了愛妻，丟下了焦母，「自掛東南枝」，實現了與蘭芝「黃泉下相見」的誓言，依然是個反封建禮教的鬥士。詩中人物的性格主要通過對話中個性化語言來表現，正如沈德潛所說：「淋淋漓漓，反反覆覆，雜述十數人口中語，而各肖其聲音面目。」（《古詩源》卷四）

詩的末段，寫蘭芝、仲卿死後合葬，墓前樹木枝葉交蓋，鴛鴦相向而鳴，顯然是受了韓憑夫婦故事的影響。據說戰國時宋康王的舍人韓憑的妻子何氏很美，宋康王霸占了她，韓憑不滿，宋康王便將韓憑囚禁起來，罰他去守邊築長城。韓憑因此自殺，妻子也投臺而死。妻子死前遺書要求死後與韓憑合葬，康王卻故意將他們分開埋葬，並聲稱：「你們夫妻相愛不止，如果你們兩個人的墳墓能自動合在一起，我不會阻止。」結果很快兩墓之間就長出一棵大梓樹，根交於下，枝錯於上。又有鴛鴦雌雄各一隻，常棲在樹上，晨夕不去，交頸悲鳴，音聲感人。宋國人同情他們，便稱那棵大樹叫「相思樹」（見《搜神記》卷一一）。詩人在這裡用了類似的描寫，正表現了對蘭芝與仲卿愛情悲劇的同情。「多謝後世人，戒之慎勿忘」二語，更具有警世的作用。

此外，詩中間或也用人物的動作來表現其個性，如用「搥牀」表現焦母的橫暴，用「大拊掌」表現劉母對女兒被棄的驚異與同情，用「進退無顏儀」表現蘭芝被棄返家無地自容的痛苦。而蘭芝「銜淚答」生母，「仰頭答」親兄也表現了她對親母和親兄的不同態度。詩中的襯托與抒情性的旁白在表現人物的思想感情中也起到了不可忽視的作用，如「新婦起嚴妝」一段鋪張描寫，襯托出蘭芝被遣後仍舊鎮定自若，顯示出她臨事而不亂的倔強性格；而太守準備迎親的熱鬧場面的描寫，又襯托出蘭芝不慕富貴的優良品德，同時這樣以歡樂襯悲苦，也收到了相反成、相得益彰的藝術效果。蘭芝與仲卿首次話別插入「舉手長勞勞，二情同依依」，第二次話別插入「生人作死別，恨恨那可論。」這些帶有強烈感情色彩的旁白，對於深化詩中人物的感情也很有幫助。

枯魚過河泣

古　辭

【題解】〈枯魚過河泣〉，樂府曲名，以首句名篇。

枯魚過河泣，何時悔復及❶？作書❷與魴鱮❸，相教慎出入。

【注釋】❶何時句 黃節注：「謂不慎出入，至為人所得，已無及悔之時也。」（《漢魏樂府風箋》）何時，幾時。悔復及，再來不及後悔。❷作書 修書；寫信。❸魴鱮 鯿魚和鰱魚。

【語譯】乾魚過河在哭泣，後悔幾時來得及？寫封書信給鯿鰱，相告謹慎出與入。

【研析】這是一首構思奇特的寓言詩。枯魚本已沒有生命，卻會過河，又會哭泣，還會寫信，可謂異想天開，奇而又奇，顯示出寓言詩的特徵。元辛文房說：「古詩云：『枯魚過河泣，何時悔復及？作書與魴鱮，相戒慎出入。』斯所以防前之覆轍也。」（《唐才子傳・盧仝傳》）清張玉穀《古詩賞析》說：「此罹禍者之詩，出入不慎，後悔何及。」析義甚確。唐以後詩人，多有仿作。

十、近代曲辭

郭茂倩是宋代人，於隋唐年代為近，他所說的「近代」指的是隋唐時期，近代曲辭也就是隋唐時期的曲詞。郭茂倩說：「〈近代曲〉者，亦〈雜曲〉也，以其出於隋唐之世，故曰近代曲也。」（《樂府詩集》卷七九）

昔昔鹽

薛道衡

【題　解】昔昔，猶夜夜。鹽，曲調名，宋洪邁說：「歌詩謂之『鹽』者，如吟、行、曲、引之類云。今南嶽廟獻神樂曲有〈黃帝鹽〉。」（《容齋續筆》卷七）昔昔鹽，類似夜夜曲之意。《樂苑》：「〈昔昔鹽〉，〈羽調曲〉，唐亦為舞曲。」

【作　者】薛道衡（西元五四〇——六〇九年），字玄卿，河東汾陰（今山西萬榮）人。先仕北齊、北周，入隋，累官至襄州總管、播州刺史。因上〈高祖文皇帝頌〉，「致美先朝」，隋煬帝楊廣看了不高興，便改任他為司隸大夫，準備加罪於他。後來借議新令事，將他縊死。對子而頌其父，猶有罪焉，誠乃欲加之罪，何患無辭！道衡的詩寫得很好，史稱「道衡每有所作，南人無不吟誦焉」（《隋書》本傳），〈人日〉、〈昔昔鹽〉最有名。《隋書》有傳，稱他有集七十卷，行於世，後散失，明人有輯本《薛司隸集》。

垂柳覆金堤❶，蘼蕪❷葉復齊。水溢芙蓉沼❸，花飛桃李蹊❹。採桑秦氏女❺，織錦竇家妻❻。關山別蕩子，風月守空閨❼。恒斂❽千金笑❾，長垂雙玉❿啼。盤龍隨鏡隱⓫，彩鳳逐帷低⓬。飛魂⓭同夜鵲⓮，倦寢憶晨雞⓯。暗牖懸珠網⓰，空梁落燕泥⓱。前年過代北⓲，今歲往遼西⓳。一去無消息，那能惜馬蹄⓴？

【注釋】❶金堤　堅固的堤岸。金，喻堅固。❷蘼蕪　一種野草，夏季開白花。❸芙蓉沼　芙蓉池，即蓮花池。曹丕有〈芙蓉池〉詩。❹桃李蹊　桃李樹下的小路。《史記・李將軍列傳》：「諺曰：桃李不言，下自成蹊。」❺採桑句　借羅敷寫思婦的美好。典出〈陌上桑〉：「秦氏有好女，自名為羅敷。羅敷喜蠶桑，採桑城南隅。」❻織錦句　借晉人竇滔妻寫思婦的相思。典出《晉書・竇滔妻蘇氏傳》：「竇滔妻蘇氏，始平人也，名蕙，字若蘭，善屬文。滔，苻堅時為秦州刺史，被徙流沙。蘇氏思之，織錦為〈迴文旋圖詩〉以贈。滔宛轉循環以讀之，詞甚悽惋。」❼關山二句　典出〈古詩十九首〉：「昔為倡家女，今為蕩子婦。蕩子行不歸，空牀難獨守。」蕩子，在外遊蕩不歸的人。空閨，當是從「空牀」化出。又梁元帝〈蕩婦秋思賦〉：「蕩子之別十年，倡婦之居自憐。登樓一望，唯見遠樹含煙。平原如此，不知道路幾千？天與水兮相逼，山與雲兮共色。……秋何月而不清？月何秋而不明？……日黯黯而將暮，風騷騷而渡河。妾怨迴文之錦，君思出塞之歌。相思相望，路遠如何？」「關山」「風月」，當從此化出。❽恒斂　常常收起。❾千金笑　典出東漢崔駰〈七依〉：「迴眸百萬，一笑千金。」❿雙玉　雙玉筯的簡稱，指代淚。典出陳江總〈長相思〉：「紅樓千愁色，玉筯兩行垂。」⓫盤龍句　將鏡子藏起來，意為懶得梳妝。盤龍，刻在鏡上的雕飾。典出庾信〈鏡賦〉：「鏤五色之盤龍。」隱，原作「影」。依《古樂府》、《古詩紀》、《石倉歷代詩選》、《古樂苑》、《古詩鏡》校改。⓬彩鳳句　意為將繡有彩鳳的帷帳放下就寢。彩鳳，帷帳上的繡飾。唐趙嘏〈昔昔鹽二十首〉：「巧繡雙飛鳳，朝朝伴下帷。」⓭飛魂　遊魂。曹植〈文帝誄〉：「浮飛魂於輕霄兮。」在這裡指思婦夢中的遊魂。⓮同夜鵲　和夜鵲相同。曹操〈短歌行〉：「月明星稀，烏鵲南飛。繞樹三匝，何枝可依？」又梁何遜〈門有車馬客行〉：「寸心將夜鵲，相逐向南飛。」陳陰鏗〈南征閨怨詩〉：「唯當有夜鵲，南飛似妾心。」此處用夜鵲比喻思婦夢中的飛魂。⓯憶晨雞　疑用《詩經．齊風．雞鳴》：「雞既鳴矣，朝既盈矣。匪雞則鳴，蒼蠅之聲。」典故，比喻思婦醒後回憶起往日與蕩子歡聚時的情景。晨雞，司晨之雞。⓰暗牖句　《詩經．豳風．東山》：「蠨蛸在戶。」蠨蛸，小蜘蛛。又魏文帝詩：「蜘蛛繞戶牖，野草當階生。」(見《文選》張景陽〈雜詩〉李善注引)⓱鷰泥　鷰，同「燕」。梁簡文帝〈和湘東王首夏〉：「燕泥含復落。」可見燕泥是燕子銜來築巢的土。⓲代北　代州的北邊。隋代的代州在今山西代縣。⓳遼西　遼水的西邊，在代州西北，已出塞外。遼水，即今遼寧遼河。⓴惜馬蹄　愛惜馬蹄而不歸來。典出東漢蘇伯玉妻〈盤中詩〉：「家居長安身在蜀，何惜馬蹄歸不數？」

【語　譯】柳枝下垂遮岸堤，蘼蕪草葉又長齊。清水漫過芙蓉池，桃李小路花正飛。美如採桑秦氏女，思如織錦竇家妻。遠隔關山別遊子，獨守風月在空閨。常常收起千金笑，時時啼哭流雙淚。盤龍雕飾隨鏡藏，彩鳳花繡隨帷低。遊魂如同夜飛鵲，睏睡還憶晨鳴雞。幽暗窗戶懸蛛網，空寂屋樑落燕泥。前年去過代州北，今歲又往遼河西。一別之後無消息，哪能不歸惜馬蹄？這個蕩子可能就是她的丈夫。

【研　析】這是一首閨中懷遠之作，寫一個女子思念她出征多年而不歸的蕩子，

開頭四句寫景，垂柳覆堤，蘼蕪葉齊，池塘水滿，桃李花飛，好一幅春天的圖畫。春天是女人容易動春心的時候，當然也是容易引起她們思念情人的時候，所謂思婦懷人，春時尤甚。在這樣的氛圍中，思婦怎能不睹物思人？有了這樣的鋪墊之後，詩中的主人——思婦便出場了：她美如在路上採桑的羅敷，思如織錦寫迴文詩給丈夫的蘇蕙，與丈夫遠隔關山，空房獨守，常常不露笑臉，淚水長流，甚至將鏡子藏起來懶得梳妝，把帷帳放下睡懶覺。這種種反常的表現，無疑是由於思念蕩子所引起的。即使入夢了，她的遊魂也如同夜鵲一樣追隨蕩子，醒了她又睏睡床上細細回味往日同蕩子歡聚時聽雞鳴的情景，真是魂牽夢縈啊。「暗牖懸蛛網，空梁落燕泥」二句轉到景物描寫，所寫的環境是那樣的幽暗，氛圍是那樣的空寂，景中有情，將她望著屋樑發呆、孤獨悵惘、空寂無聊的心情表現得淋漓盡致。「空梁落燕泥」是古今傳誦的名句，宋人魏泰稱它「峻潔可喜」，認為當時謝伯初的詩句「池館無人燕學飛」（《隱居詩話》）比不上它；近代王國維稱它「妙處唯在不隔」（《人間詞話》），都道出了這句詩不用典故，自然流出，行文簡潔，卻意味無窮的特點。據唐人劉餗《隋唐嘉話》記載，隋煬帝妒忌心很重，寫詩不願有人超過自己，薛道衡因為寫了這句好詩得罪了他，因此將道衡治罪，臨刑前煬帝還問道衡：你還能寫「空梁落燕泥」嗎？可見道衡的死除了上奏〈高祖文皇帝頌〉外，還與這句名詩有關。

最後四句是結束語，總說丈夫前年去了代北，今年又到遼西，走得更遠了，與開篇「蘼蕪葉復齊」的「復」字遙相呼應，說明他（她）們分離至少已有三年，三年內年年如此愁思，這日子該怎麼過啊。「一去無消息」，該是由閨思變為閨怨，責怪丈夫一封信也沒有寄來，而不是說一點消息也沒有，否則她怎麼知道他又去了遼西呢？最後她用蘇伯玉妻〈盤中詩〉的典故再次責怪丈夫為什麼愛惜馬蹄而不歸來，但話卻說得相當含蓄，稱得上怨而不怒了。

這首詩對後世的影響很大，唐人趙嘏用這首詩的每句為一題，分別寫了二十首〈昔昔鹽〉，唐人顧況、元人周巽、明人皇甫汸都用〈空梁落鷰泥〉為題寫過詩。至於用「鷰泥」典故寫詩的，更是難以枚舉。

水調歌

【題解】《樂苑》說：「〈水調〉，〈商調曲〉也。」相傳〈水調〉是隋煬帝幸江都時所製，曲成以後，加以演奏，聲韻怨切。唐韋縠撰《才調集》卷四載杜牧〈揚州〉詩有「誰家唱〈水調〉？明月滿揚州」。注中說：「煬帝開汴渠成，自作〈水調〉。」證明其說大致可信。唐朝時〈水調曲〉共有十一疊，前五疊叫做「歌」，後六疊叫做「入破」（當是曲半調入急促，破其悠長者為繁碎，故名破）。這裡選的是「歌」中的第四疊。另外，唐朝又有新〈水調〉，也是〈商調曲〉。唐人將〈水調〉演為大曲，大曲有歌頭，後人裁截其歌頭，另倚新聲，製成詞牌〈水調歌頭〉。

第四疊

隴頭❶一段氣長秋，舉目蕭條總是愁。祇為征人多下淚，年年添作斷腸流。

【注釋】❶隴頭　隴山的山頂。隴山，又稱隴阪、隴坻，是六盤山南段的別稱，在今陝西西部隴縣至甘肅平涼一帶。往西服役，須經此山。

【語　譯】那一段隴山的氣候永遠是秋天，舉目蕭條總是讓人滿懷愁悶。只是因為出征的人流下了太多的淚水，年復一年往那使人斷腸的流水上增添。

【研　析】這是一首寫隴山東邊的征人西上隴山出征時痛苦的詩。據《秦州記》記載：「登隴東望秦川，四五百里，極目泯然，墟宇桑梓，與雲霞一色。……山東人（按，當是指隴山以東的人）行役，升此而顧瞻者，莫不悲思。」此詩首句寫隴山的氣候永遠像是秋天，而秋天又是蕭瑟、蕭條的象徵，令人生悲，故第二句用「舉目蕭條總是愁」相接，點出出征人的愁苦，也就是《秦州記》中說的「莫不悲思」的意思。悲思容易落淚，所以三、四句說「祇為征人多下淚，年年添作斷腸流」，因為出征的人流下的淚水太多，年復一年添加到這使人斷腸的隴頭流水中去，從而增加了隴頭流水的流量。流的是水，同時流的也是淚。隴頭流水沒有止境，淚水也沒有止境，淚流成河，征人愁思之深也就不言而喻了。構思之妙，令人叫絕。

祓禊曲三首（選一）

【題解】祓禊，意為祓除汙垢以自潔（祓，祓除；禊，潔淨）。祓禊是古代的一種民俗，據《後漢書．禮儀志上》記載，漢朝時，三月上巳（農曆三月上旬的巳日）那天，「官民皆絜於東流水上，曰洗濯祓除，去宿垢疢，為大絜」。魏晉以後，以三月三日為上巳節，不一定是巳日。《西京雜記》卷三記載，漢高祖劉邦同戚夫人「嘗以絃管歌舞相歡娛」、「三月上巳張樂於流水」，可見漢初上巳節已在奏樂，晉宋以後因襲了這種習俗，到了唐朝傳以為曲。這裡選的〈金谷園中柳〉，《樂府詩集》未標明作者姓名，《全唐詩》卷二八三標為李益所作，題為〈上洛橋〉。

其二

金谷園❶中柳，春來❷已❸舞腰。那堪好風景，獨上洛陽橋❹。

【注釋】❶金谷園　西晉石崇所建的園林。據〈金谷詩序〉記載，晉惠帝元康七年（西元二九七年），石崇「從太僕出為征虜將軍，有別廬在河南界金谷澗中，有清泉茂樹，眾果竹柏，藥草備具」。其址在河南洛陽城西北。❷春來　原作「春色」。依《石倉歷代詩選》、《全唐詩》校改。❸已　《石倉歷代詩選》卷一一六作「自」，《全唐詩》卷二八三作「似」，另一作「學」。❹洛陽橋　河南洛陽城建春門（上東門）之石橋，在東城北頭，東漢順帝陽嘉四年（西元一三五年）所建（見《水經注．穀水》）。與蔡襄在福建泉州所建洛陽橋無關。

【語　譯】金谷園中楊柳樹，春來自動舞身腰。哪堪風景如此美，孤身獨上洛陽橋。

【研　析】這首詩一、二句繪出了春天金谷園中楊柳依依的美景，著一「舞」字，化靜為動，將楊柳隨風擺動、婀娜多姿的景象呈現在讀者的眼前。「已」字或作「自」，或作「似」，或作「學」，竊以為作「已」或「似」不如作「自」或作「學」好，因為作「已」或「似」，楊柳只是詩人眼中的客觀事物；作「自」或作「學」則已將楊柳擬人化，賦予它生命，與「舞」字合在一起，顯得更加生動活潑，寫的就不是靜景而是動景了。三、四句由寫景轉入抒情，好景本來令人心曠神怡，而詩人卻說「那堪好風景，獨上洛陽橋」。「那堪」就是「哪堪」，意思是哪裡受得了。為什麼有好景卻受不了呢？原因是「獨上洛陽橋」，無人同賞好景。若再問為什麼無人與他同賞？是由於此地人事蕭條，繁華不再，使他撫今思昔，滄桑滿懷呢？抑或是昔日良友，化為異物，景是人非，感慨係之呢？詩人卻不明說，留下廣闊的空間，讓讀者去想像，言有盡而意無窮，更是耐人尋味。

王夫之在評價《詩經》中的「昔我往矣，楊柳依依」等詩句時曾說：「以樂景寫哀，以哀景寫樂，一倍增其哀樂。」（《薑齋詩話》卷一）此詩正是透過樂景去寫哀情，相反相成，起到倍增其哀的效果。

破陣樂

【題　解】〈破陣樂〉，又稱〈秦王破陣樂〉，屬〈商調曲〉。唐太宗李世民做秦王時打敗劉武周，軍中相與作〈秦王破陣樂曲〉，及即帝位，宴會必定演奏這首樂曲，藉以表示不忘本。貞觀七年（西元六三三年），李世民作〈破陣樂舞圖〉，叫呂才按圖教樂工練習，讓魏徵、虞世南、褚亮、李百藥為它寫歌辭，改名為〈七德之舞〉，成為舞曲。從此以後，郊廟享宴，都演奏這首舞曲。這裡選的「秋來四面足風沙」歌詞，《樂府詩集》未標明作者姓名，《全唐詩》卷五一一標為張祜作。

秋來❶四面足風沙，塞外征人暫別家。千里不辭行路遠，時光早晚❷到天涯。

【注釋】❶秋來 《唐詩品彙》、《全唐詩》卷五一一作「秋風」。❷時光早晚 猶時間早晚。

【語譯】秋天來了四面滿是滾滾風沙，塞外征人暫時離開了家。不辭路遠行走千里，無論早晚總要走到天涯。

【研析】這是一首寫塞外征人出征的詩，在那四面黃沙滾滾的秋天，塞外征人暫時離開了家鄉出征。一個「暫」字，既是示意對家鄉的留戀，同時又表示信心滿懷，相信不久便能凱旋歸來。正因為如此，所以征人不辭路遠，跋涉千里，無論時間早晚都要奔赴天邊戰場為國殺敵，頗有「萬里赴戎機，關山度若飛」的氣概，而這正與〈破陣樂〉歌頌戰功的基調相符。

清平調三首

李　白

【題　解】〈清平調〉，古樂曲名。清調、平調、瑟調，漢代合稱三調，是周朝〈房中樂〉的遺聲。明胡震亨《唐音癸籤・樂通二・唐各朝樂》說：「〈清平調〉，為三調中之清調、平調，古〈房中〉遺聲也。」唐朝開元年間，宮中牡丹盛開，唐玄宗令李白作〈清平調〉歌辭三章，命梨園弟子撫絲竹歌唱，自己「調玉笛以倚曲（依歌聲配曲）」。

【作　者】見頁二〇九。

雲想衣裳❶花想容，春風拂檻❷露華濃❸。若非群玉山頭❹見，會向❺
瑤臺❻月下逢。
一枝紅艷露凝香，雲雨巫山❼枉斷腸❽。借問❾漢宮誰得似？可憐❿
飛燕⓫倚新妝。
名花⓬傾國⓭兩相歡，長得君王⓮帶笑看。解釋⓯春風無限恨⓰，沉
香亭⓱北倚闌干⓲。

【注　釋】❶雲想衣裳　意為見到雲想到衣裳。《楚辭・九歌・東君》有「青雲衣兮白霓裳」句，故見雲想到衣裳。❷拂檻　吹拂欄杆。❸露華濃　花上沾滿了濃重的露水。❹群玉山頭　傳說是西王母所居之地。《穆天子傳》稱之為群玉之山。❺會向　應向。❻瑤臺　古代有娀國美女簡狄所居住的地方。《楚辭・離騷》：「望瑤臺之偃蹇兮，見有娀之佚女（美女）。」一說是西王母的宮殿。❼雲雨巫山　以巫山神女比喻貴妃之美。宋玉〈高唐賦〉記載，楚襄王和宋玉同遊雲夢臺，看見高唐觀上有雲氣變化無窮，名叫「朝雲」。宋玉對襄王說：「先王（楚懷王）曾經遊過高唐，夢中同巫山神女有雲雨之歡，分別時神女告訴懷王：『我住在巫山南面的高丘上，早上是朝雲，晚上是行雨，早早晚晚，都在陽臺下面。』」楚襄王問宋玉：「我現在是不是也可以去高唐一遊呢？」宋玉說：「可以。」結果卻沒有遊成。❽枉斷腸　徒然傷心。❾借問　請問。❿可憐　可愛。《詩詞曲語辭匯釋》：「李白〈清平調〉『借問漢宮誰得似？可憐飛燕倚新妝。』此言飛燕新妝之可愛。」⓫飛鷰　即飛燕，指趙飛燕，西漢成帝的皇后，古代有名的美女。⓬名花　指牡丹。⓭傾國　指代貌美的楊貴妃。典出《漢書・李夫人傳》：「北方有佳人，絕世而獨立。一顧傾人城，再顧傾人國。」後世以傾國、傾城作美人的代稱。⓮君王　指唐明皇。⓯解釋　消除。⓰恨　遺憾。⓱沉香亭　用沉香木建造的亭子，在興慶池的東邊。⓲闌干　即欄杆。

【語　譯】見雲聯想到她的衣裳見花聯想到她的顏容，春風吹拂著欄杆花上的露水正濃。倘若不是在群玉山頭見到，便應向瑤臺月下去與她相逢。

一枝紅豔的花朵露水裡凝聚著芳香，雲雨中的巫山神女讓楚襄王徒然斷腸。請問漢朝的宮廷裡哪個能同她相似？只有那可愛的趙飛燕換上了新妝。

名花與美女相互同歡，長久得到君王笑臉相看。明皇消解了心頭的無限遺憾，她正倚著沉香亭北的欄杆。

【研 析】唐李濬《松窗雜錄》、新舊《唐書・李白傳》、樂史〈李太白集序〉、〈楊妃外傳〉記載，唐玄宗開元年間（西元七一三——七四一年），宮中得到紅、紫、淺紅、白色牡丹四株，唐玄宗將它們移栽在興慶池東邊的沉香亭前。當花開正盛，唐玄宗同楊貴妃去賞花，梨園子弟相隨，李龜年手捧檀板本想歌唱，唐玄宗說：「賞名花，對妃子，怎麼還用舊樂辭演奏？」於是便讓李龜年去叫李白寫作新辭〈清平調〉。當時李白已經醉酒，身邊的人用水給他洗臉，李白稍微清醒一點，便執筆寫下這三首歌辭。玄宗隨即讓李龜年演唱，自己還用玉笛配曲伴奏。

第一首，「雲想衣裳花想容」一句，既可理解為見到雲聯想到楊貴妃的衣裳，見到花聯想到楊貴妃的容貌，也可以理解為見到楊貴妃的衣裳聯想到雲，見到楊貴妃的容貌聯想到花。雲飄天外，只此一句，楊貴妃芙蓉如面、飄飄欲仙的形象就呈現在讀者的面前。「春風拂檻露華濃」一句看似寫景，實則重在寫人，「春風」一詞與第三首「解釋春風無限恨」聯繫起來看，它既是自然界的風，又是君王的象徵，它拂欄，當然也拂花、拂人，使人想到貴妃受到明皇的恩澤如沐春風。「露華濃」三字更是妙絕，花朵需要雨露滋潤方能更加晶瑩豔麗，美女有了君王恩愛才顯得越發嬌媚可人。至於詩人是否還有「露滴牡丹開」之意，卻又感到難以啟齒，便用「露華濃」三字含蓄地表達，就只好留給讀者去想像了。三、四句換個角度讚美貴妃，說這樣的美人如果不是群玉山頭見到的仙女，便應是去瑤臺月下和她相會的簡狄了。

第二首第一句寫花兼寫人。這花不僅紅豔可愛，而且在露水裡凝聚著芳香，看似寫花，其實是透過花顯示出貴妃膚色紅豔，香氣襲人。第二句借巫山神女的神話故事說雲雨中的神女讓楚襄王徒然斷腸，言外之意是楚襄王遠不及當今皇上有美麗的貴妃相伴。三、四句轉到對貴妃的讚美，說漢宮裡有誰能同貴妃相比？只有那可愛的著新妝的趙飛燕了。後人有說李白因為這兩句詩闖了禍，他用「楚腰纖細掌中輕」的趙飛燕去比楊貴妃，是諷刺她長得太胖。經過高力士的挑撥離間，楊貴妃便再三阻止唐明皇任命李白做官，後來終於被賜金放返。

第三首寫花人同歡。「名花傾國兩相歡」一句是說牡丹和楊貴妃相互都顯現出歡樂的顏色，加上第二句「長得君王帶笑看」，使花和貴妃、明皇三者融為一體，牡丹的豔麗、貴妃的歡樂、明皇的笑顏都活生生地呈現在讀者的面前，寫出了明皇「賞名花，對妃子」，笑臉相迎的喜悅心情和賞花的歡樂場面。這時的明皇如願以償，心滿意足，所以第三句一轉，寫他心中無限遺憾消失，接著第四句寫楊貴妃正倚著欄杆的嬌態，神情活現。

三首詩將牡丹花和美人楊貴妃放在一起描寫，以花襯人，又以人襯花，花人互相映襯，可謂相得益彰。

渭城曲

王維

【題解】〈渭城曲〉，又稱〈陽關曲〉，劉禹錫〈與歌者詩〉云：「舊人唯有何戡在，更與慇懃唱〈渭城〉。」白居易〈對酒詩〉云：「相逢且莫推辭醉，聽唱〈陽關〉第四聲。」可以為證。以第一句和第四句分別有「渭城」「陽關」而得名。此詩原題為〈送元二使安西〉，入樂後，常將第四句「西出陽關無故人」反覆重疊歌唱，所以又稱〈陽關三疊〉。

【作　者】王維（西元七〇一——七六一年），字摩詰，祖籍太原祁縣，其父遷居於蒲（有說在今山西永濟），遂為河東人。開元九年（西元七二一年）中進士，歷任大樂丞、右拾遺、監察御史、吏部郎中、給事中等官。安史之亂時被俘，做了偽官。因所寫〈凝碧詩〉中有「萬戶傷心生野煙，百官何日再朝天」等句，亂平後未受重罰，降職為太子中允。後又再任給事中，官至尚書右丞。在藍田縣南有輞川別墅，常與友人在此彈琴賦詩，嘯詠終日，過著半官半隱的生活。性信佛，以玄談為樂，退朝之後，焚香獨坐，以禪誦為事。維博學多藝，詩、書、畫、音樂諸方面都造詣很深。他的詩歌不求辭藻華麗，但形象生動，意味深長，蘇軾稱之為「詩中有畫，畫中有詩」。新舊《唐書》及《唐才子傳》均有傳。存《王右丞集》二十八卷，清趙殿成箋註。

渭城❶朝雨浥❷輕塵，客舍青青柳色新❸。勸君更盡一杯酒，西出陽關❹無故人。

【注　釋】❶渭城　故咸陽城，漢高祖時更名新城，武帝元鼎三年（西元前一一四年）更名渭城。在今西安西北，渭水的南面。❷浥　潤濕。❸客舍句　《全唐詩》卷一二八作「客舍青青楊柳春。」注：「青青，一作依依。」依《王右丞集》校改。❹陽關　舊址在今甘肅敦煌西南，因位居玉門關南面，故稱陽關，是漢地通西域的關口。《漢書．西域傳》：西域「東則接漢阸以玉門、陽關」。

【語　譯】渭城的朝雨潤濕了路上的浮塵，客舍被新青的柳色掩映。勸你再乾掉這杯送別酒，西出陽關就見不到往日的友人。

【研析】這是一首送別詩，原題作〈送元二使安西〉，安西是安西都護府的簡稱，據《舊唐書．地理志一》記載，安西都護府的治所設在龜茲，它的長官安西節度使的任務是「撫寧西域」。又詩中說「西出陽關」，《漢書．西域傳》記載，陽關在西域的東邊，是漢地和西域相連的關口，離長安二千五百里。「西出陽關」是說元二從此渭城一別，將西出陽關，進入西域。可見元二這次是出使到西域，王維送別他。

詩的一、二句是交代送別的時間、地點和環境。一個春天的早上，渭城下過一陣細雨，地上的浮塵被潤濕了，土潤如酥。路旁的客舍掩映在青青的柳色之中，一個「新」字，說明這柳枝是剛長出來的，一陣細雨又洗去了它上面的灰塵，顯得是那樣的嫩綠，這環境多麼富有詩情畫意。由於漢代有折柳贈別的故事，寫柳色，也就與送別有了聯繫，下面便轉到寫送別了。話別故人，該有多少話要說，詩人將千言萬語濃縮為兩句話：「勸君更盡一杯酒，西出陽關無故人」，表面上是說：請你乾了這一杯吧，往西去出了陽關就沒有老朋友了。實則其中包含著幾多難分難捨的惜別之情，蘊涵著對友人的無窮無盡的關懷，寄託著許許多多的美好祝願，話雖平常，卻令人回味無窮。

由於這首詩用簡潔的語言、生動的形象寫出了人世間普遍的送別之情，受到人們廣泛的喜愛。唐朝就將它入樂，廣為傳唱，成了有名的送別曲。白居易稱讚它說：「最憶〈陽關〉唱，真珠一串歌。」（〈晚春欲攜酒尋沈四著作詩〉）又說：「相逢且莫推辭醉，聽唱〈陽關〉第四聲。」（〈對酒詩〉）將它用來勸酒。宋代宋祁還寫了〈擬西出陽關無故人〉詩，可見它產生的影響是深遠的。

竹枝九首（選二）

劉禹錫

【題解】〈竹枝〉，又稱〈竹枝詞〉，本是巴渝（在今四川東部）民歌。唐貞元年間（西元七八五——八〇五年）的某年正月，劉禹錫在建平（泛指夔州）見到兒童吹著短笛敲著鼓，揚袖睢舞，聯唱〈竹枝〉，雖然發音粗重卻含思婉轉，想到從前屈原在沅湘間學習民歌寫作〈九歌〉的故事，他便寫了新的〈竹枝詞〉九篇。從此〈竹枝詞〉便盛行於貞元、元和之間，以後歷代詩人白居易等也多有創作。

【作者】劉禹錫（西元七七二——八四八年），字夢得，彭城（今江蘇徐州）人。貞元九年（西元七九三年）進士，授監察御史與吏部郎中。貞元末年，和柳宗元一起受到王叔文重用，失敗後，貶為朗州司馬。元和十年（西元八一五年），被召還，作〈遊玄都觀詠看花君子詩〉，有「玄都觀裏桃千樹，摠（總）是劉郎去後栽」之句，語涉譏刺，執政不悅，復出為播州刺史，因御史中丞裴度為其求情，改授連州刺史。後又任過和州等地刺史。太和二年（西元八二八年），從和州召還，任主客郎中，又作〈遊玄都觀詩〉，有「種桃道士今何在？前度劉郎又到來」之句，以洩其憤。後又出任蘇州、汝州、同州刺史及任太子賓客，官終檢校禮部尚書。禹錫晚年與白居易友善，唱和往來，詩筆文章，時無在出右者，白居易稱「彭城劉夢得，詩豪者也」（《劉白唱和集解》）。他向民歌學習，寫了〈竹枝詞〉，創造了一種詩歌新體裁，值得稱道。新舊《唐書》有傳，有《劉賓客文集》。

其二

山桃紅花滿上頭，蜀江春水拍江❶流。花紅易衰似郎意，水流無限似儂愁。

其六

瞿塘❷嘈嘈❸十二灘，此中道路古來難。長恨人心不如水，等閒平地起波瀾。

【注釋】❶拍江 《劉賓客文集》、《萬首唐人絕句》、《唐音》作「拍山」。❷瞿塘 指瞿塘峽，長江三峽之一，在四川奉節東南。宋樂史《太平寰宇記・夔州》：「瞿唐峽，在州東一里，古西陵峽也，連崖千丈，奔流電激，舟人為之恐懼。」❸嘈嘈 水流下灘聲。

【語譯】山桃的紅花開滿樹頭，蜀江的春水拍著山崖奔流。花紅易衰像是哥哥的情意，水流無盡像是我的憂愁。（其二）

瞿塘峽水聲嘈嘈十二灘，這裡的水路自古以來行船難。長恨人心還比不上水，無事平地也要掀起波瀾。（其六）

【研　析】劉禹錫擬作的〈竹枝詞〉問世以後，受到人們的重視，盛行於世。黃庭堅稱讚說：「劉夢得〈竹枝〉九章，詞意高妙，元和間誠可以獨步，道風俗而不俚，追古昔而不愧，比之杜子美〈夔州歌〉，所謂同工而異曲也。」並說蘇軾聽他詠誦了其中第一篇，歎息說：「此奔軼絕塵，不可追也。」（〈跋劉夢得竹枝歌〉）

〈山桃紅花滿上頭〉一首，一、二句寫景起興，展現出瞿塘峽桃紅兩岸、春水奔流的美好景色。三、四句即景抒情，用「花紅易衰」比喻情郎的情意，「水流無限」比喻自己的憂愁，前後緊密相連，比喻極其貼切，將男子的薄情和女子失戀後的無限痛苦表現得淋漓盡致。

〈瞿塘嘈嘈十二灘〉一首，一、二句寫瞿塘峽重重險阻、驚濤拍岸、往來艱難。三、四句即事抒情，由行船的艱險想到人生道路的艱難，認為人心比水還要兇險，水遇險灘才波濤洶湧，人卻能無事生非，在「等閒平地」也起波瀾。白居易〈太行路〉說：「巫峽之水能覆舟，若比君心是安流。」「行路難，不在水，不在山，只在人情反覆間。」與此有異曲同工之妙。劉禹錫之所以有此認識，可能與他在當時受到竇群無故控告他「挾邪亂政，不宜在朝群」，因而被「即日罷官」（《舊唐書．劉禹錫傳》）有關。

竹枝二首（選一）

劉禹錫

【題　解】見頁三九八。

【作　者】見頁三九八。

其　一

楊柳青青江水平，聞郎江上唱歌聲。東邊日出西邊雨，道是無晴還有晴❶。

【注　釋】❶晴　原作「情」，據《劉賓客文集》、《才調集》、《萬首唐人絕句》、《全唐詩錄》、《唐詩品彙》校改。晴，諧「情」。

【語　譯】楊柳青青江水平靜，聽到江郎唱歌聲。東邊日出西邊雨，說是無晴還有晴。

【研　析】這是一首依照〈竹枝〉曲調寫作的愛情詩，寫一個女子對一個男子的曖昧之情，覺得他似乎愛自己，卻又沒有把握。第一句寫景，岸上楊柳青青，江中水流平靜，景色相當美麗。第二句寫她聽到情郎從江上傳來的歌聲，我們可以想見她這時該是多麼的高興。不過高興之餘她又產生了疑問：這歌聲是衝著我來的嗎？所以三、四句寫她將信將疑的心情。「東邊日出西邊雨」是江南夏天常見的自然現象，可能是女子當時所見，於是她觸景生情，想到男子可能就像這天氣一樣，是晴是雨？是有情還是無情？誰知道呢？在疑問中流露出她熱烈的期盼。詩人在這裡使用了南朝民歌慣用的諧音雙關語，以「晴」諧「情」，將女子當時的複雜心情刻劃得惟妙惟肖，這兩句詩也就成了千古傳唱的名句。謝榛稱之為「措詞流麗，不減六朝」（《古詩紀》卷一四八引《詩家直說》）。

宋人胡仔說他曾經在苕溪（在浙江北）行船，晚上聽到船夫唱〈吳歌〉，歌中就有這兩句詩，可能就是劉禹錫寫的〈竹枝詞〉從巴渝流傳到了此地（《苕溪漁隱叢話・後集》卷一二）。可見這兩句詩流傳之廣。

竹枝四首（選二）

白居易

【題解】見頁三九八。

【作者】見頁三三六。

其一

瞿塘峽口冷煙低，白帝城❶頭月向西。唱到〈竹枝〉聲咽處，寒猿晴鳥❷一時啼。

【注釋】❶白帝城　在四川奉節東白帝山上，「後漢初，公孫述據蜀，自以承漢土運，故號曰白帝城」（《太平寰宇記・夔州》）。❷晴鳥　詞出晉潘岳〈京陵公主女王氏哀辭〉：「夕陽失映，晴鳥忘歸。」又《劉賓客文集》作「闇鳥」。

【語譯】瞿塘峽口一縷冷煙低飛，白帝城頭明月向西落去。唱〈竹枝〉唱到聲音哽咽處，寒猿和晴鳥也同時悲啼。

【研　析】這首詩是寫作者夜晚在瞿塘峽口聽唱〈竹枝詞〉的感受，一、二句寫聽唱時的環境。作者在第二首寫道：「〈竹枝〉苦怨怨何人？夜靜山空歇又聞。蠻兒巴女（指湖北、四川的男女）齊聲唱，愁殺江樓病使君（使君是州郡長官尊稱，此為白居易自稱）。」可見作者當時患病，住在江樓上，夜靜山空，只見一縷低飛的冷煙，一輪西斜的孤月，景色是那樣的淒涼，歌聲是那樣的哀怨。三、四句寫感受，作者說歌唱者唱到聲音嗚咽、悲痛得說不出話來的時候，寒猿和晴鳥也同時悲啼。唐汝詢評論說：「冷煙斜月之景，〈竹枝〉悲咽之聲，即寒猿暗鳥尚不勝情，況可使愁人聽之邪？」（《唐宋詩醇》卷二四引）此情此景，作者的愁苦我們也就可想而知了。

其　四

江畔誰人唱〈竹枝〉？前聲斷咽後聲遲。怪來❶調苦緣❷詞苦，多是通州司馬❸詩。

【注　釋】❶怪來　與白詩〈寄王秘書〉：「怪來秋思苦，緣詠秘書詩。」的「怪來」用法相同，皆「難怪」「怪不得」之義。❷緣　因。❸通州司馬　指元稹，稹以俊爽不容於朝，流放荊蠻，貶為通州司馬。通州在今四川達縣。

【語　譯】江邊誰人在唱〈竹枝詞〉？前面聲音哽咽後面聲音緩遲。怪不得曲調苦怨是因為歌詞苦怨，唱的多是通州司馬的詩。

【研析】首句「江畔誰人唱〈竹枝〉」以問句開始，第二句寫詩人當時聽到的歌聲，給讀者以只聞其聲、不知其人的感受。這歌聲「前聲斷咽後聲遲」，前頭的聲音彷彿斷了氣似的哽咽不語，幾乎發不出聲來，後頭的聲音又接不上氣，來得遲緩，這是一種極其淒苦的聲音。三、四句說明這聲音之所以淒苦的原因，調苦是由於詞苦，而詞又多是通州司馬元稹的詩。據《舊唐書・元稹傳》記載，元稹被貶為通州司馬的時候，白居易也被貶為江州司馬，雖然通州和江州相去遙遠，但兩人常有詩書來往贈答，所寫詩歌常常流露出「流離放逐之意，靡不悽惋」，因此所唱的通州司馬詩當然也就淒苦了。今傳《元氏長慶集》中沒有〈竹枝詞〉一類的作品，但元稹〈答姨兄胡靈之見寄五十韻〉說過：「巫峽連天水，章臺塞路荊。雨摧漁火焰，風引〈竹枝〉聲。」他當是聽過〈竹枝詞〉的，寫作過〈竹枝詞〉的可能性也是存在的，只是已經失傳罷了。

楊柳枝八首（選二）

白居易

【題解】〈楊柳枝〉，樂府曲名，原是古曲，北朝〈梁鼓角橫吹曲〉有〈折楊柳歌辭〉，均是五言四句，南朝時就傳到了南方。到了唐朝，白居易、劉禹錫將〈折楊柳〉翻為新聲，變成七言四句，更名為〈楊柳枝〉，他們都分別在歌詞中說到「聽取新翻〈楊柳枝〉」或「聽唱新翻〈楊柳枝〉」。白居易說：「〈楊柳枝〉，洛下新聲也，洛之小妓，有善歌之者，詞章音韻，聽可動人，故賦之。」

（〈楊柳枝二十韻〉自注）

【作　者】見頁三三六。

其一

〈六么〉〈水調〉❶家家唱，〈白雪〉〈梅花〉❷處處吹。古歌舊曲君休聽❸，聽取新翻〈楊柳枝〉。

其三

依依❹嫋嫋❺復青青，勾引清風❻無限情。白雪❼花繁空撲地，綠絲條弱不勝❽鶯。

【注　釋】❶六么水調　都是曲調名。六么，又名〈綠腰〉或〈錄要〉。宋程大昌《演繁露》卷一二〈六么〉：「段安節《琵琶錄》云：『貞元中，康崑崙善琵琶，彈一曲新翻羽調〈綠腰〉。』注云：『〈綠腰〉，即〈錄要〉也，本自樂工進曲，上令錄出要者，乃以為名，誤言〈綠腰〉也』。據此，即〈錄要〉已訛為〈綠腰〉，而《白樂天集》有〈聽綠腰詩〉，注云：『即〈六么〉也。』」水調，商調曲，見前〈水調〉題解。❷白雪梅花　都是曲調名。白雪，古曲名。《琴集》：「〈白雪〉，師曠所作，〈商調曲〉也。」梅花，指〈梅花落〉，見前鮑照〈梅花落〉題解。以上曲調都是當時流行的舊曲。❸聽　原誤作「一」，據《白氏長慶集》、《白香山詩集》、《全唐詩》

校改。❹依依 詞出《詩經・小雅・采薇》：「楊柳依依。」形容楊柳隨風擺動的樣子。❺嫋嫋 詞出〈九歌・湘夫人〉：「嫋嫋兮秋風。」細長柔弱的樣子。❻清風 《白氏長慶集》、《唐宋詩醇》、《全唐詩錄》作「春風」。❼白雪 指雪白的柳絮。❽不勝 受不了。

【語 譯】〈六么〉、〈水調〉家家都在唱，〈白雪〉、〈梅花〉處處都在吹。那些古歌舊曲你莫聽，請你聽唱重新翻寫的〈楊柳枝〉。（其一）

長長的柳枝隨風擺動色澤青青，像是在勾引春風帶著無限的深情。眾多像白雪似的柳絮徒然掉在地上，那碧綠的細柳條柔弱得站不住黃鶯。（其三）

【研 析】〈楊柳枝〉八首，這裡選了第一首和第三首。第一首是序曲，相當於開場白，除了說明家家處處都在唱古歌舊調，只有〈楊柳枝〉是在舊的〈折楊柳〉基礎上翻新，藉此以引起聽者的注意外，沒有別的深意。第三首，乍一看來，彷彿是用擬人手法寫春景，可是結合白居易與女妓樊素、小蠻的故事來分析，我們覺得它是寫白居易與女妓的曖昧之情。唐孟棨《本事詩・事感第二》記載，白居易有兩個女妓，一個叫樊素，善於唱歌；另一個叫小蠻，善於跳舞，白居易曾經寫詩讚美她們：「櫻桃樊素口，楊柳小蠻腰。」由於白居易年事已高，而小蠻正豐潤豔麗，因此寫了〈楊柳枝詞〉：「一樹春風萬萬枝，嫩於金色軟於絲。永豐坊裡東南角，盡日無人屬阿誰？」來寄託自己的意思。另外白居易自己還說他有一個女妓叫樊素，「年二十餘，綽綽有歌舞態，善唱〈楊枝〉，人多以曲名名之」，在〈不能忘情吟〉中他就直呼樊素為「楊柳枝」，在〈楊柳枝〉第七首中又有「枝嫋輕風似舞姿」之句。由此可見白居易在這裡是借用楊柳的動態來寫女妓的舞容，

「依依嫋嫋復青青，勾引清風無限情」，顯然是寫女妓透過輕柔的舞姿在向他調情。三、四句「白雪花繁空撲地，綠絲條弱不勝鶯」，除了說明女妓體態嬌小、弱不勝鶯，是否還包含此時年既高邁，「既老，又病風」（〈不能忘情吟〉）的白居易已不勝其情之意，只好讓讀者去發揮想像了。

白居易在〈醉吟先生傳〉中說他晚年退居洛下，每逢良辰美景，或雪朝月夕，「詩酒既酣，乃自援琴，操宮聲弄〈秋思〉一遍。若興發，命家僮調法部絲竹合奏〈霓裳羽衣〉一曲；若歡甚，又命小妓歌〈楊柳枝〉新詞十數章，放情自娛，酩酊而後已」。〈楊柳枝〉之作，正是他放情自娛的寫照。

楊柳枝

施肩吾

【題　解】見頁四〇四。

【作　者】施肩吾，生卒年不詳，字希聖，洪州（在今江西，舊領豫章、豐城、高安、建昌四縣）人，一說睦州（轄今浙江桐廬、建德、淳安）人。唐元和十年（西元八一五年）或十五年進士。後以洪州西山為十二真君羽化之地，退隱於此，有詩云：「若數西山得道者，兼余即是十三人。」終身不仕，好事者以為仙去。才情富贍，為詩奇麗，《通志》卷七〇載《施肩吾詩集》十卷，《唐才子傳》卷八有傳。

傷見❶路傍楊柳春，一枝折盡一重新。今年還折去年處，不送去年離別人。

【注釋】❶傷見　意為「見……而悲傷」。詞出《爾雅》卷三郭璞注：「傷見絕棄。」

【語譯】看見路邊的楊柳而感到傷心，一枝折盡又有一枝重生。今年還在去年那裡折枝條，可是送走的不是去年的離別人。

【研析】自從漢人有了在長安東邊的霸橋折柳送客的故事，折柳也就與送別發生了聯繫，而送別是容易使人傷感的，所以詩人見到春天路旁的柳樹，就想到它去年被折過枝，今年又重新長出了綠葉，心情也就悲傷起來。今年又來送別，還在去年折枝的地方折枝，可是送走的已經不是去年的離別人。至於去年送走的人情況如何？今年送走的人又將會怎樣？明年是不是還要在這裡送人？這樣的傷別幾時才有盡頭？詩人卻不說，字裡行間似乎留下一種迷惘傷感的情緒，讓讀者發揮想像去體味。

另外字句之間，如「一」、「折」、「今年」、「去年」等字語都重複使用，這樣便從聲音上加強了上下文之間的聯繫，詠誦起來更加琅琅上口。

浪淘沙九首（選三）

劉禹錫

【題解】〈浪淘沙〉，唐教坊曲名，劉禹錫、白居易均作有歌詞，南唐、宋代人因舊曲名另創新聲，由七言四句變為雙調五、四、七、七、四言句，遂為詞牌名。

【作者】見頁三九八。

其一

九曲黃河萬里沙，浪淘風簸❶自天涯。如今直上銀河去，同到牽牛織女家。

其四

鸚鵡洲❷頭浪颭❸沙，青樓❹春望日將斜。銜泥燕子爭歸舍，獨自狂夫不憶家。

其八

莫道讒言如浪深，莫言遷客❺似沙沉。千淘萬漉❻雖辛苦，吹盡狂沙始到金。

【注釋】❶風簸　搖動簸箕上的東西利用風力揚去灰塵、秕糠等雜物。❷鸚鵡洲　在湖北漢陽西南江中。❸颭　風吹物體，此指大浪將沙捲起淘洗。❹青樓　古代富貴人家女子所住的樓房。❺遷客　遭貶謫的人。❻漉　水往下滲漏。

【語譯】九曲黃河流經萬里全是黃沙，大浪淘洗巨風簸揚來自天涯。如今它要直上銀河去，共同來到牽牛織女家。（其一）

那鸚鵡洲頭的大浪在淘沙，青樓上有人春望日將西斜。銜泥的燕子尚且爭著回巢，獨有那狂夫卻不回家。（其四）

不要說讒言像大浪一樣深，不要說遭貶的人像沙一樣往下沉。淘金的人千淘萬漉雖然辛苦，吹走了狂沙才能見到黃金。（其八）

【研析】劉禹錫的九首〈浪淘沙〉，每首都寫了浪淘沙，這大概即是其命題的由來。

這裡選的第一首說那長達萬里的九曲黃河的沙，是經過大浪淘洗大風簸揚來自天邊，同李白的「黃河之水天上來」頗為相似，寫出了黃河來自天邊，一瀉萬里的壯觀景象。三、四句詩人發揮更大膽的想像，說這黃河帶著黃沙直上銀河，奔向雲漢，一同來到牽牛星與織女星的家中，可謂想像奇特，那沙在天外的奇觀，堪稱壯麗無比。

第四首除第一句寫鸚鵡洲頭浪淘沙的景觀外，主要寫閨怨。「青樓春望日將斜」一句點明春天的薄暮時分，有一個女子在青樓長望。春天正是女子春心動的時候，而薄暮又是思親的時刻，她望什麼呢？不消說是望她的心中人了。《詩經．王風．君子于役》寫一個出外當差人的妻子眼見雞已入窩、夕陽西下、羊牛下山，卻不見丈夫歸來，便發出了「君子于役，如之何勿思」的感歎，這時她眼見銜泥的燕子都爭著回巢，同樣不見丈夫回家，睹物生感，認為丈夫竟然心不如燕，連家也不想，她能不怨他嗎？怨之切，正是望之深，怨望之中，蘊涵著她對丈夫的無限深切的思念。

第八首以淘沙見金比喻貞臣遭讒被逐終有昭雪之日。貞元末年，劉禹錫和柳宗元一起受到王叔文重用，竇群奏其「挾邪亂政，不宜在朝群」，即日罷官，貶為朗州司馬。「地居西南夷，土風僻陋，舉目殊俗，無可與言者」。憲宗時欲任禹錫等為遠郡刺史，又遭到武元衡等反對而止。元和十年（西元八一五年），被召還，作〈遊玄都觀詠看花君子詩〉，語涉譏刺，又被貶為連州刺史。後又任過和州等地刺史。太和二年（西元八二八年），從和州召還，任主客郎中，重遊玄都觀，又作〈遊玄都觀詩〉，序中稱「重遊茲觀，蕩然無復一樹，唯兔葵、鷰麥動搖於春風，因再題二十八字」，有「種桃道士今何在？前度劉郎又到來」之句，以發洩其心中怨氣。正因為他有如此遭讒被貶的痛苦經歷，性情又極倔強，詩中才表現得如此樂觀自信，即使讒言再深，自己也不會就此沉淪下去，相信歷經千辛萬苦，總有一日大白於天下。

浪淘沙六首（選二）

白居易

【題解】見頁四〇九。

【作者】見頁三三六。

其二

白浪茫茫與海連，平沙浩浩❶四無邊。暮去朝來淘不住，遂令東海變桑田❷。

其四

借問江潮❸與海水，何似君情與妾心？相❹恨不如潮有信❺，相思始覺海非深。

【注釋】❶浩浩　廣大的樣子。❷東海變桑田　《神仙傳》：「麻姑謂王方平曰：『自接待以來，見東海三為桑田。』」❸江潮　原作「江湖」，依《白氏長慶集》、《白香山詩集》、《萬首唐人絕句》、《全唐詩錄》校改。

❹相　有代詞作用（參見呂叔湘《文言虛字》）。❺信　誠實；準時。

【語　譯】茫茫的白浪與海相連，寬廣的平沙四處無邊。晚去早來海浪不停地淘洗，於是讓東海變成了桑田。（其二）

請問江潮和海水，怎麼就像丈夫的情和妻子的心？恨你不像潮水那樣守信，想你才覺得海水不是很深。（其四）

【研　析】白居易寫的〈浪淘沙〉共有六首，有的寫浪淘沙的自然現象，有的寫因浪淘沙引發的感慨。這裡選的第二首，一、二句寫出海邊白浪茫茫，沙灘無邊無際的自然景觀，三、四句說海浪如此暮去朝來不停地淘下去，於是東海也就成了桑田，解釋了滄海桑田的成因，蘊涵著某些哲理。

第四首寫見到江潮與海水引發的感慨，以江潮比丈夫的感情，恨他像江潮那樣起伏不定卻又不像江潮那樣守信準時回到身邊，同時以海水比自己的心意，說明自己對丈夫的相思比海水還深。不過這只是這首詩的表層意思，如果我們聯繫到白居易那首「借夫婦以諷君臣之不終」的〈太行路〉來賞析，就會發現此詩別有深意存焉。〈太行路〉說：「太行之路能摧車，若比君心是坦途；巫峽之水能覆舟，若比君心是安流。君心好惡苦不常，好生毛羽惡生瘡。與君結髮未五載，豈期牛女為參商！古稱色衰相棄背，當時美人猶怨悔。何況如今鸞鏡中，妾顏未改君心改。為君薰衣裳，君聞蘭麝不馨香；為君盛容飾，君看珠翠無顏色。行路難，難重陳，人生莫作婦人身，百年苦樂由他人。行路難，難於山，險於水。不獨人間夫與妻，近代君臣亦如此：君不見左納言，右納史，朝承恩，暮賜死。行路難，不在水，不在山，只在人情反覆間。」白居易曾得到唐憲宗信任，擔任過左拾遺，在朝廷爭安危，「有闕必規，有違必諫」，憲宗也不止一次採納過他的建議，可是後來還是聽信讒言將他貶為江州司馬。作為臣子，白居易就像妻子對丈夫一樣侍候皇上，伴君如伴虎，人情反覆、苦樂由人的滋味他親自嘗過，詩中有此深意，也就不足為奇了。不過話只點到為止，不像〈太行路〉說得那麼明白。

瀟湘神二曲（選一）

劉禹錫

【題解】〈瀟湘神〉，唐曲名，因瀟湘神娥皇、女英而得名。

【作者】見頁三九八。

其二

斑竹❶枝，斑竹枝，淚痕點點寄相思。楚客欲聽〈瑤瑟怨〉❷，瀟湘❸深夜月明時。

【注釋】❶斑竹　據晉張華《博物志》及梁任昉《述異記》記載，堯帝的兩個女兒娥皇、女英嫁給舜帝做妻子，舜帝南巡不返，死後葬在蒼梧山上。娥皇、女英追舜帝到洞庭之山，沒有追上，相與慟哭，淚下染竹成斑。娥皇、女英死後成為湘水神。❷瑤瑟怨　曲名，本辭已不可考。後來唐代溫庭筠、明代王燧、何景明等均作有

〈瑤瑟怨〉詩，內容都和娥皇、女英思念帝舜、淚灑竹斑故事相關。❸瀟湘 清深的湘水。《圖經》：「湘水自陽海發源，至零陵北而營水會之，二水合流謂之瀟湘。瀟者水清深之名也。」

【語 譯】斑竹枝，斑竹枝，淚痕點點寄託著相思。楚人如果想聽〈瑤瑟怨〉，就在瀟湘水邊夜深月明時。

【研 析】〈瀟湘神〉，一名〈瀟湘曲〉，首句用三字疊句，成六字句，別成一格，有說是類似〈竹枝詞〉的民歌格式。此句由於疊句重複，突出了斑竹。而「淚痕點點寄相思」一句乃畫龍點睛之筆，點出了斑竹上的點點淚痕所寄託的痛苦的相思之情。末二句寫聽曲，瀟湘水畔，夜深月明，此時此地聽到一曲〈瑤瑟怨〉，那楚客該是別有一番滋味在心頭。明人何景明聽〈瑤瑟怨〉的感受是：「一彈正淒切，再彈轉嗚咽。三彈撥幽腸，聲亂冰絃急。西風吹芙蓉，一夜落舊紅。豈知瑤瑟音，能消青鏡容。」（〈瑤瑟怨〉）不知此時的楚客當復如何？

十一、雜歌謠辭

《詩經・魏風・園有桃》中有「心之憂矣，我歌且謠」，可見歌謠是發自內心。《爾雅》說「徒歌謂之謠」，雜歌謠辭是不入樂的徒歌，因為它們的風格和樂府所採集的民歌接近，所以《樂府詩集》也將它們列為一類，共七卷。其中遠古時代的作品多出於後人的假託。另外，雜歌謠辭中所收的歌謠，不一定全是不入樂的徒歌，如稱讚陳安的〈隴上歌〉就入過樂。

(一)歌辭

擊壤歌

【題　解】〈擊壤歌〉相傳是帝堯時擊壤人所唱的歌。據《藝經》記載，壤是木製的一種玩具，前寬後尖，長一尺四寸，寬三寸，形如履。擊壤是古代的一種遊戲，玩時先將一壤放在地上，然後在相距三四十步遠的地方，用手中壤去擊地上的壤，擊中者為上。

日出而作，日入而息，鑿井而飲，耕田而食，帝何力於我哉❶？

【注釋】❶帝何力句　《太平御覽》卷八〇作「帝力何有於我哉」，《古樂府》作「帝力於我何有哉」，《風雅翼》卷六作「堯何力於我哉」，意思大致相同。因為擊壤人玩擊壤遊戲時有觀者歎息說：「大哉，帝之德也！」擊壤人不以為然，故有此語。

【語譯】太陽出來我就起來勞作，太陽落山我就回家休息，掘井取水飲，耕田種糧吃，堯帝哪裡為我出了什麼力呢？

【研析】這首歌見於晉皇甫謐《帝王世紀》，保存在唐歐陽詢撰《藝文類聚》卷一一〈帝王部〉裡。據說在堯帝的時候，天下大和，百姓無事，有個五十歲的老人在道路上擊壤，觀看的人感歎說：「偉大啊，堯帝的德行呀！」擊壤的老人聽了以後便說出了這首歌，表示自己不同意旁觀者的看法。皇甫謐記載這件事有何根據，我們無從考證，不過依照沈約的說法：「虞夏以前，遺文不覩……然則歌詠所興，宜自生民始也。」（《宋書・謝靈運傳論》）當時還是可能存在歌謠的。但是那歌謠是否就是如此，那可大成問題，因為當時還沒有文字，而且生產力是不是達到了「鑿井」「耕田」的水準也成問題，後人偽託的可能性很大，它只不過是偽託人對傳說中的堯帝時期自給自足、自得其樂的理想生活的描述而已。

卿雲歌三首（選一）

【題 解】卿雲，《竹書紀年》作「慶雲」，慶雲即是祥雲。〈卿雲歌〉相傳是舜帝將讓位於禹的時候所唱的歌，可能是後人的偽託。

其一

卿雲爛❶兮，糺❷縵縵❸兮。日月光華，旦復旦❹兮。

【注 釋】❶爛 明亮發光的樣子。❷糺 同「糾」。意為纏繞。❸縵縵 形容絲織品纏繞在一起的樣子，在這裡是借用絲織品的縵縵來形容雲聚集在一起的樣子。縵，本是沒有花紋的絲織品，是名詞。❹旦復旦 猶日復一日。旦，本意為太陽從地平線上升起。太陽升起就天亮，顯得光明，所以「旦」有「明」的意思。

【語 譯】祥雲燦爛啊，纏繞縵縵啊。日月光輝，一旦又一旦啊。

【研 析】這首歌見於秦末漢初伏勝所述張生、歐陽生所錄的《尚書大傳》，據說舜帝的時候有慶雲出現，舜帝將要讓位於禹，便和元老百官一起歌唱慶雲。舜帝先領唱了四句，臣下接唱了四句，舜帝再唱了十二句，便組成了〈卿雲歌〉三首。這裡選的就是舜帝領唱的那一首。一、二句描寫慶雲的狀貌，說它燦爛地聚合在一起，《史記・天官書》說：「若煙非煙，若雲非雲，鬱鬱紛紛，蕭索輪囷（屈曲貌），是謂卿雲（慶雲）。」比這裡寫得更形象。三、四句轉到寫日月，具有象徵意義，鄭玄注釋說：「復旦，明明相代也。」沈德潛說得更為明白：「旦復旦，隱寓禪代之旨。」（《古詩源》卷一）

《史記》〈五帝本紀〉、〈夏本紀〉都沒有提到〈卿雲歌〉，〈卿雲歌〉可能是依據秦漢時的古代傳說偽託出來的。

越人歌

【題解】〈越人歌〉，據《說苑・善說》記載，楚國的鄂君子晳泛舟新波之中，划船的越人抱著槳用越語給他唱了一首歌，歌辭為：「濫兮抃草濫予昌核澤予昌州州〔食甚〕州焉乎秦胥胥縵予乎昭澶秦踰滲惿隨河湖。」鄂君子晳聽不懂，找來一個懂越語的翻譯將它譯成楚語，便是這裡選的〈越人歌〉。

今夕何夕兮搴洲中流❶？今日何日兮得與王子❷同舟？蒙羞被好❸兮不訾❹詬恥，心幾❺煩❻而不絕兮得知❼王子。山有木兮木有枝，心說❽君兮君❾不知。

【注　釋】❶搴洲中流　多異文，《藝文類聚》、《楚辭後語》、《古樂府》、《古詩紀》、《石倉歷代詩選》、《古樂苑》、《古詩鏡》、《天中記》作「搴洲中流」，《太平御覽》卷五七二、《淵鑑類函》作「搴舟中流」，四庫本《說苑》、《太平御覽》卷七七一作「搴中洲流」。按，作「搴舟中流」，看似文從字順，然解「搴舟」為划船，「搴」無划意，訓詁無據。現從眾說，作「搴洲中流」，據〈離騷〉：「朝搴阰之木蘭兮，夕攬洲之宿莽。」〈九歌〉：「搴芙蓉兮木末。」「搴汀洲兮杜若。」注皆釋「搴」為採取，向宗魯《說苑校證》：「『搴洲』猶言『攬洲』，謂采洲之芳草也。」❷王子　指鄂君子晳，據《史記・楚世家》記載，子晳是楚共王的兒子，楚靈王十二年（西元前五二九年）吳王伐楚，楚國發生內亂，楚靈王的太子祿被殺，立子比為王，公子子晳為令尹，公子棄疾為司馬。不久楚靈王餓死，子比、子晳遭到棄疾的恐嚇自殺而死。❸蒙羞被好　疑是忍受羞恥被人喜愛之意。❹訾　思量；考慮。《廣韻》：「訾，思也。」❺幾　幾乎；接近。❻煩　原作「頑」。依《古樂府》、《古詩紀》、《石倉歷代詩選》、《古樂苑》、《古詩鏡》校改。❼知　意為「親」，與古樂府〈上邪〉「我欲與君相知」的「知」用法相同。❽說　同「悅」。❾君　原作「知」，依《藝文類聚》、《太平御覽》、《天中記》、《楚辭後語》、《古樂府》、《古詩紀》、《石倉歷代詩選》、《古樂苑》、《古詩鏡》校改。

【語　譯】今晚是怎樣的晚上啊，採摘洲中的芳草在水上漂流？今日是怎樣的日子啊，竟然能和王子同舟？蒙受羞恥被人喜歡啊，不思量詬恥，心思幾乎煩亂而不斷啊，得以親近王子。山上有樹啊，樹上有枝，心中喜歡您啊，您卻不知。

【研　析】據《史記・楚世家》記載，子晳是在楚靈王十二年楚國發生內亂時擔任令尹官職，當年便在公子棄疾的恐嚇下自殺，而《說苑・善說》記載〈越人歌〉故事時提到子晳「官為令尹，爵為執珪」，可見這個故事發生在楚靈王十二年，即西元前五二九年，是在春秋晚期的事。

當時「鄂君子晳之汎舟於新波之中」，乘的不是一般的小船，上面畫了鳥形，塗有青色，周圍設有避風雨的布幔，上面還張有用翠鳥羽毛做裝飾的傘蓋。當鐘鼓之音奏完時，划船的越人抱著槳唱了這首歌，經過翻譯，子晳聽懂後，便上前去擁抱了那個越人，還將繡被蓋在他（她）身上。這越人是男還是女？《說苑》沒有明說，不過從歌詞的內容看，我們不妨設想她是位女士。

朱熹出於道學家的立場，稱這首歌「義鄙褻不足言」（《楚辭後語》卷一），其實它是一首優美的愛情詩，最大的特點是將這位越國女子的愛情衝動作了細緻入微的描寫。《楚辭・九歌》用「搴汀洲兮杜若，將以遺兮遠者」表達湘夫人對湘君的思念，這首歌一開始就連用「今夕何夕兮」、「今日何日兮」這樣感情色彩極為強烈的詩句寫她採摘洲中芳草並且為王子划船，言外之意是說那簡直是天賜良緣，才在此良辰吉日讓她能同王子相處，有機會向他表達愛意，顯示她已經情思萌動，喜出望外地暗戀著王子。三、四句描寫她當時的心情，一方面她覺得王子讓她在身邊划船，被他所「好」感到蒙羞，另一方面她卻又說不願意去思量詬恥，這種羞而不恥的煩亂思緒不斷地纏繞著她，她認為這都是由於親近王子所引起的，因為她太愛王子了。自己是那樣的愛王子，可是她擔心王子未必是那樣愛自己，所以接著說「山有木兮木有枝，心說君兮君不知」，用比興法，以山上有樹、樹上有枝比喻人有感情、感情中有愛情，可是我心中喜歡你你卻不知道，這不是太令我失望了嗎？果然，人非木石，孰能無情！王子聽後，上前擁抱了她，還將繡被蓋在她身上。可惜的是王子無美詞相答，倘若有，那就金聲玉振，相得益彰了。至於這個故事如何發展，是王子將她帶回了家，抑或是如李商隱〈碧城三首〉所言「鄂君悵望舟中夜，繡被焚香獨自眠」？那就讓讀者去發揮想像了。

這首歌不但是中國第一首譯詩，而且「兮」字用在句中，開《楚辭·九歌》句式先例，這在文學史上是值得注意的。

淮南王歌

【題解】淮南王，指淮南厲王劉長，是漢高祖劉邦的兒子，漢高祖十一年被立為淮南王。漢文帝即位後，劉長驕恣，不用漢法，自為法令，聚徒謀反，文帝念及兄弟之情沒有處死他，將他遣往蜀郡嚴道縣邛萊山。劉長在途中絕食而死，於是民間便流傳這首歌。《文選補遺》、《古詩紀》、《古樂苑》、《古詩鏡》題作〈淮南民歌〉。

一尺布，尚可縫；一斗粟，尚可舂。兄弟二人❶不相容。

【注釋】❶兄弟二人　指文帝劉恆和淮南厲王劉長，他們是兄弟，都是劉邦的兒子。

【語譯】一尺布，還可縫；一斗粟，還可舂。兄弟兩人卻不能相容。

【研析】這是譏諷漢文帝劉恆和淮南厲王劉長骨肉相殘的歌謠，具有深刻的諷刺意義。臣瓚說：「一尺帛可縫而共衣，一斗粟可舂而共食，況以天下之廣而不相容也。」（《漢書》注）黄生《義府》說得更為透徹：「其意蓋云貧民衣食不多，尚可兄弟相共，況以四海之大，而不能容一弟乎！」

帝王富有四海，竟然連貧民都比不上，這不是極大的諷刺嗎？據《史記》、《漢書・淮南王傳》記載，文帝聽說這首歌以後，還自我解嘲說：「堯舜放逐過骨肉，周公也殺過管叔、蔡叔，天下稱讚他們是聖人，不以私害公。人們是不是懷疑我貪圖淮南王的土地呀。」為了避嫌疑，便將淮南地給了城陽王，又封劉長的三個兒子為王，其中劉安又做上了淮南王。可就是這個劉安，在武帝時還是因為謀反而自殺。這種帝王兄弟間骨肉相殘的事例不勝枚舉，春秋初年的鄭伯克段於鄢就是典型的例子。

秋風辭

漢武帝

【題　解】《秋風辭》，以句首二字為篇名。據《漢武帝故事》記載，漢武帝劉徹巡行河東祭祀后土神，船行中流，他回望京都，心中高興，在船上和群臣飲宴，自作了這首辭。

【作　者】漢武帝劉徹（西元前一五六——前八七年），漢景帝的兒子，繼景帝即位，在位五十四年。其間，罷黜百家，獨尊儒術，加強中央集權，抗擊匈奴，派張騫、唐蒙、司馬相如等出使西域和西南邊地，密切漢族和各少數民族的關係，大力興修水利，發展生產，在文治和武功上多有建樹。還設立樂府，採集歌謠，又喜愛《楚辭》，作騷體詩歌，〈秋風辭〉即其例之一。

秋風起兮白雲飛，草木黃落兮雁南歸。蘭有秀[1]兮菊有芳，懷佳人[2]

兮不能忘。汎樓船❸兮濟汾河❹，橫中流兮揚素波，簫鼓鳴兮發櫂歌❺，
歡樂極兮哀情多，少壯幾時兮奈老何！

【注釋】❶秀　本指禾吐穗開花，草木開花長得茂盛也可稱為秀。❷佳人　美人。❸樓船　船上建有樓層的大船。❹汾河　水名，在山西境內。❺櫂歌　划船時唱的歌。櫂是一種划船的工具。

【語譯】秋風刮起啊白雲在飛，草木黃落啊大雁南歸。蘭花開花啊菊花芳香，思念美人啊不能把她忘。泛著樓船啊渡過汾河，水中橫渡啊揚起白波，簫鼓奏響啊唱出划船歌，歡樂到了頂點啊哀情就多，少壯能有多久啊老了可奈何！

【研析】《漢武帝故事》說這首辭是漢武帝「幸河東，祠后土」時所作，可是武帝行幸河東不止一次，元代白珽據《漢書．武帝紀》，武帝「祠后土」共有六次，其中五次幸河東，一次幸高里，幸河東都在三月，幸高里在十二月（按，高里是泰山下山名，與汾河相距甚遠），這首辭不可能作於以上六次祭祀后土的時候。惟有元鼎四年（西元前一一三年）武帝「東幸汾陰」，十一月「立后土祠於汾陰脽（河邊東岸）上」，據師古注：「汾陰，屬河東。」白珽認為當時漢朝還沿用秦朝的舊曆以亥月為正月，十一月正是夏曆九月，與辭中「秋風起」「草木黃落兮雁南歸」正相符，所以他斷定此「辭作於此時無疑」（《湛淵靜語》卷二）。當時漢武帝年方四十四，正是年富力強的時候。

確定了這首辭的寫作時間以後，我們就可分析它的意義了。辭的一、二句寫秋風勁吹、白雲飛揚、草木黃落、大雁南歸的深秋景象，接著兩句寫對美人的思念，「蘭有秀兮菊有芳」一句按照

朱熹的解釋是「興下句之詞，與〈湘夫人〉及〈越人歌〉同法」（《楚辭後語》卷一），用來引起下句「懷佳人兮不能忘」。佳人，唐呂延濟解為「群臣」（見《文選》六臣注），未知所據。比照〈李延年歌〉：「北方有佳人。」佳人當是指美人，但究竟是誰？是不是李夫人？難以考定。「汎樓船」以下三句寫渡汾河時「忻然中流，與群臣飲讌」的盛況，最後兩句「歡樂極兮哀情多，少壯幾時兮奈老何」是發感慨。這感慨的內容後人有不同的理解，隋末儒者王通說：「〈秋風〉樂極哀來，其悔志之萌乎！」（《中說・周公篇》）宋人阮逸進一步解釋：「歡樂極兮哀情多，悔悟前過，志形（表現）哀痛之語。」（《中說》注）但是白珽不同意此說，質問武帝一生「悔心何在」？認為「所謂樂極哀來者，正為少壯幾時奈老何耳，畏死貪生之心，實兆於此」（《湛淵靜語》卷二）。我們認為二說並不矛盾，《周易・乾卦》：「上九，亢龍有悔。」《象辭》解釋說：「亢龍有悔，盈不可久也。」「亢龍」是比喻君王處極高之位，處極高之位的帝王之所以「有悔」是因為「盈不可久」。武帝所說的「少壯幾時兮奈老何」正是由於他在歡樂的時候想到了物極必反、盈極必虛的道理，認識到今日少壯，身居帝位，歡樂至極，可是時不我待，「盈不可久」，他日老大，又當如何？不但要老還要死，正如范成大〈重九日行營壽藏之地〉所言「縱有千年鐵門限，終須一箇土饅頭」，於是樂盡哀來，感慨係之，出此哀痛之語。這種興盡悲來、因樂興懷的感慨，先秦時《莊子・知北遊》出現過：「山林與，皋壤與，使我欣欣然而樂與！樂未畢也，哀又繼之。」後來晉朝的葛洪《抱朴子・內篇・暢玄》也有過：「樂極則哀集，至盈必有虧，故曲終則歎發，醼罷則心悲也。」王羲之在〈蘭亭集序〉中也抒發過，這大概就是所謂的「每覽昔人興感之由，若合一契」吧。這種「興盡悲來，識盈虛之有數」（王勃〈滕王閣詩序〉）的感慨，的確是種哲理思考，可是人世間的規律就是如此，又有什麼辦法！武帝因此去求神仙，相信「不死之藥可得，仙人可致」，那就有點可笑了。

此辭纏綿流麗，詞藻華美，受楚歌、《楚辭》的影響極大，如「秋風起兮白雲飛」出自〈大風歌〉「大風起兮雲飛揚」，「蘭有秀兮菊有芳，懷佳人兮不能忘」出自〈越人歌〉「山有木兮木有枝，心說君兮君不知」與〈九歌〉「沅有芷兮澧有蘭，思公子兮未敢言」。辭中三次換韻，前二句一叶，自「汎樓船」以下五句一叶，錯雜成章，也是《楚辭》體。故沈德潛稱這首詩是「〈離騷〉遺響」《古詩源》卷二）。這與漢武帝喜愛《楚辭》、向《楚辭》學習有關。

李延年歌

【題解】李延年是武帝時的藝人，受到武帝喜愛，在武帝前起舞時唱了這首歌，人稱之為〈李延年歌〉。

【作者】李延年，是李夫人的哥哥，生性知音，善於歌舞，每當他奏出新聲變曲，聞者莫不感動。後來因為李夫人得幸，李延年被任命為協律都尉（協調樂律的總管）。

北方有佳人❶，絕世❷而獨立。一顧傾人城❸，再顧傾人國。寧❹不知傾城與傾國？佳人難再得！

【注　釋】❶佳人　詞出《楚辭・九歌・湘夫人》：「聞佳人兮召予。」在此意為美人。❷絕世　世上絕無僅有，獨一無二。❸傾人城　與「傾人國」同義。《詩經・大雅・瞻卬》：「哲夫（男子）成城，哲婦傾城。」《鄭箋》：「城，猶國也。」傾國，猶亡國。傾，傾覆；滅亡。❹寧　豈；難道。

【語　譯】北方有個俏美人，舉世無雙亭亭立。回頭一望毀人城，回頭再望亡人國。哪裡是不知道毀城與亡國？只是因為美人難再得！

【研　析】據《漢書・外戚傳》記載，李延年在漢武帝面前邊舞邊唱了這首歌，武帝聽後歎息說：「好呀，世上難道有這樣的美人嗎？」平陽公主於是說李延年就有這樣的一個妹妹，武帝馬上就召見她，果然妙麗善舞，於是李夫人便得寵了。後來她的哥哥李廣利當了貳師將軍、李延年做了協律都尉。

一首歌竟能起到如此大的作用，奧妙在哪裡呢？妙在李延年抓住了漢武帝的好色之心，在歌中用驚世駭俗的語言說出了妹妹的美。可他先不說這美人是他的妹妹——說了就有自賣自誇之嫌，而是說「北方有佳人，絕世而獨立」，只是告訴武帝這是一位具有舉世無雙的容貌、超塵脫俗的氣質的北方美人。接下來他又不落俗套，不說這美人身材怎樣？像貌如何？五官怎樣秀美？……而是用驚人之語說她顧盼之間能讓人傾城傾國。他之所以這麼說，是受了《詩經》中「哲婦傾城」、「亂匪降自天，生自婦人」（〈大雅・瞻卬〉）的影響。這種荒唐的「美人亡國論」雖然能突出美人之美，但也令人毛骨悚然，所以他馬上補充兩句：難道是不知道美人傾城傾國嗎？可是美人難再得呀，言外之意是說：你還是愛上這位美人吧，機會難得啊。這實在有「不愛江山愛美人」的意思，所以顏師古解釋說：「非不吝惜城與國也，但以佳人難得，愛悅之深，不覺傾覆。」（《漢書》注）在李延年這種言辭的誘惑下，再加上平陽公主的舉薦，經過面試，又「實妙麗善舞」，於是武帝終於愛上了這位美人，可見這首歌的確起了很大的作用。至於後來武帝處理江山與美人的關係時，並沒有因為美人而放棄江山，他是既愛美人又愛江山的。

不過宋人袁文對這首歌卻另有不同的解釋，他說：「所謂傾城與傾國者，蓋一城一國之人皆傾心而愛悅之，非謂佳人解傾人城傾人國也。」否則武帝雖然昏蒙，還敢找這樣的夫人嗎？況且李延年也是個聰明人，他正想感動武帝，所以懇切地唱了這首歌，竟然說出這美人能傾覆國家的話來，他能成事嗎？所以他斷定顏師古的注是不對的，並舉了劉禹錫的詩「惟有牡丹真國色，花開時節動傾城」來做旁證，說「若盡依註者（指顏師古）之言，則牡丹亦解傾人之城也」（《甕牖閒評》卷二）。真是詩無達詁，仁者見仁，智者見智。我們的注譯沒有採用袁文的新說，一是此說忽視了「傾城」源自《詩經》「哲婦傾城」，顏師古釋「傾」為「傾覆」並非無據；二是此說釋「傾城與傾國」為「一城一國之人皆傾心而愛悅之」過於籠統，具體字義難於坐實；三是此說列出的旁證「花開時節動傾城」是個偽證，《劉賓客文集》、《文苑英華》、《萬首唐人絕句》、《全唐詩》、《佩文齋詠物詩選》、《漁隱叢話》載劉禹錫〈賞牡丹〉，「傾城」均作「京城」。

這首歌修辭上使用了頂真格，語言也有其特點，明人陸時雍評論說：「『傾城傾國』語太侈，末二語甏直無賴，所謂伶人語。」（《古詩鏡》卷三一）要模仿也難，傅玄模擬此歌而作的〈美女篇〉有云：「一顧亂人國，再顧亂人家。」竟成千古笑柄（見王士禎《池北偶談》卷一三）。

烏孫公主歌

【題解】〈烏孫公主歌〉，一名〈烏孫公主悲愁歌〉，是西漢江都王劉建的女兒劉細君嫁到烏孫國後思念故國時所作的悲歌。

【作者】烏孫公主，即劉細君，生卒年不詳。漢武帝元封年間（西元前一一〇—前一〇五年）劉細君以公主身分嫁給西域烏孫國王昆莫為右夫人，自治宮室居住，一年只同昆莫相會一兩次。後來又依烏孫國俗做了昆莫孫子岑陬的妻子，生下一女，名少夫。

吾家嫁我兮天一方，遠託異國兮烏孫王❶。穹廬❷為室兮旃❸為牆，
以肉為食❹兮酪為漿。居常土思❺兮心內傷，願為黃鵠❻兮歸故鄉。

【注釋】❶烏孫王　指烏孫國王昆莫。烏孫，漢時西域國名，在今新疆伊犁河流域，居匈奴之西，與匈奴同俗。❷穹廬　原作「窮廬」。依《漢書・西域傳》校改，意為氈製的帳篷。❸旃　同「氈」。用獸毛製成的片狀物，可作防寒用品。❹食　朱熹注：「飯也。」❺土思　動賓倒置，即「思土」。❻黃鵠　原作「黃鶴」，依《漢書・西域傳》校改。鵠，水鳥名，俗稱天鵝。

【語譯】我家嫁我啊天一方，遠在異國啊託身烏孫王。帳篷作房啊毛氈作牆，以肉當飯啊乳酪當

漿。住在那兒常思故土啊內心悲傷，願意變為天鵝啊飛回故鄉。

【研　析】據《漢書．西域傳》記載，張騫為了聯合烏孫國王昆莫共同對付匈奴，向漢武帝建議：厚賂烏孫王，用公主嫁給昆莫做妻子，結為兄弟。漢武帝接受了張騫的建議，元封年間（西元前一一〇——前一〇五年），以江都王劉建的女兒細君為公主給烏孫王昆莫為妻。細君到烏孫國以後，自治宮室居住，一年同昆莫見面一兩次。「昆莫年老，語言不通，公主愁苦」，便自作了這首歌。

一個年輕的女子，離別親人，遠託異國，與一老者為妻，一年難得見面幾次，語言不通，居住飲食習慣又與內地迥然不同，生活在這樣的環境之中，細君心中愁苦可想而知。歌中直抒胸臆，沒有誇張，沒有比喻，句句道來，皆是實話，最後兩句將她懷土思歸的心願作了盡情的抒發，詞極悲哀，感人至深。

細君遠嫁烏孫，雖然個人愁苦，客觀上卻有利於各民族的融合，朱熹《楚辭後語》認為這首歌可「為中國（指中原地區）結昏外蕃，自取羞辱之戒」的說法值得商榷。

李陵歌

【題　解】〈李陵歌〉是李陵送別蘇武歸漢時所唱的歌，《古詩紀》、《古樂苑》、《古詩鏡》作〈別歌〉。漢武帝派蘇武出使匈奴，匈奴單于因故扣留蘇武，迫其投降，蘇武寧死不屈。後又嚙雪，困於大窖，牧羊北海，艱苦備嘗，不改其志。歷時十九年，至漢昭帝時匈奴與漢和親，單于方許蘇武歸漢。已降匈奴的李陵置酒為蘇武送別，起舞而歌此。

【作　者】李陵，字少卿，隴西成紀人，是李廣的孫子。天漢二年（西元前九九年）與貳師將軍李廣利出擊匈奴，經過殊死搏鬥，矢盡道窮，救兵不至，兵敗降敵，後來匈奴單于將女兒嫁給他，還封他為右校王。

徑❶萬里兮度❷沙漠，為君將❸兮奮❹匈奴。路窮絕❺兮矢刃摧❻，士眾滅兮名已隤❼。老母已死，雖欲❽報恩將安歸❾！

【注　釋】❶徑　通「經」。❷度　同「渡」。❸為君將　為君主帶兵。當時李陵身為騎都尉，率領五千荊楚勇士，自為一隊，出擊匈奴。將，意為率領。❹奮　奮擊。❺路窮絕　無路可走。❻摧　折。❼名已隤　名聲已壞。隤，同「穨」，敗壞。❽欲　《漢書．李廣蘇建傳》本無「欲」字，依宋祁「『雖』字下疑有『欲』字」說補。❾安歸　何歸；歸向何處。

【語　譯】行程萬里啊度越沙漠，替皇上帶兵啊奮擊匈奴。路窮道絕啊箭鋒折損，全軍覆沒啊名聲已毀。老母已死，雖想報恩無家可歸！

【研　析】這首歌是別歌，其實也是李陵嗟歎身世的哀歌，要恰當分析它，得瞭解李陵的身世。

據《漢書．李廣蘇建傳》記載，李陵是李廣的孫子，善騎射，漢武帝認為他有李廣之風，有意將他培養成抗擊匈奴的名將。天漢二年（西元前九九年）武帝派李廣利出擊匈奴，本來想讓李陵負責軍需輜重隨軍出征，李陵卻自告奮勇願意率領五千荊楚勇士自成一隊，從另一條道路出征，以分散匈奴兵力。到了浚稽山，先是被匈奴三萬騎兵包圍，後又受到八萬騎兵的攻擊。李陵率領戰士奮勇殺敵，先「殺數千人」，再「斬首三千餘級」，又「復殺數千人」，還「傷殺虜二千餘人」。在匈奴被殺得正想退兵的時候，一個叫管敢的軍候因被校尉所辱逃到匈奴告密：「陵軍無後救，射矢且盡。」於是匈奴再次圍攻李陵，將他困在山谷中，從上射殺，矢如雨下。李陵軍「矢盡道窮，救兵不至，士卒死傷如積」。雖然在李陵的號召下，軍士仍「張空弮，冒白刃，北向爭死敵」，終於未能挽救敗局，李陵於是向匈奴投降。漢武帝知道後感到憤怒，但只處罰了為李陵辯護的司馬遷，後來還懊悔當時沒有給李陵安排好救兵，並派公孫敖深入匈奴去迎接李陵。可惜公孫敖誤信匈奴俘虜的情報，將李緒替匈奴製造兵器來防備漢軍的事說成是李陵所為，並報告給漢武帝，武帝於是殺了李陵全家。歌的前五句說的就是以上事件的整個過程，後一句「雖欲報恩將安歸」是解釋他之所以投降和未歸的原因，說他投降本想尋找機會報答漢朝，因為後來老母被殺，無家可歸，他就沒有回來。

讀了這首歌，真是別有一般滋味在心頭，罵他嗎？他的確曾經為國奮勇殺敵；同情他嗎？他卻是一個應該遭到譴責的投降者；相信他投降是為了找機會報答漢朝而替他辯護嗎？他後來又沒有實際行動證明自己說的是真話。如何評價這一事件，的確是個難題。白居易寫過一篇〈漢將李陵論〉，雖然肯定李陵「能以寡擊眾，以勞破逸，再接再捷，功孰大焉」，還是以忠、孝、智、勇為標準，對他作出了否定性的評價，稱他生降匈奴，「墜君命，挫國威，不可以言忠；屈身於夷狄，束手為俘虜，不可以言勇；喪戰勳於前，墜家聲於後，不可以言智；罪逭於躬（為自己逃脫罪責），禍移於母，不可以言孝」。文天祥對李陵投降，更是恨之入骨，稱「李陵罪在偷生日」（〈天祥執筆於清邊堂之寓舍〉），「李陵衛律罪通天，遺臭至今使人吐」（〈言志〉）。明人劉基也說「李陵非男兒」（〈癸巳正月在杭州作〉）。平心而論，李陵本是有志於為國抗擊匈奴，在戰鬥中也的確是奮勇殺敵，不可謂無功，可惜的是他在兵敗以後作出了錯誤的選擇，以致失之毫釐，差之千里，他自己也不得不承認「陵與衛律之罪，上通於天」。人生在世，關鍵時刻在大是大非上作何選擇，的確應該慎重，否則一失足成千古恨，後悔也來不及了，這是後人應當引以為戒的。至於他自以為投降的動機是為了以後有機會報答漢朝，正如宋人張耒所言：「李陵之降，其為漢與否未可知。」（〈司馬遷論上〉）究竟是誠意，抑或是「矯飾之言」（宋詹初語），我們無從判斷。不過我們從他後來奉匈奴單于之命勸降蘇武，說什麼「空自苦無人之地，信義安所見乎」？「人生如朝露，何久自苦如此」！宋人詹初稱他「降匈奴時分明是畏死」（〈日錄下〉），文天祥指責他「罪在偷生」，不是沒有道理。

武帝誅殺李陵全家，今天看來無疑是錯誤的，因為李陵投降，與他的家人毫無關係，「惡惡止其身」，何罪及其母弟妻子耶！由於武帝濫殺無辜，也就斷了李陵歸漢的後路，為他不歸提供了口實。後之當權者，亦可為鑑歟。

范史雲歌

【題解】范史雲名冉，東漢陳留外黃人，好違時絕俗，特立獨行。桓帝時讓他做萊蕪縣縣長，因喪母未到任。後來有人想提議他做侍御史，他因此隱身逃命，賣卜於市，或寓息客廬，或依宿樹蔭，如此十餘年，方結草屋而居。有時絕糧斷炊，仍窮居自若，言貌無改，閭里歌之。

甑❶中生塵范史雲，釜中生魚❷范萊蕪❸。

【注　釋】❶甑　古代蒸飯用的一種瓦器。❷釜中生魚　說明沒有生火做飯。釜，古代的一種鍋。❸范萊蕪　范史雲因曾被任命為萊蕪縣長，故有此稱。

【語　譯】范史雲甑裡生灰塵，范萊蕪鍋裡生活魚。

【研　析】這是兩句讚賞范史雲生活清貧的歌。東漢後期，宦官專權，政治黑暗，范史雲有官不做，自甘淡泊，過著清貧的生活。據說他去官以後，曾經讓孩子去拾麥子，拾得五斛，鄰人又送給小孩一斛，囑咐小孩不要告訴范史雲。後來范史雲知道了，馬上將六斛麥子全送去，說麥子已經混雜，分不清哪是你送的，哪是我孩子拾的，我全不要了。他的清廉，幾近迂腐。正因為他如此超世脫俗，自甘貧賤，民間才有這樣的歌。

歌中「塵」與「雲」、「魚」與「蕪」押韻。

蘇小小歌　　古　辭

【題解】一名〈錢塘蘇小小歌〉，《玉臺新詠》又題作〈錢塘蘇小歌〉。蘇小小，又稱蘇小，是錢塘名娼（有名的歌舞女妓），大概是南齊時人。

我乘油壁車❶，郎乘❷青驄馬❸。何處結同心❹？西陵❺松柏下。

【注釋】❶油壁車　《資治通鑑》卷一三九胡三省注：「油壁車者，加青油衣於車壁也。」❷乘　《玉臺新詠》、《古詩紀》、《古今詩刪》、《石倉歷代詩選》、《古樂苑》、《古詩鏡》均作「騎」。❸青驄馬　青白雜色的馬。❹結同心　定情，表示恩愛之意。❺西陵　地名，在錢塘江之西。

【語譯】我乘油壁車，郎騎青驄馬。何處來定情？西陵松柏下。

【研析】這是一首情歌，第一句用第一人稱「我乘油壁車」看似蘇小小自作。後兩句「何處結同心？西陵松柏下」，又見於晉宋齊辭〈子夜四時歌‧冬歌〉：「何處結同心？西陵柏樹下。晃蕩無四壁，嚴霜凍殺我。」孰先孰後，難於斷定。如果〈冬歌〉在先，那就是蘇小小用了〈冬歌〉中的語句。歌寫蘇小小主動約會情郎，說我乘車，你騎馬，同到西陵松柏下相會定情。這車不是一般的車，據《南齊書‧高祖十二王‧鄱陽王鏘》記載，王子乘油壁車，可見油壁車是名車；這馬也不是一般的馬，〈焦仲卿妻〉中寫太守家準備迎親：「金車玉作輪，躑躅青驄馬，流蘇金鏤鞍。」可見青驄馬也是名馬。名車配名馬，名娼約貴人，很符合蘇小小的身分。如果那「西陵松柏下」也是像〈冬歌〉所言：「晃蕩無四壁，嚴霜凍殺我。」那就匪夷所思了。

巴東三峽歌二首

【題 解】巴東，巴本是古國名，在今四川東部，秦時置巴郡，東漢末年設巴東郡，今四川奉節、雲陽、巫山等縣都在古巴東郡境內。巴東三峽是指從四川奉節至湖北宜昌長江兩岸間的峽谷，《水經注》說三峽是廣溪峽、巫峽、西陵峽，「三峽七百里中，兩岸連山，略無闕處，重巖疊嶂，隱天蔽日」。

巴東三峽巫峽長，猿鳴三聲淚沾裳。

巴東三峽猿鳴悲，猿鳴三聲淚沾衣。

【語 譯】巴東三峽巫峽長，聽到猿叫三聲淚水沾衣裳。

巴東三峽猿叫悲，聽到猿叫三聲淚水沾裳衣。

【研 析】這兩首歌內容大致相同，都是寫聞三峽猿聲而落淚，但也有區別，第一首偏重寫三峽中的巫峽，作者是三峽的漁者（捕魚人）。《水經注》說巫峽「每至晴初霜旦，林寒澗肅，常有高猿長嘯，屬引淒異，空谷傳響，哀轉久絕，故漁者歌曰：『巴東三峽巫峽長，猿鳴三聲淚沾裳。』」第二首寫三峽中的西陵峽，作者是三峽的行者（過路人）。唐歐陽詢撰《藝文類聚》，卷九五引《宜都山川記》說：「峽中猿鳴至清，諸山谷傳其響，泠泠不絕，行者歌之曰：『巴東三峽猿鳴悲，猿鳴三聲淚霑衣。』」郭茂倩編《樂府詩集》，在解題中也引了這段文字，但將「行者歌之曰」五字改為「行者聞之，莫不懷土，故漁者歌云」，將第二首歌的作者也定為漁者。可是他在《樂府詩集》卷四九〈清商曲辭〉中又將第二首歌和另一首歌「我欲上蜀蜀水難，蹋蹀珂頭腰環環」，題為〈女兒子〉，收錄在〈西曲歌〉中，可見他自己對上述處理也將信將疑。再說，據《水經注》記載，「猿鳴至清，山谷傳響，泠泠不絕」三句寫的西陵峽，應該和巫峽區別開來。

這兩首歌分別寫的是巫峽、西陵峽的情景，都是透過淒異的猿聲襯托出當時三峽景色的淒涼、環境的艱險以及此中人生活的艱辛。

敕勒歌

【題解】〈敕勒歌〉就是敕勒民族的歌。敕勒是中國北方的一個民族的族名。

敕勒川❶，陰山❷下，天似穹廬❸，籠蓋四野。天蒼蒼，野茫茫，風吹草低❹見❺牛羊。

【注釋】❶敕勒川　敕勒族居住放牧之平原。川，當是「走馬平川」之「川」，意為平原。❷陰山　山脈名，在今內蒙古自治區中部，南面有土默川平原。❸穹廬 氈帳，俗稱蒙古包。❹低 原作「底」，依《古樂府》、《古詩紀》、《古今詩刪》、《石倉歷代詩選》、《古樂苑》、《古詩鏡》校正。❺見 同「現」。

【語 譯】敕勒平川，陰山腳下，天像蒙古包，籠罩四方原野。天空蒼蒼，四野茫茫，風吹草低現牛羊。

【研 析】這首歌人們一般都認為是北方民歌，或者說是斛律金所唱的北方民歌。這大概是因為沈建在《樂府廣題》中說過：北齊神武（即高歡）「使斛律金唱〈敕勒〉」，宋人洪邁也有高歡「使斛律金唱〈敕勒歌〉」（《容齋隨筆》卷一）之說，而斛律金是個不讀書、不識字的軍人，人們不相信他能寫出這樣美麗的歌詞，所以作出了這樣的結論。但是根據史書的記載，這歌卻是斛律金作的。《北齊書・帝紀・神武下》記載：東魏武定四年（梁武帝中大同元年，西元五四六年）九月，東魏高歡（即後來北齊所稱的神武帝）圍攻西魏玉壁城，西魏的韋孝寬死守，東魏攻城五十天不下，死七萬人。高歡得病，不得已退兵，請求免職，被允許。當時西魏傳言高歡被弩射中，高歡聽說後勉強坐起來會見東魏權貴，「使斛律金作〈敕勒歌〉」，自己還合唱，「哀感流涕」，兩年後便死去。司馬光在《資治通鑑・梁紀・高祖武皇帝紀》中作了同樣的記載，也說「使斛律金作〈敕勒歌〉」。胡三省《資治通鑑注》更進一步說：「斛律金，敕勒部人也，故使作〈敕勒歌〉。」根據這些史料可見斛律金是自作自唱。斛律金是敕勒人，熟悉敕勒人的地理環境和游牧生活，他自作自唱〈敕勒歌〉的可能性是存在的。

這首歌詠唱敕勒川大草原的壯美的景色和游牧民族的生活，一、二句先交代所歌詠的地方是陰山下的敕勒平原，接著三、四句「天似穹廬，籠蓋四野」，就近取譬，以雄渾的筆調寫天空像一頂圓形的氈帳一樣籠罩著整個原野。這種環顧四周、天與原野相接的壯麗景象只有大草原中才能見到。「天蒼蒼，野茫茫」兩句緊承三、四句連用兩組疊字對天空和原野作進一步的描寫，使人想到天色是那樣的湛藍，原野是那樣的遼闊無邊。末句「風吹草低見牛羊」，畫龍點睛，是全篇中的警句。如果說以上寫的是靜景，這句寫的便是動景，一陣風吹過來，草低下了頭，牛羊顯露出來，忽靜忽動，忽隱忽現，動靜結合，那是一幅多麼美麗的草原放牧圖啊。

這首歌氣勢雄渾，結構嚴謹，寫景如畫，明王世貞稱它「為一時樂府之冠」（《藝苑卮言》卷三）。一介武夫為何能寫出如此好詩？原因就在於他有這樣的生活，宋黃庭堅說作者「倉卒之間，語奇壯如此，蓋率意道事實耳」（《山谷外集》卷九〈書韋深道諸帖〉）。宋王灼也說作者「不知書同於劉（邦）、項（羽），能發自然之妙」（《碧雞漫志》）。此外，這首歌「本鮮卑語，易為齊語」（《樂府詩集．解題》），是一首譯詩，譯者也功不可沒，可惜我們無法知道他的名字。

高歡讓斛律金自作自唱這首歌也許是在戰敗以後想藉此鼓舞士氣或者解悶，可是當歌唱完以後，他卻「哀感流涕」，胡三省解釋說：「高歡將死，故當樂而哀不能自抑」（《資治通鑑注》）。

(二) 謠辭

後漢桓靈時謠

舉秀才❶，不知書❷；察❸孝廉❹，父別居❺。

【題解】郭茂倩說：「《後漢書》曰：桓靈之世，更相濫舉，人為之謠。」查《後漢書》，沒有這樣的記載，也沒有這首歌謠。這首歌謠見於晉葛洪《抱朴子・審舉》，共有六句：「舉秀才，不知書。察孝廉，父別居。寒素清白濁如泥，高第（漢時選舉人才科目名，《漢書・昭帝紀》、〈宣帝紀〉均有詔舉『郡國文學、高第各一人』的記載）良將怯如雞。」桓靈，是指漢桓帝劉志和漢靈帝劉宏。

【注釋】❶秀才　才能優秀的人士，又稱為茂才。漢武帝元封五年（西元前一〇六年）下令州郡推舉吏民中「有茂才異等（才能超群）可為將相及使絕國（遠方之國）者」。❷不知書　沒有學問沒有才能。❸察　選拔；舉薦。❹孝廉　孝順廉潔。漢武帝元光元年（西元前一三四年）冬十一月初，「令郡國舉孝廉各一人」。❺別居　分居，古代認為同父母分居是不孝。顧炎武說：「當世之俗，猶以分居為恥。」（《日知錄》卷一三）

【語譯】選出來的秀才，無能不知書；選出來的孝廉，不同父親住。

【研析】東漢末年，吏治腐敗到極點，甚至公開標價賣官，葛洪說漢桓帝、靈帝、獻帝時「抑清德而揚諂媚，退履道而進多財」，「閹官用事，群姦秉權，危害忠良。臺閣失選用於上，州郡輕貢舉於下。夫選用失於上，則牧守非其人矣；貢舉輕於下，則秀孝不得賢矣」（《抱朴子・審舉》）。這就是這兩句歌謠產生的時代背景。在這樣的世風下，必然名不副實，官非其人，「秀才」不才，「孝廉」不孝。謠中從名與實的極度反差著眼，對東漢末年的腐敗吏治進行了深刻的揭露與譏諷，可謂入木三分。

吳謠

【題解】吳謠，三國時吳國的歌謠，是當時人稱讚周瑜精通音樂的歌謠。

曲有誤，周郎❶顧❷。

【注釋】❶周郎　指周瑜，字公瑾，廬江舒人，年二十四時吳中皆稱呼他為周郎。佐孫權大敗曹操於赤壁。

❷顧　回顧；回頭看。

【語譯】曲中有錯誤，周郎就回顧。

【研　析】《三國志・吳書・周瑜傳》記載：「瑜少，精意於音樂，雖三爵（盛酒的器具）之後，其有闕誤，瑜必知之，知之必顧，故時人謠曰：『曲有誤，周郎顧。』」據元陶宗儀的解釋，周瑜精通音律，「每有筵宴，所奏音樂小有誤失，瑜必舉目瞪視」（《說郛》卷一二下〈周郎〉），可見周瑜是用「舉目瞪視」來糾正音樂演奏中的錯誤。由於他精通音律，所以人們用歌謠稱讚他。

後漢順帝末京都童謠

【題　解】後漢，東漢。順帝，即劉志，在位十九年（西元一二六——一四四年）。當時正直人士李固被梁冀所殺，曲從梁冀的胡廣、趙戒被封為侯，所以京都出現了這童謠。

直如弦，死道邊；曲如鉤，反封侯。

【語　譯】正直如弓弦，死在道路邊；邪曲像是鉤，反而被封侯。

【研　析】據《後漢書》〈五行志〉和〈李固傳〉記載，漢沖帝劉炳死後，鯁直的太尉李固主張立年長有德的清河王劉蒜為帝，遭到大將軍梁冀的反對，改立劉纘為帝，是為質帝。一年後梁冀認為劉纘聰慧，恐為後患，暗中將劉纘毒死。李固和司徒胡廣、司空趙戒及大鴻臚杜喬等又認為清河王劉蒜明德著聞，宜立為帝。而梁冀為了長保富貴，執意立當初娶他的妹妹為妻的蠡吾侯劉志為帝，並大會公卿大臣商議此事，他氣勢洶洶，言辭激切，胡廣、趙戒等感到害怕，都說：「惟大將軍之命所從。」只有李固、杜喬仍舊堅持自己的意見。於是梁冀宣布「罷會」，便立劉志為帝，是為桓帝。一年以後，梁冀又誣告李固參與謀立劉蒜為天子，李固入獄。後來數十人上書救李固，梁太后才將李固赦免出獄，於是京師市里皆呼萬歲。梁冀感到害怕，再次誣告李固，李固被處死。梁冀將李固的屍體暴露在十字路口，並封胡廣為安樂鄉侯、趙戒為廚亭侯，於是便有了這首童謠。謠中巧為設喻，將正直與邪曲作了鮮明的對比，可是這兩類不同人物的結果卻適得其反，說明這社會顛倒黑白、混淆是非，當權者胡作非為已經到了令人髮指的地步。同時這首歌謠也表現了對死難的正直人士李固的同情，對曲從權勢而封侯的胡廣、趙戒無恥行為的譴責。

後漢桓帝初小麥童謠

【題解】東漢桓帝元嘉年間（西元一五一——一五三年），涼州羌族各部落一時都起來反抗漢朝，南入蜀漢（指蜀郡和漢中一帶），東抄三輔（長安附近），並擴大到并州、冀州（山西及河北北部），給人民造成了很大的禍害。漢軍出擊，每戰常敗，漢朝便派更多的士兵出征，以致種好的麥子無人收割，多拋棄田間，只有婦女參加收穫，於是便產生了這首童謠。

小麥青青大麥枯，誰當穫者婦與姑❶，丈人❷何在西擊胡❸。吏買馬❹，君❺具車❻。請為諸君鼓嚨胡❼。

【注釋】❶姑　丈夫的妹妹。❷丈人　《藝文類聚》、《太平御覽》、《風雅翼・選詩補註》、《古詩紀》、《石倉歷代詩選》、《古樂苑》、《古詩鏡》均作「丈夫」，意為成年的男子，在這裡也是指「婦」的丈夫。❸胡　指代羌族。❹馬　與「胡」押韻。❺君　對尊者的稱呼，指社會上有地位的人。❻具車　準備車輛。車，與「胡」押韻。❼鼓嚨胡　即在喉嚨裡嘰咕。《後漢書・五行志》：「鼓嚨胡者，不敢公言，私咽語。」元劉履《風雅翼・選詩補註・補遺》：「鼓，動也。嚨胡，喉肮也。」

【語譯】小麥青青大麥枯，誰將去收割？只有妻子和小姑。丈夫哪裡去了？正在西邊擊羌胡。官吏只須買好馬，貴人只須備好車。請讓我替那些受難人鼓動喉嚨嘰嘰咕。

【研析】抗擊羌人入侵，當然是應該的。但是正義的戰爭，也能給人民帶來痛苦。男子去打仗了，莊稼無人收割，重擔只好壓在婦女的身上。而那些達官貴人，既不要去打仗，也不要去割麥，只須買馬、備車，就可以應付差事。受苦的人感到不平，有話不能明說，只能在喉嚨裡嘰咕，敢怒而不敢言。

全詩語句長短不齊，一韻到底，有的一句中有問有答，宋人胡仔評論說：「古人造語，俯仰紆餘各有態，『小麥青青大麥枯，誰當穫者婦與姑，丈夫何在西擊胡』，凡此句中，每函問答之詞。」（《苕溪漁隱叢話・前集》卷一二）這種造句法在古詩中不常見，杜甫〈大麥行〉的「大麥乾枯小麥黃」，「問誰腰鐮胡與羌」來源於此。

吳孫皓初童謠

【題　解】吳孫皓，應為吳孫皓，是孫權的孫子，三國時吳國最後的君主，史稱吳末帝，又稱吳主孫皓。甘露元年（西元二六五年）九月，他從建業遷都武昌，遭到官民的反對，於是有了這首童謠。

寧飲建業❶水，不食武昌❷魚；寧還建業死，不止❸武昌居。

【注　釋】❶建業　原是三國時吳國的首都，在今江蘇南京。❷武昌　在今湖北鄂州，非今日武漢之武昌。❸止　停留。

【語　譯】願飲建業水，不吃武昌魚；願回建業死，不留武昌住。

【研　析】據《三國志・吳書・吳主孫皓》及〈陸凱傳〉記載，孫皓元興元年（西元二六四年）被立為帝，次年（甘露元年）九月，接受西陵督步闡建議，遷都武昌。因為武昌在當時土地貧瘠，「船泊則沉漂，陵居則峻危」，不是建都、安國、養民之處，所有給養都靠下游提供，「揚土百姓，泝流供給，以為患苦」，因此遭到人民的反對。這首歌謠強烈地反映了人民反對遷都的情緒。魚當然比水味美，活著總比死好，而謠中卻說情願去喝建業的水也不吃武昌的魚，寧可回到建業去死也不留在武昌居住，可見遷都一事人民受苦之重、怨恨之深。在人民的反對下，孫皓終於在寶鼎元年（西元二六六年）十二月還都建業。

唐永淳初童謠

【題解】永淳，是唐高宗（李治）在位時的一個年號（西元六八二——六八三年）。初，指的是永淳元年（西元六八二年）。

新禾不入箱❶，新麥不入場❷。迨及❸八九月，狗吠空垣牆。

【注釋】❶箱　藏稻穀的器具。❷場　打麥的場地。❸迨及　到了。

【語譯】新穀不進倉，新麥不進場。到了八九月，狗叫空垣牆。

【研析】《新唐書・五行志》記載，唐高宗（李治）永淳元年（西元六八二年）七月，東都洛陽大雨，人多餓死。在這以前便產生了這首童謠，預言將發生這次大災難。謠的一、二句是說禾麥無收，人民當然會因缺糧而餓死，所以下面接著說到了八、九月，只有狗在空垣牆裡叫，繪聲繪色地表現了大災之後家破人亡的淒慘景象。

十二、新樂府辭

新樂府這一名詞是白居易、元稹提出來的，白居易寫有新樂府五十篇，題名就叫〈新樂府〉，元稹在〈送東川馬逢侍御使回十韻〉詩中也提到這一名詞：「旋吟新樂府，便續古〈離騷〉。」，不過他有時又稱它為「新題樂府」（見〈和李校書新題樂府十二首〉）。

新樂府是相對於漢魏六朝樂府而言，它與漢魏六朝樂府的區別在於：一、它是產生於唐代沒有入樂的新歌，郭茂倩說：「新樂府者，皆唐世之新歌也，以其辭實樂府，而未常（嘗）被於聲，故曰新樂府也。」（《樂府詩集》卷九〇）二、它不用樂府舊題而自創新題，元稹《樂府・序》說：「近代唯詩人杜甫〈悲陳陶〉、〈哀江頭〉、〈兵車〉、〈麗人〉等，凡所歌行，率皆即事名篇，無復倚傍。予少時與友人樂天、李公垂（李紳字公垂）輩謂是為當，遂不復擬賦古題。」白居易〈與元九書〉說：「因事立題，題為新樂府。」《樂府詩集》存新樂府辭十一卷。

近代曲辭也產生於唐代，但它是入樂的，所以不同於新樂府辭。

橫江詞六首（選二）

李　白

【題　解】橫江，地名，即橫江浦，在今安徽和縣東南，隔江與南岸采石磯對峙，風大浪急，地勢險惡。

【作　者】見頁二〇九。

其　一

人言橫江好，儂❶道橫江惡。一風一日吹倒山❷，白浪高於瓦官閣❸。

其　四

海神東過❹惡風回，浪打天門❺石壁開。浙江❻八月何如此：濤似連山噴雪來？

【注　釋】❶儂　吳地人常自稱為儂。❷一風句　《李太白文集》作「一風三日吹倒山」，《文苑英華》作「猛風吹倒天門山」。一風一日謂一次風就刮一整天，一風三日謂一次風就連刮三天。❸瓦官閣　即瓦官寺，又叫昇元閣。《江南通志》：「昇元閣，在江寧城外，一名瓦官閣，即瓦官寺也。閣乃梁朝所建，高二百四十尺。」舊址在今江蘇南京。李白〈登瓦官閣〉：「晨登瓦官閣，極眺金陵城。」「杳出霄漢上，仰攀日月行。」❹東過　《李太白文集》作「來過」。❺天門　天門山，在今安徽當塗西南，東有博望山，西有梁山，夾大江峙立。《輿地志》：「博望、梁山，東西隔江，相對如門，相去數里，謂之天門。」❻浙江　指錢塘江，每月的月中常有大潮，農曆八月十五獨大。《錢塘潮圖》：「潮遠觀數百里，若素練橫江，稍近，見潮頭高數丈，卷雲擁雪，混混沌沌，聲如雷鼓，猶不足以形容之。」

【語譯】別人說是橫江好，我說橫江就是惡。大風刮倒天門山，白浪高過瓦官閣。（其一）

海神過後惡風又回來，浪打天門山石壁被劈開。錢塘江八月為何也這樣：波濤像是連著青山噴雪來？（其四）

【研析】〈橫江詞〉共六首，是寫橫江浦風大浪急，無比險惡，不宜從此渡江。第五首說：「橫江館前津吏迎，向余東指海雲生。『郎今欲渡緣何事？如此風波不可行。』」可見當時李白在橫江館前向負責渡江事務的津吏表示要渡江，津吏告訴他：東邊已經出現海雲，馬上就會有大風浪，不可此時渡江。於是李白寫下了這六首詩。這裡選的第一首，開頭兩句「人言橫江好，儂道橫江惡」，對比性極強，自然會引起讀者的注意：是何原因？接著就用極其誇張的語言加以說明：這裡風大到可以吹倒天門山，浪高到可以超過瓦官閣，風大浪高，這不就是「儂道橫江惡」的緣由，從而突出了橫江浦地勢的險惡。第四首仍然寫橫江浦風大浪高的險惡地勢，「海神東過惡風回」寫風，直接點出了「惡」字，說明風大；「浪打天門石壁開」寫浪，將浪破山開石、勢不可擋的衝力寫得驚心動魄，顯示浪高。接著依然寫橫江浦的風浪，卻不從正面著筆，而是借錢塘江大潮為喻：「浙江八月何如此：濤似連山噴雪來？」作者的本意是要說這裡的風浪像錢塘大潮，但卻反說錢塘江大潮為什麼像這裡的波濤，語意曲折而不隱晦，令人回味。一個「噴」字，將波濤噴射而出的衝力寫得活靈活現，真可謂畫龍點睛之筆。

李白對於橫江浦和天門山相當熟悉，他遊過橫江浦，登過天門山，寫過〈天門山〉、〈望天門山〉詩和〈天門山銘〉，加上才氣橫溢，方能有此好詩。

悲陳陶

杜　甫

【題　解】悲陳陶，為陳陶之戰失敗而悲傷。肅宗至德元年（西元七五六年），宰相房琯自請率兵誅叛軍，收復京都，得到肅宗許可，結果大敗於咸陽縣東之陳陶澤。此時已被叛軍所俘的杜甫，在長安寫下了這首詩。

【作　者】杜甫（西元七一二—七七〇年），字子美，祖籍襄陽，出生於河南鞏縣，是詩人杜審言的孫子。少時家貧，「衣不蓋體，常寄食於人」。天寶初年，來到長安，應進士不第。天寶末年，因獻賦受到唐玄宗賞識，任右衛率府冑曹參軍。天寶十五年（西元七五六年），安史之亂爆發，玄宗入蜀，甫避走三川，顛沛流離，途中為叛軍所俘。至德二年（西元七五七年），甫脫險後見肅宗，授官左拾遺。次年因替房琯戰敗被罷相辯護，被貶為華州司功參軍。後因關輔饑荒，甫棄官西行，客秦州，寓同谷，負薪採橡栗自給，流落劍南，定居成都西郭浣花溪，種竹植樹，縱酒嘯詠，並在西南節度使嚴武幕中任參謀、檢校工部員外郎。大曆中，甫離開四川，出瞿唐，下江陵，泝沅湘，登衡山，寓居耒陽。卒年五十九。

杜甫是唐代偉大的現實主義詩人，他的詩廣泛地反映了當時的社會現實，被稱之為「詩史」（《新唐書・杜甫傳・贊》）。在藝術上他善陳時事，律切精深，詞氣豪邁，吸收了各家之長，形成了他自己稱道的「沉鬱頓挫」的獨特風格，是詩人中集大成者。元稹稱他「上薄〈風〉、〈騷〉，下該沈、宋，言奪蘇、李，氣吞曹、劉，掩顏、謝之孤高，雜徐、庾之流麗，盡得古今之體勢，而兼人人之所獨專矣」「詩人已來，未有如子美者」（〈杜君墓係銘・序〉）。他寫的〈悲陳陶〉、〈哀江頭〉、〈兵車行〉、〈麗人行〉等詩，「率皆即事名篇，無復倚傍」（元稹《樂府・序》），雖未標「新樂府」之名，實際上開了唐代新樂府詩寫作先河。

有清仇兆鰲著《杜少陵集詳註》，較完備。新舊《唐書》均有〈杜甫傳〉。

孟冬❶十郡良家子❷，血作陳陶澤❸中水。野曠天清無戰聲，四萬義軍同日死。群胡❹歸來血洗箭❺，仍唱胡歌飲都市。都人回面向北啼❻，日夜更望官軍至。

【注釋】❶孟冬　指至德元年（西元七五六年）農曆十月。❷十郡良家子　據《漢書・地理志》及〈趙充國傳〉記載，漢朝選「六郡良家子」加入羽林軍。所謂「良家」是指醫、商賈、百工以外的人家。這裡變「六郡」為「十郡」，是說朝廷從許多郡招集義軍。❸陳陶澤　《舊唐書・房琯傳》說這次戰爭發生在「咸陽縣之陳濤斜」，斜，山澤之名，故又稱「陳陶澤」，地在咸陽縣東。❹群胡　安祿山是胡人，他的部下也有許多胡人，所以叫群胡。❺血洗箭　意謂箭上沾滿了鮮血，像用血洗了一樣。❻向北啼　當時唐肅宗在長安西北的彭原（今甘肅寧縣)，所以京都人向北啼。

【語　譯】十月間十郡良家子弟，鮮血化成了陳陶山澤中的水。空曠的原野淒清的天空悄然無聲，四萬義軍同一天死去。群胡戰勝歸來箭上沾滿了鮮血，仍舊唱著胡歌在都市飲嘻戲。京都的人民回頭向著北方啼哭，日夜盼望官軍能回到長安城裡。

【研　析】據《舊唐書・房琯傳》記載，天寶十四年(西元七五五年)安史之亂爆發，次年六月，潼關失守，玄宗奔蜀。七月，房琯至普安郡謁見玄宗，玄宗大悅，即任命房琯為相，隨從玄宗到成都。八月，房琯奉玄宗之命去靈武，冊立李亨為帝，是謂肅宗。房琯受到肅宗重用，不久，上疏自願帶兵去收復京都長安，肅宗批准了他的請求。於是房琯分兵三路，自己率領中路軍，為先鋒，去收復京都。十月辛丑(二十一日)，在陳陶斜遇上叛軍，房琯用春秋時的車戰法迎戰，叛軍用火攻，琯軍大敗，死傷四萬餘人。杜甫當時在長安，耳聞官軍戰敗的消息，目睹了戰後長安的情景，悲痛之餘，於是寫下了這首詩。

詩的前四句寫陳陶之敗，交代了由良家子弟組成的四萬義軍在一天中戰死，透過戰場上野曠天清的無聲畫面，給人以天地同悲的感受，寄託了詩人的無限悲痛和深深的哀思。後四句寫戰後京都的情況，一方面是叛軍戰罷歸來在京都以血洗箭，歡歌狂飲，慶祝勝利；另一方面是京都人民向北哭泣，日夜盼望官軍能早日來到長安拯救自己。詩人特意透過這兩種情況的強烈對比，表達了對敵人的氣焰囂張的極端憎恨以及對人民苦難的無限同情。

哀江頭

杜甫

【題解】江，指長安東南的遊覽勝地曲江，詩寫詩人至德二年（西元七五七年）潛行曲江時的悲哀，故稱〈哀江頭〉。

【作者】見頁四五〇。

少陵野老❶吞聲哭，春日潛行❷曲江曲❸。江頭宮殿鎖❹千門，細柳新蒲❺為誰綠？憶昔霓旌❻下南苑❼，苑中萬物生顏色❽。昭陽殿❾裏第一人❿，同輦⓫隨君侍君側。輦前才人⓬帶弓箭，白馬嚼齧⓭黃金勒⓮。翻身向天仰射雲，一箭⓯正墜雙飛翼⓰。明眸皓齒⓱今何在？血汙遊魂⓲歸不得。清渭東流劍閣深，去住彼此無消息⓳。人生有情淚霑臆⓴，江水江花豈終極㉑！黃昏胡騎㉒塵滿城，欲往城南望城北㉓。

【注釋】❶少陵野老　杜甫自稱，漢宣帝葬杜陵，許后葬南園，稱「小陵」，後人稱為「少陵」。杜甫的祖籍在杜陵，他自己也在這一帶住過，所以自稱「杜陵布衣」或「少陵野老」。野老，野外老人。❷潛行　偷偷地行走。❸曲江曲　曲江水灣處。曲江之地，秦時有宜春苑，漢時有樂遊園。玄宗開元年間，鑿池引水，環植花木，成為京都遊賞勝地。南有紫雲樓、芙蓉苑，西有杏園、慈恩寺。江寺側菰蒲蔥翠，柳陰四合，碧波紅蕖，依映可愛。遭祿山焚劫之後，荒涼可知。❹鏁　同「鎖」。❺新蒲　新生的蒲草。❻霓旌　色鮮如霓虹的彩旗，帝王儀仗隊中常用。❼南苑　指芙蓉苑，在曲江南。❽生顏色　增色。❾昭陽殿　西漢成帝時的宮殿。❿第一人　李白〈宮中行樂詞〉：「宮中誰第一？飛燕在昭陽。」本是指漢成帝的妃子趙飛燕，這裡借指唐玄宗的妃子楊貴妃。⓫輦　古時兩人拉著走的車子，一般供帝王乘坐。⓬才人　古代宮中的女官。⓭嚼齧　咬嚼。⓮黃金勒　勒，套在牲畜頭上帶嚼子的籠頭。《明皇雜錄》載：「上幸華清宮，貴妃姊妹各購名馬，以黃金為銜勒，組繡為障泥。」⓯一箭　《杜少陵集詳注》作「一笑」。⓰雙飛翼　雙飛鳥。⓱明眸皓齒　目明齒白，形容楊貴妃。⓲血汙遊魂　指楊貴妃縊死在馬嵬驛。⓳清渭二句　言楊貴妃死後葬在渭水旁，唐玄宗入蜀去了劍閣，一去一留，彼此無消息。清渭，即渭水，渭水清，涇水濁。馬嵬驛在京兆府興平縣，渭水自隴西而來，經過興平，楊貴妃葬在渭水濱。劍閣，山谷名，玄宗入蜀所經之地。⓴臆　胸。㉑江水句　江水江花不知人情，照樣流淌生長，照應前句「細柳新蒲為誰綠」。豈終極，哪裡有完了的時候。㉒胡騎　指叛軍。㉓欲往句　此句有異文，且多歧解，宋郭知達《九家集注杜詩》、清仇兆鰲《杜少陵集詳注》作「望城北」，明高棅《唐詩品彙》、明陸時雍《唐詩鏡》、《集千家註杜工部詩集》作「忘城北」，宋黃希黃鶴《補注杜詩》、宋真德秀《文章正宗》、明李攀龍《古今詩刪》、明曹學佺《石倉歷代詩選》、《全唐詩》、《唐宋詩醇》作「忘南北」。參見研析。

【語　譯】少陵野老吞著聲音在哭，春天偷偷地漫步在曲江曲。江邊宮殿的千門都已鎖上，那細長的柳絲新生的蒲草為誰現出青綠？回想過去霓虹彩旗來到城南的芙蓉苑，苑中的萬物頓時增添了顏色。那個被稱為昭陽殿裡第一的美人，和君王同乘一輛輦車跟隨在君側。輦車前面隨行女官帶著弓箭，美人的姐妹騎的白馬咬嚼著黃金製成的馬勒。女官搭箭翻身仰臉向著天空射去，一箭射中兩隻飛鳥往下跌。那明目皓齒的美人而今在哪裡？可憐已經血汙遊魂歸不得。清渭向東流劍閣深又遠，一去一留彼此無消息。人有情感淚水沾滿了胸襟，江水江花哪知人的心事卻長流長開不息！黃昏時刻叛軍的騎兵在城中揚起塵土，我想回到城南家中卻走向了城北。

【研析】至德元年（西元七五六年）秋天，杜甫去投奔已在靈武即位的肅宗，途中為叛軍所俘，被帶到已經淪陷的長安。次年春天，杜甫潛行長安城南曲江勝地，睹物傷懷，哀傷不已，寫下了這首名詩。

詩的前四句和後四句側重抒情，中間大段側重在敘事，敘楊貴妃如何得寵於唐玄宗以及縊死在馬嵬驛的故事，所以蘇黃門（即蘇轍）說：「〈哀江頭〉即〈長恨歌〉也，〈長恨〉冗而凡，〈哀江頭〉簡而高。」（陸游《老學庵筆記》卷七）不過敘事中也帶有作者的感情。

詩一開頭就寫詩人春日獨自吞聲哭泣潛行於曲江水灣，既是「吞聲哭」，又是「潛行」，其恐懼哀傷之情已現筆端。本來曲江經過玄宗開元年間修建，鑿池引水，環植花木，已成為花卉周環、煙水明媚、菰蒲蔥翠、柳陰四合的遊賞勝地。可是而今慘遭淪陷，宮門緊鎖，空無人跡，縱然花草依舊，可那碧綠的細柳新蒲，又誰來欣賞呢？即使有一潛行的詩人，面對山河破碎，豈不讓他更加睹物傷懷嗎！於是詩人撫今追昔，回想過去唐玄宗、楊貴妃同遊曲江芙蓉苑，彩旗招展，萬物生色，該是多麼氣派！楊貴妃成了第一美人，與玄宗同車共輦，又是何等恩寵！才人帶著弓箭跟在身旁，姐妹所乘的馬用黃金為馬勒，更是何等驕奢！翻身向天仰射，一箭雙鳥，遊得又是何等盡興！可是樂極生悲，天寶十四年（西元七五五年），安祿山以誅楊國忠為名驅軍南下，次年六月，潼關失守，唐玄宗、楊貴妃、楊國忠等離開長安，命令陳玄禮率領六軍出發，西行入蜀。部隊行至馬嵬驛不肯西行，陳玄禮暗中報告太子，處死了楊國忠父子，但是部隊還是不願離去。玄宗派高力士去瞭解情況，回報是：楊貴妃未死，「賊本（根子）尚在」。逼得唐玄宗只好讓楊貴妃在佛室內自縊而死。這就是詩中說的「明眸皓齒今何在？血汙遊魂歸不得」。楊貴妃死後埋葬在馬嵬驛的西道側，玄宗等繼續西行，取道劍閣，前往漢中，而楊貴妃卻永遠留在馬嵬驛的墳墓裡，這就是詩中說的「清渭東流劍閣深，去住彼此無消息」。詩人敘述這段歷史，具有明顯的批判性，如「昭陽殿裏第一人，同輦隨君侍君側」二句，說的是楊貴妃與唐玄宗同輦事，卻故意用「昭陽殿裏第一人」來指代貴妃，讓讀者想起班倢伃不願與漢成帝同輦的故事，班倢伃不同輦的理由是：「觀古圖畫，聖賢之君，皆有名臣在側，三代末主，乃有嬖女。今欲同輦，得無近似之乎？」（《漢書．外戚傳》）而今楊貴妃竟然「同輦隨君侍君側」，不正好說明唐玄宗是「三代末主」一類亡國之君嗎？正是由於唐玄宗的寵愛貴妃，荒淫無度，重用楊國忠，方釀成此等大禍，這就是詩人撫今追昔，經過冷靜思考得出的結論。經過回憶往事以後，詩人依然沉浸在現實的痛苦之中：作為生而有情的人，面對如此山河破碎的現實，誰能不涕淚滿襟，可是江邊的花草卻不顧人的悲哀，依然沒有止息地生長開放。觸景生情，感時傷懷，給詩人帶來的只能是更大的哀痛，正如他的祖父所言「愁思看春不當春」（杜審言〈春日京中有懷〉），這大概就是詩人在〈春望〉中說的「感時花濺淚」吧。舊說「江水江花豈終極」一句意為「望長安之興復也」（《九家集注杜詩》引薛夢符說），我們認為此句緊承首段「細柳新蒲為誰綠」，是用花草的美麗來反襯詩人的哀傷，這樣理解可能更合乎情理。日近黃昏，叛軍的騎兵在長安城裡揚起了塵土，情勢更加恐怖，詩人於是「欲往城南望城北」。這句詩有「忘城北」、「忘南北」、「望城北」等三種異文，據王安石的集句詩〈送吳顯道〉「欲往城南望城北，此心炯炯君應識」和〈胡笳十八拍〉「欲往城南望城北」，均引作「望城北」，似應作「望城北」為宜。而「望城北」又有三種不同的解釋：一曰望城北的官軍，二曰望城北的宮闕，三曰向城北走去。後一說法較勝，此說出於陸游：「北人謂『向』曰『望』，謂欲往城南乃向城北，亦皇惑避死不能記南北之意。」（《老學庵筆記》卷七）一個人處於極端痛苦的時候，往往會迷失方向，屈原離開淪陷的郢都時，「心嬋媛而傷懷兮，眇不知其所蹠」（〈哀郢〉）司馬遷受腐刑後，「居則忽忽若有所亡，出則不知所往」（〈報任安書〉）。詩人杜甫也與此相同，面對「國破山河在」的現實，哀傷不已，又處在恐怖之中，故「欲往城南」而「望城北」。

詩人憂國傷時，於此可見一斑。

兵車行

杜　甫

【題　解】兵車，出自《論語・憲問》：「子曰：『桓公九合諸侯，不以兵車，管仲之力也。』」指的是武力或戰爭。行，是樂府詩的體裁之一。〈兵車行〉是一首講用武力或進行戰爭的樂府詩。用的不是樂府舊題，是一首自命題的新樂府詩。

【作　者】見頁四五〇。

車轔轔❶，馬蕭蕭❷，行人❸弓箭各在腰。爺娘妻子走相送，塵埃不見咸陽橋❹。牽衣頓足攔道哭，哭聲直上干雲霄❺。

道傍過者問行人，行人但云：「點行❻頻❼。或從十五北防河❽，便至四十西營田❾。去時里正❿與裹頭⓫，歸來頭白還戍邊⓬。邊庭⓭流血成海水，武皇⓮開邊意未已⓯。君不聞漢家山東⓰二百州，千村萬落生荊杞⓱。縱有健婦把鋤犁⓲，禾生隴畝無東西⓳。況復秦兵⓴耐苦戰㉑，被驅不異犬與雞。」

「長者㉒雖有問，役夫敢㉓申恨？且如今年冬，未休關西卒㉔。縣官㉕急索租，租稅從何出？信㉖知生男惡，反是生女好：生女猶得嫁比鄰㉗，生男埋沒隨百草。君不見青海頭㉘，古來白骨無人收。新鬼煩冤舊鬼哭，天陰雨溼聲啾啾㉙。」

【注　釋】❶轔轔　車行聲。❷蕭蕭　馬叫聲。❸行人　行役之人；去服役的人。❹塵埃句　意為因人多揚起塵埃掩蓋了咸陽橋而看不見它。咸陽橋，在咸陽縣西南十里，橫跨渭水，與便門相對，因名便橋，漢武帝時建，唐時名咸陽橋。❺干雲霄　直入雲霄之意。干，犯。❻點行　依照人丁戶籍點名徵調差役。❼頻　頻繁。❽北防河　在黃河以北設防。據《資治通鑑・唐紀》記載，開元十六年（西元七二七年）因「吐蕃為邊患」，曾下令：「隴右道及諸軍團兵五萬六千人，河西道及諸軍團兵四萬人，又徵關中兵萬人集臨洮，朔方兵萬人集會州，防秋。」❾西營田　到西邊屯田，平時種田，戰時打仗。❿里正　里長，唐制一百戶為一里，一里置里正一人。⓫裹頭　裹紮頭巾。⓬戍邊　守邊。⓭邊庭　原作「邊亭」，據杜集諸本及《唐詩品彙》、《石倉歷代詩選》、《唐詩鏡》校改。疑即邊關、邊境之意。⓮武皇　漢武帝，此指唐玄宗。⓯已　止。⓰山東　指華山以東。據梁載言《十道四蕃志》記載：「關以東七道，凡二百一十七州。」⓱荊杞　荊棘、枸杞。⓲把鋤犁　握鋤扶犁種地。⓳東西　由方位詞構成的名詞，在這裡指稻穀。⓴秦兵　原作「秦州」，據杜集諸本校改。即關中兵，堅勁耐戰。㉑耐苦戰　禁得起苦戰。㉒長者　行役人對杜甫的稱呼。㉓敢　豈敢。㉔未休句　意為沒有停止對關西卒的徵調。㉕縣官　官府。㉖信　的確。㉗比鄰　近鄰。㉘青海頭　青海湖邊，唐時常與吐蕃在此作戰。㉙啾啾　淒慘的叫聲。

【語　譯】兵車轔轔響，戰馬蕭蕭叫，出征的人各自將弓箭繫在腰。爺娘妻子趕來相送別，揚起灰塵遮蓋了咸陽橋。牽衣頓腳攔著道路哭，哭聲直上衝雲霄。

過路的人向出征的人問個究竟，出征的人只說：「點名抽丁沒個停。有人從十五歲派到黃河北邊去防守，到了四十歲還要到西邊去屯田。去時里長給他裹頭巾，歸來頭白還要去守邊。邊關軍人流血成海水，可是漢武帝拓疆的意志依然沒有止息。你沒聽說漢朝的山東二百州，千村萬落長滿了荊杞。即使有健婦握鋤扶犁種田地，禾苗生長在隴畝卻結不了穀粒。況且秦地的士兵禁得起苦戰，被趕得東奔西走就好像狗和雞。」

「長者雖然提了問，服役的人怎敢就洩恨？就像今年大冬天，關西的士兵依舊去服役。官府急著來催租，租稅該從哪裡出？的確知道生男是壞事，還是生個女兒好：生女還能嫁近鄰，生男屍埋荒野隨百草。你沒看見青海湖邊上，自古以來白骨無人收。新鬼喊冤舊鬼哭，天陰雨濕鬼聲淒慘叫不休。」

【研　析】這首詩寫於天寶十年（西元七五一年）左右。

關於它的寫作背景有二說：一為唐玄宗用兵吐蕃說，宋代師尹說：「此〈行〉為唐玄宗而作，初用張九齡為相，開元中號為賢君。其後用李林甫、楊國忠之徒，從事吐蕃。訖唐之世，吐蕃為患。」（見宋黃希原本黃鶴補注《補注杜詩》卷一）二為唐玄宗用兵南詔說，清代翰林侍讀徐倬編《全唐詩錄》，他據《資治通鑑・唐紀》紀載，天寶十年四月，劍南節度使鮮于仲通，討伐南詔，大敗於瀘南。楊國忠隱瞞軍情，招募兩京及河南、河北的兵士再次去攻擊南詔，人們聽說雲南多瘴癘，還沒交戰士卒便死去十之八九，因此沒有人肯去應募。楊國忠便派遣御史分道捕人，戴上枷鎖送往軍所。「於是行者愁怨，父母妻子送之，所在哭聲振野」。因而認定這首詩是敘述這次「南征之苦」（見《全唐詩錄・箋》）。可是詩中不但沒有說到南方，反而多次提到「北防河」、「西營田」、「關西卒」、「青海頭」，說的全是西北方的事，又該如何解釋？於是徐倬便自圓其說：「是時國忠方貴盛，未敢斥言之，雜舉河隴之事，錯牙其詞，若不為南詔而發者，此作者之深意也。」這種辯解不足以服人，杜甫在楊家正盛的時候也說過「炙手可熱勢絕倫，慎莫近前丞相嗔」（〈麗人行〉），他對楊國忠哪是「未敢斥言之」呢？我們認為：據史書記載，當時西北的吐蕃國和西南的南詔國都同唐王朝作戰，天寶九年十二月，關西遊奕使王難得「擊吐蕃」，次年正月，安西節度使高仙芝又「入朝獻所擒突騎施可汗、吐蕃酋長石國王、揭師王」，四月，劍南節度使鮮于仲通「討南詔」，可見當時唐王朝在兩條戰線上與吐蕃和南詔同時作戰，我們也就沒有必要去爭論這首詩的寫作背景究竟是用兵吐蕃還是用兵南詔了。

宋代林駉說：「〈兵車行〉，蓋念驅中國之眾開邊境之地也。」（《古今源流至論．前集》卷二〈杜詩〉）的確，這是一首反對開邊戰爭的詩。詩分三段，假託漢武帝以諷刺唐玄宗無節制進行開邊戰爭，給人民帶來的災難。第一段寫應征服役的人和親人生離死別的淒慘場面，第二、三段透過路人和服役人的對話，不但揭示了服役的人被迫東奔西走、身如雞犬、流血邊關、埋骨荒野的痛苦，而且顯示出男子被迫出征以後，家中缺少勞力，以致田園荒蕪，荊棘叢生，莊稼歉收，還要忍受官府前來逼租的苦難。這種種無法承受的苦難，使得人們產生了反常心理：生男不如生女好，因為「生女猶得嫁比鄰，生男埋沒隨百草」。可是這種心理變化只能是內心痛苦暫時的變相釋放，其實「生女嫁比鄰」又有什麼好處可言？女兒即使嫁到近鄰，女婿不是還得去應征，說不定女兒又要做寡婦呢。詩人就是透過這些描寫來揭露唐王朝窮兵黷武的罪惡，從而表達自己的反戰思想。據史書記載，這次對南詔的戰爭本來不該發生，南詔早已歸順唐朝，只是因為南詔國王閣羅鳳和妻子經過雲南，雲南太守張虔陀汙辱他的妻子，並向他索取財物，閣羅鳳不答應，張又派人去罵他，還告他的黑狀，閣羅鳳才起兵將他殺死。於是楊國忠便派劍南節度使鮮于仲通去討伐閣羅鳳，閣羅鳳請和，明白告訴鮮于仲通：「今吐蕃大兵壓境，若不許我，我將歸命吐蕃，雲南非唐有也。」遭到鮮于仲通的拒絕，還囚禁了他派去的使者，閣羅鳳只好應戰，才釀成這次大禍。

閣羅鳳打敗鮮于仲通以後還在國門上刻碑，說明自己反唐是迫不得已，並非本意。可見這次戰爭的責任應由唐玄宗、楊國忠、鮮于仲通、張虔陀等承擔，詩人杜甫反對它是完全應該的。

這首詩採用了對話敘事的形式，語言通俗易懂，「爺娘妻子」、「牽衣頓足」、「禾生隴畝無東西」、「被驅不異犬與雞」……等民間口語的運用，使得它明白如話，口吻畢肖，保存了漢魏樂府詩的特色。在結構上，詩人也巧作安排，先敘事，後記言，而兩段記言都是以問答開始，以「君不聞」、「君不見」兩段描述結尾，分別描寫了村落破敗、田園荒蕪和戰場上白骨蔽野、天陰鬼哭的淒慘景象，真乃「傷心慘目，有如斯也」！詩以人哭開始，以鬼哭結束，前呼後應，更是耐人尋味。白居易有〈新豐折臂翁〉，寫的是同一事件，讀者可以對照參讀。

田家行

元　稹

【題　解】《元氏長慶集》作〈田家詞〉，是〈和劉猛古題樂府十首〉中的一首，作者在〈樂府序〉中說他見到進士劉猛、李餘各賦古樂府詩數十首，其中有一、二十章都有新意，他便選而和之。

【作　者】元稹（西元七七九—八三一年），字微之，河南河內（今河南洛陽附近）人。先祖五世仕宦，父比部郎中、舒王府長史。稹八歲喪父，家境貧窮，母鄭氏親授書傳。九歲能文，十五歲明經及第，補校書郎。二十八歲（元和元年，西元八〇六年）應制策入三等，拜左拾遺。多次上書，言教育太子、諫唐玄宗容納直言及西北邊境事，憲宗喜悅，召問得失，而當路者惡之，稹於是遭到貶謫，改任監察御史，被派到東川、東都辦案，後又貶為江陵士曹參軍、通州司馬，改號州長史。穆宗時，監軍崔潭峻獻稹所作〈連昌宮詞〉，穆宗閱後大喜，提拔稹為祠部郎中，知制誥，不久又升為中書舍人、翰林承旨學士。此時稹結交宦官，與大宦官魏弘簡相善，遭到河東節度使裴度的反對。穆宗迫於群議，出稹為工部侍郎。長慶二年（西元八二二年）又讓他與裴度同時拜相，因二人不和，不久又同時遭罷免。此後稹先後出為同州刺史、浙東觀察使……武昌節度使，多有善舉。太和五年（西元八三一年）七月二十二日，遇暴疾，卒於武昌。由於他曾與宦官交接，遭到時人及後世非議，他的好友白居易也稱他「以權道濟世，變而通之，又齟齬而不安，居相位僅三月，席不煖而罷去。通介進退，卒不獲心」（〈元公墓誌銘〉）。

元稹與白居易齊名，世稱「元白」，所作詩號為「元和體」，朝野傳唱，宮中稱他為「元才子」。他與白居易一起倡導新樂府，贊成像杜甫一樣「即事名篇，無復倚傍」，不復擬賦古題，寫作了〈和李校書新題樂府十二首〉。但也運用舊題寫作了〈和劉猛古題樂府十首〉、〈和李餘古題樂府九首〉，這裡選的〈田家行〉就是〈和劉猛古題樂府〉中之一。可能因為這些古題樂府「頗同古義，全創新詞」，郭茂倩還是將它編入新樂府辭中。白居易詩歌上的成就高於元稹，元稹自己也承認「小生自審，不能有以過之（指白居易）」（〈上令狐相公詩啟〉）。

有《元氏長慶集》，白居易有〈元公墓誌銘並序〉，新舊《唐書》、《唐才子傳》均有〈元稹傳〉。

牛吒吒❶，田确确❷，旱塊敲牛❸蹄趵趵❹。種得官倉珠顆穀，六十年來兵簇簇❺，月月❻食糧車輾輾❼。一日官軍收海服❽，驅牛駕車食牛❾肉。歸來收得牛兩角，重鑄鍬犁❿作斤斸⓫。姑舂婦擔⓬，輸官不足歸賣屋。願官早勝讎早覆⑬，農死有兒牛有犢，不遣⑭官軍糧不足。

【注釋】❶吒吒 《廣韻》：「怒聲。」《元氏長慶集》、《全唐詩》作「吒吒」。吒，同「咤」。發怒聲。《說文》：「吒，噴也，叱怒也。」❷确确 堅硬的樣子。❸旱塊敲牛 意為牛蹄敲著乾硬的土塊。❹趵趵 象聲詞，腳踏在地上發出的聲音。❺六十句 意為六十年來軍隊聚集，戰亂不止。從安史之亂（西元七五五年）到作者寫此詩時（西元八一七年）已六十二年，故言「六十年來」。六十，言其整數。簇簇，本意為小竹叢生，引申為聚集。❻月月 原作「日月」，依《元氏長慶集》、《唐詩品彙》、《全唐詩》校改。❼車轆轆 車聲不斷。轆轆，車聲。❽收海服 唐中葉藩鎮李希烈、吳元濟等先後在海服割據，元和十二年（西元八一七年）十月，李愬攻下蔡州（今河南汝南），擒吳元濟，平定叛亂，故稱。海服，指淮河流域一帶濱海之地。海，淮河流域靠近黃海，故稱淮海。服，古代京都以外的地方按遠近分為九等，叫九服。❾牛 原作「羊」，據《唐文粹》、《唐詩品彙》校改。❿鍬犁 原作「樓犁」，依《唐詩品彙》校改。又《元氏長慶集》、《全唐詩》作「鋤犁」。⓫斤斸 斧鋤一類的農具。⓬擔 原作「檐」。依《元氏長慶集》、《全唐詩》校改。⓭覆 通「復」。⓮不遣 不使；不讓。

【語譯】耕牛在噴氣，田地硬确确，牛蹄敲著旱土響趵趵。種得官倉珍珠穀，六十年來戰亂多，官軍月月要糧吃，送糧車聲響轆轆。終於一天官軍將濱海淮地來收復，他們卻駕車趕牛食牛肉。農夫歸來收得兩牛角，再鑄鐵鍬犁耙造斧鋤。小姑舂米農婦挑糧送官家，送得不夠歸來賣房屋。希望官軍早日打勝仗，仇恨早點復，農夫死了有兒子，沒了大牛有牛犢，不讓官軍糧不足。

【研析】詩中說「六十年來兵簇簇」「一日官軍收海服」，可見這首詩是從安史之亂開始，經過六十多年的戰亂，收復了淮海之地時寫的。據《舊唐書‧李晟傳》附〈李愬傳〉和《新唐書‧本紀第七》記載：元和十二年十月十日夜，李愬攻蔡州，擒吳元濟，十一月吳元濟伏誅。詩當作於此時。

此詩集中寫農民輸送軍糧的事，先寫農民辛苦耕種，生產出了珍珠般的糧食。接著寫六十年來，戰亂不息，年年月月官軍需要軍糧，農民也就年年月月推車送糧。終於有一天平定了叛亂，收復了濱海之地，可是官軍卻駕車驅牛將牛宰殺吃了，農民回到家中只撿到兩隻剩下的牛角。農民並沒有就此安息，還得重新鑄造農具，生產糧食，小姑舂米，農婦挑糧，繼續將軍糧送往官倉，如果不夠還要賣掉房屋去抵數，可見農民為支援官軍作戰付出的代價是極其慘重的。不過農民仍然希望官軍早打勝仗早報仇，並表示農民自己死了還有兒子，大牛被吃了還有小牛，決不讓軍中缺糧。農民這種為了支援平定叛亂寧願自己受苦的精神的確令人敬佩，然而他們遭受的苦難也實在太深了。

上陽白髮人

白居易

【題　解】上陽，即上陽宮，在東都洛陽。《舊唐書・地理志》：「上陽宮，在宮城之西南隅，南臨洛水，西拒穀水，東即宮城，北連禁苑。」白髮人，指老年宮女。白居易寫有〈新樂府〉五十首，這是第七首，意在「憫怨曠」。

【作　者】見頁三三六。

上陽人，紅顏暗老白髮新。綠衣監使❶守宮門，一閉上陽多少春！
玄宗末歲初選入，入時十六今六十。同時采擇百餘人，零落年深殘此身。
憶昔吞悲別親族，扶入車中不教哭。皆云入內❷便承恩，臉似芙蓉
胸似玉。未容君王得見面，已被楊妃❸遙側目❹。妒令潛配❺上陽宮，一
生遂向空房宿。
秋夜長，夜長無寐天不明。耿耿❻殘燈背壁影❼，蕭蕭❽暗雨打窗聲。
春日遲❾，日遲獨坐天難暮。宮鶯百囀❿愁厭聞，梁燕雙棲老休妒⓫。鶯
歸燕去長悄然，春往秋來不記年。唯向深宮望明月，東西四五百迴圓⓬。
今日宮中年最老，大家⓭遙賜⓮「尚書」⓯號。小頭鞋履窄衣裳，青
黛點眉眉細長。外人不見見應笑，天寶末年時世妝⓰。
上陽人，苦最多。少亦苦，老亦苦，少苦老苦兩如何⓱！君不見昔
時呂向〈美人賦〉⓲，又不見今日〈上陽白髮歌〉。

【注　釋】❶綠衣監使　身穿綠衣管理宮闈事務的太監。❷內　宮內。❸楊妃　楊貴妃。❹側目　斜眼相視。❺潛配　暗中發配。❻耿耿　明亮的樣子。❼背壁影　背後壁上顯出老宮女的身影。❽蕭蕭　同「瀟瀟」，雨聲。❾春日遲　意謂日長。語出《詩經．豳風．七月》：「春日遲遲。」《毛傳》：「遲遲，舒緩也。」❿百囀　叫個不停。百，言其多。⓫老休妒　(因為自己)老了也不嫉妒。⓬四五百迴圜　即四五百回圓，月圓四五百次。這位宮女「入時十六今六十」，幽禁宮中已四十四年，等於五百二十八個月，每月月圓一次，故言四五百回圓。圜，通「圓」。⓭大家　指的是唐憲宗李純。漢蔡邕《獨斷》卷上：「天子，……親近侍從官稱曰『大家』，百官小吏稱曰『天家』。」⓮遙賜　天子在長安，宮女在東都洛陽，故稱。⓯尚書　宮中女官名。⓰天寶句　意為宮女現在的打扮是已經過時的天寶年間後期的時妝。天寶後期婦女的時妝打扮是穿窄衣裳、眉毛畫得細而長，現在(寫此詩時)婦女的時妝打扮是穿寬衣裳、眉毛畫得闊而短(參見陳寅恪《元白詩箋證稿》、沈從文《中國古代服飾研究》)，這老宮女現在還用天寶後期的過時打扮，所以好笑。⓱如何　奈何；怎麼辦。實際上是說沒有辦法。⓲呂向美人賦　呂向，字子回，涇州人，工草隸。開元十年(西元七二二年)，召入翰林，兼集賢院校理。當時唐玄宗每年派遣花鳥使到全國選美女進後宮，他作〈美人賦〉進行諷刺，玄宗認為他做得對，提拔他做左拾遺。白居易自注：「天寶末，有密采豔色者，當時號為花鳥使，呂尚獻〈美人賦〉以諷之。」《淵鑑類函．人部．美婦人》收有此賦。

【語　譯】可憐這位上陽宮裡人，紅顏已蒼老滿頭白髮新。綠衣太監將宮門守住，一關進上陽宮就不知經過了多少春！玄宗晚年她被選進宮裡，進來的時候十六歲現在已是六十齡。同時選進的宮女共有一百多，年深日久零落凋謝至今只剩此一人。

　　回想過去含著淚水告別親族，扶進車中不讓哭。都說進到宮中受恩寵，那時臉像芙蓉胸像玉。哪知還沒見上君王面，已被貴妃遠側目。嫉妒使她暗中將她發配到上陽宮，從此一生便守著空房宿。

秋夜長，夜長不眠天不亮。明亮殘燈壁上影，瀟瀟雨聲暗打窗。春天白晝長，白晝長，獨坐空房天難暮。愁中厭聽宮鶯聲，人老見到梁燕雙棲不要妒。無論鶯歸燕去心中總是常悄然，哪管春來秋往她也不記年。只向深宮望著天上的明月，東升西落已經四五百次圓。

今天她是宮中年最老，天子遠賜她一個「尚書」號。小頭鞋子窄衣裳，黑粉畫眉眉細長。宮外的人沒見著，見著當好笑，她的打扮還是天寶晚年的舊時妝。

上陽人，苦最多。少也苦，老也苦，少苦老苦兩如何！君不見過去呂向的〈美人賦〉，又不見今天的〈上陽白髮歌〉。

【研　析】此詩作於元和四年（西元八〇九年），當時作者任左拾遺，三十八歲。關於這首詩的寫作背景，作者在自注中說：「天寶五載（西元七四六年）已後，楊貴妃專寵，後宮人無復進幸矣。六宮有美色者，輒置別所，上陽是其一也，貞元中（西元七八五——八〇五年）尚存焉。」詩中說「玄宗末歲初選入，入時十六今六十」，可見這位宮女是在天寶十四、五年（西元七五五——七五六年）入宮，留在宮中已經四十四年。唐玄宗天寶十五年去位以後，歷經肅宗、代宗、德宗、順宗、憲宗，可是這宮女依然幽禁在宮裡。作者特意注明「貞元（德宗年號之一）中尚存焉」，就是告訴讀者他揭露的不止是唐玄宗、楊貴妃的惡行，而是被長期沿襲下來的選美入宮的黑暗制度及其對民間婦女造成的痛苦。這點從他同年三月上給憲宗的奏章〈請揀放後宮內人〉「大曆已來四十餘歲，宮中人數，稍久漸多」「離隔親族，有幽閉怨曠之苦」，可以得到佐證。所以他在〈新樂府序〉中說「〈上陽白髮人〉以憫怨曠」，明白說出他寫這首詩是為了同情怨女曠夫。舊說「男女嫁娶過時者，謂之怨女、曠夫」（見《孟子注疏》），不過詩中只說「怨女」，之所以提到「曠夫」，可能是連類並舉所致。

詩可分為三大段，第一大段八句簡要地介紹這位上陽老宮女的身世，她本是位紅顏少女，玄宗末年被打入冷宮，在宮中幽禁了四十四年，現在已經悄悄地老了。同時入選的宮女本有一百多，經過歲月的摧殘，現在只剩下她一人。這淒涼的身世，先將讀者引入了一種悲劇的氛圍之中。

第二大段具體描寫她淒涼的身世，又可分為三小段：第一小段寫她被選入宮，從希望到失望的過程。回想當初被選入宮，她含淚告別親人，在場的人叫她不要哭，都說進宮以後便會受到恩寵，好日子正等著她呢。誰知進了宮還沒有見到君王，楊貴妃從遠處就向她投來了妒嫉的目光，為了自己能受到專寵，暗中將她打入冷宮，從此她便「一生遂向空房宿」，離家時那依稀可以看見的微茫希望也就徹底幻滅了。第二小段寫她在宮中獨守空房的悲苦。無論是晝短夜長的漫漫秋夜，還是夜短晝長的遲遲春日，她都沉浸在悲苦之中，或殘燈壁影，暗雨敲窗，情與景偕，倍覺愁苦；或宮鶯百囀，梁燕雙棲，以樂襯哀，更添淒涼。鶯歸燕去，春往秋來，年年月月，日日夜夜，莫不如此，一個如花似玉的美貌少女，就在這座活墳中悄然暗老了。經過四十多年的折磨，她精神上已經麻木，到了懶得去記年月甚至記不清年月的程度，只有望月興歎，恍惚記得月圓四五百次而已，可見罪惡的封建制度已經對她的身心摧殘到了何等的地步啊。第三小段寫她年老受封的可笑，襯托出更大的悲哀。同她一起進宮的宮女全都已經死去，老宮女就只剩下她一人了，所以她成了宮中的老大，於是天子給了她一個「尚書」封號。四十多年的幽禁，換來的就是這麼一個可笑的「獎賞」，而這可憐的老宮女還穿上小頭鞋和窄衣裳，畫上細而長的眉毛，一副天寶年間的打扮，傻乎乎地來受封，就像今天一位老太穿著三十年前流行的喇叭褲來領老人獎一樣滑稽好笑。所不同的是而今的老太畢竟能自由自在地活在世上，而這位老宮女卻是被迫在這與世隔絕、形同死牢的宮中空耗了自己的一生，該是多麼慘無人道啊。讀者笑後，心中卻是那麼苦澀、悲涼，這大概就是悲劇中的笑的社會意義吧。

第三大段是詩人的議論，也是全詩的總結。「少亦苦，老亦苦，少苦老苦兩如何」三句，總結了這位老宮女的一生，少年時期被迫入宮守活寡，守了四十四年，人老了還不能出去，這就叫做「少亦苦，老亦苦」。天子選美，你不願意也得去；去了以後，再苦也不能出來，還得苦到死，這就叫做「少苦老苦兩如何」！這是天子的旨意，有什麼辦法！只能無可奈何而已。末二句「卒章顯其志」，從呂向寫〈美人賦〉諷刺唐玄宗選美，說明自己今天寫〈上陽白髮人〉要諫誡當今皇上「憫怨曠」、放宮女的良苦用心。

詩人在〈新樂府序〉中說他寫新樂府詩「篇無定句，句無定字，繫於意，不繫於文。首句標其目，卒章顯其志，《詩三百》之義也。其辭質而徑（質樸而直說），欲見之者易諭也；其言直而切（直說而激切），欲聞之者深誡也；其事覈而實（經過考核符合事實），使采之者傳信也；其體順而肆（文字通順而奔放），可以播於樂章歌曲也。總而言之，為君、為臣、為民、為物、為事而作，不為文而作也」。這首詩完全符合這些寫作要求。他雖說「不為文而作」，並不是說他不注意樂府詩的文采，相反這首詩藝術性很高，幾乎可與〈長恨歌〉媲美。詩中借景抒情，或情從景出，情景交融；或借樂寫哀，倍增其哀。它層次分明，前呼後應，結構嚴謹，主題集中，和元稹的新樂府一題數意，結構鬆散，形成鮮明的對比。不過元稹還有同樣寫宮女的五言絕句〈行宮〉：「寥落古行宮，宮花寂寞紅。白頭宮女在，閒坐說玄宗。」卻做到了以少總多，情貌無遺，洪邁稱讚它「語少意足，有無窮之味」（《容齋隨筆》卷二）。

杜陵叟

白居易

【題　解】杜陵，地名。《漢書》注：「杜陵，在長安南五十里也。」漢宣帝葬此，稱為杜陵。叟，老人。這是白居易〈新樂府〉第三十首，意在「傷農夫之困也」。

【作　者】見頁三三六。

杜陵叟，杜陵居，歲種薄田❶一頃❷餘。三月無雨旱風起，麥苗不秀❸多黃死。九月降霜秋草寒，禾穗未熟皆青乾。

長吏❹明知不申破❺，急斂暴徵求考課❻。典桑賣地納官租，明年衣食將何如？剝我身上帛❼，奪我口中粟。虐人害物即豺狼，何必鉤爪鋸牙❽食人肉！

不知何人奏皇帝，帝心惻隱知人弊⑨。白麻紙⑩上書德音⑪：京畿⑫盡放⑬今年稅。昨日里胥⑭方到門，手持敕牒⑮牓⑯鄉村。十家租稅九家畢，虛受吾君蠲⑰免恩。

【注釋】❶薄田　不肥沃的田地。❷一頃　一百畝。據宋王溥《唐會要》卷八三〈租稅上〉記載：唐高祖武德七年（西元六二四年）「始定均田賦稅：凡天下丁男給田一頃，篤疾、廢疾給四十畝，寡妻妾三十畝」。❸不秀　不吐穗開花。❹長吏　指地方官吏。❺申破　向上級申述、說明真實情況。❻求考課　官吏追求好的政績以便升官。考課，考核百官的政績。❼帛　本是絲織品的總稱，此處當是泛指衣服，未必是絲織品。❽鉤爪鋸牙　爪似鉤牙似鋸。❾弊　弊病；困苦。❿白麻紙　唐李肇《翰林志》記載：唐憲宗元和初年，「凡赦書、德音、立后、建儲、大誅討、免三公宰相、命將，曰『制』，並用白麻紙（書寫），不用印」。⓫德音　指宣布皇上恩德的詔書。詞出《詩經・鄭風・有女同車》：「德音不忘。」⓬京畿　京郊。⓭盡放　全免。⓮里胥　即里正。唐朝法令規定：「百戶為里，五里為鄉，四家為鄰，三家為保。每里設正（里正）一人，掌按比戶口，課植農桑，檢察非違，催驅賦役。」（見《文獻通考》卷一二）⓯敕牒　皇帝下的文書之一。《舊唐書・職官志》：「凡王言之制有七：一曰冊書，二曰制書，三曰慰勞制書，四曰發敕，五曰敕旨，六曰論事敕書，七曰敕牒。」⓰牓　同「榜」。貼出來的文告。此作動詞用，意為貼出榜文。⓱蠲　免除。

【語　譯】杜陵老人，杜陵住，年來耕種薄田百畝多。三月不雨乾風吹，麥苗無穗多黃死。九月降霜秋天就早寒，禾穗沒熟還是青色已變乾。

官員明知實情不上報，反而急徵暴斂想把政績出。逼得老人典桑賣地交官租，可憐明年的衣食將奈何？剝我身上衣，奪我口中粟。施暴害人是豺狼，何必鉤爪鋸牙吃人肉！

不知誰人將實情上奏皇帝，皇帝憐憫知道了人民的苦悲。白麻紙上書寫著恩詔：京郊全免今年的租稅。可是直到昨天里正才上門，手拿詔書張貼在鄉村。十家的租稅九家已經交完，空受我們君主免稅的恩典。

【研析】此詩和〈上陽白髮人〉是同時之作。

據《資治通鑑・唐紀五十三》記載：元和四年（西元八〇九年）三月「上（指唐憲宗）以久旱，欲降德音，翰林學士李絳、白居易上言：『以為欲令實惠及人，無如減其租稅。』」在此之前，憲宗已經下詔免去百姓所欠官府錢米。白居易認為有的已將錢米繳納，沒繳的又已經逃亡，免除錢米沒有實際意義。現在旱災嚴重，免去今年租稅，讓百姓得到實惠，才是至關重要。於是他和李絳向憲宗提出了這一建議（參見白居易〈緣今時旱請更減放江淮旱損州縣百姓今年租稅〉），憲宗也批准了，可是地方官吏並沒有認真執行，老百姓還是沒有得到實惠，這便是此詩產生的背景。

詩的主旨是同情農民的困苦。詩人選擇了一位住在杜陵的老農做典型，先說他耕種了一百多畝薄田，按照當時的規定男丁給田一百畝，重病或殘疾人給田四十畝，可以推知他可能還有個重病或殘疾的家人。一人耕種一百多畝的薄田，辛苦可想而知。更不幸的是：這年春天乾旱，麥苗不吐穗開花；秋天早寒，禾穗不熟便青乾而死，面臨顆粒無收的困境。令人痛心的是：地方官吏對這位陷入困境的老農毫無同情之心，不但不將實情上報，為了自己交出好的政績，反而急徵暴斂，逼得他典桑賣地去交租，官吏簡直就像吃人的豺狼。天災未了，人禍又至，這可憐的農民真是何以為生啊！這時似乎出現了一線希望：有人（實際上就是白居易和李絳）將此事告訴了皇帝，皇帝也大發慈悲，下了一道全免今年租稅的詔書，按理說可以解民之困了。可是不知拖延了多少時間，直到昨天里正才將詔書張貼出來，這時十家的租稅九家已經交完，馬後炮成了放空炮，所謂皇恩浩蕩，不過如此！多麼具有諷刺意味啊！

詩中彷彿告訴人們：壞在下面的官吏，皇帝還是好的。細想起來，未必真的如此。官吏為什麼壞？「急斂暴徵求考課」一句給出了答案。據唐張九齡等《唐六典》卷二及宋洪邁《容齋四筆》卷七記載，唐代有嚴密的考核制度，吏部設有考功郎一人，專門「掌內外文武官吏之考課」，凡是應考的官員都要記錄當年的功過行能，由主管長官對眾宣讀，議其優劣，定為九等，逐級上報，記錄在案，作為升官、貶官的依據。在這樣嚴密考核下，誰都希望有個好的考核成績，唐太宗就說當時的法官辦案「必求深刻，欲成其考課」，就像賣棺材的人希望發瘟疫死人一樣（《貞觀政要》卷八〈刑法第三十一〉），而收租又是考核內容之一，這就難怪地方官吏要「急斂暴徵求考課」了。皇帝需要通過嚴密的考核讓官吏乖乖地為他辦事（包括收租），而官員也只有經得起嚴密的考核才能做官、升官，他們利害相關，互為依存，「皇帝好、官員壞」只是表面現象而已。明乎此，我們也就可以理解歷代上面似乎有許許多多的好政策，下面卻貫徹不了的原因了。儘管白居易打著「為君、為民」的旗號去揭露這些現象，但對我們提高對封建社會的認識還是有積極意義的。

賣炭翁

白居易

【題解】這是白居易〈新樂府〉第三十二首，通過賣炭老人遭「宮市」搶奪悲慘事實的敘述，說明人民為宮市所苦。

【作者】見頁三三六。

賣炭翁，伐薪燒炭南山❶中。滿面塵灰煙火色，兩鬢蒼蒼❷十指黑。賣炭得錢何所營❸？身上衣裳口中食。可憐身上衣正單，心憂炭賤願天寒。夜來城外一尺雪，曉駕炭車輾冰轍。牛困人飢日已高，市南門外泥中歇。翩翩❹兩騎❺來是誰？黃衣使者白衫兒❻。手把文書口稱敕❼，回車叱牛牽向北❽。一車炭，千餘斤，宮使驅將❾惜不得。半匹紅紗一丈綾❿，繫⓫向牛頭充炭直⓬。

【注釋】❶南山　終南山，在今陝西西安南。❷蒼蒼　形容鬢髮斑白。❸何所營　為了什麼。營，謀求。❹翩翩

翩 在此形容馬行得輕快的樣子。❺騎 騎馬的人。❻黃衣句 指皇宮中派出的太監和安置在市場的搶購貨物的「白望」。黃衣使者，《愛日齋叢抄》：「西漢虞初，洛陽人，以其書（指醫書）事漢武帝，出入騎從，衣黃衣，號黃衣使者。」後來《太平廣記》等書中記隋唐時故事，常稱上帝或神靈派出的人員為「黃衣使者」，這裡是指宮中派出的太監。白衫兒，即所謂「白望」。當時在長安東西兩市設有「白望」數百人，去搶購貨物。據戶部侍郎蘇弁說這些「白望」是由「京師遊手墮業者」組成（《舊唐書・張建封傳》），實際上就是流氓無賴。詩中稱為「白衫兒」，當是因其穿白衫而得名，但胡三省說：「白望者，言使人於市中左右望，白取其物，不還本價也。」（見《資治通鑑注・唐紀五十一》）可備一說。❼勅 帝王的詔書、命令。❽牽向北 因為皇宮在城北。❾驅將 驅牛扶車。將，扶車。出自《詩經・小雅・無將大車》，《鄭箋》：「將，猶扶進也。」❿綾 一種很薄的絲織品，一面光，像緞子。⓫繫 繫結。⓬直 通「值」。價值。

【語 譯】賣炭翁，砍柴燒炭南山中。滿臉灰塵煙火色，鬢髮斑白十指黑。賣炭得錢作何用？身上衣裳口中食。可憐身上衣正單，心憂炭賤願天寒。昨晚城裡下了一尺厚的雪，他早上駕著炭車碾著冰上的車轍。牛困人飢太陽已高掛，市場南門外面泥中歇。輕快過來兩個騎馬的人是誰？那是皇宮裡派出的太監和「白望」。他們手拿文書口稱皇上下了詔，掉轉車頭口中吆喝將牛牽向北。一車炭，千多斤，宮中的使者將它搶走捨不得也沒辦法。他們丟下半匹紅紗一丈綾，向牛頭上一繫就說是抵千斤炭的價。

【研 析】詩人說他寫這首詩的用意是「苦宮市也」。據韓愈《順宗實錄》、《舊唐書・張建封傳》、《資治通鑑・唐紀五十一》記載，宮中所需物品，本來由官府負責購買。可是到了唐德宗貞元末年，轉由宦官購買，他們故意壓低物價，強買貨物，甚至不要文書憑證，就在長安東西兩市安置幾百個「白望」，看見市場上在賣什麼物品，只要說聲「宮市」（宮中購買），賣者就必須斂手付與，連買者是誰以及價錢多少都不敢問一聲。他們都用一百錢貨物的價錢買人家值幾千錢的貨物，還向賣者索取「門戶錢」和「腳價錢」。人們上市賣貨，有的甚至空手而歸。名為「宮市」，實際就是搶奪。有一個農民用驢將柴運到城裡出賣，碰上宦官說宮中要買，只給他幾尺絹，又向他要「門戶錢」，還要他用驢子將柴送到宮內。農民聽了以後流涕哭泣，將所得的絹交還給宦官，宦官卻不肯接受，說：「一定要用驢子將柴送到宮內。」農民說：「我有父母妻子，靠賣柴為生，現在將柴送給你，不要錢，你還不肯，我只有一死罷了。」於是便毆打宦官，街上的官吏將他抓起來。皇上知道了，下令免了這宦官的職，可是宮市仍照常不改。張建封等上疏進諫，皇帝也不聽，不但不聽，韓愈還因為進諫此事而被貶為連州山陽縣縣令。瞭解了這些事實，就更能進一步理解這首詩。

詩先寫賣炭翁燒炭是為了謀求衣食，他雖然衣衫單薄，還是希望天氣寒冷，炭能賣個好價錢。這樣的冷天終於等到了，夜裡下了一場大雪，他於是不顧寒冷，一早就駕著炭車碾著冰轍趕往城裡賣炭。好不容易走了半天，日已高升，才來到了城南，牛也困了，人也餓了，暫時在泥中一歇。誰知炭還沒出賣，就來了黃衣使者和白衫兒，手持文書口稱聖旨，吆喝著將牛車牽向城北的宮中，丟下半匹紅紗一丈綾，就算是炭的價值，一千多斤木炭就這樣搶奪去了。透過這些形象的描寫，詩人塑造了兩類不同的人物形象：一類是宮中的搶購者——黃衣使者白衫兒，他們坐騎翩翩，黃衣白衫，持書稱旨，好不威風！見炭就搶，扯下半匹紅紗一丈綾向牛頭上一繫，不問你同意不同意，就將炭拉走，又是多麼橫蠻囂張！那些所謂的紗和綾，據《資治通鑑・唐紀五十一》記載，是「多以紅紫染故衣敗繒」，全是些染了色的破爛，以此充當炭價，分明就是搶劫。另一類就是被搶者——賣炭翁，他在南山中砍柴燒炭，從他「滿面塵灰煙火色，兩鬢蒼蒼十指黑」的外貌中，蘊藏著多少辛酸的血淚。但是詩人更多的還是透過心理描寫來表現他內心的痛苦，「可憐身上衣正單，心憂炭賤願天寒」，衣單反而願寒，這種反常心理的出現，說明他境況悲慘到了何等的地步，真是催人淚下。在這種希望天寒炭能賣個好價錢的心理支配下，他冒著寒冷在冰天雪地上運炭，可是炭卻被太監和「白望」搶去，希望頓時成了泡影。失望之後，他只能眼巴巴的看著「宮使驅將惜不得」，忍氣吞聲，敢怒而不敢言，失望又成了無可奈何。人民就是這樣慘遭迫害，是一個何等暗無天日的時代啊！

在這首詩中，詩人沒有發一句議論，也沒有像其他諷諭詩一樣「卒章顯其志」，只描寫了賣炭翁這一典型事例，就將宮市之害揭露無遺，讓讀者從生動的事實中深切體會到統治者的罪惡，其「苦宮市」的創作用意也就不言而喻。

古籍今注新譯叢書

【哲學類】

新譯四書讀本　謝冰瑩、邱燮友等編譯
新譯學庸讀本　王澤應注譯
新譯論語新編解義　胡楚生編著
新譯孝經讀本　賴炎元、黃俊郎注譯
新譯易經讀本　郭建勳注譯　黃俊郎校閱
新譯周易六十四卦經傳通釋　黃慶萱注譯
新譯乾坤經傳通釋　黃慶萱注譯
新譯易經繫辭傳解義　吳　怡著
新譯禮記讀本　姜義華注譯　黃俊郎校閱
新譯儀禮讀本　顧寶田、鄭淑媛注譯　黃俊郎校閱
新譯孔子家語　羊春秋注譯　周鳳五校閱
新譯老子讀本　余培林注譯
新譯帛書老子　趙　鋒注譯
新譯老子解義　吳　怡著
新譯莊子讀本　黃錦鋐注譯
新譯莊子讀本　張松輝注譯
新譯莊子本義　水渭松注譯
新譯莊子內篇解義　吳　怡著
新譯列子讀本　莊萬壽注譯

新譯管子讀本　湯孝純注譯　李振興校閱
新譯墨子讀本　李生龍注譯　李振興校閱
新譯公孫龍子　丁成泉注譯　黃志民校閱
新譯晏子春秋　陶梅生注譯　葉國良校閱
新譯鄧析子　徐忠良注譯　劉福增校閱
新譯荀子讀本　王忠林注譯
新譯尹文子　徐忠良注譯　黃俊郎校閱
新譯尸子讀本　水渭松注譯　陳滿銘校閱
新譯鶡冠子　趙鵬團注譯
新譯鬼谷子　王德華等注譯
新譯韓非子　賴炎元、傅武光注譯
新譯呂氏春秋　朱永嘉、蕭　木注譯　黃志民校閱
新譯韓詩外傳　孫立堯注譯
新譯淮南子　熊禮匯注譯　侯迺慧校閱
新譯春秋繁露　朱永嘉、王知常注譯
新譯新書讀本　饒東原注譯　黃沛榮校閱
新譯新語讀本　王　毅注譯　黃俊郎校閱
新譯潛夫論　彭丙成注譯　陳滿銘校閱
新譯論衡讀本　蔡鎮楚注譯　周鳳五校閱
新譯申鑒讀本　林家驪、周明初注譯　周鳳五校閱
新譯人物志　吳家駒注譯　黃志民校閱
新譯張載文選　張金泉注譯
新譯近思錄　張京華注譯
新譯傳習錄　李生龍注譯
新譯呻吟語摘　鄧子勉注譯

新譯明夷待訪錄　李廣柏注譯　李振興校閱

【文學類】

新譯詩經讀本　滕志賢注譯
新譯楚辭讀本　林家驪注譯
新譯楚辭讀本　傅錫壬注譯
新譯文心雕龍　羅立乾注譯
新譯六朝文絜　蔣遠橋注譯
新譯世說新語　劉正浩、邱燮友等注譯
新譯昭明文選　周啟成等注譯
新譯古文觀止　謝冰瑩、邱燮友等注譯
新譯古文辭類纂　黃　鈞、葉幼明等注譯
新譯樂府詩選　溫洪隆、溫　強注譯
新譯古詩源　馮保善注譯
新譯千家詩　邱燮友、劉正浩注譯
新譯詩品讀本　程章燦、成　林注譯
新譯花間集　朱恒夫注譯
新譯南唐詞　劉慶雲注譯
新譯絕妙好詞　聶安福注譯
新譯唐詩三百首　邱燮友注譯
新譯宋詩三百首　陶文鵬注譯
新譯宋詞三百首　汪　中注譯
新譯宋詞三百首　劉慶雲注譯
新譯元曲三百首　賴橋本、林玫儀注譯
新譯明詩三百首　趙伯陶注譯
新譯清詩三百首　王英志注譯
新譯清詞三百首　陳水雲等注譯
新譯唐人絕句選　卞孝萱、朱崇才注譯　齊益壽校閱
新譯唐才子傳　戴揚本注譯
新譯拾遺記　石　磊注譯
新譯搜神記　黃　鈞注譯
新譯唐傳奇選　東　忱、張宏生注譯　侯迺慧校閱
新譯宋傳奇小說選　東　忱注譯
新譯明傳奇小說選　陳美林、皋于厚注譯
新譯容齋隨筆選　朱永嘉等注譯
新譯明散文選　周明初注譯
新譯明清小品文選　鄭　婷注譯
新譯人間詞話　馬自毅注譯
新譯白香詞譜　劉慶雲注譯
新譯幽夢影　馮保善注譯
新譯菜根譚　吳家駒注譯
新譯小窗幽記　馬美信注譯
新譯圍爐夜話　馬美信注譯
新譯郁離子　吳家駒注譯
新譯歷代寓言選　黃瑞雲注譯
新譯賈長沙集　林家驪注譯
新譯揚子雲集　葉幼明注譯
新譯曹子建集　曹海東注譯　蕭麗華校閱
新譯建安七子詩文集　韓格平注譯
新譯阮籍詩文集　林家驪注譯　簡宗梧、李清筠校閱

新譯嵇中散集　崔富章注譯　莊耀郎校閱
新譯陸機詩文集　王德華注譯
新譯陶淵明集　溫洪隆注譯　齊益壽校閱
新譯江淹集　羅立乾、李開金注譯
新譯庾信詩文選　歸　青注譯
新譯初唐四傑詩集　李福標注譯
新譯駱賓王文集　黃清泉注譯　陳全得校閱
新譯王維詩文集　陳鐵民注譯
新譯孟浩然詩集　楊　軍注譯
新譯李白詩全集　郁賢皓注譯
新譯李白文集　郁賢皓注譯
新譯杜甫詩選　張忠綱、趙睿才、綦　維注譯
新譯杜詩菁華　林繼中注譯
新譯高適岑參詩選　孫欽善、陳鐵民注譯
新譯昌黎先生文集　周啟成等注譯　陳滿銘等校閱
新譯劉禹錫詩文選　閻　琦注譯
新譯柳宗元文選　卞孝萱、朱崇才注譯
新譯白居易詩文選　陶　敏、魯　茜注譯
新譯元稹詩文選　郭自虎注譯
新譯李賀詩集　彭國忠注譯
新譯杜牧詩文集　張松輝注譯　陳全得校閱
新譯李商隱詩選　朱恒夫、姚　蓉等注譯
新譯范文正公選集　沈松勤、王興華注譯　葉國良校閱
新譯蘇洵文選　羅立剛注譯
新譯蘇軾文選　滕志賢注譯
新譯蘇軾詞選　鄧子勉注譯
新譯蘇轍文選　朱　剛注譯
新譯曾鞏文選　高克勤注譯
新譯王安石文選　沈松勤注譯
新譯唐宋八大家文選　鄧子勉注譯
新譯柳永詞集　侯孝瓊注譯
新譯李清照集　姜漢椿等注譯
新譯陸游詩文集　韓立平注譯　彭國忠校閱
新譯辛棄疾詞選　聶安福注譯
新譯歸有光文選　鄔國平注譯
新譯唐順之詩文選　馬美信注譯
新譯徐渭詩文選　周　群等注譯
新譯薑齋文集　平慧善注譯　周鳳五校閱
新譯顧亭林文集　劉九洲注譯　黃俊郎校閱
新譯納蘭性德詞　馮　乾注譯
新譯方苞文選　鄔國平等注譯
新譯鄭板橋集　朱崇才注譯
新譯袁枚詩文選　王英志注譯
新譯李慈銘詩文選　潘靜如注譯
新譯聊齋誌異選　任篤行等注譯　袁世碩校閱
新譯閱微草堂筆記　嚴文儒注譯
新譯浮生六記　馬美信注譯
新譯弘一大師詩詞全編　徐正綸編著

【歷史類】

新譯史記	韓兆琦注譯	
新譯漢書	吳榮曾等注譯	
新譯後漢書	魏連科等注譯	
新譯三國志	吳樹平等注譯	
新譯資治通鑑	張大可、韓兆琦等注譯	
新譯史記—名篇精選	韓兆琦注譯	
新譯尚書讀本	吳　璵注譯	
新譯尚書讀本	郭建勳注譯	
新譯周禮讀本	賀友齡注譯	
新譯逸周書	牛鴻恩注譯	
新譯左傳讀本	郁賢皓等注譯	傅武光校閱
新譯公羊傳	雪　克注譯	周鳳五校閱
新譯穀梁傳	顧寶田注譯	葉國良校閱
新譯春秋穀梁傳	周　何注譯	
新譯戰國策	溫洪隆注譯	陳滿銘校閱
新譯國語讀本	易中天注譯	侯迺慧校閱
新譯說苑讀本	左松超注譯	
新譯說苑讀本	羅少卿注譯	周鳳五校閱
新譯新序讀本	葉幼明注譯	黃沛榮校閱
新譯吳越春秋	黃仁生注譯	李振興校閱
新譯西京雜記	曹海東注譯	李振興校閱
新譯列女傳	黃清泉注譯	陳滿銘校閱
新譯越絕書	劉建國注譯	黃俊郎校閱
新譯燕丹子	曹海東注譯	李振興校閱
新譯東萊博議	李振興、簡宗梧注譯	
新譯唐六典	朱永嘉、蕭　木注譯	
新譯唐摭言	姜漢椿注譯	

【宗教類】

新譯金剛經	徐興無注譯	侯迺慧校閱
新譯高僧傳	朱恒夫、王學均等注譯	潘栢世校閱
新譯碧巖集	吳　平注譯	
新譯百喻經	顧寶田注譯	
新譯楞嚴經	賴永海、楊維中注譯	
新譯梵網經	王建光注譯	
新譯圓覺經	商海鋒注譯	
新譯法句經	劉學軍注譯	
新譯六祖壇經	李中華注譯	丁　敏校閱
新譯禪林寶訓	李中華注譯	潘栢世校閱
新譯維摩詰經	陳引馳、林曉光注譯	
新譯經律異相	顏洽茂注譯	
新譯阿彌陀經	蘇樹華注譯	
新譯無量壽經	邱高興注譯	
新譯無量壽經	蘇樹華注譯	
新譯妙法蓮華經	張松輝注譯	丁　敏校閱
新譯景德傳燈錄	顧宏義注譯	
新譯大乘起信論	韓廷傑注譯	潘栢世校閱
新譯釋禪波羅蜜	蘇樹華注譯	
新譯八識規矩頌	倪梁康注譯	
新譯永嘉大師證道歌	蔣九愚注譯	
新譯華嚴經入法界品	楊維中注譯	
新譯地藏菩薩本願經	李承貴注譯	

新譯悟真篇　劉國樑、連遙注譯
新譯无能子　張松輝注譯
新譯坐忘論　張松輝注譯
新譯列仙傳　張金嶺注譯　陳滿銘校閱
新譯抱朴子　李中華注譯　黃志民校閱
新譯神仙傳　周啟成注譯
新譯性命圭旨　傅鳳英注譯
新譯老子想爾注　顧寶田、張忠利注譯　傅武光校閱
新譯周易參同契　劉國樑注譯　黃沛榮校閱
新譯道門觀心經　王卡注譯　黃志民校閱
新譯養性延命錄　曾召南注譯　劉正浩校閱
新譯樂育堂語錄　戈國龍注譯
新譯冲虛至德真經　張松輝注譯　周鳳五校閱
新譯長春真人西遊記　顧寶田等注譯
新譯黃庭經・陰符經　劉連朋等注譯

軍事類

新譯司馬法　王雲路注譯
新譯尉繚子　張金泉注譯
新譯三略讀本　傅傑注譯
新譯六韜讀本　鄔錫非注譯
新譯吳子讀本　王雲路注譯
新譯孫子讀本　吳仁傑注譯
新譯李衛公問對　鄔錫非注譯

教育類

新譯爾雅讀本　陳建初等注譯
新譯顏氏家訓　李振興、黃沛榮等注譯
新譯聰訓齋語　馮保善注譯
新譯曾文正公家書　湯孝純注譯　李振興校閱
新譯三字經　黃沛榮注譯
新譯百家姓　馬自毅、顧宏義注譯
新譯幼學瓊林　馬自毅注譯　陳滿銘校閱
新譯增廣賢文・千字文　馬自毅注譯　李清筠校閱
新譯格言聯璧　馬自毅注譯

政事類

新譯商君書　貝遠辰注譯　陳滿銘校閱
新譯鹽鐵論　盧烈紅注譯　黃志民校閱
新譯貞觀政要　許道勳注譯　陳滿銘校閱

地志類

新譯山海經　楊錫彭注譯
新譯水經注　陳橋驛、葉光庭注譯
新譯佛國記　楊維中注譯
新譯大唐西域記　陳飛、凡評注譯　黃俊郎校閱
新譯洛陽伽藍記　劉九洲注譯　侯迺慧校閱
新譯徐霞客遊記　黃珅注譯　黃志民校閱
新譯東京夢華錄　嚴文儒注譯　侯迺慧校閱